Wilbur Smith

Rivalen gegen Tod und Teufel

WILBUR SMITH

RIVALEN GEGEN TOD UND TEUFEL

Roman

Erschienen bei Hestia

Originaltitel: *Shout at the Devil*
Übersetzung aus dem Englischen von Günter Raguse

Smith, Wilbur
Rivalen gegen Tod und Teufel: Roman. – 1.–5. Tsd. –
Bayreuth: Hestia-Verlag, 1976
Einheitssacht.: Shout at the devil ⟨dt.⟩.
ISBN 3-7770-0147-3

Printed in Germany

Umschlaggestaltung: H. C. Traue
Die Bilder auf dem Umschlag zeigen Szenen aus dem
Peter-Hunt-Film und der Michael-Klinger-Produktion *Brüll den Teufel an*
mit Roger Moore, Lee Marvin und Barbara Parkins in den Hauptrollen
Gesamtherstellung: Ebner, Ulm

Vorwort

Ich will nicht leugnen, daß mich eine Episode aus dem Ersten Weltkrieg auf die Idee gebracht hat, dieses Buch zu schreiben. Für den Hintergrund meiner Geschichte wählte ich jene Vorgänge, die sich im Kikunya-Kanal des Rufiji-Deltas bei der Versenkung des deutschen Handelskreuzers *Königsberg* durch Schiffe der Royal Navy abgespielt haben.

Ich möchte jedoch nachdrücklich darauf hinweisen, daß die Abenteurer, Gauner und Schurken meiner Geschichte nicht die geringste Ähnlichkeit mit den Männern haben, die bei der Zerstörung der *Königsberg* Geschichte gemacht haben. Vor allem muß ich mich ganz entschieden gegen den Verdacht wenden, daß mein Flynn Patrick O'Flynn ein Abbild des Colonels »Jungle Man« Pretorius sein könnte, weil dieser tatsächlich an Bord der *Königsberg* gegangen ist und, als Eingeborener verkleidet, die Schußweite für die Geschütze der Kriegsschiffe *Severn* und *Mersey* festgelegt hat. Zwischen dem erfundenen O'Flynn und Colonel Pretorius, der wirklich gelebt hat, besteht nicht die leiseste Ähnlichkeit.

An dieser Stelle möchte ich auch meinen Dank an Lieutenant-Commander Mathers (vormals Royal Navy) für seine wertvolle Unterstützung meiner Recherchen zum Ausdruck bringen.

Dieses Buch ist meiner Frau Jewell gewidmet.

1. Teil

I

Flynn Patrick O'Flynn stand im Rufe eines professionellen Wilderers. Er ließ es dabei, weil nun einmal feststand, daß er hinter Elfenbein her war. Gelegentlich gestand er in aller Bescheidenheit, daß es an der Ostküste Afrikas außer ihm keinen besseren Elfenbeinjäger gab.

Rachid El Keb befaßte sich mit dem Export von Edelsteinen und Haremsdamen. Außerdem belieferte er die vornehmen Häuser Arabiens und Indiens mit Mädchen und illegalem Elfenbein. Dies allerdings gab er nur vertrauenswürdigen Kunden gegenüber zu. Für die übrige Welt war er der reiche, ehrenwerte Eigentümer eines Schiffahrtunternehmens.

Ein heißer Nachmittag im Jahre 1912 wäre zu erwähnen, der Monsun herrschte. Flynn und Rachid waren soeben dabei, ihren gemeinsamen Interessen zu huldigen. El Kebs Büro lag im arabischen Viertel von Sansibar und besaß ein Hinterzimmer, wo man ungestört plaudern und Tee trinken konnte. Das heiße Getränk in der Messingschale trieb Flynn Patrick O'Flynn den Schweiß aus sämtlichen Poren. Die Luft im Raum war so feucht und drückend, daß die Fliegen wie betäubt an der niedrigen Decke klebten.

»Hören Sie, Kebby, Sie brauchen mir lediglich eins Ihrer stinkenden Schiffe zu leihen, und ich werde es so vollpacken mit Stoßzähnen, daß es sich grade noch über Wasser halten kann.«

»Ah«, sagte El Keb völlig unbeeindruckt, indem er sich mit einem Palmwedel das Gesicht befächelte, welches in diesem Augenblick einem mißtrauischen Papagei glich.

»Als ob ich Sie jemals im Stich gelassen hätte«, sagte Flynn aggressiv. Ein Schweißtropfen hatte soeben seine Nasenspitze verlassen, um sich auf seinem Hemd, das ohnehin schon feucht genug war, niederzulassen.

»Ah«, wiederholte El Keb.

»Dieser Plan hat's in sich. Er besitzt Größe, dieser Plan, wahrhaftig ...« Flynn legte eine Pause ein, um ein geeignetes Adjektiv zu finden. »... dieser Plan ist napoleonisch. Er ist eines Cäsar würdig.«

»Ah!« sagte El Keb noch einmal. Er goß sich Tee in die Tasse, hob sie behutsam mit Daumen und Zeigefinger und nahm einen Schluck, ehe er weitersprach. »Ich brauche also nur den totalen Verlust einer Dhau im Werte von ...« Nach kurzem Überlegen rundete er die Summe auf. »... von zweitausend englischen Pfund zu riskieren?«

»Gegenüber einem fast sicheren Gewinn von zwanzigtausend«, warf Flynn schnell ein. El Keb lächelte ein wenig, fast träumerisch.

»Schätzen Sie den Profit so hoch ein?« fragte er.

»Das ist die niedrigste Summe. Mein Gott, Kebby! Im Rufiji-Delta ist seit zwanzig Jahren kein Schuß abgegeben worden. Sie wissen sehr gut, daß dies das private Jagdrevier des Kaisers ist. Die Jumbos sind da drin so zahlreich, daß ich sie zusammentreiben und einpferchen kann wie Schafe.« Unwillkürlich krümmte sein Zeigefinger sich und zuckte, als läge er bereits um einen Abzugshahn.

»Wahnsinn«, flüsterte El Keb, und die Vorfreude auf das zu erwartende Geschäft milderte die scharfen Züge um seinen Mund. »Sie wollen also von der See her in den Rufiji hineinsegeln, den Union Jack auf einer der Inseln im Delta hissen und die Dhau mit deutschem Elfenbein füllen. Wahnsinn.«

»Die Deutschen haben formell noch von keiner jener Inseln Besitz ergriffen. Ich bin drin und schon wieder weg, wenn Berlin das erste Telegramm nach London schickt. Mit zehn von meinen Jägern könnten wir die Dhau in zwei Wochen vollstopfen bis oben.«

»Die Deutschen wären innerhalb einer Woche mit einem Kanonenboot da, ihre *Blücher* liegt bei Daressalam unter Dampf, ein schwerer Kreuzer mit 21-cm-Kanonen.«

»Wir würden uns unter dem Schutz der britischen Flagge befinden. Sie können es nicht wagen, uns anzurühren – nicht auf hoher See –, nicht so, wie die Dinge zwischen England und Deutschland im Augenblick stehen.«

»Mr. Flynn, ich denke, Sie sind ein Bürger der Vereinigten Staaten von Amerika?«

»Da haben Sie verdammt recht.« Flynn richtete sich ein wenig auf, denn er fühlte seine Ehre angesprochen.

»Sie müßten einen britischen Kapitän für die Dhau haben«, überlegte El Keb, während er sich nachdenklich durch den Bart strich.

»Mein Gott, Kebby, Sie halten mich doch wohl nicht für so dumm, daß ich den Kahn selber hineinsegle?« Flynns Gesicht bekam einen gequälten Ausdruck. »Ich werde jemanden finden, der die deutsche Flotte ungehindert passieren kann. Ich selber werde von meinem Hauptstützpunkt in Portugiesisch-Mozambique dazustoßen. Und auf dem gleichen Weg wieder zurück ...«

»Verzeihen Sie mir.« El Keb lächelte wieder. »Ich habe Sie unterschätzt.« Er erhob sich plötzlich. Der Glanz des großen, juwelengeschmückten Dolches an seiner Hüfte wurde durch das schmutzige Weiß seiner knöchellangen Robe ein wenig beeinträchtigt. »Mr. O'Flynn, ich glaube, ich habe genau den Mann, der als Kapitän Ihrer Dhau fungieren könnte. Zuerst ist es allerdings noch notwendig, seine finanziellen Verhältnisse einer Veränderung zu unterziehen, um ihn gewillt zu machen, eine Anstellung anzunehmen.«

2

Die Lederbörse voller Goldsovereigns war der Angelpunkt, um den sich das etwas turbulente Leben von Sebastian Oldsmith drehte. Sie war ihm von seinem Vater überreicht worden, als er der Familie seinen Entschluß mitgeteilt hatte, nach Australien zu gehen, um sein Glück im Wollhandel zu machen. Sie hatte ihm gute Dienste während der Reise von Liverpool zum Kap der Guten Hoffnung geleistet, wo der Kapitän ihn ziemlich formlos abgesetzt hatte, nachdem Sebastian sich auf eine Mesalliance mit der Tochter jenes Herrn eingelassen hatte, der sich auf der Reise nach Sydney befand, um seine Position als Gouverneur von Neu-Südwales einzunehmen.

Die Sovereigns wurden weniger und weniger. Immerhin hatten sie ihn durch eine Reihe unglücklicher Umstände begleitet. Er landete schließlich in Sansibar, wo er eines schönen Tages aus einem bleischweren Zustand erwachte, der eher einer Betäubung als einem natürlichen Schlaf glich. Sebastian mußte feststellen, daß man ihn beraubt hatte. Lederbörse samt Inhalt waren fort – verschwunden auch jene Empfehlungsbriefe, die sein Vater an prominente Wollhändler in Sydney geschrieben hatte.

Während Sebastian auf seiner Bettkante saß, fiel ihm ein, daß diese Briefe in Sansibar nur von geringem Wert waren, und mit zunehmender Verwirrung betrachtete er noch einmal die Ereignisse, die ihn so weit vom angestrebten Kurs abgebracht hatten. Mit der Anstrengung des Denkens erschienen auf seiner Stirn auch die Falten. Es war die hohe, intelligente Stirn eines Philosophen, gekrönt von einer schwarzglänzenden Lockenpracht. Die Augen waren dunkelbraun, die Nase lang und gerade, das Kinn fest, und der Mund zeugte von hoher Sensibilität. Mit zweiundzwanzig Jahren hatte Sebastian das Gesicht eines jungen Oxford-Zöglings, was vielleicht als Beweis dafür dienen mag, wie irreführend der äußere Eindruck sein kann. Jeder, der ihn kannte, wäre überrascht gewesen, wenn er hörte, daß Sebastian auf dem Wege nach Australien immerhin schon bis Sansibar gekommen war.

Sebastian gab die geistige Übung, die ihm einen leichten Kopfschmerz verursachte, bald auf. Er verließ sein Bett und machte sich, während der Saum des Nachthemds seine Knöchel umspielte, an die dritte gründliche Untersuchung seines Hotelzimmers. Obwohl die Börse unter der Matratze gewesen war, als er sich am vorangegangenen Abend zum Schlafen niedergelegt hatte, leerte Sebastian auch die Wasserkaraffe und schaute hoffnungsvoll hinein. Er packte seinen Koffer aus und untersuchte jedes Hemd. Er kroch unters Bett, hob die Kokosmatte und durchforschte jede Ritze in dem brüchigen Fußboden. Dann erst gab er sich der Verzweiflung hin.

Später rasierte er sich, linderte die Wanzenbisse an seinem Körper mit Speichel und zog den dreiteiligen grauen Anzug an, der bereits Spuren der Reisestrapazen zeigte. Dann bürstete er seinen Hut, setzte ihn vorsichtig auf die Locken, nahm seinen Stock in eine Hand, den Koffer in die andere und stieg die Treppen hinab in die heiße, laute Halle des Hotels Royal.

»Hören Sie«, sagte er zu dem kleinen Araber an der Rezeption mit dem fröhlichsten Lächeln, das er zustande bringen konnte. »Hören Sie, ich habe offenbar mein Geld verloren.«

Der Raum wurde augenblicklich still. Die Kellner, mit ihren Tabletts auf dem Wege zur Veranda, verlangsamten den Schritt und blieben stehen. Ihre Köpfe wandten sich Sebastian mit einer dergestalt feindseligen Neugier zu, als habe er soeben einen leichten Anfall von Lepra verkündet.

»Gestohlen, möchte ich annehmen«, fuhr Sebastian grinsend fort. »Wirklich Pech.«

Um die Stille war es geschehen, als der Perlenvorhang vor dem Büro aufgerissen wurde und der Inhaber, ein Hindu, laut schreiend in die Halle stürzte: »Mr. Oldsmith, was ist mit Ihrer Rechnung?«

»Oh, die Rechnung. Ja, nun ... wir wollen uns nicht aufregen. Ich meine, das hilft uns jetzt auch nicht – oder?«

Doch der Hotelinhaber regte sich in der Tat mächtig auf. Seine Entrüstung und sein Wehgeschrei waren sogar draußen auf der Veranda zu hören, wo ein gutes Dutzend Gäste bereits den Kampf gegen Durst und Hitze aufgenommen hatten. Jetzt drängten sie sich in die Halle, um zu sehen, was sich hier zutrug.

»Zehn Tage schulden Sie mir. Fast hundert Rupien.«

»Ja, das ist sehr unangenehm, ich weiß.« Sebastian machte ein verzweifeltes Gesicht, und da mischte sich auch schon eine neue Stimme in den Aufruhr.

»Nun warten Sie mal einen Moment.« Sebastian und der Hindu wandten sich gemeinsam dem großen rotgesichtigen Mann in mittleren Jahren zu, dessen Akzent eine interessante Mischung von Amerikanisch und Irisch war.

»Habe ich recht verstanden, daß Sie Mr. Oldsmith sind?«

»So ist es, Sir.« Sebastian fühlte instinktiv, daß er einen Helfer vor sich hatte.

»Ein ungewöhnlicher Name. Sie sind doch nicht etwa mit Mr. Francis Oldsmith aus Liverpool verwandt?« fragte Flynn O'Flynn höflich. Er hatte Sebastians Empfehlungsbriefe überflogen, die Rachid El Keb ihm gegeben hatte.

»Guter Gott!« rief Sebastian erleichtert. »Kennen Sie meinen Vater?«

»Ob ich Francis Oldsmith kenne?« Flynn gab ein leichtes Lachen von sich, doch dann faßte er sich sofort wieder. Seine Bekanntschaft beschränkte sich auf die Briefköpfe. »Nun, ich kenne ihn nicht direkt persönlich, verstehen Sie, aber ich glaube sagen zu können, daß er mir bekannt ist. Ich war selber einmal im Wollgeschäft tätig.« Flynn wandte sich mit freundlicher Miene dem Hotelbesitzer zu und bedachte ihn mit einem Hauch von Gin und Jovialität. »Einhundert Rupien war die Summe, die Sie erwähnten?«

»Das ist genau die Summe, Mr. O'Flynn.« Der Besitzer war leicht zu besänftigen.

»Mr. Oldsmith und ich werden einen Drink auf der Veranda nehmen. Sie können uns die Rechnung bringen.« Flynn legte zwei Sovereigns auf die Empfangstheke – Sovereigns, die sich noch vor kurzem unter Sebastians Matratze befunden hatten.

Sebastian beobachtete das Treiben im Hafen. Er war kein Trinker, doch bei Flynn O'Flynns Hilfsbereitschaft konnte er nicht unhöflich sein und die Einladung schlichtweg zurückweisen. Die Anzahl der Schiffe in der Bucht vervielfältigte sich plötzlich auf wundersame Weise vor seinen Augen. Wo noch kurz zuvor eine einzige schäbige Dhau zu sehen war, segelten jetzt drei gleiche Boote in Kiellinie. Sebastian schloß ein Auge, und als er seinen Blick konzentrierte, reduzierte er die drei wieder auf ein Boot. Leicht beschwingt von seinem Erfolg, wandte er seine Aufmerksamkeit seinem neuen Freund und Geschäftspartner zu, der ihn mit so großen Mengen Gin traktiert hatte.

»Mr. O'Flynn«, sagte er bedächtig, wobei er die Wörter leicht zusammenzog.

»Vergessen Sie den Mister, Bassie. Nennen Sie mich Flynn. Ganz einfach Flynn – so einfach wie Gin.«

»Flynn«, sagte Sebastian. »Da ist doch nichts – ich meine, da ist doch nichts komisch bei dieser Sache?«

»Wie meinen Sie das, mein Junge – komisch?«

»Ich meine«, und Sebastian errötete leicht. »Da ist doch nichts Illegales dabei, nicht wahr?«

»Bassie!« Flynn schüttelte betrübt seinen Kopf. »Wofür halten Sie mich, Bassie? Meinen Sie, ich sei ein Betrüger oder so was, mein Junge?«

»O nein, natürlich nicht, Flynn!« Sebastian errötete noch mehr. »Ich habe mir nur gedacht – nun, alle diese Elefanten, die wir schießen wollen. Sie müssen doch jemandem gehören. Sind das nicht deutsche Elefanten?«

»Bassie, ich möchte Ihnen etwas zeigen.« Flynn stellte sein Glas nieder, griff in die Innentasche seines zerknautschten Tropenanzugs und holte einen Umschlag hervor. »Lesen Sie das, mein Junge!«

Der Kopf des auffallend einfachen Briefbogens trug die Anschrift: Kaiserhof, Berlin, 10. Juni 1912. Es kam ein Schreiben folgenden Inhalts und abgefaßt in englischer Sprache:

Lieber Mr. Flynn O'Flynn,
Wir machen uns große Sorgen wegen all der Elefanten da unten im Rufiji-Delta. Sie fressen das ganze Gras, außerdem ruinieren sie alle Bäume und Sträucher etc. Sollten Sie Zeit haben, dann bitte gehen Sie hinunter und schießen Sie ein paar von den Tieren ab, da sie mir sonst noch das ganze Gras fressen und all die Bäume etc. ruinieren.

Hochachtungsvoll
Wilhelm II.
Deutscher Kaiser

Ein leises Unbehagen formte sich inmitten der Ginwolken in Sebastians Schädel. »Wieso hat er Ihnen geschrieben?«

»Weil er weiß, daß ich der verdammt beste Elefantenjäger in der ganzen Welt bin.«

»Man sollte ein besseres Englisch von ihm erwarten, meinen Sie nicht?« murmelte Sebastian.

»Was gefällt Ihnen nicht an seinem Englisch?« wollte Flynn auf der Stelle wissen. Es hatte ihn geraume Zeit gekostet, den Brief aufzusetzen.

»Nun, ich meine den Satz mit: das ganze Gras auffressen – das hat er zweimal geschrieben.«

»Also hören Sie, Sie müssen bedenken, daß er Deutscher ist. Die schreiben Englisch nicht so gut.«

»Natürlich! Daran habe ich nicht gedacht.« Sebastian war erleichtert und nahm sein Glas. »Na denn – gute Jagd!«

»Darauf trinke ich gern«, und Flynn leerte sein Glas.

3

Sebastian klammerte sich mit beiden Händen an die hölzerne Reling der Dhau und starrte über ein gutes Dutzend Meilen Wasser auf die Silhouette des afrikanischen Festlandes. Der Monsun hatte der See einen dunklen Indigoton verliehen. Er trieb den Schaum der weißen Wellenkuppen in Sebastians Gesicht. Über dem reinen Salzgeruch des Ozeans lag der Dunst der Mangrovensümpfe – ein übler Geruch, der an Tierleichen erinnerte. Sebastian nahm diesen Geruch mit großem Widerwillen wahr, als er den grünen Küstenstreifen nach dem Eingang in den Irrgarten des Rufiji-Deltas absuchte.

Er runzelte die Stirn, weil er im Geist die Admiralitätskarte zu rekonstruieren versuchte. Der Rufiji mündete ins Meer durch ein Dutzend Kanäle, die sich über ein Gebiet von vierzig Meilen erstreckten, und auf diesem Wege trennte er fünfzig, vielleicht sogar hundert Inseln vom Festland.

Flutwasser spülte fünfzehn Meilen stromaufwärts – vorbei an den Mangroven, bis dorthin, wo das weitläufige grasige

Sumpfland begann: Dort hatten die Elefantenherden Schutz vor den Gewehren und Pfeilen der Elfenbeinjäger gesucht, geschützt durch kaiserlichen Erlaß und durch unwirtliches Gelände ringsum.

Der furchterregende Grobian, der die Dhau lenkte, gab eine Kette von Singsangbefehlen von sich, und Sebastian begann, die komplizierten Manöver des plumpen Schiffes genauer zu beobachten. Halbnackte Seeleute ließen sich wie überreife braune Früchte aus der Takelage fallen und tummelten um den sechzig Fuß langen Segelbaum herum. Mit bloßen Füßen liefen sie über das schmutzige Deck und bewegten den Baum einmal rückwärts, dann wieder vorwärts. Die Dhau ächzte wie ein arthritischer alter Mann. Langsam legte sie sich in den Wind und zeigte mit dem Bug in Richtung Land. Die plötzliche Drehung, der Sumpfgeruch, der Gestank des aufgewirbelten Grundwassers – all das legte sich auf Sebastians Magen. Seine Hände klammerten sich an die Reling; es bildeten sich auf seiner Stirn Schweißtropfen, die sich in Bläschen verwandelten ... Sebastian kippte vornüber und brachte unter den anfeuernden Rufen der Besatzung den Meeresgöttern Opfer um Opfer dar.

Er hing immer noch wie ehrerbietig über der Reling, als die Dhau schlingerte und in das bewegte Wasser der Einfahrt hineinglitt. Dann fuhr sie im ruhigen Wasser des südlichsten Kanals im Rufiji-Delta weiter.

Vier Tage später saß Sebastian mit dem Kapitän der Dhau auf einem dicken Buchara-Teppich, der auf Deck ausgebreitet war. Sie erklärten einander mittels Zeichensprache, daß keiner von ihnen auch nur die leiseste Ahnung hatte, wo sie sich befanden. Die Dhau ankerte in einer engen Wasserstraße, die von bizarren Mangrovenstämmen gesäumt war. Für Sebastian war das Gefühl der Verlorenheit nicht neu, und er nahm es mit einer gewissen Gelassenheit hin. Doch der Kapitän der Dhau, der sonst mit der Sicherheit eines auf Nachbarbesuch befindlichen Mannes die Route von Kalkutta bis Aden und wieder zurück zu meistern pflegte, verhielt sich in diesem Augenblick nicht gerade stoisch.

Er richtete seine Blicke gen Himmel und beschwor Allah, bei dem Djinn zu intervenieren, der über dieses stinkende Labyrinth herrschte, der dieses Wasser auf so seltsamen und unnatürlichen Wegen fließen ließ, der die Form dieser Inseln ständig veränderte und ihnen Schlammbänke in den Weg legte. Berauscht von der eigenen Redseligkeit, pflanzte er sich an der Reling auf, um böse Verwünschungen gegen das brütende Mangrovendickicht auszustoßen, doch endlich erhoben sich Schwärme von Ibissen, um sich in dem Hitzedunst über der Dhau zu tummeln. Dann warf der Kapitän sich auf den Teppich und starrte Sebastian voll finsterer Böswilligkeit an.

»Es ist wirklich nicht mein Fehler.« Sebastian beschlich ein ungutes Gefühl, als er sein Gegenüber ansah. Dann zog er seine Admiralitätskarte hervor, breitete sie auf dem Deck aus und deutete mit dem Finger auf die Insel, die Flynn O'Flynn als Treffpunkt mit einem blauen Kreis versehen hatte. »Ich meine, es ist doch eigentlich Ihre Angelegenheit, den Platz zu finden. Letzten Endes sind Sie der Navigator, oder nicht?«

Der Kapitän spuckte wütend aus, und Sebastian errötete.

»Also, das bringt uns auch nicht weiter. Wollen wir nicht versuchen, uns wie Gentlemen zu benehmen?«

Diesmal räusperte sich der Kapitän ganz tief und kleckste einen gelben Schleimklumpen in den blauen Kreis auf Sebastians Karte. Dann erhob er sich und stolzierte hinüber zu seiner Mannschaft, die am Heck wie in einer Verschwörung beieinanderhockte.

In der kurzen Dämmerung, während die Moskitos um Sebastians Kopf schwirrten, hörte er die Araber murmeln und sah, daß sie ihm Blicke zuwarfen. Als die Nacht das Schiff wie eine schwarze Dampfwolke einschloß, zog er sich in eine Verteidigungsstellung auf dem Vorderdeck zurück. Er erwartete ihr Kommen. Als Waffe hatte er seinen Stock aus solidem Ebenholz bei sich. Er legte ihn quer über den Schoß und lehnte sich an die Reling, bis die Nacht tiefschwarz war. Dann wechselte er leise seine Position und hockte sich neben eines der Wasserfässer, die unten am Mast vertäut waren.

Es dauerte lange, bis sie kamen. Die halbe Nacht war schon

vorüber, als er das heimliche Schlürfen nackter Füße auf den Planken hörte. Die Finsternis war von den Geräuschen der Sumpflandschaft erfüllt. Man vernahm das Schreien und Quaken der Frösche, das gedämpfte Summen von Insekten und das gelegentliche Schnauben und Planschen eines Flußpferdes, so daß Sebastian nur schwer feststellen konnte, wie viele Leute sie ausgesandt hatten. Während er sich hinter das Wasserfaß duckte, versuchte er vergeblich, die schwarze Nacht mit den Augen zu durchdringen und die Dschungeltöne aus seinem Gehör zu verdrängen, damit er jene verstohlenen Geräusche besser hören konnte, die der Tod verursachte, wenn er jetzt übers Deck geschlichen kam.

Obwohl Sebastian nie irgendwelchen akademischen Höhen entgegenstrebte, so hatte er doch im Halbschwergewicht für Rugby geboxt und in der vergangenen Saison das Kricketteam von Sussex in den Spielen seiner Grafschaft angeführt. Und so hatte Sebastian jetzt zwar Angst, aber er war doch voller Zuversicht in seine Tapferkeit, denn es war nicht jene Angst, die einem den Magen mit öliger Wärme füllt und das Selbstbewußtsein erschlaffen läßt, sondern eher eine Angst von der Art, die einen Mann derart in Erregung versetzt, daß jeder Muskel seines Körpers bis zum Zerreißen angespannt ist. Während er so in die Nacht lauschte, griff er nach dem Stock, den er neben sich liegen hatte. Seine Hand fiel auf einen umfangreichen Sack voller grüner Kokosnüsse, die einen Teil der Ladung ausmachten. Sie wurden mitgeführt, um mit ihrer Milch den kärglichen Frischwasservorrat an Bord zu ergänzen. Mit einem einzigen Ruck riß Sebastian die Verschnürung des Sacks auf und nahm eine harte runde Frucht an sich.

»Nicht ganz so handlich wie ein Kricketball, aber ...« murmelte Sebastian und erhob sich. Mit einem kurzen Anlauf warf er die Nuß wie jenen schnellen Ball, mit dem er im Vorjahr die erste Verteidigung von Yorkshire zerschmettert hatte. Sie hatte die gleiche Wirkung auf die Angriffsreihe der Araber. Die Kokosnuß flog und krachte gegen den Schädel eines herannahenden Angreifers.

Die übrigen zogen sich verwirrt zurück.

»Laßt die Männer kommen«, schrie Sebastian und warf noch einen kurzen Heber, der den Rückzug beschleunigte.

Er wählte eine weitere Kokosnuß aus und war im Begriff, auch diese loszuschleudern, doch da kam von hinten ein Blitz und ein Knall. Etwas war über Sebastians Kopf hinweggeheult. Blitzschnell duckte er sich hinter den Sack mit Kokosnüssen.

»Mein Gott, sie haben ein Gewehr da oben!« Dabei erinnerte Sebastian sich an den altertümlichen Vorderlader, den der Kapitän am ersten Tag nach dem Auslaufen von Sansibar liebevoll geputzt hatte. Nun wurde er ernstlich wütend.

Er sprang auf und warf im Zorn seine nächste Kokosnuß.

»Kämpft fair, ihr dreckigen Schweine!« rief er.

Es dauerte eine Weile, bis der Kapitän der Dhau mit dem komplizierten Laden seiner Schußwaffe fertig war. Dann kam ein Abschuß wie von einer Kanone. Es war nur ein Aufflammen, und ein weiteres Geschoß heulte über Sebastians Kopf hinweg.

Stundenlang, bis zum Morgengrauen, dauerte der lebhafte Austausch von Anfeuerungsrufen und Flüchen, von Kokosnüssen und Geschossen. Sebastian konnte sich mehr als gut behaupten, denn er erzielte vier Schmerzensschreie und ein Aufheulen, während es dem Kapitän lediglich gelang, einen ansehnlichen Teil seiner eigenen Takelage kaputtzuschießen. Sowie jedoch das Licht des neuen Tages zunahm, nahm Sebastians Vorteil ab. Die Schießkünste des arabischen Kapitäns verbesserten sich in einem solchen Maße, daß Sebastian die meiste Zeit kauernd hinter dem Kokosnußsack verbrachte. Er war nahezu erschöpft. Sein rechter Arm und die Schulter schmerzten unbarmherzig, und er konnte das erste verstohlene Herannahen der arabischen Mannschaft hören, als sie das Deck entlang auf sein Versteck zukrochen. Bei Tageslicht konnten sie ihn umzingeln und ihre Überzahl voll zur Geltung bringen, um ihn dann niederzuzwingen.

Während Sebastian sich vor dem letzten Ansturm ausruhte, sah er hinaus in den Morgen. Eine rötliche Dämmerung schimmerte, böse und schön zugleich, durch den Nebel über dem Sumpf und ließ das Wasser in einem rosigen Schein erglühen, während die Mangroven finster das Schiff umringten.

Irgend etwas plätscherte kanalaufwärts – vielleicht ein Wasservogel? Ohne rechtes Interesse hielt Sebastian Ausschau nach ihm, und plötzlich hörte er das Plätschern wieder. Er richtete sich ein wenig auf. Das Geräusch klang viel zu regelmäßig, als daß es von einem Vogel oder einem Fisch herrühren konnte.

Dann kam es angeschossen; direkt aus dem Mangrovendickicht heraus, hätte man meinen können, angetrieben von emsigen Paddeln: das Kanu! Am Bug stand Flynn O'Flynn mit einer doppelläufigen Elefantenbüchse unterm Arm, die Tonpfeife mitten im feuerroten Gesicht.

»Was, zum Teufel, ist denn hier los?« röhrte er. »Führt ihr hier etwa einen verdammten Krieg? Ich warte schon seit einer Woche auf euch Bande!«

»Seien Sie vorsichtig, Flynn«, rief Sebastian ihm warnend zu. »Das Schwein da hat ein Gewehr!«

Der arabische Kapitän war aufgesprungen und schaute sich unsicher um. Er hatte schon längst seinen übereilten Entschluß bereut, den Engländer loszuwerden und aus diesem üblen Sumpf zu entkommen. Jetzt wurden seine bösen Vorahnungen bestätigt. Da er sich nun aber einmal darauf eingelassen hatte, blieb ihm keine Wahl mehr. Er hob das Gewehr an seine Schulter und zielte auf O'Flynn. Der Schuß blies eine dichte graue Wolke von Pulverdampf aus der Mündung, und das Geschoß ließ eine Wasserfontäne hinter dem Kanu aufsteigen. Das Echo des Schusses ging unter im Dröhnen von Flynns Büchse. Er feuerte, ohne die Pfeife aus dem Mund zu nehmen, und das schmale Kanu schwankte gefährlich unter dem Rückstoß.

Das schwere Geschoß riß den schmächtigen Körper des arabischen Kapitäns in die Höhe, und seine Robe flatterte wie ein Stück Papier. Der Turban flog ihm vom Kopf und machte sich davon, während sein Besitzer über die Reling geschleudert wurde und mit einem lauten Aufklatschen ins Wasser fiel. Er trieb mit dem Gesicht nach unten, gefangen in seiner Robe, die sich wie ein Ballon aufblähte. Endlich trug ihn die träge Strömung davon. Seine Mannschaft, in eisiges Schweigen gebannt, stand an der Reling und starrte ihm nach.

O'Flynn tat, als wäre überhaupt nichts geschehen. Er warf

Sebastian einen wütenden Blick zu und schrie: »Sie sind eine Woche zu spät dran. Ich habe verdammt nichts tun können, weil Sie nicht kamen. Jetzt wollen wir gleich die Flagge hissen und uns an die Arbeit machen!«

4

Die offizielle Inbesitznahme von Flynn O'Flynns Insel fand in der relativen Kühle des nächsten Morgens statt. Es hatte Flynn einige Stunden gekostet, um Sebastian von der Notwendigkeit zu überzeugen, die Insel für die britische Krone mit Beschlag zu belegen, und der Erfolg stellte sich erst ein, als er Sebastian einen Baumeister des Empire nannte. Er stellte einige schmeichelhafte Vergleiche an zwischen Lord Clive aus Indien und Sebastian Oldsmith aus Liverpool.

Das nächste Problem war die Suche nach einem Namen. Dieses Unterfangen rief ein gewisses Maß an anglo-amerikanischer Feindschaft hervor, da Flynn O'Flynn sich leidenschaftlich für »New Boston« einsetzte. Sebastian war entsetzt, sein patriotischer Eifer flammte hell auf.

»Jetzt hören Sie aber auf, alter Junge«, protestierte er.

»Was gefällt Ihnen daran nicht? Sagen Sie mir, was Ihnen daran nicht gefällt!«

»Also, zuerst einmal wissen Sie selber, daß dies ein Besitztum Seiner Britannischen Majestät sein wird.«

»New Boston«, wiederholte O'Flynn. »Das klingt doch gut. Das klingt wirklich gut.«

Sebastian schüttelte sich. »Ich glaube, das wäre nicht ... nun, nicht ganz angebracht. Ich meine, Boston ist der Ort, wo es diese Teeaffäre gab, wie Sie wissen.«

Die Auseinandersetzung wurde immer hitziger, je mehr Flynn den Pegelstand seiner Ginflasche senkte. Sebastian erhob sich schließlich vom Teppich. Seine Augen sprühten vor patriotischer Entrüstung. »Wenn Sie die Güte hätten, mir zu folgen,

Sir«, forderte er den älteren Mann in gewähltem Tone auf, »könnten wir diese Angelegenheit regeln.« Die Würde der Herausforderung wurde durch das niedrige Kabinendach stark beeinträchtigt, weil es Sebastian zu gebückter Haltung zwang.

»Mann, ich könnte Sie verschlingen, ohne die Knochen auszuspucken.«

»Ist schließlich Geschmacksache, Sir. Aber ich muß Sie darauf hinweisen, daß man im Halbschwergewicht viel von mir gehalten hat.«

»O verdammt noch mal.« Flynn schüttelte resignierend seinen Kopf und kapitulierte. »Was macht es schon für einen Unterschied, wie wir diesen lieblichen Ort hier nennen. Setzen Sie sich um Gottes willen wieder. Hier! Trinken wir auf jeden beliebigen Namen, den Sie ihm geben wollen.«

Sebastian setzte sich auf den Teppich und ergriff den Trinkbecher, den Flynn ihm hinhielt. »Wir wollen sie ...« Er machte eine dramatische Pause. »Wir wollen sie New Liverpool nennen.« Damit hob er seinen Becher.

»Wissen Sie«, meinte Flynn, »für einen Limey sind Sie eigentlich gar nicht so übel.« Den Rest der Nacht verbrachten sie damit, die Geburt der neuen Kolonie friedlich zu feiern.

In der Morgendämmerung ließen sich die Baumeister des Empire von zwei Gewehrboys an Land paddeln.

Das Kanu lief auf den schmalen, schlammigen Uferstreifen von New Liverpool auf, und der plötzliche Ruck brachte beide aus dem Gleichgewicht. Sie fielen gemeinsam auf den Kanuboden und mußten sich von den Paddlern an Land helfen lassen. Sebastian war für den Anlaß formvollendet gekleidet, aber er hatte seine Weste schief zugeknöpft, und so zog er ständig an ihr herum, während man sich das Eiland besah.

Jetzt, zur Flutzeit, war New Liverpool ungefähr tausend Meter lang und halb so breit. An ihrem höchsten Punkt erhob sich die Insel nicht mehr als zehn Fuß über den Wasserspiegel des Rufiji. Fünfzehn Meilen von der Mündung entfernt, hatte das Wasser nur noch einen leichten Salzgehalt, und der Mangrovenbestand war lichter geworden, es war Platz genug vorhanden für hohes, dichtes Elefantengras und schlanke Kokospalmen.

Flynns Träger hatten oberhalb des Strandes eine kleine Lichtung freigeschlagen und rund um eine Palme ein Dutzend Strohhütten errichtet. Der Baum war abgestorben und hatte seine großen Blätter längst verloren. Flynn deutete mit einem Finger auf diesen Baum.

»Flaggenmast«, sagte er undeutlich und packte Sebastian am Ellbogen.

Während er mit einer Hand an seiner Weste zerrte und mit der anderen den zusammengefalteten Union Jack umklammerte, den Flynn ihm überreicht hatte, verspürte Sebastian ein Gefühl der Rührung. Er ließ seinen Blick den schlanken Stamm der Palme emporgleiten.

»Lassen Sie mich los«, murmelte er und schüttelte Flynns Hand ab. »Wir müssen das richtig machen. Feierlicher Augenblick – sehr feierlich.«

»Trinken Sie einen.« Flynn hielt ihm die Ginflasche hin, und als Sebastian mit einer Handbewegung ablehnte, hob er sie selber an die Lippen.

»Man soll bei einer Flaggenparade niemals trinken.« Sebastian schaute ihn vorwurfsvoll an. »Schlechter Stil.«

Flynn bekam von dem starken Gesöff einen heftigen Hustenreiz. Er schlug sich mit der freien Hand auf die Brust.

»Wir sollten die Männer in einem offenen Viereck aufstellen«, fuhr Sebastian fort. »Fertig zum Flaggengruß.«

»Mann, machen Sie doch voran.«

»Wir müssen das richtig machen.«

»Ach, verdammt.« Flynn zuckte resigniert die Schultern, dann gab er einen Schwall von Befehlen in Suaheli von sich.

Verblüfft und amüsiert versammelten sich Flynns fünfzehn Gefolgsleute in einem unordentlichen Kreis um den Flaggenmast. Das war eine abenteuerliche Bande, zusammengewürfelt aus einem halben Dutzend Stämmen, gekleidet in ein Sammelsurium von abgelegten westlichen Kleidungsstücken, die Hälfte von ihnen mit altertümlichen doppelläufigen Elefantenbüchsen bewaffnet, bei denen Flynn sorgfältig die Seriennummern abgefeilt hatte, damit kein Verdacht auf ihn fallen konnte.

»Feine Truppe.« Sebastian lächelte ihnen mit alkoholisiertem

Wohlwollen zu, wobei er unbewußt die Worte eines Brigadiers gebrauchte, der Sebastians Kadettenparade in Rugby inspiziert hatte.

»Fangen wir nun endlich an mit der Vorstellung!« schlug Flynn vor.

»Meine Freunde«, begann Sebastian folgsam, »wir haben uns heute hier versammelt ...« Es war eine längere Rede, doch Flynn nahm ihr die Wirkung, weil er ständig an seiner Ginflasche nippelte. Schließlich kam Sebastian mit feierlicher Stimme und Tränen der Rührung in den Augen zum Schluß: »... Im Angesicht von Gott und allen Menschen erkläre ich hiermit diese Insel zu einem Teil des glorreichen Empire Seiner Majestät, George V., König von England, Kaiser von Indien, Beschützer des Glaubens ...« Seine Stimme schwankte, als er sich an den korrekten Wortlaut zu erinnern versuchte, und so endete er kleinlaut: »... den übrigen Kram schenken wir uns.«

Das große Schweigen senkte sich auf die Versammlung, und Sebastian kam in Verlegenheit. »Was muß ich jetzt machen?« erkundigte er sich bei Flynn O'Flynn in einem Bühnenflüstern.

»Bringen Sie die verdammte Flagge rauf.«

»Ach, die Flagge!« rief Sebastian erleichtert, dann fuhr er unsicher fort: »Wie?«

Flynn stellte eine längere Überlegung an. »Ich schätze, Sie werden auf die Palme klettern müssen.«

Begleitet vom Gebrüll der Gewehrboys und unterstützt durch Flynns Nachschieben und Fluchen, brachte der Gouverneur New Liverpools es fertig, den Flaggenmast bis zu einer Höhe von etwa fünfzehn Fuß zu erklimmen. Dort brachte er die Flagge an und vollzog seinen Abstieg so geschwind, daß er die Knöpfe seiner Weste verlor und den Knöchel verstauchte. Als man ihn in die Hütte trug, sang er »God save our Gracious King« mit einer von Gin, Schmerzen und Patriotismus gebrochenen Stimme.

Während ihres Aufenthalts auf der Insel flatterte der Union Jack auf halbmast über dem Lager. Die Nachricht von der gewaltsamen Aneignung, die zunächst von zwei Wakamba-Fischern verbreitet wurde, brauchte zehn Tage, bis sie den Außenposten des Deutschen Reichs in hundert Meilen Entfernung bei Mahenge erreichte.

5

Mahenge lag im Buschland oberhalb der Küstenniederungen. Es bestand insgesamt aus vier Handelsstationen, die im Besitz indischer Kaufleute waren – und der deutschen Boma.

Die deutsche Boma war ein großes, strohgedecktes Steingebäude, umgeben von weitläufigen Veranden, die von purpurfarbenen Bougainvilleen überwuchert wurden. Dahinter befanden sich die Unterkünfte und der Paradeplatz der afrikanischen Askaris, und davor erhob sich ein einsamer Flaggenmast, von dem die schwarz-weiß-rote Reichsflagge wehte. Ein Fleckchen Erde in der Weite des afrikanischen Busches – Sitz der Regierung für ein Gebiet von der Größe Frankreichs: ein Gebiet, das sich nach Süden bis zum Rovuma und an die Grenze von Portugiesisch-Mozambique, nach Osten bis zum Indischen Ozean und nach Westen bis zum Hochland von Sao Hill und Mbeya erstreckte.

Von diesem Stützpunkt aus praktizierte der deutsche Distrikt-Kommissar für die südliche Provinz die unbegrenzte Macht eines mittelalterlichen Räuberhauptmanns. Ein Arm des Kaisers, oder genauer, einer seiner kleinen Finger, der nur dem Gouverneur Schnee in Daressalam Rechenschaft schuldig war. Aber Daressalam war viele beschwerliche Meilen entfernt, und Gouverneur Schnee war ein vielbeschäftigter Mann, der sich nicht um Kleinigkeiten kümmern konnte. Solange Kommissar Fleischer die Steuern eintrieb, war es ihm freigestellt, die Eintreibung auf seine eigene liebenswürdige Weise zu vollziehen, obwohl nur sehr wenige Bewohner der Südprovinz Hermann Fleischers Methoden »liebenswürdig« nennen würden.

Zu dem Zeitpunkt, da der Bote mit der Nachricht von der britischen Inbesitznahme New Liverpools über den letzten Hügel trabte und durch die Akazienbäume die kleine Häusergruppe von Mahenge vor sich liegen sah, war Herr Fleischer gerade damit beschäftigt, sein Mittagsmahl zu beenden.

Er war ein Mann von großem Appetit. Das heutige Mahl bestand aus annähernd zwei Pfund Eisbein, genausoviel Sauerkraut und einem Dutzend Kartoffeln. Die ganze Pracht schwamm in einer dicken Soße. Nachdem er damit seine Geschmacksnerven gereizt hatte, machte er sich über die Wurst her. Die Wurst kam wöchentlich mittels Schnelläufer aus dem im Norden gelegenen Dodoma. Sie wurde von einem genialen westfälischen Einwanderer hergestellt, der es verstand, die Erinnerung an Schwarzwälder Fleischwaren zu wecken. Die Wurst und das Bier, das in einem irdenen Krug kühlgehalten wurde, erweckten in Herrn Fleischer ein köstliches Gefühl von Heimweh. Er aß nicht langsam, dafür aber stetig, und die Speisenmengen, eingezwängt in den dicken grauen Kordstoff seiner Uniformjacke und Breecheshosen, erzeugten einen Druck, der ihm den Schweiß aus Gesicht und Nacken trieb und ihn zwang, in regelmäßigen Abständen eine Pause einzulegen und sich das Gesicht abzuwischen.

Als er schließlich einen tiefen Seufzer ausstieß und sich in seinen Sessel zurückfallen ließ, quietschten die Ledergurte unter seinem Sitz. Eine Blähung bahnte sich ihren Weg ins Freie und kam in Gestalt eines feinen Rülpsers über seine Lippen. Dabei stieß er einen erneuten glücklichen Seufzer aus und blinzelte aus dem tiefen Schatten der Veranda ins warme Sonnenlicht.

Da sah er den Boten herankommen. Der Mann erreichte die Stufen der Veranda, kauerte sich in der prallen Sonne nieder und drapierte den Lendenschurz züchtig zwischen seinen Beinen. Sein Körper glänzte schwarz von Schweiß, aber seine Beine waren bis zu den Knien bedeckt von einem pulverfeinen Staub, und seine Brust hob und senkte sich, als er die dünne, heiße Luft einsog. Seine Augen waren niedergeschlagen, denn er durfte den Bwana Mkuba nicht direkt anschauen, bis seine Anwesenheit offiziell zur Kenntnis genommen war.

Hermann Fleischer betrachtete ihn finster. Seine gute Stimmung war verflogen, denn er war auf seine Siesta eingestellt, die der Bote ihm nun verdorben hatte. Er fixierte die Wolke dicht über den Hügeln im Süden und schlürfte sein Bier. Dann wählte er einen Stumpen aus seiner Zigarrenkiste und zündete ihn an. Das Ding brannte langsam und gleichmäßig und gab seinem Besitzer etwas von der guten Laune zurück. Er rauchte genüßlich.

»Sprich«, knurrte er, und der Bote erhob seine Augen und starrte voller Bewunderung und Ehrfurcht auf die Gestalt des Kommissars. Obwohl eine solche Bewunderung rein ritueller Natur war, verfehlte sie doch nie, ein gewisses Wohlbehagen in Herrn Fleischer hervorzurufen.

»Ich sehe dich, Bwana Mkuba – Großer Herr.« Bei diesen Worten neigte Fleischer leicht den Kopf. »Ich bringe dir die Grüße von Kalani, dem Häuptling von Batja am Rufiji. Du bist sein Vater, und er kriecht vor dir auf dem Boden. Dein blondes Haar und dein mächtiger Körper blenden ihn durch ihre Schönheit.«

Herr Fleischer räkelte sich unbehaglich in seinem Sessel. Erwähnungen seiner Korpulenz, so gut sie auch immer gemeint waren, ärgerten ihn. »Sprich«, wiederholte er.

»Dies sagt Kalani: Vor zehn Sonnen kam ein Schiff in das Rufiji-Delta und hielt bei der Insel der Hunde, Inja. Auf der Insel haben die Männer vom Schiff Hütten gebaut, und über den Hütten haben sie an einer abgestorbenen Palme das Tuch der Insingeese in Blau und Weiß und Rot angebracht, mit vielen Kreuzen in Kreuzen!«

Herr Fleischer richtete sich mühsam in seinem Sessel auf und starrte den Boten an. Auf seinem rosigen Gesicht zeigten sich allmählich rote und purpurne Adern.

»Kalani sagt außerdem: Seit ihrer Ankunft haben die Stimmen ihrer Gewehre am Rufiji nicht aufgehört zu sprechen, und es sind viele Elefanten getötet worden, so daß um die Mittagszeit der Himmel schwarz von den Vögeln ist, die es mächtig nach dem Fleisch gelüstet.«

Herr Fleischer wälzte sich in seinem Sessel. Die Neuigkeit hatte ihm die Sprache verschlagen, und sein Gesicht war derart angeschwollen, daß es zu bersten drohte wie eine überreife Frucht.

»Und dann sagt Kalani noch: Zwei weiße Männer sind auf der Insel. Einer ist sehr dünn und jung. Darum zählt er nicht. Den anderen weißen Mann hat Kalani nur aus großer Entfernung gesehen. Aber von der Röte seines Gesichts und dem massigen Körper weiß er genau, daß es Fini ist.«

Bei der Nennung des Namens fand Herr Fleischer seine Sprache wieder. Wenn er auch noch nicht zu einem zusammenhängenden Satz fähig war – schreien konnte er wie ein Stier zur Brunstzeit. Der Bote zuckte zusammen; ein solcher Schrei aus dem Munde von Bwana Mkuba ging gewöhnlich einer Todesstrafe durch Aufhängen voraus.

»Feldwebel!« Der nächste Schrei war bereits artikuliert, und Herr Fleischer stand auf den Beinen und mühte sich ab, seine Gürtelschnalle zu schließen.

»Rasch!« schrie er. O'Flynn war wieder auf deutschem Gebiet – und er krönte diese Beleidigung mit dem Hissen des Union Jack über dem Herrschaftsbereich des Kaisers.

»Feldwebel, wo zum Donnerwetter sind Sie denn?« Mit einer für einen dicken Menschen unglaublichen Geschwindigkeit rannte Herr Fleischer die Veranda entlang. Seit drei Jahren, seit seiner Ankunft in Mahenge, hatte Flynn O'Flynns Name genügt, um ihm den Appetit zu verderben und einen Zustand hervorzurufen, der fast an einen epileptischen Anfall grenzte.

Der Askari-Feldwebel kam um die Ecke der Veranda, und Herr Fleischer konnte eben noch bremsen, um einen Zusammenstoß zu vermeiden.

»Eine Sturmpatrouille!« schrie der Kommissar, und vor Aufregung war seine Aussprache feucht geworden. »Zwanzig Mann. Volle Feldausrüstung und hundert Pfund Munition. In einer Stunde brechen wir auf.«

Der Feldwebel salutierte und lief eilends über den Paradeplatz. Eine Minute später erklang ein Hornsignal mit verzweifelter Dringlichkeit.

Langsam kam Hermann Fleischer durch die schwarzen Nebel seiner Wut wieder zur Vernunft. Er stand mit gesenkten Schultern da, atmete schwer mit offenem Mund und verdaute im Geiste die volle Bedeutung von Kalanis Botschaft.

Dies war nicht nur einer von O'Flynns willkürlichen Raubzügen über den Rovuma von Mozambique her. Diesmal war er frech in das Rufiji-Delta gesegelt – mit einer kompletten Expedition, und er hatte sogar die britische Flagge gehißt. Ein unbehagliches Gefühl, das keineswegs auf das gepökelte Schweinefleisch zurückzuführen war, machte sich in Herrn Fleischers Magen breit. Er wußte genau, wann er es mit einem internationalen Zwischenfall zu tun hatte.

Dies war vielleicht der entscheidende Anlaß, der das Vaterland auf den Weg zu seiner wahren Bestimmung führen würde. Er mußte vor Aufregung schlucken. Sie hatten die verhaßte Flagge dem Kaiser einmal zu oft ins Gesicht geschlagen. So wurde Geschichte gemacht, und Hermann Fleischer stand im Mittelpunkt des Geschehens.

Er zitterte ein wenig, als er in sein Büro eilte und sich daran machte, den Bericht an Gouverneur Schnee zu entwerfen, der die Welt möglicherweise in einen Feuersturm stürzen würde, aus dem das deutsche Volk womöglich als Herr der Schöpfung hervorgehen konnte ...

Eine Stunde später ritt er auf einem weißen Esel aus der Boma, den Schlapphut in die Stirn gezogen, um seine Augen vor der grellen Sonne zu schützen. Hinter ihm marschierten seine schwarzen Askaris, die Gewehre quer über der Schulter. Sie sahen schneidig aus mit ihren Käppis, von denen ein Nackenschutz auf die Schultern herabhing, mit ihren frisch gebügelten Khakiuniformen und ihren Gamaschen. Sie hatten Beine, wie für den strammen Gleichschritt geschaffen. Sie boten einen stattlichen Anblick, wie ihn sich jeder Kommandeur nur wünschen konnte.

Ein Marsch von eineinhalb Tagen würde sie an den Zusammenfluß von Kilombero und Rufiji bringen, wo die Dampfbarkasse des Distrikt-Kommissars vor Anker lag.

Als die Häuser von Mahenge hinter ihnen verschwanden, kam Herr Fleischer zur Ruhe und paßte sein umfangreiches Hinterteil der Form des Sattels an.

6

»Nun, haben Sie das auch wirklich mitbekommen?« fragte Flynn skeptisch.

Die vergangenen acht Tage gemeinsamen Jagens hatten ihm kein Vertrauen in Sebastians Fähigkeit gegeben, auch nur die einfachsten Anordnungen auszuführen, ohne eine bemerkenswerte eigene Variante hineinzubringen. »Sie fahren den Fluß hinab bis zur Insel und laden das Elfenbein auf die Dhau. Dann kommen Sie mit allen Kanus hierher zurück, um die nächste Ladung aufzunehmen.« Flynn unterbrach sich, damit seine Worte in das schwammige Gewebe von Sebastians Kopf eindringen konnten, ehe er fortfuhr: »Und um Himmels willen, vergessen Sie nicht den Gin!«

»Alles okay, alter Junge.« Mit einem schwarzen Bartwuchs von acht Tagen und einer sonnverbrannten Nase, von deren Spitze sich die Haut abschälte, paßte Sebastian sich rein äußerlich der Rolle eines Elfenbeinschmugglers an. Der breitkrempige Strohhut, den Flynn ihm geliehen hatte, reichte ihm bis an die Ohren, und die rasiermesserscharfen Kanten des Elefantengrases hatten seine Hosenbeine zerfetzt und den Glanz von seinen Stiefeln gekratzt. Seine Handgelenke und die weiche Haut hinter den Ohren waren angeschwollen und dort mit feurigen roten Flecken übersät, wo die Moskitos sich satt getrunken hatten. Aber er hatte immerhin etwas Gewicht in der Hitze und beim unaufhörlichen Laufen verloren, so daß er jetzt schlank und kräftig aussah. Sie standen beide unter einem Affenbrotbaum am Ufer des Rufiji, während die Träger unten am Fluß die letzten Stoßzähne in die Kanus verluden. Ein seltsamer Geruch erfüllte die dampfende Hitze über ihnen – ein Geruch, den Sebastian jetzt kaum noch bemerkte, denn die letzten acht Tage waren Zeugen eines großen Elefantensterbens gewesen, und der Gestank von frischem Elfenbein war ihm so vertraut geworden wie der Geruch des Meeres für einen Matrosen.

»Wenn Sie morgen früh zurückkehren, werden die Boys das letzte Elfenbein herbeigeschafft haben. Dann haben wir eine schöne Ladung auf der Dhau, und Sie können sich auf den Weg nach Sansibar machen.«

»Und was ist mit Ihnen? Bleiben Sie hier?«

»Das wohl kaum. Ich werde mich in mein Hauptquartier nach Mozambique begeben.«

»Wäre es nicht einfacher für Sie, wenn Sie mit uns auf die Dhau kämen? Das sind doch fast zweihundert Meilen Fußmarsch.« Sebastian war aufrichtig besorgt; in den letzten Tagen hatte er bei sich eine glühende Bewunderung für Flynn entdeckt.

»Ja, sehen Sie, das ist so . . .« Flynn zögerte. Jetzt war nicht der Zeitpunkt, um Sebastian mit der Erwähnung von deutschen Kanonenbooten zu ängstigen, die vor der Mündung des Rufiji auf der Lauer lagen. »Ich muß zurück in mein Lager, weil . . .« Plötzlich kam Flynn O'Flynn eine Erleuchtung. »Weil meine arme kleine Tochter dort ganz allein ist.«

»Sie haben eine Tochter?« fragte Sebastian überrascht.

»Da haben Sie verdammt recht.« Flynn verspürte einen plötzlichen Anfall von väterlicher Zuneigung und Pflichtgefühl. »Und das arme kleine Ding ist dort ganz allein.«

»Also, wann werde ich Sie wiedersehen?« Der Gedanke, von Flynn zu scheiden und sich vor die Aufgabe gestellt zu sehen, Australien zu finden – all das ließ Sebastian plötzlich trübselig werden.

»Tja.« Flynn war taktvoll. »Daran habe ich noch gar nicht gedacht.« Das war eine Lüge. Flynn hatte während der letzten acht Tage unaufhörlich daran gedacht. Er konnte es kaum erwarten, sich von Sebastian Oldsmith für alle Zeiten zu verabschieden.

»Könnten wir nicht . . .« Sebastian errötete ein wenig unter seinen sonnverbrannten Wangen. »Könnten wir uns nicht irgendwie zusammentun? Ich könnte für Sie arbeiten – so wie ein Lehrling.«

Dieser Vorschlag ließ Flynn erschaudern. Er geriet nahezu in Panik bei dem bloßen Gedanken daran, daß Sebastian ständig an seinen Fersen hängen und sein Gewehr ziellos abfeuern könnte.

»Wissen Sie was, Bassie, mein Junge?« Er legte seinen dicken

Arm fest um Sebastians Schultern. »Erst segeln Sie mal die alte Dhau zurück nach Sansibar, und der alte Kebby El Keb wird Ihnen Ihren Anteil auszahlen. Dann schreiben Sie mir, ja? Was halten Sie davon? Sie schreiben mir, und wir werden uns etwas einfallen lassen.«

Sebastian lächelte glücklich. »Das mach' ich gern, Flynn. Das mache ich wirklich gern.«

»Also gut, machen Sie sich auf den Weg. Und vergessen Sie nicht den Gin.«

Sebastian stand am Bug des führenden Kanus, die Doppelbüchse fest in beiden Händen und den Strohhut tief über seine Ohren herabgezogen, als die kleine Flottille schwer beladener Boote vom Ufer abstieß und die Strömung suchte. Paddel tauchten in das Wasser und glänzten in der Abendsonne, und bald schossen sie auf die erste Biegung stromabwärts zu.

Sebastian stand immer noch unsicher in dem zerbrechlichen Boot, als er sich umblickte und Flynn mit der Büchse zuwinkte.

»Um Himmels willen, seien Sie vorsichtig mit dem verdammten Schießeisen«, schrie Flynn, aber es war schon zu spät. Ein Schuß ging los, und der Rückstoß warf Sebastian rücklings auf das hinter ihm aufgestapelte Elfenbein. Das Kanu schwankte gefährlich, als die Paddler sich bemühten, es vor dem Kentern zu bewahren. Bald war das Boot hinter der Biegung verschwunden.

Zwölf Stunden später passierten die Kanus dieselbe Biegung und richteten ihren Kurs auf den einsamen Affenbrotbaum am Ufer. Ohne das Elfenbein hatten die Boote leichte Fahrt, und die Paddler sangen ihre alten Shanties.

Frisch rasiert, mit einem sauberen Hemd und einem zweiten Paar Stiefel, einer Kiste Gin zwischen den Knien, hielt Sebastian eifrig Ausschau nach dem großen Amerikaner.

Eine kleine blaue Rauchspur vom Lagerfeuer zog über den Fluß, doch niemand winkte ihnen zu vom Ufer her. Plötzlich zog Sebastian die Brauen zusammen. Er sah, daß die Silhouette des Affenbrotbaums sich verändert hatte. Er blinzelte mit den Augen und schaute unsicher nach vorn.

Hinter sich hörte er den ersten Alarmschrei von seinen Bootsmännern. »Allemand!« Und das Kanu schwankte unter seinen Füßen.

Er blickte zurück und sah, wie die restlichen Kanus sich in engen Kreisen stromabwärts drehten; die Bootsmänner schnatterten aufgeregt, als sie sich nach vorn beugten, um den Gegenkurs anzusteuern. Sein eigenes Kanu folgte im Nu den übrigen, die eben um die Biegung verschwanden.

»Halt!« schrie Sebastian den schweißglänzenden Hinterteilen seiner Paddler zu. »Was macht ihr denn da?«

Sie gaben ihm keine Antwort, aber die Muskeln unter ihrer schwarzen Haut wölbten sich bei ihrer verzweifelten Anstrengung, das Kanu schneller voranzutreiben.

»Hört sofort damit auf«, rief Sebastian ihnen zu. »Bringt mich zurück, verdammt noch mal. Ich will ins Lager!«

In seiner Verzweiflung hob Sebastian das Gewehr und zielte auf den nächstbesten Mann. »Ich mache keinen Spaß«, rief er jetzt. Der Eingeborene warf einen Blick über seine Schulter in den auf ihn gerichteten Doppellauf, und sein Gesicht, das bereits vor Furcht verzerrt war, gefror jetzt zur Maske des Schreckens. Sie wußten alle sehr wohl die Meisterschaft einzuschätzen, mit der Sebastian seine Waffe handhabte.

Der Mann hörte auf zu paddeln. Die anderen folgten, einer nach dem anderen, seinem Beispiel. Unter den hypnotisierenden Augen von Sebastians Gewehr saßen sie wie versteinert da.

»Zurück!« rief Sebastian und deutete mit einer unmißverständlichen Geste stromaufwärts. Zögernd tauchte der Mann neben ihm sein Paddel ein, und das Kanu drehte sich breitseits gegen den Strom. »Zurück!« rief Sebastian noch einmal, und auch die übrigen Männer tauchten ihre Paddel folgsam ein.

Langsam und vorsichtig kroch das einsame Kanu stromaufwärts auf den Affenbrotbaum und die grotesken Früchte zu, die von seinen Ästen herabhingen. So erreichte man schließlich festen Boden, und Sebastian ging an Land.

»Raus mit euch!« befahl er den Bootsleuten und unterstrich sein Kommando mit einer großartigen Armbewegung. Er wollte, daß sie sich so weit wie möglich vom Kanu entfernten, denn er wußte, daß sie sich andernfalls in dem Augenblick, da er ihnen den Rücken zuwandte, mit äußerstem Eifer stromabwärts in Bewegung setzen würden.

Die beiden Träger, die im Gewehrfeuer gefallen waren, lagen beim schwelenden Feuer. Aber die vier Männer im Affenbrotbaum waren schlechter dran gewesen. Die Stricke hatten tief in das Fleisch ihres Nackens eingeschnitten; ihre Gesichter waren aufgedunsen, ihre Münder weit geöffnet für den letzten Atemzug, der ihnen nicht mehr vergönnt gewesen war. Auf ihren heraushängenden Zungen krabbelten die Fliegen wie grüne Bienen aus Metall.

»Schneidet sie ab!« Sebastian schüttelte das Gefühl der Übelkeit ab, das vom Magen her würgend in ihm hochkroch. Die Bootsmänner standen wie gelähmt da, und in Sebastian mischte sich Ärger mit Abscheu. Brutal schob er einen der Männer auf den Baum zu.

»Schneide sie ab«, wiederholte er und drückte dem Mann den Griff seines Jagdmessers in die Hand. Sebastian wandte sich ab, als der Eingeborene, das Messer zwischen den Zähnen, den Baum bis zur Gabelung erklomm. Als die Toten vom Baum getrennt wurden, hörte er sie schwer hinter sich aufprallen. Sein Magen rebellierte wieder, doch er konzentrierte sich darauf, das niedergetretene Gras im Lagerbereich zu durchforschen.

»Flynn!« rief er leise. »Flynn. Hören Sie, Flynn. Wo sind Sie?« Im weichen Erdboden waren Abdrücke von Nagelstiefeln sichtbar, an einer Stelle bückte er sich und hob eine leere Patronenhülse auf. Im Messingboden der Zündkapsel war das Markenzeichen *Mauser* eingeprägt.

»Flynn!« Sein Rufen wurde um so inständiger, je stärker ihn das Grauen packte. »Flynn!« In diesem Augenblick hörte er das Gras in seiner Nähe rascheln. Er warf sich herum und hob sein Gewehr an die Hüfte.

»Master!« Sebastian verspürte ein Gefühl der Enttäuschung.

»Mohammed. Bist du das, Mohammed?« Und dann erkannte er die ausgemergelte kleine Gestalt mit dem ewigen Fez hoch auf dem wolligen Schädel. Flynns erster Gewehrboy – der einzige, der ein bißchen Englisch sprach.

»Mohammed«, rief er erleichtert. Dann fügte er schnell hinzu: »Fini? Wo ist Fini?«

»Sie haben ihn erschossen, Master. Die Askaris, am frühen Morgen vor Sonnenaufgang! Fini war beim Waschen. Sie schossen auf ihn, und er fiel ins Wasser.«

»Wo? Zeig mir, wo das war.«

Unterhalb des Lagers, nur wenige Meter von der Stelle entfernt, wo das Kanu an Land gezogen worden war, fanden sie ein jämmerliches kleines Bündel. Es waren Flynns Kleidungsstücke. Daneben lagen ein halb aufgebrauchtes Stück billige Seife und ein metallener Handspiegel. Im Schlamm waren die tiefen Eindrücke nackter Füße zu sehen. Mohammed bückte sich und brach einen grünen Halm unmittelbar am Wasser ab. Wortlos reichte er ihn Sebastian. Ein Blutstropfen, beim Trocknen fast schwarz geworden, war auf den Halm gefallen.

»Wir müssen ihn finden. Er könnte noch am Leben sein. Ruf die andern. Wir werden die Ufer stromabwärts absuchen.«

Aus lauter Schmerz über den Verlust nahm Sebastian Flynns schmutziges Hemd an sich und ballte es zusammen in seinen Fäusten.

7

Flynn streifte seine Hosen und das schmutzige Buschhemd ab. Er fröstelte ein wenig in der Morgenkühle, schlug die Arme um den Körper und massierte seine Oberarme, während er forschend in das flache Wasser blickte und den Grund nach einem wohlbekannten Muster absuchte, das ihm verraten würde, daß ein Krokodil, im Schlamm verborgen, auf ihn wartete.

Sein Körper war weiß wie Porzellan, wo Kleidungsstücke ihn vor der Sonne geschützt hatten, aber seine Arme waren schokoladenbraun, und ein tiefer Keil von derselben Farbe reichte hinab vom Hals bis zur Brust. Das grobschlächtige rötliche Gesicht war faltig und aufgedunsen vom Schlaf. Sein langes graumeliertes Haar war zerzaust und struppig. Er rülpste lautstark und verzog sein Gesicht bei dem Geschmack von schalem Gin und Pfeifentabak, und dann, als er sich überzeugt hatte, daß kein Reptil auf der Lauer lag, stieg er ins Wasser und tauchte sein massives Hinterteil hinein, so daß er bis zur Hüfte im kühlen Naß saß. Schnaubend schaufelte er mit hohlen Händen Wasser über seinen Kopf, dann stakte er vorsichtig ans Ufer. Sechzig Sekunden sind ein langer Zeitraum für den Aufenthalt in einem Fluß wie dem Rufiji, denn die Krokodile sind beim Geräusch plätschernden Wassers schnell zur Stelle.

Nackt, tropfnaß, die dicken Haarsträhnen ins Gesicht geklatscht, begann Flynn sich einzuseifen. Während er seinen Schritt in dichten Schaum hüllte und seine stattlichen Genitalien behutsam massierte, wusch er die schläfrige Trägheit weg, und sein Appetit rührte sich. Er rief hinauf zum Lager: »Mohammed, du Liebling Allahs, du Sohn seines Propheten, heb deinen schwarzen Arsch aus dem Sack und koch Kaffee.« Dann fiel ihm noch etwas ein, und er fügte hinzu: »Und tu' vor allem ein bißchen Gin hinein.«

Seifenschaum zierte Flynns Achselhöhlen und seinen bedauernswerten Hängebauch, als Mohammed herunter zum Ufer kam. Mohammed balancierte einen großen Emaillebecher, aus dem sich kleine aromatische Dampfwölkchen emporkräuselten. Flynn grinste ihn an und sagte in Suaheli: »Du bist freundlich und gnadenreich; diese Wohltat wird deinem Namen im Buch des Paradieses gutgeschrieben werden.«

Dann nahm er den Becher – doch in diesem Augenblick kam von oben eine Gewehrsalve. Eine Kugel bohrte sich in seinen Oberschenkel. Er wurde zu Boden gerissen, und da lag er nun, zur Hälfte im Schlamm, zur Hälfte im Wasser. Voller Schrecken hörte er die Askaris ins Lager stürmen – hörte ihr Triumphgeschrei, als sie die Männer, die den ersten Feuerüberfall überlebt hatten, mit Gewehrkolben niederschlugen. Flynn setzte sich mühsam auf.

Mohammed kam besorgt auf ihn zu.

»Lauf«, stöhnte Flynn. »Lauf, verdammt noch mal.«

»Herr . . .«

»Verschwinde hier.« Wütend schlug Flynn nach ihm, und Mohammed wich zurück. »Der Strick, du Narr. Sie werden dich am Strick aufhängen und dich in eine Schweinehaut einwickeln.«

Mohammed zögerte noch eine Sekunde, dann duckte er sich und verschwand im Schilf.

»Sucht Fini!« Das kam in Deutsch, klang aber wie Stiergebrüll.

»Sucht den weißen Mann.«

In diesem Augenblick erkannte Flynn, daß es eine verirrte Kugel war, die ihn getroffen hatte – vielleicht sogar ein Querschläger. Sein Bein war von der Hüfte abwärts gefühllos, aber er schleppte sich mit ganzer Kraft ins Wasser. Er konnte nicht laufen, also mußte er schwimmen.

»Wo ist er? Sucht ihn!« tobte die Stimme, und plötzlich teilte sich das Gras am Ufer. Flynn sah dem Eindringling entgegen.

Zum erstenmal standen sie sich gegenüber – zwei Männer, die drei Jahre lang ein mörderisches Versteckspiel quer durch zehntausend Quadratmeilen Buschland miteinander getrieben hatten.

»Ja!« jubilierte Fleischer dröhnend, als er sich herumwarf und die Pistole auf den Mann im Wasser richtete. »Diesmal hab' ich dich!« Er zielte sorgfältig und hielt dabei die Luger mit beiden Händen fest umklammert.

Dem trockenen Knall des Schusses und dem klatschenden Einschlag der Kugel ins Wasser, einen Fuß von Flynns Kopf entfernt, ließ Fleischer ein enttäuschtes Knurren folgen.

Flynn füllte seine Lungen mit Luft und tauchte unter. Er stieß mit seinem gesunden Bein wie ein Frosch, zog das verwundete hinterher, überließ sich der Strömung und schwamm. Er schwamm, bis sein angehaltener Atem seine Brust zu sprengen drohte und abertausend farbige Lichter hinter seinen zugekniffenen Lidern flammten und funkelten. Dann kam er an die Oberfläche. Am Ufer wartete Fleischer mit einem halben Dutzend Askaris auf ihn. »Da ist er!« schrie er, als Flynn nun dreißig Meter stromabwärts auftauchte. Gewehrfeuer knatterte. Wasser peitschte und wirbelte und schäumte um Flynns Kopf.

»Schießt genauer!« Fleischer heulte vor Enttäuschung und fuchtelte wild mit seiner Luger, als er den Kopf verschwinden und Flynns dicke weiße Gesäßbacken einen Augenblick an die Oberfläche kommen sah, während er wieder tauchte. Vor Wut und Erregung prustend, ließ Fleischer seinen Zorn an seinen Askaris aus. »Schweine! Dumme schwarze Schweinehunde!« Er schwang die leere Pistole gegen den nächsten Kopf und schlug den Mann zu Boden. Darauf bedacht, dem Gefuchtel Fleischers auszuweichen, war keiner von ihnen schußbereit, als Flynn zum zweitenmal an die Oberfläche kam. Eine planlose Salve ließ Wasserfontänen, zehn Fuß von Flynns Kopf entfernt, aufsteigen. Dann tauchte er wieder unter.

»Kommt mit! Wir müssen ihn jagen!« Fleischer nahm die Verfolgung im Laufschritt auf, wobei er seine Askaris vor sich her am Ufer entlangtrieb. Zwanzig Meter ging alles gut, dann kamen sie an das erste Sumpfloch, und als sie es durchwatet hatten, sahen sie sich einer dichten Mauer von Elefantengras gegenüber. Sie stürzten sich hinein und wurden vom Dickicht buchstäblich verschluckt, so daß sie keinen Ausblick mehr auf den Fluß hatten.

»Schnell! Schnell! Er entkommt uns«, schnaufte Fleischer. Die dicken Halme rankten sich um seine Knöchel, und er fiel kopfüber in den Schlamm. Zwei Askaris richteten ihn wieder auf, und sie stolperten weiter, bis sie an das Ende der dichten, hohen Grasfläche kamen. Sie hatten endlich die Flußbiegung erreicht, die einen weiten Ausblick gewährte.

Die Vögel waren, verstört durch das Gewehrfeuer, aufgeflogen und schwärmten verwirrt über dem Schilfdickicht umher. Ihre Alarmschreie vereinigten sich zu einem schrillen Chor, welcher jäh in die friedliche Morgendämmerung einbrach. Sie waren die einzigen Lebewesen, so weit man blicken konnte. Von einem Ufer zum anderen wurde die ungeheure Fläche des Wassers nur von einigen schwimmenden Inseln mit Papyrusstauden unterbrochen. Sie sahen aus wie Flöße aus verfilzter Vegetation, die von der Strömung losgerissen waren und ohne Eile dem Meer zutrieben.

Schwer atmend machte sich Hermann Fleischer von den stützenden Händen seiner Askaris los und suchte verzweifelt nach Flynns Kopf. »Wo ist er geblieben?« Seine Finger zitterten, als er einen neuen Munitionsstreifen in seine Luger einsetzte. »Wo ist er geblieben?« fragte er noch einmal, aber keiner seiner Askaris gab Antwort.

»Er muß auf dieser Seite sein!« Der Rufiji war hier eine halbe Meile breit. Flynn konnte ihn in den wenigen Minuten, seit sie ihn zum letztenmal gesehen hatten, nicht überquert haben. »Sucht das Ufer ab!« befahl Fleischer. »Sucht ihn!«

Erleichtert wandte sich der Askari-Feldwebel seinen Männern zu, teilte sie in zwei Gruppen auf und schickte sie stromauf und stromab, um die Uferstreifen zu durchkämmen.

Langsam steckte Fleischer seine Pistole wieder ins Halfter und schloß die Klappe. Dann zog er ein Taschentuch heraus und wischte sich Gesicht und Nacken ab.

»Kommen Sie!« sagte er zu seinem Feldwebel und machte sich auf den Rückweg zum Lager.

Als er es schließlich erreichte, hatten seine Leute bereits Klapptisch und Stuhl aufgestellt. Flynns Lagerfeuer war zu neuem Leben erweckt worden, und der Askari-Koch bereitete soeben das Frühstück zu.

Als Fleischer mit aufgeknöpfter Uniformjacke am Tisch saß und Haferbrei mit wildem Honig in sich hineinlöffelte, kehrte seine gute Laune zurück. Nicht zuletzt befriedigte ihn auch die gründliche Art, mit der die Exekution der vier Gefangenen durchgeführt wurde.

Als der Koch den Teller wegnahm und statt dessen eine Tasse dampfenden Kaffees hinstellte, stolperten die beiden Suchmannschaften auf die Lichtung und meldeten, daß ein paar Blutstropfen das einzige Lebenszeichen waren, das sie von Flynn O'Flynn gefunden hatten.

»Ja«, nickte Hermann, »die Krokodile haben ihn gefressen.« Er schlürfte genießerisch seinen Kaffee, bevor er die nächsten Befehle gab. »Feldwebel, bringen Sie das zur Barkasse.« Er deutete auf den Stapel Elfenbein am Rande der Lichtung. »Dann werden wir die Hundeinsel aufsuchen und diesen anderen Weißen dort mit seiner englischen Flagge suchen.«

8

Es gab nur eine Einschußwunde – ein dunkelrotes Loch, aus dem immer noch wäßriges Blut quoll. Flynn hätte seinen Daumen hineinbohren können, doch statt dessen befühlte er vorsichtig die Rückseite seines Beins. Er fand die Wölbung im Fleisch, wo das Geschoß gleich unterhalb der Haut steckengeblieben war.

»Gottverdammt. Gottverdammter Mist«, flüsterte er unter Schmerzen und voller Wut über den unglücklichen Zufall, welcher den Querschläger ausgerechnet an die Stelle lenken mußte, wo er stand, und noch dazu mit der erforderlichen Geschwindigkeit, daß er sich in seinem Schenkel festsetzen konnte, anstatt einen sauberen Durchschuß zu verursachen.

Langsam streckte er das Bein aus und versuchte festzustellen, ob ein Knochen gebrochen war. Durch die Bewegung geriet das verfilzte Papyrusfloß, auf dem er lag, in schaukelnde Bewegung. »Hätte ja auch den Knochen treffen können, aber der ist heil«, knurrte er erleichtert, und dann spürte er ein leichtes Schwindelgefühl in seinem Kopf. In seinen Ohren klang ein Rauschen, als käme es von einem entfernten Wasserfall.

»Hab' doch ein bißchen von dem alten Saft verloren«, und aus der Wunde floß ein Rinnsal frischen Blutes und vermischte sich mit den Wassertropfen, die das Bein hinabliefen und auf die trockenen Papyruspflanzen tropften. »Ich muß das zum Stillstand bringen«, hauchte er.

Er war nackt und sein Körper immer noch naß vom Fluß. Kein Gürtel, kein Stückchen Tuch, das er als Knebel benutzen konnte . . . aber er mußte die Blutung eindämmen. Seine Finger, ungeschickt und geschwächt von der Verwundung, griffen nach den langen, schwertförmigen Blättern der Halme. Er begann, sie zu einem Seil zusammenzudrehen. Dieses band er oberhalb der Wunde um das Bein, zog es fest und verknotete es. Das Bluten wurde schwächer und kam bald vollends zum Stillstand. Flynn ließ sich hintenübersinken und schloß die Augen.

Die kleine Insel unter ihm schaukelte im Einklang mit der Strömung und den kleinen Wellen, die vom Morgenwind verursacht wurden. Es war eine einschläfernde Bewegung, und er war müde – schrecklich, ja, schmerzhaft müde. Er schlief ein.

Der Schmerz und das Aufhören der Bewegung weckten ihn schließlich. Da war ein dumpfes, beständiges Hämmern, ein Pulsieren, das sich übers ganze Bein bis hinauf zu Lenden und Bauch erstreckte. Unsicher stützte er sich auf die Ellbogen und betrachtete seinen Körper. Das Bein war geschwollen und bläulich verfärbt von der Einschnürung durch das Grasseil.

Er starrte eine Minute lang stumpf und verständnislos vor sich hin, doch dann setzte allmählich sein Erinnerungsvermögen ein.

»Wundbrand!« sagte er laut und zog am Knoten. Das Seil fiel ab, und er stöhnte unter der Qual, die der neue Blutstrom in seinem Bein verursachte. Er ballte die Fäuste und biß die Zähne aufeinander. Der Schmerz ließ nach, es blieb ein Hämmern in der Wunde. Er konnte wieder atmen – wenn auch schnaufend wie ein Asthmatiker.

Dann wurde ihm die veränderte Szenerie bewußt, und er schaute sich nach allen Seiten um. Der Fluß hatte ihn hinab in die Mangrovensümpfe getragen, hinab in das Netz kleiner Inseln und Wasserstraßen, die das Delta ausmachten. Sein Papyrusfloß war bei Ebbe auf einer Schlammbank gestrandet. Der Schlamm stank nach verfaulten Pflanzen und Schwefel. Unweit von ihm machte sich ein Schwarm von großen grünen Flußkrebsen knackend und glucksend an einem toten Fisch zu schaffen, und ihre kleinen Glotzaugen hatten etwas wie fortwährende Überraschung an sich. Als Flynn sich rührte, bewegten sie sich aufs Wasser zu und erhoben abwehrend ihre spitzen Scheren.

Wasser! Unvermittelt spürte Flynn den zähen Speichel, der seine Zunge an den Gaumen klebte. Gerötet vom starken Sonnenlicht, heiß vom beginnenden Wundfieber, war sein Körper ein Feuerofen, der nach Flüssigkeit lechzte.

Flynn bewegte sich, und sogleich schrie er auf vor Schmerz. Sein Bein war steif geworden während des Schlafs. Es war jetzt wie ein schwerer Anker, der ihn hilflos an das Papyrusfloß fesselte. Er versuchte es noch einmal. Rücklings auf Hände und Gesäßbacken gestützt, schleifte er das Bein hinter sich her. Jeder

Atemzug kam wie ein Keuchen aus seiner trockenen Kehle, jede Bewegung stach wie eine glühende Lanze in seinen Schenkel. Aber er mußte trinken – um jeden Preis. Zentimeter um Zentimeter arbeitete er sich zum Floßrand vor. Dann ließ er sich auf die Schlammbank hinabgleiten.

Das Wasser war mit der Ebbe zurückgewichen, und Flynn war immer noch fünfzig Schritte von seinem Rand entfernt. Mit den Bewegungen eines Rückenschwimmers glitt er über den schlüpfrigen, übelriechenden Schlamm; das Bein schleifte er hinter sich her. Es fing wieder an zu bluten, nicht stark ... das Blut kam wie ein glänzender Weintropfen nach dem anderen ... so schien es ihm.

Schließlich erreichte er das Wasser und rollte sich auf die Seite, mit dem verwundeten Bein nach oben, um die Wunde frei von Schlamm zu halten. Auf einen Ellbogen gestützt, tauchte er sein Gesicht ins Naß und trank gierig. Das Wasser war warm, salzig, muffig von verfaulten Mangroven und schmeckte wie tierischer Urin. Aber er schluckte es gierig, Mund, Nase und Augen ganz unter Wasser. Schließlich mußte er Luft schöpfen, und er hob den Kopf, rang nach Atem und hustete, bis das Wasser seine Kehle hinaufschoß, aus seiner Nase floß und ihm die Tränen in die Augen trieb. Endlich konnte er wieder regelmäßig atmen. Sein Auge wurde klar. Bevor er erneut den Kopf senkte, um noch einmal zu trinken, warf er einen Blick über den Kanal. Da sah er es kommen.

Es war an der Oberfläche, noch hundert Meter entfernt, aber es schwamm schnell auf ihn zu, und der große Schwanz wühlte das Wasser auf. Dies war ein großes Exemplar, mindestens fünfzehn Fuß lang, und sah aus wie die rauhe Borke eines Kiefernstammes. Das Untier hinterließ beim Herannahen eine breite Kiellinie. Flynn schrie ... nur einmal, aber schrill, hoch und durchdringend. In seiner Panik vergaß er die Wunde; er versuchte aufzustehen. Er stützte sich auf seine Hände – aber das Bein hielt ihn am Boden fest. Er schrie noch einmal vor Schmerz und Angst.

Bäuchlings schlängelte er sich aus dem flachen Wasser zurück auf die Schlammbank. Dann schleppte er sich über den klebrigen Morast, kämpfte sich vorwärts zum Papyrusfloß, das in fünfzig Meter Entfernung zwischen den Mangrovenwurzeln lag. Während er jeden Augenblick mit dem Angriff des großen Reptils rechnen mußte, erreichte er den ersten Mangrovenbaum und rollte sich auf die Seite. Er war über und über mit schwarzem Schlamm bedeckt, sein Gesicht war vor Angst verzerrt, und ein unverständlicher Wortschwall kam über seine Lippen.

Das Krokodil war jetzt am Rande der Schlammbank, immer noch im Fluß. Nur sein Kopf war über der Oberfläche sichtbar, und die kleinen glänzenden Schweinsaugen starrten ihn stur aus ihren hornigen Schuppenwülsten an.

Verzweifelt sah Flynn sich um. Die Schlammbank war eine kleine Insel mit einem Hain von etwa einem Dutzend Mangroven in ihrer Mitte. Die Mangrovenstämme waren doppelt so dick wie die Brust eines Mannes, aber ohne Äste bis zu einer Höhe von zehn Fuß. Ihre glatte Rinde war glitschig von Schlamm und übersät mit kleinen Kolonien frischer Wassermuscheln. Selbst ohne die Verwundung wäre Flynn nicht fähig gewesen, einen solchen Baum zu erklettern; mit dieser Verwundung am Bein waren die Äste da oben völlig unerreichbar.

In wilder Hast suchte er jetzt nach einer Waffe – irgend etwas mußte es geben, und sei es noch so klein, mit dem er sich verteidigen konnte. Aber er fand nichts. Kein Stück Treibholz, kein Stein – nur diese glatte schwarze Schlammdecke rings um ihn her.

Er beobachtete das Krokodil. Es hatte sich nicht von der Stelle gerührt. Flynns erste schwache Hoffnung, daß es vielleicht nicht auf die Schlammbank kommen würde, welkte, noch ehe sie sich zur vollen Blüte entfalten konnte. So feige und verachtenswert diese Kreatur auch war – mit der Zeit würde sie allen Mut zusammennehmen. Sie hatte sein Blut gerochen, sie wußte, daß er verwundet, daß er hilflos war. Sie würde kommen.

Von Schmerzen gepeinigt, stützte Flynn sich mit dem Rücken gegen die Mangrovenwurzeln, und seine Panik wurde zu einer beständigen Furcht – so beständig wie der Schmerz in seinem Bein. Während des hastigen Rückzugs hatte fester Schlamm das Einschußloch verschlossen und die Blutung zum Stillstand gebracht. Aber das ist jetzt auch nicht von Bedeutung, dachte Flynn, nichts ist von Bedeutung. Nur das Tier dort, das darauf wartete, bis sein Appetit stärker war als seine Feigheit, bis es die Abneigung, sein natürliches Element zu verlassen, überwunden hatte. Es mochte fünf Minuten dauern, einen halben Tag – aber es würde unweigerlich kommen.

Dann kräuselte sich das Wasser um seine Schnauze – erstes Anzeichen einer Bewegung. Langsam bewegte sich der schuppige Kopf auf die Schlammbank zu. Flynn erstarrte.

Der Rücken tauchte auf, seine Schuppen geformt wie die Zähne einer Feile. Der Schwanz mit dem skurrilen Kamm wurde sichtbar. Vorsichtig watete das Untier auf seinen kurzen krummen Beinen durch das Brackwasser. Naß und glänzend, der Rücken so breit wie bei einem Zuchthengst, weit über eine Tonne kaltes, gepanzertes Fleisch – so kam es aus dem Wasser. Es sank im weichen Schlamm ein, und sein Bauch hinterließ eine Schleifspur. Es grinste diabolisch. Die gezackten, unregelmäßigen Zähne lagen offen da. Die kleinen Augen beobachteten ihn immerzu. Es kam so langsam heran, daß Flynn wie gelähmt liegenblieb, offenbar ganz im Banne des bedächtig watschelnden Angreifers.

Auf halbem Wege hielt es inne, duckte sich, grinste – und jetzt konnte Flynn es riechen. Ein starker Geruch von verfaultem Fisch und Moschus hing in der warmen Luft.

»Fort mit dir!« schrie Flynn, doch es rührte sich nicht. »Geh weg!« Er warf eine Handvoll Schlamm nach ihm. Das Tier duckte sich ein wenig, der dicke, zackige Schwanz wurde steif und wölbte sich leicht nach oben.

Flynn heulte auf, als er noch eine Handvoll Schlamm warf. Die langen grinsenden Kiefer öffneten sich ein wenig, dann schlossen sie sich wieder. Er hörte ein Knacken, als die Zähne aufeinandertrafen. Jetzt griff es an. Unglaublich schnell, immer noch grinsend, glitt es durch den Schlamm auf ihn zu.

Flynns Stimme war nur noch ein irres, schreckliches Lallen, als er sich hilflos an den Mangrovenwurzeln festklammerte.

Der tiefe, dröhnende Laut eines Gewehrschusses schien nicht zur Wirklichkeit zu gehören, doch das Krokodil bäumte sich in der Tat auf und übertönte das Echo des Schusses mit einem zischenden Brüllen. Als der nächste Schuß krachte, hörte Flynn, wie das Geschoß den schuppigen Körper mit einem dumpfen Aufprall traf.

Schlamm spritzte auf, als das Reptil sich zuckend wand, und dann nahm es seine Beine zu Hilfe und floh watschelnd ins Wasser. Immer neue Schüsse kamen aus der schweren Büchse, aber das Krokodil ließ sich in seinem Lauf nicht beirren, und die glatte Wasseroberfläche zersprang wie zerbrochenes Glas, als es sich von der Bank hinunterließ und in den Wellen verschwand.

Sebastian Oldsmith stand im Bug des Kanus, das rauchende Gewehr in den Händen, während die Paddler auf die Bank zusteuerten. Er rief angsterfüllt: »Flynn, Flynn – hat es Sie erwischt? Sind Sie okay?«

Flynns Antwort war nur ein Gestammel. »Bassie. O Bassie, mein Junge. Zum erstenmal in meinem Leben freue ich mich richtig, Sie zu sehen ...« Und dann sank er bewußtlos zu Boden.

9

Die Sonne brannte herab auf die Dhau, die vor der Hundeinsel verankert lag, aber eine beständige Brise kam durch die enge Wasserstraße zwischen den Mangroven und zupfte am eingerollten Segel.

Mit einer Seilschlinge unter seinen Achselhöhlen hoben sie Flynn aus dem Kanu und hievten ihn, die Beine frei baumeln lassend, über die Reling. Sebastian stand bereit, um ihn in Empfang zu nehmen und ihn behutsam auf das Deck hinabzulassen.

»Zieht das verdammte Segel auf und seht zu, daß wir aus diesem verfluchten Fluß hinauskommen«, keuchte Flynn.

»Ich muß mich um Ihr Bein kümmern.«

»Das kann warten. Wir müssen hinaus aufs offene Meer. Die Deutschen haben eine Dampfbarkasse. Sie werden nach uns

Ausschau halten. Wir müssen damit rechnen, daß wir sie jede Minute auf dem Hals haben.«

»Sie können uns nichts anhaben – wir stehen unter dem Schutz der Flagge«, wandte Sebastian ein.

»Hören Sie zu, Sie einfältiger und verdammter Limey.« Flynns Stimme überschlug sich vor Schmerz und Ungeduld. »Dieser mörderische Hunne wird uns zu einem Seiltanz verhelfen – mit oder ohne Flagge. Widersprechen Sie nicht – hissen Sie das Segel!«

Sie legten ihn auf eine Decke im Schatten der Kajüte, bevor Sebastian nach vorn eilte und die arabische Mannschaft aus dem Laderaum befreite. Schweißüberströmt kamen sie herauf und blinzelten in die blendende Sonne. Mohammed brauchte vielleicht fünfzehn Sekunden, ihnen die Dringlichkeit der Lage zu erklären, und dies wiederum verursachte einige lähmende Schrecksekunden, bis sie sich auf ihre Posten begaben. Vier von ihnen zerrten erfolglos am Ankerseil, doch das große Korallenstück saß fest im klebrigen Grundschlick. Sebastian stieß sie ungeduldig zur Seite und schnitt das Seil mit einem einzigen Messerstreich entzwei.

Die Mannschaft zog das fadenscheinige und mehrmals geflickte Segel mit der begeisterten Unterstützung von Flynns Trägern und Gewehrboys hoch. Der Wind blähte es. Das Deck schwankte leicht, und zwei Araber liefen nach hinten zur Ruderpinne. Unter dem Bug hörte man das leichte Plätschern des Wassers, und hinter dem Heck breitete sich eine ölige Kielwelle aus. Während eine Gruppe von Arabern und Trägern am Bug den Rudergängern Richtungshinweise zurief, drehte sich die alte Dhau stromabwärts und schwamm dem Meer entgegen.

Als Sebastian nach hinten zu Flynn ging, kauerte der alte Mohammed besorgt neben ihm und schaute zu, wie Flynn aus der viereckigen Flasche trank. Ein Viertel ihres Inhalts war bereits verschwunden.

Flynn senkte die Ginflasche und atmete tief durch den Mund. »Schmeckt wie Honig«, keuchte er.

»Jetzt wollen wir uns einmal das Bein ansehen.« Sebastian beugte sich über Flynns nackten, schlammverschmierten Körper.

»Mein Gott, was für ein Dreck! Mohammed, hol eine Schüssel Wasser und sieh zu, daß du ein reines Tuch findest.«

10

Als der Abend nahte, nahm die Brise zu und kräuselte die Wellen auf den breiter werdenden Wasserstraßen des Deltas. Den ganzen Nachmittag hatte die Dhau gegen die Flut angekämpft, aber jetzt kam die Ebbe und half, das Schiff hinaus aufs Meer zu schieben.

»Mit etwas Glück werden wir noch vor Sonnenuntergang an der Mündung sein.« Sebastian saß neben Flynn, der, in eine Decke gewickelt, unter dem Kajütendach lag. Flynn stöhnte. Die Schmerzen hatten ihn geschwächt, der Gin hatte ihn benebelt. »Wenn wir es nicht schaffen, müssen wir über Nacht irgendwo vor Anker gehen. Wir können es nicht riskieren, den Kanal im Dunkeln zu passieren.« Er erhielt keine Antwort von Flynn, und so sprach er nicht weiter.

Außer dem Plätschern der Bugwelle und dem Singsang des Lotsen lag tiefes Schweigen über der Dhau. Die meisten Besatzungsmitglieder und die Träger lagen schlafend an Deck, nur zwei Männer waren über der offenen Kombüse mit der Zubereitung des Abendessens beschäftigt.

Der modrige Sumpfgeruch vermischte sich mit dem Gestank des Grundwassers und des frischen Elfenbeins im Laderaum. Er schien wie ein Betäubungsmittel zu wirken und verstärkte Sebastians Erschöpfung. Der Kopf fiel ihm auf die Brust und das Gewehr entglitt seinen Händen.

Er schlief ein.

Das Schnattern der Mannschaft und Mohammeds eifrige Hände, die ihn an der Schulter rüttelten, weckten ihn alsbald. Er sprang auf die Füße und schaute sich verschlafen um. »Was ist los? Was ist passiert, Mohammed?«

Anstelle einer Antwort brachte Mohammed die Mannschaft

zum Schweigen und wandte sich wieder Sebastian zu. »Hören Sie, Master.«

Sebastian schüttelte die Überbleibsel des Schlafs ab, dann legte er den Kopf zur Seite. »Ich kann nichts hören ...« Er unterbrach sich und starrte unsicher vor sich hin.

Sehr leise hörte er in der Abendstille ein verschwommenes rhythmisches Stampfen, als führe in der Ferne ein Zug. »Ja«, sagte er, immer noch unsicher. »Was ist das?«

»Das Tuut-Tuut-Boot kommt.«

Sebastian starrte ihn verständnislos an.

»Die Allemands. Die Deutschen.« Mohammeds Hände flatterten vor Aufregung. »Sie folgen uns. Sie jagen uns. Sie ...« Er griff sich mit beiden Händen an die Kehle und rollte mit den Augen. Seine Zunge erschien in einem Mundwinkel.

Flynns gesamtes Gefolge drängte sich um Sebastian, und bei Mohammeds plastischer Darstellung brachen sie erneut in ihr Angstgeheul aus. Aller Augen hingen an Sebastian. Man wartete auf seine Anweisungen, aber er fühlte sich verwirrt und unsicher. Instinktiv wandte er sich an Flynn. Flynn lag auf dem Rücken und schnarchte mit offenem Mund. Eilends kniete Sebastian neben ihm nieder. »Flynn! Flynn!« Dieser öffnete die Augen, aber sie blickten über Sebastian hinweg. »Die Germans kommen!«

»Die Campbells kommen. Hurra! Hurra!« murmelte Flynn und schloß wieder seine Augen. Sein Gesicht glühte im Fieber.

»Was soll ich tun?« flehte Sebastian.

»Austrinken!« empfahl Flynn ihm. »Niemals zögern. Austrinken!« Seine Augen waren immer noch geschlossen, und seine Stimme klang verschwommen.

»Bitte, Flynn. Geben Sie mir doch einen Rat.«

»Einen Rat?« murmelte Flynn im Delirium. »Na schön. Kennen Sie den von dem Kamel und dem Missionar?«

Sebastian sprang auf und blickte verzweifelt um sich. Die Sonne stand tief – vielleicht waren es nur noch zwei Stunden bis zum Einbruch der Nacht. Wenn wir sie nur so lange hinhalten können!

»Mohammed, ruf die Gewehrboys auf dem Achterdeck zusammen«, stieß er hervor, und Mohammed, der eine ungekannte Schärfe in seiner Stimme wahrnahm, wandte sich der Meute zu, um den Befehl weiterzugeben.

Die zehn Gewehrboys nahmen ihre Waffen und versammelten sich vor der Kajüte. Sebastian folgte ihnen, wobei er ängstlich hinaus auf den Kanal blickte. Er konnte ungefähr zweitausend Meter bis zu der hinter ihnen liegenden Biegung sehen. Der Kanal war leer, aber er war sicher, daß das Geräusch der Dampfbarkasse lauter geworden war.

»Verteil sie an der Reling«, wies er Mohammed an. Er dachte angestrengt nach, und das war schon immer ein schwieriges Unterfangen für Sebastian gewesen. Störrisch wie ein Maultier, begann sein Verstand zu bocken, sobald er ihn anspornte. Er runzelte seine hohe Gelehrtenstirn, und langsam formte sich der nächste Gedanke. »Eine Barrikade«, sagte er. Die dünnen Planken würden nur wenig Schutz gegen die durchschlagskräftigen Mausergewehre bieten. »Mohammed, sieh zu, daß die übrigen alles zusammentragen, was sie finden können und es hier aufschichten, um die Rudergänger und die Gewehrboys abzuschirmen. Bringt alles her – Wasserfässer, Kokosnußsäcke und die alten Fischnetze.«

Während die Männer sich beeilten, seinen Befehl auszuführen, stand Sebastian stirnrunzelnd da und versuchte, sich zu konzentrieren. Er versuchte, die träge Masse in seinem Schädel zum Funktionieren zu bringen, und fand sie so kooperativ, wie beispielsweise ein Klumpen frischgekneteter Teig es war. Er bemühte sich, die relativen Geschwindigkeiten der Dhau und einer modernen Dampfbarkasse abzuschätzen. Vielleicht bewegten sie sich mit der halben Geschwindigkeit wie ihre Verfolger. Deprimiert kam er zu dem Schluß, daß, selbst bei diesem Wind, ein Segelboot keine Chance hatte, einem schraubengetriebenen Fahrzeug zu entkommen.

Das Wort »Schraube« und der Zufall, daß er in diesem Augenblick gezwungen war, zur Seite zu treten, um vier Männer mit einem unordentlichen Bündel alter Fischnetze vorbeizulassen, brachte den nächsten Einfall an die Oberfläche seines Denkens.

Voller Ehrfurcht vor dieser glänzenden Eingebung, klammerte er sich verzweifelt an sie, damit sie ihm nicht wieder verlorenginge. »Mohammed ...« stotterte er in seiner Aufregung. »Mohammed. Diese Netze ...« Er warf wieder einen Blick auf den Kanal. Immer noch nichts zu sehen! Er erspähte bereits eine weitere Biegung vor sich. Der Rudergänger ließ schon die Anordnungen los, die zum Lavieren der Dhau erforderlich waren. »Diese Netze. Ich möchte sie quer über den Kanal auslegen.«

Mohammed starrte ihn entsetzt an, und sein zerfurchtes Gesicht wurde noch faltiger, weil er meinte, seinen Ohren nicht trauen zu können.

»Schneidet die Korkschwimmer ab. Laßt nur jeden vierten dran.« Sebastian packte ihn bei den Schultern und schüttelte ihn aufgeregt. »Ich möchte, daß das Netz verschwindet von der Wasseroberfläche. Ich möchte nicht, daß sie es zu früh entdecken.«

Sie waren jetzt fast bei der Biegung angekommen, und Sebastian deutete nach vorn. »Wir werden es gleich hinter der Biegung auslegen.«

»Warum, Master?« bettelte Mohammed. »Wir müssen uns beeilen. Sie sind schon ganz nah.«

»Die Schraube«, schrie Sebastian ihm ins Gesicht. Er machte mit den Händen eine Drehbewegung. »Ich möchte die Schraube einfangen.«

Einen Augenblick starrte Mohammed ihn an, dann begann er zu feixen und entblößte dabei sein blankes Zahnfleisch. Während sie in größter Eile arbeiteten, wurde das gedämpfte Maschinengeräusch stromaufwärts ständig lauter und drohender.

Die Dhau schlingerte und bäumte sich gegen die Anstrengungen der Rudergänger. Sie ließ sich nicht ohne weiteres quer über den Kanal manövrieren. Ihr Bug wollte sich immer wieder in den Wind drehen, und das Netz drohte sich im eigenen Ruder zu verfangen, aber langsam spannte sich die Linie tanzender Korken von den Mangroven auf der einen Seite bis hinüber zum anderen Ufer, während Sebastian und eine Gruppe der Männer, angeführt von Mohammed, in grimmiger Entschlossenheit das Netz über das Heck abspulten. Alle paar Minuten hoben sie die Köpfe, um einen Blick auf die Biegung stromaufwärts zu werfen, und jedesmal erwarteten sie, die deutsche Barkasse erscheinen zu sehen und das Knattern ihrer Mausergewehre zu hören.

Allmählich näherte sich die Dhau dem nördlichen Ufer und säte die Korkreihe hinter sich aus – als Sebastian plötzlich feststellte, daß das Netz zu kurz war; fünfzig Meter zu kurz. Ihre Verteidigungsposition würde eine Lücke haben. Wenn die Barkasse die Biegung knapp umfuhr, dicht am Ufer, dann waren sie verloren. Ihr Maschinengeräusch war jetzt schon so nahe, daß er das stählerne Singen ihrer Antriebswelle hören konnte.

Und dann gab es noch ein weiteres Problem. Wie sollte man das lose Netzende verankern? Wenn man es frei schwimmen ließ, könnte die Strömung es abtreiben und die Lücke vergrößern.

»Mohammed, hol einen von den Stoßzähnen. Den größten, den du finden kannst. Schnell. Mach schnell.«

Mohammed lief los. Er kehrte unverzüglich zurück, und die beiden Träger in seiner Begleitung taumelten unter der Last des langen, gebogenen Elfenbeinschafts.

Flink band Sebastian das Endseil des Netzes an dem Stoßzahn fest. Keuchend vor Anstrengung schleppten sie ihn dann bis zur Reling und warfen ihn über Bord. Als er ins Wasser eintauchte, rief Sebastian dem Rudergänger zu: »Los!« und deutete stromabwärts. Dankbar warf der Araber die Ruderpinne herum. Die Dhau drehte sich um ihre eigene Achse und nahm endlich wieder Kurs auf das Meer.

In bangem Schweigen standen Sebastian und die Gewehrboys auf dem Achterschiff und beobachteten die Kanalbiegung. Jeder hielt eine Elefantenbüchse in der Faust, und ihre Gesichter zeigten einen entschlossenen Ausdruck.

Das Tuckern der Dampfbarkasse wurde lauter und lauter.

»Schießt, sobald sie zu sehen ist«, befahl Sebastian. »Sorgt dafür, daß sie auf uns schauen, damit sie das Netz nicht sehen.«

Dann kam die Barkasse um die Biegung. Sie zog eine Spur von grauem Rauch aus ihrem Schornstein hinterher, und am Bug flatterte stolz die schwarz-weiß-rote Flagge des Kaiserreichs: ein hübsches kleines Fahrzeug, vierzig Fuß lang, mit niedrigem Mittelschiff und einem kleinen Kartenhaus auf dem Achterdeck. Es schimmerte weiß im Sonnenlicht, und der weiße Bart der Bugwelle kräuselte sich ums Vorderschiff.

»Feuer!« schrie Sebastian, als er die Askaris zusammengedrängt auf dem Vorderschiff stehen sah. »Feuer!« Seine Stimme ging unter in dem gemeinsamen Abschuß der schwerkalibrigen Büchsen rings um ihn her. Einer der Askaris wurde rücklings gegen das Kartenhaus geschleudert; mit ausgebreiteten Armen hing er dort einen Augenblick wie gekreuzigt, ehe er langsam auf das Deck hinabrutschte. Seine Kameraden liefen davon und suchten Deckung hinter der stählernen Schutzwehr. Eine einzige Gestalt blieb an Deck zurück; ein massiger Körper in der hellgrauen Uniform des deutschen Kolonialdienstes, mit einem breitkrempigen Schlapphut und glänzenden Goldbeschlägen auf den Schulterklappen seiner Uniformjacke.

Sebastian nahm ihn sorgfältig ins Visier, zielte mit dem Korn auf seine Brust und drückte ab. Das Gewehr sprang fröhlich gegen seine Schulter, und er sah eine Schaumfontäne hundert Meter hinter der Barkasse aufsteigen. Sebastian feuerte noch einmal, wobei er seine Augen in Erwartung des starken Rückstoßes schloß. Als er sie wieder öffnete, stand der deutsche Offizier immer noch auf seinen Beinen. Er zielte mit einer Pistole, die er in der ausgestreckten Rechten hielt, direkt auf Sebastian. Seine Leistung war besser als die Sebastians. Seine Schüsse zwitscherten summend um Sebastians Kopf oder bohrten sich in die Planken der Dhau.

Eilends duckte Sebastian sich hinter das Wasserfaß und holte ein paar Patronen aus seinem Gürtel. Schärfer und höher als das dumpfe Dröhnen der Elefantenbüchsen klang der trockene Knall der Mausergewehre, als die Askaris sich an dem Schußwechsel beteiligten.

Vorsichtig hob Sebastian seine Augen über das Wasserfaß. Die Barkasse fuhr knapp an der Biegung vorbei, und in plötzlicher Bestürzung wurde ihm klar, daß sie das Fischnetz um zwanzig Fuß verfehlen würde. Er ließ sein Gewehr auf das

Deck fallen und sprang auf. Eine Kugel flog so dicht an seinem Ohr vorbei, daß sie ihm fast das Trommelfell sprengte. Instinktiv duckte er sich, dann hielt er inne und rannte zu dem Rudergänger: »Geh mir aus dem Weg!« schrie er in aller Aufregung und Angst. Grob schob er den Mann zur Seite, ergriff die Ruderpinne und warf sie herum. In einer kleinen Drehung lavierte die Dhau über den Kanal und erweiterte den Winkel zu der Barkasse. Als Sebastian sich umschaute, sah er, wie der dicke deutsche Offizier sich umdrehte und einen Befehl ins Ruderhaus rief. Fast im selben Augenblick machte die Barkasse kehrt und folgte dem Manöver der Dhau. Sebastian triumphierte. Jetzt lag die Reihe kleiner schwarzer Punkte, die das Netz markierten, genau auf dem Kurs der Barkasse.

Gespannt beobachtete Sebastian, wie die Barkasse über das Netz glitt. Er hielt die Ruderpinne so fest umklammert, daß seine Knöchel durch die Haut zu dringen schienen – dann brach er in einen Freudentaumel aus.

Die Reihe schwarzer Korken wurde plötzlich unter die Wasseroberfläche gerissen, und an ihrer Stelle bildeten sich jetzt kleine Wirbel. Zunächst fuhr die Barkasse noch weiter, dann änderte sich plötzlich ihr gleichmäßiges Motorengeräusch. Ein hartes Knirschen war zu hören, und der Bug schwang unvermittelt herum, als sie ihre Fahrt verlangsamte. Der Abstand zwischen den beiden Fahrzeugen wurde größer. Sebastian sah, wie der deutsche Offizier einen verschüchterten Askari aus dem Ruderhaus zerrte und ihn unbarmherzig auf den Kopf schlug. Die Schreie teutonischer Wut wurden jedoch angesichts der schnell zunehmenden Entfernung immer leiser, und dann gingen sie vollends unter in dem tosenden Lärm seiner eigenen Mannschaft, die nun auf Deck jubelte und tanzte.

Der arabische Rudergänger sprang auf das Wasserfaß, hob den Saum seines schmuddeligen Gewandes und entblößte sein Hinterteil – dieser Gruß galt der Barkasse, die langsam ihren Blicken entschwand.

II

Nachdem die Dhau längst außer Reichweite der Gewehre und außer Sicht war, tobte Hermann Fleischer immer noch wie ein Epileptiker vor Wut und Enttäuschung. Er stampfte über das kleine Deck und schlug mit seinen Fäusten um sich, während die Askaris umherpurzelten, um nicht in seine Nähe zu kommen. Immer wieder kehrte er zu dem bewußtlosen Steuermann zurück und versetzte ihm einen Tritt. Schließlich beruhigte sich sein Zorn soweit, daß er sich in der Lage fühlte, nach hinten zu watscheln, sich über die Achterreling zu hängen und das durchweichte Netzbündel zu betrachten, das sich in der Schiffsschraube verfangen hatte.

»Feldwebel!« Seine Stimme war heiser vor Anstrengung. »Schicken Sie zwei Männer mit Messern über Bord, die das da abschneiden!« Im Nu herrschte Totenstille. Jeder versuchte, sich so klein wie möglich zu machen, damit die Wahl ja nicht auf ihn fiel. Zwei »Freiwillige« wurden schließlich ausgewählt, entkleidet und, ungeachtet ihrer entsetzten Beschwörungen, zum Achterdeck geschleift.

»Sie sollen sich beeilen«, knurrte Hermann, dann ging er zu seinem Klappstuhl. Sein schwarzer Bursche stellte das Abendessen mit dem dazugehörigen Bierkrug auf den Tisch, und Hermann machte sich über das Mahl her.

Vom Achterdeck her kam erst ein Aufschrei und ein Plätschern, dann wildes Gewehrfeuer. Hermann runzelte die Stirn und blickte vom Teller auf.

»Ein Krokodil hat einen der Männer geschnappt«, meldete der Feldwebel aufgeregt.

»Nun, dann lassen Sie einen anderen runter«, erwiderte Hermann und kehrte mit unvermindertem Appetit zu seinem Mahl zurück. Dieses letzte Stück Wurst schmeckte besonders gut.

Das Netz hatte sich so fest um die Blätter und die Welle der Schraube gewickelt, daß es weit über Mitternacht hinaus dauerte, bis sie den letzten Rest im Schein einer Laterne entfernt hatten.

Die Antriebswelle war leicht verbogen und aus ihrer Führung gesprungen, so daß selbst bei verringerter Geschwindigkeit ein beängstigendes Klappern und Mahlen zu hören war, als die Barkasse langsam den Kanal hinab zum Meer zuckelte.

In der fahlen Morgendämmerung schlichen sie an der letzten Mangroveninsel vorbei, und ihr Schiff wandte seinen Bug den trägen Gewässern des Indischen Ozeans zu. Es war ein völlig windstiller Morgen. Hermann spähte ohne viel Hoffnung in das diesige Halblicht, das den fernen Horizont verschleierte. Er war nur deswegen so weit hinausgefahren, weil er die winzige Möglichkeit nicht außer acht lassen wollte, daß die Dhau auf ihrer nächtlichen Flußfahrt vielleicht auf eine Schlammbank gelaufen sein könnte.

»Stop!« rief er seinem Steuermann zu. Sofort verstummte das gequälte Schraubengeräusch, und die Barkasse hob und senkte sich unbeholfen auf der langen, öligen Dünung.

Dann waren sie also doch entkommen. Er konnte sich mit seiner beschädigten Barkasse nicht aufs offene Meer wagen. Er mußte umkehren und die Dhau mit all ihrem Elfenbein und ihren vielen Kandidaten für den Strick wohl oder übel ungehindert nach Sansibar, in dieses Pestloch der Schurken und Piraten, ziehen lassen.

Mürrisch blickte er hinaus aufs Meer und trauerte einer kostbaren Elfenbeinladung nach. Es war vielleicht für eine Million Reichsmark Ware an Bord gewesen, und seine inoffiziellen Vermittlungsgebühren hätten sich sehen lassen können.

Außerdem trauerte er auch noch dem Verschwinden des Engländers nach. Er hatte noch nie einen Burschen dieser Sorte aufgehängt.

Er seufzte und versuchte, sich mit dem Gedanken an den verdammten Amerikaner zu trösten, der wohl inzwischen längst im Magen eines Krokodils verdaut war, aber eigentlich wäre es für ihn noch befriedigender gewesen, ihn am Strick baumeln zu sehen.

Er seufzte tief. Ach, was soll's! Wenigstens brauchte er sich jetzt nicht mehr ständig Sorgen um Flynn O'Flynns Unverschämtheiten zu machen, und er mußte nun auch nicht länger leiden unter den Vorhaltungen des Gouverneurs und dessen endlosen Forderungen nach O'Flynns Kopf.

Jetzt war es Zeit fürs Frühstück. Er wollte sich eben zurückziehen, als plötzlich etwas dort draußen in der Morgendämmerung seine Aufmerksamkeit erregte.

Ein schlankes Objekt war zu erkennen, dessen Umrisse allmählich schärfer wurden, während er es beobachtete. Die Askaris begannen zu schreien, als nun auch sie das große Ding erblickten. Es war ein Schiff mit starren, eckigen Türmen und schlanken Kanonenrohren, mit drei hohen Schornsteinen und einer vorbildlichen Takelage.

»Die *Blücher*!« brüllte Hermann in freudiger Erregung. »Die *Blücher*, mein Gott!« Er erkannte den Kreuzer, denn er hatte ihn vor nicht ganz sechs Monaten gesehen, als er im Hafen von Daressalam lag. »Feldwebel, bringen Sie die Leuchtpistole!« Er machte vor Freude einen Luftsprung. Gouverneur Schnee mußte die *Blücher* in Erwiderung seiner Eilnachricht unverzüglich nach Süden geschickt haben, um die Rufiji-Mündung zu blockieren. »Werft den Motor an. Schnell! Fahrt hinaus zu ihr«, rief er dem Steuermann zu, als er eine dicke Patrone in den offenen Verschluß der Pistole schob, sie zuschnappen ließ und ihren Lauf gen Himmel richtete.

Neben dem großen Rumpf des Kreuzers war die Barkasse so winzig wie ein treibendes Blatt, und Hermann blickte unbehaglich die schwankende Strickleiter empor, die er erklettern sollte. Sein Askari half ihm über den schmalen Wasserstreifen zwischen den beiden Fahrzeugen hinweg, und dann hing er da eine verzweifelte Minute lang, bis seine Füße endlich die Sprossen fanden, so daß er seinen mühsamen Aufstieg beginnen konnte. Er war schweißüberströmt, als ihm zwei Matrosen an Deck halfen und er sich einer Ehrengarde von einem guten Dutzend Männern gegenübersah. An der Spitze stand ein junger Leutnant in einer frischen, schicken weißen Tropenuniform.

Hermann wies die helfenden Hände ab und nahm mit knallenden Hacken Haltung an.

»Distrikt-Kommissar Fleischer.« Seine Stimme vibrierte vor Aufregung.

»Leutnant Kyller.« Der Offizier schlug die Hacken zusammen und salutierte.

»Ich muß Ihren Kapitän unverzüglich sprechen. Eine außerordentlich dringende Angelegenheit.«

12

Kapitän zur See Graf Otto von Kleine neigte feierlich seinen Kopf, als er Hermann begrüßte. Er war ein großer schlanker Mann, der einen gepflegten blonden Spitzbart trug. »Die Engländer haben ein voll ausgerüstetes Expeditionskorps im Rufiji-Delta gelandet, unterstützt von größeren Seestreitkräften? Stimmt das?« fragte er unverzüglich.

»Der Bericht ist übertrieben.« Hermann bereute jetzt bitter die voreilige Formulierung seiner Nachricht an den Gouverneur; zu sehr hatte er sich vom patriotischen Feuer hinreißen lassen. »Tatsächlich war es nur ... äh«, er zögerte, »ein Fahrzeug.«

»Von welcher Stärke? Mit welcher Bewaffnung?« wollte von Kleine wissen.

»Tja – es war ein unbewaffnetes Fahrzeug.«

Von Kleine runzelte die Stirn. »Von welchem Typ?«

Hermann errötete vor Verlegenheit. »Eine arabische Dhau. Ungefähr zweiundzwanzig Meter.«

»Aber das ist doch unmöglich – lächerlich geradezu. Der Kaiser hat dem britischen Botschafter in Berlin ein Ultimatum übermittelt. Er hat den Mobilmachungsbefehl für fünf Divisionen herausgegeben.« Der Kapitän drehte sich auf dem Absatz um und begann irritiert auf der Brücke auf und ab zu schreiten, wobei er erregt die Hände zusammenschlug. »Was war der Zweck dieser britischen Invasion? Wo ist diese ... diese Dhau? Was für eine Erklärung soll ich nach Berlin schicken?«

»Ich habe inzwischen erfahren, daß die Expedition von einem berüchtigten Elfenbeinschmuggler namens O'Flynn angeführt wurde. Er wurde von meinen Askaris erschossen, als er sich seiner Gefangennahme widersetzte, aber sein Helfer, ein unbekannter Engländer, ist in der letzten Nacht mit dieser Dhau auf dem Fluß entkommen.«

»In welcher Richtung . . .?« Der Kapitän blieb stehen und warf Hermann einen wütenden Blick zu.

»Sansibar.«

»Das ist Blödsinn, ausgemachter Blödsinn. Wir machen uns ja lächerlich. Ein Schlachtkreuzer, um zwei ganz gewöhnliche Verbrecher zu fangen!«

»Aber Herr Kapitän, Sie müssen die Burschen verfolgen.«

»Zu welchem Zweck?«

»Wenn sie entkommen und ihre Geschichte weitererzählen, wird das Ansehen Seiner Majestät in ganz Afrika darunter leiden. Denken Sie nur, was geschehen kann, wenn die britische Presse davon erfährt! Außerdem sind diese Männer gefährliche Verbrecher.«

»Aber ich kann nicht ein fremdes Schiff auf hoher See entern. Noch dazu, wenn es unter dem Union Jack fährt. Das wäre ein kriegerischer Akt – ein Piratenakt.«

»Aber Herr Kapitän . . . wenn dieses Schiff beispielsweise mit der gesamten Besatzung versinken würde, ohne eine Spur zu hinterlassen?«

Kapitän von Kleine nickte nachdenklich. Dann schnippte er plötzlich mit den Fingern und wandte sich an seinen Steuermann: »Gehen Sie auf Kurs Sansibar.«

13

Sie lagen bei totaler Flaute unter einem kobaltblauen Himmel, und jede Stunde dieser Flaute ermöglichte es der Strömung vor Mozambique, die kleine Dhau weitere drei Meilen von ihrem Kurs abzubringen. Ziellos drehte ihr Bug sich in die Dünung, um im nächsten Augenblick wieder in ein Wellental zu fallen.

Zum zwanzigstenmal seit Tagesanbruch kletterte Sebastian

auf das Achterdeck, blickte über die endlose Wasserwüste und suchte nach einer Bewegung auf der glasigen Oberfläche, die das Herannahen des Windes verkünden würde. Aber wieder fand er kein Anzeichen dafür. Er schaute nach Westen, aber die blaue Küstenlinie war schon längst hinter dem Horizont versunken.

»Ich bin ein alter Hund, Fisi«, grölte Flynn im Unterdeck. »Hörst du, wie ich lache?« Er imitierte mit verblüffender Echtheit den Schrei einer Hyäne. Den ganzen Tag über hatte Flynn die Anwesenden mit Liedfragmenten und Tierimitationen unterhalten. Dann wiederum hatte er mitten im Delirium auch klare Momente. »Ich schätze, diesmal hat Fleischer mich gründlich erwischt, Bassie. Rund um das Geschoß bildet sich ein bösartiger Herd. Ich kann ihn ganz deutlich fühlen. Ein dicker heißer Giftbeutel. Schätze, wir müssen das Ding herausholen. Schätze, wenn wir nicht wirklich bald nach Sansibar kommen, werden wir das Ding herausholen müssen.« Dann entschwebte sein Bewußtsein wieder in das heiße Land des Deliriums . . .

»Mein kleines Mädchen, ich bringe dir ein hübsches Band. Da, weine nicht. Ein hübsches Band für ein hübsches Mädchen.« Seine Stimme war süß wie Honig, dann wurde sie rauh. »Du freches kleines Biest. Du bist genau wie deine verdammte Mutter. Ich weiß selber nicht, warum ich dich nicht rausschmeiße«, und sofort folgte eine neue Hyänenimitation.

Jetzt drehte Sebastian sich an der Achterreling um und blickte hinab auf Flynn. Neben ihm stand der getreue Mohammed und tauchte Tuchstreifen in einen Eimer Seewasser, wrang sie aus und legte sie im vergeblichen Versuch, das Fieber zu senken, auf Flynns heiße Stirn.

Sebastian stieß einen Seufzer aus. Die Verantwortung lastete schwer auf ihm. Die Führung der Expedition war ihm auf einmal zugefallen. Und doch war damit auch ein geheimes Gefühl der Genugtuung verbunden, ein Gefühl von Stolz auf seine bisherige Ausübung dieser Führerrolle. Er rekonstruierte noch einmal den ganzen Vorfall und vergegenwärtigte sich die Episode mit dem Fischnetz, die schnelle Entscheidung, die zur Kursänderung der Barkasse geführt und sie in die Falle gelockt hatte. Er mußte bei dieser Erinnerung lächeln, und dieses Lächeln war nicht das ihm eigene hintergründige Grinsen, sondern etwas Stärkeres. Als er sich abwandte, um über das schmale Deck zu schreiten, war sein Schritt auffallend elastisch und seine Haltung kerzengerade.

Wieder blieb er an der Reling stehen und blickte nach Westen. Am Horizont stand eine winzige Wolke. Er beobachtete sie und hoffte, sie möge die Nachmittagsbrise bringen. Aber irgendwie kam sie ihm unnatürlich vor, und als er genauer hinschaute, bewegte sie sich – ja, er hätte schwören können, daß sie sich bewegte. Jetzt war seine ganze Aufmerksamkeit auf die Wolke gerichtet. Eine Erkenntnis wuchs in ihm, und sie wurde immer größer, bis sie zur Gewißheit geworden war.

Ein Schiff. Bei Gott, ein Schiff!

Er lief zu der Leiter, die vom Achterdeck hinabführte, stieg hinunter und rannte zum Mast.

Besatzung und Träger beobachteten ihn mit wachsendem Interesse. Einige standen plötzlich auf.

Sebastian sprang auf den Segelbaum, hielt sich dort einen Augenblick in der Balance und kletterte schließlich den Mast hinauf. Er benutzte die Schlingen des Hauptsegels wie Leitersprossen, erreichte die Mastspitze und klammerte sich dort fest, während er angestrengt nach Westen blickte.

Da war es – es gab keinen Zweifel. Er konnte die Spitzen der drei Schornsteine sehen, jeder mit einer dunklen Rauchwolke ausgestattet, und er begann zu jubeln.

Da standen seine Männer an der Reling, und alle spähten in die Richtung, die sie seinem Blick entnahmen. Sebastian glitt am Mast hinunter, und in der Eile verbrannte die Reibung ihm die Hände. Seine Füße berührten das Deck. Er rannte zu Flynn. »Ein Schiff. Ein großes Schiff kommt schnell näher.« Flynn rollte den Kopf auf die Seite und schaute ihn unbestimmt an. »Hören Sie zu, Flynn. Die werden einen Arzt an Bord haben. Wir werden Sie dann gleich in einen Hafen schaffen.«

»Das ist fein, Bassie.« Flynns Bewußtsein erreichte einen normalen Zustand. »Das haben Sie sehr gut gemacht.«

Mit erstaunlicher Geschwindigkeit tauchte das Schiff am Horizont auf, und seine Silhouette veränderte sich, als es Kurs auf sie nahm. Aber schon vorher hatte Sebastian die Geschütztürme entdeckt.

»Ein Kriegsschiff!« rief er. In seiner Vorstellung mußte es ein britisches sein – nur eine Nation beherrschte die Wogen. »Sie haben uns gesehen!« Er winkte mit beiden Händen.

Den Bug voraus, jede Sekunde größer werdend, grau und gewaltig, kam das Schiff auf die kleine Dhau zu.

Es dauerte nicht lange, bis der Jubel der Mannschaft nachließ und einer unbehaglichen Stille Platz machte. Vergrößert durch die ruhige heiße Luft, riesengroß auf dem samtenen Ozean, eine perlweiße Bugwelle aufwerfend, kam das Kriegsschiff näher. Es verminderte seine Geschwindigkeit nicht; die Farben der Flagge waren nicht zu erkennen.

»Was haben sie vor?« fragte Sebastian laut, und da ertönte hinter ihm Flynns Stimme. Sebastian blickte sich um. Auf dem gesunden Bein balancierend, einen Arm um Mohammeds Schultern gelegt, kam Flynn über das Deck gehumpelt.

»Ich werde Ihnen sagen, was sie vorhaben. Sie werden uns Knall und Fall in den Arsch schießen!« brüllte Flynn. »Das ist die *Blücher*! Das ist ein deutscher Kreuzer!«

»Das können sie doch nicht machen!« protestierte Sebastian.

»Wollen wir wetten? Er kommt direkt aus dem Rufiji-Delta, und ich vermute, daß es einen kleinen Plausch mit Fleischer gegeben hat. Er ist wahrscheinlich an Bord.« Flynn lehnte sich schwankend an Mohammed und keuchte wegen der Schmerzen in seinem Bein. Dann sagte er: »Sie werden uns rammen und mit ihren Maschinengewehren alles abschießen, was noch schwimmt.«

»Wir müssen ein Rettungsfloß bauen.«

»Keine Zeit, Bassie. Schauen Sie, wie das herankommt!«

Kaum fünf Meilen entfernt und die Distanz schnell verringernd, glitt der hohe Bug der *Blücher* auf sie zu. Sebastian warf einen hastigen Blick auf das belebte Deck. Er sah den Haufen von Korkschwimmern, die sie von den Fischnetzen abgeschnitten hatten.

Er zog sein Messer, lief zu einem der Kokosnußsäcke und durchschnitt die Schnur, die seine Öffnung verschloß. Er steckte das Messer in die Scheide, bückte sich und leerte den Sack, so daß die Kokosnüsse über das Deck kollerten. Dann rannte er mit dem Sack in der Hand zu den Schwimmern und ließ sich auf die Knie fallen. In rasender Eile schaufelte er sie in den Sack und hatte ihn schon halbvoll, ehe er wieder aufblickte. Die *Blücher* war noch zwei Meilen entfernt – ein mächtiger Turm aus drohendem Stahl.

Mit einer Schnur band Sebastian den Sack zu und schleppte ihn zu Flynn, der immer noch, auf Mohammed gestützt, dastand.

»Was haben Sie vor?« wollte Flynn wissen.

»Ich will Sie ausrüsten. Heben Sie die Arme hoch!« Flynn gehorchte, und Sebastian band das lose Ende der Schnur in Höhe der Achselhöhlen um Flynns Brust. Er unterbrach sich, schnürte seine Stiefel auf und stieß sie von sich, bevor er weitersprach. »Mohammed, bleib bei ihm. Halt den Sack fest und laß ihn nicht los.« Dann ließ er beide stehen und trabte auf bloßen Füßen zu seinem Gewehr, das er auf dem Achterdeck gelassen hatte. Er legte den Patronengürtel um und eilte zurück an die Reling.

Sebastian Oldsmith stand im Begriff, den Kampf mit dem Schlachtkreuzer aufzunehmen.

Das Schiff war jetzt ganz nahe und überragte sie wie eine riesige Stahlklippe. Sogar Sebastian konnte einen Schlachtkreuzer auf zweihundert Meter Entfernung nicht verfehlen, die schweren Geschosse prallten gegen den gepanzerten Rumpf, und der metallische Klang übertönte das Rauschen der Bugwelle.

Während er nachlud, blickte Sebastian hinauf zu den Köpfen am Bug der *Blücher*; grinsende Gesichter unter den weißen Mützen mit den schwalbenschwanzförmigen schwarzen Bändern. »Ihr verdammten Schweine«, rief er ihnen zu. Ein Haß, stärker als er ihn je für möglich gehalten hätte, erstickte seine Stimme. »Ihr dreckigen, verdammten Schweine!« rief er ihnen zu. Er hob das Gewehr und gab einen wirkungslosen Schuß ab, und die *Blücher* rammte die Dhau.

Der Kreuzer traf das kleine Fahrzeug mit einem ohrenbetäubenden Krachen und dem Geräusch von berstendem Holz. Er riß eine Seite auf und stieß mittenhinein in das Schreien sterbender Menschen und das Quietschen der Planken.

Die *Blücher* überrannte die Dhau, brach ihr Rückgrat und drückte sie tief unter die Wasseroberfläche. Beim ersten Aufprall wurde Sebastian über Bord geschleudert, und das Gewehr entfiel seinen Händen. Er schlug krachend gegen die Panzerplatten, und dann fiel er ins Meer. Die Gewalt der Bugwelle warf ihn zur Seite, und dies war wahrscheinlich seine Rettung.

Er kam gerade im rechten Zeitpunkt an die Oberfläche, um seine Lungen mit Luft zu füllen, bevor der Wirbelsturm der großen Schrauben ihn packte und wieder hinunterriß. Diesmal kam er so tief, daß ihn der Druck wie mit scharfen Nadeln ins Trommelfell stach. Er fühlte, daß er umhergeschleudert und durchgeschüttelt wurde, während das Wasser von allen Seiten an seinem Körper zerrte.

Farbige Blitze zuckten hinter seinen geschlossenen Lidern. In seiner Brust spürte er einen unbeschreiblichen Schmerz, und seine Lungen rangen verzweifelt nach Luft. Aber er hielt die Lippen geschlossen und strampelte mit Armen und Beinen.

Das mahlende Kielwasser des Kreuzers gab ihn frei, und er schoß mit einer solchen Wucht an die Oberfläche, daß er bis zu den Hüften auftauchte, bevor er zurückfiel und gierig nach Luft schnappte. Er entledigte sich des schweren Patronengürtels und überließ ihn der See. Dann sah er sich um.

Die Meeresoberfläche war übersät von schwimmenden Trümmern. Da und dort tauchte ein menschlicher Kopf auf. Neben ihm kam eine zerbrochene Planke in einem Schwall von Luftblasen an die Oberfläche. Sebastian schwamm darauf zu und klammerte sich an ihr fest; seine Füße baumelten im klaren grünen Wasser. »Flynn«, keuchte er. »Flynn, wo sind Sie?«

Eine Viertelmeile entfernt beschrieb die *Blücher* einen langsamen Bogen – ein Ungetüm, lang, drohend und haifischgleich. Er starrte das Schiff voller Haß und Angst an.

»Master«, sagte Mohammeds Stimme hinter ihm.

Sebastian drehte sich um und sah das schwarze und das rötliche Gesicht neben dem schwimmenden Korksack in einer Entfernung von hundert Metern. »Flynn!«

»Leben Sie wohl, Bassie«, rief Flynn herüber. »Der alte Hunne kommt zurück, um uns fertigzumachen. Schauen Sie! Sie haben ein Maschinengewehr auf der Brücke aufgestellt. Bis bald – alter Junge, drüben im Jenseits.«

Sebastian warf einen schnellen Blick auf den Kreuzer und sah die vielen weißen Uniformen auf der Brücke.

»Ja, einige leben noch.« Mit einem Fernglas musterte Fleischer den Schauplatz. »Sie werden natürlich die Maschinengewehre einsetzen, Herr Kapitän? Das geht schneller, als sie mit Gewehren abzuschießen.«

Kapitän von Kleine gab keine Antwort. Er stand hochaufgerichtet auf seiner Brücke und betrachtete das Wrack. »Das Sterben eines Schiffes hat immer etwas Trauriges an sich«, murmelte er. »Und wenn es nur so ein dreckiges kleines Ding wie diese Dhau ist.« Plötzlich reckte er seine Schultern und wandte sich an Fleischer. »Ihre Barkasse wartet auf Sie an der Rufiji-Mündung. Ich werde Sie dorthin bringen, Herr Kommissar.«

»Aber erst müssen wir die Überlebenden erledigen.«

Von Kleines Gesichtsausdruck verhärtete sich. »Herr Kommissar, ich habe diese Dhau versenkt, weil ich es für meine Pflicht hielt. Aber jetzt bin ich im Zweifel, ob mein Handeln nicht doch vom Zorn beeinflußt war. Ich habe nicht die Absicht, mein Gewissen noch mehr zu strapazieren, indem ich mit Maschinengewehren auf wehrlose Menschen schießen lasse.«

»Dann werden Sie diese Leute an Bord nehmen. Ich muß sie verhaften und vor Gericht stellen.«

»Ich bin kein Polizist.« Von Kleine schwieg, und seine Gesichtszüge entspannten sich. »Der Mann, der mit dem Gewehr auf uns geschossen hat. Ich glaube, er war sehr mutig. Vielleicht ist er ein Verbrecher, aber ich bin noch nicht so lange in diesem Geschäft, daß ich nicht Tapferkeit um ihrer selbst willen anerkennen könnte. Ich möchte mir nicht den Vorwurf machen müssen, daß ich diesen Mann für die Schlinge aufbewahrt habe. Lassen wir das Meer seinen Richter und Henker sein.« Er wandte sich um zu seinem Leutnant: »Kyller, bereiten Sie ein

Rettungsfloß zum Herunterlassen vor.« Der Leutnant starrte ihn verständnislos an.

»Haben Sie verstanden?«

»Jawohl, Herr Kapitän.«

»Dann führen Sie den Befehl aus.« Fleischers Einwände überhörend, ging von Kleine hinüber zu seinem Steuermann. »Ändern Sie den Kurs, damit wir die Überlebenden mit fünfzig Meter Abstand passieren.«

»Hier kommt er.« Flynn grinste krampfhaft und beobachtete den Kreuzer, als dieser auf sie zukam.

Die klagenden Rufe der Schiffbrüchigen, die um Gnade baten, klangen wie Stimmen von Singvögeln – winzig in der Unendlichkeit des Ozeans.

»Flynn. Schauen Sie auf die Brücke!« Sebastians Stimme drang zu ihm herüber. »Da, sehen Sie ihn? Die graue Uniform.«

Die schmerzende Wunde hatte ihm Tränen in die Augen getrieben, durch das Fieber war sein Sehvermögen ohnehin beeinträchtigt, und dennoch konnte er den grauen Fleck inmitten der weißen Uniformen auf der Brücke des Kreuzers erkennen.

»Wer ist das?«

»Sie hatten recht. Es ist Fleischer«, rief Sebastian zurück, und Flynn stieß einen Fluch aus.

»He, du dreckiger, fetter Schlachter!« brüllte er und versuchte, sich am schwimmenden Korksack hochzuziehen. »He, du Nachttopf einer Hure!« Seine Stimme übertönte das Summen der Schiffsmaschinen, die mit verminderter Kraft liefen. »Komm her, du bluttriefendes kleines Schwein!«

Der hochaufragende Rumpf des Kreuzers war jetzt ganz nahe gekommen, so nahe, daß man sehen konnte, wie sich die massige, graugekleidete Gestalt dem hochgewachsenen Offizier in der weißen Uniform, der neben ihm stand, mit beschwörenden Gesten zuwandte.

Der Offizier machte kehrt und ging zum Brückengeländer. Er lehnte sich vor und winkte einer Gruppe von Matrosen auf dem unteren Deck.

»Das stimmt. Sagen Sie ihnen, daß sie sich beeilen sollen. Bringen wir die Sache zu Ende. Sagen Sie ihnen . . .«

Ein großer rechteckiger Gegenstand wurde von den Matrosen unter der Brücke über die Reling gehoben. Mit einem klatschenden Aufschlag fiel er auf das Wasser. Flynn bekam eine trockene Kehle, und er glaubte seinen Augen nicht trauen zu dürfen, als der weißgekleidete Offizier seinen rechten Arm zu einer Art Ehrenbezeigung erhob. Das Geräusch der Schiffsmaschinen schwoll an, als der Kreuzer seine Geschwindigkeit beschleunigte und nach Westen abdrehte.

Flynn O'Flynn fing an zu lachen, und es war ein hysterisches Gelächter, gemischt aus Erleichterung und Delirium. Er rollte hinab vom Korksack. Sein Kopf fiel vornüber, so daß das warme grüne Wasser sein Lachen erstickte. Mohammed packte ihn am Schopf und hob ihn hoch, damit er nicht ertrinken konnte.

14

Sebastian erreichte das Floß und griff nach dem Seil, das in Schlingen an seinen Seiten hing. Er ruhte sich ein wenig aus, um Luft zu schnappen, zog sich hinauf und blieb schwer atmend liegen, während das körperwarme Wasser aus seinen Kleidern lief. Dann schaute er dem Schlachtkreuzer nach, der soeben im Westen verschwand.

»Master! Helfen Sie mir!«

Die Stimme schreckte ihn auf, und er richtete sich empor. Mohammed bemühte sich verzweifelt, Flynn und den Sack heranzuzerren. Zwischen den schwimmenden Wrackteilen versuchte noch ein Dutzend anderer Besatzungsmitglieder und Träger, das Floß zu erreichen. Die schwächeren Schwimmer verließen bereits die Kräfte; ihr Schreien wurde immer erbärmlicher und ihre Schwimmbewegungen immer hektischer.

Am Lattenrost des Floßes waren Ruder befestigt. Flink schnitt Sebastian eines davon mit seinem Jagdmesser los und begann, den beiden entgegenzurudern. Er kam nur langsam voran, denn das Floß war ein widerspenstiges Ding, das sich dem Ruderschlag widersetzte.

Ein arabisches Besatzungsmitglied erreichte das Floß und kletterte an Bord, dann noch einer und noch einer. Jeder von ihnen machte einen Riemen los und half beim Rudern. Sie kamen an dem Leichnam eines Trägers vorbei, der eben unter der Wasseroberfläche trieb. Beide Beine waren oberhalb der Knie abgerissen, und die Knochen ragten aus den zerfetzten Stümpfen hervor. Dies war nicht der einzige – zwischen den verstreuten Wrackteilen gab es noch mehr menschliches Treibgut, und die rötlichen Farbflecken in der Strömung zogen die Haifische an.

Der neben Sebastian sitzende Araber sah den ersten Hai und stieß einen Schrei aus, während er mit dem Ruder auf ihn zeigte. Das Tier suchte nach Beute. Man konnte seine Erregung spüren, die kalte Gier animalischen Hungers. Unter Wasser, verschwommen und dunkel, sah man die spitz zulaufende Form seines Körpers. Kein großer Raubfisch. Vielleicht neun Fuß lang und vierhundert Pfund schwer, aber groß genug, um ein Bein mit einem einzigen Biß abzutrennen. Jetzt folgte er nicht länger der Blutspur, sondern den Bewegungen der Schwimmer. Er streckte sich und nahm seinen ersten Anlauf.

»Haifisch!« rief Sebastian Flynn und Mohammed zu, die in zehn Meter Entfernung ums Leben kämpften. Beide wurden von panischer Angst gepackt. Sie versuchten auf den Korksack zu klettern. Panik kennt keine Logik. Ihr einziges Bemühen war, ihren baumelnden Beinen über Wasser irgendeinen Halt zu verschaffen, doch der Sack war zu klein, zu unstet, und ihre hektischen Bewegungen zogen die Aufmerksamkeit des Haifischs erst recht auf sich. Er machte eine Drehung, zeigte die volle Höhe seiner Flosse und zerteilte die Wasseroberfläche mit jeder Schwanzbewegung, die ihn näherbrachte.

»Hierher!« schrie Sebastian. »Kommt zum Floß!« Er schlug mit dem Ruder auf das Wasser, und der Araber neben ihm tat das gleiche. »Hierher, Flynn. Hierher, um Gottes willen.«

Seine Stimme brach ihre lähmende Angst, und sie nahmen wieder Richtung auf das Floß zu. Aber der Haifisch kam schnell näher, und das Sonnenlicht streifte seinen schlanken Körper im aufgewühlten Wasser.

Der Sack war noch immer an Flynns Körper festgebunden, und sein Wasserwiderstand ließ sie nur langsam vorankommen. Der Hai änderte seine Richtung und griff zum erstenmal an. Er erschien über Wasser. Sein Maul öffnete sich. Die mehrfachen Zahnreihen richteten sich auf wie die Borsten eines Stachelschweins – und er schnappte nach dem Sack. Er schloß seine Kiefer um den rauhen Jutestoff, beutelte ihn, immer noch über die Wasseroberfläche gestemmt, schüttelte seinen stumpfen Kopf schwerfällig und versprühte eine Fontäne, die wie Glassplitter im Sonnenlicht funkelte.

»Packt zu!« kommandierte Sebastian, als er sich hinauslehnte und den beiden im Wasser ein Ruderblatt hinhielt. Sie klammerten sich mit ganzer Verzweiflung daran fest, und Sebastian zog sie vollends heran.

Aber Sack und Hai hingen immer noch an Flynn, und das um sich schlagende Tier drohte Flynns Halt an der Rettungsleine am Floßrand zu lösen.

Sebastian kniete nieder, zerrte sein Messer aus der Scheide und sägte an dem Seil. Endlich hatte er es durchgeschnitten. Der Hai, immer noch mit dem Sack beschäftigt, entfernte sich vom Floß, und Sebastian kam den Arabern zu Hilfe. Zunächst wurde Flynn, dann Mohammed heraufgezogen.

Aber damit war längst nicht alles getan. Immer noch waren mindestens ein halbes Dutzend Männer im Wasser.

Als der Hai schließlich seinen Irrtum bemerkte, ließ er den Sack fahren. Er wich zurück. Einen Augenblick hing er bewegungslos und unschlüssig im Wasser, dann schwamm er in einem Kreis auf die nächstbeste Bewegung zu. Ein Gewehrboy strampelte erschöpft im Wasser. Der Hai packte ihn von der Seite und zog ihn hinunter. Augenblicke später tauchte der Junge wieder auf. Er schrie fürchterlich, und das Wasser färbte sich dunkelrot von seinem Blut. Wieder wurde er hinabgezogen. Jetzt hatte der Hai seine Beine gepackt, und wieder kam er nach oben. Diesmal trieb er mit dem Gesicht nach unten. Er zuckte nur noch schwach. Der Hai umkreiste ihn, stieß vor, um ein Maulvoll von seinem Fleisch abzubeißen. Er wich zurück, um es hinunterzuschlucken. Dann kam er wieder.

Plötzlich war noch ein Hai da – dann zwei, dann zehn, schließlich so viele, daß Sebastian sie nicht mehr zählen konnte, als sie das Floß umkreisten und in wilder Gier unter ihm hinwegtauchten, bis das Meer ringsum wogte und brodelte.

Sebastian und seine Araber vermochten noch zwei Besatzungsmitglieder auf das Floß zu ziehen. Sie hatten einen dritten bereits zur Hälfte aus dem Wasser heraus, als ein sechs Fuß langer Raubfisch aus der Tiefe heraufgeschossen kam und sich mit einer solchen Kraft in den Schenkel des Mannes verbiß, daß er sie beinahe allesamt über Bord gerissen hätte. Aber sie stemmten sich gemeinsam dagegen und hielten den Mann in einem grausigen Tauziehen an den Armen fest, während der Hai das Bein bearbeitete. In seiner Entschlossenheit ähnelte dieses Raubtier so sehr einem Hund, daß Sebastian nur darauf wartete, daß es zu knurren begann ...

Der kleine Mohammed erhob sich stolpernd, ergriff ein Ruder und schwang es mit aller Kraft gegen die stumpfe Schnauze. Der Kopf des Hais ragte aus dem Wasser, und das Ruder traf ihn mit einer Reihe klatschender Schläge. Doch das Tier ließ nicht los. Es hatte sich im Bein seines Opfers festgebissen.

»Halt ihn fest!« keuchte Sebastian und zog sein Messer. Während das Floß wild unter ihm schaukelte, lehnte er sich über den ausgestreckten Körper des Mannes und stach die Klinge in das ausdruckslose kleine Auge des Hais. Es löste sich auf in einen Schwall farbloser Flüssigkeit. Der Hai wurde steif und zitterte. Sebastian zog die Klinge noch einmal und stach sie in das andere Auge. Mit einem krampfhaften Schlucken öffnete der Hai seine Kiefer und glitt zurück ins Meer.

Jetzt waren keine Schwimmer mehr im Wasser. Die kleine Schar auf dem Floß hockte dicht beieinander und beobachtete den Haifischschwarm, der hungrig umherschwamm und an dem verfärbten Wasser zu schnuppern schien.

Das Opfer des letzten Hais verblutete auf dem Floß und starb. Keiner hätte ihm helfen können.

»Werft ihn über Bord«, sagte Flynn.

»Nein.« Sebastian schüttelte den Kopf.

»Um Himmels willen, wir haben ja kaum Platz. Schmeißt den armen Kerl ins Wasser.«

»Jetzt nicht, später.« Sebastian wollte nicht zulassen, daß die Haie sich über den Leichnam hermachten.

»Mohammed, greif dir ein paar von deinen Burschen mit den Rudern. Ich möchte, daß wir soviel wie möglich von den Kokosnüssen auffischen.«

Als die Dunkelheit ihnen Einhalt gebot, hatten sie zweiundfünfzig der umherschwimmenden Kokosnüsse eingefangen; eine ausreichende Menge, um die sieben Männer an Bord eine Woche lang vor dem Durst zu bewahren.

Die Nacht war kalt. Sie kauerten dicht aneinander, um sich gegenseitig zu wärmen, und beobachteten die Unterwasserspiele, als der Haifischschwarm das Floß in phosphoreszierendem Leuchten umkreiste.

15

»Sie müssen sie herausschneiden«, flüsterte Flynn, und er zitterte trotz der brennenden Hitze der Mittagssonne vor Kälte.

»Ich verstehe nichts davon«, protestierte Sebastian, aber er konnte sehen, daß Flynn im Sterben lag.

»Ich auch nicht. Aber das eine ist gewiß – Sie müssen es bald tun ...« Flynns Augen lagen in tiefen Höhlen, und sein Atem roch nach etwas längst Abgestorbenem.

Als Sebastian das Bein anschaute, konnte er nur mit Mühe seiner Übelkeit Herr werden. Es war dick geschwollen und bläulich verfärbt. Das Einschußloch war mit verkrustetem schwarzem Schorf bedeckt, was darunterlag, war bereits in Fäulnis übergegangen. Jetzt spürte er die Übelkeit kommen. Er versuchte, sich zu beherrschen.

»Sie müssen es tun, Bassie, mein Junge.«

Sebastian nickte und legte seine Hand prüfend auf das Bein. Seine Finger fuhren sofort erschreckt zurück.

»Sie müssen es tun«, bettelte Flynn. »Fühlen Sie nur das Geschoß. Es sitzt nicht tief. Direkt unter der Haut.«

Er fühlte die Wölbung. Sie bewegte sich unter seinen Fingern, so groß wie eine grüne Eichel, in dem geschwollenen, heißen Fleisch.

»Es wird verdammt weh tun«, gab Sebastian mit heiserer Stimme zu bedenken.

Die Männer ruhten sich auf ihren Rudern aus und schauten mit offener Neugier zu, während das Floß in der Strömung vor Mozambique schaukelte. Über ihnen flatterte müde das Segel, das Sebastian aus geretteten Planken und Leinwand errichtet hatte. Es warf einen Schatten auf das Bein.

»Mohammed – du und noch ein Mann, ihr müßt die Schultern des Masters festhalten. Zwei andere packen die Beine.«

Flynn lag still auf den Bodenlatten, von den neben ihm kauernden Männern zur Bewegungslosigkeit verurteilt.

Sebastian kniete sich über ihn und nahm seine ganze Willenskraft zusammen. Das Messer hatte er an der Metallkante des Floßes geschärft und danach mit Kokosfasern und Seewasser gescheuert. Er hatte das Bein abgespült und seine Hände gewaschen, bis die Haut kribbelte. Neben ihm auf dem Deck stand eine halbe Kokosnußschale, die verdampftes Salz enthielt, das sie von Latten und Segeln heruntergekratzt hatten, um es nachher in die offene Wunde zu streuen. »Fertig?« flüsterte er.

»Fertig«, knurrte Flynn. Sebastian fühlte noch einmal nach der Wölbung der Kugel und zog die Klinge zaghaft darüber hinweg. Flynn schnappte nach Luft, aber seine Haut war stärker, als Sebastian vermutet hatte. Sie gab nicht nach.

»Verdammt noch mal.« Flynn war ins Schwitzen geraten. »Sie sollen nicht damit rumspielen. Schneiden Sie zu, Mann, schneiden Sie!«

Diesmal führte Sebastian einen entschlossenen Schnitt aus, und das Fleisch platzte unter der Klinge auseinander. Er ließ das Messer fallen und wich entsetzt zurück, als der Inhalt der entzündeten Geschwulst herausbrodelte. Er sah aus wie gelber Senf, vermischt mit dem Saft einer Backpflaume – und ein übler Geruch stieg ihm in die Nase.

»Suchen Sie das Geschoß. Suchen Sie es mit den Fingern.« Flynn wand sich vor Schmerzen. »Beeilen Sie sich. Ich kann es nicht mehr lange aushalten.«

Sebastian riß sich zusammen. Er verschloß seine Kehle gegen das Erbrechen, das ihn jeden Augenblick überrumpeln konnte. Er ließ seinen kleinen Finger in die Wunde gleiten. Er suchte nach der Kugel. Er fand sie, bewegte sie langsam nach oben, obwohl das Gewebe sie zunächst nicht freigeben wollte, bis sie schließlich wie von selbst aus der Wunde sprang und aufs Deck fiel. Als der Eiter ungehindert aus der Wunde floß, kroch Sebastian würgend zum Floßrand und übergab sich.

16

»Wenn wir nur ein rotes Tuch hätten.« Flynn saß gegen den wackligen Mast gelehnt. Er war noch sehr schwach, aber vor vier Tagen war das Fieber gesunken, da das Gift aus seinem Körper entfernt war.

»Was wollen Sie damit?« fragte Sebastian.

»Einen Delphin fangen. Mann, ich bin so verdammt hungrig, ich könnte ihn roh aufessen.«

Die Diät von Kokosfleisch und Kokosmilch hatte allen ein Magenknurren beschert.

»Warum rot?«

»Weil sie auf Rot fliegen. Das lockt sie an.«

»Sie haben weder Haken noch Leine.«

»Ziehen Sie einen Faden aus dem Sack, binden es daran fest, und locken Sie die Tiere an die Oberfläche – dann können Sie eins mit Ihrem Messer harpunieren, wenn Sie es an ein Ruder binden.«

Sebastian verfolgte nachdenklich das Aufblitzen der Delphine, von denen ein Schwarm sich unter dem Floß tummelte. »Es muß rot sein, ja?« fragte er, und Flynn blickte ihn scharf an.

»Ja. Es muß rot sein.«

»Tja ...« Sebastian zögerte, und dann errötete er unter seinem tropischen Sonnenbrand vor Verlegenheit.

»Fehlt Ihnen etwas?«

Sebastian war immer noch verlegen, als er aufstand, seinen Gürtel löste und schließlich, schüchtern wie eine Braut in der Hochzeitsnacht, seine Hosen herabzog.

»Mein Gott«, hauchte Flynn, dem es die Sprache verschlagen hatte, und er hob seine Hand schützend über die Augen.

»Hau! Hau!« rief die Mannschaft bewundernd im Chor.

»Die habe ich von Harrods«, erklärte Sebastian mit gehöriger Bescheidenheit.

Rot hatte Flynn verlangt – aber Sebastians Unterhosen waren vom leuchtendsten, schönsten Rot. Sie glichen dem Rot strahlender Sonnenuntergänge oder einem Rosenbeet. Sie reichten in orientalischer Pracht bis hinab zu den Knien.

»Reine Seide«, stellte Sebastian fest, als er das Tuch befühlte. »Für zehn Schilling.«

»Hoahoh! Kommt her, ihr kleinen Fische, kommt nur«, flüsterte Flynn. Er lag auf dem Bauch; Kopf und Schultern hingen über dem Floßrand. Der rote Stoff tanzte an einem langen Faden tief im grünen Wasser. Ein länglicher goldener Blitz schoß darauf zu, und Flynn zog die Schnur im letzten Augenblick zurück. Der Delphin warf sich herum und kam wie ein Pfeil zurück. Wieder zog Flynn an der Schnur. Chamäleonhafte Linien und Flecken zeigten sich vor Aufregung auf dem goldenen Körper des Delphins. »So ist es gut, Fischlein. Jag es nur.« Die übrigen Fische aus dem Schwarm beteiligten sich an der Jagd und bildeten ein funkelndes Planetensystem wirbelnder Bewegung rings um den Köder.

»Achtung!«

»Ich bin bereit.« Sebastian stand über ihm gebeugt wie ein Speerwerfer. In der Aufregung hatte er vergessen, seine Hosen wieder anzuziehen, und die Hemdzipfel umflatterten seine Schenkel auf höchst unwürdige Art. Aber seine Beine waren lang und muskulös wie die Beine eines Athleten. »Geht zurück!«

schrie er die Männer an, die sich um ihn drängten, wodurch das Floß gefährliche Schlagseite bekam. »Geht zurück – macht Platz!« und dann hob er das Ruder, an dessen Spitze das lange Jagdmesser befestigt war.

»Hier kommen sie.« Flynns Stimme bebte vor Aufregung, als er das rote Tuch immer höher zog und der Schwarm ihm folgte.

»Jetzt!« schrie er, als einer der Fische die Oberfläche durchbrach – vier Fuß strahlendes Gold, und Sebastian stach zu. Die ruhige Hand und das sichere Auge, die einst den großen Frank Woolley ausgespielt hatten, gaben dem Ruder seine Richtung. Sebastian traf den Delphin einen Zoll hinter dem Auge, und die Klinge durchschnitt die Kiemen.

Ein paar Sekunden drohte das Ruder seinen Händen zu entgleiten, als der Delphin an der Klinge zappelte und um sein Leben kämpfte, und da es keine Widerhaken gab, die sich im Fleisch verfangen konnten, rutschte der Fisch vom Messer.

»Verdammt!« schrie Flynn.

»So ein Mist!« kam das Echo von Sebastian.

Aber in zehn Fuß Tiefe war der Delphin tödlich verwundet; er tanzte und zuckte wie ein goldener Drachen bei starkem Wind, während der übrige Schwarm sich zerstreute.

Sebastian ließ das Ruder fallen und zog sein Hemd aus.

»Was haben Sie vor?« wollte Flynn wissen.

»Ihm hinterherschwimmen.«

»Sie sind wahnsinnig. Denken Sie an die Haifische!«

»Ich habe solchen Hunger, ich würde auch einen Hai verspeisen«, und damit sprang er über Bord. Dreißig Sekunden später kam er wieder an die Oberfläche, schnaufte wie ein Walfisch, aber er feixte triumphierend. Den toten Delphin hielt er liebevoll an seinem Busen.

Sie hockten um den verstümmelten Kadaver und aßen Streifen von rohem Fisch, gewürzt mit verdampftem Salz.

»Nun, ich muß sagen, ich habe schon eine gute Guinee für schlechtere Mahlzeiten als diese bezahlt«, bemerkte Sebastian und rülpste schüchtern. »Oh, Verzeihung.«

»Geschenkt«, knurrte Flynn, den Mund voll Fisch; dann betrachtete er Sebastians Blöße mit einem welterfahrenen Blick.

»Hören Sie auf zu prahlen und ziehen Sie Ihre Hosen an, bevor Sie darüber stolpern.«

Langsam, ganz langsam revidierte Flynn O'Flynn seine Einschätzung von Sebastian Oldsmith.

17

Die Ruderer hatten schon lange jegliche Begeisterung verloren, die sie für das Unternehmen besessen haben mochten. Sie blieben nur noch bei der Stange angesichts der Androhungen körperlicher Züchtigung von seiten Flynns – und des von Sebastian gegebenen Beispiels, der unermüdlich tätig war. Die dünne Fettschicht, in die seine Muskeln gebettet waren, war schon längst aufgezehrt. Sein sonnengebräunter Körper glich einer Skulptur von Michelangelo, vor allem, wenn er sich vorbeugte, das Ruder eintauchte und es durch das Wasser zog.

Sechs Tage lang hatten sie sich mit dem Floß quer gegen die Strömung geschleppt. Sechs Tage in Sonnenglut und Windstille, da das Meer immer flacher zu werden schien, bis es jetzt, am Spätnachmittag, wie ein endloses, weiches grünes Laken aus Samt aussah.

»Nein«, verbesserte Mohammed. »Das heißt: Die beiden Stachelschweine lieben sich unter der Bettdecke.«

»Oh!« Sebastian wiederholte den Satz, ohne den Rhythmus seiner Ruderbewegungen zu unterbrechen. Sebastian war ein verbissener Suaheli-Schüler und machte seinen Mangel an Kenntnissen durch größeren Eifer wett. Mohammed war stolz auf ihn und wandte sich gegen jeden Versuch der übrigen Besatzungsmitglieder, seine Position als Hauptlehrer zu untergraben.

»Das ist ja schön und gut, wenn es die Stachelschweine bis zur Bewußtlosigkeit miteinander treiben«, brummte Flynn, »aber was heißt . . .?«, und er sprach einen Satz in Suaheli.

»Das heißt: Große Winde werden übers Meer wehen«, übersetzte Sebastian, und er strahlte angesichts seiner Leistung.

»Und das ist kein Scherz.« Flynn stand auf, blieb gebückt stehen, um sein verwundetes Bein zu schonen, und beschattete seine Augen mit einer Hand, als er gen Osten spähte. »Seht ihr die Wolken dort hinten?«

Sebastian legte das Ruder zur Seite, stellte sich neben ihn und dehnte seine schmerzenden Rücken- und Schultermuskeln. Sofort stellten auch die übrigen Ruderer ihre Tätigkeit ein.

»Macht nur weiter, ihr Hübschen!« knurrte Flynn, und widerwillig gehorchten sie ihm. Flynn wandte sich wieder an Sebastian. »Sehen Sie das?«

»Ja.« Es zog sich schwarz über den Horizont hin wie der Kohlestrich über dem Lid einer Hindufrau.

»Tja, Bassie, dort ist der Wind, von dem Sie gefaselt haben. Aber, mein lieber Freund, ich fürchte, es ist ein bißchen mehr, als Sie erwartet haben.«

In der Dunkelheit hörten sie es von weither kommen, ein gedämpftes Zischen in der Nacht. Ein Stern nach dem andern erlosch, als die dunkle Wolke sich ausbreitete und den halben mitternächtlichen Himmel bedeckte.

Ein einsamer Windstoß traf das Floß. Er peitschte das improvisierte Segel, und die Schläfer erwachten und richteten sich auf.

»Passen Sie auf Ihre ausgefallenen Unterhosen auf«, murmelte Flynn, »damit sie Ihnen nicht vom Hinterteil weggeblasen werden.«

Noch ein Windstoß, dann wieder Stille, aber schon schlugen kleine Wellen ungestüm gegen die Seiten des Floßes.

»Ich glaube, ich hole lieber das Segel ein.«

»Tun Sie das, und was sonst nicht niet- und nagelfest ist«, stimmte Flynn ihm zu, »und wenn Sie schon einmal dabei sind, können Sie das Seil verwenden, um Rettungsleinen für uns zu machen.« Hastig, angespornt durch das ansteigende Fauchen des Windes, seilten sie sich an den Latten fest.

Als der Wind sie richtig gepackt hatte, wirbelte er das Floß wie einen Kreisel herum und begoß sie mit Wasser; der Sprühregen war eiskalt. Es stürmte jetzt stetig, und das Floß schwankte unruhig – mit den ruckartigen Bewegungen eines Tieres, dem man die Sporen gibt.

»Wenigstens wird er uns an Land treiben«, rief Sebastian Flynn zu.

»Bassie, mein Junge, Ihnen fallen doch die schönsten Dinge ein«, und die erste Welle spülte über Bord, erstickte Flynns Stimme, wusch über ihre ausgestreckten Körper hinweg und floß schließlich ab über das Lattendeck. Das Floß wälzte sich unbehaglich, dann richtete es sich wieder auf, um den nächsten Ansturm der See abzuwarten.

Unter dem wütenden Zugriff des Sturmes erhob das Meer sich heftiger, als Sebastian es für möglich gehalten hätte. Innerhalb weniger Minuten brachen die Wellen mit solcher Wucht über das Floß herein, daß sie ihnen den Atem benahmen und sie völlig überfluteten. Schließlich kam das Floß wieder an die Oberfläche, hob sich gefährlich schwankend empor, und sie konnten inmitten eines Sprühregens nach Luft schnappen.

Die Sturmpausen abwartend, kroch Sebastian über das Deck, bis er Flynn erreicht hatte. »Wie halten Sie das aus?« brüllte er.

»Großartig, einfach großartig!« Und schon drückte eine Welle sie wieder hinunter.

»Und Ihr Bein?« sprudelte Sebastian, als sie wieder an die Oberfläche kamen.

»Um Himmels willen, hören Sie auf zu quatschen.« Wieder gingen sie unter.

Es war völlig dunkel; kein Stern, kein Mondschein, aber jede Reihe von Brechern leuchtete in matter, phosphoreszierender Bösartigkeit, wenn sie über sie hereinbrach und sie zwang, nach Luft zu schnappen und sich mit verkrampften Fingern an den Latten festzuklammern.

Es erschien Sebastian, daß er eine Ewigkeit in Dunkelheit lebte, zerzaust vom Wind und vom wilden, wütenden Wasser. Sein fröstelnder Körper erstarrte in Gefühllosigkeit. Jeder bewußte Gedanke schwand allmählich aus seinem Kopf, und so hörte er zwar, während eine große Woge sie überschwemmte, ein krachendes Geräusch und einen verzweifelten Schrei, als einer der Araber in die nächtliche See hinausgespült wurde – aber all diese Geräusche hatten keine Bedeutung für ihn.

Zweimal erbrach er Seewasser, das er geschluckt hatte, aber er verspürte keinen Geschmack in seinem Mund. Er ließ es achtlos über Kinn und Brust rinnen, wo die nächste Sturmwoge alles fortspülte.

Seine Augen brannten wie Feuer vom scharfen Zugriff des windgepeitschten Seewassers, und er kniff sie vor jeder herannahenden Woge zu. Nach einer Weile hatte er das Gefühl, wieder deutlicher sehen zu können, und er drehte seinen Kopf ganz langsam. Er sah Flynns Gesicht. Es sah aus wie ein Blutgeschwür. Das verwirrte ihn, und er blieb liegen und dachte darüber nach, aber ihm fiel keine Lösung ein, bis er nach der nächsten Welle wieder Ausschau hielt und die schwache Hoffnung auf einen neuen Tag blaß durch die hochgetürmten Wolken scheinen sah.

Er versuchte zu sprechen, aber er brachte keinen Ton heraus, denn sein Rachen war vom Salzwasser wie zugeschnürt, und seine Zunge war gefühllos. Er versuchte es noch einmal. »Es dämmert«, krächzte er, doch Flynn lag neben ihm, starr wie ein Leichnam.

Langsam wurde es hell über dem wilden grauen Meer, aber die jagenden schwarzen Wolkenbänke schienen sich verzweifelt gegen den neuen Tag zu wehren.

Jetzt wirkte das Meer noch furchterregender in seinem tobenden Wahn. Jeder Berg aus glasigem Grau erhob sich hoch über das Floß, schirmte es einige Sekunden vor dem Zugriff des Windes ab; seine Kuppe flog dahin wie der Federbusch eines etruskischen Helmes, dann sank er hinab und fiel in sich zusammen im Aufruhr brodelnden Wassers.

Jedesmal preßten sich die Männer flach auf das Deck und warteten in stummer Ergebenheit darauf, von der weißen Flut überschwemmt zu werden.

Einmal schwebte das Floß hoch droben in einer trügerischen Sturmstille, und Sebastian schaute sich um. Leinwand und Taue, Kokosnüsse und alle übrigen Teile ihrer armseligen Habe waren verschwunden. Das Meer hatte eine Reihe Latten weggerissen, so daß der metallene Boden des Floßes zum Vorschein kam; den Männern hatte es sogar die Kleider zerfetzt, und sie besaßen kaum noch ein Stückchen Tuch am Leibe. Von den sieben Männern waren nur Sebastian und Flynn, Mohammed und ein anderer übriggeblieben – die übrigen drei waren verschwunden, verschlungen von der gierigen See.

Dann schlug der Sturm wieder zu, und das Floß taumelte und bäumte sich, bis es kurz vor dem Kentern war.

Sebastian spürte es zuerst am veränderten Wellengang; sie kamen steiler und folgten dichter aufeinander. Dann hörte er durch das Toben des Sturmes ein neues Geräusch, als würde eine Kanone in unregelmäßigen Abständen mit unterschiedlichen Pulverladungen abgeschossen. Ihm wurde plötzlich klar, daß er dieses Geräusch schon vor geraumer Zeit einmal wahrgenommen hatte, aber erst jetzt konnte er es in sein Bewußtsein voll aufnehmen.

Er hob seinen Kopf, und jeder Nerv seines Körpers protestierte gegen diese Anstrengung. Er blickte um sich, aber das Meer türmte sich um ihn her wie lauter graue Mauern, die sein Gesichtsfeld auf einen Umkreis von fünfzig Metern einschränkten.

In der Folge kurzer Wellen packte ein Brecher das Floß seitwärts und warf es in die Höhe. Sebastian kam dadurch so weit nach oben, daß er Land sehen konnte. Es war so nahe, daß die Palmen deutlich zu erkennen waren, deren Stämme vom Wind gebeugt und deren lange Wedel grausam gepeitscht wurden. Er sah den Strand grau und trübselig daliegen, und auch dahinter erhob sich Land in wäßrigem Blau.

All dies konnte ihn nur wenig trösten, als er das Riff erblickte. Es zeigte ihm seine schwarzen Zähne und bedrohte ihn mit seinen weißen Wassermengen, die über sie hereinbrachen, bevor sie in Kaskaden in die Stille der Lagune hinabfielen. Das Floß trieb auf sie zu.

»Flynn«, schrie er. »Flynn, hören Sie!« Aber der Ältere bewegte sich nicht. Seine Augen waren starr geöffnet, und nur die Bewegung seiner Brust beim Atmen deutete an, daß er noch lebte. »Flynn.« Sebastian löste eine Hand von den Holzlatten. »Flynn!« rief er und schlug ihm auf die Wange.

»Flynn!« Der Kopf wandte sich Sebastian zu, die Augen blinzelten, der Mund öffnete sich, aber es kam kein Laut.

Wieder brach eine Woge über das Floß herein. Diesmal rüttelte der kalte, bösartige Guß Sebastian auf und fachte seine nachlassenden Kräfte wieder ein wenig an. »Land«, flüsterte er. »Land!« Aber Flynn starrte ihn nur verständnislos an.

Noch zwei Brandungsreihen waren sie von dem zerklüfteten Rücken des Riffs entfernt. Sebastian klammerte sich nur noch mit einer Hand an die Latten, während er das Messer aus der Scheide zerrte und unbeholfen auf die Rettungsleine loshackte, die ihn an das Deck fesselte, bis sie durchriß. Er griff hinüber und schnitt auch Flynns Leine durch, indem er verbissen an dem nassen Hanf herumsägte. Als er es geschafft hatte, glitt er auf dem Bauch nach hinten, bis er Mohammed erreichte und ihn ebenfalls befreite. Der kleine Afrikaner starrte ihn mit blutunterlaufenen Augen aus seinem faltigen Gesicht an.

»Schwimm«, flüsterte Sebastian. »Wir müssen schwimmen.« Während er das Messer wieder in die Scheide schob, versuchte er über Mohammed hinweg zu dem Araber zu kriechen, aber die nächste Welle packte das Floß, bäumte sich unter ihm auf, als sie den Sog des Landes spürte. Sie bäumte sich so steil auf, daß das Floß vollends kippte. Sie wurden in den brodelnden Aufruhr des Riffs geschleudert.

Sebastian tauchte flach ins Wasser, und er war kaum untergegangen, als er auch schon wieder auftauchte. Neben ihm, so nahe, daß er ihn anfassen konnte, kam Flynn hoch. Mit erstaunlicher Kraft, die ihm die Todesangst verlieh, griff Flynn nach Sebastian und umklammerte mit beiden Armen seine Brust. Die gleiche Welle, die sie umgekippt hatte, ergoß sich über das Riff und bedeckte es gänzlich, so daß dort, wo die Korallenfänge gewesen waren, nur noch eine schäumende Fläche aufgewühlten Wassers zu sehen war. Mittendrin tanzten die Trümmer des Floßes auf und ab, bis sie am Riff zerschellten. Der verstümmelte Körper des Arabers war immer noch an einem Wrackteil angeseilt. Flynn und Sebastian hielten sich fest umschlungen wie zwei Liebende, und die nächste Welle, die der vorangegangenen in kurzem Abstand folgte, hob sie empor und katapultierte sie über das untergetauchte Riff.

Mit einem großen Schwung, der ihnen die Eingeweide zusammenpreßte, wurden sie über die Korallen hinweggetragen, an denen sie um ein Haar zermalmt worden wären. Endlich landeten sie in der ruhigen Lagune. Neben ihnen schwamm der kleine Mohammed und alles, was noch vom Floß übrig war. Die Lagune war über und über mit schäumendem Wasser bedeckt. Sie erschien so sahnig wie die Blume eines Bieres. Die drei Schiffbrüchigen, eingetaucht bis zur Hüfte und die Arme stützend um die Schultern gelegt, taumelten schaumbedeckt auf den Strand zu. Sie sahen aus wie eine Gruppe betrunkener Schneemänner, die nach einem langen Nachtbummel heimkehrten.

18

Mohammed hockte neben einem Haufen grüner Kokosnüsse. Der Strand war übersät damit, denn der Sturm hatte die Bäume leergefegt. Mohammed arbeitete in fieberhafter Eile mit Sebastians Jagdmesser, sein Gesicht von getrocknetem Salz verkrustet, und er murmelte durch aufgesprungene und geschwollene Lippen, während er die weiße, faserige Hülle abschälte, bis er den hohlen Innenraum mit seinem weichen Fruchtfleisch und der schäumenden Milch freigelegt hatte. Wenn er so weit gekommen war, wurde ihm die Madafu entweder von Flynn oder von Sebastian entrissen. Mit wachsender Verzweiflung wartete er eine Sekunde ab, bis die beiden Weißen mit zurückgeworfenen Köpfen getrunken hatten. Die Milch tropfte ihnen von den Mundwinkeln herab. Die Augen hielten sie verzückt geschlossen; dann nahm er sich eine neue Nuß und machte sich über sie her. Er öffnete ein Dutzend, bevor es ihm gelang, die anderen beiden zufriedenzustellen, und dann endlich hob auch er eine Madafu an den Mund und trank gierig.

Danach schliefen sie. Die Bäuche mit der süßen, gehaltvollen Milch gefüllt, ließen sie sich rücklings in den Sand fallen und verschliefen den Rest des Tages und die ganze Nacht, und als sie wach wurden, hatte der Wind sich gelegt, wenn auch das Meer immer noch wie Artilleriefeuer auf das Riff herniederprasselte.

»Jetzt möchte ich nur wissen«, begann Flynn, »wo, im Namen des Teufels und aller Engel, sind wir?« Weder Sebastian noch Mohammed wußten eine Antwort. »Wir waren sechs Tage auf dem Floß. Wir sind möglicherweise Hunderte von Meilen nach Süden getrieben, ehe der Sturm uns hierher blies.« Er runzelte die Stirn, während er sich mit dem Problem beschäftigte. »Wir können sogar nach Portugiesisch-Mozambique gekommen sein, vielleicht bis zum Sambesi.«

Flynn konzentrierte seine Aufmerksamkeit auf Mohammed. »Mach dich auf den Weg!« befahl er ihm. »Such nach einem Fluß oder einem Berg, den du kennst. Oder noch besser – finde ein Dorf, wo wir Nahrungsmittel bekommen können – und Träger.«

»Ich werde ihn begleiten«, sagte Sebastian.

»Sie könnten doch den Sambesi nicht vom Mississippi unterscheiden«, knurrte Flynn ungeduldig. »Sie würden sich doch nach den ersten hundert Metern verlaufen.«

Mohammed war zweieinhalb Tage unterwegs, doch Sebastian und Flynn aßen während seiner Abwesenheit auch nicht schlecht.

Unter einem Sonnenschutz aus Palmwedeln delektierten sie sich dreimal am Tage an Krebsen, Seemuscheln und großen grünen Steinlangusten, die Sebastian aus der Lagune fischte; sie brieten diese in ihren Schalen über dem Feuer, das Flynn mit zwei trockenen Holzstäben hergezaubert hatte.

Am ersten Abend wurde die Unterhaltung von Flynn bestritten. Seit einigen Jahren hatte Flynns Ginkonsum im Durchschnitt zwei Flaschen pro Tag betragen. Die abrupte Unterbrechung seiner Versorgung führte zu einem verspäteten, aber klassischen Anfall von Delirium tremens. Er verbrachte die halbe Nacht damit, daß er am Strand auf und ab hinkte, mit einem Stück Treibholz um sich schlug und Verwünschungen gegen Unholde ausstieß, die erschienen waren, um ihn zu quälen. Insbesondere gab es da eine purpurfarbene Kobra, die ihn hartnäckig verfolgte, und erst, als er sie geräuschvoll hinter einer Palme totgeschlagen hatte, gestattete er Sebastian, ihn zu ihrem Schlupfwinkel zurückzuführen und ihn neben dem Lagerfeuer zum Sitzen zu bewegen. Dann überkam ihn das große Zittern. Er schlotterte wie ein Mann auf einem Dampfhammer. Seine Zähne klapperten mit einer derartigen Heftigkeit aufeinander, daß Sebastian überzeugt war, sie würden zerbrechen. Allmählich jedoch legte sich das Zittern, und am folgenden Mittag war er in der Lage, drei große Steinlangusten zu essen und danach in einen totenähnlichen Schlaf zu fallen.

Er wachte am späten Abend auf und sah so gut aus, wie Sebastian ihn kaum je zuvor gesehen hatte, und er begrüßte den zurückkehrenden Mohammed und das Dutzend hochgewachsener Männer vom Stamme der Angoni, die er mitbrachte. Sie erwiderten Flynns Gruß respektvoll. Von Beira bis Daressalam wurde der Name Fini von den Eingeborenen mit einmütiger Ehrfurcht bedacht. Es kursierten Legenden über seine übernatürlichen Kräfte. Seine Abenteuer, seine geschickte Handhabung des Gewehrs, sein vulkanisches Temperament und seine scheinbare Unempfindlichkeit gegenüber dem Tod und jeglicher Art von Vergeltung hatten den Grundstock zu einem Glauben gelegt, den Flynn sorgsam gepflegt hatte. Wenn sie um ihre nächtlichen Feuer versammelt waren, wenn Frauen und Kinder nicht zuhörten, sprachen sie flüsternd davon, daß Fini in Wirklichkeit eine Reinkarnation des großen Monomatapa war. Weiterhin sagten sie, daß er in der Zeit zwischen seinem Tode als »Großer König« und seiner Wiedergeburt als Fini zunächst ein ungeheuerliches Krokodil und danach Mowana Lisa, der berüchtigtste menschenfressende Löwe in der Geschichte von Ostafrika gewesen war, ein Raubtier, auf dessen Konto mindestens dreihundert Menschenopfer kamen. Der Tag vor fünfundzwanzig Jahren, da Flynn in Port Amelia an Land gegangen war, war genau der Tag, da Mowana Lisa von dem portugiesischen Stationschef bei Sofala erschossen worden war. Ein jeder kannte diese Geschichten, und nur ein Verrückter würde sich mit Fini anlegen. Kein Wunder also, daß die Männer ihm jetzt soviel Respekt entgegenbrachten.

Flynn erkannte einen der Männer. »Luti!« brüllte er, »du räudiger Hyänenarsch.«

Luti lächelte breit, und er nickte geschmeichelt, weil Flynn ihn vor den anderen hervorgehoben hatte.

»Mohammed«, sagte Flynn unternehmungslustig. »Wo hast du ihn gefunden? Sind wir in der Nähe seines Dorfes?«

»Wir sind einen Tagesmarsch davon entfernt.«

»Welche Richtung?«

»Nach Norden.«

»Dann sind wir auf portugiesischem Gebiet!« jubelte Flynn. »Wir müssen am Rovuma vorbeigetrieben sein.«

Der Rovuma bildete die Grenze zwischen Portugiesisch-Mozambique und Deutsch-Ostafrika. Wenn sie sich einmal auf portugiesischem Gebiet befanden, war Flynn in Sicherheit. Alle bisherigen Bemühungen der Deutschen, ihn von den Portugiesen ausliefern zu lassen, hatten sich als fruchtlos erwiesen, denn Flynn hatte einen Geschäftsvertrag mit dem Stationschef von Mozambique und zudem noch einen mit dem Gouverneur in Laurenco Marques. In gewisser Weise waren diese beiden Beamten stille Teilhaber in Flynns Unternehmen, und sie hatten Anspruch auf eine vierteljährliche Abrechnung über seine Transaktionen, zudem einen vereinbarten Prozentsatz aus den Einnahmen.

»Sie können ganz beruhigt sein, Bassie, mein Junge. Der alte Fleischer kann uns jetzt nichts anhaben. Und in drei oder vier Tagen werden wir zu Hause sein.«

Ziel ihrer ersten Etappe war Lutis Dorf. Flynn und Sebastian gelangten bequem ins hügelige Buschland, weil man sie in Maschillen dahin beförderte. Das sind Sänften, Hängematten vergleichbar, die an einer langen Stange baumeln und von vier Männern in einem gleichmäßigen Zuckeltrab getragen werden.

Die Sänftenträger sangen beim Laufen. Ihre tiefen melodischen Stimmen, im Verein mit der schwingenden Bewegung der Maschille, riefen in Sebastian das Gefühl äußerster Zufriedenheit hervor. Dann und wann nickte er ein. Wo der Pfad breit genug war, daß die Maschillen nebeneinander getragen werden konnten, plauderte er mit Flynn; im übrigen beobachtete er die wechselnde Szenerie und die Tiere am Wegrand. Es war hier unterhaltsamer als im Londoner Zoo.

Wann immer Sebastian etwas Neues entdeckte, ließ er es sich von Flynn erklären.

Auf einer Lichtung sahen sie Herden goldbrauner Impalas – zierliche kleine Geschöpfe, die sie mit großer Neugier beobachteten.

Schwärme von Perlhühnern, die zunächst wie dunkle Wolkenschatten erschienen, scharrten und zwitscherten am Flußufer.

Antilopen mit knorrigen Hörnern und schaukelnden Wammen zogen im Gänsemarsch dahin und gaben dem Buschrand einen malerischen Abschluß. Bald darauf begegneten ihnen rotbraune Wasserböcke mit ihrem kreisrunden weißen Mal auf dem Körper.

Man sah Büffel – groß, schwarz und häßlich; Giraffen; niedliche kleine Klippspringer, die wie Gemsen auf den über einen Hügel verstreuten Granitblöcken standen. Das ganze Land war von brodelndem Leben erfüllt.

Sebastian sah Bäume von so merkwürdigem Wuchs, Ausmaß und Blattbestand, wie er es kaum für möglich gehalten hätte. Mächtige Affenbrotbäume standen da wie vorzeitliche Ungeheuer; ihre dicken Samen hingen an skurrilen Ästen. Dann wieder gab es Wälder von Msasabäumen, deren Blätter nicht grün waren, wie man hätte erwarten können, sondern rosa, schokoladenbraun und rot. Fieberbäume von sechzig Fuß Höhe mit hellgelben Stämmen, die ihre Borke wie das spröde Pergament einer Schlangenhaut abwarfen. Sie sahen Mopane-Haine, deren dichtes Laub in einem glänzenden metallischen Grün flimmerte. An den Dschungelgewächsen am Flußufer rankten sich Lianen wie lange graue Würmer empor, oder sie hingen in Schlingen und Girlanden zwischen wilden Feigen und Baumfarnen.

»Warum haben wir noch keine Spur von Elefanten gesehen?« fragte Sebastian.

»Ich habe mit meinen Boys dieses Gebiet vor ungefähr sechs Monaten abgegrast«, erklärte Flynn. »Ich schätze, sie sind ein bißchen weitergezogen – wahrscheinlich nach Norden über den Rovuma.«

Am späten Nachmittag stiegen sie über einen steinigen Pfad in ein Tal hinab, und zum erstenmal sah Sebastian einen festen menschlichen Wohnsitz. Der ganze Talboden war in fruchtbare Felder verwandelt worden, und nun brachte der fette braune Boden Hirsestauden in üppigem Grün hervor. Lutis Dorf lag am Ufer des kleinen Flusses. Zottige Strohhütten in der Form von Bienenstöcken waren zu sehen, und neben jeder Hütte stand auf Pfählen ein kleiner, aus Lehm gefertigter Kornspeicher. Die Hütten waren kreisförmig um einen freien Platz angeordnet, dessen Boden offensichtlich mit bloßen Füßen festgetreten worden war.

Die gesamte Einwohnerschaft kam herbei, um Flynn willkommen zu heißen: an die dreihundert Menschen, vom humpelnden Alten mit weißem Haar und zahnlosem Mund bis zu den Allerkleinsten, die von ihren Müttern auf dem Arm getragen wurden, wobei sie ihre Nahrungsaufnahme nicht unterbrachen, sondern sich wie dicke schwarze Schnecken mit Händchen und Mäulchen an der Mutterbrust festklammerten.

Flynn und Sebastian wurden durch die jubelnde und händeklatschende Menge zur Hütte des Häuptlings getragen, wo sie aus ihren Maschillen stiegen.

Flynn und der alte Häuptling begrüßten sich herzlich – Flynn im Gedenken an empfangene Gunstbezeigungen und in Erwartung weiterer, die er sich noch erbitten mußte; der Häuptling aus Bewunderung vor Flynns Ruf und angesichts der Tatsache, daß sein Gast, wann immer er unterwegs war, große Mengen von gutem rotem Fleisch zu hinterlassen pflegte.

»Kommst du, um Elefanten zu jagen?« fragte der Häuptling.

»Nein.« Flynn schüttelte seinen Kopf. »Ich bin auf der Rückkehr von einem sehr fernen Ort.«

»Woher?«

Als Antwort blickte Flynn bedeutungsvoll hinauf zum Himmel und wiederholte: »Von einem sehr fernen Ort.«

Aus der Menge erhob sich ein ehrfürchtiges Raunen, und der Häuptling nickte weise. Es war ihnen allen klar, daß Fini auf einer Reise gewesen sein mußte, um Verbindung mit seinem *alter ego*, Monomatapa, aufzunehmen.

»Wirst du längere Zeit in unserem Dorf bleiben?« Neue Hoffnung regte sich.

»Ich werde nur heute nacht bleiben. In der Morgendämmerung ziehe ich wieder weiter.«

»Ach! Wir hatten gehofft, dich mit einem Tanz willkommen heißen zu können. Als wir erfuhren, daß du kommst, haben wir uns gleich darauf vorbereitet.«

»Tut mir leid«, sagte Flynn. Er wußte, daß ein solcher Tanz drei oder vier Tage dauern konnte.

»Wir haben eine Menge Palmwein gebraut, der jetzt gerade recht zum Trinken ist.« Der Häuptling versuchte sein Glück noch einmal, diesmal traf sein Argument ins Schwarze. Flynn hatte bereits eine Ewigkeit auf Alkohol verzichten müssen.

»Mein Freund«, sagte Flynn, und er konnte spüren, wie seine Zunge im Vorgenuß feucht wurde. »Ich kann nicht bleiben, um mit euch zu tanzen, aber ich will gern Palmwein mit dir trinken, aus Liebe zu dir und zu deinem Dorf.« Hierauf wandte er sich an Sebastian und warnte ihn: »Ich an Ihrer Stelle würde dieses Zeug nicht anrühren, Bassie. Es ist reines Gift.«

»Schon gut«, pflichtete Sebastian ihm bei. »Ich werde inzwischen zum Fluß gehen und mich waschen.«

»Tun Sie das.« Flynn hob den ersten Kürbiskrug mit Palmwein feierlich an seine Lippen.

Sebastians Weg zum Fluß glich einem römischen Triumphzug. Das ganze Dorf versammelte sich am Ufer, um seine zwangsläufig beschränkten Waschungen mit brennendem Interesse zu verfolgen. Ein ehrfürchtiges Raunen erhob sich, als er sich seiner Unterhosen entledigte.

»Bwana Manali«, riefen sie im Chor. »Herr des roten Tuchs«, und dieser Name sollte ihm bleiben.

Als Abschiedsgeschenk überreichte der Häuptling Flynn vier Kürbiskrüge mit Palmwein, und er beschwor ihn, nur bald wiederzukommen und vor allem sein Gewehr mitzubringen!

Sie brachten ein beachtliches Tagespensum hinter sich. Als sie bei Einbruch der Nacht ihr Lager aufschlugen, war Flynn vom Palmwein immer noch ganz benommen, während Sebastian schlotterte und maßlos mit den Zähnen klapperte.

Aus den Sümpfen des Rufiji-Deltas hatte Sebastian ein Souvenir mitgebracht, nämlich seinen ersten schweren Malariaanfall.

Sie kamen am folgenden Tag in Lalapanzi an. Wenige Stunden später erreichte Sebastians Fieber seine Krise. Lalapanzi war Flynns Hauptquartier, und der Name bedeutete »Hinlegen« oder besser: »Ort der Ruhe«.

Der Ort lag zwischen Hügeln an einem kleinen Nebenfluß des großen Rovuma, etwa hundert Meilen vom Indischen Ozean entfernt, aber nur zehn Meilen von deutschem Gebiet jenseits des Flusses.

Flynn legte Wert darauf, in der Nähe seines wichtigsten Handelszentrums zu wohnen.

Wenn Sebastian bei vollem Bewußtsein gewesen und nicht durch das heiße Schattenreich der Malaria gewandert wäre, hätte das Lager von Lalapanzi ihn wahrscheinlich überrascht. Es war keineswegs so, wie einer, der Flynn kannte, erwartet haben mochte.

Hinter einem Palisadenzaun aus gespaltenem Bambus, der Rasen und Garten vor der Neugier von Duiker, Steinbock und Kudu abschirmen sollte, strahlte die Welt wie ein grünes Juwel im tristen Braun der Hügel. Eine Menge harter Arbeit und Geduld mußte im Eindämmen des Flusses und dem Graben der Bewässerungsfurchen stecken, welche Rasen, Blumenbeete und Gemüsegarten mit Wasser versorgten. Drei riesige Feigenbäume ließen die Gebäude winzig erscheinen; roter Jasmin leuchtete wie ein Feuerwerk im Grünen. Ganze Beete von Gänseblümchen säumten die leicht zum Fluß abfallenden Terrassen, und eine üppig wuchernde Bougainvilleastaude schmückte das Hauptgebäude mit ihrer dunkelgrünen und purpurfarbenen Pracht.

Hinter dem langgestreckten Bungalow mit seiner breiten, offenen Veranda standen ein halbes Dutzend Rondavels, alle mit einer Kuppe aus goldfarbenem Stroh, deren weißgetünchte Wände fast blendeten im starken Sonnenlicht.

Das Ganze strahlte einen Hauch von weiblicher Ordentlichkeit und Sauberkeit aus. Nur eine Frau, und zwar eine sehr resolute, konnte so viel Zeit und Mühe aufgewandt haben, um solch ein hübsches Fleckchen Erde zwischen rauhem Gestein und Dornengestrüpp hervorzuzaubern.

Sie stand im Schatten der Veranda wie eine Walküre; groß, sonnengebräunt und zornig. Das bodenlange hellblaue Kleid war frisch gebügelt, und die sorgfältigen Ausbesserungen im Stoff waren nur aus nächster Nähe wahrzunehmen. In der Taille gerafft, wölbte sich der Rock über weiblich gerundeten Hüften und fiel hinab bis zu den Knöcheln, wobei er die langen Beine verdeckte. Ihre verschränkten Arme bildeten einen bernsteinfarbenen Rahmen für die stolze Wölbung ihres Busens, und der dichte Zopf aus schwarzem Haar, der bis zur Taille hinabfiel, baumelte wie der Schwanz einer wütenden Löwin. Ihr Gesicht, eigentlich zu jung für die Anzeichen von Mühsal und Einsamkeit, die in ihm eingegraben waren, nahm jetzt einen noch härteren Ausdruck an, da es der Ankunft Flynns und Sebastians entgegensah.

Sie lagen in ihren Maschillen, unrasiert, in schmutzigen Lumpen, das Haar von Schweiß und Staub verfilzt; Flynn voll von Palmwein; Sebastian im Fieber. Dabei war es unmöglich, die Symptome ihrer verschiedenartigen Störungen zu unterscheiden.

»Darf ich fragen, wo du in den letzten beiden Monaten gewesen bist, Flynn Patrick O'Flynn?« Obwohl sie sich bemühte, wie ein Mann zu sprechen, klang ihre Stimme doch hell und fraulich.

»Du darfst nicht fragen, Tochter!« rief Flynn zurück.

»Du bist schon wieder betrunken!«

»Und wenn?« brüllte Flynn. »Du bist genauso schlimm wie deine Mutter. Möge ihre Seele in Frieden ruhen. Immer mußt du nörgeln. Niemals ein höflicher Willkommensgruß für deinen alten Daddy, der unterwegs gewesen ist, um ein ehrliches Stück Brot zu verdienen.«

Die Augen des Mädchens glitten hinüber zur Maschille, in der Sebastian lag, und sie verengten sich in steigendem Zorn. »Lieber Himmel, was hast du denn da mitgebracht?«

Sebastian grinste albern und versuchte sich aufzurichten, als

Flynn ihn vorstellte. »Das ist Sebastian Oldsmith. Mein lieber Freund Sebastian Oldsmith.«

»Der ist auch betrunken!«

»Hör mal, Rosa. Du könntest dich etwas respektvoller benehmen.« Flynn gab sich redliche Mühe, aus seiner Maschille zu klettern.

»Er ist betrunken«, wiederholte Rosa unerbittlich. »Betrunken wie ein Schwein. Du kannst ihn gleich wieder fortschaffen und da lassen, wo du ihn gefunden hast. Er kommt mir nicht ins Haus.« Sie wandte sich ab, blieb noch einen Augenblick an der Tür stehen und fügte hinzu: »Das gilt auch für dich, Flynn O'Flynn. Ich warte mit der Flinte. Wenn du auch nur einen Fuß auf die Veranda setzt, bevor du nüchtern bist, werde ich sofort schießen.«

»Rosa – so warte doch – er ist nicht betrunken, bitte«, jammerte Flynn, aber die Fliegentür war hinter ihr bereits ins Schloß gefallen.

Flynn blieb unentschlossen auf den Stufen zur Veranda stehen. Für einen Augenblick schien es, als wäre er so tollkühn, die Drohung seiner Tochter auf die Probe zu stellen, aber so betrunken war er nun auch wieder nicht.

»Frauen«, klagte er. »Der Herrgott beschütze uns.« Dann führte er die kleine Karawane um den Bungalow herum zum abgelegensten Rondavel. Diese Hütte war für Flynns regelmäßige Exilperioden vom Hauptgebäude vorsorglich mit dem Nötigsten eingerichtet.

19

Rosa O'Flynn schloß die Tür hinter sich und lehnte sich erschöpft mit dem Rücken dagegen. Langsam sank ihr das Kinn auf die Brust, und sie mußte die Augen schließen, um die brennenden Tränen zu unterdrücken, doch eine Träne drang trotz allem durch und hing wie eine dicke glänzende Perle an ihren Wimpern, bis sie schließlich auf den Steinfußboden fiel.

»Oh, Daddy, Daddy«, flüsterte sie und brachte darin ihren ganzen Kummer über die Monate schmerzhafter Einsamkeit zum Ausdruck. Das lange, langsame Dahinkriechen der Tage, da sie verzweifelt nach Arbeit gesucht hatte, um ihre Hände und ihr Denken zu beschäftigen. All die Nächte, da sie, im Zimmer eingeschlossen und mit einer geladenen Schrotflinte neben dem Bett, wachgelegen und auf die Geräusche des afrikanischen Busches vor dem Fenster gelauscht hatte. Sie hatte sich vor allem gefürchtet, sogar vor den vier ergebenen afrikanischen Dienern, die mit ihren Familien friedlich in ihrem kleinen abgezäunten Quartier hinter dem Bungalow schliefen.

Sie wartete und wartete auf Flynns Rückkehr. Mittags hob sie den Kopf und stand lauschend da, in der Hoffnung, das Singen seiner Träger zu hören, während sie ins Tal herunterkamen. Und mit jeder Stunde wuchsen Angst und Groll in ihr – Angst, daß er nicht kommen könnte, und Groll, weil er sie so lange allein ließ.

Und jetzt war er gekommen. Betrunken und verschmutzt, mit irgendeinem schwachsinnigen Gefährten, und all ihre Einsamkeit und Furcht hatten sich in jenem keifenden Ausbruch entladen. Sie stand auf. Teilnahmslos schritt sie durch die kühlen Räume des Bungalows, denen ein starker Geruch nach Tierhäuten und rohen, von Eingeborenen angefertigten Möbeln anhaftete. Sie ging in ihr Zimmer und ließ sich aufs Bett fallen.

In ihrem Kummer war eine Unruhe – eine formlose, unbestimmte Sehnsucht nach irgend etwas, die sie nicht begreifen konnte. Es war ein neues Gefühl; erst in den letzten Jahren war sie sich seiner bewußt geworden. In der Zeit davor war sie in der Gemeinschaft mit ihrem Vater glücklich und zufrieden gewesen, denn sie hatte die Gesellschaft anderer Menschen nie kennengelernt und folglich auch nicht vermißt. Sie hatte es als einen natürlichen Lauf der Dinge hingenommen, daß sie einen großen Teil ihrer Zeit völlig allein verbringen mußte, nur in Gesellschaft der Frau des alten Mohammed, die Mutterstelle an ihr vertrat.

Ihre leibliche Mutter, jenes portugiesische Mädchen, war bei der Geburt Rosas gestorben.

Sie kannte das Land so gut, wie ein Vorstadtkind seine Stadt kennt. Es war ihr Land, und sie liebte es.

Und jetzt war auf einmal alles anders; sie war unsicher, ohne einen Anhaltspunkt in diesem Meer neuer Gefühle. Einsam, gereizt – und ängstlich.

Ein zaghaftes Klopfen an der Hintertür des Bungalows schreckte sie auf, und eine leise Hoffnung regte sich in ihr. Ihre Wut auf Flynn war längst verflogen, und wenn er jetzt den ersten Schritt tat, konnte sie ihn im Bungalow willkommen heißen, ohne ihren Stolz zu opfern.

Flink wusch sie ihr Gesicht in der Porzellanschüssel neben ihrem Bett, dann glättete sie ihr Haar vor dem Spiegel, ehe sie nach hinten ging, um die Tür zu öffnen.

Der alte Mohammed stand draußen, trat von einem Fuß auf den anderen und grinste sie verlegen an. Seine Furcht vor Rosas Temperament war fast so groß wie die Furcht vor Flynn. Darum war er erleichtert, als er sie lächeln sah.

»Mohammed, du alter Halunke.« Sein Kopf kam vor lauter Vergnügen in Bewegung.

»Geht es dir gut, *Little Long Hair*?«

»Mir geht es gut, Mohammed – und, wie ich sehe, dir auch.«

»Herr Fini bittet dich um Decken und Chinin.«

»Warum?« Rosa runzelte die Stirn. »Hat ihn das Fieber befallen?«

»Nicht ihn, aber Manali, seinen Freund.«

»Geht es ihm schlecht?«

»Sehr schlecht.«

Die ausgesprochene Feindseligkeit, die Sebastians erster Anblick in ihr hervorgerufen hatte, geriet ein wenig ins Wanken. Die Frau in ihr fühlte sich unwiderstehlich von allem angezogen, das verwundet oder krank war, selbst wenn es sich um ein so abstoßendes und schmutziges Individuum handelte, als das ihr Sebastian erschienen war.

»Ich komme«, beschloß sie, wobei sie stillschweigend ihr Nachgeben durch den Entschluß einschränkte, daß sie ihn unter keinen Umständen ins Haus lassen wollte. Ob krank oder gesund – er sollte ruhig dort draußen im Rondavel bleiben.

Mit einem Krug abgekochten Trinkwassers und einer Flasche Chinintabletten ausgerüstet, an ihrer Seite Mohammed, der im Arm ein paar schäbige Wolldecken schleppte, ging sie hinüber zum Rondavel.

Sie kam in einem ungünstigen Augenblick. Flynn hatte nämlich die letzten zehn Minuten damit zugebracht, die Flasche auszugraben, die er vor einigen Monaten mit großer Sorgfalt unter dem Erdboden des Rondavels verborgen hatte. Als vorausschauender Mann hatte er an den unwahrscheinlichsten Stellen im ganzen Lager geheime Ginvorräte versteckt, und in dieser Sekunde wischte er voller Inbrunst die feuchte Erde vom Flaschenhals. Er war so vertieft in seine Arbeit, daß er Rosas Anwesenheit nicht bemerkte, bis die Flasche aus seinen Händen gerissen und durch das offene Seitenfenster geworfen wurde. Nun lag es da draußen, sein bestes Stück, in tausend Scherben.

»Warum hast du das getan?« Flynn war genauso tief verletzt wie eine Mutter, der man ein Kind weggenommen hatte.

»Für dein Seelenheil.« Mit eisigem Gesicht wandte Rosa sich von ihm ab. Sie betrachtete die reglose Gestalt auf dem Bett, und ihre Nase verzog sich, als sie den Fiebergeruch eines ungewaschenen Körpers wahrnahm. »Wo hast du den bloß aufgetrieben?« fragte sie, ohne mit einer Antwort zu rechnen.

20

Fünf Gran Chinin wurden durch Sebastians Kehle mit kochendheißem Tee hinabgespült; erhitzte Steine wurden rings um seinen Körper aufgeschichtet, und ein halbes Dutzend Decken hüllten ihn ein, damit er richtig schwitzen konnte.

Der Malariaparasit hat einen sechsunddreißigstündigen Lebensrhythmus, und jetzt, am Beginn der Krise, versuchte Rosa, seine Körpertemperatur ausreichend zu erhöhen, um diesen Rhythmus zu unterbrechen und das Fieber zu senken. Im Rondavel dampfte und brodelte es wie in einer Küche. Nur Sebastians Kopf ragte aus dem Deckenberg heraus. Sein Gesicht war ziegelrot. Obwohl ihm der Schweiß aus allen Poren drang und Haar und Kissen durchnäßte, klapperte er dennoch mit den Zähnen. Er zitterte dermaßen, daß das Feldbett bebte.

Rosa saß neben dem Bett und beobachtete ihn. Von Fall zu Fall beugte sie sich vor und wischte ihm mit einem Tuch den Schweiß vom Gesicht. Ihre Miene war weicher, beinahe mütterlich geworden. Eine eigensinnige Locke klebte feucht an Sebastians Stirn, und Rosa strich sie mit ihren Fingerspitzen zurück. Sie machte die Bewegung wieder und wieder. Endlich fuhr sie mit den Fingern durch sein feuchtes Haar und brachte ihn damit instinktiv zur Ruhe.

Er schlug die Augen auf. Rosa zog ihre Hand schuldbewußt zurück. Ihre Augen waren verschleiert, blicklos fast wie die Augen eines neugeborenen Welpen, und irgend etwas drehte sich um in ihrem Magen.

»Bitte nicht aufhören.« Seine Worte waren kaum zu verstehen, und dennoch überraschten sie Rosa mit ihrem Wohlklang und ihrem Tonfall. Es war das erstemal, daß sie ihn sprechen hörte, und es war nicht die Stimme eines Grobians. Sie zögerte einen Moment und warf einen Blick auf die Tür der Hütte, um sich zu überzeugen, daß sie allein waren, ehe sie sich vorbeugte und seine Wange berührte.

»Sie sind nett – gut und nett.«

»Scht«, ermahnte sie ihn.

»Ich danke Ihnen.«

»Scht! Machen Sie die Augen zu.«

Seine Augen schlossen sich, und er seufzte mit rasselnder, gebrochener Stimme.

Die Krise kam wie ein Sturm und schüttelte ihn wie einen ungeschützten Baum. Seine Temperatur stieg steil an. Er wälzte sich auf dem Feldbett herum und versuchte, die Last der Decken abzuwerfen, so daß Rosa Mohammeds Frau zu Hilfe rufen mußte, um ihn festzuhalten. Sein Schweiß drang durch die dünne Matratze und sammelte sich in einer Lache unterm Bett. Er schrie in Fieberphantasien. Dann war die Krise wie durch ein Wunder vorüber, und er sank erschöpft zurück. Er lag ganz still da. Nur sein flaches, unregelmäßiges Atmen deutete an, daß er noch am Leben war. Rosa konnte spüren, wie die Haut sich unter ihrer Hand abkühlte, und sie sah den gelblichen Farbton, den das Fieber hinterlassen hatte.

»Beim erstenmal ist es immer schlimm.« Mohammeds Frau ließ die in Decken gewickelten Beine los.

»Ja«, erwiderte Rosa. »Bring jetzt die Waschschüssel. Wir müssen ihn waschen und sein Bettzeug wechseln, Nanny.«

Sie hatte schon oft Männer behandelt, die krank oder schwer verletzt waren. Diener, Träger, Gewehrboys, und natürlich ihren Vater. Aber als Nanny jetzt die Decken zurückschlug und Rosa Sebastians bewußtlosen Körper mit einem feuchten Tuch abrieb, fühlte sie eine unerklärliche Spannung in sich – ein Gefühl der Angst, vermischt mit einer starken Erregung. Sie merkte, wie ihr das Blut in die Wangen stieg, und sie beugte sich vor, damit Nanny ihr Gesicht nicht sehen konnte, während sie mit Sebastian beschäftigt war.

Die Haut seiner Brust und seiner Oberarme war weiß wie polierter Alabaster, wo sie nicht von der Sonne gefärbt war. Unter ihren Fingern war sie von elastischer Härte, von einer nachgebenden Empfindsamkeit und Wärme. Rosa fühlte sich sonderbar beunruhigt. Als ihr plötzlich klar wurde, daß sie Sebastian mit dem Flanelltuch gar nicht mehr wusch, sondern es benutzte, um die Form seiner harten Muskeln unterhalb der blassen Haut liebevoll zu streicheln, rief sie sich selbst zur Ordnung und vollzog ihre Tätigkeit brüsk und sachlich.

Sie trocknete seinen Oberkörper ab, und Nanny machte sich daran, die Decken vollends wegzuziehen.

»Warte!« Es klang wie ein Aufschrei. Nanny hielt inne. Sie drehte ihren Kopf wie ein Vogel fragend zur Seite. »Warte«, wiederholte Rosa verwirrt. »Hilf mir erst mal, ihm das Nachthemd anzuziehen.« Sie nahm eins von Flynns frischgebügelten Nachthemden, das auf dem Stuhl lag.

»Es kann dich nicht beißen, *Little Long Hair*«, meinte die alte Frau gutherzig. »Es hat keine Zähne.«

»Hör sofort auf mit diesem dummen Geschwätz«, stieß Rosa mit unnötiger Schärfe hervor. »Hilf mir, ihn aufzurichten.«

Gemeinsam richteten sie Sebastian auf und zogen ihm das Nachthemd über den Kopf, dann betteten sie ihn wieder in die Kissen.

»Und jetzt?« fragte Nanny unschuldig. Als Antwort reichte Rosa ihr das Flanelltuch und wandte sich ab, um mit starrem Blick aus dem Fenster zu schauen. Hinter sich hörte sie das Rascheln von Bettüchern und dann Nannys Stimme.

»Hau! Hau!« Der uralte Ausdruck tiefer Bewunderung, gefolgt von einem schnatternden, amüsierten Gelächter, als Nanny sah, wie Rosas Nacken vor Verlegenheit eine rosige Färbung annahm.

Nanny hatte Flynns scharfes Rasiermesser aus dem Bungalow geschmuggelt und überwachte Rosa mit kritischem Blick, als sie damit behutsam über Sebastians eingeseifte Wangen fuhr. Es gab keinen vernünftigen medizinischen Grund, warum ein Malariapatient unverzüglich rasiert werden mußte, nachdem er die Krise überwunden hatte, aber Rosa hatte die Theorie entwickelt, daß er sich so wohler fühlen würde, und Nanny hatte ihr begeistert zugestimmt. Beide unterhielten sich köstlich. Sie vollbrachten die Prozedur mit dem kindlichen Entzücken zweier Mädchen, die mit einer Puppe spielten.

Trotz Nannys warnendem Zungenschnalzen gelang es Rosa, den Haarwuchs zu entfernen, der Sebastians Gesicht wie ein schwarzer Pelz bedeckte ... und dies, ohne ihm irgendwelche ernsthaften Wunden zuzufügen. Es gab einen kleinen Schnitt am Kinn und einen weiteren unter dem linken Nasenloch, doch kaum ein Tropfen Blut floß.

Rosa säuberte das Rasiermesser, dann betrachtete sie ihr Werk gedankenvoll. Und wieder drehte sich etwas um in ihrem Magen. »Ich glaube«, murmelte sie, »wir sollten ihn in den Bungalow schaffen. Er wird es dort bequemer haben.«

»Ich werde die Diener rufen, damit sie ihn hinübertragen«, sagte Nanny beifällig.

21

Flynn O'Flynn war während Sebastians Rekonvaleszenz ein vielbeschäftigter Mann. Seine Anhängerschar war bei dem jüngsten Schlagabtausch mit Hermann Fleischer auf dem Rufiji ernsthaft dezimiert worden, und um seine Verluste wieder wettzumachen, warb er alle Maschilleträger an, die ihn von Lutis Dorf nach Hause getragen hatten. Er unterzog sie einer vorläufigen Ausbildung, und nach vier Tagen machte er ein Dutzend der begabtesten Burschen zu Gewehrboys. Die übrigen schickte er trotz ihrer Proteste nach Hause; sie wären gar zu gern um des Ruhmes und der Belohnung willen geblieben, womit die glücklicheren Kameraden zweifellos rechnen durften.

Dann begann für die wenigen Auserwählten der zweite Teil ihrer Ausbildung. Sicher verschlossen in einem Rondavel bewahrte Flynn die Werkzeuge seiner Unternehmen auf. Es war ein eindrucksvolles Arsenal.

Zahlreiche Regale mit billigen Martini-Henry-Gewehren vom Kaliber 9 mm; eine Anzahl W. D. Lee-Metfords, die den Burenkrieg überlebt hatten; eine kleinere Anzahl deutscher Mausergewehre, die er bei seinen Zusammenstößen mit den Askaris jenseits des Rovuma erbeutet hatte, einige wenige jener kostspieligen handgemachten Doppelflinten von Gibbs und Messrs. Greener in London. Nicht eine einzige Waffe trug eine Seriennummer. Oberhalb dieser Waffensammlung waren umfangreiche Pakete mit Patronen auf hölzernen Regalen aufgestapelt, in Bleifolie eingeschlagen und verlötet – kurzum genug, um eine kleine Schlacht zu schlagen.

Der Raum roch intensiv nach Waffenöl.

Flynn rüstete seine Rekruten mit Mausergewehren aus und begann, sie in der Waffenkunst zu unterweisen. Wiederum sonderte er jene aus, die kein Geschick zeigten, und schließlich blieben acht Mann übrig, die einen Elefanten auf fünfzig Schritt Entfernung treffen konnten. Diese Gruppe nahm dann die dritte und letzte Ausbildungsphase auf.

Vor vielen Jahren war Mohammed von den deutschen Askaris rekrutiert worden. Er war sogar mit einer Medaille während der Salito-Revolte im Jahre 1904 ausgezeichnet und danach zum Feldwebel und Aufseher der Offiziersmesse ernannt worden. Anläßlich einer Besichtigung durch den Rechnungsprüfer der Armee in Mbeya, wo Mohammed seinerzeit stationiert war, hatte sich im Lagerbestand eine Differenz von einigen zwanzig Dutzend Schnapsflaschen und ein Loch in der Messekasse im Betrag von etwas mehr als tausend Reichsmark ergeben. Dies war ein Grund, um aufgehängt zu werden, und Mohammed hatte seinen Dienst in der kaiserlichen Armee ohne große Umstände quittiert und in einer Reihe von Gewaltmärschen die portugiesische Grenze erreicht. Auf portugiesischem Gebiet war er mit Flynn zusammengetroffen, von diesem angeworben und in Lohn und Brot genommen worden.

Dessenungeachtet war er immer noch eine Autorität auf dem Gebiet deutschen Drills und hatte sich seine Sprachkenntnisse bewahrt.

Die Rekruten wurden ihm überlassen, denn es gehörte zu Flynns Plan, daß sie in der Lage sein sollten, sich als eine Gruppe deutscher Askaris auszugeben. In den folgenden Tagen hallte ganz Lalapanzi von Mohammeds teutonischen Befehlen wider, während er an der Spitze seiner halbnackten Truppe im Paradeschritt über den Rasen marschierte, den Fez auf seinen Kopf gestülpt.

Dieses Verfahren ließ Flynn Zeit genug, weitere Vorkehrungen zu treffen. Auf einer Stufe des Bungalows sitzend, brütete er viele Tage lang über seiner Korrespondenz. Zuerst schrieb er einen Brief an:

Seine Exzellenz den Gouverneur,
Deutsche Verwaltung von Ostafrika,
Daressalam

Sehr geehrter Herr,
in der Anlage unterbreite ich Ihnen meine Rechnung für erlittene Schäden gemäß folgender Aufstellung:

1 Dhau (Marktwert)	*£ 1,500,–*
10 Gewehre	*£ 200,–*
Diverse Vorräte und Lagerbestände etc. (zu umfangreich, um sie im Detail aufzuführen)	*£ 100,–*
Verletzung, Leiden und Strapazen (Schätzwert)	*£ 200,–*
Insgesamt	*£ 2 000,–*

Dieser Anspruch ergibt sich aus dem Versenken der obengenannten Dhau vor der Mündung des Rufiji am 10. Juli 1912, die ein Piratenakt Ihres Kreuzers Blücher war.

Ich wäre Ihnen für Bezahlung in Gold am oder vor dem 25. September 1912 dankbar, andernfalls ich die notwendigen Schritte ergreifen müßte, um die Schuld persönlich einzutreiben.

Mit vorzüglicher Hochachtung
Flynn Patrick O'Flynn, Esq.,
(Bürger der Vereinigten Staaten von Amerika)

Nach langem Nachdenken hatte Flynn sich entschlossen, keinen Anspruch auf den Ersatz des Elfenbeins einzusetzen, weil er sich über dessen Legalität nicht ganz sicher war. Am besten erwähnte er es gar nicht.

Er hatte in Betracht gezogen, mit »Botschafter der Vereinigten Staaten in Afrika« zu unterzeichnen, aber er ließ diesen Gedanken angesichts der Tatsache fallen, daß Gouverneur Schnee verdammt gut wußte, daß er kein Botschafter war. Es konnte jedoch nicht schaden, ihn an die amerikanische Nationalität zu erinnern. Dies könnte den alten Burschen am Ende doch so beeindrucken, daß er ihn vom Strick verschonte, wenn er ihn je zu fassen bekam ...

Davon überzeugt, daß die einzige Reaktion auf seine Forderungen ein bemerkenswertes Ansteigen von Gouverneur Schnees Blutdruck sein würde, trieb Flynn seine Vorbereitungen voran, um seine Drohung wahrzumachen, seine Schulden persönlich einzutreiben.

Flynn hatte diesen Ausdruck leichthin gebraucht – er hatte schon längst einen stellvertretenden Schuldeneintreiber in der Gestalt von Sebastian Oldsmith erkoren. Jetzt galt es, ihn für diesen Anlaß angemessen auszurüsten, und so stattete Flynn, mit einem Bandmaß aus Rosas Handarbeitskorb bewaffnet, Sebastian einen Besuch am Krankenlager ab. In diesen Tagen glich ein Besuch bei Sebastian dem Versuch, eine Audienz beim Papst zu erhalten. Sebastian stand unter der strikten mütterlichen Obhut von Rosa O'Flynn.

Flynn klopfte leise an die Tür des Gästezimmers, zählte bis fünf und trat ein.

»Was willst du?« sagte Rosa freundlich. Sie saß am Fußende des Bettes.

»Hallo, Hallo«, sagte Flynn, und dann noch einmal, diesmal etwas zurückhaltender. »Hallo.«

»Ich nehme an, du suchst nach einem Trinkkumpan.«

»Beileibe, nein!« Flynn war ehrlich entsetzt über diesen Vorwurf. Durch Rosas Razzien war sein Ginvorrat beängstigend zusammengeschrumpft, und er hatte nicht die geringste Absicht, ihn mit jemand zu teilen. »Ich bin nur vorbeigekommen, um mal nachzuschauen, wie es ihm geht.« Flynn wandte seine Aufmerksamkeit Sebastian zu. »Wie fühlen Sie sich, Bassie, alter Junge?«

»Schon viel besser, danke.« In der Tat sah Sebastian sehr gut erholt aus. Frisch rasiert, angetan mit Flynns bestem Nachthemd, lag er da wie ein römischer Kaiser, der Ferien macht. Auf dem kleinen Tisch neben seinem Bett stand eine Vase mit Jasmin; dies waren jedoch nicht die einzigen Blumen. Rosa hatte das ganze Zimmer liebevoll mit Blüten geschmückt.

Er nahm ständig an Gewicht zu, weil Rosa und Nanny ihn mit lauter Leckerbissen fütterten. Eine frische Farbe verdrängte allmählich die gelblichen Fieberflecken auf seiner Haut. Flynn ärgerte sich ein bißchen über die Art, wie Sebastian bemuttert wurde, während er selber eigentlich nur geduldet war. So verwöhnte man einen Zuchthengst ...

Die Gedankenverbindung, die rein zufällig in Flynns Unterbewußtsein aufgetaucht war, rief jetzt eine weitere Assoziation hervor und steigerte seinen Ärger. Zuchthengst! Flynn blickte Rosa aufmerksam an und bemerkte, daß sie das weiße Kleid mit den Tüllärmeln trug, das ihrer Mutter gehört hatte – ein Kleid, welches Rosa sonst unter festem Verschluß hielt und das sie zuvor höchstens zweimal in ihrem Leben getragen hatte. Außerdem trug sie jetzt hübsche Wildlederschuhe, die sie im Laden gekauft hatte, und wahrhaftig, sie hatte sogar einen Bougainvilleazweig in ihr schönes schwarzes Haar gesteckt! Das Ende ihres langen Zopfes, das sie für gewöhnlich mit einem Lederband zusammenhielt, zierte eine seidene Schleife.

Nun war Flynn O'Flynn keineswegs sentimental, aber er stellte an seiner Tochter ein seltsames Leuchten und ein unterwürfiges Wesen fest, das ihm fremd war bei ihr, und er verspürte eine ungewöhnliche Regung – so ungewöhnlich, daß er sie nicht sofort als väterliche Eifersucht erkannte. Er wußte jedoch, daß die Geschichte um so ungefährlicher sein würde, je eher er Sebastian auf seinen Weg schickte.

»Nun, das freut mich, Bassie«, sagte er jovial. »Das ist sehr gut. Ich bin gerade dabei, meine Träger nach Beira zu schicken, um einige Vorräte zu besorgen, und mir ist eben eingefallen, daß meine Leute bei dieser Gelegenheit auch etwas zum Anziehen für Sie mitbringen könnten.«

»Oh, haben Sie vielen Dank, Flynn.« Sebastian war gerührt von der Liebenswürdigkeit seines Freundes.

»Dann wollen wir das auch richtig machen.« Flynn zog sein Bandmaß hervor. »Wir werden dem alten Parbhoo Ihre Maße schicken, und er kann Ihnen ein paar Sachen maßgerecht schneidern.«

»Ich muß schon sagen, das ist außerordentlich nett von Ihnen.«

Und es paßt gar nicht zu ihm, dachte Rosa O'Flynn, während sie ihrem Vater zuschaute, als er sorgfältig an Sebastians Beinen und Armen Maß nahm und den Umfang von Hals, Brust und Taille feststellte.

»Mit den Stiefeln und dem Hut wird es etwas schwieriger sein«, meinte Flynn nachdenklich. »Aber ich werde schon etwas finden.«

»Und was meinst du damit, Flynn O'Flynn?« fragte Rosa mißtrauisch.

»Gar nichts. Überhaupt nichts.« Eilig nahm Flynn Notizen und Bandmaß und entzog sich weiteren Fragen.

Einige Zeit später kehrten Mohammed und die Träger von ihrer Einkaufsexpedition nach Beira zurück. Flynn zog sich mit Mohammed unverzüglich zu einem geheimen Gespräch ins Arsenal zurück.

»Hast du alles?« wollte Flynn zuerst wissen.

»Fünf Kisten Gin habe ich in der Höhle hinter dem Wasserfall am Taleingang zurückgelassen«, flüsterte Mohammed, und Flynn seufzte erleichtert. »Aber eine Flasche habe ich mitgebracht.« Mohammed holte sie unter seiner Bluse hervor. Flynn nahm sie ihm ab und zog den Korken mit seinen Zähnen heraus. Dann goß er einen Schluck in den Emaillebecher, der schon bereitstand.

»Und die übrigen Einkäufe?«

»Es war schwierig – besonders der Hut.«

»Aber du hast ihn gekriegt?«

»Es geschah durch das unmittelbare Eingreifen Allahs.« Mohammed ließ sich nicht drängen. »Im Hafen lag ein deutsches Schiff, das auf dem Weg nach Daressalam in Beira haltgemacht hatte. An Bord waren drei deutsche Offiziere. Ich sah sie auf Deck spazierengehen.« Mohammed räusperte sich umständlich. »In jener Nacht ruderte mich ein Freund hinaus zu dem Schiff, und ich stattete der Kabine eines Soldaten einen Besuch ab.«

»Wo ist er?« Flynn konnte sich nicht länger beherrschen. Mohammed stand auf, ging zur Tür des Rondavels und rief einen der Träger herbei. Er kehrte zurück und stellte ein Paket vor Flynn auf den Tisch. Stolz grinsend wartete er, während Flynn das Paket öffnete.

»Ach du lieber Gott«, stöhnte Flynn.

»Ist er nicht schön?«

»Ruf Manali. Sag ihm, er soll sofort herkommen.«

Zehn Minuten später betrat Sebastian, den Rosa schließlich

widerstrebend auf die Liste der Gehpatienten gesetzt hatte, das Rondavel und wurde von Flynn überschwenglich begrüßt. »Setzen Sie sich, Bassie, mein Junge. Ich habe ein Geschenk für Sie.«

Zögernd gehorchte Sebastian und betrachtete den geheimnisvollen Gegenstand auf dem Tisch. Flynn stand daneben und riß das Tuch weg. Dann hob er mit der Geste des Erzbischofs von Canterbury, wenn dieser die Krone aufsetzte, den Helm auf Sebastians Haupt.

Ganz oben auf der Spitze breitete ein goldener Adler seine Flügel aus und öffnete seinen Schnabel zu einem stummen Schrei. Der schwarze Lack des Helms strahlte in poliertem Glanz, und die goldene Kette baumelte gewichtig unter Sebastians Kinn.

Es war in der Tat ein schönes Stück; so gewaltig, daß es Sebastian schlechthin überwältigte und seinen Kopf bis zur Nasenwurzel einschloß, so daß seine Augen gerade noch unter dem vorspringenden Rand hervorschauen konnten.

»Nur ein paar Nummern zu groß«, gab Flynn zu. »Aber wir können ein Tuch ins Kopfteil stopfen, damit er nicht wackelt.« Er trat einige Schritte zurück und legte den Kopf schief, um die Wirkung zu überprüfen. »Bassie, mein Junge, Sie werden überwältigt sein.«

»Wofür soll das sein?« fragte Sebastian besorgt unter dem Helm hervor.

»Das werden Sie schon sehen. Warten Sie bitte noch einen Augenblick.«

Flynn wandte sich Mohammed zu, der voller Bewunderung in der Tür stand. »Wo ist der Anzug?« fragte er, und Mohammed bedeutete den Trägern ungeduldig, die Kisten hereinzubringen, die sie von Beira bis hierher geschleppt hatten.

Der indische Schneider hatte seinen Auftrag offensichtlich mit Hingabe und Begeisterung ausgeführt. Die Wünsche Flynns hatten den ganzen Künstler in ihm angesprochen.

Zehn Minuten später stand Sebastian verlegen in der Mitte des Rondavels, während Flynn und Mohammed ihn langsam umkreisten und Rufe des Entzückens und des Eigenlobs ausstießen.

Zu dem schwarzen Helm, der jetzt mit Hilfe eines Tuchs zwischen Stahl und Kopfhaut richtig saß, trug Sebastian eine himmelblaue Uniformjacke und Reithosen. Manschetten und Kragen der Jacke waren mit Litzen aus gelber Seide versehen. Die hohen schwarzen Stiefel mit angeschnallten Sporen zwängten Sebastians Zehen so schmerzhaft ein, daß er das Gesicht verzog. »Sagen Sie mir, Flynn«, flehte er, »was soll dies?«

»Bassie, mein Junge.« Flynn legte ihm freundschaftlich eine Hand auf die Schulter. »Sie werden hinübergehen und die Hüttensteuer für ...« Er hätte beinahe ›mich‹ gesagt, aber er verbesserte sich schnell. »Für uns kassieren.«

»Was ist eine Hüttensteuer?«

»Hüttensteuer ist die jährliche Summe von fünf Shilling, die der Häuptling dem deutschen Gouverneur für jede Hütte in seinem Dorf zahlt.« Flynn geleitete Sebastian zu einem Sessel und setzte ihn so behutsam hinein, als wäre er schwanger. Er hob eine Hand, um weitere Fragen und Einwände Sebastians abzuschneiden. »Ja, ich weiß, daß Sie das nicht verstehen. Aber ich werde es Ihnen genau erklären. Halten Sie bitte den Mund und hören Sie zu.« Er nahm Sebastian gegenüber Platz und beugte sich mit ernster Miene vor. »Also! Die Deutschen sind uns eine Entschädigung für die Dhau und alles andere schuldig – darüber waren wir uns doch einig, oder nicht?«

Sebastian nickte, und der Helm glitt hinab über seine Augen. Er schob ihn zurück.

»Sie werden also mit den als Askaris verkleideten Gewehrboys den Fluß überqueren. Sie werden jedes Dorf aufsuchen, ehe der wirkliche Steuereintreiber dorthin kommt und das Geld einsammelt, das sie uns schulden. Können Sie mir folgen?«

»Kommen Sie mit?«

»Wie könnte ich? Wo mein Bein noch nicht richtig ausgeheilt ist?« protestierte Flynn empört. »Außerdem weiß jeder Häuptling auf der anderen Seite, wer ich bin. Keiner von ihnen hat Sie je zuvor zu Gesicht bekommen. Sie sagen ihnen einfach, daß Sie ein neuer Offizier sind, und sie werden sofort bezahlen.«

»Und was ist, wenn der wirkliche Steuereintreiber schon dagewesen ist?«

»Die fangen im allgemeinen nicht vor September mit dem Eintreiben an – und dann beginnen sie im Norden und kommen allmählich hier herunter. Sie haben noch viel Zeit.«

Sebastian runzelte die Stirn unter dem Helmrand und brachte noch eine ganze Reihe von Einwänden vor – ein jeder von ihnen fortschreitend schwächer als der vorige, und Flynn entkräftete einen nach dem anderen. Schließlich trat ein langes Schweigen ein, da Sebastians Gehirn an einen toten Punkt gelangt war.

»Nun?« sagte Flynn. »Werden Sie's tun?«

Die Frage wurde aus einer unerwarteten Ecke in weiblichen, aber keineswegs lieblichen Tönen beantwortet. »Er wird es ganz bestimmt nicht tun!«

Schuldbewußt wie kleine Buben, die man beim Rauchen auf der Schultoilette ertappt hatte, sahen Flynn und Sebastian zur Tür, die sie achtlos offengelassen hatten.

Rosas Mißtrauen war durch all die verstohlenen Geschäftigkeiten am Rondavel geweckt worden, und als sie sah, daß Sebastian sich dazu gesellt hatte, kamen ihr keinerlei Gewissensbisse beim Lauschen am Fenster. Ihre beherzte Intervention geschah nicht aus ethischen Gründen. Rosa O'Flynn hatte von ihrem Vater eine recht elastische Auslegung des Begriffs Ehrlichkeit übernommen. Genau wie er glaubte sie, daß deutsches Eigentum einem jeden gehörte, der es in seinen Besitz bringen konnte. Der Umstand, daß Sebastian in einen Plan verwickelt war, der ein sehr fragwürdiges moralisches Fundament hatte, beeinträchtigte keineswegs ihre Einstellung zu ihm – im Gegenteil, insgeheim schätzte sie ihn deshalb als potentiellen Brotverdiener um so höher ein. Bis zu diesem Tage war das der einzige Bereich, in dem sie Sebastian gegenüber gewisse Zweifel gehegt hatte.

Aus Erfahrung wußte sie, daß diejenigen geschäftlichen Unternehmungen ihres Vaters, an denen dieser nicht unbedingt persönlich teilnehmen wollte, gemeinhin mit einem großen Risiko verbunden waren. Der Gedanke daran, daß Sebastian Oldsmith in einer himmelblauen Uniform über den Rovuma marschieren und nie zurückkehren könnte, erweckte in ihr die gleichen Instinkte wie bei einer Löwin, der man die Jungen wegnehmen wollte.

»Er wird es ganz bestimmt nicht tun«, wiederholte sie, dann wandte sie sich an Sebastian. »Haben Sie mich gehört? Ich verbiete es. Ich verbiete es ausdrücklich.«

Und das war genau die falsche Methode.

Sebastian hatte seinerseits von seinem Vater sehr viktorianische Ansichten über die Rechte und Pflichten einer Frau übernommen. Mr. Oldsmith senior war ein höflicher Haustyrann; ein Mann, dessen Unfehlbarkeit nie von seiner Frau in Zweifel gezogen worden war. Ein Mann, der sexuelle Abweichungen, Bolschewisten, Gewerkschaftsfunktionäre und Blaustrümpfe genau in dieser absteigenden Reihenfolge mit Widerwillen betrachtete.

Sebastians Mutter, einer sanftmütigen kleinen Dame mit permanent bekümmertem Gesichtsausdruck, wäre es genausowenig in den Sinn gekommen, Mr. Oldsmith ein Vorhaben ausdrücklich zu verbieten, wie es ihr in den Sinn gekommen wäre, die Existenz von Gott zu leugnen. Ihr Glaube an die gottgegebenen Rechte des Mannes hatte sich auf ihre Söhne erstreckt. Schon vom zarten Kindesalter an wurde Sebastian an Gehorsam gewöhnt, und das nicht nur von seiten seiner Mutter, sondern auch von der großen Schar seiner Schwestern.

Rosas gegenwärtige Haltung und ihre Sprechweise schockierten ihn. Er brauchte einige Sekunden, um sich zu erholen, dann erhob er sich und rückte seinen Helm zurecht. »Wie bitte?« fragte er kühl.

»Sie haben gehört, was ich gesagt habe«, entgegnete Rosa trotzig. »Ich werde das nicht erlauben.«

Sebastian nickte nachdenklich, und dann griff er sich hastig an den Helm, der schon wieder über seine Augen zu rutschen und seine Würde zu beeinträchtigen drohte. Er ignorierte Rosa und sagte zu Flynn: »Ich werde so bald wie möglich aufbrechen – wie wäre es mit morgen?«

»Ich brauche noch ein paar Tage, um alles auf die Beine zu stellen«, wandte Flynn ein.

»Na gut.« Sebastian stelzte aus dem Raum, und der Sonnenschein ließ seine Uniform in aller Pracht leuchten.

Mit triumphierender Miene griff Flynn zum Becher. »Das ist

dir gründlich danebengeraten«, stellte er schadenfroh fest. Doch plötzlich wurde ihm unbehaglich zumute.

Rosa O'Flynn stand mit gesenkten Schultern an der Tür und ließ den Kopf hängen.

»Aber Rosa, was ist denn?« fragte Flynn barsch.

»Er wird nicht zurückkommen. Du weißt genau, was du ihm da antust. Du schickst ihn in den Tod.«

»Red nicht so dumm daher. Er ist erwachsen, er kann auf sich selber achtgeben.«

»Oh, ich hasse dich. Euch beide – ich hasse euch beide!« und sie rannte über den Hof zum Bungalow.

22

Im rötlichen Morgengrauen standen Flynn und Sebastian auf den Stufen vor dem Bungalow und flüsterten miteinander.

»Hören Sie zu, Bassie. Ich schätze, es ist am besten, wenn Sie die Kollekte von jedem einzelnen Dorf zurückschicken, sowie sie dieselbe eingetrieben haben. Es hat keinen Sinn, das ganze Geld mit sich herumzuschleppen.« Flynn vermied es taktvoll, darauf hinzuweisen, daß, sollte Sebastian auf halbem Weg mit seiner Expedition in Schwierigkeiten geraten, auf diese Weise wenigstens der inzwischen erzielte Gewinn in Sicherheit war.

Sebastian hörte nicht richtig zu – seine Gedanken beschäftigten sich vor allem mit der Frage, wo Rosa O'Flynn jetzt wohl sein mochte. Er hatte sie in den letzten Tagen kaum zu Gesicht bekommen.

»Und hören Sie auf den alten Mohammed. Er kennt die besten Dörfer. Lassen Sie ihn reden – diese Häuptlinge sind die größten Halunken, denen Sie je begegnet sind. Sie werden alle Armut und Hungersnot vorschützen, darum müssen Sie hart sein. Hören Sie? Hart, Bassie . . . hart!«

»Hart«, stimmte Sebastian abwesend zu, während er verstohlene Blicke in die Bungalowfenster warf, um einen Schimmer von Rosa zu erhaschen.

»Noch etwas«, fuhr Flynn fort. »Denken Sie daran, daß Sie schnell vorankommen müssen. Marschieren Sie bis zum Einbruch der Nacht. Machen Sie ein Lagerfeuer. Kochen. Essen – gut – und dann marschieren Sie noch etwas im Dunkeln, ehe Sie Ihr Lager aufschlagen. Schlafen Sie nie im ersten Lager, das gibt nur Ärger. Und dann ziehen Sie vor dem ersten Morgenlicht weiter.« Er gab ihm noch viele Instruktionen, und Sebastian hörte ihm ohne rechte Aufmerksamkeit zu. »Denken Sie daran, daß Gewehrschüsse meilenweit zu hören sind. Gebrauchen Sie Ihr Gewehr nur im Notfall, und wenn Sie einen Schuß abfeuern, dann so schnell wie möglich Stellung wechseln. Die Marschroute, die ich für Sie festgelegt habe, führt Sie an keiner Stelle mehr als zwanzig Meilen über den Rovuma hinaus. Beim ersten Anzeichen von Schwierigkeiten machen Sie, daß Sie über den Fluß kommen. Sollte einer Ihrer Männer verwundet werden, lassen Sie ihn zurück. Spielen Sie nie den Helden. Lassen Sie alles stehen und liegen, und rennen Sie wie der Teufel zum Fluß.«

»Schon gut«, murmelte Sebastian unglücklich. Der Gedanke, Lalapanzi zu verlassen, verlor mit jeder Minute mehr von seiner Anziehungskraft. Wo um alles in der Welt war Rosa nur?

»Und passen Sie auf, daß diese Häuptlinge Ihnen nichts einreden. Möglicherweise müssen Sie sogar ...« Hier machte Flynn eine Pause, um nach der unverfänglichsten Formulierung zu suchen. »... möglicherweise müssen Sie sogar einen oder zwei von ihnen aufhängen.«

»Großer Gott, Flynn. Das meinen Sie doch nicht im Ernst!« Sebastians ganze Aufmerksamkeit war auf einmal wieder bei Flynn.

»Haha!« Flynn wollte den Vorschlag mit einem Lachen bagatellisieren. »Ich habe natürlich nur einen Spaß gemacht. Aber ...« so fuhr er nachdenklich fort, »in den Kolonien wird kein Pardon gegeben ...«

»Nun, ich mache mich besser auf den Weg.« Sebastian wechselte ostentativ das Thema und nahm seinen Helm auf. Er stülpte ihn über und stieg die Stufen hinunter, wo seine Askaris, die Gewehre über der Schulter, auf dem Rasen aufmarschiert waren. Alle, einschließlich Mohammed, trugen echte Uniformen mit allem Drum und Dran. Sebastian hatte es sich wohlweislich versagt, Flynn danach zu fragen, woher er diese Uniformen hatte. Die Antwort ergab sich aus den säuberlich geflickten kreisrunden Löchern in den meisten Jacken und der bräunlichen Verfärbung um jede Flickstelle.

Im Gänsemarsch, von dem glänzenden Adler auf Sebastians Kopfbedeckung wie von einem Leuchtsignal angeführt, marschierten sie an der einsamen Gestalt des massigen O'Flynn vorbei. Mohammed gab das Kommando zum Grüßen, und sie grüßten begeistert, wenn auch völlig undiszipliniert. Sebastian stolperte über seine Sporen. Er gewann nur mit Mühe sein Gleichgewicht zurück und stapfte mühsam weiter.

Flynn hielt die Hand über seine Augen, um sie vor dem gleißenden Sonnenlicht zu schützen. Er schaute der tapferen kleinen Kolonne nach, die durchs Tal zum Rovuma zog. Seine Stimme klang nicht sehr überzeugend, als er laut sagte: »Ich hoffe bei Gott, daß er diese Geschichte nicht vermurkst.«

23

Sobald sie außer Sichtweite waren, ließ Sebastian die Kolonne halten. Er setzte sich an den Wegrand und seufzte vor Erleichterung, als er den schwergewichtigen Helm vom Kopf nahm und ihn durch einen Strohhut ersetzte; dann zog er die sporenbewehrten Stiefel von den schmerzenden Füßen und schlüpfte in seine Sandalen. Er reichte die abgelegten Ausrüstungsgegenstände einem der Träger. Danach stand er auf und gab in seinem besten Suaheli den Befehl zum Weitermarsch.

Drei Meilen talabwärts überquerte der Pfad den Strom oberhalb eines kleinen Wasserfalls. Es war ein schattiger Platz. Riesige Bäume standen da, einander zugeneigt von Ufer zu Ufer, um einen mächtigen Dom aus Laubwerk zu bilden. Klares Wasser rieselte und sprudelte aus den moosbewachsenen Felsen hervor, um alsbald wie ein weißes Spitzentuch – oder schlichtweg in Gestalt jenes Wasserfalls die Schlucht hinabzustürzen.

Sebastian blieb am Ufer stehen und ließ seine Männer weiterziehen. Er schaute ihnen zu, wie sie von Fels zu Fels sprangen, wobei die Träger ihre Lasten mühelos balancierten, am gegenüberliegenden Ufer hinaufkletterten und im dichten Busch verschwanden. Er hörte ihre Stimmen mit zunehmender Entfernung immer leiser werden. Plötzlich war er traurig und allein.

Instinktiv drehte er sich um und warf einen Blick zurück durch das ansteigende Tal von Lalapanzi, und das Gefühl, etwas verloren zu haben, hinterließ eine große Trauer in ihm. Die Sehnsucht nach Rosa überkam ihn derart stark, daß er am liebsten umgekehrt wäre. Dann aber gab er sich einen Ruck.

Unentschlossen stand er da. Die Stimmen seiner Männer waren jetzt kaum noch zu hören. Sie wurden durch den dichten Pflanzenwuchs gedämpft und übertönt vom schläfrigen Summen der Insekten, vom Murmeln des Windes in den Zweigen der Bäume und vom Rauschen des Wasserfalls.

Dann hörte er neben sich ein leichtes Rascheln, und er wandte sich schnell um. Sie stand neben ihm, und die durch die Blätter fallenden Sonnenstrahlen setzten ihr goldene Lichter auf und gaben ihrer Anwesenheit den Reiz des Unwirklichen. Es war wie im Märchen.

»Ich wollte Ihnen etwas mit auf den Weg geben ... ein Abschiedsgeschenk zur Erinnerung«, sagte sie leise. »Aber mir ist nichts eingefallen.« Und sie trat einen Schritt vor und küßte ihn.

24

Sebastian Oldsmith überquerte den Rovuma in einer Stimmung guten Willens und allumfassender Menschenliebe.

Mohammed machte sich Sorgen um ihn. Er befürchtete, Sebastian könnte einen Malaria-Rückfall erlitten haben. Er beobachtete ihn aufmerksam nach Anzeichen weiterer Symptome.

Mit Mohammed an der Spitze hatte die Kolonne von Askaris und Trägern die Stelle erreicht, wo sie den Rovuma überqueren sollten. Plötzlich merkte er, daß Sebastian fehlte. In heller Aufregung hatte er zwei bewaffnete Askaris mitgenommen und war den Pfad entlang durch Dornenbüsche und Felstrümmer zurückgeeilt. Er erwartete jeden Augenblick, eine gierige Löwenfamilie über Sebastians zerfetztem Leichnam vorzufinden. Sie hatten beinahe den Wasserfall erreicht, als Sebastian ihnen auf dem Pfad gemütlich entgegengeschlendert kam; ein Ausdruck beseligten Wohlbefindens erhellte seine klassischen Züge. Seine prächtige Uniform war ein wenig zerdrückt; an Knien und Ellbogen zeigten sich frische Grasflecken; dürre Blätter und trockene Grasbüschel hingen an der wertvollen Montur. Aus all diesen Anzeichen schloß Mohammed, daß Sebastian entweder gestürzt war oder daß er sich elend gefühlt und niedergelegt hatte, um sich ein wenig auszuruhen.

»Manali«, rief Mohammed besorgt. »Geht es Ihnen gut?«

»Mir ist es noch nie besser gegangen – nie in meinem Leben ist es mir besser gegangen«, beruhigte Sebastian ihn.

»Sie haben auf dem Boden gelegen«, sagte Mohammed tadelnd.

»Hundesohn.« Sebastian machte eine Anleihe bei Flynn O'Flynns Wortschatz. »Du Hundesohn, sag das noch einmal – und wiederhole es!« Er klopfte Mohammed mit gutgemeinter Heftigkeit zwischen die Schulterblätter, daß er ihn fast zu Boden schlug. Seitdem hatte Sebastian nichts mehr gesagt, aber alle paar Minuten lächelte er und schüttelte staunend seinen Kopf. Mohammed war mit gutem Grund besorgt.

Sie überquerten den Rovuma in gemieteten Kanus und schlugen ihr Nachtquartier am gegenüberliegenden Ufer auf. Zweimal in der Nacht wurde Mohammed wach, kroch unter seiner Decke hervor und schlich hinüber zu Sebastian, um nach dessen Befinden zu sehen. Jedesmal schlief Sebastian fest, und das silberne Mondlicht beschien die Andeutung eines Lächelns auf seinen Lippen.

Um die Mitte des nächsten Vormittags ließ Mohammed die Kolonne in voller Deckung halten. Er verließ die Spitze des Zuges, um sich mit Sebastian zu beraten. »Das Dorf von M'topo liegt dort drüben. Sie können den Rauch des Feuers sehen.«

Über den Bäumen sah man einen grauen Schleier, und man hörte einen Hund in der Ferne bellen.

»Gut. Gehen wir.« Sebastian hatte sich den Adlerhelm aufgesetzt und zwängte sich in die Stiefel.

»Zuerst werde ich die Askaris losschicken, damit sie das Dorf umzingeln können.«

»Warum?« Sebastian blickte überrascht auf.

»Sonst ist niemand da, wenn wir ankommen.« Schon während seiner Dienstzeit bei den Kaiserlichen Truppen war Mohammed ab und zu auf Steuerexpedition gewesen.

»Na schön – wenn du meinst, daß es nötig ist«, stimmte Sebastian ungläubig zu.

Eine halbe Stunde später stolzierte Sebastian, als deutscher Offizier verkleidet, in das Dorf M'topos und war bestürzt über den Empfang, der ihm zuteil wurde. Das Wehklagen von zweihundert Menschen begleitete seinen Einzug. Einige lagen auf den Knien, und alle rangen die Hände, schlugen sich an die Brust oder zeigten sonstwelche Zeichen tiefer Verzweiflung. Am Ende des Dorfes wartete M'topo, der Häuptling, bewacht von Mohammed und zwei Askaris.

M'topo war ein alter Mann, mit einem Schopf wie reine weiße Wolle, einem völlig ausgemergelten Körper und mit völlig trockener Haut. Ein Auge war befallen von einer tropischen Krankheit. Er war offensichtlich sehr erregt. »Ich krieche vor dir auf dem Bauch, großmächtiger und gnadenreicher Herr«, begrüßte er Sebastian und streckte sich in den Staub.

»Hör mal, das ist nicht nötig«, murmelte Sebastian.

»Mein armseliges Dorf heißt dich willkommen«, wimmerte M'topo. Er machte sich bittere Vorwürfe, daß man ihn so unversehens überraschte. Er hatte die Steuerexpedition nicht vor Ablauf von zwei Monaten erwartet und noch keinerlei Anstalten getroffen, seinen Reichtum auf die Seite zu schaffen. Unter dem Erdboden seiner Hütte waren nahezu tausend silberne portugiesische Escudos und anderthalbmal soviel goldene Reichsmark vergraben. Der Handel der Dorfbewohner mit getrocknetem Fisch, den sie im Rovuma fingen, war perfekt organisiert und äußerst lukrativ. Jetzt stützte er sich mitleiderregend auf seine alten Knie und gab zwei seiner Frauen ein Zeichen, daß sie Hocker und Kürbisflaschen mit Palmwein bringen sollten.

»Es ist ein Jahr großer Seuchen, Krankheiten und Hungersnot gewesen«, begann M'topo seine einstudierte Rede, als Sebastian Platz genommen und sich erfrischt hatte. Der Rest der Rede nahm fünfzehn Minuten in Anspruch, und Sebastians Suaheli war gut genug, um den Sinn zu verstehen. Er war tief gerührt. Unter dem Einfluß des Palmweins und mit seiner neugewonnenen Lebensanschauung begann sein Herz für den alten Mann zu schlagen.

Während M'topo sprach, waren die übrigen Dorfbewohner schweigend verschwunden und hatten sich in ihren Hütten verbarrikadiert. Es war besser, keine Aufmerksamkeit zu erregen, wenn Kandidaten für den Strick gesucht wurden. Jetzt lag eine trübselige Stimmung über dem Dorf, die nur durch das Weinen eines Kindes oder das Kläffen räudiger Köter, die sich um ein Stück Abfall rauften, unterbrochen wurde.

»Manali«, unterbrach Mohammed ungeduldig die Litanei des alten Mannes, mit der er sein Mißgeschick aufzählte. »Lassen Sie mich seine Hütte durchsuchen.«

»Warte«, sagte Sebastian. Er hatte unter einem einzelstehenden Affenbrotbaum im Mittelpunkt des Dorfes etwa ein Dutzend grobgezimmerte Bahren entdeckt. Jetzt stand er auf, um sich die Sache genauer anzusehen.

Was er erblickte, war schrecklich. Auf jeder Bahre ruhte ein menschliches Skelett, dessen Knochen mit einer dünnen Schicht lebendigen Fleisches bedeckt waren. Nackte Männer und Frauen lagen wahllos durcheinander, aber ihre Körper waren so ausgezehrt, daß es fast unmöglich war, ihr Geschlecht festzustellen. Ihre Becken waren hagere Knochenhöhlen, Ellbogen und Knie deformierte Knoten, welche die spindeldürren Gliedmaßen verzerrten; jede Rippe stand deutlich erkennbar hervor, und die Gesichter glichen Totenschädeln, deren geschrumpfte Lippen die Zähne in einem ständigen sardonischen Lächeln freiließen. Das Schrecklichste aber waren die eingesunkenen Augenhöhlen; die Lider standen weit offen. Man sah keine Pupille und keine Iris – nur diese blutroten Kugeln.

Sebastian trat entsetzt zurück; er spürte, wie sein Magen sich hob und ein bitterer Geschmack ihm in die Kehle stieg. Er wagte nicht zu sprechen. Er rief M'topo mit einer Handbewegung zu sich und deutete auf diese Körper auf den Bahren.

M'topo schaute sie ohne großes Interesse an. Sie gehörten so sehr zum normalen Bild seines Dorfes, daß er sich ihrer Existenz schon viele Tage überhaupt nicht recht bewußt gewesen war. Das Dorf lag am Rande eines Tsetsefliegen-Gürtels, und seit seiner Kindheit hatten unter dem Affenbrotbaum immer die Fälle von Schlafkrankheit in tiefem Koma, welches dem Tod vorausgeht, gelegen. Er hatte kein Verständnis für Sebastians Anteilnahme.

»Wann ...?« Sebastians Stimme schwankte, und er mußte schlucken, ehe er weitersprechen konnte. »Wann haben diese Menschen zum letztenmal gegessen?« fragte er schließlich.

»Schon lange nicht mehr.« M'topo war über die Frage verblüfft. Ein jeder wußte, daß sie, wenn die Schlafzeit erst einmal kam, nie wieder essen konnten.

Sebastian hatte davon gehört, daß Menschen vor Hunger starben. So etwas kam in Gegenden wie Indien vor, aber hier stand er plötzlich einer solchen Tatsache gegenüber. Eine Welle des Mitgefühls überwältigte ihn. Dies war ein unwiderlegbarer Beweis dafür, daß alles, was M'topo ihm erzählt hatte, der Wahrheit entsprach. Dies waren Mangelerscheinungen, wie er sie nie für möglich gehalten hatte – und er hatte versucht, Geld aus diesen Menschen herauszupressen!

Sebastian ging langsam zurück zu seinem Hocker und setzte sich. Er nahm den schweren Helm vom Kopf, legte ihn in seinen Schoß und starrte auf seine Füße. Er war hilflos vor Mitgefühl.

Flynn O'Flynn hatte Sebastian widerstrebend mit hundert Escudos Reisespesen versehen, um für jeden Notfall gewappnet zu sein, der sich ergeben mochte, ehe er seine erste Kollekte machen konnte. Etwas davon war für die Miete der Kanus ausgegeben worden, mit denen sie den Rovuma überquert hatten, aber er hatte noch achtzig Escudos übrig.

Aus seiner Seitentasche zog Sebastian den Tabaksbeutel hervor, in dem er das Geld aufbewahrte, und zählte die Hälfte davon ab. »M'topo«, seine Stimme klang unterwürfig. »Nimm dieses Geld. Kauf Nahrungsmittel für sie.«

»Manali«, protestierte Mohammed kreischend. »Manali. Tun Sie das nicht!«

»Halt den Mund!« fuhr Sebastian ihn an und hielt M'topo die Handvoll Münzen hin. »Nimm das!«

M'topo starrte ihn an, als habe er ihm einen lebendigen Skorpion angeboten. Es war so unnatürlich, als wäre ein menschenfressender Löwe zu ihm gekommen, um sich zärtlich an seinem Bein zu reiben.

»Nimm das«, wiederholte Sebastian ungeduldig. Mißtrauisch streckte M'topo seine gewölbten Hände aus.

»Mohammed«, Sebastian erhob sich und setzte wieder seinen Helm auf, »wir werden sofort aufbrechen zum nächsten Dorf.«

Lange nachdem Sebastians Kolonne im Busch verschwunden war, hockte der alte M'topo da, die Münzen in der festgeschlossenen Faust, zu betäubt, um sich von der Stelle rühren zu können. Endlich stand er auf und rief nach einem seiner Söhne.

»Lauf schnell zum Dorf von Saali, der mein Bruder ist. Sag ihm, daß ein Verrückter auf dem Wege zu ihm ist. Ein deutscher Herr, der kommt, um die Steuern einzutreiben, und der bleibt, um Geschenke zu verteilen. Sag ihm ...« Hier versagte ihm die Stimme, als könne er selber nicht glauben, was er gerade sagen wollte. »Sag ihm, daß er diesem Herrn die Schlafenden zeigen soll, und daß dann der Wahnsinn über diesen kommen und er ihm vierzig Escudos von den Portugiesen geben wird. Außerdem wird niemand aufgehängt.«

»Saali, mein Onkel, wird diese Dinge nicht glauben.«

»Nein«, gab M'topo zu. »Es ist wahr, er wird sie nicht glauben. Aber erzähl sie ihm trotzdem.«

25

Saali nahm die Botschaft seines älteren Bruders entgegen, und sie erfüllte ihn mit lähmendem Entsetzen. M'topo, das wußte er, hatte einen boshaften Sinn für Humor – und außerdem war da zwischen ihnen diese Geschichte mit der Frau Gita, einer vollreifen kleinen Vierzehnjährigen, die das Dorf von M'topo innerhalb zweier Tage verlassen hatte, nachdem sie ihre Pflichten als jüngere Frau M'topos aufgenommen hatte. Der Grund dafür war, daß er impotent war und wie eine Hyäne stank. Sie war jetzt eine bemerkenswerte Bereicherung von Saalis Haushalt. Saali war überzeugt, daß die wahre Auslegung der Botschaft seines Bruders jene war, daß der neue deutsche Kommissar ein wütender Löwe war, der sich nicht damit zufriedengeben würde, nur ein paar von den alten Männern aufzuhängen, sondern seine Aufmerksamkeit auf Saali selbst ausdehnen könnte. Selbst wenn er der Schlinge entgehen sollte, würde er mittellos zurückbleiben; sein mühevoll angesammelter Silberschatz, seine sechs schönen elfenbeinernen Stoßzähne, seine zwei europäischen Äxte, all die Ballen Handelstuch – alle seine Schätze verloren! Es bedurfte einer heldenhaften Anstrengung, um sich aus solch dumpfer Verzweiflung zu erheben und die wenigen nutzlosen Vorbereitungen zur Flucht zu treffen.

Mohammeds Askaris erwischten ihn, als er auf den Busch zutrabte, und als sie ihn zurückbrachten, um ihn Sebastian Oldsmith gegenüberzustellen, waren die Tränen, die ungehemmt über seine Wangen flossen und auf seine Brust tropften, echt.

Sebastian war sehr empfänglich für Tränen. Trotz Mohammeds Protest drängte Sebastian Saali zwanzig silberne Escudos auf. Saali brauchte ungefähr zwanzig Minuten, um sich von dem Schock zu erholen, und als diese Zeit abgelaufen war, schockierte er seinerseits Sebastian zutiefst, indem er ihm auf einer befristeten Basis die uneingeschränkten Dienste des Mädchens Gita anbot. Diese junge Dame war zugegen, als ihr Ehemann das Angebot unterbreitete, und sie war offenbar mit ganzem Herzen damit einverstanden.

Sebastian wiederum machte sich schnell auf den Weg, während sein Gefolge in einem Zustand tiefer Verzweiflung hinter ihm hertrottete. Mohammed litt unter einem Anfall von Mißmut.

Trommeln dröhnten, Läufer eilten über das Netz von Pfaden, die den Busch durchkreuzten. Von Hügelspitze zu Hügelspitze riefen die Männer sich zu mit jenem hohen schrillen Klageruf, der meilenweit zu hören war. Die Nachricht verbreitete sich schnell. In den Dörfern ging es zu wie im Bienenschwarm. Ungläubiges Staunen überall. Man strömte hinaus, um den verrückten deutschen Kommissar willkommen zu heißen.

Zu diesem Zeitpunkt genoß Sebastian die Situation gründlich. Er wurde mitgerissen von der Freude des Gebens und war glücklich über diese einfachen, liebenswerten Menschen, die ihn herzlich begrüßten und ihm bescheidene kleine Geschenke aufdrängten. Hier ein mageres Huhn, da ein Dutzend halbausgebrüteter Eier, eine Schüssel süßer Kartoffeln, einen Kürbiskrug Palmwein.

Aber das Wunderhorn, oder besser gesagt, sein Tabaksbeutel war bald leer – und Sebastian suchte verzweifelt nach einem Weg, wie er Elend und Armut lindern konnte, welchen er in jedem Dorf begegnete. Er zog in Betracht, einen Nachlaß für künftige Steuern zu gewähren: Überbringer wird hiermit von der Zahlung der Hüttensteuer für einen Zeitraum von fünf Jahren befreit ... Aber ihm wurde klar, daß dies ein tödliches Geschenk war. Er schauderte bei dem Gedanken daran, was Hermann Fleischer jemandem antun konnte, den er im Besitz eines solchen Schreibens erwischte.

Schließlich fiel ihm die Lösung ein. Diese Menschen litten Hunger. Er würde ihnen Nahrungsmittel geben. Er würde ihnen Fleisch geben.

In der Tat war dies eine der wünschenswertesten Gaben, die Sebastian ihnen anbieten konnte. Trotz der Überfülle von Wild in der freien Natur, trotz der großen Tierherden, die in den Ebenen und auf den Hügeln vorhanden waren, litten diese Menschen unter Proteinmangel. Die primitiven Jagdmethoden, deren sie sich bedienten, waren so unwirksam, daß das Erjagen eines einzigen Tieres ein Ereignis war, das nur sehr unregelmäßig geschah und dann eher dem Zufall zu verdanken war. Wenn der Kadaver unter zwei- oder dreihundert hungrigen Mäulern aufgeteilt wurde, dann gab es für jeden einzelnen nur ein paar Unzen Fleisch. Männer und Frauen pflegten ihr Leben bei dem Versuch zu riskieren, eine Löwengruppe von ihrer Beute zu vertreiben, um nur einen Bissen dieser kostbaren Speise zu ergattern.

Sebastians Askaris beteiligten sich an diesem Sport mit großem Vergnügen. Sogar der alte Mohammed lebte ein bißchen auf. Unglücklicherweise war ihre Treffsicherheit etwa von der gleichen Güte wie die Sebastians, und ein Jagdtag lief gewöhnlich darauf hinaus, daß dreißig oder vierzig Schuß Mausermunition vergeudet wurden und die Beute manchmal nur ein halbwüchsiges Zebra ausmachte. Dann wieder gab es gute Tage, wie die denkwürdige Gelegenheit, als eine Büffelherde praktisch Selbstmord verübte, indem sie direkt auf die Askaris zulief. In dem nachfolgenden Chaos wurde einer der Männer von seinen Kameraden erschossen, aber acht ausgewachsene Büffel folgten ihm just in die ewigen Jagdgründe nach.

Und so nahm Sebastians Steuerexpedition einen triumphalen Verlauf, in dessen Spur leere Munitionskisten, Gestelle trocknenden Fleisches, volle Bäuche und strahlende Gesichter zurückblieben.

26

Drei Monate danach traf Sebastian wieder im Dorf seines Freundes M'topo ein. An Saalis Dorf war er vorbeigezogen, weil er ein Zusammentreffen mit der beleidigten Gita vermeiden wollte.

Als er in der Nacht allein in der Hütte saß, die M'topo ihm zur Verfügung gestellt hatte, beschlich Sebastian eine böse Vorahnung. Am nächsten Morgen würde er den Rückweg nach Lalapanzi antreten, wo Flynn O'Flynn auf ihn wartete. Sebastian war sich genau darüber klar, daß die Expedition von Flynns Standpunkt aus kein Erfolg gewesen war – und Flynn würde zu diesem Thema eine Menge zu sagen haben. Wieder einmal haderte Sebastian mit den Schicksalsmächten, die seine besten Absichten an sich rissen und sie in einer solchen Weise manipulierten, daß jede Ähnlichkeit mit dem Original vollkommen verlorenging.

Dann schweiften seine Gedanken plötzlich ab. Bald, schon übermorgen, wenn alles gutging, würde er wieder bei Rosa sein. Die tiefe Sehnsucht, die in diesen letzten drei Monaten sein ständiger Begleiter gewesen war, pulsierte durch Sebastians ganzen Körper. Als er in das Holzfeuer auf dem Herd in der Hütte starrte, war es ihm, als formten die brennenden Scheite ein Bild ihres Gesichts, und in der Erinnerung hörte er wieder ihre Stimme.

»Komm zurück, Sebastian. Komm bald zurück.«

Er flüsterte die Worte laut vor sich hin und betrachtete ihr Gesicht im Feuer. Jede Einzelheit nahm er gierig in sich auf. Er sah ihr Lächeln, wobei ihre Nase sich in leichte Falten legte und die Augenwinkel sich nach oben richteten.

»Komm zurück, Sebastian.«

Das Verlangen nach ihr verursachte einen derart intensiven Schmerz, daß er kaum atmen konnte, und seine Vorstellungskraft rief ihm noch einmal jede Einzelheit ihres Abschieds am Wasserfall ins Gedächtnis – jede feine Veränderung im Klang ihrer Stimme, jeden Atemzug, vor allem aber den bitteren Salzgeschmack ihrer Tränen auf seinen Lippen. Er spürte geradezu die Berührung ihrer Hände, ihres Mundes – und bei dem Rauch, der die Hütte erfüllte, blähten sich seine Nasenlöcher. Er dachte an den warmen, weiblichen Geruch ihres Körpers.

»Ich komme, Rosa. Ich komme zurück«, flüsterte er und erhob sich ruhelos von seinem Platz beim Feuer. In diesem Augenblick wurde seine Aufmerksamkeit durch ein sanftes Kratzen an der Hüttentür in die Gegenwart zurückgerufen.

»Herr! Herr!« Er erkannte M'topos heiseres Krächzen.

»Was ist?«

»Wir suchen deinen Schutz.«

»Was habt ihr denn für Sorgen?« Sebastian ging hinüber zur Tür und hob die Querstange. »Was ist los?«

Im Mondlicht stand M'topo da, eine Felldecke um seine schmalen Schultern gelegt, und hinter ihm ein Dutzend Dorfbewohner, furchtsam zusammengedrängt.

»Die Elefanten sind in unseren Gärten. Sie werden alles zerstören, bevor es Tag wird. Es wird nichts stehenbleiben, nicht eine einzige Hirsestaude.« Er drehte sich um und stand mit geneigtem Kopf da. »Da, jetzt kannst du sie hören.«

Ein unheimlicher Laut klang durch die Nacht, das hohe Trompeten eines Elefanten. Sebastians Haut prickelte. Er fühlte, wie sich die Haare auf seinen Unterarmen sträubten.

»Zwei sind da.« M'topos Stimme war ein kratzendes Flüstern. »Zwei alte Bullen. Wir kennen sie gut. Sie waren schon im letzten Jahr da und haben unser Korn verwüstet. Sie töteten einen meiner Söhne, der sie wegzujagen versuchte.« Beschwörend packte der alte Mann Sebastians Arm und zog ihn mit sich. »Räche meinen Sohn, Herr. Räche meinen Sohn in meinem Namen und rette unsere Hirse, damit die Kinder dieses Jahr nicht wieder Hunger leiden müssen.«

Sebastian reagierte auf die Bitte in der gleichen Weise, wie der heilige Georg es getan hätte.

In aller Eile knöpfte er seine Uniformjacke zu und holte sein Gewehr. Als er zurückkam, fand er sein gesamtes Kommando bis an die Zähne bewaffnet und voller Jagdfieber wie ein Rudel Jagdhunde vor. Mohammed stand wartend an der Spitze.

»Herr Manali, wir sind bereit.«

»Nun mal langsam, alter Junge.« Sebastian hatte nicht die Absicht, den Ruhm zu teilen. »Dies ist meine Shauri. Zu viele Köche, wie?«

M'topo stand daneben, rang seine Hände ungeduldig und lauschte abwechselnd auf die entfernten Geräusche der Gartenschänder, die in aller Gemütsruhe auf seinen Äckern fraßen, und auf den beschämenden Zank zwischen Sebastian und seinen Askaris, bis er es zuletzt nicht mehr aushalten konnte. »Herr, die halbe Hirse ist schon aufgefressen. In einer Stunde wird alles weg sein.«

»Du hast recht«, pflichtete Sebastian ihm bei und wandte sich ärgerlich seinen Männern zu. »Haltet den Mund, alle miteinander. Haltet endlich den Mund.«

Sie waren diesen Kommandoton von Sebastian nicht gewohnt. Sie schwiegen bestürzt.

»Nur Mohammed soll mich begleiten. Ihr andern geht in eure Hütten und bleibt dort.«

Das war ein guter Kompromiß. Sebastian hatte jetzt in Mohammed einen Verbündeten. Mohammed drehte sich zu seinen Kameraden um und trieb sie auseinander, ehe er sich an Sebastians Seite stellte.

»Gehen wir.«

Wo die Gärten begannen, stand eine wacklige Plattform auf Pfählen. Dies war der Wachturm, auf dem bei Tag und Nacht Wächter auf die reifenden Hirsestauden aufpaßten. Jetzt war er verlassen; die beiden jungen Männer waren beim ersten Anblick der Gartenschänder davongelaufen. Kudu oder Wasserbüffel waren eine Sache für sich. Ein schlechtgelaunter alter Elefantenbulle war etwas ganz anderes.

Sebastian und Mohammed erreichten den Wachturm und blieben unter ihm stehen. Ganz deutlich konnten sie jetzt das raschelnde und knackende Geräusch wahrnehmen, mit dem die Hirsestauden abgerissen und zertrampelt wurden.

»Warte hier«, flüsterte Sebastian, hing sein Gewehr über die Schulter und ging zur Leiter. Langsam und leise kletterte er zur Plattform hinauf und warf von dort oben einen Blick über die Gärten.

Der Mond schien so hell, daß Turm und Bäume scharfe Schatten warfen. Sein Licht war ein trügerischer Silberschein, der Entfernung und Größe verzerrte und alle Gegenstände in ein kaltes, gleichförmiges Grau verwandelte.

Hinter der Lichtung erhob sich der Wald wie eine erstarrte Rauchwolke, und das Feld mit Hirsestauden kräuselte sich im sanften Nachtwind wie die Oberfläche eines Sees.

Im Hirsefeld grasten die alten Bullen gemächlich wie zwei große Inseln in einer ruhigen See üppigster Vegetation. Obwohl der eine Elefant ungefähr zweihundert Schritt vom Turm entfernt war, konnte Sebastian im hellen Mondlicht deutlich sehen, wie sich sein Rüssel vorwärts reckte, ein Büschel der blättrigen Stauden packte und mühelos abrupfte. Dann wiegte er seinen massigen Rumpf träge von einer Seite auf die andere, schlug die Staude gegen seinen erhobenen Unterschenkel, um die Erdklumpen abzuschütteln. Danach stopfte er die Pflanze in sein Maul. Seine Ohren wedelten leicht wie ausgefranste Banner; ein struppiges Büschel Hirseblätter erschien zwischen den langen, gebogenen Schäften aus Elfenbein, und während er sich fressend und trampelnd weiterbewegte, hinterließ er eine breite Schneise der Verwüstung.

Auf der offenen Plattform des Turms spürte Sebastian plötzlich, wie sich sein Magen so zusammenzog, als wolle er die Form einer harten Kugel annehmen, und seine Hände, die das Gewehr hielten, wurden unruhig. Er konnte seinen Atem leise pfeifen hören, als er in den Bann der Elefanten geriet. Während er die beiden gewaltigen Tiere beobachtete, überkam ihn eine nahezu mystische Ehrfurcht, ein Gefühl seiner eigenen Unzulänglichkeit; war es denn Anmaßung, gegen dieses Tier anzutreten – lediglich mit dieser armseligen Waffe aus Stahl und Holz ausgerüstet? Aber bei allem Zögern verspürte er das Vibrieren angespannter Nerven – jene seltsame Mischung von Angst und Tatendrang. Uralter Jagdtrieb. Sebastian nahm sich zusammen und stieg hinab zu dem wartenden Mohammed.

Mit der allergrößten Vorsicht schritten sie durch das kopfhohe Korn bis zur Mitte des Gartens. Ohren und Augen auf das äußerste angespannt, behutsam atmend, um nicht das wilde Schlagen seines Herzens zu verraten, strebte Sebastian dem Knacken und Rascheln entgegen, das der Bulle verursachte, der ihnen am nächsten war.

Obgleich die Hirsestauden genug Schutz boten, spürte er das leichte Wehen des Windes in seinem Haar, und der erste Hauch von Elefantengeruch traf ihn wie ein Schlag ins Gesicht. Er blieb so unvermittelt stehen, daß Mohammed ihn beinahe von hinten gerammt hätte. Sie standen beide nun gebückt da und spähten hinaus in das wogende Hirsefeld. Sebastian fühlte, wie Mohammed sich vorbeugte; er hörte ihn leiser als die feinste Brise flüstern: »Jetzt sind wir ganz nahe dran.«

Sebastian nickte und schluckte herzhaft. Er konnte deutlich hören, wie die Blätter sich an der rauhen Haut des alten Bullen rieben. Er kam, gemächlich fressend, auf sie zu. Sie standen genau im Zielpunkt seines gelassenen Herannahens.

Jeden Augenblick mußte er auf sie stoßen. Jeden Augenblick!

Das Gewehr im Anschlag, während der Schweiß auf Stirn und Oberlippe perlte und seine Augen vom intensiven Starren zu tränen begannen, spürte Sebastian plötzlich eine gewaltige Bewegung direkt vor sich. Ein mächtiger Schatten fiel durch das Laub tanzender Blätter auf ihn, und er blickte nach oben. Hoch aufgereckt stand er vor ihm, schwarz und groß, so daß sogar der Nachthimmel hinter seinen ausgebreiteten Ohren verschwand. Er war jetzt so nahe, daß Sebastian sich unmittelbar unter den vorgereckten Stoßzähnen befand und sehen konnte, wie sich der Rüssel gleich einer dicken grauen Pythonschlange abspulte und blindlings nach ihm griff. Gleich darunter gähnte das Maul, aus dessen Winkeln vereinzelte Blätter herabfielen.

Er hob sein Gewehr, richtete den Lauf einfach aufwärts, und berührte dabei mit der Mündung beinahe die herabhängende Unterlippe des Elefanten. Dann drückte er ab. Der Schuß zerriß die Nacht mit einem dumpfen Knall.

Die Kugel nahm ihren Weg durch den rosigen Gaumen des Tieres und weiter durch den porösen Schädelknochen; sie zerplatzte wie ein Pilz und bohrte sich in jene faustgroße Zelle, die das Gehirn enthielt, und zerschmetterte sie zu einem grauen Brei.

Wäre sie zehn Zentimeter seitlich vorbeigegangen und von einem der stärkeren Knochen abgeleitet worden, so hätte Sebastian zweifellos den Tod gefunden, bevor er Zeit gehabt hätte, das Schloß der Mauser noch einmal zu betätigen, denn er stand genau unter den vorgestreckten Stoßzähnen und dem Rüssel. Aber der alte Bulle taumelte bei der Wucht des Schusses nach hinten; sein Rüssel fiel schlaff auf seine Brust, die Vorderbeine spreizten sich, der Kopf sank, durch die langen Stoßzähne aus dem Gleichgewicht gebracht, vornüber, während die Knie plötzlich unter ihm nachgaben. Er fiel so schwer zu Boden, daß man den Aufprall im Dorf, eine halbe Meile von ihnen entfernt, hören konnte.

»Mann, o Mann!« japste Sebastian, als er ungläubig auf den toten Fleischberg starrte. »Das wäre geschafft. Mann, o Mann! Das wäre geschafft!« Ein Gefühl des Triumphs, die nahezu übernatürliche Empfindung, von Angst und Anspannung frei zu sein, ließ ihn taumeln. Er erhob seinen Arm, um Mohammed auf die Schulter zu klopfen, aber er erstarrte mitten in der Bewegung.

Der zweite Bulle dröhnte wie ein Monsterkessel, aus dem der Dampf entweicht. Und dann hörten sie ihn schon durchs Feld heranschnauben.

»Er kommt!« Sebastian schaute sich unsicher um, denn er konnte dem Geräusch keine Richtung entnehmen.

»Nein«, kreischte Mohammed. »Er läuft gegen den Wind. Er sucht erst unsere Witterung, dann kommt er.« Er packte Sebastians Arm und klammerte sich an ihm fest, während beide den Elefanten im Kreis herumtanzen hörten, bis er ihre Spur hatte.

»Vielleicht läuft er weg«, flüsterte Sebastian.

»Dieser nicht. Er ist alt und böse, und er hat schon früher Menschen umgebracht. Jetzt wird er uns jagen.« Mohammed zog Sebastian am Arm. »Wir müssen hinaus ins Freie. In diesem Feld haben wir keine Chance. Er wird uns über den Haufen rennen, ehe wir ihn sehen.«

Sie fingen an zu laufen. Es gibt keine pikantere Beigabe zur Angst als flinke Füße. Wenn er erst einmal zu laufen beginnt, wird auch der tapferste Mann zum Feigling. Nach zwanzig Schritten flohen beide Hals über Kopf zum Dorf. Sie gaben sich keine Mühe, leise zu sein, während sie sich keuchend durch ein Gestrüpp von Blättern und Stauden kämpften. Der Lärm ihrer hastigen Flucht übertönte die Geräusche, die der Elefant verursachte, und so hatten sie keine Ahnung, wo er sich befand. Diese Ungewißheit erhöhte nur noch die panische Angst, die sie vorantrieb, denn sie mußten jeden Augenblick damit rechnen, daß er dicht vor ihnen auftauchte.

Schließlich stolperten sie ins offene Gelände und legten, schnaufend und schweißüberströmt, eine Pause ein. Sie schauten von rechts nach links.

Wo war der zweite Bulle geblieben?

»Da!« schrie Mohammed. »Er naht!« Und da hörten sie auch schon das quietschende Schreien und den geräuschvollen Ansturm durch das Hirsefeld.

»Lauf!« schrie Sebastian, immer noch von Panik ergriffen – und sie liefen.

Um ein frisch geschürtes Feuer am Dorfrand geschart, standen die wartenden Askaris mit M'topos Leuten. Sie warteten ängstlich, denn sie hatten den Schuß und den Fall des ersten Bullen gehört – aber mittlerweile hatten die schrillen Schreie, das Rufen und Krachen sie im ungewissen darüber gelassen, was da wohl in den Gärten vor sich ging.

Diese Ungewißheit wurde schnell behoben, als Mohammed, gefolgt von Sebastian, über den Pfad auf sie zulief, wobei sie eine Imitation zweier Hunde abgaben, deren Hinterteile man in Terpentin getaucht hatte. Hundert Meter hinter ihnen teilte sich das Hirsefeld, und der zweite Bulle kam in vollem Lauf angestampft.

Ein Ungeheuer im Feuerschein, mit einem gewaltigen Buckel, in trügerischer Geschwindigkeit mit flatternden Ohren heranschwankend, jeder Wutschrei laut genug, um die Trommelfelle zum Platzen zu bringen: so nahm er seinen Weg aufs Dorf zu.

»Haut ab! Lauft!« Sebastians Warnruf war ebenso atemlos wie unnötig. Die wartende Menge zögerte nicht länger, sie zerstreute sich wie ein Sardinenschwarm beim Herannahen eines Barracuda.

Männer warfen ihre Decken ab, um nackt zu fliehen. Einer stolperte über den anderen. Einige rannten blindlings gegen Bäume. Zwei Männer liefen geradewegs durch das Feuer und kamen auf der anderen Seite wie seltsame Fackelträger wieder heraus. In heulendem Tumult wichen sie zum Dorf zurück. Aus jeder Hütte stürzten die Frauen mit ihren Kindern, um sich dem entsetzten Menschenstrom anzuschließen.

Immer noch gut zu Fuß, überholten Sebastian und Mohammed die schwächeren Läufer unter den Dorfbewohnern, während der Elefant in gefährliche Nähe kam.

Mit der Wucht und der Geschwindigkeit eines großen Felsbrockens, der einen steilen Abhang hinabrollt, erreichte der Bulle die erste Hütte des Dorfes und lief direkt in sie hinein Die schwache Konstruktion aus Stroh und dünnen Pfählen zerbrach, ohne die große Wut des angreifenden Tieres zu vermindern.

Eine zweite Hütte löste sich in ihre Bestandteile auf, dann eine dritte, noch ehe der Elefant den ersten Nachzügler erwischte.

Es war eine alte Frau, die auf dünnen Beinen dahinstolperte, während die leeren Beutel ihrer Brüste gegen ihren faltigen Bauch schlugen und ein langgezogener monotoner Angstschrei sich der zahnlosen Höhle ihres Mundes entrang.

Der Bulle entrollte den Rüssel vor seiner Brust, hob ihn hoch über die Frau und ließ ihn krachend auf ihre Schulter niedersausen. Die Wucht des Schlages ließ sie zusammensinken. Die Knochen in ihrer Brust zerbrachen wie alte trockene Zweige, und sie war tot, noch ehe ihr Körper am Boden lag.

Das nächste Opfer war ein Mädchen. Anmutig, ein wenig schlaftrunken erschien seine Gestalt im Mondlicht, als es aus der Hütte direkt in den Sturmlauf des Bullen hineinlief. Leicht umklammerte der dicke Rüssel sein Opfer und warf es mühelos durch die Luft. Das Mädchen schrie, und sein Schreien durchbohrte wie ein Messer Sebastians Brust. Er warf einen Blick über die Schulter und konnte eben noch sehen, wie das Mädchen hoch in den Nachthimmel geschleudert wurde. Seine Glieder waren gespreizt, und es drehte sich in der Luft wie ein Wagenrad. Dann fiel es zu Boden, fiel so schwer, daß sein Schreien abrupt endete. Sebastian blieb stehen.

Bedächtig kniete der Elefant über dem noch schwach zuckenden Mädchenkörper, stieß mit seinen Stoßzähnen zu und durchbohrte seine Brust. Der Leib hing an dem Schaft aus Elfenbein, zerschmettert und zerbrochen, kaum noch als Mensch zu erkennen. Der Elefant schüttelte nur seinen Kopf und warf seine Beute ab.

Es bedurfte eines derart schrecklichen Anblicks, um Sebastians zerrüttete Nerven wieder aufzurichten – um die Reserven seiner Männlichkeit aus den sehr fernen Regionen zurückzurufen, wohin die Angst sie verbannt hatte. Er hielt das Gewehr immer noch in Händen, aber er zitterte vor Angst und Erschöpfung; Schweiß hatte seinen Uniformrock getränkt und sein lockiges Haar an die Stirn geklebt. Sein Atem ging wie heiseres Sägen. Unentschlossen stand er da und kämpfte an gegen das dringende Verlangen, davonzulaufen.

Der Bulle stürmte weiter, und jetzt glänzte sein Rüssel schwarz vom Blut des Mädchens. Dies war der entscheidende Anstoß, der Sebastians Angst zunächst in Abscheu, bald jedoch in Wut verwandelte.

Er hob das Gewehr, und es schwankte unruhig in seinen Händen. Er zielte am Lauf entlang, und plötzlich konnte er wieder klar sehen. Seine Nerven hatten sich beruhigt. Er war wieder ein ganzer Mann.

Kaltblütig richtete er das Korn seines Visiers auf den Kopf des Bullen, zielte damit auf die tiefe Querfalte am Rüsselansatz und drückte ab. Der Kolben schlug fest gegen seine Schulter, der Knall verursachte einen stechenden Schmerz in seinem Trommelfell, aber er sah, wie die Kugel genau dort einschlug, wo er hingezielt hatte – eine Staubfontäne schoß aus der trockenen Schlammkruste empor, die den Kopf des Tieres und die umliegende Haut bedeckte. Die Lider schlossen sich einen Moment zuckend, dann öffneten sie sich wieder.

Ohne das Gewehr abzusetzen, riß Sebastian das Schloß auf, und die leere Hülse sprang klirrend heraus und fiel zu Boden.

Er lud noch einmal und hielt das Gewehr auf den massigen Kopf gerichtet. Wieder schoß er, und der Elefant taumelte wie trunken. Die Ohren, die halb zurückgelegt gewesen waren, klappten nach vorn und der Kopf begann bedenklich zu wackeln.

Er schoß noch einmal. Der Bulle zuckte zusammen, als die Kugel sich in Knochen und Knorpel seines Kopfes bohrte. Dann drehte er sich um und kam auf Sebastian zu, aber sein Angriff war lahm und kraftlos. Jetzt zielte Sebastian auf die Brust. Er handhabte das Gewehr mit eiskalter Routine, als er noch einmal und noch einmal schoß – vornübergebeugt, um den Rückstoß abzufangen ... bei jedem Schuß sorgfältig zielend ... sicher, daß jeder Schuß die Brusthöhle traf und Lunge, Herz und Leber zerriß. So entledigte er sich Zug um Zug seiner Aufgabe.

Aus dem Lauf des Bullen wurde ein schlürfender, unsicherer Gang; er verlor die Richtung, ließ von Sebastian ab, und sein Brustkasten hob sich in der Agonie seiner zerfetzten Organe.

Sebastian senkte das Gewehr, um es aufs neue zu laden. Der

Bulle stöhnte; aus der Spitze seines Rüssels kam das Blut in Strömen hervorgeschossen.

Ohne Mitleid, in kalter Wut, erhob Sebastian das Gewehr und zielte auf die dunkle Höhle in der Mitte des gewaltigen Ohres. Die Kugel traf, der Elefant sackte zusammen und fiel vornüber direkt in den Gnadenschuß hinein. Sein Gewicht bohrte die Stoßzähne tief in den Boden.

27

Vier Tonnen Fleisch, mitten im Dorf frisch angeliefert, waren von unermeßlichem Wert. Der dafür entrichtete Preis war nicht übertrieben, stellte M'topo fest. Drei Hütten konnten in zwei Tagen wieder aufgebaut sein, und nur vier Morgen Hirse waren verwüstet worden. Zudem war eine der Frauen, die sterben mußten, sehr alt und die andere, obwohl schon fast achtzehn Jahre alt, noch nie schwanger gewesen. Man konnte also aus gutem Grunde annehmen, daß sie unfruchtbar und kein großer Verlust für die Dorfgemeinschaft war.

Die Morgensonne wärmte angenehm, und M'topo war eigentlich recht zufrieden. Neben Sebastian saß er auf seinem holzgeschnitzten Hocker, und ein breites Lächeln überzog sein Gesicht, als er dem Spaß zuschaute.

Zwei Dutzend seiner Leute sollten, bewaffnet mit kurzgriffigen, langblättrigen Speeren und völlig unbekleidet, die Rolle der Schlächter übernehmen. Sie standen neben dem gewaltigen Kadaver und unterhielten sich lebhaft, während sie abwarteten, daß Mohammed und seine vier Assistenten die Stoßzähne abtrennten. Rings warteten in einem großen Kreis die übrigen Dorfbewohner, und während sie warteten, sangen sie. Eine Trommel schlug ihnen den Rhythmus, der von klatschenden Händen und stampfenden Füßen untermalt wurde. Der Baß der Männer war das Fundament für den klaren, weichen Höhenflug der Soprane.

Unter Mohammeds gelassen zuschlagender Axt löste sich erst der eine, dann der andere Stoßzahn aus den Knochen, in denen sie verankert waren; dann wurden die Zähne von zwei Askaris, die unter ihrem Gewicht taumelten, zu Sebastians Platz getragen und ihm feierlich zu Füßen gelegt.

Sebastian fand, daß vier große Stoßzähne, die er nach Lalapanzi bringen wollte, Flynn O'Flynn bis zu einem gewissen Grad besänftigen mochten. Sie würden wenigstens die Kosten der Expedition decken. Der Gedanke daran munterte ihn beträchtlich auf, und er wandte sich M'topo zu. »Alter, du darfst das ganze Fleisch behalten.«

»Herr.« Voller Dankbarkeit schlug M'topo seine Hände in Brusthöhe zusammen, dann drehte er sich herum, um den wartenden Schlächtern einen lauten Befehl zu erteilen.

Ein Aufschrei der Erregung und Begierde nach Fleisch erhob sich aus der Menge, als einer von ihnen auf den Kadaver kletterte und seinen Speer in die dicke graue Haut hinter der letzten Rippe bohrte. Dann bewegte er sich rückwärts, zog den Speer abwärts bis zur Keule, und der rasiermesserscharfe Stahl schnitt tief ins Fleisch. Zwei andere brachten Querschnitte an und öffneten eine quadratische Klappe – eine Falltür sozusagen in die Bauchhöhle, aus der in dicken Knäueln die Eingeweide quollen, rosig, blau und naßglänzend in der frühen Morgensonne. Mit wachsendem Eifer zerrten vier andere den Bauchinhalt aus dem quadratischen Loch, und dann, während Sebastian fassungslos zuschaute, zwängten sie sich in die Öffnung und verschwanden. Ihr gedämpfes Rufen hallte drinnen im Leib des Kadavers, als sie um den Preis der Leber stritten. Innerhalb weniger Minuten kam einer von ihnen wieder zum Vorschein und hielt einen glitschigen roten Klumpen an seine Brust gedrückt. Wie eine Made wand er sich aus der klaffenden Öffnung, über und über mit einer dicken Schicht von dunkelrotem Blut bedeckt. Es hatte seinen wolligen Haarschopf verfilzt und sein Gesicht in eine furchterregende Maske verwandelt, aus der nur Zähne und Augen weiß hervorschimmerten. Die zerfetzte Leber in seinen Händen, ein triumphierendes Lachen im Gesicht, lief er durch die Menschenmenge auf Sebastian zu.

Die Gabe brachte Sebastian in Verlegenheit. Nicht nur das – er fühlte, wie ihm übel wurde und wie sich sein Magen drehte, als die Leber ihm beinahe in den Schoß geworfen wurde.

»Iß«, ermunterte M'topo ihn. »Davon wirst du stark. Sie wird den Speer deiner Männlichkeit schärfen. Zehn, ach, zwanzig Frauen werden dich nicht ermüden können.«

M'topo war überzeugt, daß Sebastian eine solche Medizin brauchte. Er hatte von seinem Bruder Saali und von den Häuptlingen am Fluß von Sebastians mangelnder Initiative gehört.

»Siehst du, so.« M'topo schnitt ein Stück Leber ab und stopfte es sich in den Mund. Er kaute genußvoll, und der Saft lief ihm über die Lippen, als er anerkennend grinste. »Sehr gut.« Er hielt ein Stück vor Sebastians Gesicht. »Iß!«

»Nein.« Sebastians Schlund preßte sich zusammen, und er stand brüsk auf. M'topo zuckte die Achseln und aß weiter. Dann rief er den Schlächtern zu, damit sie ihr Werk vollendeten.

In erstaunlich kurzer Zeit löste sich der riesige Kadaver unter den Klingen von Speeren und Buschmessern auf. Es war eine Arbeit, an der sich das ganze Dorf beteiligte. Mit einem Dutzend Messerstichen trennte einer der Schlächter einen großen Klumpen Fleisch ab und warf ihn den Frauen zu. Die wiederum hackten ihn in kleinere Stücke und gaben diese den Kindern. Quietschend vor Aufregung rannten sie mit den Fleischstücken zu den in aller Eile errichteten Trockengestellen, legten sie dort nieder und trabten zurück, um noch mehr zu holen.

Sebastian hatte sich vom ersten Schock erholt, und jetzt mußte er lachen, als er sah, wie der Mund eines jeden eifrig kaute, während alle arbeiteten und gleichzeitig in der Lage waren, eine unglaubliche Lautstärke zu entwickeln.

Zwischen den hurtigen Füßen knurrten und kläfften die Hunde und schnappten nach den Brocken. Ohne ihr Fressen zu unterbrechen, wichen sie gelegentlichen Tritten und Schlägen aus, mit denen sie bedacht wurden.

Mitten hinein in dieses behagliche Idyll platzte Kommissar Hermann Fleischer mit seinen zehn bewaffneten Askaris.

28

Hermann Fleischer war müde, und die Gewaltmärsche, die ihn schließlich zu M'topos Dorf führten, hatten Blasen an seinen Füßen hinterlassen.

Vor einem Monat hatte er sein Hauptquartier in Mahenge verlassen, um sich auf die jährliche Steuertour zu begeben. Wie es bei ihm Brauch war, hatte er in der Nordprovinz begonnen, und es war eine ungewöhnlich erfolgreiche Expedition gewesen. Die Holzkiste mit dem auf den Deckel gemalten schwarzen Adler war von Tag zu Tag schwerer geworden. Hermann hatte sich den Spaß gemacht auszurechnen, wie viele Dienstjahre in Afrika noch erforderlich waren, bis er den Dienst quittieren, nach Plauen zurückkehren und sich auf dem Anwesen niederlassen konnte, das er zu kaufen gedachte. Er kam zu dem Schluß, daß noch drei so fruchtbare Jahre wie dieses ausreichen würden. Es war eine Schande, daß es ihm nicht gelungen war, Flynn vor dreizehn Monaten auf dem Rufiji gefangenzunehmen – das hätte seinen Abreisetermin um volle zwölf Monate beschleunigt. Als er daran dachte, regte sich wieder der immer noch in ihm schlummernde Ärger über jene Episode. Er besänftigte ihn, indem er die Hüttensteuer im nächsten Dorf, das er aufsuchte, verdoppelte. Diese Maßnahme rief bei dem Häuptling ein derartiges Protestgeheul hervor, daß Hermann seinem Askari-Feldwebel zunickte, der ostentativ anfing, den Strick aus seiner Satteltasche zu holen.

»O dicker schöner Elefantenbulle«, änderte der Häuptling hastig seine Einstellung, »wenn du nur ein bißchen wartest, werde ich dir das Geld bringen. Ich habe eine neue Hütte, ohne Läuse und Flöhe, in der du deinen lieblichen Körper ausruhen kannst, und ich will dir ein hübsches Mädchen mit Bier für deinen Durst schicken.«

»Gut«, sagte Hermann. »Aber während ich mich ausruhe, werden meine Askaris bei dir bleiben.« Er gab dem Feldwebel ein Zeichen, den Häuptling zu fesseln, dann watschelte er in die Hütte.

Der Häuptling schickte zwei seiner Söhne los, ließ sie unter einem bestimmten Baum im Wald graben, und nach einer Stunde kehrten sie mit traurigen Gesichtern zurück und brachten einen schweren Lederbeutel mit.

Zufrieden unterzeichnete Hermann Fleischer eine offizielle Quittung für neunzig Prozent des Beutelinhalts – Fleischer gestattete sich selber eine zehnprozentige Bearbeitungsgebühr –, und der Häuptling, der kein Wort Deutsch lesen konnte, nahm sie erleichtert entgegen.

»Ich werde in deinem Dorf übernachten«, verkündete Hermann. »Schick mir dasselbe Mädchen, damit sie mir mein Essen kocht.«

Mitten in der Nacht kam der Läufer aus dem Süden an und störte Hermann Fleischer in einem äußerst ungünstigen Augenblick. Die Nachricht, die der Läufer mitbrachte, regte ihn noch mehr auf. Nach seiner Beschreibung des neuen deutschen Kommissars, der Hermanns Arbeit in der Südprovinz verrichtete und auf seinem Vormarsch das Land zusammenschoß, erkannte Hermann sogleich den jungen Engländer, den er zuletzt auf dem Deck einer Dhau im Rufiji-Delta gesehen hatte.

Er befahl dem größten Teil seines Gefolges, einschließlich der Träger der Steuerkiste, ihm so schnell wie möglich zu folgen, bestieg um Mitternacht seinen weißen Esel, nahm zehn Askaris mit und ritt nach Art einer Sturmpatrouille gen Süden.

Fünf Nächte später, in jenen stillen dunklen Stunden, die der Dämmerung vorausgehen, rastete Hermann in der Nähe des Rovuma. Plötzlich wurde er von seinem Feldwebel aus dem Schlaf gerüttelt.

»Was ist los?« Mürrisch richtete Hermann sich auf und hob sein Moskitonetz ein wenig hoch.

»Wir haben Gewehrfeuer gehört. Einen einzelnen Schuß.«

»Wo?« Er war sofort wach und griff nach seinen Stiefeln.

»Im Süden, in der Gegend von M'topos Dorf am Rovuma.«

Inzwischen völlig angezogen, wartete Hermann mißtrauisch und lauschte angestrengt auf die kleinen Geräusche der afrikanischen Nacht. »Sind Sie sicher ...« begann er, als er sich an seinen Feldwebel wandte, doch er beendete den Satz nicht. Leise, aber unmißverständlich hörte er in der Dunkelheit das Plop, Plop, Plop eines fernen Gewehrs. Es kam eine Pause, und dann fiel wieder ein Schuß.

»Lager abbrechen«, befahl Hermann. »Rasch! Ihr Söhne schwarzer Heiden. Rasch!«

Die Sonne stand schon hoch, als sie M'topos Dorf erreichten. Sie sahen es durch die hohen Hirsefelder, die ihre Annäherung verborgen hielten, plötzlich vor sich liegen. Hermann ließ anhalten und seine Askaris ausschwärmen, ehe er die Ansammlung von Hütten umzingeln ließ, aber als er den Dorfrand erreicht hatte, blieb er wieder stehen und betrachtete überrascht das außergewöhnliche Schauspiel, das auf dem offenen Dorfplatz soeben in Szene gesetzt wurde.

Das dichte Knäuel halbnackter schwarzer Menschen, die um die Reste des Elefanten wimmelten, nahm keinerlei Notiz von Hermanns Anwesenheit, bis er schließlich in seine Lungen Luft pumpte und sie dann mit einem einzigen Schrei entleerte. Der Schrei übertönte sogar das Kreischen und Lachen der Eingeborenen. Unverzüglich fiel absolutes Stillschweigen über die Versammlung; jeder Kopf wandte sich Hermann zu, und aus jedem Kopf traten die Augen in entsetztem Unglauben hervor.

»Bwana Intambu«, brach eine verschüchterte Stimme endlich das Schweigen, »Herr des Stricks.« Sie kannten ihn gut.

»Was ...?« fing Hermann an, und dann schnappte er vor Empörung nach Luft, als er in der Menge einen schwarzen Mann bemerkte, den er noch nie gesehen hatte und der die volle Uniform der deutschen Askaris trug. »Du!« brüllte er und deutete mit einem anklagenden Finger auf ihn, aber der Mann wirbelte herum und duckte sich hinter den Vorhang aus blutverschmierten schwarzen Leibern. »Haltet ihn!« Hermann fummelte an der Klappe seiner Pistolentasche herum.

Aus den Augenwinkeln bemerkte er eine Bewegung, und als er sich nach ihr umwandte, sah er einen weiteren Pseudoaskari zwischen den Hütten verschwinden. »Da ist noch einer! Haltet ihn! Feldwebel! Feldwebel, holen Sie Ihre Leute her!«

Der erste Schock, der sie erstarren ließ, war jetzt verflogen, und die Menschenmenge lief auseinander und verstreute sich.

Noch einmal schnappte Hermann wütend nach Luft, als er eine Gestalt am anderen Ende des Platzes auf einem geschnitzten Eingeborenenhocker sitzen sah. Eine Gestalt in einer fremdländischen Uniform aus einem leuchtenden, wenn auch von den Strapazen der Reise mitgenommenen Blau, mit Gold besetzt, die Beine in hohen Stiefeln, und auf dem Kopf den Paradehelm eines berühmten preußischen Regiments.

»Mein Engländer!« Trotz seiner Verkleidung erkannte Hermann ihn. Endlich war es ihm gelungen, seine Pistolentasche aufzuknöpfen, und jetzt zog er seine Luger hervor. »Engländer!« Er wiederholte die Beleidigung und hob die Pistole.

Mit der Geistesgegenwart, für die er bekannt war, saß Sebastian angesichts dieser unvorhergesehenen Wende der Ereignisse verstört da, aber als Hermann mit der Mündung der Luger auf ihn zielte, wurde ihm klar, daß es Zeit war zu verschwinden, und so machte er einen Versuch aufzuspringen. Leider verhakten sich die Sporen wieder einmal an seinen Stiefeln, und er fiel rücklings über den Hocker. Die Kugel pfiff harmlos durch den leeren Raum, den er eigentlich hätte ausfüllen müssen.

»Verdammt!« Hermann feuerte noch einmal, und die Kugel riß ein paar Splitter aus dem schwarzen Holzschemel, hinter dem Sebastian lag. Dieser zweite Fehlschuß erfüllte Fleischer mit blinder Wut, die ihn auch bei den nächsten beiden Schüssen sein Ziel verfehlen ließ, während Sebastian auf Händen und Füßen um die Ecke der nächsten Hütte kroch.

Hinter der Hütte sprang Sebastian auf und lief davon. Sein einziges Bestreben war, aus dem Dorf in den Busch zu gelangen. In seinen Ohren hörte er Flynn O'Flynns Rat: »Laufen Sie zum Fluß. Machen Sie, daß Sie zum Fluß kommen!«

Und er war so in diesen Rat vertieft, daß er, als er um die nächste Hütte herumstürmte, nicht rechtzeitig bremsen konnte, um den Zusammenstoß mit einem von Hermann Fleischers Askaris zu vermeiden, der ihm entgegenkam. Beide gingen in einem wilden Durcheinander zu Boden, und der Helm rutschte über Sebastians Augen. Als er sich aufsetzte und den Helm abnahm, sah er den wolligen schwarzen Kopf des Mannes direkt vor sich. Er war genau an der richtigen Stelle, über die Sebastian den schweren Helm hielt. Mit der Kraft beider Arme riß er diesen nach unten, und er dröhnte heftig gegen den Schädel des Askaris. Grunzend fiel der Bursche hintenüber und lag reglos im Staub. Sebastian legte den Helm über sein schlafendes Gesicht, griff sich das Gewehr des Mannes und erhob sich wieder.

Gebückt stand er im Schutz der Hütte, während er sich ein Bild von dem Chaos ringsum zu machen versuchte. Durch den von den verstörten Dorfbewohnern verursachten Lärm, die mit der Planlosigkeit einer von Wölfen angegriffenen Schafherde durcheinanderliefen, hörte er das brüllende Kommando Hermanns und die Antwortrufe der deutschen Askaris. Gewehrfeuer krachte und pfiff, und als Antwort ertönte neues Geschrei.

Sebastians erster Einfall war, sich in einer der Hütten zu verstecken, aber er sah ein, daß dies sinnlos war. Bestenfalls konnte dies seine Gefangennahme ein wenig hinauszögern.

Nein, er mußte aus dem Dorf verschwinden. Aber der Gedanke daran, daß er hundert Meter ohne Deckung bis in den Schutz der nächsten Bäume zurücklegen mußte, während ein Dutzend Askaris hinter ihm herschoß, war wenig anziehend.

In diesem Augenblick spürte Sebastian eine unangenehme Wärme an seinen Füßen, und als er hinunterblickte, stellte er fest, daß er in der Glut einer Kochstelle stand. Das Leder seiner Stiefel fing bereits an zu stinken und zu rauchen. Er trat hastig einen Schritt zurück, und der Geruch versengten Leders wirkte wie ein Abführmittel auf die Verstopfung in seinem Gehirn.

Vom Dach der nächstbesten Hütte riß er eine Handvoll Stroh, das er ins Feuer hielt. Die trockenen Halme gingen sofort in Flammen auf, und Sebastian hielt die Fackel an die Hüttenwand, die im selben Augenblick Feuer fing und hell aufloderte. Mit der Fackel in der Hand lief Sebastian gebückt bis zur nächsten Hütte und setzte auch diese in Brand.

»Mann, o Mann!« triumphierte er, als mächtige Rauchschwaden die Sonne verdunkelten und sein Gesichtsfeld auf zehn Schritte beschränkten.

Langsam bewegte er sich inmitten der wogenden Rauchwolke vorwärts, zündete jede Hütte an, wo immer er vorüberkam. Er genoß die enttäuschten Schreie germanischer Wut, die er hinter sich hörte. Gelegentlich taumelten geisterhafte Gestalten im beißenden Halbdunkel an ihm vorüber, aber keine von ihnen schenkte ihm auch nur die geringste Aufmerksamkeit, und jedesmal entspannte Sebastian den Druck seines Zeigefingers am Abzugshahn der Mauser und lief weiter.

Er erreichte die letzte Hütte. Hier legte er eine Pause ein, um Kräfte für den Sprunglauf über das freie Gelände bis zum Rand des Hirsefeldes zu sammeln. Durch den ziehenden Rauch erschien ihm das dichte dunkelgrüne Laub, dem er in panischer Angst wenige Stunden zuvor entflohen war, so willkommen wie die Arme seiner Mutter.

Etwas bewegte sich dicht vor ihm in der Rauchwolke, und er schwenkte die Mauser in die verdächtige Richtung; er sah die Umrisse eines Käppis, sah das Glitzern von Metallknöpfen und sein Finger umspannte den Abzugshahn.

»Manali!«

»Mohammed! Großer Gott, ich hätte dich beinahe umgebracht.«

Sebastian riß den Gewehrlauf hoch, als er ihn erkannte.

»Schnell! Sie sind dicht hinter mir her.« Mohammed packte ihn am Arm und zog ihn mit sich fort. Die Stiefel zwängten seine Zehen ein und hämmerten wie die Hufe eines galoppierenden Büffels, als Sebastian hinter ihm her lief. Aus den Hütten kam ein gellender Schrei und, unmittelbar danach, der bösartige Knall einer Mauser und das schrille Pfeifen eines Querschlägers.

Sebastian hatte einen Vorsprung von zehn Schritten vor Mohammed, als er in einem Dickicht aus Laubwerk und Hirsestauden untertauchte.

29

»Was sollen wir jetzt machen, Manali?« wollte Mohammed wissen, und der Gesichtsausdruck der beiden anderen Männer war ein Echo auf die in rührendem Vertrauen gestellte Frage. Ein wohlwollendes Schicksal hatte Sebastian wieder mit den Resten seiner Kommandotruppe zusammengeführt. Auf der Flucht durch die Hirsefelder, während zielloses Gewehrfeuer die Blätter über ihren Köpfen stutzte, war Sebastian buchstäblich über die beiden gestolpert. Sie waren zu der Zeit damit beschäftigt, ihre Bäuche und ihre Gesichter fest gegen den Boden zu pressen, und es bedurfte einer Anzahl von kräftigen Fußtritten, um sie auf die Beine zu bringen und in Bewegung zu setzen.

Mittlerweile hatte Sebastian sie, eingedenk Flynns Rat, vorsichtig und auf Umwegen hinab zu der Landestelle am Ufer des Rovuma geführt. Als er dort ankam, mußte er feststellen, daß Fleischers Askaris auf dem direkten Wege und ohne die Notwendigkeit, sich verstecken zu müssen, schon vor ihm den Platz erreicht hatten. Aus der Deckung der schilfbewachsenen Uferböschung beobachtete Sebastian niedergeschlagen, wie sie mit einer Axt die Böden aus den Kanus schlugen, die an Land gezogen waren.

»Können wir hinüberschwimmen?« fragte er Mohammed flüsternd, und Mohammeds Gesicht verzog sich vor Entsetzen, als er die Möglichkeit in Erwägung zog. Beide spähten durch die Schilfhalme über eine Viertelmeile tiefen Wassers, das so schnell dahinfloß, daß seine Oberfläche von kleinen Wirbeln gekräuselt wurde.

»Nein«, stellte Mohammed entschieden fest.

»Zu weit?« fragte Sebastian ohne viel Hoffnung.

»Zu weit. Zu schnell. Zu tief. Zu viele Krokodile«, schloß Mohammed das Thema ab, und in dem unausgesprochenen, aber gemeinsamen Wunsch, fort von dem Fluß und fort von den Askaris zu kommen, krochen sie weg von der Uferböschung und schlichen weiter ins Land hinein.

Am späten Nachmittag lagen sie in einer buschbewachsenen Bodenrinne, etwa zwei Meilen vom Fluß und gleich weit von M'topos Dorf entfernt.

»Was sollen wir jetzt machen, Manali?« Mohammed wiederholte seine Frage, und Sebastian räusperte sich, ehe er antwortete.

»Tja ...« sagte er und machte eine Pause, während er seine breite Stirn bei der Anstrengung kreativen Denkens in Falten legte. Dann kam ihm die Eingebung mit dem vollen Glanz eines Sonnenaufgangs. »Wir müssen ganz einfach einen anderen Weg finden, um den Fluß zu überqueren.« Er sagte es im Ton eines Mannes, der sehr stolz auf seinen Scharfsinn war. »Was schlägst du vor, Mohammed?«

Ein wenig überrascht, daß ihm der Ball so elegant ins eigene Feld zurückgespielt wurde, verharrte Mohammed in Schweigen.

»Ein Floß?« schlug Sebastian vor. Der Mangel an Werkzeugen, Material und Gelegenheit, eins zu bauen, war so offensichtlich, daß Mohammed sich einer Antwort enthielt. Er schüttelte lediglich den Kopf.

»Nein«, pflichtete Sebastian ihm bei. »Vielleicht hast du recht.« Wiederum wurde die klassische Schönheit seiner Züge durch ein konzentriertes Stirnrunzeln beeinträchtigt. Schließlich wollte er wissen: »Gibt es noch andere Dörfer am Fluß?«

»Ja«, räumte Mohammed ein. »Aber die Askaris werden jedes von ihnen aufsuchen und die Kanus zerstören. Außerdem werden sie den Häuptlingen erzählen, wer wir sind, und sie mit dem Strick bedrohen.«

»Aber sie können nicht den ganzen Fluß abgrasen. Er bildet auf fünf- oder sechshundert Meilen die Grenze. Wir werden einfach so lange weitergehen, bis wir ein Kanu finden. Es mag vielleicht lange dauern, aber irgendwann werden wir eins finden.«

»Wenn diese Askaris uns nicht vorher erwischen.«

»Sie werden damit rechnen, daß wir dicht an der Grenze bleiben. Wir werden einen Umweg durchs Hinterland machen und fünf oder sechs Tage marschieren, bevor wir wieder zum Fluß zurückkehren. Wir wollen jetzt ausruhen und uns heute abend in Bewegung setzen.«

Die vier schlugen eine Marschroute ein, die sie vom Rovuma

weg und tiefer in deutsches Gebiet hineinführte. Sie bewegten sich auf einem ausgetretenen Pfad und marschierten die ganze Nacht hindurch. Je später es wurde, um so langsamer wurden ihre Schritte, und zweimal bemerkte Sebastian, wie der eine oder andere seiner Leute seitlich vom Pfad abwich, bis er plötzlich zusammenfuhr und sich überrascht umschaute, ehe er sich seinen Kameraden wieder anschloß. Das verwirrte ihn, und er wollte sie eigentlich fragen, was sie da machten, aber er war müde, und das Sprechen bedeutete eine zu große Anstrengung. Eine Stunde später fand er den Grund für ihr Verhalten heraus.

Während er so dahinstapfte und seine Beine sich völlig automatisch bewegten, überkam Sebastian langsam ein Zustand sanften Wohlbehagens. Er gab sich diesem Zustand völlig hin und ließ sich von den warmen dunklen Nebeln der Gleichgültigkeit einlullen.

Der Stich eines Dornzweigs in die Wange rief ihn wieder ins Bewußtsein zurück, und er schaute sich verwirrt um. Zehn Meter neben ihm marschierten Mohammed und die beiden Gewehrboys im Gänsemarsch, und ihre Gesichter waren ihm im Mondenschein teilnahmsvoll zugewandt. Es dauerte eine kleine Weile, bis Sebastian merkte, daß er im Stehen eingeschlafen war. Beschämt nahm er seinen Platz an der Spitze der Reihe wieder ein.

Als der dicke silbrige Mond hinter den Bäumen versank, setzten sie ihren Marsch im schwachen Schimmer seines reflektierten Lichts fort, doch langsam wurde auch das immer schwächer. Bald konnten sie den Pfad zu ihren Füßen kaum noch sehen. Sebastian kam zu dem Schluß, daß es nur noch eine Stunde bis zur Morgendämmerung, also Zeit war, haltzumachen. Er blieb stehen und wollte etwas sagen, da packte Mohammeds Hand ihn an der Schulter.

»Manali!« Etwas in Mohammeds Flüstern warnte ihn, und Sebastians Nerven waren plötzlich zum Zerreißen gespannt.

»Was ist?« hauchte er und nahm vorsorglich die Mauser von der Schulter.

»Schauen Sie. Da – vor uns.«

Mit angestrengten Augen durchforschte Sebastian die vor ihnen liegende Dunkelheit. Es dauerte lange, bis seine erschöpfte Netzhaut den schwachen rötlichen Schimmer in der sie wie eine schwarze Decke umgebenden Nacht wahrnahm. »Ja«, gab er flüsternd zurück. »Was ist das?«

»Ein Feuer«, hauchte Mohammed. »Jemand hat da vor uns neben dem Pfad sein Lager aufgeschlagen.«

»Askaris?« fragte Sebastian.

»Vielleicht.«

Während Sebastian auf den Schein des schwelenden Feuers starrte, spürte er, wie sich seine Nackenhaare sträubten. Er war jetzt hellwach. »Wir müssen einen Bogen schlagen.«

»Nein, sie werden unsere Spur im Staub des Pfades sehen und uns folgen«, wandte Mohammed ein.

»Was sollen wir sonst machen?«

»Lassen Sie mich erst nachschauen, wie viele es sind.«

Ohne Sebastians Erlaubnis abzuwarten, verschwand Mohammed wie ein Leopard in der Nacht. Sebastian wartete fünf angsterfüllte Minuten. Einmal glaubte er, ein schlurfendes Geräusch zu hören, aber er war sich nicht sicher. Aus dem Nichts tauchte Mohammeds Gestalt wieder neben ihm auf. »Zehn«, meldete er. »Zwei Askaris und acht Träger. Einer der Askaris hielt beim Feuer Wache. Er sah mich, und da habe ich ihn getötet.«

»Mein Gott!« Sebastians Stimme wurde lauter. »Du hast – was gemacht?«

»Ich habe ihn getötet. Aber sprechen Sie bitte nicht so laut.«

»Wie?«

»Mit dem Messer.«

»Warum?«

»Weil er mich sonst getötet hätte.«

»Und der andere?«

»Ihn auch.«

»Du hast beide getötet?« Sebastian war entsetzt.

»Ja, und ich habe ihre Gewehre mitgenommen. Jetzt können wir ruhig weitergehen. Aber die Träger haben viele Kisten bei sich. Ich meine, daß diese Truppe Bwana Intambu, dem deutschen Kommissar, folgte und daß sie all seine Habe mit sich führen.«

»Aber du hättest sie nicht umbringen sollen«, sagte Sebastian. »Du hättest sie einfach fesseln oder sonst etwas tun können.«

»Manali, Sie reden wie eine Frau«, stieß Mohammed ungeduldig hervor, und dann setzte er seinen ursprünglichen Gedankengang fort. »Unter den Kisten ist eine, die ich nach ihrer Größe für die Kiste mit dem Steuergeld halte. Der eine Askari schlief mit dem Rücken gegen sie gelehnt, als wollte er besonders auf sie aufpassen.«

»Das Steuergeld?«

»Ja.«

»Also, du bist schon ein Teufelskerl!« Sebastians Skrupel verflogen, und in der Dunkelheit nahm sein Gesicht plötzlich einen Ausdruck an, wie man ihn am Heiligen Abend bei kleinen Jungen zu beobachten pflegt.

Sie weckten die deutschen Träger mit dem Gewehrkolben. Dann jagten sie die Schläfer aus ihren Decken heraus und trieben sie zu einer kleinen Gruppe zusammen. Die Leute schauten ängstlich um sich. Sie froren in der kühlen Morgendämmerung erbärmlich. Das Feuer wurde mit frischem Holz wieder entfacht; es loderte hell auf, und in seinem Schein untersuchte Sebastian seine Beute.

Der eine Askari hatte viel Blut aus seiner Kehle auf die kleine Holzkiste verströmt. Mohammed packte ihn bei den Hacken und zerrte ihn beiseite, dann benutzte er seine Decke, um die Kiste abzureiben.

»Manali«, sagte er ehrfurchtsvoll. »Schauen Sie sich das große Schloß an. Schauen Sie sich den Vogel des Kaisers auf dem Deckel an ...« Er bückte sich über die Kiste und faßte die Handgriffe an. »... aber vor allem – fühlen Sie mal das Gewicht!«

Unter den übrigen Ausrüstungsstücken rings um das Feuer fand Mohammed ein starkes Hanfseil; ein Requisit, das bei keiner von Hermann Fleischers Safaris fehlen durfte. Damit band Mohammed die Träger bei den Hüften aneinander und ließ gerade so viel Platz für einen jeden, daß eine gemeinsame Bewegung möglich war, aber eine Flucht verhindert wurde.

»Warum machst du das?« fragte Sebastian interessiert, während er den Mund voll Blutwurst und Schwarzbrot hatte. Die meisten Kisten waren mit Nahrungsmitteln gefüllt, und Sebastian konnte ein gutes und nahrhaftes Frühstück zu sich nehmen.

»Damit sie nicht entkommen können.«

»Wir nehmen sie doch nicht etwa mit?«

»Wer soll denn sonst dies alles tragen?« fragte Mohammed geduldig.

Fünf Tage später saß Sebastian im Bug eines langen Einbaums und hatte die verkohlten Sohlen seiner Stiefel selbstbewußt auf die Kiste gelegt, die im Kielraum verstaut war. Er aß mit Genuß ein dickes Brot mit Wurst und Zwiebeln. Er trug frische Unterwäsche und Socken, die ihm ein paar Nummern zu groß waren, und in seiner linken Hand hielt er eine offene Flasche Bier – dies alles mit freundlichen Empfehlungen von Kommissar Fleischer.

Die Paddler sangen mit ungezwungener Fröhlichkeit, denn der Lohn, den Sebastian ihnen gezahlt hatte, würde zumindest ausreichen, um jedem von ihnen eine neue Frau zu kaufen.

Sie hielten sich am portugiesischen Ufer des Rovuma, wurden von willigen Paddlern und einer flotten Strömung vorwärtsgetrieben, und legten so in zwölf Stunden die Entfernung zurück, für die Sebastian und seine schwerbeladenen Träger zu Fuß fünf Tage gebraucht hätten.

Das Kanu setzte Sebastians Reisegesellschaft ganz in der Nähe von M'topos Dorf ab. Die Landestelle war nur zehn Meilen von Lalapanzi entfernt. Sie marschierten die ganze Strecke, ohne Rast zu machen, und kamen kurz nach Einbruch der Nacht an.

30

Die Fenster des Bungalows waren dunkel, und das ganze Lager schlief. Nachdem Sebastian sie ermahnt hatte, sich leise zu verhalten, ließ er seine erschöpfte Truppe auf dem Rasen vor dem Bungalow aufmarschieren und stellte die Steuerkiste deutlich sichtbar vor ihnen auf. Er war stolz auf seinen Erfolg und wollte die passende Stimmung für seine Heimkehr schaffen. Nachdem er alles wunschgemäß aufgebaut hatte, stieg er die Stufen zum Bungalow hinauf und ging auf Zehenspitzen zur Eingangstür. Er hatte die Absicht, das Haus durch ein dramatisches Klopfen aufzuwecken.

Unglückseligerweise stand ein Stuhl am Ende der Stufen, und Sebastian stolperte darüber. Schwer schlug er zu Boden. Der Stuhl stürzte krachend um, und das Gewehr rutschte von seinen Schultern und fiel scheppernd auf die Fliesen.

Ehe Sebastian wieder auf die Beine kam, wurde die Tür aufgestoßen, und Flynn O'Flynn erschien in seinem Nachthemd, bewaffnet mit einer doppelläufigen Schrotflinte. »Hab' ich dich, du verdammter Schweinehund!« brüllte er und hob die Waffe.

Sebastian hörte den Sicherheitshebel klicken und machte sich mühsam auf die Knie. »Nicht schießen, Flynn, ich bin es!«

Die Schrotflinte schwankte ein wenig. »Wer sind Sie – und was wollen Sie hier?«

»Ich bin es – Sebastian.«

»Bassie?« Flynn senkte das Gewehr unsicher. »Das kann nicht wahr sein. Stehen Sie auf und lassen Sie sich anschauen.«

Sebastian kam dieser Aufforderung bereitwillig nach.

»Großer Gott«, stieß Flynn verblüfft hervor. »Sie sind es wirklich. Großer Gott! Wir haben gehört, Fleischer hätte Sie vor einer Woche in M'topos Dorf erwischt. Wir haben gehört, er hätte Sie ein für allemal fertiggemacht!« Er trat einen Schritt vor und streckte seine rechte Hand zum Gruß aus. »Sie haben es tatsächlich geschafft? Gut gemacht, Bassie, mein Junge.«

Bevor Sebastian Flynns Hand ergreifen konnte, kam Rosa zur Tür heraus, stürzte an Flynn vorbei und brachte Sebastian fast zu Fall. Sie schlang ihre Arme um seine Brust, preßte ihre Wange an sein unrasiertes Gesicht und sagte immer wieder:

»Du bist gesund! O Sebastian, du bist gesund und lebst!«

Sebastian konnte deutlich spüren, daß Rosa nichts unter ihrem Nachthemd trug, und wo er auch immer seine Hände hinlegte, stießen sie auf kaum bedecktes warmes Fleisch. Verlegen lächelte Sebastian über ihre Schulter Flynn zu.

»Entschuldigen Sie«, sagte er.

Seine ersten beiden Küsse gingen am Ziel vorbei, denn sie stand nicht still. Einer traf ihr Ohr, der nächste ihre Augenbraue, aber der dritte saß genau auf ihren Lippen.

Als sie schließlich voneinander lassen mußten, wenn sie nicht ersticken wollten, keuchte Rosa: »Und ich dachte, du wärst tot.«

»Schon gut, junge Dame«, knurrte Flynn. »Jetzt kannst du aber gehen und dir etwas anziehen.«

An diesem Morgen war das Frühstück in Lalapanzi ein festliches Ereignis. Flynn machte sich den geschwächten Zustand seiner Tochter zunutze und brachte eine Ginflasche mit an den Tisch. Sie protestierte nur schwach, und später goß sie selber ein wenig in Sebastians Tee, um ihn zu würzen.

Sie aßen auf der Veranda im Sonnenlicht, das durch die Ranken der Bougainvilleen drang. Die Stare hüpften zwitschernd auf dem Rasen herum, und eine Lerche sang in den wilden Feigenbäumen. Die ganze Natur hatte sich verschworen, um Sebastians Siegesfeier zum Erfolg zu verhelfen, während Rosa und Nanny ihr Bestes in der Küche taten – wobei sie auf die Reste von Hermann Fleischers Vorräten zurückgriffen, die Sebastian mitgebracht hatte.

Flynn O'Flynns Augen waren blutunterlaufen und hatten pflaumenfarbige Tränensäcke, denn er war die ganze Nacht aufgeblieben, hatte den Inhalt der deutschen Steuerkiste gezählt und im Licht einer Sturmlaterne seine Rechnung aufgemacht. Ungeachtet dessen war er in gehobener Stimmung, die durch einige Tassen mit »gewürztem« Tee, aus denen sein Frühstück bestand, noch fröhlicher wurde. Er stimmte warmherzig in jene Lobpreisungen und Glückwünsche für Sebastian Oldsmith ein, die von Rosa O'Flynn vorgebracht wurden.

»Ich muß schon sagen, Bassie, das haben Sie sehr gut gemacht«, kicherte er am Ende der Mahlzeit. »Ich würde gern hören, wie Fleischer diese verrückte Geschichte dem Gouverneur erklärt. Ach, zu gern wäre ich dabei, wenn er ihm die Episode mit dem Steuergeld erzählt – Mann, das wird sie um den Verstand bringen.«

»Weil du gerade von Geld sprichst«, sagte Rosa lächelnd zu Flynn, »hast du schon ausgerechnet, wie groß Sebastians Anteil ist, Daddy?« Rosa gebrauchte diese väterliche Anrede nur, wenn sie ihm außergewöhnlich wohlgesonnen war.

»Das habe ich schon gemacht«, gab Flynn zu, und sein unsteter Blick erweckte Rosas Argwohn. Sie spitzte ein wenig ihre Lippen.

»Und wieviel beträgt er?« fragte sie in dem honigsüßen Tonfall, den Flynn als das Äquivalent des blutrünstigen Schreis einer verwundeten Löwin kannte.

»Ich muß schon sagen, wer wird denn einen so schönen Tag mit Geschäftsgesprächen verderben?« Wenn er in Druck war, verstärkte Flynn seinen irischen Akzent in der Hoffnung, Rosa könnte das amüsant finden. Eine vergebliche Hoffnung.

»Wieviel?« wollte Rosa wissen, und Flynn sagte es ihr.

Ein unbehagliches Schweigen trat ein. Sebastian erblaßte unter seinem Sonnenbrand und öffnete den Mund zu einem Einwand. Auf seinen halben Anteil hin hatte er Rosa in der vergangenen Nacht einen ernsthaften Antrag gemacht, und sie hatte ihn angenommen.

»Überlaß mir das, Sebastian«, flüsterte sie und legte ihm eine besänftigende Hand aufs Knie, während sie sich wieder ihrem Vater zuwandte. »Du wirst uns doch gestatten, einen Blick auf deine Abrechnung zu werfen, oder nicht?« Immer noch honigsüß war ihre Rede.

»Aber sicher werde ich das. Sie ist völlig in Ordnung.«

Das Dokument mit der Überschrift »Vereinigte Unternehmungen von Herrn F. O'Flynn und Herrn S. Oldsmith und anderen, Deutsch-Ostafrika, Zeitraum vom 15. Mai bis 21. August 1913«, welches Flynn O'Flynn jetzt herbeiholte, zeigte, daß er einer ungewöhnlichen Schule der Buchhaltungskunst angehörte.

Der Inhalt der Steuerkiste war in englischen Pfund Sterling zu dem Kurs umgerechnet worden, der in Pears Almanach aus dem Jahr 1893 festgelegt war. Flynn maß gerade dieser Veröffentlichung eine besondere Bedeutung bei.

Von den Bruttoeinnahmen in Höhe von 4652 Pfund, 18 Shilling und 6 Pennies hatte Flynn seinen eigenen fünfzigprozentigen Anteil und die zehn Prozent der anderen Partner – d. i. der portugiesische Stationschef und der Gouverneur von Mozambique – abgesetzt. Von der Restsumme hatte er dann die Verluste abgezogen, die im Zuge der Rufiji-Expedition aufgetreten waren (siehe separate, an die Deutsch-Ostafrika-Verwaltung gerichtete Rechnung). Ferner hatte er die Ausgaben für die zweite Expedition in Rechnung gestellt und dabei auch folgende Posten nicht vergessen:

Für L. Parbhoo (Schneider)	£ 15.10.- -
Für 1 deutschen Paradehelm (geschätzt)	£ 5.10.- -
Für 5 Uniformen (Askaris), pro Stück £ 2.10	£ 12.10.- -
Für 5 Mausergewehre, pro Stück £ 10.- -	£ 50.00.- -
Für 625 Schuß 7-mm-Munition	£ 22.10.- -
Für Vorschuß a cto. Reisespesen, 100 Escudos, gezahlt an Herrn S. Oldsmith	£ 1.05. --

Am Schluß belief sich Sebastians Anteil am Nettoverlust auf etwas unter zwanzig Pfund.

»Machen Sie sich keine Gedanken«, beruhigte Flynn ihn großzügig. »Ich erwarte von Ihnen nicht, daß Sie diesen Betrag jetzt gleich bezahlen – wir werden ihn einfach von Ihrem Anteil aus den Einnahmen der nächsten Expedition abziehen.«

»Aber Flynn, ich dachte, Sie hätten gesagt – nun, ich meine, Sie hätten mir den halben Anteil versprochen.«

»Den haben Sie ja auch, Bassie, den haben Sie ja auch.«

»Sie haben gesagt, wir sind gleichberechtigte Partner.«

»Da müssen Sie mich mißverstanden haben, mein Junge. Ich sagte den halben Anteil – und das bedeutet, nach den Ausgaben. Es ist einfach schade, daß wir einen so großen Verlustvortrag einsetzen mußten.«

Während sie sich in dieser Form unterhielten, beschäftigte sich Rosa mit dem Stummel eines Kopierstiftes auf der Rückseite von Flynns Rechnung. Zwei Minuten später warf sie das Ergebnis quer über den Tisch Flynn zu und sagte: »Und so habe ich es ausgerechnet.«

Rosa O'Flynn bezog ihre Rechenkünste aus der Schule: Einen für dich, einen für mich, und ihre Aufstellung war erheblich einfacher als die ihres Vaters.

Mit einem gequälten Aufschrei wischte Flynn O'Flynn jeden Einwand vom Tisch. »Du hast keine Ahnung vom Geschäft.«

»Aber ich weiß, was Betrug ist«, gab Rosa zurück.

»Willst du deinen alten Vater einen Betrüger nennen?«

»Ja.«

»Ich habe verdammt Lust, dich mit der Kiboko zu behandeln. Du bist noch nicht so erwachsen und vernünftig, daß ich dir nicht tüchtig den Hintern versohlen könnte.«

»Versuch es nur!« erwiderte Rosa, und Flynn machte einen Rückzieher.

»Und überhaupt, was würde Bassie mit all dem Geld anfangen? Das ist gar nicht gut für einen jungen Mann. Es würde ihn nur verderben.«

»Er würde mich heiraten. Das würde er damit anfangen.«

Flynn gab ein Geräusch von sich, als wäre ihm eine Gräte im Hals steckengeblieben. Seine Miene umwölkte sich, und er tat einen unheilvollen Schritt auf Sebastian zu. »So also ist das!« fauchte er. »Das hätte ich mir ja denken können.«

»Jetzt beruhigen Sie sich mal, alter Junge«, sagte Sebastian beschwichtigend.

»Da kommen Sie in mein Haus und führen sich auf wie der König von England. Sie versuchen, mich um mein Geld zu betrügen – aber damit nicht genug! O nein! Das ist verdammt nicht genug. Um das Maß vollzumachen, müssen Sie sich auch noch an meine Tochter heranmachen.«

»Werde nicht ordinär«, warf Rosa ein.

»Das ist ja ein starkes Stück – werde nicht ordinär, sagt sie zu mir . . . und was habt ihr hinter meinem Rücken getan?«

Sebastian erhob sich würdevoll vom Frühstückstisch. »Ich werde nicht zulassen, daß Sie in meiner Gegenwart so mit einer Dame reden, Sir. Insbesondere mit der Dame, die mir die große Ehre erwiesen hat, sich bereit zu erklären, meine Frau zu werden.« Er fing an, sein Jackett aufzuknöpfen. »Würden Sie bitte mit mir in den Garten kommen? Es handelt sich um eine Ehrensache.«

»Na schön, kommen Sie.« Flynn quälte sich aus seinem Sessel und tat so, als wolle er an Sebastian vorbeigehen, aber in dem Moment, da Sebastian die Arme nach hinten nahm, immer noch damit beschäftigt, sein Jackett loszuwerden, machte Flynn einen Schritt zur Seite, nahm Maß und schlug Sebastian mit der linken Faust in den Magen.

»Au!« schrie Sebastian. Er beugte sich unwillkürlich vor und wurde von Flynns anderer Faust getroffen, die aus Kniehöhe geschlagen wurde. Sie traf Sebastian zwischen die Augen. Er taumelte hinaus auf die Veranda. Mit den Kniekehlen schlug er gegen das niedrige Geländer, und auf diese Weise landete er beinahe sanft in einem Blumenbeet.

»Du hast ihn umgebracht«, heulte Rosa und nahm die schwere Teekanne aus Porzellan fest in ihren Griff.

»Das will ich hoffen«, entgegnete Flynn und bückte sich, als die Kanne auf seinen Kopf zukam. Sie flog über ihn hinweg und knallte, Tee und Dampf versprühend, gegen die Wand der Veranda.

In Rosas Blumenbeeten rührte sich etwas, und alsbald tauchte Sebastians Kopf auf. Blaue Hortensienblätter schmückten festlich sein Haar. Die Gegend um die Augen herum schwoll mächtig an und verwandelte sich in ein derart kräftiges Blau, daß die Hortensie dagegen verblaßte. »Ich muß schon sagen, das war nicht fair, Flynn«, stellte er fest.

»Er hat nicht hingeschaut«, klagte Rosa ihren Vater an. »Du hast ihn geschlagen, ehe er bereit war.«

»Na schön, aber jetzt schaut er«, brüllte Flynn und lief die

Verandastufen hinab wie ein angreifendes Nilpferd. Mitten im Hortensienbeet stellte Sebastian sich ihm und nahm die klassische Haltung eines richtigen Boxers ein. »Regeln des Marquis von Queensberry?« fragte er vorsichtig, als Flynn ihm auf den Leib rückte.

Flynn brachte seine Mißachtung der Regeln des Marquis dadurch zum Ausdruck, daß er Sebastian gegen das Schienbein trat. Sebastian schrie auf und hüpfte auf einem Bein aus dem Blumenbeet, während Flynn ihn mit einer weiteren Serie kräftiger Tritte verfolgte. Zweimal hintereinander traf er Sebastian mit dem Stiefel ins Hinterteil, aber der dritte ging daneben, und diese geballte Kraft reichte in der Tat aus, um Flynn aufs Kreuz zu legen. Lang ausgestreckt ruhte er auf dem Rasen, und die Zeit, die er brauchte, um auf die Knie zu gelangen, gab Sebastian eine Atempause, auf daß er sich zur nächsten Runde sammle.

Beide Augen waren dick geschwollen, und sein Hinterteil bereitete ihm Unbehagen. Trotzdem stellte er sich noch einmal zum Kampf, den linken Arm ausgestreckt und den rechten über der Brust gekreuzt. Als er an Flynn vorbeischaute, sah Sebastian seine Verlobte herannahen. Sie war mit einem Brotmesser bewaffnet.

»Rosa!« Sebastian war höchst beunruhigt. Ihm war klar, daß Rosa auch vor einem Vatermord nicht haltmachen würde, um ihre Liebe zu verteidigen. »Rosa! Was willst du mit dem Messer?«

»Ich werde ihn damit töten!«

»Das wirst du nicht tun«, sagte Sebastian, doch Flynn hatte nicht das gleiche Vertrauen in die Zurückhaltung seiner Tochter. Mit Windeseile zog er sich in die Verteidigungsstellung hinter Sebastian zurück. Von dort aus lauschte er aufmerksam der Auseinandersetzung zwischen Sebastian und Rosa.

Sebastian brauchte eine volle Minute, um Rosa zu überreden, daß ihr Beistand nicht vonnöten und er durchaus in der Lage sei, mit der Situation allein fertig zu werden. Widerstrebend zog sich Rosa auf die Veranda zurück.

»Danke, Bassie«, sagte Flynn, und trat ihm noch einmal ins

angeschlagene Hinterteil. Man sah Sebastian an, wie sehr ihn dieser Tritt schmerzte.

Nur wenige Menschen hatten jemals erlebt, daß Sebastian Oldsmith die Geduld verlor. Das letztemal war dies vor acht Jahren vorgekommen. Die beiden Mitschüler, die den Anstoß dazu gegeben hatten, indem sie Sebastians Kopf in ein Toilettenbecken drückten und dann die Spülung zogen, mußten für geraume Zeit das Krankenhaus aufsuchen.

Diesmal gab es mehrere Zeugen. Angelockt vom Gezeter und vom Klirren zerbrechenden Geschirrs waren Flynns sämtliche Gefolgsleute, einschließlich Mohammed und seine Askaris, aus ihren Unterkünften herbeigeeilt und hatten sich am Ende des Rasens versammelt. Gespannt folgten sie dem atemberaubenden Schauspiel.

Vom Logenplatz der Veranda aus spornte Rosa – deren Augen in jener seltsamen weiblichen Grausamkeit funkelten, welche selbst in den sanftmütigsten Frauen aufsteigt, wo immer ein Mann für sie kämpft – Sebastian zu noch größerer Gewalttätigkeit an.

Wie alle großen Stürme, dauerte auch dieser nicht lange, und als er vorübergezogen war, breitete sich lähmende Stille aus. Flynn lag der Länge nach auf dem Rasen hingestreckt. Seine Augen waren geschlossen; sein Atem rasselte und aus der Nase kam Blut. Mohammed und fünf seiner Leute trugen ihn zum Bungalow. Er lastete schwer auf ihren Schultern, während sein mächtiger Bauch sich leise hob und senkte und sein blutverschmiertes Gesicht einen ungewohnt friedlichen Ausdruck zeigte.

Sebastian blieb allein auf dem Rasen zurück. Sein Gesicht war grausam verzerrt, und sein Körper bebte vor Zorn. Aber dann, als er sah, wie die Männer den mächtigen Körper davontrugen, war seine düstere Stimmung wie weggewischt. Sein Ausdruck wechselte rasch von Anteilnahme zu leichter Bestürzung. »Also hören Sie mal ...« Seine Stimme klang heiser, und er ging einen Schritt hinter Flynn her. »Sie hätten mich nicht treten sollen.« Seine Hand öffnete sich in einer hilflosen Geste, und dann hob er sie beschwörend. »Das hätten Sie nicht tun sollen.«

Rosa kam herab von der Veranda und ging langsam auf ihn

zu. Sie blieb stehen und blickte zu ihm auf, halb in Ehrfurcht, halb in glühendem Stolz. »Du warst großartig«, flüsterte sie. »Wie ein Löwe.« Sie legte beide Arme um seinen Nacken, und ehe sie ihn küßte, sprach sie: »Ich liebe dich.«

Sebastian hatte sehr wenig Gepäck mitzunehmen. Alles, was er besaß, trug er am Leibe. Rosa jedoch hatte genügend Kisten gepackt, um das Dutzend Träger voll zu beschäftigen, die sich auf dem Rasen versammelt hatten.

»Also dann«, murmelte Sebastian. »Ich glaube, wir sollten uns auf den Weg machen.«

»Ja«, flüsterte Rosa und warf noch einen Blick auf die Gärten von Lalapanzi. Obwohl sie es gewesen war, die diesen Auszug vorgeschlagen hatte, fühlte sie sich jetzt, da die Zeit gekommen war, unsicher. Dies war seit ihrer Kindheit ihr Heim gewesen. Hier hatte sie sich in einen Kokon eingesponnen, der sie beschirmt und geschützt hatte, und nun, als es Zeit war, auszuschlüpfen, bekam sie Angst. Sie hielt Sebastian am Arm, um sich von ihm Kraft zu leihen.

»Willst du dich nicht von deinem Vater verabschieden?« Sebastian blickte zärtlich auf sie hinab; die Rolle des Beschützers war ein ungekanntes und köstliches Gefühl für ihn. Rosa zögerte einen Moment, und dann wurde ihr klar, daß es nicht schwer sein würde, ihren Entschluß umzustoßen. Ihre pflichtschuldige Zuneigung für Flynn, die momentan in einer Flut von Ärger und Groll untergetaucht war, konnte leicht wieder die Oberhand gewinnen, wenn Flynn ihr mit seinem berühmten Schmus kommen sollte. »Nein«, erwiderte sie.

»Ich glaube, es ist besser so«, sagte Sebastian. Er warf einen schuldbewußten Blick auf den Bungalow, in dem Flynn vermutlich immer noch hilflos dalag, versorgt von dem getreuen Mohammed. »Meinst du, daß er sich bald erholen wird? Immerhin habe ich ja ganz schön zugeschlagen, weißt du.«

»Er kommt schon wieder auf die Beine«, erklärte Rosa ohne rechte Überzeugung und zog ihn am Ärmel. Gemeinsam nahmen sie ihre Plätze an der Spitze der kleinen Trägerkolonne ein.

Flynn, der auf dem Fußboden seines Schlafzimmers unter dem Fensterbrett kniete und mit einem geschwollenen Auge durch einen Schlitz im Vorhang spähte, sah diese entscheidende Bewegung. »Mein Gott«, flüsterte er betroffen. »Diese jungen Schwachköpfe hauen wirklich ab.«

Rosa O'Flynn war sein letztes Bindeglied zu jenem zerbrechlichen kleinen portugiesischen Mädchen – der einzige Mensch in seinem Leben, den Flynn wahrhaft geliebt hatte. Jetzt, da er im Begriff stand, auch sie zu verlieren, wurde sich Flynn plötzlich darüber klar, was er für seine Tochter wirklich fühlte. Der Gedanke daran, daß er sie vielleicht niemals wiedersehen sollte, erfüllte ihn mit größter Trauer.

Was Sebastian Oldsmith anging, so trübten keinerlei Gefühlsregungen sein Denken. Sebastian war ein wertvoller Geschäftspartner. Mit ihm konnte Flynn sich an die Verwirklichung einer Reihe von Plänen machen, die er immer wieder hinausgeschoben hatte, weil sie mit einem unangemessenen persönlichen Risiko verbunden waren. In den letzten Jahren war Flynn sich in zunehmendem Maße all jener Wertminderungen bewußt geworden, welche die Zeit und die gewaltigen Mengen scharfer alkoholischer Getränke an seinen Augen, Beinen und Nerven bewirkt hatten. Sebastian Oldsmith hatte Augen wie ein Fischadler, Beine wie ein Preisboxer, und Nerven hatte Flynn bei ihm überhaupt noch nicht feststellen können. Flynn war ohne Sebastian ein Nichts. Er öffnete den Mund und stöhnte. Es klang wie das kehlige Todesröcheln eines alten Büffelbullen. Er spähte durch den Vorhang und feixte, als er sah, wie das junge Paar starr und still im Sonnenschein dastand. Ihre Gesichter waren dem Bungalow zugewandt, und gegen seinen Willen mußte Flynn zugeben, daß dies ein prächtiges Paar war. Sebastian, größer als sie, besaß den Körper eines Gladiatoren und das Antlitz eines Poeten – wie klein erschien Rosa neben ihm! Doch üppig war ihr Busen, und sie hatte Hüften wie eine reife Frau. Ihr langes, geschmeidiges schwarzes Haar glänzte in der Sonne, und ihre dunklen Augen waren voller Mitgefühl.

Flynn stöhnte noch einmal, aber diesmal wahrhaft bemitleidenswert. Ein kurzatmiges trockenes Schnaufen, der letzte Atemzug eines sterbenden Mannes, und unverzüglich liefen Rosa und Sebastian auf den Bungalow zu. Die Röcke über die Knie gerafft, die langen Beine weit ausgreifend, stürmte Rosa mit Sebastian zur Veranda.

Flynn hatte gerade noch Zeit, in sein Bett zurückzukehren und seine Gliedmaßen und sein Gesicht in die Haltung eines Menschen zu bringen, der sich unverzüglich dem Jenseits nähert.

»Daddy!« Rosa beugte sich über ihn, und Flynn öffnete unsicher seine Augen. Einen Moment schien er sie nicht zu erkennen, dann flüsterte er: »Mein kleines Mädchen« – so schwach, daß sie die Worte kaum verstehen konnte.

»Oh, Daddy, was ist mit dir?« Sie kniete bei ihm nieder.

»Mein Herz.« Seine Hand kroch wie eine Spinne über seinen Bauch und verkrampfte sich schwach über seiner dichtbehaarten Brust. »Wie ein Messer. Wie ein glühendes Messer . . .«

Ein entsetztes Schweigen erfüllte den Raum, dann sprach Flynn wieder. »Ich wollte . . . dir meinen . . . meinen Segen geben. Ich wünsche, daß du glücklich wirst . . . wo du auch hingehst.« Die Anstrengung des Sprechens war zuviel für ihn, und eine Weile lag er schwer atmend da. »Denk manchmal an deinen guten alten Vater. Bete für ihn.«

Eine dicke Träne stahl sich aus Rosas Augenwinkel und lief über ihre Wange.

»Bassie, mein Junge.« Langsam suchten Flynns Augen nach Sebastian. Sie fanden ihn und blickten ihn mühsam an. »Mach dir keine Vorwürfe wegen dieser Geschichte. Ich war sowieso ein alter Mann – und ich habe mein Leben gelebt.« Er holte angestrengt Luft und sprach unter Schmerzen weiter. »Gib acht auf sie. Gib acht auf meine kleine Rosa. Du bist jetzt mein Sohn. Ach, ich habe nie einen Sohn gehabt.«

»Ich wußte nicht . . . ich hatte keine Ahnung, daß dein Herz . . . Flynn, es tut mir schrecklich leid. Verzeih mir.«

Flynn lächelte ein tapferes kleines Lächeln. Er hob seine schwache Hand und streckte sie Sebastian hin. Während Sebastian die Hand ergriff, überlegte Flynn, ob er ihm das Geld, das die Ursache ihres Streits gewesen war, als die Gabe eines Sterbenden anbieten sollte, aber er enthielt sich mannhaft einer solchen Verschwendungssucht. Statt dessen flüsterte er: »Ich hätte gern noch meinen Enkelsohn gesehen, aber das macht nichts. Leb wohl, mein Junge.«

»Du wirst ihn sehen, Flynn. Das verspreche ich dir. Wir werden hierbleiben, nicht wahr, Rosa? Wir werden bei ihm bleiben.«

»Ja, wir werden bleiben«, erklärte Rosa. »Wir werden dich nicht verlassen, Daddy.«

»Meine Kinder.« Flynn sank zurück und schloß die Augen. Gott sei Dank, daß er ihm nicht das Geld angeboten hatte. Ein friedliches kleines Lächeln lag um seinen Mund. »Ihr habt einen alten Mann glücklich gemacht, ja – sehr glücklich ...«

31

Flynn kehrte rasch vom Rande des Todes zurück; so rasch sogar, daß Rosa mißtrauisch wurde. Sie sah jedoch darüber hinweg, denn sie war schon froh, daß ihr die Notwendigkeit, Lalapanzi zu verlassen, erspart geblieben war. Zudem war da noch etwas, das ihre Aufmerksamkeit weitgehend in Anspruch nahm.

Seit sie sich von Sebastian zu Beginn seiner Steuerexpedition verabschiedet hatte, war Rosa sich des Ausbleibens gewisser weiblicher Körperfunktionen bewußt geworden. Sie zog Nanny zu Rate, die wiederum den Rat des örtlichen Nangane in Anspruch nahm, der seinerseits den Bauch eines Huhnes öffnete und die Eingeweide um Rat fragte. Seine Erkenntnisse waren überzeugend, und Nanny erstattete Rosa Bericht, ohne jedoch ihre Informationsquelle preiszugeben, denn *Little Long Hair* fehlte in einem fast blasphemischen Maße der Glaube an alles Okkulte.

In gehobener Stimmung nahm Rosa Sebastian auf einen Spaziergang durch das Tal mit, und als sie zum Wasserfall gelangten, wo alles angefangen hatte, stellte sie sich auf die Zehenspitzen, legte ihre Arme um seinen Nacken und flüsterte ihm etwas ins Ohr. Sie mußte ihre Worte wiederholen, denn ihre Stimme erstickte in einem unwiderstehlichen Lachen.

»Du machst einen Scherz«, schnappte Sebastian, und dann wurde er puterrot.

»Das mache ich nicht, das weißt du.«

»Meine Güte«, sagte Sebastian, und dann suchte er nach einem stärkeren Ausdruck: »Mann, o Mann!«

»Freust du dich denn nicht?« Rosa zog eine Schnute. »Das habe ich doch für dich getan.«

»Aber wir sind noch nicht einmal verheiratet.«

»Das läßt sich arrangieren.«

»Und zwar schnell«, stimmte Sebastian ihr zu. Er packte sie am Handgelenk. »Komm!«

»Sebastian, denk an meinen Zustand.«

»Verzeih mir.«

Er brachte sie zurück nach Lalapanzi und geleitete sie so vorsichtig über den unebenen Boden, als wäre sie ein Kanister Nitroglyzerin.

»Warum habt ihr es so eilig?« fragte Flynn gutgelaunt beim Abendessen. »Ich habe erst noch einen Auftrag für Bassie. Ich möchte, daß er einen kleinen Abstecher über den Fluß macht . . .«

»Nein, das kommt nicht in Frage«, erklärte Rosa. »Wir wollen zum Priester nach Beira.«

»Es würde nur ein paar Wochen dauern. Dann können wir darüber reden, wenn er wieder da ist.«

»Wir gehen nach Beira – und zwar morgen!«

»Was soll denn die Eile?« fragte Flynn.

»Tja, um die Wahrheit zu sagen, Flynn, alter Junge . . .« Sebastian errötete lebhaft und fiel in Schweigen.

»Die Wahrheit ist, daß ich ein Baby bekomme«, beendete Rosa seinen Satz.

»Du bekommst . . . was?« Flynn starrte sie entsetzt an.

»Du hast doch gesagt, du wolltest dein Enkelkind sehen«, erwiderte Rosa schlagfertig.

»Ich habe nicht gesagt, daß ihr euch sofort an die Arbeit machen sollt«, brüllte Flynn, und dann ging er auf Sebastian los. »Du verdammter junger Dreckskerl!«

»Vater, dein Herz!« Rosa hielt ihn zurück. »Außerdem brauchst du gar nicht über Sebastian herzufallen – ich habe auch meinen Anteil dazu beigetragen.«

»Du schamlose ... du unverschämte kleine ...«

Rosa griff hinter das Sitzkissen, wo Flynn die Ginflasche versteckt hatte. »Hier, nimm einen kleinen Schluck – er wird dich beruhigen.«

Sie brachen am kommenden Morgen nach Beira auf. Rosa wurde in einer Maschille getragen, und Sebastian trabte in besorgter Aufmerksamkeit neben ihr her, ständig bereit, der Sänfte über Furten und Unebenheiten hinwegzuhelfen und jeden Träger zu verfluchen, der stolperte.

Als sie Lalapanzi verließen, lag Flynn O'Flynn in seiner Maschille am Ende der Kolonne. Eine eckige Flasche leistete ihm Gesellschaft; er blickte finster und murmelte Worte wie Unzucht und Sünde vor sich hin.

Doch sowohl Rosa als auch Sebastian achteten nicht auf ihn, und als sie am Abend ihr Lager aufschlugen, saßen die beiden ihm am Feuer gegenüber und tuschelten und lachten verstohlen miteinander. Sie sprachen geradezu herausfordernd leise, und Flynn konnte nichts von ihrer Unterhaltung verstehen, so sehr er auch seine Ohren spitzte. Das brachte ihn dermaßen in Wut, daß er schließlich eine laute Bemerkung machte: »... würde den Kerl verprügeln, der seine Gastfreundschaft damit vergalt, daß er seine Tochter verführte.«

Rosa erwiderte, sie würde alles in der Welt hergeben für eine Darbietung dieser Art. Ihrer Meinung nach sei dies besser als eine Zirkusvorstellung. Und Flynn nahm Zuflucht zu seiner Würde und zur Ginflasche. Er stelzte dorthin, wo Mohammed ihm im Schutz einer Dornenhecke das Lager bereitet hatte.

In den dunklen Stunden vor der Morgendämmerung erhielten sie Besuch von einem alten Löwen. Er sprang aus der Dunkelheit jenseits des Feuerscheins und grunzte wie ein wütender Eber. Seine schwarze buschige Mähne war aufgerichtet, und mit unglaublicher Geschwindigkeit glitt er auf die Menschengruppe zu, die in Decken gewickelt um das Lagerfeuer versammelt war.

Flynn war der einzige, der nicht schlief. Er hatte die ganze Nacht gewartet und Sebastians ausgestreckte Gestalt beobachtet; er wartete nur darauf, daß er hinüber zu der provisorischen Dornbuschzuflucht ging, in die Rosa sich zurückgezogen hatte. Neben Flynn lag eine Schrotflinte, beide Läufe mit großen Kugeln, speziell für Löwen, geladen, und er hatte die feste Absicht, sie zu gebrauchen.

Als der Löwe in das Lager sprang, richtete Flynn sich schnell auf und zielte auf Kopf und Brust des Menschenfressers. Er tötete ihn sofort, aber durch die Wucht seines Ansturms überschlug er sich, prallte voll gegen Sebastian und rollte gemeinsam mit ihm ins Lagerfeuer.

Sebastian wurde wach. Er hörte Löwengebrüll und Gewehrschüsse; er spürte einen schmerzhaften Aufprall eines großen Körpers, und fühlte glühende Holzstücke, die an verschiedenen Teilen seiner Anatomie haftenblieben. Mit einem einzigen Satz und einem wilden Schrei warf er seine Decke ab, sprang auf die Füße und begann eine sehr lebhafte Gesangs- und Tanzdarbietung, wobei er nach seinen vermeintlichen Angreifern schlug. Flynn konnte vor Lachen nicht mehr an sich halten.

Das Gelächter sowie Lob und Dank, mit dem Sebastian, Rosa und die Träger ihn überschütteten, bereinigten die Atmosphäre alsbald.

»Du hast mir das Leben gerettet«, stellte Sebastian gefühlvoll fest.

»Oh, Daddy, du bist wundervoll«, erklärte Rosa. »Ich danke dir. Ich danke dir«, und sie umarmte ihn.

Der Mantel eines Helden lag wohltuend und bequem auf Flynns Schultern. Er wurde beinahe menschlich – und die Besserung hielt an, während jeder neue Tagesmarsch sie näher zu der kleinen portugiesischen Hafenstadt Beira brachte. Flynn genoß diesen seltenen Ausflug in die Zivilisation ausnehmend.

In der letzten Nacht vor ihrer Ankunft schlugen sie ihr Lager eine Meile vom Stadtrand entfernt auf, und nach einer privaten Unterredung mit Flynn ging Mohammed, versehen mit einer kleinen Börse voller Escudos, voraus, um alle Vorbereitungen für Flynns formvollendeten Einzug am nächsten Morgen zu treffen.

Flynn war bereits in der frühen Morgendämmerung auf den Beinen, und während er sich sorgfältig rasierte und einen sauberen Anzug aus Englischleder anzog, polierte einer der Träger seine Stiefel mit Nilpferdfett. Zwei seiner Leute erkletterten die hohe Palme in der Nähe des Lagers und schnitten einige Wedel von ihrer Spitze ab.

Als alles bereit war, bestieg Flynn seine Maschille und lehnte sich elegant gegen die Teppiche aus Leopardenfell. Auf jeder Seite nahm ein mit Palmenwedel ausgestatteter Träger Aufstellung und begann behutsam zu fächeln. Hinter Flynn folgten im Gänsemarsch weitere Träger mit Elefanten-Stoßzähnen und dem noch frischen Löwenfell. Es folgten, mit den genauen Anweisungen Flynns, keine ungebührliche Aufmerksamkeit zu erregen, Sebastian und Rosa, endlich die Träger mit allem Gepäck.

Mit einer lässigen Handbewegung, wie sie leicht auch Nero hätte ausführen können, um den Beginn einer römischen Zirkusvorstellung zu signalisieren, gab Flynn den Befehl zum Abmarsch.

Auf der unebenen Straße gelangten sie schließlich durch dichtes Gestrüpp nach Beira und betraten mit ihrer Prozession die Hauptstraße.

»Mein Gott!« rief Sebastian überrascht, als er das Empfangskomitee bemerkte, das sie erwartete, »wo kommen die bloß alle her?«

Beide Straßenränder waren mit einer jubelnden Menge gesäumt; zumeist sah man Eingeborene, aber hier und da auch einen Portugiesen oder einen indischen Händler, der aus seinem Laden trat, um nach dem Grund der Unruhe zu forschen.

»Fini!« rief die Menge und klatschte rhythmisch in die Hände.

»Bwana Mkuba! Großer Herr! Elefantenbesieger, Löwentöter!«

»Ich hatte keine Ahnung, daß Flynn in so hohem Ansehen steht.« Sebastian war beeindruckt.

»Die meisten haben nie von ihm gehört«, sagte Rosa unverblümt. »Er hat Mohammed gestern abend losgeschickt, um ungefähr hundert Claqueure zusammenzutrommeln. Er zahlt ihnen einen Escudo, damit sie sich hinstellen und jubeln – und dabei machen sie einen solchen Lärm, daß die gesamte Bevölkerung dahergelaufen kommt, um zu sehen, was los ist. Sie fallen jedesmal darauf herein.«

»Warum, um alles in der Welt, treibt er einen solchen Aufwand?«

»Weil er ihn genießt. Schau ihn dir nur an!«

Flynn lag in seiner Maschille, nahm den Applaus gnädig zur Kenntnis und liebte ganz offensichtlich jede Minute dieser Huldigungen.

Die Spitze der Prozession erreichte das einzige Hotel von Beira und blieb stehen. Madame de Souza, die stattliche schnurrbärtige Witwe, der das Hotel gehörte, kam herbeigerauscht, um Flynn mit einem schmatzenden Kuß willkommen zu heißen und ihn in aller Förmlichkeit durch ihr schäbiges Portal zu geleiten. Flynn war einer jener Kunden, von denen sie immer geträumt hatte.

Als Rosa und Sebastian sich endlich ihren Weg durch die Menge ins Hotel bahnen konnten, hatte Flynn bereits an der Bartheke Platz genommen und zur Hälfte ein großes Glas Laurentiabier geleert. Der Mann, der auf dem Schemel neben ihm saß, war der Adjutant des Gouverneurs von Mozambique, der gekommen war, um Flynn O'Flynn eine Einladung Seiner Exzellenz zum abendlichen Dinner im Regierungsgebäude zu überbringen. Es war Zahltag in der Partnerschaft von *Flynn O'Flynn und Co.* Seine Exzellenz José De Clara Don Felezardo da Silva Marques hatte von Gouverneur Schnee in Daressalam in Form einer offiziellen Protestnote und eines Auslieferungsgesuches einen aufgeregten Bericht über die erfolgreichen Operationen der Partnerschaft während der letzten Monate erhalten – und Seine Exzellenz war aufrichtig entzückt, Flynn begrüßen zu dürfen.

In der Tat war Seine Exzellenz vom Lauf der Dinge im Rahmen ihrer Partnerschaft derart angetan, daß er in Ausübung seiner Autorität auf alle Formalitäten verzichtete, die das Gesetz für den Fall einer Eheschließung unter portugiesischer Flagge vorsah. Dadurch sparten sie eine Woche, und am Nachmittag nach ihrer Ankunft in Beira standen Rosa und Sebastian vor dem Altar in der Stuck- und Strohkathedrale, während Sebastian sich mit mäßigem Erfolg an eine hinreichende Menge seines Schullateins zu erinnern versuchte, um zu verstehen, auf was er sich da gerade einließ.

Der Brautschleier, der Rosas Mutter gehört hatte, war durch das jahrelange Aufbewahren im tropischen Klima vergilbt, aber er leistete noch gute Dienste, indem er die Fliegen abhielt, die in der heißen Jahreszeit zu Beira immer eine Plage waren.

Gegen Ende der langen Zeremonie war Flynn von der Hitze, dem Gin, den er zum Lunch zu sich genommen hatte, und einer außergewöhnlich hohen Woge irischer Gefühlsseligkeit so mitgenommen, daß er laut zu schluchzen begann. Er wischte Augen und Nase mit einem schmutzigen Taschentuch ab. Der Adjutant des Gouverneurs klopfte ihm beruhigend auf die Schulter und murmelte aufmunternde Worte.

Der Priester machte sie zu Mann und Frau, und die Gemeinde erging sich in einer unsicheren Widergabe des *Te Deum*. Mit einer Stimme, die vor Rührung und Alkohol schwankte, wiederholte Flynn ständig: »Mein kleines Mädchen, mein armes kleines Mädchen.« Rosa hob ihren Schleier und wandte sich Sebastian zu, der sogleich seine Bedenken hinsichtlich der Form der Zeremonie fallenließ und sie leidenschaftlich in seine Arme schloß.

Flynn, der beim Refrain »Mein kleines Mädchen« blieb, wurde von dem Adjutanten zum Hotel geleitet, wo die Inhaberin das Hochzeitsmahl vorbereitet hatte. In Rücksicht auf Flynn O'Flynns Verfassung begann das Mahl in gedämpfter Stimmung, aber als der Champagner, den Madame de Souza eigenhändig am Abend zuvor abgefüllt hatte, zu wirken begann, gab es bald einen totalen Tempowechsel. Unter anderem übergab Flynn Sebastian als Hochzeitsgeschenk zehn Pfund und schüttete ein volles Bierglas über den Kopf des Adjutanten.

Als Rosa und Sebastian sich zu fortgeschrittener Stunde in

das über der Bar gelegene Brautgemach davonstahlen, stimmte Flynn lauthals in den Refrain »They are jolly good fellows« ein. Madame de Souza saß auf seinem Schoß und quoll in alle Himmelsrichtungen über ihn hinaus. Jedesmal, wenn Flynn ihr ins Gesäß kniff, brach sie in ungezügelte Lachanfälle aus und war nicht mehr zu halten.

Später wurde das Vergnügen in Rosas und Sebastians Hochzeitsbett dadurch gestört, daß Flynn O' Flynn in der Bar direkt unter ihnen die Flaschen mit einer doppelläufigen Elefantenbüchse von den Regalen schoß. Jeder Volltreffer wurde von den übrigen Gästen mit donnerndem Beifall bedacht. Madame de Souza, die sich immer noch vor Lachen schüttelte, saß in einer Ecke der Bar und machte pflichtbewußt Eintragungen in ihr Kontobuch, wie zum Beispiel: Eine Flasche Grandio London Dry Gin 14.50 Escudos; eine Flasche Grandio Französischer Cognac Fünf Sterne 14.50 Escudos; eine Flasche Grandio Scotch Whisky 30.00 Escudos, eine Magnumflasche Grandio Französischer Champagner 75.90 Escudos.

»Grandio« war der Markenname des Hauses und bedeutete, daß das in einer jeden Flasche enthaltene alkoholische Getränk an Ort und Stelle unter der persönlichen Überwachung von Madame de Souza gebraut und abgefüllt worden war.

Als das jungverheiratete Paar schließlich erkannte, daß der Aufruhr in dem Raum unter ihnen die Protestgeräusche ihres wackligen Messingbettes hinlänglich übertönte, mißgönnten sie Flynn sein Vergnügen nicht mehr.

Für jeden der Beteiligten war es eine außerordentlich vergnügliche Nacht – eine jener Nächte, an die man sich stets mit Wehmut und einem sehnsüchtigen Lächeln erinnert.

32

Selbst bei Flynns erstaunlichem Konsum reichte sein Gewinnanteil aus Sebastians Steuerexpedition noch weitere zwei Wochen.

Einen kleinen Teil dieser Zeit verbrachten Rosa und Sebastian damit, Hand in Hand durch die Straßen und Bazare von Beira zu wandern, oder Hand in Hand am Strand zu sitzen und auf das Meer hinauszuschauen. Sie strahlten ein solches Maß von Glückseligkeit aus, daß jeder unmittelbar davon beeinflußt wurde, der sich ihnen auf fünfzig Fuß näherte. Ein sorgenvoller Fremder, der mit gerunzelter Stirn durch die enge Gasse eilte, geriet sogleich in ihren Bann; sein Tempo verlangsamte sich, sein Schritt verlor jegliche Dringlichkeit, und die Runzeln auf seiner Stirn machten einem nachsichtigen Lächeln Platz, wenn er an ihnen vorüberging. Die meiste Zeit jedoch verbrachten sie zurückgezogen in dem Brautgemach oberhalb der Bar – sie betraten es am frühen Nachmittag und kamen kaum vor dem nächsten Mittag wieder zum Vorschein.

Weder Rosa noch Sebastian hatten sich träumen lassen, daß es solch ein Glück geben konnte.

Am Ende der zwei Wochen wartete Flynn auf sein Brautpaar in der Bar. Endlich kamen die beiden. Er eilte sofort auf sie zu, als sie an der Tür vorübergingen. »Grüß euch! Grüß euch!« Er legte seine Arme um ihre Schultern. »Und wie fühlt ihr euch an diesem schönen Morgen?« Er hörte kaum zu, als Sebastian ihm ausführlich erklärte, wie gut er sich fühlte, wie gut es Rosa ging und wie gut sie beide geschlafen hatten. »Sicher! Sicher!« unterbrach Flynn seine begeisterte Schilderung. »Hör mal, Bassie, mein Junge, du erinnerst dich doch an die zehn Pfund, die ich dir gegeben habe?«

»Ja.« Sebastian war sofort mißtrauisch.

»Gib sie mir zurück, bitte.«

»Die habe ich ausgegeben, Flynn.«

»Du hast was gemacht?« brüllte Flynn.

»Ich habe sie ausgegeben.«

»Allmächtiger Gott! Alles? Du hast zehn Pfund in ebensoviel Tagen verjubelt?« Flynn war entsetzt über die Verschwendungssucht seines Schwiegersohns, und Sebastian, der ernsthaft geglaubt hatte, das Geld sei seins und er könne damit machen, was er wollte, entschuldigte sich vielmals.

Am Nachmittag brachen sie nach Lalapanzi auf. Madame de

Souza hatte Flynns Schuldschein über den ausstehenden Betrag auf ihre Rechnung akzeptiert.

An der Spitze der Kolonne erging Flynn sich, weitgehend bankrott und unter einem schlimmen Kater leidend, in schlechter Laune. Die Reihe der hinter ihm hertrottenden Träger, verwahrlost und träge nach zwei an den Fleischtöpfen verbrachten Wochen, war in ähnlicher Verfassung. Am Ende der trübseligen Karawane zwitscherten und gurrten Rosa und Sebastian miteinander: O sonniges Eiland im finsteren Meer.

Im Monsun des Jahres 1913 gingen die Monate schnell vorüber. Mehr und mehr wurde Rosas Schwangerschaft zum Mittelpunkt von Lalapanzi; ihr Zustand war der Angelpunkt, um den sich die ganze Gemeinschaft drehte. Die Debatten in den Unterkünften der Diener, angeführt von Nanny, einer anerkannten Autorität auf diesem Gebiet, gingen fast ausschließlich um den Inhalt von Rosas Bauch. Alle wünschten sich einen Jungen, obwohl Nanny sich insgeheim der verräterischen Hoffnung hingab, es möge wieder eine *Little Long Hair* werden.

Selbst bei Flynn regten sich in den langen Monaten zwangsläufiger Tatenlosigkeit, während der strömende Monsunregen das Land in einen Sumpf und die Flüsse in brodelnde braune Sturzbäche verwandelte, großväterliche Instinkte. Im Gegensatz zu Nanny hegte er keine Zweifel hinsichtlich des Geschlechts des ungeborenen Kindes, und er beschloß, es Patrick Flynn O'Flynn Oldsmith zu nennen.

Er teilte Sebastian seinen Entschluß mit, als die beiden in den Hügeln oberhalb ihrer Niederlassung auf Jagd waren.

Bei unermüdlichem Fleiß und ständiger Übung hatte sich Sebastians Treffsicherheit über alle Erwartungen verbessert. Eben hatte er einen Beweis dafür geliefert. Sie spürten nach Wild im dichten Gestrüpp zwischen den schroffen Felsen und den Schluchten. Der ständige Regen hatte den Boden aufgeweicht und ermöglichte es ihnen, sich lautlos gegen den Wind zu bewegen. Flynn ging fünfzig Meter rechts von Sebastian; mit schweren Tritten, aber erstaunlich schnell kam er im nassen Gras und im Unterholz voran.

Die Kudus hatten ein gutes Versteck in der Schlucht. Es handelte sich um zwei junge Bullen mit schmalen weißen Streifen am Körper, die pendelnden Wammen mit dichtem gelbem Haarwuchs besetzt, zweieinhalb Windungen in jedem der Korkenzieherhörner – so groß wie Poloponys, aber natürlich schwerer. Sie brachen nach links in die Schlucht aus, als Flynn sie aus ihrem Versteck aufscheuchte und ein lästiger Busch ihn am Schießen hinderte.

»Sie kommen in deine Richtung, Bassie«, rief Flynn, und Sebastian trat mit zwei schnellen Schritten vor den Busch, hinter dem er gestanden hatte, schüttelte die Regentropfen von seinen Wimpern und entsicherte. Er hörte ein großes Horn gegen einen Busch schlagen. Alsbald erschien der erste Bulle und lief vor ihm her. Aber er schien unwirklich und unangreifbar durch den blaugrauen Regenvorhang zu schweben. Er verschmolz geisterhaft mit dem Hintergrund aus dunklen, feuchten Pflanzen, und die zwischen ihnen stehenden Buschgruppen und Baumstämme machten einen gezielten Schuß nahezu unmöglich. In der Sekunde, da der Bulle eine Lücke zwischen zwei Stauden Büffelgras überquerte, traf Sebastians Kugel seinen Hals genau eine Handbreit über der Schulter.

Beim Knall des Schusses warf der zweite Bulle sich im vollen Lauf herum, riß die Vorderbeine unter der Brust hoch und flog in einem mächtigen, kraftvollen Sprung über den Dornenbusch, der ihm im Wege stand. Sebastian folgte ihm ruhig mit seinem Gewehr, ohne den Kolben von der Schulter zu nehmen. Jetzt drückte er ab.

Die schwere Kugel traf den Kudu mitten in der Luft und warf ihn zur Seite. Stoßend und schlagend fiel er zu Boden, dann rollte er in die Schlucht hinab.

Mit Indianergeheul galoppierte Mohammed an Sebastian vorüber, schwang ein langes Messer und beeilte sich, den zweiten Bullen zu erreichen und ihm die Kehle durchzuschneiden, ehe er starb, damit den Geboten des Korans Genüge getan war.

Flynn schlenderte hinüber zu Sebastian. »Gut geschossen, Bassie, mein Junge. Eingesalzen, getrocknet und gepökelt, haben wir Fleisch genug für einen ganzen Monat.«

Sebastian nahm das Kompliment bescheiden grinsend entgegen. Gemeinsam beobachteten sie, wie Mohammed und seine Leute sich daranmachten, die großen Tiere auszuweiden und zu zerlegen.

Mit dem Geschick eines meisterlichen Taktikers wählte Flynn diesen Augenblick, um Sebastian über den Namen zu unterrichten, den er für seinen Enkel ausgesucht hatte. Auf den hitzigen Widerstand, den Sebastian ihm entgegensetzte, war er nicht vorbereitet. Anscheinend hatte Sebastian sich vorgenommen, das Kind Francis Sebastian Oldsmith zu nennen. Flynn stieß ein leises Lachen aus, und dann begann er Sebastian mit breitem irischem Akzent so vernünftig und überzeugend wie möglich auseinanderzusetzen, wie grausam es sei, das Kind mit einem solchen Namen zu belasten.

Das war ein Lanzenstich in den Stolz der Oldsmith, und Sebastian setzte zur Verteidigung an. Bis sie nach Lalapanzi zurückkamen, fehlten der Diskussion nur noch sechs unbedachte Worte, um in einen Zweikampf auszuarten.

Rosa hörte sie kommen. Flynns Brüllen dröhnte über den Rasen.

»Ich werde es nicht zulassen, daß mein Enkel so einen läppischen, so einen weichlichen Namen erhält.«

»Francis ist der Name von Königen und Kriegern und Herren!« schrie Sebastian zurück.

»Einen Dreck ist er!«

Rosa trat heraus auf die Veranda und hielt ihre Arme über jener schönen Wölbung verschränkt, welche die Ursache der Auseinandersetzung war.

Die Männer sahen sie und rannten würdelos quer über den Rasen; jeder wollte zuerst bei ihr sein, um sich ihrer Unterstützung für sein jeweiliges Anliegen zu versichern.

Sie hörte sich ihre Argumente an, während ein kleines verstecktes Lächeln ihre Lippen umspielte, dann sagte sie entschieden: »Sie wird Maria Rosa Oldsmith heißen.«

Einige Zeit später hielten Flynn und Sebastian sich auf der Veranda auf.

Vor zehn Tagen waren die letzten Unwetter der Regenzeit vom Indischen Ozean herangestürmt und über den unnachgiebigen Schild des Kontinents hereingebrochen. Jetzt trocknete das Land aus. Die Flüsse nahmen wieder Vernunft an und kehrten geläutert in die Grenzen ihrer Ufer zurück. Junges Gras sproß aus der roten Erde, um die wiederkehrende Sonne zu begrüßen. In diesem kurzen Zeitabschnitt war das ganze Land voller Leben und voller Grün; sogar die knorrigen und verwachsenen Dornenbäume trugen blasse Büschel zarter Blätter. Hinter jedem Paar von Guineahühnern, die auf dem Rasen gackerten und scharrten, zog eine Reihe gesprenkelter Küken einher. Am frühen Morgen war eine Herde von Elandantilopen durch das Tal gezogen, und neben jeder Kuh trabte ein Kalb. Überall zeigte sich neues Leben oder die Erwartung neuen Lebens.

»Nun hör schon auf, dir Sorgen zu machen!« sagte Flynn, als sein ungeduldiges Hin und Her vor Sebastians Stuhl endete.

»Ich mache mir keine Sorgen«, entgegnete Sebastian sanftmütig. »Es wird schon alles gutgehen.«

»Woher willst du das wissen?«

»Nun . . .«

»Du weißt, das Kind könnte tot geboren werden, oder so etwas.« Flynn wedelte mit seinem Finger vor Sebastians Gesicht herum. »Es könnte sechs Finger an jeder Hand haben – was sagst du dazu? Ich habe von einem gehört, das kam zur Welt mit . . .«

Während Flynn eine lange Liste des Schreckens aufzählte, zerfloß Sebastians stolzer Gesichtsausdruck eifriger Vorfreude mehr und mehr. Er erhob sich langsam von seinem Stuhl und ging im Gleichschritt neben Flynn her. »Hast du noch etwas Gin übrig?« fragte er heiser und warf einen Blick auf die geschlossenen Läden vor Rosas Schlafzimmerfenster. Flynn holte die Flasche aus der Innentasche seines Jacketts hervor.

Eine Stunde später saß Sebastian vornübergebeugt auf seinem Stuhl und umklammerte ein halbvolles Wasserglas Gin mit beiden Händen. Trübselig starrte er hinein. »Ich weiß nicht, was ich täte, wenn es bei der Geburt ...« Er konnte nicht weitersprechen. Er schüttelte sich und hob das Glas an seine Lippen. In diesem Moment ertönte ein langgezogener gequälter Schrei aus dem Schlafzimmer. Sebastian sprang auf, als wäre er von hinten mit einem Bajonett gestochen worden. Der Gin ergoß sich über sein Hemd. Sein nächster Sprung führte ihn in die Nähe des Schlafzimmers – eine Richtung, die Flynn ebenfalls eingeschlagen hatte. Sie prallten heftig zusammen, und dann stürzten sie einmütig über die Veranda. Sie erreichten die verschlossene Tür und verlangten hämmernd Einlaß. Aber Nanny, die sie schon einmal hinausgeworfen hatte, weigerte sich immer noch strikt, den Querbalken zu heben oder sie über irgendeinen Fortschritt bei der Geburt zu unterrichten. Ihre Entscheidung wurde von Rosa unterstützt.

»Untersteh dich, sie hereinzulassen, ehe alles vorbei ist«, flüsterte sie mit rauher Stimme und brachte es, trotz aller Erschöpfung, fertig, Nanny beim Waschen und Wickeln des neugeborenen Kindes zu helfen.

Als endlich alles bereit war, lag sie auf den frisch aufgeschüttelten Kissen, das Kind an ihrer Brust, und nickte Nanny zu. »Mach die Tür auf«, befahl sie.

Die Verzögerung schien Flynns schlimmste Befürchtungen zu bestätigen. Die Tür flog auf, und beide fielen ins Zimmer, außer sich vor Angst.

»Oh, Gott sei Dank, Rosa, du lebst noch!« Sebastian trat an ihr Bett und fiel auf die Knie.

»Du kontrollierst seine Füße«, sagte Flynn. »Ich werde mir die Hände und den Kopf vornehmen«, und ehe Rosa ihn daran hindern konnte, hatte er ihr das Kind aus den Armen genommen.

»Seine Finger sind in Ordnung. Zwei Arme, ein Kopf«, murmelte Flynn, während Rosa wütend protestierte und das Neugeborene mit beachtlichen Schreien seine Empörung kundtat.

»Diese Hälfte ist herrlich. Einfach herrlich!« Sebastian sprach mit wachsender Erleichterung und Freude. »Er ist ein schönes

Kind, Flynn!« Mit diesen Worten hob er das Umschlagtuch, in das der kleine Körper gewickelt war. Sein strahlendes Lächeln zerbrach, und seine Stimme erstickte. »O mein Gott!«

»Woran fehlt's?« fragte Flynn scharf.

»Du hast recht gehabt, Flynn. Er ist verkrüppelt.«

»Was? Wo?«

»Da!« zeigte Sebastian mit dem Finger. »Er hat keinen Unaussprechlichen ...« Beide starrten das Kind entsetzt an.

Es dauerte eine gute Weile, bis ihnen gleichzeitig klar wurde, daß die winzige Spalte keine Verunstaltung war, sondern durchaus der Absicht der Natur entsprach.

»Es ist ein Mädchen!« stellte Flynn bestürzt fest.

»Ein Mädchen!« kam das Echo von Sebastian, und schnell zog er das Umschlagtuch herab, um das Schamgefühl seiner Tochter zu bewahren.

»Es ist ein Mädchen«, lächelte Rosa, blaß und glücklich.

»Es ist ein Mädchen«, gackerte Nanny triumphierend.

Maria Rosa Oldsmith war ohne Komplikationen zur Welt gekommen und hatte ihrer Mutter kaum Unannehmlichkeiten bereitet. Also war Rosa innerhalb von vierundzwanzig Stunden wieder auf den Beinen. Alle übrigen Tätigkeiten wurden mit der gleichen Rücksicht und Schnelligkeit durchgeführt. Sie schrie alle vier Stunden; ein einzelnes ärgerliches Heulen, das in der Sekunde abbrach, da ihr die Brust in den Mund geschoben wurde. Die Funktionen ihrer Eingeweide waren gleichermaßen regelmäßig und in gebührender Menge und Festigkeit vorhanden, und der Rest ihrer Tage und Nächte war nahezu ausschließlich dem Schlaf gewidmet.

Es war ein schönes Kind – ganz ohne das krebsrote Aussehen der meisten Neugeborenen; ohne das zerdrückte Mopsgesicht oder die ausdruckslosen, schielenden Augen, die man zuweilen zu sehen bekommt.

Von der lockigen Kappe seidiger Haare bis zu den rosigen Zehenspitzen war Maria Rosa vollkommen.

Flynn brauchte zwei Tage, um sich von der Enttäuschung zu erholen, daß man ihn um einen Enkelsohn betrogen hatte. Er schmollte im Arsenal, oder er saß einsam auf der Veranda.

»Meinst du nicht, daß Maria genau wie Daddy aussieht – der gleiche Mund, die gleiche Nase? Und schau dir nur ihre Augen an!«

Sebastian öffnete den Mund, um die Ähnlichkeit entschieden abzuleugnen, aber er schloß ihn wieder, als Rosa ihm schmerzhaft gegen den Knöchel trat.

»Sie ist sein Ebenbild. Da gibt es keinen Zweifel, wer ihr Großvater ist.«

»Naja, ich nehme an ... wenn man genau hinschaut«, gab Sebastian nicht gerade begeistert zu.

Flynn hatte aufmerksam zugehört. Jetzt ging er auf Zehenspitzen und ein wenig schüchtern zur Wiege und betrachtete nachdenklich ihren Inhalt. Am folgenden Abend war er bereits zutraulicher. Er zog seinen Stuhl heran und beteiligte sich an der Diskussion mit Bemerkungen wie:

»Da ist eine große Familienähnlichkeit vorhanden. Schaut euch diese Augen an – kein Zweifel, wer der Opa ist!«

In seine Beobachtungen streute er Warnungen und Ratschläge. »Geh nicht so dicht ran, Bassie. Du atmest lauter Bazillen aus! Rosa, das Kind braucht noch eine Decke. Wann ist sie das letztemal gefüttert worden?«

Es dauerte nicht lange, bis er anfing, Sebastian unter Druck zu setzen.

»Jetzt hast du Verantwortung. Hast du schon mal darüber nachgedacht?«

»Wie meinst du das, Flynn?«

»Beantworte mir nur diese Frage. Was besitzt du auf dieser Welt?«

»Rosa und Maria«, antwortete Sebastian, ohne zu zögern.

»Schön. Das ist ganz großartig! Und wovon willst du sie ernähren und kleiden und ... und für sie sorgen?«

Sebastian erklärte, daß er mit der gegenwärtigen Regelung ganz zufrieden sei.

»Das kann ich mir vorstellen! Das kostet dich keinen Penny.

Aber ich schätze, es wird allmählich Zeit, daß du dich von deinem Hinterteil erhebst und etwas tust.«

»Was denn zum Beispiel?«

»Zum Beispiel losziehen und Elfenbein schießen.«

Drei Tage später führte Sebastian eine Kolonne Gewehrboys und Träger das Tal hinab zum Rovuma, bewaffnet und ausgerüstet für eine vollwertige Wilderer-Expedition.

Vierzehn Stunden später, in der Abenddämmerung, führte er sie zurück.

»Was, in aller Heiligen Namen, machst du denn hier?« wollte Flynn wissen.

»Ich hatte so eine Vorahnung.«

Sebastian stellte sich dumm.

»Was für eine Vorahnung?«

»Daß ich zurückkommen sollte.«

Zwei Tage später zog er wieder los. Diesmal überquerte er tatsächlich den Rovuma, ehe die Vorahnung ihn erneut überwältigte und er zu Rosa und Maria zurückkehrte.

»Na schön«, seufzte Flynn resigniert, »ich schätze, ich muß eben doch mitkommen und aufpassen, daß du es schaffst.« Er schüttelte den Kopf. »Du hast mich schwer enttäuscht, Bassie.« Die größte Enttäuschung lag in der Tatsache begründet, daß er gehofft hatte, seine Enkeltochter ein paar Wochen für sich zu haben.

»Mohammed«, brüllte er. »Pack meine Sachen.«

33

Flynn schickte seine Fährtensucher über den Fluß, und als sie mit der Meldung zurückkamen, daß sich keine deutschen Patrouillen auf dem gegenüberliegenden Ufer befanden, setzte Flynn über.

Die Expedition war nicht mit Sebastians liebenswürdigen und ziellosen Wanderungen auf deutschem Gebiet zu vergleichen.

Flynn war ein Profi. Sie setzten bei Nacht über. Der Übergang ging in absolutem Stillschweigen vonstatten, und sie landeten zwei Meilen stromabwärts von M'topos Dorf. Es gab keinen Aufenthalt am Ufer, statt dessen einen nächtlichen Gewaltmarsch, der unverzüglich begann und in unerbittlichem Schweigen beinahe bis Tagesanbruch fortgesetzt wurde – ein Marsch, der sie fünfzehn Meilen ins Landesinnere führte und in einem Hain von Elefantengras endete, der mit den Hügeln und Schluchten ringsum, welche vielfältige Fluchtwege in alle Richtungen offenließen, sorgfältig ausgewählt war.

Sebastian war von den vollendeten Vorsichtsmaßnahmen beeindruckt, die Flynn traf, ehe er sein Lager aufschlug; dazu gehörten: Ausweichmanöver und Märsche in der Gegenrichtung, das sorgsame Verwischen ihrer Spur mit trockenen Grasbüscheln, und schließlich das Ausstellen von Wachtposten auf dem Hügel oberhalb des Lagers.

Zehn Tage lang warteten sie dort; kein einziger Zweig wurde gebrochen, kein einziger Axthieb geführt, der ein verräterisches Merkmal an dem dunklen Busch hinterlassen konnte. Das winzige, mit trockenem Abfall und abgestorbenem Holz entfachte nächtliche Lagerfeuer wurde sorgfältig abgeschirmt und vor Tagesanbruch mit Sand gelöscht, damit kein Rauchkringel sie während des Tages verraten konnte.

Man verhielt sich äußerst vorsichtig. Man sprach leise, sogar das Klappern eines Eimers wurde von Flynn mit einer sofortigen und wütenden Zurechtweisung geahndet, so daß sich bei allen eine nervöse Wachsamkeit, ein ständiges Lauschen und eine ununterbrochene, auf Gefahr eingestellte Sprungbereitschaft bemerkbar machte.

Am achten Abend kehrten die Fährtensucher, die Flynn ausgeschickt hatte, allmählich zum Lager zurück. Sie kamen mit der ganzen Verstohlenheit und Heimlichkeit von Nachttieren und kauerten sich beim Feuer nieder, um zu berichten, was sie gesehen hatten.

». . . . Gestern nacht tranken drei alte Bullen am Wasserloch der siechen Hyäne. Sie hatten solche, nein solche und solche Zähne . . .« Sie zeigten mit den Armen, wie lang das Elfenbein war. »... und außerdem haben zehn Kühe ihre Fußspuren im Schlamm hinterlassen, sechs davon junge Tiere mit Kälbern. Gestern habe ich an der Stelle, wo der Hügel von Inhosana auseinanderbricht und seine Arme abzweigen, gesehen, daß eine andere Herde hinübergewechselt und gegen Morgen gezogen war; fünf junge Bullen, dreiundzwanzig Kühe und ...«

Die Berichte waren verworren und für Sebastian, der keine Landkarte im Kopf trug, unverständlich. Aber Flynn, der lauschend am Feuer saß, fügte die Bruchstücke zusammen und machte sich daraus ein genaues Bild von den Bewegungen der Tiere. Er sah, daß die großen Bullen sich noch immer von den Herden mit den Jungtieren fernhielten – daß sie in der Hochebene weilten, während die Kühe sich wieder zu den Sümpfen in Bewegung gesetzt hatten, aus denen sie von den Wassermassen vertrieben worden waren. Nun waren sie bestrebt, ihre Jungen vor den Gefahren fernzuhalten, die in den Wäldern der Savanne lauerten, wenn die Trockenheit einsetzte.

Er merkte sich die Angaben über Dicke und Länge der Stoßzähne. Unentwickeltes Elfenbein lohnte kaum den Heimtransport und war nur zum Schnitzen von Billardbällen und Klaviertasten geeignet. Der Markt war überschwemmt davon.

Andererseits würde ein erstklassiger Stoßzahn, mehr als hundert Pfund schwer, sieben Fuß lang und zweimal so stark wie der Schenkel einer dicken Frau, pro Pfund Avoirdupois fünfzig Shilling einbringen.

Ein Tier, das einen solchen Stoßzahn auf jeder Seite trug, war vier- bis fünfhundert Pfund in guten Goldsovereigns wert.

Flynn verwarf einen Vorschlag nach dem anderen. In diesem Jahr gab es keine Elefanten in den Hügeln von M'bahora. Das hatte seinen guten Grund: dreißig Stapel großer, sonnengebleichter Knochen lagen auf der Hügelkette verstreut und markierten den Pfad, den Flynns Gewehre vor zwei Jahren genommen hatten. Die Erinnerung an das Gewehrfeuer war noch zu frisch, und die Herden mieden diese Gegend.

Es gab auch keine Elefanten an den Hängen von Tabora. Mehltau hatte die Haine von Mapundubäumen befallen und ihre Früchte zum Vertrocknen gebracht, ehe sie reifen konnten. Die

Elefanten waren ganz versessen auf Mapundubeeren. Jetzt waren sie weitergezogen, um sie anderswo zu suchen.

Sie waren hinauf zu den Sania Heights, nach Kilombera und zu den Hügeln von Salito gewandert.

Salito lag eine knappe Tagesreise von der deutschen Boma in Mahenge entfernt. Flynn strich sie im Geist von seiner Liste.

Als einer der Fährtensucher nach dem anderen zum Ende seines Berichts kam, stellte Flynn die Frage, deren Beantwortung seinen endgültigen Entschluß beeinflussen sollte.

»Was ist mit ›Erdpflug‹?«

Und sie antworteten: »Wir haben nichts gesehen. Wir haben nichts gehört.«

Der letzte Fährtensucher war endlich eingetroffen. Er schaute verschüchtert und reichlich schuldbewußt drein.

»Wo, zum Teufel, bist du gewesen?« wollte Flynn wissen, und der Gewehrboy hatte eine Entschuldigung bereit.

»Weil ich wußte, daß der große Herr Fini nach gewissen Dingen fragen würde, habe ich auf meiner Reise einen Abstecher in das Dorf von Yetu, der mein Onkel ist, gemacht. Mein Onkel ist ein Fundi. Kein wildes Tier läuft, kein Löwe tötet, kein Elefant bricht einen Zweig von einem Baum, ohne daß mein Onkel davon weiß. Also bin ich zu ihm gegangen, um ihn nach diesen Dingen zu fragen.«

»Dein Onkel ist ein berühmter Fundi, er ist auch ein berühmter Töchtermacher«, bemerkte Flynn trocken. »Er zeugt Töchter auf die gleiche Weise, wie der Mond Sterne gebiert.«

»In der Tat, mein Onkel Yetu ist ein berühmter Mann.« Der Fährtensucher sprach schnell weiter, um Flynn von diesem Thema abzulenken. »Mein Onkel schickt dem Herrn Fini seine Grüße und gebietet mir, folgendermaßen zu sprechen: In diesem Jahr gibt es viele schöne Elefanten auf den Sania Heights. Sie gehen zu zweit und zu dritt. Ich habe mit eigenen Augen zwölf mit Elfenbein so lang wie der Schaft eines Wurfspeers gesehen, und ich habe Spuren von vielen anderen gesehen. Mein Onkel gebietet mir weiterhin zu sprechen: Einer ist unter ihnen, den Herr Fini kennt, denn er hat oft nach ihm gefragt. Dieser eine ist ein Bulle unter großen Bullen. Einer, der sich mit einer solchen Erhabenheit bewegt, daß die Menschen ihn Erdpflug genannt haben.«

»Du schmierst mir doch nicht etwa Honig ums Maul, um meinen Ärger über dich abzukühlen?« fragte Flynn barsch. »Hast du von Erdpflug geträumt, als du die Bäuche der vielen Töchter deines Onkels pflügtest?« Sein Eifer war durch Skepsis getrübt. Zu oft schon war er bei der Verfolgung des großen Bullen Lügengeschichten aufgesessen. Er beugte sich nach vorn über das Feuer, um dem Gewehrboy in die Augen zu schauen, als dieser erwiderte: »Das ist die Wahrheit, Herr.« Flynn beobachtete ihn scharf, aber er fand in seinem Gesicht keine Spur von Lüge. Flynn knurrte, stützte sich auf seine Schenkel und senkte den Blick in die Flammen des Lagerfeuers.

Während seiner ersten zehn Jahre in Afrika hatte Flynn die Legende von jenem Elefanten gehört, dessen Stoßzähne so lang waren, daß ihre Spitzen den Boden berührten und eine doppelte Furche neben seiner Spur hinterließen. Er hatte über diese Geschichte gelächelt, genauso wie über jene von dem Rhinozeros, das vor fünfzig Jahren einen arabischen Sklavenhändler getötet hatte und jetzt einen goldenen, mit wertvollen Steinen besetzten Armreif auf seinem Horn trug. Man sagt, der Armreif sei dort hängengeblieben, als es den Araber aufspießte. Es gab tausend andere romantische Geschichten aus Afrika; von Salomons Schatz bis zu der Legende von dem Elefantenfriedhof. Flynn glaubte keine einzige Geschichte.

Doch einmal sah er eine Sagengestalt zum Leben erwachen. Eines Abends – er mußte sein Lager dicht am Sambesi auf portugiesischem Gebiet aufschlagen – hatte er seine Vogelflinte ergriffen und war in der Hoffnung, ein Fasanenpärchen aufzustöbern, am Ufer entlanggegangen. Zwei Meilen vom Lager entfernt hatte er einen Vogelschwarm auf das Wasser zukommen sehen. Sie flogen so schnell wie Brieftauben und zischten mit zurückgelegten Flügeln heran. Nun hatte er sich in ein Schilfdickicht geduckt und ihr Näherkommen beobachtet.

Als sie sich über seinem Kopf in eine steile Kurve legten und auf die Sandbänke im Fluß niederstießen, sprang Flynn auf, schoß links und rechts und traf den Leitvogel und den, der ihm folgte. Mitten in der Luft überschlugen sie sich und taumelten in einem Federschauer herab.

Aber Flynn sah die Vögel nicht auf dem Boden aufschlagen. Denn während der Abschuß der Flinte noch über den Fluß hallte, schwankten die Schilfhalme in seiner Nähe, barsten und öffneten sich weit, und dann brach ein Elefant heraus.

Es war ein Bulle, der bis zur Schulter vierzehn Fuß maß. Er war so alt, daß seine Ohren bis zur Hälfte ihrer ursprünglichen Größe zerfleddert waren. Die Haut hing in Falten und tiefen Runzeln an seinem Körper. Das Haarbüschel an seinem Schwanz war schon seit langem kahl. Die Tränen hohen Alters färbten seine verdorrten und staubigen Wangen.

Er kam in einem watschelnden, buckligen Lauf aus dem Schilfdickicht, den Kopf unbeholfen und unnatürlich nach hinten geneigt.

Flynn traute seinen Augen nicht, als er den Grund für die merkwürdige Kopfhaltung des alten Bullen entdeckte. An den Seiten seines Kopfes ragten zwei Schäfte aus Elfenbein hervor, genau zueinanderpassend, kerzengerade wie die Säulen eines griechischen Tempels, ohne sich von der Lippe bis zur stumpf abgerundeten Spitze auch nur einen Zoll zu verjüngen. Sie hatten die Farbe von Tabaksaft angenommen; ganze vierzehn Fuß Elfenbein, die bei normaler Kopfhaltung den Boden berührt hätten.

Flynn stand fassungslos, wie angewurzelt da, als der Bulle knappe fünfzig Meter an ihm vorüberzog und in den Wald stapfte.

Flynn brauchte dreißig Minuten, um zurück ins Lager zu kommen, die Vogelflinte gegen die doppelläufige Gibbs umzutauschen, sich eine Wasserflasche zu greifen, nach seinem Gewehrboy zu rufen und zum Fluß zurückzukehren ...

Er setzte Mohammed an auf diese Spur. Zuerst konnte man nur die runden Fußabdrücke im staubigen Erdboden erkennen – glatte Abdrücke von der Größe eines Mülleimerdeckels; die Hufmaserung des alten Bullen war schon seit langem abgeschliffen. Dann, nach fünf Meilen, konnte man anderen Zeichen folgen. Auf beiden Seiten der Abdrücke zog sich eine Schleifspur durch das Laub und den weichen Erdboden, wo die Spitzen der Stoßzähne den Boden berührt hatten. Flynn wußte jetzt, warum man den alten Bullen »Erdpflug« nannte.

Am dritten Tag verloren sie die Spur im Regen, aber ein dutzendmal hatte Flynn in den folgenden Jahren jene doppelten Furchen verfolgt und wieder aus den Augen verloren, und einmal hatte er durch sein Fernglas den alten Bullen wiedergesehen, der in drei Meilen Entfernung unter einem Hain vor Marulabäumen im Stehen döste und seinen zerfurchten alten Kopf auf die sagenhaften Stoßzähne stützte. Als Flynn die Stelle erreichte, wo er den Bullen erblickt hatte, war sie verlassen.

In seinem ganzen Leben hatte Flynn nichts mit einer solchen Besessenheit begehrt wie diese zwei Stoßzähne.

Als er jetzt ins Lagerfeuer starrte und sich an alle diese Erlebnisse erinnerte, da spürte er in sich ein hartnäckigeres und leidenschaftlicheres Begehren, als er es je für eine Frau empfunden hatte.

Endlich blickte er auf zu dem Fährtensucher und sagte mit rauher Stimme: »Morgen bei Tagesanbruch werden wir nach Sania, zu Yetus Dorf aufbrechen.«

Eine Fliege setzte sich auf Hermann Fleischers Wange und rieb sich die Vorderbeine im Vorgeschmack auf den Schweißtropfen, der zitternd von seinem Ohrläppchen herabzufallen versprach.

Der Askari, der hinter Hermanns Stuhl stand, wedelte so geschickt mit der Zebraschwanzgerte, daß nicht eines der langen schwarzen Haare das Gesicht des Kommissars berührte. Die Fliege schwirrte davon und nahm ihren Platz in dem Schwarm ein, der Hermanns Kopf umkreiste.

Hermann nahm von der Unterbrechung kaum Notiz. Er lehnte tief in seinem Sessel und blickte finster auf die beiden alten Männer, die auf dem staubigen Paradeplatz unterhalb der Veranda hockten. Die Stille lastete in der lähmenden Hitze wie eine Decke auf ihnen. Die beiden Häuptlinge warteten geduldig. Sie hatten gesprochen, und jetzt warteten sie auf die Antwort von Bwana Mkuba.

»Wie viele sind getötet worden?« fragte Hermann endlich, und der ältere der beiden Häuptlinge antwortete.

»Herr, so viele wie die Finger an deinen Händen. Aber dies sind nur diejenigen, bei denen wir sicher sind. Es können noch mehr sein.«

Hermanns Interesse galt nicht den Toten, aber ihre Anzahl konnte ein Maßstab für den Ernst der Situation sein. Ritualmord war der erste Schritt auf dem Wege zur Rebellion. Es fing mit einem Dutzend Männern an, die sich im Mondschein trafen, angetan mit Leopardenfellen, die weiße Bemalung im Gesicht. Mit primitiven Eisenklauen, die an ihren Händen befestigt waren, verstümmelten sie in feierlicher Zeremonie ein junges Mädchen und verzehrten gewisse Körperteile. Das war nach Hermanns Ansicht ein harmloses Vergnügen, aber wenn es öfter vorkam, war es in dem betreffenden Bezirk der Beginn verabscheuenswürdiger Schreckensszenen. Dann zogen die Leopardenpriester nachts in aller Öffentlichkeit mit brennenden Fackeln durch die Dörfer, und die Männer, die zitternd in ihren verbarrikadierten Hütten lagen, lauschten auf die gesungenen Anweisungen der makabren kleinen Prozession – und dann leisteten sie ihnen Folge.

Das hatte sich vor zehn Jahren in Salito abgespielt. Die Priester hatten ihnen in jenem Jahr befohlen, sich der Steuerexpedition zu widersetzen. Sie hatten den damaligen Kommissar und zwanzig seiner Askaris abgeschlachtet, ihre Körper in kleine Stücke geschnitten und damit die Dornenbäume verziert. Drei Monate später war ein deutsches Infanteriebataillon in Daressalam an Land gegangen und nach Salito marschiert. Sie verbrannten Dörfer und schossen alles nieder – Männer, Frauen, Kinder, Hühner, Hunde und Ziegen. So waren die Hügel von Salito bis zum heutigen Tage menschenleer und unbewohnt. Die ganze Episode war unangenehm und kostspielig – und Hermann Fleischer wünschte sich keine Wiederholung während seiner Amtszeit.

Nach dem Grundsatz, Vorbeugen sei besser als Heilen, beschloß er, an Ort und Stelle zu gehen und einige eigene rituelle Opfer zu bringen.

Er richtete sich in seinem Sessel auf und sprach zum Feldwebel seiner Askaris.

»Zwanzig Mann. Wir werden morgen vor Tagesanbruch nach Yetus Dorf in Sania aufbrechen. Vergiß die Stricke nicht.«

34

Auf den Sania Heights stand in brütender Hitze ein Elefant unter den weit ausladenden Ästen eines wilden Feigenbaums. Er schlief im Stehen, aber sein Kopf war auf zwei lange Säulen aus vergilbtem Elfenbein gestützt. Er schlief wie ein alter Mann, in kleinen Raten, nie sehr tief unter der Bewußtseinsgrenze. Dann und wann schlackerten die Ohren, und jedesmal erhob sich ein dünner Fliegenschleier um seinen Kopf. Sie schwebten in der heißen Luft, bis sie sich wieder niederließen. Die Ränder seiner Ohren waren wund, wo die Fliegen sich durch die dicke Haut gefressen hatten. Überall waren Fliegen. Der schwüle grüne Schatten unter dem wilden Feigenbaum war von ihrem ewigen Summen erfüllt.

Jenseits der Kuppe von Sania Heights, vier Meilen von der Stelle entfernt, wo der alte Bulle schlief, strebten drei Männer durch eine von Sträuchern überwucherte Rinne dem Gipfel zu.

Mohammed marschierte an der Spitze. Er schritt schnell aus, ging halb gebückt, um auf den Boden zu spähen, und warf einen gelegentlichen Blick nach vorn, um die Spur zu erahnen, deren Verlauf er folgte. Er blieb an einer Stelle stehen, wo ein Hain von Mapundubäumen den Boden mit einem übelriechenden, schwammigen Teppich von verfaulten Beeren bedeckt hatte. Er schaute sich nach den zwei Weißen um und deutete auf die Abdrücke im Erdboden und auf die Pyramide von hellgelbem Mist. »Hier hat er zum erstenmal in der Hitze haltgemacht, aber das hat ihm wohl nicht zugesagt, und er ist weitergezogen.«

Flynn schwitzte. Der Schweiß floß hinab über seine geröteten

Wangen und tropfte auf sein durchweichtes Hemd. »Ja«, nickte er. »Er wird den Gipfel überschritten haben.«

»Wie kannst du so sicher sein?« Sebastian flüsterte mit der gleichen Grabesstimme wie die anderen.

»Die kühle Abendbrise kommt von Osten – er wird auf die andere Seite des Gipfels gehen, um auf sie zu warten.« Flynn antwortete in gereiztem Ton und wischte sich mit dem kurzen Hemdsärmel über das Gesicht. »Du mußt dir eins merken, Bassie. Dies ist mein Elefant, verstehst du? Wenn du dich an ihn heranmachst, werde ich dich erschießen, so wahr mir Gott helfe.«

Flynn nickte Mohammed zu, und sie stiegen weiter bergauf und folgten der Spur, die sich zwischen freiliegendem Granit und Gestrüpp dahinzog.

Die Hügelkuppe war klar zu erkennen. Sie war schmal wie das Rückgrat eines verhungernden Ochsen. Kurz davor legten sie eine Pause ein und kauerten sich in das harte braune Gras. Flynn öffnete das Fernglasfutteral, das auf seiner Brust hing, nahm das Glas heraus und fing an, die Linsen mit einem Tuchfetzen zu polieren.

»Bleibt hier!« befahl Flynn den beiden anderen, und dann schlängelte er sich bäuchlings der Spitze zu. Im Schutz eines Baumstumpfs hob er vorsichtig seinen Kopf und spähte hinüber.

Unter ihm fielen die Sania Heights in einer sanften Neigung fünfzehnhundert Fuß tief und zehn Meilen weit in das Flachland ab. Der Abhang war zerschnitten und zerfurcht; aufgespalten in tausend Rinnen und Schluchten, überall mit einer Decke aus hartem braunem Gestrüpp überzogen und umgeben von großen Bäumen.

Flynn ließ sich bequem auf seine Ellbogen nieder und hob das Fernglas an die Augen. Systematisch begann er jede der unter ihm liegenden Baumgruppen zu durchforschen.

»Ja!« flüsterte er vor sich hin, rückte sich ein wenig auf seinem Bauch zurecht und starrte auf das Puzzlebild unter den ausladenden Zweigen des knapp eine Meile entfernten Baumes.

In seinem Schatten sah er Umrisse, die nicht dorthin gehörten; ein Gebilde, das zu breit für einen Baumstamm war.

Er senkte das Fernglas und wischte sich den Schweiß von den

Brauen. Er kniff seine Augen zu, damit sie sich von dem Sonnenglast erholen konnten, dann öffnete er sie wieder und hob erneut das Fernglas.

Zwei lange Minuten starrte er so, dann aber nahm das Puzzlespiel doch Gestalt an. Der Bulle stand hinter dem Stamm des wilden Feigenbaums; sein Kopf und eine Körperhälfte wurden von den niedrigen Zweigen verdeckt – und was er für den Stamm eines kleineren Baumes gehalten hatte, war in Wirklichkeit ein Stoßzahn aus Elfenbein.

Äußerste Erregung benahm ihm den Atem.

»Ja!« sagte er. »Ja!«

Flynn legte jede Phase seiner Pirsch genau fest und traf alle Vorsichtsmaßregeln gegen ein widriges Geschick, die ihn zwanzig Jahre Elefantenjagd gelehrt hatten.

Er war zu Sebastian und Mohammed zurückgegangen, die auf ihn gewartet hatten.

»Er ist da«, verkündete er.

»Kann ich mit dir gehen?« fragte Sebastian.

»Einen Dreck kannst du«, fuhr Flynn ihn an, als er sich hinsetzte, seine schweren Stiefel abstreifte und statt dessen die leichten Sandalen anzog, die Mohammed für ihn aus dem Bündel hervorgeholt hatte. »Du bleibst hier, bis du mich schießen hörst. Wenn du auch nur deine Nase vorher über die Kuppe steckst, werde ich sie dir abschießen, so wahr mir Gott helfe!«

Während Mohammed vor Flynn niederkniete und die Lederpolster an seine Knie schnürte, um sie beim Kriechen vor Gestein und Dornen zu schützen, stärkte sich Flynn aus der Ginflasche. Als er sie wieder zukorkte, warf er Sebastian noch einmal einen strengen Blick zu. »Das kann ich dir versprechen!« warnte er ihn.

Oben auf dem Hügel legte Flynn noch einmal eine Pause ein und ließ seine Augen über den Horizont streifen, während er seine Marschroute festlegte und sich eine Reihe von Anhaltspunkten einprägte: einen Ameisenhügel, einen herausragenden weißen Quarzstein, einen Baum mit auffallenden Webervogelnestern. Wenn er einen dieser Punkte erreichte, wußte er seinen genauen Standpunkt dem Elefanten gegenüber.

Dann legte er sich, das Gewehr in der Beuge seines Ellbogens, auf den Bauch und machte sich auf die Pirsch.

Jetzt, eine Stunde nachdem er die Kuppe verlassen hatte, erblickte er durch das Gras vor sich einen Granitblock, der wie ein Grabstein auf einem alten Friedhof aussah. Wuchtig und verwittert stand er da. Flynn war am Ende seines Weges.

Auf der Kuppe hatte er sich diesen Stein als den Punkt ausgewählt, von dem aus er schießen wollte. Er war fünfzig Meter von dem wilden Feigenbaum entfernt, und würde ihm Deckung geben, wenn er sich hinkniete, um den Schuß abzufeuern.

Unruhig, mit der plötzlichen Vorahnung eines Fehlschlags, daß ihm der Pokal im letzten Moment von den Lippen gerissen, die Jungfrau unter ihm vor dem Augenblick der Erfüllung weggezerrt werden könnte, setzte Flynn seinen Weg fort. Er glitt auf den Stein zu und kam schließlich, das Gesicht angespannt in nervöser Erwartung, an sein Ziel.

Er rollte sich behutsam auf die Seite, hielt die schwere Büchse vor seiner Brust, legte den Sperrhebel herum und öffnete das Schloß so leise, daß man das Klicken kaum hören konnte. Aus dem Gürtel nahm er zwei dicke Patronen und überprüfte die Messinghülsen auf Beschmutzungen oder Beschädigungen; mit Erleichterung stellte er fest, daß seine Finger ruhiger geworden waren. Er schob die Patronen ins Schloß, und sie rasteten mit einem leichten metallischen Klang ein. Jetzt keuchte er leise bei jedem Atemzug. Er schloß die Büchse und entsicherte sie.

Er stemmte seine Schulter gegen den rauhen, von der Sonne erhitzten Granit, zog die Beine an und rollte sich behutsam auf die Knie. Mit gebeugtem Kopf, die Büchse im Schoß, kniete er hinter dem Felsen, und zum erstenmal seit einer Stunde hob er seinen Kopf; behutsam Zoll um Zoll. Langsam wanderten seine Augen den Fels entlang, und da plötzlich sah er den Elefanten, kaum fünfzig Meter von ihm entfernt, die Breitseite ihm zugewandt, den Kopf hinter den Zweigen und Blättern des wilden Feigenbaums verborgen. Ein Schuß ins Gehirn war von dieser Stelle aus unmöglich. Sein Blick wanderte hinab bis zur Schulter, und er sah die Umrisse der Knochen unter der dicken grauen Haut. Am Knie machte er halt, dann blieb sein Auge an der mächtigen Brust haften. Er konnte sich vorstellen, wie das Herz unter den Rippen schlug, rosig, weich und lebenswichtig, pulsierend wie eine gigantische Seeanemone.

Flynn hob das Gewehr und legte es vor sich auf den Felsen. Er visierte über die Läufe und sah den trockenen Grashalm, der sich am Korn verfangen hatte und die Sicht verschleierte. Er senkte das Gewehr und zupfte den Halm mit dem Daumennagel ab. Wieder legte er an.

Das schwarze Korn lag genau in der Kimme; er schwenkte das Gewehr und zog das Korn quer über die Schultern des alten Bullen und dann wieder zurück auf die Brust. Dort verharrte es, bereit zum tödlichen Schuß, und langsam, vorsichtig – ja, liebevoll zog er den Abzugshahn durch.

Der Ruf kam als ferner, winziger Laut aus der schläfrigen Unendlichkeit der heißen afrikanischen Luft. Er kam von hoch oben.

»Flynn!« Und noch einmal: »Flynn!«

Mit einer ruckartigen Bewegung warf der alte Bulle unter dem wilden Feigenbaum seinen Körper mit unglaublicher Schnelligkeit herum; mit hocherhobenen Stoßzähnen lief er, gedeckt von dem Stamm des Feigenbaums, unbeholfen watschelnd, vor Flynn davon.

Sekundenlang kauerte Flynn benommen hinter dem Felsen, und mit jeder Sekunde schwanden die Chancen für einen gezielten Schuß dahin. Flynn sprang auf und lief zum Feigenbaum, um freies Schußfeld für einen Glückstreffer auf den fliehenden Bullen zu gewinnen. Es käme auf den Versuch an, das Rückgrat zu treffen, wo es sich zwischen den ausladenden Hüften hinab bis zum haarlosen Schwanz krümmte.

Ein stechender Schmerz schoß durch den Ballen seines leichtbeschuhten Fußes, als er voll in einen Büffelgrasstachel von drei Zoll Länge trat. Mit seiner roten Spitze und den bösartigen Widerhaken drang er in seiner ganzen Länge ins Fleisch ein, und mit einem Schmerzensschrei brach Flynn in die Knie.

Zweihundert Meter von ihm entfernt verschwand der alte Bulle in einer bewaldeten Schlucht.

»Flynn! Flynn!«

Vor Schmerz und Enttäuschung schluchzend, den verletzten Fuß in seinem Schoß verschränkt, saß Flynn im Gras und wartete auf Sebastian Oldsmith, der herbeigeeilt kam.

»Ich werde ihn ganz dicht herankommen lassen«, sagte sich Flynn. Sebastian näherte sich mit langen ungeschickten Schritten. Er hatte seinen Hut verloren, und die schwarzen wirren Locken flogen bei jedem Schritt um seinen Kopf. Er rief immer noch.

»Ich werde ihm in den Bauch schießen«, beschloß Flynn. »Aus beiden Läufen!« und er griff nach seinem Gewehr.

Sebastian sah ihn und warf sich mitten im Lauf herum.

Flynn hob das Gewehr an seine Hüfte. »Ich habe ihn gewarnt. Ich habe ihm gesagt, daß ich schießen werde.« Seine rechte Hand umschloß den Kolben der Büchse, und sein Zeigefinger legte sich instinktiv um den Abzugshahn.

»Flynn! Deutsche! Eine ganze Armee. Gleich hinter dem Hügel. Sie sind auf dem Wege hierher.«

»O Gott!« stieß Flynn hervor und ließ sofort seine Mordabsichten fallen.

35

Hermann Fleischer richtete sich in den Steigbügeln auf und faßte nach hinten, um sich zu massieren. Seine Hinterbacken waren von rundlicher, beinahe weiblicher Fülle und Beschaffenheit. Nach fünf Stunden im Sattel hatte Hermann das Bedürfnis, ihnen eine Ruhepause zu gönnen. Er hatte eben auf seinem Esel die Kuppe von den Sania Heights überschritten, und es war angenehm kühl hier unter den ausgebreiteten Ästen des wilden Feigenbaums. Er spielte mit der Versuchung, beschloß, ihr nachzugeben und drehte sich nach hinten, um dem Trupp von zwanzig Askaris, die ihm bis hierher gefolgt waren, einen entsprechenden Befehl zu erteilen. Aller Augen waren auf ihn gerichtet, und sie warteten begierig auf das Kommando, das ihnen erlauben würde, sich hinzulegen zu kurzer Rast.

»Faule Hunde!« dachte Hermann, während er ihnen einen finsteren Blick zuwarf. Er wandte sich von ihnen ab, rückte sein schmerzendes Hinterteil im Sattel zurecht und knurrte: »Akwende! Weiter!« Seine Fersen schlugen in die Flanken des Esels, der folgsam weitertrabte.

Aus einer Gabelung im Feigenbaum, zehn Fuß über Hermanns Kopf, folgte Flynn O'Flynn seinem Weitermarsch über die Doppelläufe seiner Büchse. Er beobachtete, wie die Patrouille sich den Abhang hinabschlängelte und in einer Bodenwelle aus seinem Gesichtsfeld verschwand, ehe er das Gewehr absetzte.

»Oha – das war knapp.« Sebastians Stimme kam aus dem Blättergewirr über Flynns Kopf.

»Hätte er einen Fuß auf den Boden gesetzt, dann hätte ich ihm seinen verdammten Kopf abgeschossen«, verkündete Flynn. Es klang so, als ob er die verpaßte Gelegenheit bedauerte. »Okay, Bassie, hilf mir herunter von diesem blöden Baum.«

Bis auf seine Stiefel in voller Kleidung, lehnte Flynn am Baumstamm und hielt Sebastian den rechten Fuß hin. ». . . Ich hatte ihn genau im Visier.«

»Wen?« wollte Sebastian wissen.

»Den Elefanten, du Idiot. Zum erstenmal hatte ich ihn in aller Ruhe vor mir . . . Au! Was, zum Teufel, machst du da?«

»Ich versuche, den Dorn herauszuziehen, Flynn.«

»Ich habe eher das Gefühl, du willst ihn mit einem Hammer hineinschlagen.«

»Ich kann ihn nicht kriegen.«

»Versuch's mit den Zähnen. Das ist die einzige Möglichkeit.« Sebastian wurde blaß bei dem Gedanken. Er schaute sich Flynns Fuß an. Es war ein großer Fuß; Hühneraugen auf den Zehen, lose Hautfetzen und anderes, dunkleres Zeug dazwischen. Sebastian konnte es auf eine Entfernung von drei Fuß riechen. »Kommst du nicht mit deinen eigenen Zähnen ran, Flynn?« sagte er ausweichend.

»Meinst du vielleicht, ich sei ein verdammter Schlangenmensch?«

»Mohammed?« Sebastians Augen strahlten, als ihm der Gewehrträger einfiel. Als Antwort auf die Frage verzog Mohammed seine Lippen zu einem Grinsen und entblößte seinen zahnlosen Mund. »Ja«, sagte Sebastian. »Ich habe schon verstanden.« Er schaute wieder auf den Fuß und betrachtete ihn voller Abscheu. Sein Adamsapfel hüpfte beim Schlucken auf und ab.

»Nun mach schon«, verlangte Flynn, und Sebastian beugte sich hinab. Flynn stieß einen markerschütternden Schrei aus, und Sebastian richtete sich mit dem nassen Dorn zwischen seinen Zähnen auf. Er spuckte ihn in hohem Bogen aus, und Mohammed reichte ihm die Ginflasche. Sebastian nahm einen Mundvoll und gurgelte laut, aber als er die Flasche noch einmal an seine Lippen setzen wollte, hielt Flynn ihn am Unterarm zurück.

»Nun übertreib mal nicht, Bassie, mein Junge«, ermahnte er ihn, nahm ihm die Flasche ab und setzte sie selber an den Mund. Der Schluck schien Flynns Ärger wieder anzufachen, denn als er die Flasche absetzte, ertönte seine Stimme im Zorn: »Dieser verdammte schnüffelnde, wurstessende Kerl. Er hat mir die einzige Chance versaut, die ich je bei diesem Elefanten hatte.«

Er unterbrach sich und atmete schwer. »Ich möchte ihm richtig eins auswischen und ... und ...« Er suchte nach etwas Abscheulichem, das er Hermann Fleischer antun konnte, und plötzlich fiel ihm etwas ein. »Mein Gott!« rief er aus, und seine finstere Miene verzog sich zu einem liebevollen Lächeln. »Das ist es!«

»Was?« fragte Sebastian beunruhigt. Er war überzeugt, daß die Wahl auf ihn fallen würde, wenn es galt, Flynns Rache auszuführen. »Was?« wiederholte er.

»Wir werden ...« verkündete Flynn, »... nach Mahenge gehen!«

»Großer Gott, das ist das deutsche Hauptquartier!«

»Ja«, erwiderte Flynn. »Und kein Kommissar und kein Askari da, um es zu beschützen! Sie sind gerade an uns vorbeigezogen und in die falsche Richtung marschiert.«

36

In Mahenge schlugen sie zwei Stunden vor Tagesanbruch zu, also um jene Zeit tiefster Dunkelheit, wenn die Lebensgeister der Menschen in bleiernem Schlummer liegen. Die Verteidigung, die ihnen von dem Korporal und den fünf Askaris, die Fleischer zur Bewachung seines Hauptquartiers zurückgelassen hatte, entgegengesetzt wurde, konnte man kaum als heldenhaft bezeichnen. In der Tat wurden sie durch Flynns harte und wahllose Fußtritte nur halb geweckt, und als sie das volle Bewußtsein erlangt hatten, waren sie bereits sicher hinter den Gitterstäben des Gefängnisbaus eingeschlossen. Es gab nur einen Verwundeten, und das war natürlich Sebastian Oldsmith, der in der Aufregung gegen eine halboffene Tür gerannt war. Es war ein glücklicher Umstand, wie Flynn erklärte, daß er die Tür mit dem Kopf traf, sonst hätte er sich ernstlich verletzen können. Auf alle Fälle hatte er sich bei Sonnenaufgang hinlänglich erholt, um der Orgie von Plünderung und Vandalismus zuzuschauen, der Flynn und seine Gewehrträger sich hingaben.

Sie fingen im Büro des Kommissars an. In die dicke Lehmziegelwand war ein gewaltiger eiserner Tresor eingelassen.

»Den wollen wir zuerst mal knacken«, verkündete Flynn, als er ihn gierig anblickte. »Schaut, ob ihr ein paar Werkzeuge findet.«

Sebastian erinnerte sich, daß er am hinteren Ende des Paradeplatzes eine Schmiede gesehen hatte. Beladen mit Vorschlaghämmern und Brechstangen kam er von dort zurück.

Zwei Stunden später schwitzten und fluchten sie in einer Wolke von Staub. Sie hatten den Tresor einfach aus der Wand gerissen. Drei Gewehrboys schlugen bei ständig abnehmender Begeisterung mit Vorschlaghämmern auf ihn ein, während Sebastian sich mit einer Brechstange an den Türscharnieren zu schaffen machte. Bisher war es ihm lediglich gelungen, ein paar glänzende Kratzer auf dem Metall anzubringen. Flynn saß auf dem Schreibtisch des Kommissars und steigerte sich in eine blinde Wut hinein. In der letzten Stunde hatte sich sein Beitrag am Angriff auf den Tresor im Konsum von einer halben Flasche Schnaps, die er in einer Schreibtischschublade gefunden hatte, erschöpft.

»Es hat keinen Zweck, Flynn.« Sebastians Locken glänzten vor Schweiß, und er leckte sich die Blasen an den Handflächen. »Wir werden die Sache aufgeben müssen.«

»Tretet zurück!« brüllte Flynn. »Ich werde das verdammte Ding aufschießen.« Er erhob sich mit wilden Blicken vom Schreibtisch und hielt die doppelläufige Gibbs in Händen.

»Warte!« rief Sebastian. Er ging mit den Gewehrboys in Deckung.

Die Detonationen der schweren Büchse dröhnten wie Donner in dem kleinen Bürozimmer. Pulverdampf vermengte sich mit dem Mörtelstaub, die Geschosse prallten vom Tresor ab und hinterließen auf seiner metallenen Oberfläche lange Bleispuren, bevor sie dahinzwitscherten und in Fußboden, Wände und Möbelstücke eindrangen.

Dieser Gewaltakt schien Flynn versöhnlich zu stimmen. Er verlor nun jegliches Interesse am Tresor. »Kommt, suchen wir etwas zu essen«, schlug er friedlich vor, und sie drängten sich alle zur Küche.

Hermann Fleischers Speisekammer glich Aladins Wunderhöhle. Von der Decke baumelten Schinken und Würste. Ganze Fässer voll Pökelfleisch standen da. Es gab Käselaibe stapelweise, Kisten mit Bier, Pyramiden von Konservendosen mit Trüffel, Spargelspitzen, Leberpastete, Krevetten, Pilzen, Oliven in Öl und viele andere Kostbarkeiten außerdem.

Sie starrten ehrfürchtig auf diesen Überfluß, und dann traten sie alle auf einmal vor. Jeder nach seinem eigenen Geschmack, machten sie sich über Hermann Fleischers Schätze her. Die Gewehrboys rollten ein Faß Pökelfleisch hinaus, Sebastian attakkierte mit seinem Jagdmesser die Konservendosen, und Flynn widmete sich der Kiste Steinhäger in der Ecke.

Zwei Stunden dauerte die Völlerei.

»Wir machen uns besser wieder auf den Weg.« Sebastian rülpste schüchtern und Flynn gab eulenhaft nickend seine Zustimmung, wobei er seinen Steinhäger über der Buschjacke verschüttete. Er wischte mit der Hand darüber und leckte sich dann die Finger ab.

»Jawohl! Es ist besser, wenn wir weg sind, bevor Fleischer nach Hause kommt.« Er schaute Mohammed an. »Packt die Lebensmittel zu vollen Lasten für die Träger zusammen. Was ihr nicht wegtragen könnt, werfen wir in die Latrineneimer.« Behutsam stand er auf. »Ich werde mich noch einmal umschauen, um sicherzugehen, daß wir nichts Wichtiges vergessen haben.« Mit diesen Worten ging er auf unsicheren Beinen hinaus.

In Fleischers Büro blieb er eine Minute stehen und betrachtete böse den unverwundbaren Tresor. Er war zweifelsohne nicht transportabel, und nachdem er diese Tatsache mit Bedauern festgestellt hatte, suchte er nach einem Ventil für seine Enttäuschung.

An der Wand bei der Tür hing ein Bild des Kaisers, ein Farbdruck Wilhelms II. in Paradeuniform, hoch auf einem prächtigen Streitroß. Flynn nahm einen Kopierstift vom Schreibtisch und machte sich an das Bild. Mit etlichen Bleistiftstrichen änderte er das Verhältnis zwischen Pferd und Reiter drastisch. Er mußte kichern, als er dem Bild folgende Unterschrift gab: Der Kaiser liebt Pferde.

Er hielt das für einen derart glänzenden Witz, daß er Sebastian herbeirufen und ihm sein Kunstwerk zeigen mußte. »Das nennt man feinsinnig, Bassie, mein Junge. Alle guten Witze sind feinsinnig.«

Sebastian war eher der Ansicht, daß Flynns Schmiererei so feinsinnig wie der Angriff eines wütenden Rhinozeros war, aber er lachte trotzdem pflichtschuldig. Dieses Lachen ermutigte Flynn zu einer weiteren humoristischen Dreingabe. Er ließ von zwei Gewehrboys einen Eimer aus der Latrine hereintragen, und nach seinen Anweisungen stellten sie ihn auf die halbgeöffnete Tür zu Hermann Fleischers Schlafzimmer.

Eine Stunde später zog das Überfallkommando, schwer mit Beute beladen, davon und marschierte im Gewaltmarsch auf den Rovuma zu.

37

In einem Zustand geistiger Verwirrung, hervorgerufen durch einen Adrenalinüberschuß in seiner Blutbahn, wanderte Hermann Fleischer durch seine heimgesuchte Boma. Jedesmal, wenn er eine neue Missetat entdeckte, betrachtete er sie mit zusammengekniffenen Augen und keuchte. Aber zunächst einmal war es erforderlich, seine gefangenen Askaris zu befreien. Als sie aus dem Loch in der Gefängniswand herauskamen, befahl Hermann seinem Feldwebel barsch, ihnen zwanzig Hiebe mit der Kiboko zu verabreichen, um sie für ihre Unfähigkeit zu bestrafen. Er stand daneben und fand in dem kräftigen Klatschen der Kiboko auf nacktes Fleisch und dem Schreien des jeweiligen Empfängers einen kleinen Trost.

Die beruhigende Wirkung der Auspeitschung verflog jedoch, als Hermann den Küchenbereich seiner Niederlassung betrat und feststellen mußte, daß seine Speisekammer, wo er mit großer Mühe seine Vorräte gesammelt hatte, ausgeplündert war. Das raubte ihm fast den Verstand. Seine Wangen zitterten vor Selbstmitleid, und in seinem Mund lief in melancholischer Erinnerung das Wasser zusammen. Es würde allein einen Monat dauern, um die Würste zu ersetzen, gar nicht davon zu reden, wann er wieder Käse aus dem Vaterland importieren konnte.

Aus der Speisekammer ging er in sein Büro. Dort entdeckte er Flynns Feinsinnigkeiten. Hermanns Sinn für Humor war dem Anlaß nicht gewachsen.

»Schweinehund«, murmelte er abwesend, und eine dunkle Welle von Verzweiflung und Mattigkeit überwältigte ihn, als er sich der Nutzlosigkeit einer Verfolgung der Räuber bewußt wurde. Mit den zwei Tagen Vorsprung, die sie hatten, konnte er nicht hoffen, sie zu erwischen, bevor sie den Rovuma erreichten. Wenn Gouverneur Schnee, der mit seiner Kritik immer sehr schnell bei der Hand war, ihm nur gestatten würde, den Fluß eines Nachts mit seinen Askaris zu überschreiten und der Gesellschaft in Lalapanzi einen Besuch abzustatten. Am folgenden Morgen gäbe es keinen mehr, der sich bei der portugiesischen Regierung über eine Verletzung der Hoheitsrechte beschweren konnte.

Hermann stieß einen Seufzer aus. Er war müde und deprimiert. Er wollte erst einmal zu Bett gehen und sich ein Weilchen ausruhen, ehe er die Aufräumungsarbeiten in seinem Hauptquartier in die Wege leitete. Er verließ sein Büro und stapfte schwerfällig über die Veranda zu seinen Privaträumen. Müde stieß er die Tür zu seinem Schlafzimmer auf.

Da dieses Schlafzimmer vorübergehend unbewohnbar war, nächtigte Hermann auf der offenen Veranda. Aber sein Schlaf wurde durch einen Traum gestört, in dem Flynn O'Flynn über eine endlose Ebene verfolgte, ohne den Abstand zwischen ihnen verringern zu können, während über ihm zwei riesige Vögel kreisten – einer mit dem strengen Gesicht von Gouverneur Schnee, der andere mit dem Gesicht des jungen englischen Banditen –, und in unregelmäßigen Abständen entleerten die beiden ihre Eingeweide direkt über ihm. Nach dem Erlebnis des vorangegangenen Nachmittags waren die Geruchshalluzinationen, die einen Teil seines Traumes bildeten, erschreckend realistisch.

Er wurde taktvoll von einem seiner Hausdiener geweckt und richtete sich mit einem stechenden Schmerz hinter den Augen und einem üblen Geschmack im Munde auf.

»Was ist los?« knurrte er.

»Ein Läufer aus Dodoma ist angekommen, und er hat ein Buch mit dem roten Zeichen vom Bwana Mkuba mitgebracht.«

Hermann stöhnte. Ein Brief mit dem Siegel von Gouverneur Schnee bedeutete im allgemeinen nichts Gutes. Gewiß konnte er noch nicht von Flynn O'Flynns letztem Streich gehört haben.

»Bring mir Kaffee!«

»Herr, wir haben keinen Kaffee. Alles ist gestohlen worden.«

Hermann stöhnte.

»Na schön. Bring den Boten her.« Er mußte sich damit abfinden, die Feuerprobe der Vorwürfe von Gouverneur Schnee ohne die stärkende Therapie einer Tasse Kaffee über sich ergehen zu lassen. Er zerbrach das Siegel und fing an zu lesen:

4. August 1914
Büro des Gouverneurs
Daressalam

An: Den Kommissar (Südprovinz)
Ort: Mahenge

Sehr geehrter Herr,
es ist meine Pflicht, Sie davon in Kenntnis zu setzen, daß ab

sofort ein Kriegszustand zwischen dem Kaiserreich und den Regierungen von England, Frankreich, Rußland und Portugal besteht.

Sie werden hiermit zum zeitweiligen Militärkommandeur der Südprovinz von Deutsch-Ostafrika ernannt und haben die Befugnis, jedwede Maßnahme zu ergreifen, die Sie zum Schutz unserer Grenzen und im Hinblick auf eine Beeinträchtigung des Gegners für erforderlich halten.

Zu gegebener Zeit werden Ihnen Truppen, die gegenwärtig in Daressalam rekrutiert werden, zum Einsatz in Ihrem Gebiet überstellt werden. Aber ich fürchte, es wird einige Zeit dauern, bis diese Maßnahme durchgeführt werden kann.

Inzwischen müssen Sie sich mit den Ihnen gegenwärtig zur Verfügung stehenden Streitkräften begnügen.

Da stand noch mehr, viel mehr, aber Hermann Fleischer las die detaillierten Anweisungen mit geteiltem Interesse. Seine Kopfschmerzen waren vergessen, den üblen Geschmack in seinem Munde nahm er nicht mehr wahr, als ihn eine glühende Welle der Kriegslust überkam.

Seine Pausbacken verzogen sich zu einem Lächeln, er blickte auf und sagte laut: »Ja, O'Flynn, jetzt werde ich dir den Eimer heimzahlen.«

Er las noch einmal die erste Seite des Briefes, und seine Lippen formten die Worte, die dort geschrieben standen: ... jedwede Maßnahme zu ergreifen, die Sie zum Schutz unserer Grenzen und im Hinblick auf eine Beeinträchtigung des Gegners für erforderlich halten.

Endlich. Endlich hatte er den Befehl, um den er so oft gebeten hatte. Er ließ seinen Feldwebel kommen.

38

»Vielleicht kommen sie heute abend zurück.« Rosa Oldsmith legte das Kinderkleidchen beiseite, an dem sie gerade stickte.

»Heute oder morgen. Oder übermorgen«, erwiderte Nanny philosophisch. »Es bringt nichts ein, wenn man sich Gedanken über das Kommen oder Gehen der Männer macht. Sie haben alle Würmer im Kopf ...« Sie fing wieder an, die Wiege zu schaukeln, neben der sie auf dem Vorleger aus Leopardenfell wie eine leibhaftige Mumie hockte. Das Kind atmete leise im Schlaf.

»Ich glaube fest daran, daß sie heute abend kommen werden. Ich kann es fühlen – etwas Gutes liegt in der Luft.« Rosa stand auf und ging hinüber zur Verandatür. Vor wenigen Minuten war die Sonne hinter den Bäumen versunken, und das Land lag während der kurzen afrikanischen Abenddämmerung in geisterhaftem Schweigen da. Draußen wurde es kühl.

Rosa trat auf die Veranda, verschränkte ihre Arme über der Brust und starrte in das dunkelnde Tal hinaus. Sie spürte plötzlich eine Unruhe in sich, und so schnell, wie der Tag in die Dunkelheit überging, wechselte ihre Stimmung von freudiger Erwartung zu einer unerklärlichen Vorahnung.

Beherrscht, aber mit einer gewissen Schärfe, rief sie ins Zimmer hinein: »Zünde bitte die Lampen an, Nanny.«

Hinter sich hörte sie das Kratzen von Metall auf Glas, dann flammte ein Schwefelholz auf, und ein matter Lichtschein fiel auf den Verandaboden.

Fröstelnd stand Rosa draußen in der Nacht. Sie spürte eine Gänsehaut und schüttelte sich unwillkürlich.

»Komm herein, *Little Long Hair*«, befahl Nanny. »Die Nacht gehört den Moskitos und den Leoparden – und anderen Dingen.«

Aber Rosa blieb draußen und versuchte, mit ihren Augen die Dunkelheit zu durchdringen, bis sie die Umrisse der Feigenbäume drunten auf dem Rasen nicht mehr erkennen konnte. Dann wandte sie sich ruckartig um und ging hinein. Sie schloß die Tür und legte den Riegel vor.

Später wurde sie wach. Draußen schien kein Mond, und das Zimmer lag in tiefer Finsternis. Neben ihrem Bett konnte sie die leisen Geräusche hören, die die kleine Maria im Schlaf von sich gab.

Und wieder spürte sie jene Unruhe, die sie schon am frühen Abend überfallen hatte. Sie blieb jedoch ruhig in ihrem Bett, wartete und lauschte, während die Dunkelheit, die sie umgab, schwerer und schwerer wurde. Ihr schien auf einmal, als wolle das Leben sie hier zurücklassen in Nacht und Einsamkeit.

In plötzlicher Angst hob sie das Moskitonetz und griff nach der Wiege. Das Baby wimmerte, als sie es herausnahm und neben sich ins Bett legte. In Rosas Armen beruhigte es sich schnell; bald schlief es an ihrer Brust, und die Wärme des kleinen Körpers besänftigte ihre Unrast.

Lautes Rufen weckte sie, und sie öffnete ihre Augen in freudiger Erregung, denn die Rufe kamen gewiß von Sebastians Trägern. Noch ehe sie völlig wach war, hatte sie das Deckbett zur Seite geworfen. Sie kroch unter dem Moskitonetz hervor und blieb lauschend stehen – das Kind an ihre Brust gedrückt.

Erst jetzt fiel ihr auf, daß ihr Zimmer nicht mehr im Dunkeln lag. Draußen sah sie ein rotes Licht aufflammen und wieder erlöschen. Der letzte Rest von Schlaftrunkenheit wich von ihr, und nun merkte sie, daß die Rufe draußen keine freudige Begrüßung bedeuteten. Da waren außerdem Geräusche – ein Flüstern, Rascheln und Knacken –, die sie sich nicht erklären konnte.

Sie trat ans Fenster – langsam, bange und aufs äußerste gespannt, aber noch bevor sie es erreicht hatte, ließ ein Schrei sie erstarren. Er kam aus dem Hof; ein Schrei, der noch lange in der Luft vibrierte; ein Schrei höchster Angst und Pein.

»Gnadenvoller Gott«, flüsterte sie und zwang sich, einen Blick hinauszuwerfen.

Die Unterkünfte der Diener und die Nebengebäude standen in Flammen. Aus allen Strohdächern stieg das Feuer in wirbelnden gelben Säulen auf und leuchtete grell in der Dunkelheit.

Im Hof waren Männer, viele Männer, alle in der Khakiuniform deutscher Askaris. Jeder hatte ein Gewehr bei sich, und ihre Bajonette schimmerten im Flammenschein.

»Sie sind über den Fluß gekommen – o nein, lieber Gott, nein!« Rosa drückte das Baby fest an sich und kauerte sich unter das Fensterbrett.

Da kam wieder der Schrei, jetzt schon schwächer, und sie sah vier Askaris geschart um eine Kreatur, die sich im Staub des Hofes wand. Sie hörte ihr Lachen – das erregte Lachen von Männern, die Spaß am Töten haben.

In diesem Augenblick stürzte ein Diener aus einem der brennenden Nebengebäude und lief in die Dunkelheit jenseits des Flammenkranzes. Laut schreiend ließen die Askaris den Sterbenden liegen und jagten hinter dem anderen her. Sie hetzten ihn wie ein Rudel abgerichteter Jagdhunde, das hinter einer Gazelle her ist, lachend und johlend trieben sie ihn zurück in den taghellen Feuerschein.

Verwirrt blieb der Diener stehen und blickte mit schreckverzerrtem Gesicht um sich. Dann fielen die Askaris über ihn her und schlugen mit ihren Gewehren auf ihn ein.

»O Gott, nein.« Ein heftiges Schluchzen würgte Rosas Kehle, aber sie konnte ihre Augen nicht abwenden.

Plötzlich hörte sie in dem Aufruhr eine neue Stimme, ein respekteischendes Brüllen. Sie konnte die Worte nicht verstehen, denn sie waren in deutscher Sprache, aber um die Ecke des Bungalows bog ein weißer Mann, eine massige Gestalt in der grauen Korduniform des deutschen Kolonialdienstes, einen Schlapphut tief in die Augen gezogen und eine Pistole in der Hand. Nach der Beschreibung, die Sebastian ihr gegeben hatte, erkannte sie den deutschen Kommissar.

»Halten Sie sie auf!« Rosa sprach diese Worte nicht aus; sie waren ein stummer Schrei in ihrem Innern. »Bitte, sie sollen mit dem Brennen und Morden aufhören.«

Der Weiße sprach fluchend auf seine Askaris ein; sein Gesicht war Rosa zugewandt, und sie sah, daß es rund und rosig war wie ein Kindergesicht. Und dieses Gesicht glänzte vor Schweiß.

»Halten Sie sie auf. Bitte, halten Sie sie auf«, flehte Rosa, doch auf Befehl des Kommissars liefen drei Askaris zu der Stelle, wo sie im Jagdeifer ihre Fackeln aus trockenem Gras fallengelassen hatten. Während sie diese an den Flammen wieder in Brand setzten, ließen die übrigen Askaris von den Leichen der beiden Diener ab und umringten den Bungalow, die Gesichter auf das Haus gerichtet, die Gewehre im Anschlag. Die meisten Bajonette waren vom Blut gerötet.

»Ich will Fini haben und den Singese – keine Träger und Gewehrboys. Ich will die weißen Männer haben! Räuchert sie aus!« brüllte Fleischer. Rosa konnte nur den Namen ihres Vaters verstehen. Sie wollte hinausschreien, daß er nicht hier sei – nur sie und das Kind.

Die drei Askaris liefen jetzt auf den Bungalow zu, und von ihren Fackeln sprühten Funken und Flammen. Einer nach dem andern blieb stehen. Sie stellten sich auf die Zehenspitzen wie Speerwerfer und warfen ihre Fackeln im hohen Bogen auf den Bungalow. Rosa hörte ihren dumpfen Aufschlag.

»Ich muß mein Baby in Sicherheit bringen.« Sie lief durch das Zimmer, hinaus in den Flur. Es war dunkel hier draußen, und sie tastete sich an der Wand entlang, bis sie die Tür zum Wohnzimmer fand. Am Eingang legte sie den Riegel um und öffnete die Tür einen Spalt. Sie spähte hinaus auf den hell erleuchteten Rasen gleich unterhalb der Veranda. Sie sah dort die dunklen Gestalten der Askaris und zog sich zurück.

»Die Seitenfenster der Küche«, sagte sie zu sich. »Sie liegen dem Busch am nächsten. Das ist die beste Möglichkeit.« Und so stolperte sie zurück in den Flur.

Um sie her ein Toben wie bei einem Unwetter, ein Geräusch, das sich mit dem Prasseln von brennendem Stroh vermengte. Ein erster Brandgeruch stieg ihr in die Nase.

»Wenn ich nur den Busch erreichen könnte«, murmelte sie verzweifelt. Das Kind fing an zu weinen.

»Still, mein Kleines, sei still.« Ihre Stimme war vor Angst verzerrt. Maria schien die Angst zu spüren; das zaghafte Wimmern wurde zu einem lauten Weinen. Das Kind strampelte wild in Rosas Armen.

Durch die Seitenfenster der Küche sah Rosa die bekannten Gestalten der Askaris am Rande des Feuerscheins warten. Die Verzweiflung nahm ihr allen Mut. Plötzlich gaben die Beine unter ihr nach, und sie zitterte am ganzen Leib.

Hinter sich im Bungalow hörte sie ein donnerndes Dröhnen, als ein Teil des brennenden Daches einstürzte. Ein sengender Lufthauch wehte durch die Küche, und die funkensprühende Feuersäule, die bei dem Einsturz aufstieg, ließ die Umgebung wie in Tageshelle aufleuchten. In ihrem Schein tauchte eine Gestalt hinter den Askaris auf, stolperte wie ein kleiner schwarzer Affe aufs Haus zu, und Rosa hörte Nannys Stimme: *»Little Long Hair! Little Long Hair.«* Ein jämmerlicher, herzzerreißender Klageruf.

Nanny war es während der ersten Minuten des Überfalls gelungen, in den Busch zu entkommen. Sie hatte dort gelegen und zugeschaut, bis das Dach des Bungalows einstürzte – dann konnte sie sich nicht länger zurückhalten. Ungeachtet der eigenen Gefahr, nichts im Sinn als ihre geliebten Schützlinge, kam sie jetzt zurück.

Die Askaris sahen sie ebenfalls. Ihre feste Linie löste sich auf, und alle liefen los, um sie abzufangen. Auf einmal war das Gelände zwischen Rosa und dem Waldrand wie leergefegt. Jetzt hatte sie eine Gelegenheit – eine ganz winzige Gelegenheit, das Kind in Sicherheit zu bringen. Sie stieß das Fenster auf und sprang hinaus.

Erst zögerte sie und schaute auf das Durcheinander der Männer zu ihrer Rechten. In diesem Augenblick sah sie, wie ein Askari die alte Frau einholte und mit seinem Bajonett zustach. Nanny taumelte unter der Wucht des Stoßes. Der Mann hatte ihr den Stahl in den Rücken gestoßen. Unwillkürlich flogen ihre Arme zur Seite, und für den Bruchteil einer Sekunde sah Rosa die Bajonettspitze gespenstisch aus der Brust der alten Frau hervorragen.

Jetzt lief Rosa auf die Büsche und Bäume zu. Maria schrie in ihren Armen.

Dieser Laut weckte die Aufmerksamkeit der Askaris. Einer von ihnen stieß einen Schrei aus, und schon war die ganze Meute hinter ihr her.

Rosas Sinne waren vom Entsetzen so überreizt, so überempfindlich, daß das Geschehen um sie her wie in Zeitlupe abzulaufen schien. Wie gelähmt von der Last des Kindes, schien sich jeder ihrer Schritte endlos hinzuziehen, als müsse sie durch hüfthohes Wasser waten. Das lange Nachthemd behinderte sie, und unter ihren bloßen Füßen spürte sie spitze Steine und Dornen. Der Waldrand vor ihr wollte und wollte nicht kommen, und als sie so dahinlief, fühlte sie, wie die kalte Hand der Angst ihre Brust zuschnürte und ihr den Atem nahm.

Da tauchte ein Mann vor ihr auf – ein Askari; ein großer Mann, der mit den weit ausgreifenden Schritten eines Pavianbullen auf sie losstürmte, ihr den Fluchtweg abschnitt – den Mund weit offen wie ein wildgewordenes Scheusal.

Rosa schrie auf. Sie wollte ihm ausweichen. Jetzt lief sie am Waldrand entlang, und hinter sich hörte sie die Schritte und das undeutliche Stimmengewirr der Verfolger.

Eine Hand packte sie an der Schulter, und als sie sich ihr entwand, zerriß der Stoff ihres Nachthemds unter den brutalen Händen.

Blind vor Angst taumelte sie ein Dutzend Schritte rückwärts auf das brennende Haus zu. Sie spürte die glühende Hitzewelle in ihrem Gesicht und auf dem Körper. Und dann traf sie ein Gewehrkolben an der Wirbelsäule. Ein stechender Schmerz lähmte ihre Beine. Maria fest an sich gepreßt, brach sie zusammen.

Die Männer umringten sie – eine Palisade menschlicher Körper mit gierigen, blutrünstigen Fratzen. Der Große, der sie mit seinem Gewehrkolben zu Fall gebracht hatte, beugte sich über sie, und ehe sie seine Absicht erkennen konnte, hatte er Maria aus ihren Armen gerissen und war einen Schritt zurückgetreten. Lachend stand er da, das Kind bei den Knöcheln gepackt. Sein Kopf hing nach unten und das Blut schoß ihm ins Gesicht.

»Nein, nein. Bitte, nein!« Mit allerletzter Kraft kroch Rosa auf den Mann zu. »Mein Baby. Gib es mir, bitte, gib es mir.« Flehend hob sie beide Arme.

Der Askari ließ das Kind vor ihr baumeln. Er wollte sie bewußt quälen. Langsam, Schritt für Schritt wich er vor der kriechenden Frau zurück, während die andern ihr wüstes heiseres Lachen hören ließen und Rosa umringten. Ihre Gesichter waren völlig verzerrt; dies waren die bösen Gesichter einer wahnsinnigen Meute, die sich stieß und drängte, um das Schauspiel besser beobachten zu können.

Und dann hob der Askari mit einem wilden Aufschrei Maria hoch, wirbelte sie zweimal herum, indem er sich um die eigene

Achse drehte und auf den Bungalow zielte. Rosa verdeckte ihr Gesicht, um das Entsetzliche nicht zu schauen, denn jetzt warf dieser Mann das Kind aufs brennende Dach.

Der winzige Körper flog wie eine Puppe durch die Luft; das Hemdchen flatterte noch, da Maria herabfiel, auf dem Dach aufschlug und alsbald in den Flammen verschwand. Und in diesem Augenblick hörte Rosa die Stimme ihres Kindes zum letztenmal. Es war ein Ton, den sie niemals vergessen sollte.

Plötzlich waren alle Männer um sie her verstummt, und dann, als wehe eine Geisterstimme durch die Bäume, wichen sie wie verstört zurück. Immer noch auf den Knien, die Augen auf das brennende Gebäude gerichtet, das jetzt einem Scheiterhaufen glich, fiel Rosa vornüber und schlug ihre Hände wie im Gebet vor das Gesicht.

Der Askari, der das Kind in die Flammen geworfen hatte, griff nach dem Gewehr, das zu seinen Füßen lag, und baute sich groß vor ihr auf. Er hob das Gewehr über seinen Kopf – hielt es, wie ein Harpunier seine stählerne Lanze hält – und zielte mit der Bajonettspitze auf Rosas Nacken, wo das Haar zur Seite gefallen war und ihre blasse Haut freigab.

In der Sekunde, die der Askari verharrte, um genau Maß zu nehmen, schoß Hermann Fleischer den Mann nieder.

»Verrückter Hund!« schrie der Kommissar dem toten Askari ins Gesicht. »Ich habe doch gesagt, ihr sollt sie lebend fangen.«

Dann wandte er sich, vom angestrengten Laufen wie ein Asthmatiker schnaufend, an Rosa.

»Mein Fräulein, ich muß mich entschuldigen.« Er zog seinen Schlapphut in übertriebener Höflichkeit. Er sprach deutsch, und Rosa verstand keine Silbe. »Wir führen keinen Krieg gegen Frauen und Kinder.«

Rosa sah ihn nicht an. Sie weinte still in ihre Hände hinein.

39

»Noch ein bißchen früh im Jahr für ein Buschfeuer«, murmelte Flynn. Zwischen den Händen hielt er einen Emaillebecher und blies den Dampf vom heißen Kaffee. Er war bis zur Hüfte in seine Decke gehüllt.

Ihm gegenüber am Lagerfeuer saß Sebastian, ebenfalls in Decken eingewickelt, und auch er kühlte seinen Kaffee. Bei Flynns Worten hob er den Kopf und blickte in den dunklen Süden.

Eine trügerische Dämmerung erhellte den Himmel gerade genug, um die Hügel am Horizont als ein wellenförmiges Etwas erkennen zu können. Dort war Lalapanzi. Dort warteten Rosa und Maria.

Da bemerkte Sebastian den hellen Schein an einer Stelle der Kammlinie. Das sah aus wie ein Fächer aus rosigem Licht, nicht größer als ein Daumennagel. »Kein sehr großes«, stellte er fest.

»Nein«, stimmte Flynn zu. »Hoffen wir allerdings, daß es sich nicht ausbreitet.« Er schlürfte geräuschvoll aus seiner Tasse.

Während Sebastian noch müßig in die Ferne schaute, wurde der Feuerschein kleiner, dann schrumpfte er schließlich vor der aufgehenden Sonne zusammen. Auch die Sterne verblaßten.

»Wir machen uns lieber auf den Weg. Wir haben eine lange Tagesreise vor uns, und wir haben auf dieser Exkursion schon genug Zeit verloren.«

»Du bist eine richtige Nervensäge, wenn es darum geht, in dein trautes Heim zu kommen.« Flynn gab sich desinteressiert, aber insgeheim hatte der Gedanke, zu seiner Enkeltochter zurückzukehren, etwas sehr Verlockendes. Er stürzte seinen Kaffee hinunter und verbrannte sich die Zunge.

Sebastian hatte recht. Sie hatten auf der Rückreise von dem Überfall auf Mahenge eine Menge Zeit vergeudet.

Zunächst hatten sie einen Umweg gemacht, um einem Trupp deutscher Askaris auszuweichen, der sich nach den Warnungen eines Häuptlings in M'topos Dorf aufhielt. Sie waren drei Tage stromaufwärts gezogen, ehe sie einen sicheren Übergang und ein

Dorf, das bereit war, ihnen Kanus zu vermieten, gefunden hatten.

Dann kam das Scharmützel mit dem Flußpferd, das sie fast eine Woche kostete. Wie es gemeinhin üblich war, hatten die vier gemieteten Kanus, bis knapp unter der Bordkante mit Flynn, Sebastian, mit Gefolge und Beute beladen, den Rovuma überquert und hielten sich am portugiesischen Ufer, als sie stromabwärts zu der Landestelle bei M'topos Dorf fuhren. Und dort machte das Flußpferd ihnen den Weg streitig.

Es war eine alte Kuh, die wenige Stunden zuvor in einem kleinen Schilfdickicht, das vom Südufer durch zwanzig Fuß lilienbewachsenes Wasser getrennt war, ein Kalb zur Welt gebracht hatte. Als die vier von fröhlich singenden Paddlern angetriebenen Kanus in diesen Kanal einfuhren, betrachtete die Kuh dies als eine unmittelbare Bedrohung ihrer Nachkommenschaft und geriet in Wut.

Zwei Tonnen eines wütenden Flußpferds haben die zerstörerische Kraft eines begrenzten Wirbelsturmes. Es tauchte mit roher Gewalt unter dem ersten Kanu auf und schleuderte Sebastian, zwei Gewehrboys, vier Paddler und ihre gesamte Ausrüstung zehn Fuß durch die Luft. Das wurmstichige Kanu brach in der Mitte auseinander und sank unverzüglich.

Danach ließ das Muttertier den drei folgenden Kanus die gleiche Behandlung zuteil werden, und innerhalb weniger Minuten war der Kanal von schwimmenden Trümmern und prustenden, angstschlotternden Männern verstopft. Glücklicherweise waren sie keine zehn Fuß vom Ufer entfernt. Sebastian kam als erster an Land, aber auch die übrigen waren ihm dicht auf den Fersen, und alle stürmten wie beim Start zu einem Querfeldeinrennen los, als das Flußpferd aus dem Wasser auftauchte und zu erkennen gab, daß es sich mit der Zerstörung der Flottille nicht zufriedengeben wollte, sondern beabsichtigte, ein paar von ihnen mit den gewaltigen Kiefern in Stücke zu beißen.

Nach hundert Metern ließ es von der Verfolgung ab und trabte zurück zum Wasser, wobei es triumphierend grunzte und mit den kleinen Ohren wackelte. Eine halbe Meile weiter blieben die Überlebenden stehen.

Sie verbrachten die Nacht in einem Lager ohne Nahrungsmittel, Bettzeug oder Waffen, und am folgenden Morgen wurde Sebastian, nach einem hitzigen Kriegsrat, ausersehen, zum Fluß zurückzukehren und nachzuprüfen, ob das Flußpferd immer noch den Kanal beherrschte. Er kam in Windeseile zurück und berichtete, daß es sich tatsächlich so verhielt.

Drei Tage warteten sie darauf, daß die Flußpferdmutter und ihr Kalb weiterzogen. Während dieser Zeit litten sie unter den Strapazen kalter Nächte und hungriger Tage, aber am meisten mußte Flynn leiden, dessen Ginkiste acht Fuß unter der Wasseroberfläche lag. Am dritten Morgen wurde er wieder von einem Anfall (Delirium tremens) bedroht. Gerade als Sebastian sich auf seine morgendliche Erkundung des Kanals begeben wollte, wies Flynn ihn aufgeregt darauf hin, daß drei blaue Skorpione auf seinem Kopf saßen. Nach dem ersten Schreck tat Sebastian so, als schüttele er die eingebildeten Skorpione herunter und trampele sie zu Tode; erst dann war Flynn zufrieden.

Sebastian kam mit der Nachricht vom Fluß zurück, daß Mutter und Kind die Schilfinsel evakuiert hatten und daß es nunmehr möglich war, Rettungsaktionen in die Wege zu leiten.

Sebastian sträubte sich zunächst und sprach von Krokodilen, aber dann ließ er sich doch überreden, seine Kleider abzulegen und ins Wasser zu steigen. Bei seinem ersten Tauchversuch rettete er die kostbare Ginkiste.

»Gott segne dich, mein Junge«, murmelte Flynn inbrünstig, als er eine Flasche entkorkte.

Bis zum nächsten Morgen hatte Sebastian nahezu die gesamte Ausrüstung und Beute geborgen, ohne von Krokodilen aufgefressen zu werden. So machten sie sich zu Fuß auf den Weg nach Lalapanzi.

Schon lagen sie im letzten Lager vor Lalapanzi. Sebastian spürte eine steigende Ungeduld. Er wollte nach Hause zu Rosa und zu der kleinen Maria. Am Abend sollte es soweit sein.

»Komm, Flynn, gehen wir weiter.« Er schüttete den Kaffeegrund aus seinem Becher, warf seine Decke zur Seite und rief nach Mohammed und den Trägern, die um das andere Feuer kauerten.

»Safari! Abmarsch!«

Neun Stunden später, im schwindenden Tageslicht, erstieg er den letzten Hügel und legte eine Rast ein.

Den ganzen Tag über hatte die Sehnsucht seine Schritte beflügelt, und er hatte Flynn und die Kolonne der Träger weit hinter sich gelassen.

Jetzt war er allein und starrte verständnislos auf die brandgeschwärzten Ruinen von Lalapanzi, aus denen immer noch die Rauchwolken aufstiegen.

»Rosa!« Er rief ihren Namen heiser vor Angst und rannte wie besessen los.

»Rosa!« schrie er, als er über den verbrannten und zertrampelten Rasen lief.

»Rosa! Rosa! Rosa!« hallte es vom Hügel oberhalb ihres Heims wider.

»Rosa!« Er sah etwas zwischen den Büschen am Rande der Rasenfläche und lief darauf zu. Die alte Nanny lag tot da, und der geblümte Stoff ihres Nachthemds zeigte Blutflecken.

»Rosa!« Er lief zurück zum Bungalow.

»Rosa!« Seine Stimme klang hohl durch die ausgebrannte Schale des Hauses, als er über die herabgestürzten Deckenbalken in das ehemalige Wohnzimmer stolperte. Der Geruch von verbranntem Stoff, Haar und Holz erstickte ihn beinahe, und seine Stimme versagte, als er noch einmal den Namen Rosa rufen wollte.

»Rosa!«

Er fand sie in der ausgebrannten Küche, und er hielt sie für tot. Sie war in einer geschwärzten Ecke zusammengebrochen. Ihr Nachthemd war zerrissen und versengt, und die wirren Haarsträhnen, die ihr übers Gesicht hingen, lagen unter einer Schicht aus weißer Holzasche.

»Mein Liebling. Oh, mein Liebling.« Er kniete neben ihr nieder und berührte zaghaft ihre Schulter. Ihr Fleisch fühlte sich unter seinen Fingern warm an, und er war so unendlich erleichtert, daß er nicht weitersprechen konnte. Er strich ihr das Haar aus dem Gesicht und ließ nicht von ihr.

Unter den schmutzigen Rußspuren erschien ihre Haut fahl

wie Marmor. Ihre Augen lagen tief in den Höhlen und waren rot unterlaufen.

Er berührte mit den Fingerspitzen ihre Lippen. Da öffnete sie die Augen. Aber sie sahen über ihn hinweg – diese blicklosen, toten Augen. Sie flößten ihm Furcht ein. Er wollte sie nicht anschauen. Er zog ihren Kopf an seine Schulter.

Sie leistete keinen Widerstand. Sie lehnte sich still an seine Brust, und er drückte sein Gesicht in ihr Haar. Es roch nach Rauch.

»Bist du verletzt?« fragte er, aber er wollte gar keine Antwort hören. Sie gab auch keine Antwort; sie lag reglos in seinen Armen.

»Sag doch was, Rosa. Sag es mir. Wo ist Maria?«

Bei diesem Wort zeigte sie die erste Reaktion. Sie fing an zu zittern.

»Wo ist sie?« Seine Stimme wurde eindringlicher.

Sie hob den Kopf ein wenig. Er folgte ihrem Blick.

An der gegenüberliegenden Wand war ein Stück Fußboden von Trümmern und Asche gesäubert worden. Rosa hatte das mit ihren bloßen Händen getan, als die Asche noch heiß war. Ihre Finger waren voller Blasen und stellenweise bis auf das rohe Fleisch verbrannt, und ihre Arme waren schwarz bis an die Ellbogen. Mitten auf dem Boden lag ein verkohltes Etwas.

»Maria?« flüsterte Sebastian, und Rosa klammerte sich schaudernd an ihn.

»Oh, mein Gott«, sagte er. Er nahm Rosa auf seine Arme und stolperte aus den Ruinen des Bungalows hinaus in die kühle Abendluft, aber der Geruch von Rauch und verbranntem Fleisch verfolgte ihn. Er wollte fort. Blindlings lief er den Pfad entlang, und Rosa lag reglos in seinen Armen.

40

Am nächsten Tag begrub Flynn die Toten auf dem Hügel oberhalb von Lalapanzi. Er wälzte einen dicken Granitbrocken auf das kleine Grab, das von den übrigen abgesondert war, und als die Arbeit getan war, schickte er einen Träger ins Lager, um Rosa und Sebastian zu holen.

Als sie kamen, stand er allein an Marias Grab unter den Marulabäumen. Sein Gesicht war aufgedunsen und purpurrot. Das schüttere graue Haar hing ihm in Strähnen über Ohren und Stirn. Die Schultern hingen herab, das Fleisch schien ausgezehrt, und die Kleidung war von Dreck und Schweiß durchsetzt. Flynn Patrick O'Flynn fühlte sich hundeelend. Das kam vom Kummer und vom Alkohol.

Sebastian stand neben Rosa, und alle drei nahmen sie schweigend Abschied von der kleinen Maria.

»Jetzt können wir nichts mehr tun.« Sebastians Stimme klang heiser.

»Doch«, erwiderte Flynn. Er bückte sich langsam und nahm eine Handvoll frische Erde vom Grab. »O doch.« Er zerkrümelte die Erde zwischen den Fingern. »Wir müssen den Mann finden, der dies angerichtet hat – und ihn töten.«

Rosa richtete sich an Sebastians Seite auf. Sie wandte sich ihm zu, hob das Kinn und sprach zum erstenmal, seit er nach Hause gekommen war.

»Töten«, wiederholte sie leise.

2. Teil

41

Die Hände auf dem Rücken verschränkt, das Kinn aggressiv vorgereckt, zog Konteradmiral Sir Percy Howe seine Unterlippe nachdenklich zwischen die Zähne. »Wann wurde die *Blücher* zum letztenmal gesehen?« fragte er schließlich.

»Vor einem Monat, Sir. Zwei Tage vor Kriegsausbruch. Die Begegnung wurde von S. S. *Tygerberg* gemeldet. Null Grad 27 Minuten nördlicher Breite; 52 Grad 16 Minuten östlicher Länge. Kurs Südwest; geschätzte Geschwindigkeit achtzehn Knoten.«

»Das nützt uns überhaupt nichts«, unterbrach Sir Percy seinen Kommandanten und blickte düster auf die riesige Karte des Indischen Ozeans. »Sie könnte jetzt schon in Bremerhaven sein.«

»Das könnte sie, Sir«, nickte der Kommandant des Flaggschiffs. Sir Percy warf ihm einen Blick zu und erlaubte sich ein frostiges Lächeln.

»Aber Sie glauben es doch nicht, Henry – oder?«

»Nein, Sir, ich glaube es nicht. In den letzten dreißig Tagen sind acht Frachter zwischen Aden und Laurenco Marques verschwunden. Fast eine Viertelmillion BRT Schiffsraum. Das ist das Werk der *Blücher.*«

»Ja, das ist zweifellos die *Blücher*«, pflichtete der Admiral ihm bei, griff über die Plantafel und hob die schwarze Scheibe mit der Aufschrift *Blücher* hoch, die gerade auf der grünen Weite des Indischen Ozeans lag.

Eine respektvolle Stille beherrschte die Offiziere im Kartenraum für Südatlantik und Indischen Ozean, während sie darauf warteten, daß der große Mann zu einer Entscheidung kam. Sie mußten lange warten. Er spielte mit der Miniatur-Blücher in der rechten Hand; seine grauen Augenbrauen standen aufrecht wie die Stacheln eines Igels, und seine Stirn lag in nachdenklichen Falten. Sie warteten eine volle Minute.

»Nennen Sie mir noch mal ihre Klasse und das Datum des ersten Einsatzes.« Wie die meisten erfolgreichen Männer traf Sir Percy keine voreilige Entscheidung, wenn er Zeit zum Nachdenken hatte, und der diensthabende Lieutenant, der diese Frage erwartet hatte, trat einen Schritt vor und hatte die Liste der Deutschen Kriegsmarine auf der richtigen Seite aufgeschlagen.

»*Blücher.* In Dienst gestellt am 16. August 1906. Klasse ›B‹, schwerer Kreuzer. Hauptbewaffnung acht 21-cm-Geschütze; sonstige Waffen: sechs 15-cm-Geschütze!«

Der Lieutenant hörte auf zu lesen und wartete schweigend auf weitere Fragen.

»Wer ist der Kapitän?« wollte Sir Percy wissen, und der Lieutenant schaute im Anhang nach.

»Otto von Kleine. Graf. Kommandierte vorher den leichten Kreuzer *Sturmvogel.*«

»Ja«, nickte Sir Percy. »Ich habe von ihm gehört.« Er legte die Scheibe auf die Plantafel und ließ seine Hand darauf liegen. »Ein gefährlicher Mann, hier, südlich von Suez«, und damit schob er die Scheibe hinauf bis zum Roten Meer und zur Kanaleinfahrt, wo die kleinen roten Schiffahrtswege sich zu einer dicken Arterie vereinigten. »Oder hier.« Er schob sie hinunter zum Kap der Guten Hoffnung, um das sich die gleichen roten Fäden zogen, die London mit Australien und Indien verbanden. Sir Percy hob seine Hand und ließ die schwarze Scheibe wie eine Drohung auf den Schiffahrtswegen liegen.

»Welche Streitkräfte haben wir bislang gegen ihn zum Einsatz gebracht?«

Als Antwort nahm der Kommandant einen hölzernen Zeigestock und berührte damit nacheinander die roten Scheiben, die über den Indischen Ozean verteilt waren.

»*Pegasus* und *Renounce* im Norden. *Eagle* und *Plunger* durchkämmen die südlichen Gewässer, Sir.«

»Welche Schiffe können wir noch entbehren, Henry?«

»Tja, Sir, da zum Beispiel wären *Orion* und *Bloodhound* in Simonstown.« Er berührte mit dem Zeigestock die Nase des afrikanischen Kontinents.

»*Orion* – das ist Manderson, nicht wahr?«

»Ja, Sir.«

»Und wer hat die *Bloodhound*?«

»Little, Sir.«

»Gut.« Sir Percy nickte zufrieden. »Ein 15-cm-Kreuzer und ein Zerstörer sollten in der Lage sein, mit der *Blücher* fertig zu werden.« Er konnte sich ein Lächeln nicht verkneifen. »Ganz besonders, wenn ein Höllenhund wie Charles Little die *Bloodhound* kommandiert. Ich habe mit ihm im letzten Sommer Golf gespielt – er hat doch in St. Andrews glatt das sechzehnte Loch mit einem Schlag geschafft.«

Der Kommandant warf dem Admiral einen Blick zu, und in Anbetracht des hohen Ansehens, in dem der Zerstörerkapitän stand, meinte er, sich einen Scherz erlauben zu können. »Die jungen Damen von Kapstadt werden traurig sein, wenn er sie verläßt, Sir.«

»Wir müssen hoffen, daß Kapitän zur See Otto von Kleine traurig ist, wenn er dort ankommt.« Sir Percy lächelte weise vor sich hin.

»Daddy mag dich sehr.«

»Dein Vater ist ein Mann mit einem außerordentlich guten Geschmack«, gab der ehrenwerte Commander Charles Little galant zu, während er den Kopf zur Seite drehte und der jungen Dame zulächelte, die im Schatten einer Kiefer auf einer Wolldecke lag.

»Kannst du denn niemals ernst sein?«

»Helen, meine Süße, zu gewissen Zeiten kann ich todernst sein.«

»Ach du!« Helen errötete leicht, als sie sich an Charles' jüngste Eskapaden erinnerte, die ihren Vater sofort veranlassen würden, sein Urteil zu revidieren.

»Ich schätze die gute Meinung, die dein Vater von mir hat, aber viel wichtiger ist es mir, daß du sie teilst.«

Helen richtete sich langsam auf und schaute ihn nachdenklich an, während ihre Hände damit beschäftigt waren, Kiefernnadeln aus dem kunstvollen Gebäude ihres Haares zu sammeln, den Verschluß ihrer Bluse zu ordnen und die Röcke ihres Reitkostüms züchtig über die wohlgeformten Beine zu legen, die in hohen schwarzen Lederstiefeln steckten.

Sie starrte Charles Little an und empfand beinahe schmerzhaft die ganze Stärke ihres Verlangens. Es war kein sinnliches Begehren, eher eine übermächtige Besessenheit, diesen Mann ihr eigen zu nennen. Ungefähr so, wie sie Diamanten, Pelze, seidene Kleider, Pferde, Pfauen und andere schöne Dinge ihr eigen nannte.

Er streckte seinen Körper auf der Decke mit der unbewußten Anmut eines Leoparden. Ein verstecktes Lächeln umspielte seine Mundwinkel, und er senkte die Lider, um das Funkeln seiner Augen zu verbergen. Sein Haar war feucht von der soeben geleisteten Betätigung und fiel ihm in die Stirn.

Er hatte etwas Satanisches an sich, einen Hauch von Verworfenheit, und Helen kam zu dem Schluß, daß dieser Eindruck durch seine schrägen Augenbrauen hervorgerufen wurde – oder durch die Ohren, die flach an den Schläfen lagen, ihr jedoch wie die Ohren eines Satyrs und zugleich rosig und weich wie die eines Kindes erschienen.

»Ich glaube, du hast Teufelsohren«, stellte sie fest, doch dann wurde sie wieder rot und sprang schnell auf die Füße, um seinen Armen zu entgehen. »Nun ist es genug!« kicherte sie und lief zu dem Vollblüter, der nahebei im Wald angehalftert war. »Komm schon!« rief sie beim Aufsteigen.

Charles erhob sich faul und reckte seine Arme. Er steckte seine Hemdzipfel in die Reithosen, legte die Decke zusammen, auf der sie gelegen hatten, und ging zu seinem Pferd.

Am Waldrand zügelten sie ihre Pferde und blickten hinab in das Tal von Constantia.

»Ist das nicht schön?« fragte sie.

»Es ist wirklich schön«, stimmte er zu.

»Ich meine den Anblick.«

»Ich auch.« Zweimal hatte sie ihn in den sechs Tagen, seit er sie kennengelernt hatte, auf diesen Berg der Versuchung geführt. Zu ihren Füßen lagen sechstausend Morgen vom reichsten Land ganz Afrikas.

»Als mein Bruder Hubert ums Leben kam, war niemand da, der es bestellen konnte. Nur meine Schwester und ich – und wir sind doch nur kleine schwache Mädchen. Unser armer Daddy ist auch nicht mehr so gut beieinander – ihm ist das viel zu anstrengend.«

Charles ließ seinen Blick langsam von dem flachen Fundament des Tafelberges zu ihrer Linken über das saftige Tal mit seinen Weingärten schweifen, und weiter bis zu der Stelle, wo die Falsche Bucht einen glitzernden Keil zwischen die Berge schob.

»Sieht unser Anwesen nicht ganz entzückend aus von hier?« Helen lenkte seine Aufmerksamkeit auf das massive Wohnhaus mit dem holländischen Giebel und die dazugehörigen Nebengebäude, die sich bescheiden dahinter verbargen.

»Ich bin wahrhaft beeindruckt von der Großzügigkeit des Zuchthonorars«, murmelte Charles und verschluckte dabei absichtlich die beiden letzten Wörter. Das Mädchen sah ihn überrascht an und warf den Kopf zurück.

»Wie bitte?«

»Es ist eine wahrhaft großartige Gegend«, verbesserte er sich. Ihre beharrlichen Versuche, ihn an die Kette zu legen, fingen an, Charles zu langweilen. Er hatte schon geschicktere Jägerinnen gereizt und war ihnen trotzdem nicht auf den Leim gegangen.

»Charles«, flüsterte sie. »Würde es dir nicht gefallen, hier zu leben – ich meine, für immer?«

Charles war schockiert. Diese kleine Provinzpflanze hatte nicht die geringste Ahnung von den Regeln, nach denen man das schöne Spiel des Flirtens spielte. Er war so erschüttert, daß er seinen Kopf zurückwarf und laut loslachte.

Wenn Charles lachte, war alle Weiblichkeit fasziniert im Umkreis von hundert Metern. Sein Lachen klang fröhlich – mit einem Unterton von Sinnlichkeit. Seine Zähne schimmerten weiß in dem wettergebräunten Gesicht, seine Brust- und Oberarmmuskeln kamen in aller Deutlichkeit unter dem dünnen Seidenhemd zum Vorschein.

Helen war die einzige Zuschauerin bei dieser Sondervorstellung, und sie war hilflos wie ein Spatz in einem Wirbelsturm.

Eifrig lehnte sie sich zu seinem Pferd hinüber und legte ihre Hand auf seinen Arm. »Es würde dir doch gefallen, Charles – oder nicht?«

Sie wußte nicht, daß Charles Little ein privates Einkommen von zwanzigtausend Pfund im Jahr bezog; daß er, wenn sein Vater starb, den Titel Viscount Sutherton und sämtliche zu diesem Namen gehörenden Besitztümer erben würde. Sie wußte auch nicht, daß ein jedes dieser Besitztümer dreimal so groß wie das ihres Vaters war, und sie wußte schon gar nicht, daß Charles willige junge Damen verschmäht hatte, die doppelt so hübsch wie Helen, zehnmal so reich und hundertmal so gut erzogen waren.

»Es würde dir bestimmt gefallen, Charles. Ich weiß es!«

Sie war so jung, so verwundbar, daß er die resolute Antwort, die er ihr geben wollte, nicht über die Lippen brachte.

»Helen.« Er ergriff ihre Hand. »Ich bin ein Mann der See. Wir ziehen mit dem Wind und den Wellen.« Er hob die Hand an seine Lippen.

Ein Weilchen saß sie reglos, fühlte den warmen Druck seiner Lippen auf ihrer Haut und die brennenden Tränen hinter ihren geschlossenen Augen. Dann riß sie sich los und warf das Pferd herum. Sie hob die lederne Reitgerte und schlug auf den glänzenden schwarzen Leib zwischen ihren Knien. Der Hengst machte einen erschreckten Satz und galoppierte zurück auf der Straße ins Tal von Constantia.

Charles schüttelte den Kopf und zog eine Grimasse des Bedauerns. Er hatte nicht vorgehabt, sie zu verletzen. Es war ein Abenteuer gewesen; etwas, um die Wartezeit auszufüllen, während die *Bloodhound* das letzte Stadium ihrer Überholung erlebte. Aber Charles hatte gelernt, dem Ende seiner jeweiligen Abenteuer, auch den Tränen und den tragischen Ausbrüchen gegenüber hart zu bleiben.

»Schäm dich, du herzloser Kerl«, schalt er sich laut. Er berührte sein Pferd leicht mit den Sporen und ritt gemächlich hinter dem Hengst her.

Er fand den Hengst bei den Stallungen. Ein Pferdeknecht ging mit ihm auf und ab; sein Fell zeigte dunkle Schweißflecken, und sein Brustkasten hob sich immer noch unter schweren Atemzügen.

Helen war nirgends zu sehen, aber ihr Vater stand neben dem Stalltor – ein hochgewachsener Mann mit einem streng geschnittenen, graumelierten Bart.

»Hatten Sie einen schönen Ausritt?«

»Vielen Dank, Mr. Uys«, erwiderte Charles unverbindlich, und der Ältere warf einen bedeutsamen Blick auf den abgehetzten Hengst, ehe er fortfuhr.

»Seit einer Stunde wartet einer Ihrer Matrosen auf Sie.«

»Wo ist er?« Charles' Verhalten änderte sich abrupt; er wurde sofort sachlich.

»Hier, Sir.« Aus dem tiefen Schatten des Stalleingangs trat ein junger Matrose in den hellen Sonnenschein.

»Was gibt es, Mann?« Ungeduldig erwiderte Charles seinen Gruß.

»Eine Empfehlung von Kapitän Manderson, Sir, und Sie sollen sich so schnell wie möglich an Bord der *Orion* melden. Ein Auto steht bereit, um Sie zum Stützpunkt zu bringen, Sir.«

»Ein Befehl zur unpassenden Zeit, Commander.« Uys lehnte an dem abgenutzten steinernen Torpfosten und gab seine Meinung zum besten. »Ich fürchte, wir werden Sie sehr lange nicht mehr zu Gesicht bekommen.«

Aber Charles hörte überhaupt nicht zu. Sein Körper schien vor Erregung zu beben, so wie ein guter Schießhund auf die Witterung des Vogels reagiert. »Auslaufbefehl«, flüsterte er. »Endlich. Na endlich!«

Eine schwere südöstliche Dünung schlug gegen das Kap, und das aufsprühende Wasser legte sich wie ein Kranz um den Strahl des auf den höher gelegenen Klippen stehenden Leuchtturms. Ein Schwarm Malgas kam in so großer Höhe auf das Land zu, daß sie noch die letzten Sonnenstrahlen einfingen und in einem rosigen Schein oberhalb der dunklen Wassermassen zu sehen waren.

Die *Bloodhound* hatte Kap Hangklip erreicht. Sie spürte den

Druck des Südatlantik. Sie schüttelte sich unter einem Schwall weißen Wassers, der an den Geschütztürmen auf dem Vorderdeck hochkam. Dann, wie zur Vergeltung, warf sie sich dem nächsten Schwall entgegen. Charles Little stand auf der Brücke und freute sich unsagbar über die kraftvolle Bewegung auf Deck.

»Gehen Sie auf Kurs Null-Fünf-Null.«

»Null-Fünf-Null, Sir«, wiederholte sein Navigationsoffizier.

»Umdrehungen für siebzehn Knoten, Lieutenant.«

Fast im selben Augenblick änderte sich der Rhythmus der Maschinen, und das Schiff bewegte sich ruhiger durchs Wasser.

Charles trat an den Rand der kleinen Brücke und blickte zurück in den dunklen, von Bergen umgebenen Rachen der Falschen Bucht. Zwei Meilen weiter achtern wurden die Umrisse der *Orion* eins mit dem abnehmenden Tageslicht.

»Komm schon, altes Mädchen. Gib dir ein wenig Mühe, Schritt zu halten«, murmelte Charles Little mit jener Verachtung, die der Mann eines Zerstörers für jedes Fahrzeug empfindet, das keine zwanzig Knoten schaffen kann. Dann fixierte er, an der *Orion* vorbei, das Land. Unter dem Massiv des Tafelbergs, dicht am oberen Ende des Tals von Constantia, leuchtete ein stecknadelkopfgroßes Licht.

»Es wird Nebel geben heute nacht, Sir«, kündigte der Lotse an. Charles jedoch drehte sich ohne Bedauern um und blickte über den Bug hinweg in die zunehmende Nacht.

»Ja, eine gute Nacht für Piraten.«

42

Der Nebel schlug sich auf dem grauen Metall der Brücke nieder, und die Bodenplatten waren glitschig. Er drang in die Mäntel der Männer ein, die an der Reling beieinanderstanden, und er setzte sich wie kleine Tautropfen auf Augenbrauen und Bart von Kapitän zur See Otto von Kleine. Diese Nebelkulisse gab ihm etwas Verwegenes – sie gab ihm in der Tat das unbekümmerte Aussehen eines Salonpiraten.

Immer wieder warf Leutnant Kyller einen besorgten Blick auf seinen Kapitän und fragte sich, wann wohl der Befehl zur Umkehr kommen würde. Er haßte es, im Nebel so dicht unter Land herumzuschleichen, wenn die Flut sie überdies auf eine feindliche Küste zutrieb.

»Alle Maschinen stop«, befahl von Kleine, und Kyller gab den Befehl eilends an das Ruder weiter.

»Fragen Sie den Ausguck, ob er Land ausmachen kann.« Von Kleine sprach, ohne den Kopf zu wenden, und nach einer kleinen Weile meldete sich Kyller: »Der Ausguck ist im Nebel. Keine Sicht.« Er machte eine Pause. »Das Vorderdeck meldet fünfzig Faden; es wird zunehmend seichter.«

Von Kleine nickte. Die Lotungen bestärkten ihn in seiner Schätzung, daß sie sich etwa fünf Meilen vor den Wellenbrechern des Hafens von Durban befanden. Wenn der Morgenwind den Nebel wegfegte, hoffte er vor sich die niedrigen Küstenhügel von Natal zu sehen, mit ihren terrassenförmigen Gärten und weißgetünchten Häusern – aber vor allem hoffte er mindestens sechs britische Frachter zu erblicken, die vor Anker lagen und darauf warteten, daß sie an die Reihe kamen, in den verstopften Hafen einzulaufen. Rundlich und verschlafen würden sie unter dem Schutz der Küstenbatterien daliegen, ohne die leiseste Ahnung, wie fragwürdig der Schutz von einem Halbdutzend veralteten Zehnpfündern war, die mit alten Männern und Knaben der Miliz bemannt waren.

Der Geheimdienst der deutschen Marine hatte einen sehr präzisen Bericht über die Verteidigungsanlagen und die in Durban vorherrschenden Bedingungen geliefert. Nach sorgfältigem Studium dieses Berichts war von Kleine zu dem Schluß gekommen, daß er einen gewissen Verrat seiner genauen Position an die Engländer für einen so hohen Preis in Kauf nehmen konnte. Mit seinem Plan war kaum ein Risiko verbunden. Ein Passieren des Hafeneingangs mit hoher Geschwindigkeit, eine einzige Breitseite für jeden der vor Anker liegenden Frachter, und er konnte längst am Horizont verschwunden sein, ehe die Bedienungen der Küstenbatterien ihre Kanonen geladen hatten.

Das Risiko lag indessen darin, daß der gesamten Bevölkerung von Durban die *Blücher* vorgeführt und dadurch der Royal Navy die erste genaue Positionsaufnahme seit der Kriegserklärung ermöglicht wurde. Innerhalb weniger Minuten nach seiner ersten Breitseite würden die britischen Geschwader, die auf ihn Jagd machten, aus allen Himmelsrichtungen daherkommen, um ihm jeden Fluchtweg abzuschneiden. Er hoffte, dieser Gefahr dadurch begegnen zu können, daß er nach Süden, in die Wasserwüsten von Wind und Eis unter dem 40. Breitengrad, auswich und dort mit *Esther*, seinem Versorgungsschiff, zusammentraf ... und dann ab nach Australien oder Südamerika, wie sich die Gelegenheit eben ergab.

Er warf einen Blick auf den Chronometer über dem Schiffskompaß. Noch drei Minuten bis Sonnenaufgang, dann konnte man den Morgenwind erwarten.

»Ausguck meldet Nebelauflösung.«

Von Kleine richtete sich auf und schaute hinaus in die Nebelbänke. Sie waren jetzt in Bewegung geraten und drehten sich als Antwort auf die ersten Sonnenstrahlen um sich selbst. »Alle Maschinen halbe Kraft voraus«, befahl er.

»Ausguck«, krächzte es aus einem der Sprachrohre. »Grünes Land in Sicht Vier-Null. Entfernung zehntausend Meter. Eine große Landzunge.«

Das war sicher das Steilufer oberhalb von Durban, jener gewaltige Walfischrückenberg, der schützend über dem Hafen lag. Aber im Nebel hatte von Kleine seine Annäherungsgeschwindigkeit falsch beurteilt; er war doppelt so weit vom Ufer entfernt, wie er beabsichtigt hatte.

»Alle Maschinen Volldampf voraus. Neuer Kurs – Null-Null-Sechs.« Er wartete so lange, bis der Befehl an das Ruder weitergegeben war, ehe er hinüber zu den Sprachrohren ging. »Geschütze! Hier spricht der Kapitän.«

»Geschütze«, meldete sich eine entfernte Stimme.

»Ich will das Feuer in etwa zehn Minuten mit Sprenggranaten eröffnen. Das Ziel wird eine Ansammlung von Frachtern bei annähernd dreihundert Grad sein. Entfernung fünftausend Meter. Sie können feuern, sobald Sie das Ziel ausmachen.«

»Wiederhole: Dreihundert Grad, Entfernung fünftausend Meter«, kam die Antwort; von Kleine schloß den Schutzdeckel des Sprachrohrs und kehrte an seinen ursprünglichen Platz zurück. Mit auf dem Rücken verschränkten Händen schaute er nach vorn. Unter ihm drehten sich die Geschütztürme schwerfällig; die langen Rohre hoben sich langsam und zielten in unpersönlicher Drohung in den Morgendunst.

Ein plötzlicher Sonnenstrahl traf die Brücke mit einer derartigen Kraft, daß Kyller seine Hand über die Augen halten mußte. Aber ebenso schnell, wie die Sonne gekommen war, war sie auch wieder verschwunden. Die *Blücher* tauchte wieder in die feuchtkalte Nebelbank ein. Und dann, als öffnete sich der Vorhang auf eine hellbeleuchtete Bühne vor ihnen, traten sie hinaus in einen strahlenden Sommermorgen.

Hinter ihnen verflüchtigte sich der Nebel von Horizont zu Horizont in einer nassen grauen Wand. Vor ihnen erhoben sich die grünen Hügel Afrikas, gesäumt von einem weißen Strand, und übersät mit tausend hellen Flecken. Es waren die Häuser von Durban. Die Silhouette der Kräne entlang der Hafenmauer sah wie ein verlassener Galgenberg aus.

Aus dem ruhigen Wasserspiegel zwischen der *Blücher* und dem Ufer erhoben sich vier ungeschlachte Umrisse wie eine Gruppe badender Flußpferde. Die britischen Frachter.

»Nur vier«, murmelte von Kleine ärgerlich. »Ich hatte gehofft, es wären mehr.«

Die zwölf Meter langen Rohre der 21-cm-Geschütze bewegten sich auf und ab, als witterten sie ihr Opfer, und die *Blücher* lief in schneller Fahrt dahin, wirbelte eine schäumende weiße Bugwelle auf und vibrierte im Rhythmus der Maschinen, die auf Volldampf gingen.

»Ausguck«, trompetete das Sprachrohr neben Kyller.

»Brücke«, meldete Kyller, doch seine Antwort ging unter in der ohrenbetäubenden Detonation der ersten Breitseite, dem langen Donnergrollen schweren Artilleriefeuers. Er fuhr unwillkürlich zusammen, da ihn die Abschüsse unvorbereitet getroffen hatten, und dann hob er schnell das Fernglas und richtete es auf die britischen Frachter. Jedes Auge auf der Brücke war in konzentrierter Aufmerksamkeit nach vorn gerichtet und wartete darauf, daß die Geschosse sich auf die dem Untergang geweihten Fahrzeuge hinabsenkten.

Die Stille, die dem Dröhnen der Breitseite folgte, wurde unterbrochen durch den deutlich hörbaren Aufschrei des Ausgucks aus dem Sprachrohr.

»Kriegsschiffe! Feindliche Kriegsschiffe achteraus!«

»Steuerbord zehn.« Von Kleine sprach etwas lauter, als man es von ihm gewohnt war, und die *Blücher*, immer noch unter Volldampf, drehte vom Land ab, legte sich in der Kurve auf die Seite, hinterließ auf der Meeresoberfläche ein Kielwasser wie eine Straußenfeder, suchte den Schutz der Nebelbänke und ließ die wertvolle Schiffsfracht unangetastet. Auf der Brücke schauten von Kleine und seine Offiziere angestrengt nach hinten; die Frachter waren vergessen, als sie eine neue Bedrohung zu erkennen versuchten.

»Zwei Kriegsschiffe.« Der Ausguck berichtete Einzelheiten. »Ein Zerstörer und ein Kreuzer. Kurs neunzig Grad, Entfernung Fünf-Null-Sieben-Null. Der Zerstörer voraus.«

Im Gesichtsfeld von Kapitän von Kleines Fernglas tauchte das kleine Dreieck, das Aufbauten des führenden Zerstörers kennzeichnete, am Horizont auf. Der Kreuzer war von der Brücke aus noch nicht zu sehen.

»Wenn sie eine Stunde später gekommen wären«, klagte Kyller, »hätten wir die Angelegenheit erledigt und . . .«

»Was kann der Ausguck vom Kreuzer sehen?« unterbrach von Kleine ihn ungeduldig. Er hatte keine Zeit, dieses Mißgeschick zu bejammern – sein einziges Interesse galt der Einschätzung der Streitkräfte, die ihm im Nacken saßen – und dann mußte er sich entscheiden, ob er davonlaufen oder sich umwenden und unverzüglich den Kampf mit ihnen aufnehmen sollte.

»Ein Kreuzer der Mittelklasse, fünfzehn oder einundzwanzig Zentimeter. Entweder Klasse O oder R. Er liegt vier Meilen hinter dem Zerstörer. Beide Schiffe noch außer Reichweite.«

Der Zerstörer machte ihm keine Sorgen. Er konnte ihn über

den Haufen rennen und ihn zu einem brennenden Wrack zusammenschießen, ehe seine schwachen kleinen 11,5-cm-Kanonen auch nur ein Geschoß näher als eine Meile von der *Blücher* entfernt plazieren konnten. Aber der Kreuzer war eine ganz andere Angelegenheit. Wenn die *Blücher* sich mit ihm einließ, hatte sie einen ebenbürtigen Gegner vor sich; ein Sieg konnte erst nach schweren Verlusten errungen werden, und sie waren sechstausend Meilen von dem nächstgelegenen freundlichen Hafen entfernt, in dem größere Reparaturen durchgeführt werden konnten.

Und es galt noch mehr zu bedenken. Diese beiden britischen Schiffe waren möglicherweise nur die Vorhut eines Schlachtgeschwaders. Wenn er sich jetzt umwandte und eine Aktion herausforderte, den Kreuzer in einen Kampf Schiff gegen Schiff verwickelte, konnte er vielleicht mit unvorhersehbaren Bedingungen konfrontiert werden. Es konnte sehr gut noch ein weiterer Kreuzer, wenn nicht zwei oder drei, vielleicht sogar ein Schlachtschiff, hinter dem südlichen Horizont verborgen sein.

Die Pflicht verlangte von ihm, sich sofort abzusetzen, einen Zusammenstoß zu vermeiden und dadurch die Gefechtsbereitschaft der *Blücher* zu verlängern.

»Feindliche Schiffe setzen ihre Flaggen«, meldete Kyller.

Von Kleine hob erneut das Fernglas. Am Topp des Zerstörers flatterte eine Flagge mit kleinen weißen und roten Punkten. Für diesmal mußte er die Kampfansage unbeantwortet lassen. »Na schön«, sagte er und ging zu seinem Hocker in der Brückenecke. Er ließ sich nieder und zog seine Schultern nachdenklich hoch. Es gab viele interessante Probleme, die ihn beschäftigten, nicht zuletzt die Frage, wie lange er mit Volldampf den nördlichen Kurs halten konnte, während seine Kessel gierig den Kohlenvorrat verschlangen und die Entfernung zwischen *Blücher* und *Esther* von Minute zu Minute größer wurde.

Er drehte sich auf dem Hocker um und blickte zurück über sein Achterschiff. Der Zerstörer war jetzt mit bloßem Auge zu erkennen, und von Kleine schaute ihn stirnrunzelnd an. Er wollte sich wie ein Terrier an seine Fersen heften, sich nicht abschütteln lassen, Kurs und Geschwindigkeit würde er über den

Äther dem hungrigen britischen Geschwader zurufen, das zweifellos bereits jetzt aus allen Richtungen auf ihn zukam. Er mußte damit rechnen, daß er den Zerstörer im Kielwasser hinter sich hatte.

43

»Los doch! Macht schon!« Charles Little schlug ungeduldig mit der Hand auf die gepolsterte Armlehne seines Brückenstuhls, als er die *Orion* beobachtete.

Eine Nacht und einen Tag lang hatte er bemerkt, wie sie der *Blücher* näher kam – aber so unmerklich, daß er seinen Entfernungsmesser zu Hilfe nehmen mußte, um alle dreißig Minuten den Fortschritt festzustellen.

Orions Bug lag ungewöhnlich hoch, und die Wellen, die sie mit ihrem Rumpf im Wasser aufwühlte, glichen den weißen Schwingen einer Möwe im tropischen Sonnenlicht; denn Manderson, ihr Kapitän, hatte die Frischwassertanks im Vorderschiff leergepumpt und die Hälfte der Geschosse und Sprengsätze aus den vorderen Magazinen verschossen. Jeder Mann, dessen Anwesenheit in der Vorderhälfte des Schiffes für seine Bedienung nicht unbedingt erforderlich war, war nach hinten kommandiert worden und mußte auf dem offenen Deck stehen. Alle diese Maßnahmen galten einzig dem Ziel, den Bug der *Orion* anzuheben und aus dem Kreuzer noch einen Zoll mehr an Geschwindigkeit herauszulocken.

Jetzt sah sie sich der gefährlichsten Stunde ihres Lebens gegenüber, denn sie kam langsam in die äußerste Reichweite der furchtbaren 21-cm-Geschosse des Kreuzers *Blücher*, und wenn man den Unterschied in ihrer Geschwindigkeit berücksichtigte, würde es noch eine Stunde dauern, ehe man die eigenen 15-cm-Geschütze einsetzen konnte. Während dieser Zeitspanne würde sie unter dem Feuer der *Blücher* liegen und dieser nichts entgegenzusetzen haben.

Es war ermüdend für Charles, diese Jagd zu verfolgen, denn

seine *Bloodhound* war noch nicht einmal gefordert worden, sich voll zu verausgaben. Unter Deck lag eine Geschwindigkeitsreserve, die es ihm ermöglichte, innerhalb von fünfzig Minuten voller Fahrt zur *Blücher* aufzuschließen – immer vorausgesetzt, daß er nicht lange zuvor in einen brennenden Trümmerhaufen verwandelt wurde.

Und so jagten die drei Fahrzeuge auf den nördlichen Horizont zu. Die beiden langgestreckten Kreuzer flogen pfeilgerade dahin; aus ihren drei Schornsteinen stiegen dicke Rauchsäulen und verunreinigten die hellglitzernde Meeresoberfläche mit einer langen schwarzen Wulst, die sich nur zögernd in der östlichen Brise auflöste, während die winzige *Bloodhound* wie ein Wasserkäfer zur Seite der *Blücher* ausscherte, von wo aus sie, wenn die Zeit gekommen war, die Treffsicherheit der *Orion* besser beobachten und notwendige Korrekturen signalisieren konnte. Aber stets blieb *Bloodhound* taktvoll außerhalb des Fünfzehn-Meilen-Radius, welcher durch die Reichweite der *Blücher* gegeben war.

»Wir können jeden Moment damit rechnen, daß die *Blücher* das Feuer eröffnet, Sir«, bemerkte der Navigationslieutenant, als er sich von dem Sextanten aufrichtete, mit dem er den Neigungswinkel der beiden Kreuzer bestimmt hatte.

Charles nickte zustimmend. »Ja. Kleine muß versuchen, ein paar Glückstreffer anzubringen – selbst bei dieser Entfernung.«

»Das wird kein schöner Anblick sein.«

»Wir können nichts weiter machen als stillsitzen, die Daumen drücken und hoffen, daß die gute alte *Orion* . . .« Er unterbrach sich abrupt und sprang von seinem Hocker auf. »Hallo! *Blücher* hat etwas vor!«

Die Silhouette des deutschen Kreuzers hatte plötzlich ihr Aussehen drastisch geändert. Die Abstände zwischen den Schornsteinen wurden größer, und jetzt konnte Charles die bedrohlichen Vordertürme sehen.

»Mein Gott, er ändert seinen Kurs! Der verdammte Kerl will alle seine Türme einsetzen!«

Leutnant Kyller studierte das Gesicht seines Kapitäns. Im Schlaf umgab den Mann ein Anflug von Gelassenheit. Er erinnerte Kyller an ein berühmtes Bildnis des heiligen Lukas. Der gleiche schmale Knochenbau, der goldblonde Bart, der den lebhaften und sensiblen Mund einrahmte. Er wies den Vergleich jedoch wieder von sich und beugte sich vor. Behutsam berührte er von Kleine an der Schulter.

»Herr Kapitän.« Von Kleine schlug die Augen auf. Sie waren noch leicht vom Schlaf verschleiert, aber seine Stimme klang frisch.

»Was gibt es, Kyller?«

»Der Artillerieoffizier meldet, daß der Feind in fünfzehn Minuten in Reichweite sein wird.«

Von Kleine drehte sich auf seinem Hocker herum und warf einen schnellen Blick auf sein Schiff. Über ihm quoll Rauch aus allen Schornsteinen, vermischt mit einem Funkenregen und dem Gluthauch flimmernder Hitze. Die Farbe war von den metallenen Schornsteinwänden abgesprungen, und sie waren, selbst im Sonnenschein, rotglühend. Die *Blücher* wollte sich selbst übertreffen. Gott allein mochte wissen, welche Schäden diese Dauerfahrt mit Höchstgeschwindigkeit ihr zufügen würde, und von Kleine verzog schmerzlich sein Gesicht, als er spürte, wie sie unter seinen Füßen protestierend bebte.

Er wandte seinen Blick nach achtern. Der britische Kreuzer war jetzt mit dem ganzen Rumpf am Horizont sichtbar. Der Unterschied in ihren Geschwindigkeiten konnte nur noch den Bruchteil eines Knotens betragen, aber mit ihrer Feuerkraft war die *Blücher* weit überlegen.

Einen Augenblick gestattete er sich einige Gedanken über die Arroganz einer Nation, die ständig, beinahe mutwillig, ihre Männer und Maschinen an überlegenen Gegnern maß. Sie schickten einen Terrier in den Kampf gegen Wolfshunde. Dann lächelte er. Man mußte selbst ein Engländer – oder aber verrückt sein, um die Engländer zu verstehen.

Er warf einen Blick nach Steuerbord. Der britische Zerstörer hatte sich an seine Flanke vorgearbeitet. Dort konnte er wenig Schaden anrichten.

»Nun gut, Kyller . . .« Er erhob sich, während er sprach.

»Brücke – Maschinenraum«, rief es durchs Sprachrohr.

»Maschinenraum – Brücke.« Kyller sprach jetzt in das Rohr. »Unser Antriebstunnel an Backbord fängt an zu glühen. Ich muß unsere Backbordmaschine drosseln.«

Die Worte trafen von Kleine, als hätte man ihm einen Eimer Eiswasser über den Rücken geschüttet. Er sprang zum Sprachrohr.

»Hier spricht der Kapitän. Ich brauche noch eine Stunde volle Kraft!«

»Das kann ich nicht, Herr Kapitän. Noch fünfzehn Minuten, und die Hauptantriebswelle fällt aus. Weiß Gott, welchen Schaden das anrichten kann.«

Fünf Sekunden beugte von Kleine sich schweigend über das Sprachrohr. Seine Gedanken überschlugen sich. Wenn die *Blücher* nur noch auf einer Maschine lief, würde sie zehn Knoten von ihrer Geschwindigkeit verlieren. Der Feind wäre dann in der Lage, ihn nach Gutdünken auszumanövrieren – möglicherweise bis zum Einbruch der Nacht außer Reichweite zu bleiben, und dann . . . Er mußte also unverzüglich angreifen; mußte auf sie losgehen und ihnen bei vollem Einsatz der Waffen die Initiative aufzwingen.

»Geben Sie Volldampf, so lange Sie können«, stieß er hervor, dann wandte er sich dem Sprachrohr für den Artillerieoffizier zu. »Hier spricht der Kapitän. Ich drehe vier Strich nach Steuerbord und werde den Feind für die nächsten fünfzehn Minuten genau querab an Steuerbord halten. Eröffnen Sie das Feuer, sobald Sie in Reichweite sind.« Von Kleine klappte den Deckel zu und rief seinen Signalgast: »Hissen Sie die Flagge!«

Er sprach ruhig, ohne Erregung, aber seine Augen funkelten wie blaue Saphire.

44

»Jetzt geht's los!« flüsterte Charles Little, ohne sein Fernglas abzusetzen. Von den schwarzen Türmen der *Blücher* sah man das Mündungsfeuer der Geschütze, ohne einen Laut zu hören. Er schwenkte das Fernglas schnell über die Wasseroberfläche, bis er die *Orion* fand. Sie stampfte eifrig näher und verringerte den Abstand zur *Blücher* schnell. In sieben Minuten würde sie das deutsche Feuer erwidern können.

Plötzlich erhob sich eine Meile vor ihr eine Reihe hoher Säulen aus dem Meer, stattlich wie die Säulen eines griechischen Tempels, schlank und schön, wie weißer Marmor im Sonnenglanz. Dann fielen sie langsam wieder zusammen.

»Zu kurz«, knurrte der Navigationslieutenant.

»Ihre Geschütze sind noch kalt«, bemerkte Charles. »Bitte, lieber Gott, laß die alte *Orion* in Reichweite kommen.«

Wieder kamen die Geschosse der *Blücher* zu kurz, und noch einmal zu kurz, aber jedesmal lagen sie ein wenig näher an dem niedrigen Rumpf der *Orion*, und die nächste Breitseite fiel rings um sie nieder, verbarg sie zum Teil hinter aufspritzendem Wasser. Nun ging die *Orion* auf Zickzack-Kurs.

»Noch drei Minuten«, sagte der Navigationslieutenant, und seine Stimme war heiser vor Anspannung.

In regelmäßigen Abständen von fünfzehn Sekunden fielen die deutschen Salven um die *Orion* nieder – eine davon fünfzig Fuß vor ihrem Bug, und als sie in die hochaufragenden Wassersäulen hineinfuhr, zogen sie über das Schiff hinweg und vermengten sich mit dem schwarzen Rauch aus den Schornsteinen.

»Komm, altes Mädchen! Geh los und pack sie! Los! Los! Los!« Charles umklammerte die Reling und schrie wie ein Besessener; die ganze Würde seines Ranges und seiner fünfunddreißig Jahre war in der Aufregung der Schlacht vergessen. Die übrigen Männer auf der Brücke des Zerstörers wurden von ihm angesteckt, und sie sprangen herum und schrien genauso wie er.

»Jetzt pustet sie los!« brüllte der Lieutenant.

»Sie hat das Feuer eröffnet!«

»Los, *Orion*, los!«

Aus *Orions* Vordertürmen kam Mündungsfeuer hervorgeschossen, noch einmal und gleich noch einmal. Das dumpfe Rollen der Breitseiten drang gegen den leichten Wind bis zu ihnen herüber.

»Zu kurz«, stöhnte Charles. »Sie ist immer noch nicht in Schußweite.«

»Wieder zu kurz!«

»Immer noch zu kurz.«

Jedesmal wurde die Lage der Schüsse vom Signalmast mit der Blinklampe angegeben und von der Brücke der *Orion* kurz bestätigt.

»Oh, mein Gott«, ächzte Charles.

»Sie ist getroffen!« ergänzte sein Lieutenant.

Ein matter gelber Schein, wie Wetterleuchten an einem Sommertag, erhellte das Achterdeck, und fast im gleichen Augenblick war sie in eine Kugel gelbgrauen Rauchs eingehüllt. Durch den Rauch konnte Charles sehen, daß der Heckschornstein wie betrunken schwankte und in einem unnatürlichen Winkel hintenüberhing.

»Sie kommt durch!«

Orion tauchte aus der Rauchwolke auf und zog sie wie einen Trauermantel hinter sich her, aber ihre Geschwindigkeit erschien unvermindert, und die Salven zuckten nach wie vor regelmäßig aus ihren Vordertürmen.

»Jetzt hat sie getroffen!« jubelte der Lieutenant. Charles drehte sich schnell um und sah, wie die Granaten auf der *Blücher* niedergingen, und ein breites Grinsen überzog sein Gesicht.

»Bring sie um! Bring sie um!« schrie er; er wußte, daß die *Blücher* zwar besser bewaffnet, aber genauso verwundbar war wie die *Orion*. Ihre Panzerung war dünn wie eine Eierschale, und die 15-cm-Geschosse, die sie zerschmetterten, würden eine schreckliche Verwüstung anrichten.

Jetzt schlugen die beiden Kreuzer aufeinander ein. Die Entfernung nahm so schnell ab, daß bald jede Breitseite treffen mußte. Dies war ein Zweikampf, aus dem nur ein Schiff – oder keines von beiden – als Sieger hervorgehen würde.

Charles versuchte den Schaden abzuschätzen, welcher der *Blücher* in den letzten paar Minuten zugefügt worden war. Das Vorderschiff brannte. Schwefelgelbe Flammen schossen empor; ihre Aufbauten waren zu einer grotesken Skulptur der Zerstörung zerrissen, und Rauchschwaden hüllten sie ein, so daß ihr Profil nur schemenhaft und undeutlich zu erkennen war – und doch leuchteten ihre Türme alle fünfzehn Sekunden in tödlichen kleinen Blitzen auf.

Charles drehte sich um und wollte den relativen Schaden beurteilen, den die *Orion* ihrerseits erlitten hatte. Er richtete sein Fernglas auf den Kreuzer – und noch im selben Moment hörte die *Orion* auf zu existieren.

Ihre Kessel, von Sprenggranaten durchlöchert, explodierten und rissen das Schiff auseinander. Eine weiße Dampfwolke schoß gegen den Himmel und hüllte es vollkommen ein. Der Dampf blieb Sekunden in der Luft hängen, und als er langsam in sich zusammensank und sich zur Seite wälzte, war die *Orion* verschwunden. Ein weiter Kreis aus Ölschlamm und schwimmenden Trümmern kennzeichnete ihr Grab. Die Geschwindigkeit ihres eigenen Angriffs hatte sie in die Tiefe gerissen.

Auf der Brücke der *Bloodhound* erstarben die Anfeuerungsrufe in tödlicher Stille. Das Schweigen wurde von den klagenden Tönen des Windes in der Takelage und dem gedämpften Dröhnen der Maschinen kaum gestört, eher noch betont.

45

Acht Stunden hatte Charles Little seine Wut und seinen Haß im Zaum gehalten. Er hatte es geschafft, nicht dem Wahnsinn anheimzufallen und hatte dem vernichtenden und selbstmörderischen Drang widerstanden, sein Schiff gegen den deutschen Kreuzer zu schmettern und zu sterben, wie die *Orion* gestorben war.

Unmittelbar nach der Versenkung der *Orion* hatte die *Blü-*

cher ihre Geschwindigkeit radikal gedrosselt und war nach Süden abgedreht. Immer noch brennend, lahmte sie wie ein angeschossener Löwe. Die Kriegsflagge am Topp war von Splittern zerfetzt und vom Rauch geschwärzt.

Sobald sie vorbeigefahren war, hatte die *Bloodhound* ihren Kurs geändert und war langsam über die Wasserfläche gekreuzt, die immer noch vom treibenden Öl in allen Regenbogenfarben schillerte und mit Wrackteilen übersät war. Es gab keine Überlebenden bei der *Orion*. Die gesamte Mannschaft war mit ihr gestorben.

Bloodhound drehte ab und folgte dem verwundeten deutschen Kreuzer, und der Haß, der von dem Zerstörer ausstrahlte, war so stark, daß man hätte meinen können, er würde wie eine physische Kraft über das Meer hinwegreichen und die *Blücher* vernichten.

Als Charles Little jedoch an der Reling stand, konnte er sehen, wie Rauch und Flammen auf den Decks der *Blücher* von Minute zu Minute merklich abnahmen, bis die Rettungsmannschaften sie unter Kontrolle brachten. Die letzte Rauchwolke löste sich auf.

»Feuer gelöscht« stellte der Steuermann fest, und Charles gab keine Antwort. Er hatte gehofft, daß die Flammen sich in ein Munitionsmagazin der *Blücher* durchfressen und sie in das gleiche Nichts jagen würden, in das sie die *Orion* geschickt hatte.

»Aber sie macht nicht mehr als sechs Knoten. *Orion* muß den Maschinenraum getroffen haben.« Hoffnungsvoll fuhr der Navigationslieutenant fort: »Ich möchte wetten, daß sie unter Deck schwere Schäden erlitten hat. Bei dieser Geschwindigkeit können wir erwarten, daß *Pegasus* und *Renounce* uns morgen mittag einholen werden. Dann hat die *Blücher* keine Chance mehr.«

»Ja, das stimmt«, pflichtete Charles ihm bei.

Alarmiert durch *Bloodhounds* verzweifelte Funksprüche, jagten *Pegasus* und *Renounce*, die beiden schweren Kreuzer des nördlichen Geschwaders, längs der ostafrikanischen Küste entlang und durchschnitten die fünfhundert Meilen Wasser, die sie noch voneinander trennten.

46

»Kyller. Fragen Sie den Chefingenieur, wie er vorankommt.« Bei aller Gelassenheit, die er zur Schau trug, machte von Kleine sich große Sorgen. Die Nacht brach bald herein, und in der Dunkelheit bedeutete sogar der zerbrechliche kleine englische Zerstörer eine Gefahr für ihn. Ringsum lauerte die Gefahr; neue Gefahren konnten jede Minute aus dem Meer auftauchen. Bevor es endgültig dunkel wurde, mußte er auf der Backbordmaschine wieder volle Kraft haben. Das war eine Frage des Überlebens. Er mußte die Geschwindigkeit haben, die ihn mitten durch die britische Jagdmeute nach Süden bringen konnte . . . nach Süden, wo die *Esther* darauf wartete, ihm die notwendige Unterstützung zu geben, seine Munition zu erneuern, die er verschossen hatte, und die Kohlenbunker aufzufüllen, die gegenwärtig gefährlich leer waren. Dann wäre die *Blücher* wieder eine Streitmacht, mit der man rechnen mußte. Aber zuerst brauchte er Geschwindigkeit.

»Herr Kapitän.« Kyller stand wieder neben ihm. »Chefingenieur meldet, daß sie die Ölleitung bis zum Antriebstunnel klarhaben. Sie haben die Verkleidung abgenommen, und die Antriebswelle ist unbeschädigt. Er bringt jetzt eine Ersatzverkleidung an. Die Arbeit geht gut voran.«

Bei diesen Worten sah von Kleine das Bild halbnackter Männer vor sich, die – bis zu den Ellbogen mit schwarzem Schmieröl verklebt – schwitzend ihre Arbeit in der Hitze des engen Antriebstunnels verrichteten. »Wie lange noch?« fragte er.

»Er hat volle Kraft auf beiden Maschinen innerhalb von zwei Stunden versprochen, Herr Kapitän.«

Von Kleine stieß einen erleichterten Seufzer aus und warf über sein Achterdeck hinweg einen Blick auf den britischen Zerstörer, der ihm wie ein Schatten folgte. Er mußte lächeln.

»Ich hoffe, mein Freund, daß du ein tapferer Kerl bist. Ich hoffe, daß du, wenn du siehst, wie ich meine Geschwindigkeit beschleunige, deine Enttäuschung nicht beherrschen kannst. Ich hoffe, daß du's in der Nacht mit deinen Torpedos versuchen wirst, damit ich dich zermalmen kann, denn daß du mir ständig im Nacken sitzt, paßt mir gar nicht.« Er sprach so leise, daß seine Lippen sich kaum bewegten, dann wandte er sich wieder Kyller zu. »Ich möchte, daß die gesamte Gefechtsbeleuchtung kontrolliert und ihre Einsatzbereitschaft gemeldet wird.«

»Jawohl, Herr Kapitän.«

Von Kleine ging hinüber zu den Sprachrohren. Er rief: »Lassen Sie die Geschütze in Turm X mit Leuchtkugeln laden und auf größte Höhe einstellen. Lassen Sie die Männer ausruhen und essen. Mit Einbruch der Dunkelheit sollen sie die Gefechtsstationen besetzen und sich in Alarmbereitschaft halten.«

»Commander!«

Der eindringliche Ruf ließ Commander Charles Little zusammenfahren, und er verschüttete seine Tasse Kakao. Dies war die erste Ruhepause, die er sich heute gönnte, und jetzt wurde sie nach zehn Minuten bereits wieder unterbrochen. »Was gibt es?« Er stieß die Tür des Kartenraums auf und lief hinaus auf die Brücke.

»Die *Blücher* beschleunigt ihre Geschwindigkeit.«

»Nein!« Dieser Schlag war zu grausam und zwang Charles zu einem enttäuschten Aufschrei. Er stürzte ans Sprachrohr. »Artillerieoffizier. Ihre Zielansprache!«

Nach einer kurzen Pause kam die Antwort. »Peilrichtung Grün Null-Null. Entfernung Eins-Fünf-Null-Fünf-Null. Geschwindigkeit siebzehn Knoten.«

Es stimmte. Die *Blücher* lief wieder mit voller Kraft, und alle ihre Geschütze waren noch einsatzbereit. *Orion* war umsonst der See geopfert.

Charles strich sich mit der Hand über den Mund und fühlte die frischen Bartstoppeln an seinem Kinn. Unter der Sonnenbräune zeigte sein Gesicht eine krankhafte Blässe. Es war Anstrengung und Übermüdung. Dunkelblaue Schatten lagen unter seinen Augen, und ihre Winkel waren gelb verkrustet.

Seine Augen waren blutunterlaufen, und die Haarsträhne,

die unter seinem Mützenschirm hervorhing, klebte an der Stirn. Er blickte angestrengt in die zunehmende Dämmerung.

Die Kampflust, die ihn den ganzen Tag zu überwältigen gedroht hatte, stieg jetzt wieder hoch. Er gab sich keine Mühe mehr, sie zu unterdrücken.

»Gehen Sie zwei Strich Steuerbord, Steuermann. Alle Maschinen Volldampf voraus.« Der Maschinentelegraf läutete, und *Bloodhound* legte sich ins Zeug wie ein Polopony. Es würde dreißig Minuten dauern, um auf volle Kraft zu kommen, und dann war es dunkel.

»Rufen Sie die Gefechtsstationen.« Charles wollte in der ersten Dunkelheit angreifen, bevor der Mond aufging. Die Alarmglocken schrillten durchs Schiff, und ohne seine Augen von dem dunklen Fleck am dämmernden Horizont zu wenden, hörte er die einzelnen Meldungen auf der Brücke ankommen; schließlich auch die, auf die er vor allem wartete: »Torpedomannschaft auf Gefechtsstation, Sir.«

Jetzt drehte er sich um und ging zum Sprachrohr. »Smith«, sagte er, »ich hoffe, ich kann Ihnen Gelegenheit geben, sowohl mit Backbord- als auch mit Steuerbordrohren auf die *Blücher* zu schießen. Ich bringe Sie so nahe wie möglich ran.«

Die Männer, die bei Charles auf der Brücke standen, hörten, wie er sagte: So nahe wie möglich. Sie wußten, daß er damit ihr Todesurteil ausgesprochen hatte.

Henry Sargent, der Navigationslieutenant, hatte Angst. Verstohlen faßte er in seine Manteltasche, bis er das kleine silberne Kruzifix fand, das Lynette ihm gegeben hatte. Es war warm von seiner Körperwärme. Er hielt es fest umklammert. Er dachte daran, wie es an einer Silberkette zwischen ihren Brüsten gehangen hatte und wie sie beide Hände in den Nacken gelegt hatte, als er es ablöste. Die Kette hatte sich in ihrer Haarpracht verfangen, als sie sie aufmachen wollte, während sie auf dem Bett vor ihm kniete. Er hatte sich vorgebeugt, um ihr zu helfen, und sie hatte sich an ihn geklammert und die warme weiche Wölbung ihres schwangeren Leibes gegen ihn gepreßt.

»Gott schütze dich, mein geliebter Mann«, hatte sie geflüstert. »Möge er dich heil zu uns zurückbringen.«

Und jetzt hatte er Angst um sie und seine Tochter, die er nie gesehen hatte.

»Halten Sie Kurs, verdammt noch mal!« fuhr er Herbert Cryer, den Steuermann, an.

»Aye, aye, Sir«, erwiderte Herbert Cryer mit einem Anflug von verletzter Unschuld. Niemand konnte die *Bloodhound* genau auf Kurs halten, wenn sie sich mit derart ungestümer Heftigkeit von einer Dünung in die andere warf; sie gierte und schüttelte ihren Bug in dem Sekundenbruchteil, ehe das Ruder sie korrigieren konnte. Der Vorwurf war ungerechtfertigt und in Angst und Anspannung ausgesprochen worden. »Nehmen Sie sich zusammen, Mann«, gab Herbert schweigend zurück. »Sie sind nicht der einzige, den es erwischen wird. Kneifen Sie Ihren lahmen Arsch zusammen, wie sich's gehört für einen verdammten Offizier und einen echten Gentleman.«

Herbert Cryer beherrschte die richtige Tonart im Umgang mit seinen Offizieren vollkommen. Seine Kraftausdrücke waren ein wunderbares Ventil für Ärger und aufgestaute Aggressionen, und jetzt, da ihn selber die Angst heimsuchte, wurde er sogar lyrisch.

»Einsteigen! Romeos Einbahnexpreß zu schnellem Ruhm braust gleich ab.« Commander Littles Ruf bei den Damen hatte dazu geführt, daß er von seiner Besatzung respektlos aber liebevoll Romeo getauft worden war. »Kommen Sie mit. Wir werden dem Teufel eins aufspielen, während Charlie seine Tochter küßt.«

Herbert schaute seinen Commander aus den Augenwinkeln an und grinste. Die Angst verzerrte seine Züge. Charles Little sah dies und legte es falsch aus. Er sah darin ein Zeichen der gleichen ohnmächtigen Wut, von der er besessen war. Und so grinsten die beiden sich einen Moment in völligem Mißverständnis an, bis Herbert seine Aufmerksamkeit wieder dem Kurs der *Bloodhound* zuwandte.

Auch Charles hatte Angst. Er hatte Angst, eine Schwäche in sich zu entdecken – aber dies war eine Angst, die ihn durch sein ganzes Leben begleitet und ihm zugeflüstert hatte: Noch mehr; streng dich noch mehr an. Du mußt es besser machen, du mußt es schneller machen, oder größer als die anderen, sonst lachen sie dich aus. Du darfst nicht versagen – bei keiner Sache, in keinem Moment darfst du versagen. Hörst du. Du darfst nicht versagen! Diese Angst war sein ständiger Begleiter und Partner bei jedem Abenteuer, auf das er sich einließ.

Sie stand neben dem dreizehnjährigen Charles auf der Entenjagd, als er mit einer Flinte schoß und jedesmal dicke Tränen vergoß, wenn der Rückstoß ihm Schulter und Oberarmmuskeln malträtierte. Sie stand über ihn gebeugt, als er mit gebrochenem Schlüsselbein im Schlamm lag. »Steh auf!« zischte sie. »Steh auf!« Sie hatte ihn auf die Beine gezwungen, ihn zurück zu dem wilden Fohlen geführt und ihn immer und immer wieder aufsteigen lassen.

Er war so daran gewöhnt, auf ihre Stimme zu reagieren, daß jetzt, da sie wie eine Unholdin fast greifbar neben ihm auf den Bodenplatten der Brücke zu kauern schien und krächzte – nur für Charles allein hörbar: »Zeig doch deinen Mut. Zeig ihn, zeig ihn ...« wirklich nur noch ein Weg für Charles Little offen blieb. Wie ein Zugvogel, der sich auf einen goldenen Adler stürzt, nahm er Kurs auf die *Blücher*.

47

»Das Abdrehen nach Steuerbord war eine Finte.« Otto von Kleine sagte es voller Überzeugung, als er in die Dämmerung hinausstarrte, welche die zerbrechliche Silhouette des englischen Zerstörers verschluckt hatte. »Er wendet jetzt bestimmt wieder ... Er wird uns von Backbord angreifen.«

»Herr Kapitän, es könnte auch eine doppelte Irreführung sein«, meinte Kyller.

»Nein.« Von Kleine schüttelte seinen blonden Bart. »Er muß versuchen, unsere Umrisse gegen den letzten Rest Sonnenlicht zu sehen. Er wird aus dem Osten angreifen.« Er runzelte nachdenklich die Stirn und versuchte, die Bewegungen seines Gegners auf dem Schachbrett des Ozeans vorauszuahnen. »Kyller, zeichnen Sie mir seinen Kurs auf, bei einer angenommenen Geschwindigkeit von fünfundzwanzig Knoten und einer Drehung von vier Strich nach Backbord, drei Minuten, nachdem wir ihn zuletzt gesehen haben; einer Fahrt von fünfzehn Meilen quer über unsere Hecklinie; und dann einer Drehung von vier Strich nach Steuerbord. Wenn wir unseren gegenwärtigen Kurs und die Geschwindigkeit beibehalten – welche Position wird er dann in neunzig Minuten uns gegenüber einnehmen?«

Kyller löste die Aufgabe schnell. Kleine hatte im stillen jedes Detail mitgerechnet. »Ja.« Er stimmte Kyllers Lösung zu und hatte bereits die Befehle parat, um Kurs und Geschwindigkeit so zu ändern, daß ihnen *Bloodhound* in die Falle laufen mußte.

48

Unter voller Kraft warf die *Bloodhound* eine hohe Bugwelle auf und hinterließ auf eine Viertelmeile ein brodelndes Kielwasser – eine lange, schwach phosphoreszierende Spur in der Dunkelheit.

An Bord der *Blücher* schauten hundert Augenpaare angestrengt hinaus in die Nacht und suchten nach dieser Spur. Männer warteten hinter ihren Scheinwerfern. Männer warteten in den schwach erleuchteten Türmen, auf der offenen Brücke, auf dem Topp, tief unten im Rumpf. Die Besatzung der *Blücher* war alarmbereit.

Kleine hatte die Geschwindigkeit herabgesetzt, um sein eigenes Kielwasser zu verkleinern. Man war vom Land in einem Winkel von fünfundvierzig Grad abgedreht. Er erwartete den Engländer querab an Steuerbord, außerhalb der Reichweite der Torpedos.

Er spähte hinaus über das dunkle Meer und hatte den pelzgefütterten Mantelkragen bis an die Ohren hochgeschlagen. Die Nacht war kühl, das Meer eine schwarze Unendlichkeit, weit wie der Himmel, bald flimmernd in einem Licht wie aus purem Elfenbein, bald bestrahlt von abertausend Sternen. Ein Dutzend Männer sahen es im selben Moment; blaß, ätherisch, scheinbar auf dem dunklen Meer schwimmend wie ein schimmernder Dunstschleier: das Kielwasser des Engländers! »Leuchtkugeln!« befahl von Kleine den wartenden Schützen. Er war beunruhigt durch die Nähe des englischen Zerstörers. Er hatte gehofft, ihn auf größere Entfernung ausmachen zu können.

Hoch über dem Meer zerplatzten die Leuchtkugeln bläulichweiß und so grell, daß sie die Netzhaut zu versengen drohten, wenn ein Auge direkt in sie hineinschaute. Unter ihnen war die Meeresoberfläche wie poliertes Ebenholz, aus dem das Wellenmuster wie gemeißelt hervorstach. Die beiden Schiffe waren vom Licht überflutet; sie liefen aufeinander zu und waren sich schon so nahe gekommen, daß die Strahlen ihrer Scheinwerfer sich vereinigten und nacheinander tasteten wie die Hände eines schüchternen Liebespaares.

In dieser Sekunde eröffneten beide Schiffe das Feuer, aber der Knall der kleinen 11,5-cm-Kanonen der *Bloodhound* ging unter im Dröhnen der Breitseite des Kreuzers.

Die *Blücher* feuerte im Direktbeschuß; ihre Geschütze waren so weit gesenkt, daß die langen Rohre horizontal über die Meeresoberfläche ragten. Ihre erste Salve lag eine Kleinigkeit zu hoch, und die mächtigen Geschosse heulten über die offene Brücke der *Bloodhound* hinweg.

Der Luftzug, den sie verursachten, die heftige Druckwelle, die ihnen folgte, packte Charles Little und warf ihn gegen die Kompaßkonsole. Er spürte, wie seine Rippen am Brustkorb brachen.

Das Kommando, das er ans Ruder gab, kam mit schmerzverzerrter Stimme.

»Vier Strich Backbord! Kurs auf den Feind!« Die *Bloodhound* drehte sich wie in einer Pirouette und kam direkt auf die *Blücher* zu.

Die nächste Breitseite des Kreuzers lag wieder zu hoch, aber jetzt beteiligten sich auch die kleinen Waffen am Gefecht, und ein Vierpfundgeschoß aus einer der Schnellfeuerkanonen krepierte am Signalturm oberhalb der Brücke der *Bloodhound* und überschüttete den ungedeckten Raum mit einem Splitterregen.

Der Navigationslieutenant war sofort tot; seine obere Kopfhälfte war abgeschnitten wie die Schale eines weichgekochten Eis. Er fiel aufs Deck und bespritzte die Bodenplatten mit dem warmen Brei seines Gehirns.

Ein daumennagelgroßes Stück vom Geschoßmantel drang in Herbert Cryers rechte Ellbogenspitze ein und zersplitterte den Knochen. Er rang nach Luft und brach am Steuerrad zusammen.

»Kurs halten! Halten Sie den Kurs!« Der Befehl von Commander Little klang verschwommen wie die Sprache eines Spastikers. Herbert Cryer riß sich zusammen und drehte das Rad mit der linken Hand, um dem wilden Schlingern der *Bloodhound* entgegenzusteuern, aber da sein rechter Arm lahm herabhing, waren seine Steuerbewegungen schwerfällig und ungeschickt.

»Ruhig, Mann. Bringen Sie sie zur Ruhe!« Wieder die verschwommene Stimme, und Cryer bemerkte Charles Little neben sich. Seine Hände packten das Ruder, er half, den zuckenden Bug stillzuhalten.

»Aye, aye, Sir.« Cryer schaute seinen Commander an – und dann schaute er noch einmal. Diesmal entsetzt. Rasiermesserscharfer Stahl hatte Charles Littles Ohr abgeschnitten, dann die Wange, so lagen Kieferknochen und Zähne frei. Ein abgerissener Fleischfetzen hing ihm auf die Brust hinab, und aus den Adern spritzte dunkles Blut.

Die beiden Verwundeten hingen über dem Ruder, die Toten zu ihren Füßen, und zielten mit der *Bloodhound* auf den langen niedrigen Rumpf des deutschen Kreuzers.

Im taghellen Licht der Leuchtkugeln wurde das Meer ringsum durch das Bombardement der *Blücher* zu siedendem Leben aufgepeitscht. Hohe Wände weißen Wassers erhoben sich für kurze Momente majestätisch, dann fielen sie in sich zusammen und hinterließen eine aufgewühlte, unruhig schäumende Wasseroberfläche.

Die *Bloodhound* fuhr weiter, bis es plötzlich so schien, als wäre sie auf eine Granitklippe aufgelaufen. Unter ihren Füßen bäumte sie sich auf und schüttelte sich verzweifelt. Ein 21-cm-Geschoß hatte sie voll in den Bug getroffen.

»Ruder voll Backbord.« Littles Stimme kam mühsam aus dem blutgefüllten Mund, und gemeinsam drehten sie das Ruder nach links bis zum Anschlag.

Aber die *Bloodhound* lag schon im Sterben. Das Geschoß hatte den Bug weit aufgerissen, die Panzerung zerfetzt und das Vorderschiff geöffnet wie die Blütenblätter einer makabren Orchidee. Die nachtschwarze See schoß in den Rumpf. Während der Bug langsam untertauchte, hob sich das Achterschiff, und das Ruder hatte keine volle Wirksamkeit mehr. Aber selbst im Todeskampf versuchte sie verzweifelt, zu gehorchen. Langsam drehte sie sich, Zoll um Zoll, mühsam – aber sie drehte sich.

Charles Little ließ das Ruder los und taumelte in Richtung Steuerbord. Seine Beine waren schwer und gefühllos, und die Schwäche durch den erlittenen Blutverlust dröhnte in seinen Ohren. Er erreichte die Reling, klammerte sich an ihr fest und blickte hinab zu den Torpedorohren drunten auf Deck.

Die Rohre sahen aus wie eine Reihe dicker Zigarren, und mit Genugtuung erkannte Charles, daß immer noch Männer bei ihnen aushielten, hinter die stählerne Brustwehr gekauert, darauf wartend, daß die *Bloodhound* sich drehte und die *Blücher* vor ihr Steuerbordvisier brachte.

»Dreh dich, altes Mädchen. Mach schon! So ist es gut! Dreh dich!« stieß der schwerverwundete Charles hervor.

Wieder traf ein Geschoß die *Bloodhound*, und das Schiff schwankte in tödlicher Agonie. Vielleicht war es diese Bewegung, in Verbindung mit einem zufälligen Schub der Dünung, die den Zerstörer noch um die fehlenden Grade drehte.

Dort, genau im Visier der Torpedorohre, hell erleuchtet von seinen eigenen Leuchtkugeln und dem Geschützfeuer aus seinen Türmen, lag der deutsche Kreuzer – kaum tausend Meter durch schwarzes Wasser von ihnen getrennt.

Charles hörte das zischende Rauschen, als die Torpedos abgeschossen wurden. Er sah die langen haifischgleichen Gebilde vom Deck hinab und ins Wasser gleiten – sah die vier weißen Kielwellen in einer Pfeilformation davonziehen, und hinter sich hörte er den triumphierenden, wenn auch durch das Sprachrohr verzerrten Schrei des tapferen Smith.

»Alle vier abgeschossen – und genau auf Kurs!«

Charles sah nicht mehr, ob seine Torpedos trafen, denn ein 21-cm-Geschoß der *Blücher* traf die Kommandobrücke. Einen entsetzlichen Augenblick lang stand er mitten in einem Feuerofen – in einer Glut, so heiß wie das Feuer der Sonne.

49

Otto von Kleine beobachtete, wie der englische Zerstörer explodierte. Turmhohe Flammen schossen hoch, eine kompakte schwarze Rauchkugel drehte sich um ihre eigene Achse und öffnete sich auf dem dunklen Meer wie eine Blume aus den Gärten des Bösen. Die Wasseroberfläche rings um das Schiff war aufgewühlt von herabstürzenden Trümmern und einschlagenden Granaten, denn alle Geschütze der *Blücher* waren noch in voller Aktion.

»Feuer einstellen«, befahl von Kleine, ohne seine Augen von dem grauenhaften Schauspiel der Vernichtung abzuwenden, das er vollbracht hatte.

Eine weitere Salve von Leuchtkugeln ging über ihm nieder. Er hob die Hand an die Augen und preßte Daumen und Zeigefinger gegen die geschlossenen Lider, um sie vor der stechenden Helligkeit zu schützen. Es war vorüber, und er war müde.

Er war am Ende seiner Kräfte und überwältigt von der Erschöpfung, welche diesen letzten beiden Tagen und Nächten unaufhörlicher Anspannung folgte. Und er war traurig ... Er trauerte um jene tapferen Männer, die er getötet, und er war unendlich betrübt über die Zerstörung, die er bewirkt hatte.

Die Hand immer noch über den Augen, öffnete er seinen Mund, um den Befehl zu erteilen, der die *Blücher* wieder nach

Süden bringen sollte, doch bevor die Worte über seine Lippen kamen, wurde er durch einen wilden Schrei unterbrochen.

»Torpedos! Kurs hart Steuerbord!«

Mehrere Sekunden zögerte von Kleine. Er hatte seinem Gehirn erlaubt, abzuschalten und sich betäuben zu lassen. Die Schlacht war geschlagen, und er war von dem hohen Podest der Wachsamkeit herabgestiegen, auf dem er in diesen letzten verzweifelten Stunden balanciert hatte. Er brauchte eine bewußte körperliche Anstrengung, um seine Reserven zu mobilisieren, und in diesen Sekunden jagten die von der *Bloodhound* in ihrem Todeskampf abgeschossenen Torpedos heran, um den vernichteten Zerstörer zu rächen.

Endlich zerriß von Kleine die Bande der Trägheit, die seinen Verstand umklammert hielten. Er sprang zur Steuerbordreling der Brücke und sah im Schein der Leuchtkugeln die blassen phosphoreszierenden Spuren der vier Torpedos. Im dunklen Wasser sahen sie aus wie Meteoritenschweife am Nachthimmel.

»Ruder voll Backbord. Alle Maschinen Volldampf zurück!« rief er, und seine Stimme klang schrill vor Bestürzung.

Er fühlte, wie das Schiff unter ihm die Richtung änderte, als die großen Schrauben sich ins Wasser krallten, um es davor zu bewahren, den verderbenbringenden Weg der Torpedos zu kreuzen.

Hoffnungslos stand er da und machte sich Selbstvorwürfe. »Ich hätte das voraussehen müssen. Ich hätte wissen müssen, daß der Zerstörer sie abgefeuert hatte.«

Hilflos beobachtete er die vier weißen Linien, die schnell näher kamen.

Im letzten Moment schöpfte er neue Hoffnung. Drei englische Torpedos würden ihr Ziel verfehlen. Das war gewiß. Sie würden vor dem Bug der abdrehenden *Blücher* vorüberziehen. Und es gab eine kleine Möglichkeit, daß auch der vierte danebengehen könnte.

Seine Finger umklammerten das Brückengeländer so heftig, als wollten sie in das Metall eindringen. Die Luft blieb ihm in der Kehle stecken und drohte ihn zu ersticken.

Schwerfällig drehte der Bug der *Blücher* ab. Hätte er den Befehl zur Drehung doch nur fünf Sekunden eher gegeben ... Der Torpedo traf das Schiff fünf Fuß unter der Wasseroberfläche, genau an der Kante des Kiels.

Die Explosion schleuderte einen weißen Wasserberg hundertfünfzig Fuß hoch in die Luft. Sie zwang die *Blücher* mit einer derartigen Gewalt in die Knie, daß Otto von Kleine und seine Offiziere hart auf das stählerne Deck geschleudert wurden.

Von Kleine erhob sich mühsam. Ein dünner Wasserschleier hing wie Perlenstaub im Schein der Leuchtkugeln über der *Blücher*. Während er noch hinschaute, sank der Schleier langsam nieder.

Die ganze Nacht kämpften sie verzweifelt, um ihren Kreuzer über Wasser zu halten.

Sie riegelten den Bug mit den Stahltüren im wasserdichten Schott ab, und hinter diesen Türen schlossen sie dreißig deutsche Seeleute ein, deren Gefechtsstand im Bug lag. Immer wieder sah Otto von Kleine mitten in der hektischen Arbeit dieser Nacht das Bild dieser Männer, die mit dem Gesicht nach unten in den gefluteten Kammern trieben.

Als die Pumpen überall am Werk waren, um das Schiff von den Hunderten von Tonnen Seewasser zu befreien, die es durchspülten, verließ von Kleine die Brücke und stellte mit seinem Chefingenieur eine Liste der Beschädigungen zusammen, welche die *Blücher* erlitten hatte.

Im Morgengrauen versammelten sie sich mit düsteren Gesichtern im Kartenraum und verschafften sich ein Bild ihrer Lage.

»Wieviel Kraft können Sie mir geben, Lochtkamper?« wollte von Kleine von seinem Chefingenieur wissen.

»Ich kann Ihnen geben, was Sie wollen.« Eine purpurrote Schwellung zog sich über eine Gesichtshälfte des Ingenieurs, der gegen ein Dampfdruckventil geschleudert worden war, als der Torpedo traf. »Aber alles über fünf Knoten wird die wasserdichten Schotten wegreißen. Sie sind dem vollen Wasserdruck ausgesetzt.«

Von Kleine drehte sich auf dem Hocker herum und blickte seinen Techniker an. »Welche Reparaturen können Sie auf See ausführen?«

»Keine, Herr Kapitän. Wir haben das wasserdichte Schott verstrebt und abgestützt. Wir haben die Löcher geflickt und verstopft, die durch die Geschütze des britischen Kreuzers verursacht wurden. Aber für die Unterwasserschäden kann ich nichts ohne Trockendock tun – nichts ohne ruhiges Wasser, wo ich Taucher an der Seite hinablassen kann. Wir müssen einen Hafen anlaufen.«

Von Kleine lehnte sich zurück und schloß nachdenklich die Augen. Der einzige nicht feindliche Hafen im Umkreis von sechstausend Meilen war Daressalam, die Hauptstadt von Deutsch-Ostafrika, aber er wußte, daß die Briten sie blockierten. Er strich sie von der Liste möglicher Zufluchtsorte.

Eine Insel? Sansibar? Die Seychellen? Mauritius? Lauter feindliches Hoheitsgebiet, wo man nicht ankern konnte, ohne mit dem Beschuß durch ein britisches Geschwader rechnen zu müssen.

Eine Flußmündung? Der Sambesi? Nein, der lag auf portugiesischem Gebiet und war nur auf den ersten paar Meilen seiner Länge schiffbar.

Plötzlich schlug er die Augen auf. Es gab einen idealen Zufluchtshafen auf deutschem Gebiet, der auf zwanzig Meilen Länge sogar von einem Schiff mit dem Tonnengehalt der *Blücher* befahrbar war. Vor einer Annäherung über Land war er durch unzugängliches Gelände geschützt, und doch konnte er über den deutschen Distrikt-Kommissar Vorräte, Arbeitskräfte und Schutz anfordern.

»Kyller«, sagte er. »Legen Sie einen Kurs für die Kikunya-Mündung im Rufiji-Delta fest.«

Fünf Tage später kroch die *Blücher* mühsam wie ein verkrüppelter Tausendfüßler in den nördlichsten Kanal des Rufiji-Deltas. Sie war rauchgeschwärzt vom Kampf, ihre Takelage hing in Fetzen, und an unzähligen Stellen hatten Granatsplitter ihre Aufbauten durchlöchert. Der Bug war schwer lädiert, und das Meer drang durch die Vorderschotten, doch floß es durch die mächtigen Risse in der Panzerung immer wieder ab.

Als sie die Mangrovenwälder passierten, die den Kanal säumten, schien es, als ob diese sie mit offenen Armen empfingen.

Man ließ zwei Wachboote über Bord hinab, und diese flitzten wie emsige kleine Wasserkäfer vor ihr her, loteten den Kanal aus und suchten nach einem sicheren Ankerplatz. Allmählich schlängelte und wand die *Blücher* sich tiefer und tiefer in die Wildnis des Deltas. An einer Stelle, wo die Flutwasser des Rufiji eine tiefe Bucht zwischen zwei Inseln eingeschnitten hatten und damit einen naturgewachsenen Hafendamm bildeten, kam das Schiff zur Ruhe.

50

Hermann Fleischer wischte sich mit einem Handtuch über Gesicht und Nacken und warf dann einen trübseligen Blick auf das durchgeweichte Zeug. O Gott, wie er das Rufiji-Delta haßte. Sobald die tropenfeuchte, übelriechende Hitze eintrat, öffneten sich tausend kleine Brunnen unter seiner Haut und ließen seine Körpersäfte abfließen.

Die Vorstellung eines ausgedehnten Aufenthalts erweckte in ihm einen finsteren Groll auf alles, aber besonders auf diesen jungen Snob, der neben ihm auf dem Vorderdeck der Dampfbarkasse stand. Hermann warf ihm einen Seitenblick zu. Er sah so kühl aus, als schlendere er im Juni Unter den Linden dahin. Das glänzende Weiß seiner Tropenuniform war faltenlos und trocken, nicht wie der dicke Kordstoff, der widerlich feucht unter Hermanns Achselhöhlen und zwischen den Beinen klebte. Verdammt, nun würde er wieder einen Ausschlag kriegen; er merkte schon, wie das anfing zu jucken, und er kratzte sich mißgelaunt, hörte aber gleich damit auf, als er den Leutnant lächeln sah.

»Wie weit noch bis zur *Blücher*? Wie weit, Kyller?« Es war ganz gut, den Mann daran zu erinnern, daß er, Fleischer, der in seinem Amt einem Oberst gleichzusetzen war, weit über ihm stand. Deshalb ließ er die Rangbezeichnung weg.

»Hinter der nächsten Biegung, Herr Kommissar.« Kyllers

Stimme hatte jenen gelangweilten Tonfall, der Fleischer an Champagner und Opern, an Skiausflüge und Wildschweinjagden denken ließ.

»Ich hoffe, Kapitän von Kleine hat angemessene Vorkehrungen getroffen, um sie gegen feindliche Angriffe zu verteidigen?«

»Sie ist sicher.« Zum erstenmal hörte er einen gereizten Unterton in Kyllers Erwiderung, und Fleischer stürzte sich gierig darauf. Er witterte einen Vorteil. Zwei Tage lang, seit er mit Kyller zusammen war, hatte er mit lauter kleinen Sticheleien versucht, eine schwache Stelle bei ihm zu finden.

»Sagen Sie, Kyller«, er gab seiner Stimme eine intime, vertrauliche Tonart, »dies sage ich Ihnen natürlich in strengster Vertraulichkeit – aber glauben Sie wirklich, daß Kapitän von Kleine in der Lage ist, mit der Situation fertig zu werden? Ich meine, glauben Sie nicht, daß jemand anders ein zufriedenstellenderes Ergebnis hätte erzielen können?« Ah ja! Das war es! Schau, wie er rot wird; schau, wie der Ärger diese kühlen braunen Wangen färbt! Zum erstenmal war Hermann Fleischer im Vorteil.

»Kommissar Fleischer.« Kyller sprach leise, aber Hermann frohlockte bei diesem Tonfall. »Kapitän von Kleine ist der geschickteste, tüchtigste und mutigste Offizier, unter dem ich bislang die Ehre hatte, zu dienen. Er ist außerdem ein Herr!«

»So?« grunzte Hermann. »Und warum versteckt sich dann dieses Musterexemplar mit seinen durchschossenen Arschbacken im Rufiji-Delta?« Damit warf er seinen Kopf zurück und brach in ein unverschämtes Gelächter aus.

»Zu einem anderen Zeitpunkt und unter anderen Umständen würde ich Sie auffordern, Ihre Worte zurückzunehmen.« Kyller wandte sich von ihm ab und ging zur vorderen Reling. Er starrte geradeaus, während die Barkasse um eine weitere Flußbiegung tuckerte, doch diese gab auch nur einen traurigen Blick auf das dunkle Wasser und die Mangrovenwälder frei. Kyller sagte, ohne den Kopf zu wenden: »Da ist die *Blücher.*«

Es war nichts zu sehen außer einer Abweichung in der Strömung und einer Ansammlung krauser Mangrovenwipfel im Ufergelände. Das Lachen schwand aus Hermanns pausbäckigem

Gesicht, als er sich suchend umschaute. Dann runzelte er die Stirn, denn ihm wurde klar, daß der Leutnant ihn zum Narren hielt. Auf dieser Wasserstraße war ganz gewiß kein Schlachtkreuzer verankert. »Herr Leutnant ...« wollte er eben ärgerlich anfangen, aber dann unterbrach er sich. Die Erhebung wurde von einem engen Kanal durchschnitten, nicht mehr als hundert Meter breit, eingerahmt vom Mangrovenwald, doch der Kanal war blockiert von einem formlosen, plumpen, pflanzenbewachsenen Hügel. Er starrte verständnislos in die Gegend, bis er plötzlich unter dem Netz, das mit Mangrovenzweigen wie mit Girlanden besteckt war, die undeutlichen Umrisse von Türmen und Aufbauten sah.

Die Tarnung war mit beachtlichem Einfallsreichtum angelegt worden. Aus einer Entfernung von dreihundert Metern war die *Blücher* völlig unsichtbar.

51

Die Blasen stiegen langsam aus dem dunklen Wasser hoch. Es schien, als wäre es dickflüssig wie Honig. Sie zerplatzten an der Oberfläche in brodelndem weißem Schaum.

Kapitän von Kleine lehnte über der Reling auf dem Vorderdeck und hielt Ausschau nach der Störung dort unten. Er war dabei so vertieft wie einer, der den Versuch macht, seine Zukunft im trüben Wasserspiegel des Rufiji zu ergründen. Schon fast zwei Stunden stand er so da und wartete. Ab und zu zog er an seiner Zigarre und verlagerte sein Körpergewicht von einem Fuß auf den andern.

Während sein Körper sich ausruhte, war sein Geist damit beschäftigt, alle Vorbereitungen und Pläne noch einmal zu überdenken. Seine Vorbereitungen waren abgeschlossen; er hatte die Einzelheiten wieder und wieder dahingehend geprüft, ob er auch nichts vergessen hatte.

Er hatte sechs Matrosen mit einem Wachboot fünfzehn Meilen stromabwärts zur Deltamündung geschickt. Sie hatten ihr Lager auf einem Hügel oberhalb des Kanals aufgeschlagen, um das Meer nach Anzeichen des britischen Blockadegeschwaders zu überwachen.

Als die *Blücher* den Kanal hinaufgekrochen war, hatte sie die letzten Minen hinter sich ausgesät. Jetzt konnte ihr kein britisches Schiff folgen.

Wenn auch die Möglichkeiten eines Landangriffs nur sehr gering erschienen, so hatte von Kleine doch ein Verteidigungssystem rings um den Kreuzer organisiert. Die Hälfte seiner Matrosen war jetzt an Land. Sie schwärmten nach allen Seiten aus, um jeden möglichen Zugangsweg zu überwachen. Ein Schußfeld für die Maschinengewehre war durch das Mangrovendickicht geschlagen worden. Primitive Befestigungen aus Baumstämmen und Erde waren errichtet und besetzt, es bestanden Nachrichtenverbindungen ... Kurzum: man war bereit.

Nach langen Unterredungen mit seinem Sanitätsoffizier hatte von Kleine Anordnungen erlassen, um die Gesundheit seiner Leute zu schützen. Anordnungen zur Reinigung des Wassers, zur Beseitigung von Fäkalien und Abfall, zur Ausgabe von fünf Gran Chinin pro Tag und pro Kopf, und fünfzig weitere Sicherheitsvorkehrungen für die Gesundheit und die Moral der Truppe.

Er hatte eine Inventur der Nahrungsmittel und Versorgungsgüter durchführen lassen. Er war auch überzeugt, daß er bei sorgfältiger Planung noch vier Monate durchhalten konnte. Danach wäre man auf Fischfang, Jagd und Plündern angewiesen.

Er hatte Kyller stromaufwärts geschickt, um Kontakt mit dem deutschen Distrikt-Kommissar aufzunehmen und sich seiner vollen Unterstützung zu versichern.

Vier Tage hatte er damit zugebracht, die *Blücher* narrensicher zu tarnen und auf dem Vorderdeck unter Sonnensegeln eine komplette Werkstatt einzurichten, damit die Ingenieure ihre Arbeit in relativer Bequemlichkeit verrichten konnten.

Jetzt hatten sie endlich damit angefangen, eine genaue Bestandsaufnahme der unter der Wasseroberfläche angerichteten Schäden vorzunehmen.

Hinter sich hörte er, wie der Bootsmann den Männern an der Winde einen Befehl zurief. »Holt ihn rauf – aber langsam.«

Der Hilfsmotor sprang an, die Winde rasselte und quietschte. Von Kleine veränderte seine Position an der Reling und schenkte seine volle Aufmerksamkeit den Vorgängen auf dem Gewässer.

Leine und Luftschlauch wurden sorgfältig aufgerollt, dann teilte sich plötzlich die Wasseroberfläche, und der Taucher wurde, an der Leine hängend, hochgezogen. In einem naßglänzenden schwarzen Gummianzug, durch drei messinggefaßte Zyklopenaugen aus seinem Helm glotzend, grotesk wie ein Seeungeheuer, wurde er über die Reling geschwenkt und auf das Deck hinabgelassen.

Zwei Matrosen sprangen vor und schraubten die Bolzen am Hals ab, hoben den schweren Helm hoch und befreiten den Kopf von Chefingenieur Lochtkamper. Das grobgeschnittene Gesicht, flach und von Falten durchzogen wie bei einer englischen Dogge, wurde durch das nachdenkliche Stirnrunzeln, das er jetzt zur Schau trug, noch eindrucksvoller. Er blickte hinüber zu seinem Kapitän und schüttelte den Kopf.

»Kommen Sie in meine Kabine, wenn Sie soweit sind«, sagte von Kleine und ging voran.

»Ein kleines Glas Cognac?« schlug von Kleine vor.

»Sehr gern, Herr Kapitän.« Chefingenieur Lochtkamper wirkte ein wenig deplaziert in der eleganten Kabine. Die Hände, mit denen er das Glas entgegennahm, waren groß, die Knöchel vernarbt, die Haut zerschunden vom ständigen Kontakt mit Metall und verschmiert vom Schmutz der Maschinen. Als er sich, vom Kapitän zum Sitzen aufgefordert, in einen Sessel sinken ließ, meinte er, das eine oder andre Knie zuviel zu haben.

»Nun?« fragte von Kleine, und Lochtkamper begann seinen Bericht. Er sprach zehn Minuten. Von Kleine folgte ihm langsam durch den Irrgarten technischer Details, in welchem fremde und scheinbar belanglose, vielleicht zweideutige Ausdrücke allenthalben am Wege wuchsen. In solchen Augenblicken tiefer Konzentration verfiel Lochtkamper in den Dialekt seiner Heimatstadt Hamburg, und von Kleine konnte ein Lächeln nicht unterdrücken, als er erfuhr, daß der Hurensohn eines Torpedos sich pervers an einem der Hauptträger vergangen und dabei die Panzerung angehauen hatte, deren Moral außerordentlich zweifelhaft war. Es hörte sich wie ein Bericht über die Schäden an, die bei einer Schlägerei am Samstagabend in St. Pauli angerichtet wurden.

»Können Sie das reparieren?« fragte von Kleine schließlich.

»Dazu müßte ich die ganze gemein versaute Panzerung abschneiden, an Deck hieven, neu zuschneiden, schweißen und in Form bringen. Aber dann werden uns immer noch mindestens hundert beschissene Quadratmeter Panzerplatten fehlen, Herr Kapitän.«

»Ein Artikel, der im Rufiji-Delta nicht so leicht erhältlich ist«, meinte von Kleine nachdenklich.

»Bestimmt nicht, Herr Kapitän.«

»Wie lange werden Sie brauchen – wenn ich Ihnen die Platten beschaffe?«

»Zwei Monate vielleicht.«

»Wann können Sie anfangen?«

»Sofort, Herr Kapitän.«

»Dann tun Sie es«, sagte von Kleine. Lochtkamper trank sein Glas aus, schmatzte und stand auf. »Sehr guter Cognac, Herr Kapitän«, sagte er, als er sich zurückzog.

52

Hermann Fleischer starrte hinauf zu dem gewaltigen Kriegsschiff und betrachtete die Kampfschäden mit der verständnislosen Neugierde einer Landratte. Er musterte die klaffenden Geschwüre, wo die Granaten der *Orion* eingeschlagen waren, den schwarzen Belag, wo die Flammen getobt hatten und das unregelmäßige Muster, in dem die Zimmerleute die Aufbauten recht und schlecht zusammengeflickt hatten. Jetzt fiel sein Blick auf den Bug. Arbeitsgerüste hingen wenige Fuß über der Wasseroberfläche, und dort wurden die Matrosen von dem knisternden bläulichen Schein der Schweißbrenner angestrahlt.

»Gott im Himmel, wie haben sie dich zusammengeschlagen!« rief der Sadist Fleischer genüßlich.

Kyller überhörte die Bemerkung. Er dirigierte den eingeborenen Steuermann der Barkasse bis zur Strickleiter, die an der Seite der *Blücher* herabgelassen worden war. Nicht einmal die Gegenwart dieses verschwitzten Kerls namens Hermann Fleischer konnte ihm die Freude am Augenblick der Heimkehr verderben. Für Ernst Kyller war die *Blücher* im wahrsten Sinne des Wortes ein Heim; sie enthielt alles, was ihm im Leben etwas bedeutete, eingeschlossen der Mann, für den er eine Verehrung empfand, welche die natürlichen Pflichten eines Sohnes seinem Vater gegenüber bei weitem überstieg. Er genoß die Vorfreude auf von Kleines Lächeln und die anerkennenden Worte für einen zufriedenstellend ausgeführten Auftrag.

»Aha, Kyller!« Von Kleine erhob sich hinter seinem Schreibtisch und ging auf seinen Leutnant zu, um ihn zu begrüßen.

»So schnell zurück? Haben Sie Fleischer gefunden?«

»Er wartet draußen, Herr Kapitän.«

»Sehr gut. Bringen Sie ihn herein.«

Hermann Fleischer blieb im Durchgang stehen und blinzelte mißtrauisch in die Kabine. Im Geiste rechnete er automatisch das Mobiliar in Reichsmark um; die Seidenteppiche aus Teheran in Blau, Gold und Rot; die Sessel mit dunklen Lederpolstern; die schweren Möbel, einschließlich der Täfelung aus poliertem Mahagoni. Die Beschläge waren aus Messing, die Gläser im Likörschrank aus funkelndem Bleikristall, flankiert von einem Flaschenregiment in den Uniformen der großen Häuser der Champagne, aus dem Elsaß und vom Rhein. Gegenüber dem Schreibtisch hing das Ölporträt zweier Frauen – beide sehr schön und goldblond, offensichtlich Mutter und Tochter. Die Bullaugen waren mit Vorhängen aus grünem Samt mit goldenen Borten und Quasten ausgestattet.

Hermann kam zu dem Schluß, der Graf müsse ein reicher Mann sein. Er hatte einen gehörigen Respekt vor Reichtum, und das zeigte sich in der Art, wie er vortrat, stramm stand, die

Hacken scharf zusammenknallte und seinen ausladenden Bauch einzog.

»Herr Kapitän. Ich folgte sofort Ihrer Nachricht.«

»Ich bin Ihnen dankbar, Herr Kommissar.« Von Kleine erwiderte den Gruß. »Möchten Sie eine Erfrischung?«

»Ein Glas Bier und ...« Hermann zögerte; er war sicher, daß irgendwo auf der *Blücher* eine Vorratskammer mit seltenen Speisen verborgen sein mußte. »... und eine Kleinigkeit zu essen. Ich habe seit Mittag nichts mehr zu mir genommen.«

Es war jetzt Nachmittag. Von Kleine sah nichts Außergewöhnliches in einer zweistündigen Abstinenzperiode, trotzdem sagte er seinem Steward Bescheid, während er eine Flasche Bier für seinen Gast öffnete.

»Ich muß Sie zu Ihrem Sieg über die beiden englischen Kriegsschiffe beglückwünschen, Herr Kapitän. Großartig, wirklich großartig!«

Fleischer lehnte sich in seinen Ledersessel zurück und wischte sich den Schweiß von Stirn und Nacken. Kyller grinste zynisch, als er diesem neuen Klang lauschte.

»Ein Sieg, der teuer erkauft wurde«, murmelte von Kleine, während er Fleischer das Glas reichte. »Und jetzt brauche ich Ihre Hilfe.«

»Selbstverständlich. Sprechen Sie nur offen.«

Von Kleine ging zum Schreibtisch, setzte sich und nahm einen Stapel Notizblätter zur Hand. Aus einem Lederetui zog er eine goldgefaßte Brille und setzte sie auf die Nase.

»Herr Kommissar ...« fing er an, aber in diesem Augenblick verlor er Fleischers Aufmerksamkeit vollständig. Denn nach einem diskreten Klopfen kam der Steward mit einer großen, schwerbeladenen Aufschnittplatte zurück. Er stellte sie auf den Tisch neben Fleischers Sessel.

»Heilige Mutter Gottes!« flüsterte Hermann mit glänzenden Augen, während ihm vor Aufregung erneut der Schweiß auf der Oberlippe ausbrach.

»Räucherlachs!«

Weder von Kleine noch Kyller hatten je den Vorzug gehabt, Hermann beim Essen zuzuschauen. Sie taten dies jetzt in ehrfürchtigem Schweigen. Er war ein Spezialist, der mit Geschick und Hingabe sein Werk vollbrachte. Nach einer Weile unternahm von Kleine einen neuen Anlauf, Hermanns Aufmerksamkeit zu wecken, indem er hüstelte und mit seinen Notizblättern raschelte, aber das Schnaufen des Kommissars und die kleinen Seufzer seiner Sinnenlust waren damit nicht zu zähmen. Von Kleine warf seinem Leutnant einen Blick zu und hob die eine Braue. Kyller lächelte verlegen. Es war beinahe, als beobachte man einen Menschen beim Orgasmus. Die Szene war so peinlich, daß von Kleine sich gezwungen sah, einen Stumpen anzuzünden und seine volle Aufmerksamkeit dem Frauenporträt an der Wand zu widmen. Ein genußvolles Stöhnen kündigte Hermanns Höhepunkt an, und von Kleine schaute ihn wieder an. Er hing zurückgelehnt im Sessel; ein unbestimmtes verträumtes Lächeln umspielte seine geröteten Gesichtszüge. Die Platte war leer, und in der melancholischen Trauer eines Menschen, der sich an eine verlorene Liebe erinnert, tupfte Hermann den letzten Krümel mit dem Zeigefinger auf und steckte ihn in den Mund.

»Das war der beste Lachs, den ich je gegessen habe.«

»Ich freue mich, daß es Ihnen geschmeckt hat.« Von Kleines Stimme schwankte ein wenig. Ihm war bei der Darbietung leicht übel geworden.

»Dürfte ich wohl noch um ein Glas Bier bitten, Herr Kapitän?«

Von Kleine nickte Kyller zu, und der Leutnant füllte Fleischers Glas.

»Herr Kommissar. Ich benötige mindestens hundert Quadratmeter von Anderthalb-Zoll-Stahlplatten. Ich brauche sie hier innerhalb von sechs Wochen«, sagte von Kleine, und Hermann Fleischer lachte. Er lachte so, wie ein Mann über Kindermärchen lacht, aber dann sah er plötzlich von Kleines Augen, und da hörte er auf zu lachen.

»Im Hafen von Daressalam liegt der Dampfer *Rheinländer* unter britischer Blockade.« Von Kleine sprach ruhig und deutlich weiter. »Sie werden sich so schnell wie möglich dorthin in Marsch setzen. Ich werde Ihnen einen meiner Ingenieure mitgeben. Er wird die *Rheinländer* trockensetzen und ihren Rumpf demontieren. Dann werden Sie dafür sorgen, daß die Panzerplatten hierher transportiert werden.«

»Daressalam liegt hundert Kilometer entfernt.« Hermann war entsetzt.

»Nach der Admiralitätskarte sind es fünfundsiebzig Kilometer«, verbesserte von Kleine.

»Die Panzerplatten haben ein Gewicht von vielen Tonnen!« rief Fleischer.

»In Deutsch-Ostafrika gibt es viele Hunderttausend Eingeborene. Ich zweifle nicht daran, daß es Ihnen gelingen wird, sie zum Dienst als Träger zu überreden.«

»Die Strecke ist unmöglich ... und was noch dazukommt, in dem Gebiet nördlich von hier treibt eine Bande von feindlichen Guerillas ihr Unwesen. Guerillas, die von denselben Banditen angeführt werden, denen Sie gestattet haben, vor der Mündung dieses Flusses von der Dhau zu entkommen.« Fleischer hatte sich aufgeregt aus seinem Sessel erhoben und deutete jetzt mit einem dicken anklagenden Zeigefinger auf von Kleine. »Sie haben sie entkommen lassen. Jetzt verwüsten sie die ganze Provinz. Wenn ich versuche, eine schwerbeladene, langsam vorankommende Trägerkarawane von Daressalam hierher zu schicken, werden sie davon erfahren, bevor ich fünf Kilometer zurückgelegt habe. Das ist Wahnsinn – das mache ich nicht mit.«

»Dann haben Sie allem Anschein nach die Wahl.« Von Kleine lächelte nur mit dem Mund. »Entweder die englischen Banditen oder ein Exekutionskommando auf dem Achterdeck dieses Schiffes.«

»Wie meinen Sie das?« heulte Fleischer.

»Ich meine, daß mein Ersuchen kein Ersuchen mehr ist. Es ist jetzt ein Befehl. Wenn Sie ihn verweigern, werde ich sofort ein Kriegsgericht einberufen.«

Von Kleine zog seine goldene Uhr heraus und verglich die Zeit. »Wir könnten noch vor Einbruch der Dunkelheit alle Formalitäten erledigen und diesen Mann da erschießen. Was meinen Sie, Kyller?«

»Es wird ein bißchen knapp werden, Herr Kapitän. Aber ich glaube, wir könnten es schaffen.«

53

Als der Gouverneur von Mozambique Flynn ein Hauptmannspatent in der portugiesischen Armee anbot, gab es einen unerfreulichen Auftritt. Flynn war fest davon überzeugt, daß ihm zumindest der Rang eines Obersten zustand. Er hatte gedroht, ihre Geschäftsbeziehungen abzubrechen. Der Gouverneur hatte ihm im Gegenzug die Stellung eines Majors angeboten und seinem Adjutanten ein Zeichen gegeben, Flynns Glas nachzufüllen. Flynn hatte beide Angebote akzeptiert, aber das eine nur unter Protest. Das war vor sieben Monaten gewesen, wenige Wochen nach dem Massaker von Lalapanzi.

Seit der Zeit hatte Flynns Armee, ein abenteuerlicher Haufen von hundert Eingeborenen unter seiner persönlichen Führung und begleitet von Sebastian und Rosa Oldsmith, beinahe unausgesetzt auf deutschem Gebiet operiert.

Es gab einen Überfall auf ein Nebengleis der Songea-Eisenbahn, wo Flynn fünfhundert Tonnen Zucker und fast tausend Tonnen Hirse verbrannt hatte, die in den Lagerhäusern darauf warteten, nach Daressalam transportiert zu werden; Vorräte, die von Gouverneur Schnee und General von Lettow-Vorbeck, die damit beschäftigt waren, im Küstengebiet eine Armee auf die Beine zu stellen, dringend benötigt wurden.

Ein anderer glänzender Erfolg war die Aktion, bei der sie einer Gruppe von dreißig Askaris an einem Flußübergang aufgelauert und sie vernichtet hatten. Flynn ließ die dreihundert eingeborenen Rekruten frei, die von den Askaris bis hierher eskortiert worden waren, und gab ihnen den guten Rat, so schnell wie möglich in ihre Dörfer zurückzukehren und alle Ambitionen auf militärischen Ruhm zu vergessen – wobei er die Leichen der Askaris, die an den Ufern der Furt herumlagen, als handgreifliche Argumente ins Feld führte.

Abgesehen davon, daß sie alle Telegrafenleitungen durchschnitten und alle Eisenbahnschienen in die Luft sprengten, die auf ihrem Wege lagen, war drei weiteren Überfällen ein geteilter Erfolg beschieden gewesen. Zweimal hatten sie Trägerkolonnen gefangengenommen, die den deutschen Streitkräften Nachschub bringen sollten. Beide Male waren sie gezwungen, davonzulaufen, als deutsche Verstärkungen auftauchten und sie vertrieben. Das dritte Unternehmen erwies sich als krasser Fehlschlag, und die Schande wurde noch dadurch verstärkt, daß sie beinahe den District-Kommissar Fleischer in ihre Gewalt gebracht hätten.

Läufer, die ein Teil von Flynns Nachrichtensystem waren, brachten die Nachricht, daß Hermann Fleischer und eine Gruppe Askaris die Boma von Mahenge verlassen hatten und zum Zusammenfluß von Ruhaha und Rufiji marschiert waren. Dort waren sie an Bord der Dampfbarkasse gegangen und in der Weite des Rufiji-Deltas in geheimer Mission verschwunden.

»Was hinaufgeht, muß auch wieder herunterkommen«, erklärte Flynn. »Und was den Rufiji hinabfährt, muß auch wieder herauffahren. Wir werden zum Ruhaha gehen und auf Herrn Fleischers Rückkehr warten.«

Diesmal gab es weder von Sebastian noch von Rosa einen Einwand. Zwischen den dreien bestand ein stillschweigendes Übereinkommen, daß Flynns Kommando in erster Linie als Mittel zur Vergeltung existierte. Sie hatten ein Gelübde über dem Grab des Kindes abgelegt, und jetzt kämpften sie weniger aus Pflichtgefühl oder Patriotismus, sondern aus einem brennenden Verlangen nach Rache. Sie wollten das Leben von Hermann Fleischer als Sühne für den Mord an der kleinen Maria.

Sie machten sich auf den Weg zum Ruhaha. Wie so oft in diesen Tagen marschierte Rosa an der Spitze der Kolonne. Lediglich der lange schwarze Zopf, der ihr über den Rücken hing, deutete an, daß sie eine Frau war, denn sie trug eine Buschjacke und lange Khakihosen, welche die weibliche Fülle ihrer Hüften verbargen. Sie machte große Schritte. Die geladene Mauser hing am Riemen über ihrer Schulter und schlug bei jedem Schritt leicht gegen ihre Seite.

Die Veränderung, die in ihr vorgegangen war, beunruhigte Sebastian zutiefst. Da war dieser harte Zug um ihren Mund; diese Augen, die den düsteren heißen Glanz einer Fanatikerin angenommen hatten; diese Stimme, die ihre Fähigkeit zu lachen verloren hatte . . . Rosa sprach selten, aber wenn sie es tat, fühlten sich sowohl Flynn als auch Sebastian gezwungen, ihr respektvoll zuzuhören. Manchmal, wenn er diesem monotonen, tödlichen Klang lauschte, übermannte Sebastian das pure Entsetzen.

Sie erreichten die Landestelle und den Bootssteg am Ruhaha und warteten auf die Rückkehr der Barkasse. Sie kam nach drei Tagen und kündigte ihre Annäherung durch das leise Tuckern ihrer Maschine an. Als sie um die Flußbiegung kam und, energisch gegen die Strömung ankämpfend, auf den hölzernen Steg zuhielt, lagen sie auf der Lauer.

»Da ist er!« Sebastians Stimme klang belegt, als er die stämmige graugekleidete Gestalt am Bug erkannte.

»Das Schwein, oh, das verdammte Schwein!« Mit einem entschlossenen Ruck spannte er sein Gewehr.

»Warte!« Rosa packte sein Handgelenk, bevor er den Kolben an die Schulter heben konnte.

»Ich kann ihn von hier aus erwischen!« protestierte Sebastian.

»Nein. Ich will, daß er uns sieht. Ich will es ihm erst sagen. Ich will, daß er weiß, warum er sterben muß.«

Die Barkasse legte sich breitseits gegen die Strömung, trieb ein paar Meter, bis sie behutsam am Steg anlegte. Zwei Askaris sprangen an Land und hielten mit ihrem Körpergewicht die Leinen gespannt, bis der Kommissar ausgestiegen war.

Fleischer blieb auf dem Steg stehen und schaute flußabwärts. Sein Verhalten hätte Flynn warnen sollen, aber er erkannte dessen Grund nicht. Auf einmal zuckte der Kommissar leicht die Schultern und stampfte über den Steg zum Bootshaus.

»Sagen Sie Ihren Leuten, daß sie ihre Waffen in den Fluß werfen sollen!« rief Flynn ihm in seinem besten Deutsch zu, als er beim Schilf in der Nähe des Stegs auftauchte.

Hermann Fleischer blieb wie angewurzelt stehen, aber er zitterte am ganzen Leib, als er seinen Kopf langsam nach Flynn umdrehte. Seine blauen Augen schienen sich zu weiten, und ein glucksendes Geräusch kam aus seiner Kehle.

»Sag es ihnen schnell, oder du kriegst eine verpaßt«, rief Flynn ihm zu, und Fleischer fand seine Stimme wieder. Er gab

Flynns Befehl an die Askaris weiter, und es platschte ein paarmal rings um die Barkasse, als sie ihm nachkamen.

Eine verdächtige Bewegung ließ Fleischer aufmerken. Plötzlich stand er Rosa Oldsmith gegenüber, hinter ihr im Halbkreis Sebastian und ein Dutzend bewaffnete Afrikaner. Ein dunkler Instinkt warnte Fleischer, daß die wirkliche Gefahr von dieser Frau ausging. Unbarmherziger Haß und tödliche Entschlossenheit sprach aus ihren Zügen. Fleischer richtete seine Frage an sie.

»Was wollen Sie?« Angst schnürte ihm die Kehle zu.

»Was hat er gesagt?« fragte Rosa ihren Vater.

»Er will wissen, was du willst.«

»Frag ihn, ob er sich an mich erinnert.«

Als er die Frage hörte, erinnerte er sich an die Frau im Nachthemd, die im Feuerschein gekniet hatte, und mit dieser Erinnerung überkam ihn die Panik.

»Es war ein Versehen«, flüsterte er. »Das Kind! Ich habe das nicht befohlen.«

»Sag ihm ...« fuhr Rosa fort, »sag ihm, daß ich ihn töten werde.« Ihre Hände machten sich an der Mauser zu schaffen. Rosa legte den Sicherungshebel um; ihre Augen blieben auf Fleischers Gesicht gerichtet.

»Es war ein Versehen«, wiederholte Fleischer, trat einen Schritt zurück und hob die Hände, um die Kugel abzuwehren, von der er wußte, daß sie kommen mußte.

In diesem Augenblick rief Sebastian Rosa zu. Es war nur ein Wort. »Schau!«

Um die Biegung des Ruhaha, ungefähr zweihundert Meter von ihnen entfernt, kam eine zweite Barkasse in Sicht. Sie kam leise, schnell, und an ihrem kurzen Mast wehte die Flagge der deutschen Marine. Männer in hübschen weißen Uniformen standen an einem Maschinengewehr, das am Bug aufgepflanzt war.

Flynn und seine Gefährten glaubten ihren Augen nicht zu trauen. Die Barkasse wirkte in diesem Augenblick so unwahrscheinlich wie das Ungeheuer von Loch Ness oder ein menschenfressender Löwe in der St.-Pauls-Kathedrale, und in den bangen Sekunden, da sie wie gelähmt dastanden, näherte sich die Barkasse schnell dem Steg.

Hermann Fleischer brach den Bann. Er riß seinen Mund auf, und seiner mächtigen Brust entrang sich ein Schrei, der weithin hallte.

»Kyller, hier sind Engländer!«

Dann setzte er sich in Bewegung. Mit flinken Schritten wich er zur Seite. Unglaublich flink war er Rosas drohender Gewehrmündung entwichen und auf einmal wie vom Erdboden verschluckt.

Seinem plötzlichen Untertauchen folgte unverzüglich ein tack-tack-tack aus dem Maschinengewehr der Barkasse. Die Barkasse fuhr geradewegs auf sie zu, und das Maschinengewehr in ihrem Bug schoß unaufhörlich. Rings um Flynn, Rosa und Sebastian brach die Erde in lauter Staubfontänen auf; ein Querschläger flog mit irrem Heulen vorbei; einer der Gewehrboys drehte sich auf seinen Fersen, ehe er kopfüber das Ufer hinabrollte, während sein Gewehr klappernd auf die Holzplanken des Landestegs fiel. Die Gruppe am Ufer setzte sich endlich in Bewegung. Flynn und seine schwarzen Krieger duckten sich und sprangen die Uferböschung hoch, aber Rosa lief vorwärts. Sie erreichte unversehrt den Rand des Landestegs, dann blieb sie stehen und zielte mit ihrer Mauser auf den im Wasser schwimmenden Hermann Fleischer.

»Sie haben mein Kind umgebracht!« schrie Rosa. Fleischer blickte auf zu ihr und wußte, daß er sterben mußte. Ein MG-Geschoß traf den Gewehrlauf. Die Waffe fiel aus ihren Händen. Rosa verlor das Gleichgewicht. Sie schlug mit den Armen um sich und taumelte. Sebastian konnte sie im Fallen auffangen. Er nahm sie über seine Schulter und stürmte mit ihr die Uferböschung hinauf. Ungeahnte Kräfte hatte das schreckliche Erleben plötzlich in ihm freigesetzt.

Mit zehn Gewehrboys übernahm Sebastian die Rückendekkung; an diesem und am nächsten Tag führten sie auf ihrem Fluchtweg kleine Gefechte und hielten jede natürliche Verteidigungsstellung, bis die Deutschen ihr Maschinengewehr in Stellung brachten. Dann zogen sie sich langsam zurück, während Flynn und Rosa losliefen. In der zweiten Nacht riß die Verbindung zwischen Sebastian und seinen Verfolgern ab, und er schlug den Fluchtweg nach Norden zu dem Treffpunkt am Strom unterhalb der Ruinen von Lalapanzi ein.

Achtundvierzig Stunden später kam er dort an. Bei Mondlicht taumelte er ins Lager, und Rosa warf ihre Decke ab und lief ihm mit einem unterdrückten Freudenschrei entgegen. Sie kniete vor ihm nieder, schnürte seine Stiefel auf und zog sie behutsam von seinen Füßen. Während Sebastian den heißen Kaffee mit Gin hinunterstürzte, den Flynn für ihn braute, badete Rosa seine Füße und versorgte die Blasen an den Fersen. Dann trocknete sie ihre Hände ab, erhob sich und nahm ihre Decken auf.

»Komm«, sagte sie, und sie gingen gemeinsam am Ufer des Stroms entlang. Hinter einem Vorhang aus hängenden Kletterpflanzen, im weichen Nest aus trockenem Gras und Decken, waren sie zum ersten Male seit dem Tod des Kindes ganz vereint, während ein sternenfunkelnder Nachthimmel über ihnen leuchtete. Nachher schliefen sie engumschlungen, bis die ersten Sonnenstrahlen sie weckten. Sie erhoben sich und gingen nackt die Uferböschung hinab zum Strom.

Das Wasser war kalt, als sie ihn bespritzte; sie jauchzte wie ein kleines Mädchen; sie lief hinüber zur Sandbank. Das Wasser sprühte um ihre Beine; die Tropfen glitzerten wie Edelsteine auf ihrer Haut; ihre Hüften wirkten so anmutig wie der Hals einer venezianischen Vase.

Sebastian jagte sie. Sie fielen alle beide hin und knieten sich gegenüber – sie bespritzten sich und lachten, und bei jedem Auflachen hüpfte ihr Busen. Sebastian beugte sich vor und umfaßte sie mit seinen Händen. Seine Kehle wurde trocken.

Sofort hörte auch Rosa auf zu lachen; sie sah ihn an, dann verhärtete sich ihr Gesicht, und sie stieß seine Hände weg.

»Nein!« zischte sie, sprang auf und watete zu ihren Kleidern ans Ufer. Rasch bedeckte sie ihren Körper, und als sie den schweren Patronengürtel umschnallte, war die letzte zärtliche Erinnerung an die Liebkosungen aus ihrem Gesicht verschwunden.

54

Das kommt bestimmt von dem stinkenden Rufijiwasser, sagte Hermann Fleischer zu sich und krümmte sich vor Schmerzen in seiner Maschille, als er von einem neuen Krampf gepackt wurde.

Die Ruhr, die ihn plagte, verschlimmerte seine ohnehin schlechte Laune. Das gegenwärtige Unbehagen stand in direktem Zusammenhang mit der Ankunft der *Blücher* in seinem Bereich; die demütigende Behandlung, die er durch den Kapitän erfahren hatte; die Gefahr, in die er bei seinem Zusammenstoß mit den englischen Banditen bei dieser Expedition geraten war, und jetzt die nervtötende Arbeit und die dauernde Angst vor einem neuen Angriff; die Nörgeleien des Ingenieurs, dem von Kleine ihn unterstellt hatte: wie haßte er doch alles, was mit diesem verfluchten Kriegsschiff zu tun hatte. Er haßte jeden einzelnen Mann an Bord.

Der Trott der Maschillenträger wühlte seinen Mageninhalt auf, und in seinem Leib rührte sich etwas. Er mußte schon wieder anhalten, und er sah sich nach einer geeigneten Stelle um, wohin er sich schleunigst zurückziehen konnte.

Vor ihm her plagte sich die Trägerkarawane über einen flachen Talboden zwischen zwei spärlich bewaldeten Höhen aus Schiefer und zerklüfteten Felsen.

Die Kolonne zog sich dahin in loser Ordnung über eine halbe Meile, denn sie umfaßte nahezu tausend Mann.

An der Spitze schwangen Hunderte, nur mit Lendenschurzen bekleidet und schweißglänzend, ihre langen Pangas gegen das Unterholz. Die Schneiden blinkten bei ihrem ständigen Auf und Ab, und die dumpfen Schläge klangen gedämpft durch die drückende Nachmittagshitze. Unter der Aufsicht von Günther Raube, dem jungen Schiffsingenieur der *Blücher*, erweiterten sie den schmalen Weg für den Transport der hinter ihnen folgenden unförmigen Gegenstände.

Diese vier Gegenstände rollten langsam vorwärts, schaukelten und schwankten über den unebenen Boden und ließen die Männer, die um sie herumschwärmten, wie Zwerge erscheinen. Dann und wann kamen sie zum Stehen, wenn sie an einen Baumstumpf oder einen Felsen prallten, bis die vereinten Kräfte von zweihundert Schwarzen sie wieder in Bewegung setzten.

Drei Wochen zuvor hatten sie den Frachter *Rheinländer* im Hafen von Daressalam trockengesetzt und acht Panzerplatten demontiert. Dann hatte Raube aus den Metallverstrebungen des Dampfers acht gewaltige Wagenräder von vier Meter Durchmesser hergestellt, und in jedes Rad ein drei Quadratmeter großes, drei Zentimeter starkes Stück aus Stahlblech eingeschweißt. Er benutzte die Poller des Frachters als Achsen und verband mit ihnen diese acht riesigen Scheiben zu vier Paaren. Danach sah jede dieser Vorrichtungen wie die Rad- und Achsenkonstruktion eines gigantischen römischen Kampfwagens aus.

Hermann Fleischer hatte eiligst neunhundert kräftige Freiwillige aus Daressalam und den umliegenden Dörfern rekrutiert. Diese neunhundert waren nun damit beschäftigt, die vier Rädergarnituren nach Süden zum Rufiji-Delta zu rollen. Während sie arbeiteten, standen Fleischers Askaris mit geladenen Mausergewehren daneben, um zu verhindern, daß die Freiwilligen einem Anfall von Heimweh erlagen – eine Krankheit, die weitreichende epidemische Ausmaße erreichte, noch verschlimmert durch wundgeriebene Schultern, die mit dem rauhen, von der Sonne erhitzten Metall in Berührung gekommen waren, oder durch verschwielte Handflächen, deren Haut von den groben Hanfseilen durchgescheuert war. Zwei Wochen befanden sie sich schon auf dieser beschwerlichen Reise, und noch immer waren sie dreißig qualvolle Meilen vom Fluß entfernt.

Hermann Fleischer wand sich in seiner Maschille, denn die Ruhr nagte in seinen Eingeweiden.

»Verdammte Schweinerei!« stöhnte er, und dann rief er den Trägern zu: »Schnell, bringt mich dort zu den Bäumen!« Er zeigte auf eine Gruppe wilder Ebenholzbäume, die ein Seitental verdeckten.

Eilig bogen die Maschillenträger vom Pfad ab und trabten in das Seitental. Im Schatten der Ebenholzbäume legten sie eine Pause ein, während der Kommissar aus seiner Sänfte stieg und zur entlegensten Stelle des Dickichts eilte, um allein zu sein. Die

Träger warfen sich mit einem gemeinsamen Seufzer zu Boden und vertieften sich in eine Serie afrikanischer Freiübungen.

Als der Kommissar aus seinem Versteck zurückkam, hatte er Hunger. Es war kühl und angenehm im Schatten – ein idealer Platz, um seinen nachmittäglichen Imbiß einzunehmen. Raube mußte eben sehen, eine Zeitlang allein fertig zu werden. Hermann bedeutete seinem persönlichen Diener mit einem Kopfnicken, daß er den Lagertisch aufstellen und die Verpflegungskiste öffnen solle. Fleischer steckte gerade ein Stück Wurst in den Mund, als er den ersten Schuß vernahm, der dumpf durch die trockene Luft dröhnte.

55

»Wo ist er? Er muß hier sein. Die Fährtensucher haben gesagt, er sei hier. Kannst du ihn sehen?« Rosa Oldsmiths Lippen waren von Sonne und Wind aufgesprungen; weiße Hautfetzen hatten sich von den roten Sonnenbrandflecken auf ihrer Nase gelöst, und ihre Augen waren vom Staub und vom grellen Sonnenlicht blutunterlaufen.

Sie lag auf dem Bauch hinter einer Erhebung aus Schiefer und hartem Gras und hatte die Mauser vor sich.

»Kannst du ihn sehen?« fragte sie noch einmal ungeduldig, und damit meinte sie ihren Vater.

Flynn knurrte etwas, während er das Fernglas vor die Augen hielt, langsam das ganze Tal absuchte und wieder zur Spitze der seltsamen Karawane zurückkehrte.

»Da ist ein Weißer«, erwiderte er.

»Ist das Fleischer?«

»Nein.« Flynn war sich nicht ganz sicher. »Nein, ich glaube nicht.«

»Such ihn. Er muß doch irgendwo sein.«

»Ich möchte nur wissen, was, zum Teufel, das für Dinger sind.«

Flynn konzentrierte sich auf die vier riesigen Räderpaare. Die Linsen seines Fernglases vergrößerten das irritierende Hitzegeflimmer in der stillen Luft, so daß die Apparate bald klein, bald gewaltig erschienen.

»Sieh dich lieber nach Fleischer um. Laß die verdammten Dinger sein. Such Fleischer!« sagte Rosa energisch.

»Er ist nicht dabei.«

»Er muß aber da sein.« Rosa rollte sich auf die Seite und riß ihm das Fernglas aus den Händen. Verbissen musterte sie die lange Kolonne, die langsam durch das Tal auf sie zukam.

»Er muß da sein. Bitte, lieber Gott . . . er muß da sein«, flüsterte sie, an nichts anderes als an ihre Rache denkend.

»Wir müssen bald angreifen. Sie sind gleich an der richtigen Stelle.«

»Erst müssen wir Fleischer finden.« Rosa suchte verzweifelt; ihre Knöchel wurden weiß unter der sonnverbrannten Haut.

»Wir können nicht mehr lange warten. Sebastian ist auf seinem Posten. Er wartet auf mein Signal.«

»Warte! Du mußt warten!«

»Nein. Wir können sie nicht näher herankommen lassen.« Flynn richtete sich auf und rief leise.

»Mohammed! Seid ihr bereit?«

»Wir sind bereit.« Die Antwort kam von dort unten, wo die Gewehrschützen lagen.

»Denk an meine Worte! Erst müßt ihr die Askaris töten, dann laufen die anderen von allein weg.«

»Ihre Worte klingen in meinen Ohren mit aller Reinheit und Schönheit goldener Glocken«, erwiderte Mohammed.

»Dann also los!« sagte Flynn und knöpfte seine Jackentasche auf. Er kramte einen Handspiegel hervor und hielt ihn so geneigt, daß er die Sonnenstrahlen auffing und einen hellen Lichtstrahl auf den gegenüberliegenden Hang warf. Aus dem Gewirr von Felsen und Sträuchern kam sofort ein Blitzen, mit dem Sebastian das Signal bestätigte.

»Ah!« Flynn stieß einen theatralischen Seufzer der Erleichterung aus. »Ich hatte schon Angst, unser Bassie könnte da drüben eingeschlafen sein.« Mit diesen Worten nahm er die Mauser.

»Warte«, bat Rosa. »Bitte warte.«

»Wir können nicht länger warten. Das weißt du selber. Wenn Fleischer da unten ist, werden wir ihn erwischen. Wenn er nicht da ist, dann hilft es uns auch nicht, wenn wir noch länger warten.«

»Dir macht das nichts aus«, warf sie ihm vor. »Du hast Maria schon vergessen.«

»Nein«, antwortete Flynn. »Nein, ich habe nichts vergessen.« Er legte die Mauser an seine Schulter. Einen Askari hatte er schon längere Zeit beobachtet. Ein großer Kerl, der vorausmarschierte. Selbst auf diese Entfernung spürte Flynn, daß dieser Mann gefährlich war. Er bewegte sich mit der instinktiven Wachsamkeit eines Leoparden, den Kopf aufmerksam erhoben.

Flynn zielte auf ihn. Er zielte niedrig, um den Schuß bergab auszugleichen und richtete das Gewehr auf den Bauch des Mannes. Behutsam zog er den Abzugshahn durch. Die Mauser knallte bösartig, und der Rückstoß schlug gegen seine Schulter.

Flynn glaubte seinen Augen nicht zu trauen, als er sah, daß die Kugel Staub aufwirbelte. Ein glatter Fehlschuß auf vierhundert Meter! Nachdem er so sorgfältig gezielt hatte – bei Gott, er wurde alt.

In rasender Eile lud er aufs neue. Aber der Askari war bereits in Deckung gegangen und verschwand im grauen Dornengebüsch. Flynns zweiter Schuß landete wirkungslos im trockenen Gestrüpp.

»Gottverdammt!« heulte Flynn, und seine Stimme ging unter in dem Prasseln des Gewehrfeuers, das sich rings um ihn erhob. Von beiden Hängen schossen alle seine Gewehrboys in die dichte Menge menschlicher Körper, die das Tal verstopften.

Entsetzt stand die Mehrzahl der eingeborenen Träger einige Sekunden schweigend im Kugelhagel der Mausergewehre; alle standen wie erstarrt. Der Überfall hatte sie überrascht, da sie arglos an den riesigen Rädern arbeiteten. Jetzt hoben sie ihre Köpfe und starrten hinauf zu den Hängen, woher die Schüsse kamen. Und jetzt erhob sich eine Stimme und wuchs wie der Wind zu einem Schreckensgeheul, und das war wie ein einziger Schrei aus tausend Kehlen.

Ohne Flynns Befehl zu beachten, nur auf die bewaffneten Askaris zu schießen, feuerten seine Leute blindlings in die um die Räder gedrängte Menschenmenge; die Kugeln vergruben sich im Fleisch oder wurden heulend von den Felsen abgelenkt, um als Querschläger entsetzliche Wunden zu reißen.

Zuerst liefen die Träger davon. Sie strömten wie eine Flut durch das Tal und nahmen die Askaris mit sich, deren Khakiuniformen wie Treibholz in der Strömung auf und ab tanzten.

Aus der Deckung neben Flynn schoß auch Rosa. Ihre Hände am Gewehr wirkten dennoch weiblich mit ihren langen, sensiblen Fingern, die das Gewehrschloß bedienten, als wäre es ein Schiffchen an einem Webstuhl, das den Tod webte. Ihre Augen waren hinter dem Visier zusammengekniffen, und ihre Lippen bewegten sich kaum, als sie den Namen formten, der zu ihrer Schlachthymne geworden war.

»Maria! Maria!« Bei jedem Schuß rief sie leise den Namen.

Als Flynn einen neuen Patronenstreifen aus seinem Gürtel holte, warf er ihr einen Blick zu. Selbst in diesem Augenblick äußerster Erregung spürte er ein gewisses Unbehagen, als er das Gesicht seiner Tochter sah. In ihren Augen stand Wahnsinn; der Wahnsinn eines lange erlittenen Kummers; der Wahnsinn eines zu eifrig geschürten Hasses.

Sein Gewehr war geladen, und er wandte seine Aufmerksamkeit wieder dem Tal zu. Das Bild hatte sich verändert. Aus der panischen Flucht der von Angst gepeitschten Träger baute der Deutsche, den Flynn zuvor durch das Fernglas beobachtet hatte, eine Verteidigungslinie auf. Der große Askari, den Flynn mit seinem ersten Schuß verfehlt hatte, war bei ihm. Diese beiden hielten die Wächter auf, die von den blindlings fliehenden Trägern mitgerissen wurden, brachten sie zum Stehen, veranlaßten sie, umzukehren, stießen und schoben sie endlich in die Deckung der vier großen Räder. Jetzt erwiderten sie das Feuer.

»Mohammed! Schnapp dir den Mann! Den Weißen – schnapp ihn dir!« brüllte Flynn. Er schoß zweimal und verfehlte ihn beide Male. Aber seine Kugeln pfiffen so dicht vorbei, daß der Deutsche sich hinter den Metallschild des nächstbesten Rades duckte.

»Da haben wir es«, jammerte Flynn, als seine Hoffnungen auf einen schnellen Erfolg dahinschwanden. »Sie lassen sich da unten häuslich nieder. Wir müssen sie wieder hervorlocken.«

Die Aussicht darauf war nicht sehr erfreulich. Flynn hatte aus Erfahrung gelernt, daß jeder seiner Leute wohl ein Held war, wenn er aus dem Hinterhalt feuerte, dazu auch ein Meister im strategischen Rückzug. Ihre schwache Seite jedoch war der Frontalangriff oder jedes andere Manöver, welches verlangte, sich dem Feind auszusetzen. Unter seinen hundert Mann gab es etwa ein Dutzend, bei denen er sich darauf verlassen konnte, daß sie einen Angriffsbefehl befolgten. Flynn zögerte verständlicherweise, einen solchen Befehl zu erteilen, denn es gibt wenige Situationen, die demütigender sind, als wenn er »Angriff!« schrie – und jeder ihn dann anschaute, als wolle er sagen: »Wer? Ich? Sie machen wohl einen Scherz!«

Jetzt raffte er sich zu einem solchen Befehl auf, denn er wußte nur zu gut, daß die Kampflust seiner Leute mit jeder Sekunde abkühlte und durch Vernunft und Vorsicht ersetzt wurde. Er füllte seine Lungen mit Luft und öffnete den Mund, aber Rosa kam ihm zuvor.

Sie rollte sich auf den Rücken, hob ihre Knie an und sprang in einer anmutigen Bewegung auf die Füße. Es folgte ein katzenhafter Sprung, der sie über den Schieferhügel ins Freie trug. Und Rosa schoß – schoß mit dem Gewehr aus der Hüfte. Ihr langes Haar flatterte, und ihre langen Beine flogen, als sie den Hang hinunterlief wie eine Rachegöttin.

»Rosa!« schrie Flynn bestürzt, dann sprang auch er auf und jagte, schwerfällig rumpelnd, hinter ihr her.

»Fini!« rief Mohammed und stolperte hinter seinem Herrn her.

»Meine Güte!« Sebastian schnappte auf der gegenüberliegenden Talseite nach Luft. »Das ist ja Rosa!« In einer Reflexbewegung stand er im Nu auf den Beinen und stürmte den felsigen Abhang hinunter.

»Akwende!« schrie der Mann neben ihm, hingerissen von der Aufregung, und ehe einer von ihnen Zeit zum Nachdenken hatte, folgten ihm fünfzig andere. Nach den ersten halben Dutzend

Schritten mußten sie wohl oder übel weitermachen, denn wenn sie erst einmal angefangen hatten, konnten sie nicht mehr stehenbleiben, ohne aufs Gesicht zu fallen. Sie konnten nur noch schneller laufen.

Von beiden Abhängen ins Tal hinunter, stolpernd oder auf losen Steinen rutschend, oder quer durchs Dornengebüsch – schreiend, kreischend: dergestalt stürzten sie sich auf die Askaris bei den Rädern.

Rosa und Sebastian waren, aus entgegengesetzten Richtungen kommend, die ersten, die den äußeren Kreis der deutschen Stellung erreichten. Ihr Schwung trug sie unbehelligt durch die erste Verteidigungsreihe, und dann lief Rosa, das leergeschossene Gewehr in den Händen, dem großen Askari in die Arme, der plötzlich hinter einem Felsblock auftauchte. Sie schrie auf, als er sie packte, und dieser Ton brachte Sebastian zur Raserei.

Zwanzig Meter entfernt kämpfte Rosa mit dem Mann, aber in seinen Armen war sie hilflos wie ein Baby. Er hob sie auf, wechselte seinen Griff, stemmte sie hoch über den Kopf und hatte die feste Absicht, sie gegen den scharfen Felsen zu schleudern, hinter dem er gelegen hatte. In den Muskelbündeln seiner Arme, in dem dicken, schweißüberströmten Nacken und in den stämmigen Beinen lag eine Unmenge animalischer Kraft. Es bestand kein Zweifel, der Kerl war imstande, Rosa umzubringen, indem er sie einfach gegen den Felsen schmetterte. Er konnte ihr sämtliche Knochen brechen; ihre inneren Organe mußten zerquetscht werden.

Sebastian stürzte sich auf diesen Gegner. Er stieß zwei Askaris zur Seite, packte die Mauser am Lauf, denn aus Angst, Rosa zu treffen, konnte er nicht schießen. Er sparte seinen Atem für den Zweikampf auf und überquerte den Zwischenraum, der ihn von den beiden trennte. Er erreichte sie in dem Augenblick, da der Askari seine Arme abwärts bewegen wollte.

»Aaahh!« Ein lautes Stöhnen entrang sich Sebastians Kehle, als er das Gewehr mit aller Macht schwang. Er gebrauchte es wie eine Axt, legte sein volles Körpergewicht dahinter und hieb drauflos. Der Kolben traf den Askari im verlängerten Rücken, und seine Nieren mußten zerplatzen in seinem Leib wie überreife Pflaumen. Er brach zusammen und war schon tot, als er am Boden landete. Rosa fiel auf ihn; sein Körper milderte ihren Sturz.

Sebastian ließ sein Gewehr fallen und bückte sich, um sie schützend in seine Arme zu nehmen.

Rings um sie her führte Flynn seine Männer wie einen Sturmwind gegen die Verteidiger, überrollte sie, schlug ihnen die Gewehre aus den Händen und riß sie vom Boden. Sie lachten stolz über ihren mutigen Angriff und schnatterten aufgeregt und erleichtert.

Sebastian wollte sich eben aufrichten und Rosa auf die Beine stellen, doch er schaute sich vorher noch einmal um, ob die Gefahr auch wirklich vorüber war – da verschlug es ihm den Atem.

Zehn Schritte entfernt kniete der weiße Offizier im Schatten eines der gewaltigen Stahlräder. Er war noch jung, ziemlich dunkelhäutig für einen Deutschen, hatte aber blaßgrüne Augen. Seine weiße Tropenuniform zeigte feuchte Schweißflecken und war dreckverschmiert; seine Mütze war in den Nacken geschoben; die goldene Litze an ihrem Schirm strahlte in unangebrachtem Glanz, denn das Gesicht darunter war angespannt und böse, der Mund fest zusammengepreßt.

Seine rechte Hand umklammerte eine Luger. Er hob sie und zielte.

»Nein!« krächzte Sebastian und versuchte ungeschickt, Rosa mit seinem Körper zu schützen, aber er wußte, daß der Deutsche abdrücken würde.

»Mädchen!« schrie Sebastian in seinem besten Schuldeutsch. »Nein schießen, dies ein Mädchen.« Er sah, wie sich der Gesichtsausdruck des jungen Offiziers veränderte; seine Augen wurden weicher, als er automatisch auf den Appell an seine Ritterlichkeit reagierte. Trotzdem hielt er immer noch die Luger erhoben, und über ihren Lauf schauten Sebastian und der Offizier sich an. Dies alles geschah innerhalb weniger Sekunden, doch der Aufschub war genug. Während der Offizier noch zögerte, war es plötzlich zu spät für ihn, denn Flynn stand hinter dem Deutschen und preßte ihm die Mündung seines Gewehrs in den Nacken.

»Laß sie fallen, mein Guter. Sonst schieße ich dir deine Mandeln zum Adamsapfel raus.«

56

Über den Talboden verstreut lagen die Lasten, welche die eingeborenen Träger in ihrem Bestreben, sich an einen fernen Ort und in ein besseres Klima zu begeben, fallen gelassen hatten. Viele Pakete waren aufgeplatzt, und alle waren in dem Trubel zertrampelt worden. Ihr Inhalt lag auf dem Boden herum, und weggeworfene Kleidungsstücke flatterten in den unteren Zweigen der Dornenbäume.

Flynns Leute waren am Plündern – eine Beschäftigung, bei der sie bemerkenswertes Geschick und großen Eifer an den Tag legten. Geschäftig wie Schakale am Opfer eines Löwen trugen sie ihre Beute zusammen und zankten sich um die einzelnen Stücke.

Der deutsche Offizier lehnte schweigend an einem Stahlrad. Vor ihm stand Rosa, in der Hand die Lugerpistole. Die beiden beobachteten sich unausgesetzt und ausdruckslos. Neben ihnen hockte Flynn und filzte den Tascheninhalt des Deutschen. An seiner Seite stand Sebastian, bereit, ihm zu helfen.

»Er ist ein Marineoffizier«, stellte Sebastian fest und schaute den Deutschen interessiert an. »Er hat einen Anker auf seinem Mützenschild.«

»Tu mir einen Gefallen, Bassie«, sagte Flynn.

»Selbstverständlich.« Sebastian war stets bereit, jemandem gefällig zu sein.

»Halt den Mund!« riet Flynn ihm, ohne von dem Brieftascheninhalt des Offiziers aufzublicken, den er vor sich auf dem Boden ausgebreitet hatte. Im Umgang mit Flynn hatte Sebastian sich ein dickes Fell zugelegt. Er fuhr fort, ohne seinen Tonfall oder die Ausdrucksweise zu ändern.

»Ich möchte nur wissen, was um alles in der Welt ein Marineoffizier mitten im Busch macht – warum er diese komischen

Gebilde durch die Gegend rollt.« Sebastian unterzog das Rad einer eingehenden Prüfung, ehe er sich an den Deutschen wandte. »Bitte, was ist das?« Er zeigte auf das Rad. Der junge Offizier sah ihn nicht einmal an. Er beobachtete Rosa mit beinahe hypnotischer Konzentration.

Sebastian wiederholte seine Frage, und als er feststellen mußte, daß er wiederum ignoriert wurde, zuckte er leicht die Achseln und beugte sich hinüber, um ein Blatt Papier aus der vor Flynn aufgeschichteten Kollektion in die Hand zu nehmen.

»Laß das liegen.« Flynn schlug ihm auf die Hand. »Ich lese.«

»Darf ich mir das denn anschauen?« Er deutete auf eine Fotografie.

»Verlier sie nicht«, mahnte Flynn. Sebastian legte sie in seinen Schoß und betrachtete sie prüfend. Auf dem Bild waren drei junge Männer in weißen Overalls und Marine-Schirmmützen zu sehen. Sie lächelten breit in die Kamera und hatten sich untergehakt. Im Hintergrund sah man deutlich die Aufbauten und Geschütztürme eines Kriegsschiffes. Einer der Männer auf dem Foto war ihr Gefangener, und dieser saß an dem Rad.

Sebastian drehte das Foto aus dicker Pappe um und las die Inschrift auf der Rückseite.

»Bremerhaven, 6. Aug. 1911.«

Flynn und Sebastian waren in ihre Studien vertieft. Rosa und der Deutsche waren mit sich allein. Völlig allein; isoliert sozusagen durch einen intimen Kontakt.

Günther Raube war fasziniert. Er starrte dem Mädchen ins Gesicht und wußte, daß er nie zuvor solch ein gemischtes Gefühl aus Angst und Erwartung empfunden hatte, wie Rosa es in ihm hervorrief. Obwohl ihr Gesichtsausdruck leer und nichtssagend war, konnte er doch ein Verlangen und ein Versprechen in ihr spüren. Es war ihm klar, daß sie durch etwas verbunden waren, das er nicht verstand – daß etwas außerordentlich Wichtiges zwischen ihnen vorging. Das erregte ihn. Er nahm es wie ein lebendiges Wesen in seinen Lenden, in seinem Rückgrat wahr, und er atmete verkrampft und schmerzhaft. Und mit dem Ganzen war ein Gefühl der Angst verbunden, eine Angst, die wie warmes Olivenöl schwer in seinem Magen lag.

»Was ist?« fragte er mit der belegten Stimme eines Verliebten. »Ich versteh' nicht. Sag es mir.«

Er wußte, daß sie seine Sprache nicht verstehen konnte, aber sein Tonfall rief eine Reaktion in ihren Augen hervor. Sie verdunkelten sich wie das grüne Meer unter Wolkenschatten, und er sah, daß sie schön war. Ein stechender Schmerz durchfuhr ihn, als er daran dachte, wie nahe er daran gewesen war, jene Pistole auf sie abzufeuern, die sie jetzt in der Hand hielt.

Ich hätte sie töten können, dachte er und wollte seine Hand ausstrecken, sie berühren. Langsam beugte er sich vor. Rosa schoß ihn mitten in die Brust. Der Einschlag der Kugel warf ihn gegen den Metallrahmen des Rades. Er lag am Boden und sah sie an.

Bedächtig, einen Schuß nach dem anderen, schoß sie das Magazin der Pistole leer. Die Luger sprang buchstäblich in ihrer Hand. Jeder Schuß klang schrecklich laut, das Blut erschien wie durch Zauber auf seiner weißen Hemdbrust, als er auf die Seite fiel, und seine Augen schauten immer noch zu ihr hinauf, als er starb.

Endlich war kein Schuß mehr in der Pistole, und sie ließ sie aus der Hand fallen.

57

Sir Percy hielt das rechteckige Stück Pappe in seiner ausgestreckten Hand und las die Inschrift auf der Rückseite.

»Bremerhaven, 6. August 1911«, sagte er. Am Schreibtisch saß sein Kommandant unbequem auf der Kante des harten Dienststuhls Seiner Majestät ihm gegenüber. Seine rechte Hand griff in die Tasche, hielt inne, und zog sich schuldbewußt zurück.

»Um Himmels willen, Henry. Rauchen Sie das verdammte Ding schon, wenn Sie unbedingt müssen«, knurrte Sir Percy.

»Vielen Dank, Sir.« Dankbar griff Captain Henry Green wieder in seine Tasche, holte eine zerkaute Bruyèrepfeife heraus und fing an, diese zu stopfen.

Sir Percy legte die Fotografie zur Seite, nahm ein schmutziges Blatt Papier, schaute prüfend auf die groben, handgemalten Kreise und las die Beschreibungen, die durch Pfeile mit den Kreisen verbunden waren. Dieses Beispiel primitiver Kunst hatte Flynn Patrick O'Flynn mit viel Mühe als Anhang zu seinem Bericht gezeichnet.

»Sie sagen, dieses Zeug ist mit der Diplomatenpost aus der Botschaft in Laurenco Marques gekommen?«

»Das stimmt, Sir.«

»Wer ist dieser Bursche ...« Henry schaute auf den Namen. »Flynn Patrick O'Flynn?«

»Offenbar ist er ein Major in der portugiesischen Armee, Sir.«

»Mit einem solchen Namen?«

»Sie finden diese Iren überall, Sir.« Der Captain lächelte. »Er befehligt eine Gruppe von Fährtensuchern, die über die Grenze in deutsches Hoheitsgebiet vorstoßen. Sie genießen einen gewissen Ruf wegen ihrer unorthodoxen Unternehmungen.«

Sir Percy knurrte wieder, ließ das Blatt fallen, verschränkte seine Hände hinter dem Kopf und starrte quer durch den Raum auf das Porträt Lord Nelsons.

»Na schön, Henry. Sagen Sie, was Sie davon halten.«

Der Captain hielt ein brennendes Streichholz an den Pfeifenkopf, zog den Rauch geräuschvoll ein, wedelte mit dem Streichholz, um es auszulöschen, und sprach durch Rauchkringel.

»Zuerst die Fotografie. Sie zeigt drei deutsche Schiffsingenieure auf dem Vorderdeck eines Kreuzers. Der in der Mitte ist der Mann, der von den Fährtensuchern getötet wurde.« Er zog wieder an seiner Pfeife. »Der Geheimdienst meldet, daß der Kreuzer zur B-Klasse gehört. 21-cm-Geschütze.«

»B-Klasse?« fragte Sir Percy. »Aus dieser Klasse sind nur zwei Fahrzeuge vom Stapel gelaufen.«

»*Battenberg* und *Blücher*, Sir!«

»*Blücher!*« sagte Sir Percy leise.

»*Blücher!*« stimmte Henry Green ihm zu. »Angeblich bei einem Gefecht mit den Schiffen Seiner Majestät *Bloodhound* und *Orion* vor der ostafrikanischen Küste zwischen dem 16. und 20. September vernichtet.«

»Fahren Sie fort.«

»Tja – dieser Offizier könnte ein Überlebender der *Blücher* sein, der das Glück hatte, in Deutsch-Ostafrika an Land zu kommen, um nun in General Lettow-Vorbecks Armee zu dienen.«

»Immer noch in voller Marineuniform und damit beschäftigt, merkwürdige runde Gebilde über den Kontinent zu kullern?« fragte Sir Percy skeptisch.

»Ein ungewöhnlicher Auftrag, gebe ich zu, Sir.«

»Und was meinen Sie zu diesen Dingern?« Mit einem Finger schob Sir Percy ihm die Zeichnung unter die Nase.

»Räder«, antwortete Green.

»Zu welchem Zweck?«

»Um Material zu transportieren.«

»Was für Material?«

»Stahlplatten.«

»Und wer könnte Stahlplatten an der Küste von Ostafrika brauchen?« sinnierte Sir Percy.

»Vielleicht der Kapitän eines beschädigten Schlachtkreuzers.«

»Kommen Sie, gehen wir in den Kartenraum.« Sir Percy erhob seinen stämmigen Körper aus dem Sessel und ging zur Tür.

Mit gebeugten Schultern, das kräftige Kinn vorgestreckt, stand Admiral Howe nachdenklich vor der Plantafel des Indischen Ozeans.

»Wo wurde diese Kolonne aufgefangen?« fragte er.

»Hier, Sir.« Green deutete mit dem Zeigestock auf die große Karte. »Etwa fünfzehn Meilen südöstlich von Kibiti. Sie zog in südlicher Richtung nach ...« Er beendete seine Erklärung nicht, sondern glitt mit der Spitze des Zeigestocks hinab zu der Gruppe kleiner Inseln, die sich um den Mund jener langen schwarzen Schlange gruppierten, die den Rufiji darstellte.

»Admiralitätskarte von Ostafrika, bitte.« Sir Percy sprach zu dem Lieutenant, der für den Kartenraum verantwortlich war; und der Lieutenant suchte Band II der blaugebundenen Bücher heraus, die auf dem Regal an der gegenüberliegenden Wand standen.

»Wie sind die Schiffahrtsbedingungen für die Mündung des

Rufiji?« wollte der Admiral wissen, und der Lieutenant begann vorzulesen.

»Ras Pombwe zur Kikunya-Mündung, einschließlich Mto Rufiji und Rufiji-Delta. Südliche Länge 8°, 17'; östliche Breite 39°, 20'. Über fünfzig Meilen ist die Küste ein Gewirr niedriger, sumpfiger, mangrovenbewachsener Inseln, unterbrochen von Wasserläufen, die das Delta des Mto Rufiji bilden. In der Regenzeit ist das ganze Gebiet des Deltas häufig überschwemmt. Die Küste des Deltas wird durch zehn große Mündungen unterbrochen, von denen acht ständig mit dem Mto Rufiji verbunden sind.«

Sir Percy unterbrach ihn gereizt. »Was soll dieses Mto bedeuten?«

»Ein arabisches Wort für Fluß, Sir.«

»Warum sagen Sie das dann nicht? Fahren Sie fort.«

»Mit Ausnahme der Simba-Uranga-Mündung und der Kikunya-Mündung sind alle anderen Zufahrten voller Untiefen und nur für Fahrzeuge mit einem Tiefgang von einem Meter, oder weniger, schiffbar.«

»Konzentrieren Sie sich also auf die zwei«, knurrte Sir Percy, und der Lieutenant wendete die Seite um.

»Die Simba-Uranga-Mündung. Benützt von Küstenfahrzeugen im Holzhandel. Eine erkennbare Barriere ist nicht vorhanden, und im Jahre 1911 berichtete die deutsche Admiralität, der Kanal habe eine mittlere Wassertiefe von zehn Faden. Der Kanal gabelt sich um eine keilförmige Insel, Rufija-ya-wake, und beide Arme bieten schwerbeladenen Fahrzeugen sichere Ankermöglichkeiten. Der Grund ist jedoch unsicher, und es ist empfehlenswert, die Fahrzeuge an Bäumen festzumachen. Schwimmende Inseln aus Gras und Unkraut sind weit verbreitet.«

»All right!« Sir Percy unterbrach den Vortrag, und alle im Kartenraum Versammelten schauten ihn erwartungsvoll an. Sir Percy betrachtete die Plantafel mit finsterem Blick und atmete schwer durch die Nase. »Wo ist die *Blücher*-Scheibe?« fragte er schroff.

Der Lieutenant öffnete einen Schrank und kam mit der schwarzen Holzscheibe zurück, die er vor zwei Monaten von der Plantafel genommen hatte. Sir Percy nahm sie ihm ab und rieb sie langsam zwischen Daumen und Zeigefinger. Im Kartenraum herrschte völliges Schweigen.

Langsam beugte Sir Percy sich über die Plantafel und setzte die Scheibe mit einem Klicken auf die Glasplatte. Alle starrten sie an. Sie saß wie ein bösartiger schwarzer Krebs an der Stelle, wo das grüne Land mit dem blauen Ozean zusammentraf.

»Funkraum!« stieß Sir Percy hervor, und der Signalgast trat mit einem Block in der Hand vor.

»Funkspruch an Commodore für Indischen Ozean. Captain Joyce. H. M. S. *Renounce.* Höchste Dringlichkeitsstufe. Text lautet: Geheimdienstberichte ergeben mit großer Wahrscheinlichkeit Hinweise auf ...«

58

»Wissen Sie was, Captain Joyce, Ihr Gin ist verdammt gut.« Flynn O'Flynn stülpte das Glas mit dem Boden zur Decke, und in seiner Gier, den Alkohol zu schlucken, tat er das gleiche mit der Zitronenscheibe, die der Steward in sein Glas gegeben hatte. Er gurgelte wie ein verstopfter Geiser, sein Gesicht nahm im Nu eine noch stärkere Rötung an, dann spuckte er die Zitrone aus, und mit ihr kam in einem explodierenden Hustenanfall eine Fontäne von Gin und Tonicwasser.

»Geht es Ihnen gut?« Captain Joyce kam zu Flynn geeilt und klopfte ihm zwischen die Schulterblätter. Er hatte die schreckliche Vision, wie das wichtigste Instrument für das bevorstehende Unternehmen erstickte, ehe dieses überhaupt begonnen hatte.

»Kerne!« japste Flynn. »Gottverdammte Zitronenkerne.«

»Steward!« rief Captain Joyce über seine Schulter, ohne den Trommelwirbel auf Flynns Rücken zu unterbrechen. »Bringen Sie dem Major ein Glas Wasser. Beeilen Sie sich!«

»Wasser?« schnaubte Flynn entsetzt, und der Schock genügte, um die Stärke seines Anfalls zu mildern.

Der Steward, der aus Erfahrung wußte, wann er einen Trinker vor sich hatte, erwies sich als Meister der Situation. Mit einem Glas in der Hand eilte er zu Hilfe. Ein Mundvoll starken Alkohols war nahezu eine Wunderkur. Flynn lag in den Sessel zurückgelehnt. Sein Gesicht war immer noch purpurrot, aber sein Atem beruhigte sich, und Joyce zog sich zur gegenüberliegenden Kabinenwand zurück und atmete erleichtert die feuchtwarme Tropenluft ein, die träge durch das offene Bullauge hereindrang. Nach einer Kostprobe von Flynns Körpergeruch aus allernächster Nähe erschien ihm die Luft von draußen so aromatisch wie ein Tulpenstrauß.

Flynn war sechs Wochen im Feld gewesen, und in der ganzen Zeit war es ihm nicht in den Sinn gekommen, seine Kleidung zu wechseln. Er roch nach Roquefortkäse.

Es trat eine kleine Unterbrechung ein. Jeder schöpfte Luft, und schließlich nahm Joyce den Faden dort wieder auf, wo er unterbrochen worden war. »Ich sagte gerade: Major, wie nett von Ihnen, sofort umzukehren und zu mir zu kommen.«

»Ich kam sofort, als ich Ihre Nachricht erhielt. Der Läufer wartete auf uns in M'topos Dorf. Ich ließ mein Kommando südlich vom Rovuma ein Lager aufschlagen und marschierte im Eiltempo los. Hundertfünfzig Meilen in drei Tagen! Nicht schlecht, wie?«

»Verdammt gut sogar!« pflichtete Joyce ihm bei und blickte die anderen beiden in der Kabine Zustimmung heischend an. Mit dem Adjutanten des portugiesischen Gouverneurs war ein junger Armeeleutnant gekommen. Keiner von beiden verstand ein Wort Englisch. Der Adjutant trug einen höflich-unverbindlichen Gesichtsausdruck zur Schau. Der Leutnant hatte den obersten Knopf seiner Uniformjacke geöffnet und räkelte sich auf dem Kabinensofa; eine kleine schwarze Zigarre hing ihm zwischen den Lippen. Dennoch brachte er es fertig, so hinreißend arrogant zu wirken wie ein Stierkämpfer.

»Der englische Kapitän bittet Sie, mich beim Gouverneur für den Stern von St. Peter vorzuschlagen.« Flynn übersetzte dem Adjutanten diese Worte. Flynn wollte einen Orden haben. Seit sechs Monaten lag er dem Gouverneur deswegen in den Ohren.

»Würden Sie bitte dem englischen Kapitän sagen, daß ich dem Gouverneur mit Vergnügen eine schriftliche Empfehlung unterbreiten werde.« Der Adjutant lächelte freundlich. Durch ihre Geschäftsverbindung kannte er Flynn zu gut, um seine Übersetzung wörtlich zu nehmen. Flynn warf ihm einen wütenden Blick zu, und Joyce spürte die angespannte Stimmung in der Kabine. Er sprach schnell weiter.

»Ich habe Sie hierhergebeten, um mit Ihnen eine Angelegenheit von äußerster Wichtigkeit zu besprechen.« Er legte eine Pause ein. »Vor zwei Monaten haben Ihre Fährtensucher eine deutsche Versorgungskolonne in der Nähe des Dorfes Kibiti angegriffen.«

»Das stimmt.« Flynn richtete sich in seinem Sessel auf. »Ein tolles Gefecht. Wir kämpften wie die Wilden. Mann gegen Mann.«

»Sehr wohl«, stimmte Joyce eilig zu. »Sehr wohl. Bei dieser Kolonne war ein deutscher Marineoffizier . . .«

»Ich habe das nicht getan«, unterbrach Flynn ihn bestürzt. »Ich war es nicht. Er versuchte zu fliehen. Das können Sie mir nicht anhängen.«

Joyce schaute verblüfft auf.

»Wie meinen Sie, bitte?«

»Er wurde bei einem Fluchtversuch erschossen – beweisen Sie mir das Gegenteil«, forderte Flynn wütend.

»Ja, ich weiß. Ich habe eine Kopie Ihres Berichts. Schade. Wirklich schade. Wir hätten den Mann sehr gern ausgefragt.«

»Wollen Sie damit sagen, daß ich lüge?«

»Großer Gott, Major O'Flynn. Nichts liegt mir ferner.« Joyce hatte das Empfinden, daß eine Unterhaltung mit Flynn O'Flynn große Ähnlichkeit mit dem Versuch hatte, mit verbundenen Augen einen Weg durch eine Weißdornhecke zu finden.

»Ihr Glas ist leer, darf ich Ihnen noch etwas zu trinken anbieten?«

Flynn hatte schon den Mund geöffnet, um weiterhin trotzig zu leugnen, aber dieses gastfreundliche Angebot traf ihn unerwartet, und er gab nach.

»Vielen Dank. Ihr Gin ist verdammt gut. So etwas habe ich

schon seit Jahren nicht mehr getrunken. Sie könnten wohl nicht die eine oder andere Kiste entbehren?«

Wieder war Joyce verblüfft.

»Ich bin sicher, daß der Sekretär der Offiziersmesse etwas für Sie arrangieren kann.«

»Verdammt gutes Zeug«, erklärte Flynn noch einmal und nippte an seinem nachgefüllten Glas. Joyce entschloß sich, die Sache von einer anderen Seite anzupacken.

»Major O'Flynn, haben Sie schon von einem deutschen Kriegsschiff gehört – einem Kreuzer namens *Blücher*?«

»Und ob ich das habe!« brüllte Flynn derart leidenschaftlich, daß für Joyce kein Zweifel bestand, hier wieder eine offene Wunde angerührt zu haben. »Der Schweinehund hat mich versenkt!«

Diese Worte beschworen vor Captain Joyces geistigem Auge ein kurzes, aber makabres Bild Flynns herauf, wie er auf dem Rücken im Wasser trieb, während ein Schlachtkreuzer mit 21-cm-Geschützen auf ihn schoß.

»Hat Sie versenkt?« fragte Joyce.

»Gerammt hat er mich! Da segle ich mit meiner Dhau so friedfertig wie nur irgendwer vor mich hin, plötzlich taucht er auf und – peng, mitten in den Arsch.«

»Ich verstehe«, murmelte Joyce. »Hat er das absichtlich gemacht?

»Darauf können Sie Gift nehmen.«

»Warum?«

»Tja ...« fing Flynn an, aber dann besann er sich. »Das ist eine lange Geschichte.«

»Wo war das?«

»Etwa fünfzig Meilen vor der Rufiji-Mündung.«

»Am Rufiji?« Joyce beugte sich interessiert vor. »Kennen Sie den? Kennen Sie das Rufiji-Delta?«

»Ob ich das Rufiji-Delta kenne?« kicherte Flynn. »Ich kenne es genausogut, wie Sie den Weg in Ihre Stammkneipe kennen. Ich habe dort vor dem Krieg oft geschäftlich zu tun gehabt.«

»Ausgezeichnet! Wunderbar!« Joyce konnte es sich nicht verkneifen, seine Lippen zu spitzen und die ersten beiden Takte von »Tipperary« zu pfeifen. Für ihn bedeutete dies einen Ausdruck nicht zu übertreffender Lebensfreude.

»Jaaahh? Was ist denn so wunderbar dabei?« Flynn war sofort mißtrauisch.

»Major O'Flynn. Aufgrund Ihres Berichts hält der Marine-Geheimdienst es für äußerst wahrscheinlich, daß die *Blücher* irgendwo im Rufiji-Delta vor Anker gegangen ist.«

»Wollen Sie mich auf den Arm nehmen? Die *Blücher* wurde vor Monaten versenkt – das weiß doch jeder!«

»Vermutlich versenkt. Sie und die beiden britischen Kriegsschiffe, die sie verfolgt hatten, sind von der Erdoberfläche verschwunden – oder genauer gesagt, von der Wasseroberfläche. Gewisse schwimmende Wrackstücke, die geborgen wurden, gaben einen Hinweis darauf, daß zwischen den drei Schiffen eine Schlacht stattgefunden hat. Man nahm an, alle drei seien gesunken.« Joyce unterbrach sich und strich über das wellige graue Haar an seinen Schläfen. »Aber jetzt scheint es festzustehen, daß die *Blücher* bei den Kampfhandlungen schwer beschädigt wurde und daß sie sich im Delta versteckt hat.«

»Diese Räder! Stahlplatten für Reparaturen!«

»Genau, Major, genau das. Aber ...« Joyce lächelte Flynn zu. »Dank Ihres Eingreifens sind sie mit den Platten nicht durchgekommen.«

»Doch, das sind sie«, stellte Flynn brummend richtig.

»Sie sind durchgekommen?« fragte Joyce barsch.

»Ja. Wir haben sie in dem Tal liegengelassen. Meine Spione haben mir berichtet, daß die Deutschen nach unserem Abzug eine neue Trägerkolonne losgeschickt und sie weggeholt haben.«

»Warum haben Sie das nicht verhindert?«

»Wozu, zum Teufel, denn? Sie sind doch nichts wert«, gab Flynn zurück.

»Die Beharrlichkeit des Feindes muß Ihnen doch ihren Wert klargemacht haben.«

»Ja, natürlich. Der Feind war so beharrlich, daß er mit der zweiten Kolonne ein paar Maschinengewehre raufgeschickt hat. Wenn Sie mich fragen – je mehr Maschinengewehre etwas bewachen, um so wertloser ist es.«

»Und warum haben Sie sie nicht zerstört, als Sie die Gelegenheit dazu hatten?«

»Hören Sie, mein Freund, was schlagen Sie denn vor, wie man zwanzig Tonnen Stahl zerstören soll? Vielleicht verschlucken?«

»Sind Sie sich im klaren darüber, welche Gefahr dieses Schiff darstellen wird, wenn es wieder seetüchtig ist?« Joyce zögerte. »Ich sage Ihnen jetzt in strengstem Vertrauen, daß in kürzester Zeit eine Invasion von Deutsch-Ostafrika stattfinden wird. Können Sie sich die verheerende Wirkung vorstellen, wenn die *Blücher* plötzlich aus dem Rufiji herauskommt und zwischen den Truppentransportern auftaucht?«

»Tja – jeder von uns hat seine Sorgen.«

»Major.« Die Stimme des Captains war heiser vor Anstrengung, seine Wut zu zügeln. »Major. Ich möchte, daß Sie sich auf eine Suchexpedition begeben und den Standort der *Blücher* für uns herausfinden.«

»Möchten Sie das?« brauste Flynn auf. »Sie möchten, daß ich im Delta herumjage, wo hinter jedem Mangrovenbaum ein Maschinengewehr steckt? Es kann ein Jahr dauern, bis man das Delta abgesucht hat. Sie haben ja keine Ahnung, wie es da drin aussieht.«

»Das ist auch nicht nötig.« Joyce drehte seinen Sessel herum und deutete mit einem Nicken auf den portugiesischen Leutnant. »Dieser Offizier ist ein Aviator.«

»Was bedeutet das?«

»Er ist Flieger.«

»Ja? Und Sie meinen, das ist gut? Ich habe selbst ein bißchen herumgeschlafen, als ich noch jung war – ab und zu steht er mir jetzt noch.«

Joyce hüstelte.

»Er fliegt einen Aeroplan. Ein Flugzeug.«

»Oh!« sagte Flynn. Er war beeindruckt. »Donnerwetter – wirklich?« Er schaute den portugiesischen Leutnant respektvoll an.

»In Zusammenarbeit mit der portugiesischen Armee beabsichtige ich, eine Lufterkundung des Rufiji-Deltas durchzuführen.«

»Sie meinen, in einem Flugzeug darüber wegfliegen?«

»Genau das!«

»Das ist eine verdammt gute Idee.« Flynn war begeistert.

»Wann können Sie bereit sein?«

»Wofür?«

»Für den Erkundungsflug.«

»Jetzt machen Sie aber einen Punkt, mein Freund!« Flynn war außer sich. »Mich kriegen Sie nicht in so eine Flugmaschine.«

Zwei Stunden später argumentierten sie immer noch auf der Brücke von H. M. S. *Renounce,* während Joyce das Schiff zum Land zurücksteuerte, um Flynn und die beiden Portugiesen am Strand abzusetzen, wo seine Barkasse sie am Morgen abgeholt hatte. Der britische Kreuzer dampfte über eine glatte, ruhige und tiefblaue See. Das Land war als dunkler unregelmäßiger Strich am Horizont zu sehen.

»Es ist unbedingt erforderlich, daß jemand, der das Delta kennt, mit dem Piloten fliegt. Er ist eben erst aus Portugal angekommen, abgesehen davon, daß er mit der Führung der Maschine vollauf beschäftigt ist. Er muß einen Beobachter haben.« Joyce versuchte es noch einmal.

Flynn hatte jegliches Interesse an der Diskussion verloren; er war jetzt mit wichtigeren Dingen beschäftigt.

»Captain«, fing er an. Joyce nahm einen neuen Klang in seiner Stimme wahr und drehte sich hoffnungsvoll zu ihm um.

»Captain, diese andere Geschichte. Wie steht es damit?«

»Es tut mir leid – ich verstehe Sie nicht.«

»Der Gin, den Sie mir versprochen haben – wie sieht es damit aus?«

Captain Arthur Joyce, Royal Navy, war ein Mann von freundlichem Aussehen. Sein Gesicht war glatt und ohne Falten, sein Mund voll, aber ernst, seine Augen nachdenklich. Die silbergrauen Strähnen an seinen Schläfen verliehen ihm eine gewisse Würde. Es gab nur einen Hinweis auf seine wirkliche Gemütsverfassung – seine Augenbrauen wuchsen in einer festen, ununterbrochenen Linie über seinen Augen; sie waren über der Nasenwurzel genauso dick und buschig wie über den Augen.

Im Gegensatz zu seiner äußeren Erscheinung verfügte er über ein herrisches und leidenschaftliches Temperament. Zehn Jahre auf der eigenen Brücke, mit der unbegrenzten Macht und Autorität eines Captains der Royal Navy ausgestattet, hatten ihn nicht weicher gemacht, sondern ihn lediglich gelehrt, wie er sein Temperament im Zaum halten konnte. Seit dem frühen Morgen, als er zum erstenmal Flynn O'Flynns behaarte Pranke schüttelte, hatte Arthur Joyce sich eine so weitgehende Zurückhaltung auferlegt, wie es überhaupt nur möglich war – jetzt war er am Ende.

Flynn stand sprachlos der geballten Kraft von Captain Joyces Wut gegenüber. In abgehackter, vornehmer Sprechweise äußerte Arthur Joyce jetzt seine deutliche Meinung über Flynns Mut, Charakter, Zuverlässigkeit, über seine Trinkgewohnheiten sowie seine Einstellung zur Körperhygiene.

Flynn war entsetzt und zutiefst verletzt.

»Hören Sie . . .« begann er.

»*Sie* hören jetzt zu«, unterbrach Joyce ihn. »Nichts kann mir ein größeres Vergnügen bereiten, als wenn ich Sie dieses Schiff verlassen sehe. Und wenn Sie gehen, dann können Sie sicher sein, daß ein ausführlicher Bericht über Ihr Benehmen an meine Vorgesetzten eingereicht wird – mit Kopien an den Gouverneur von Mozambique und an das portugiesische Kriegsministerium.«

»Hören Sie auf!« schrie Flynn. Nicht genug damit, daß er den Kreuzer ohne Gin verlassen mußte, er konnte sich auch vorstellen, daß Joyces Bericht so abgefaßt sein würde, daß er sicherlich niemals seinen Orden bekam. Möglicherweise würden sie sogar sein Offizierspatent zurückziehen. Unter dieser schrecklichen seelischen Belastung fiel ihm die Lösung ein.

»Es gibt einen jungen Mann. Nur einen einzigen Mann, der das Delta noch besser kennt als ich. Er ist jung, er hat Mut und Augen wie ein Falke.«

Joyce schaute ihn mit funkelnden Augen an. Schwer atmend bemühte er sich, Herr seines ungezügelten Zorns zu werden.

»Wer ist das?« wollte er wissen.

»Mein eigener Sohn«, verkündete Flynn mit Nachdruck; das klang besser als Schwiegersohn.

»Wird er es machen?«

»Er wird es machen. Dafür sorge ich schon«, versicherte Flynn.

59

»Das ist genauso sicher wie mit Pferd und Wagen«, verkündete Flynn. Der Vergleich gefiel ihm, darum wiederholte er ihn gleich noch einmal.

»Wie sicher sind Pferd und Wagen droben in den Wolken?« fragte Sebastian, ohne seine Augen vom Himmel abzuwenden.

»Ich bin enttäuscht von dir, Bassie. Die meisten jungen Burschen würden sich diese Gelegenheit nicht entgehen lassen.« Flynn war in ausgesprochen guter Stimmung. Joyce hatte ihm drei Kisten vom besten Beefeater-Gin zukommen lassen. Er saß auf einem der Benzinfässer, die oberhalb des Strandes im Schatten der Palmen lagen; um ihn herum lagen zwanzig seiner Fährtensucher in verschiedenen Stadien der Entspannung, denn es war ein einschläfernder, warmer und windstiller Morgen. Eine strahlende Sonne brannte vom klaren Himmel herab, und der Sand lag blendendweiß vor einem dunkelgrünen Meer. Die niedrige Brandung schlug verhalten an den Strand. Eine halbe Meile weiter draußen tummelte sich eine Wolke von Seevögeln und tauchte nach einem Schwarm von Köderfischen. Ihre Schreie vermischten sich mit dem Geräusch der See.

Obwohl sie sich hundert Meilen nördlich der Rovuma-Mündung, tief in deutschem Hoheitsgebiet, befanden, herrschte Ferienstimmung. In freudiger Erwartung der unmittelbar bevorstehenden Ankunft des Flugzeugs amüsierten sich alle köstlich – bis auf Sebastian und Rosa. Sie hielten sich bei den Händen und schauten hinauf zum südlichen Himmel.

»Du mußt es für uns finden.« Rosa sprach leise, aber nicht leise genug, um ihre Aufregung zu verbergen. In den letzten zehn Tagen, seit Flynn von seinem Treffen mit Joyce an Bord der *Renounce* zurückgekommen war, hatte sie kaum von etwas anderem als dem deutschen Kriegsschiff gesprochen.

»Ich will es versuchen«, erwiderte Sebastian.

»Du mußt«, sagte sie. »Du mußt!«

»Man muß einen schönen Blick von da oben haben. Als ob man auf einem Berg steht – nur hast du keinen Boden unter dir«, überlegte Sebastian, und er spürte, wie seine Haut bei diesem Gedanken kribbelte.

»Hör mal!« rief Rosa.

»Was denn?«

»Sshht!«

Und jetzt konnte auch er es hören, das Brummen, das anschwoll, absank und wieder anschwoll. Die Männer unter den Bäumen hörten es ebenfalls, und einige traten hinaus in den Sonnenschein und spähten gegen Süden.

Plötzlich wurde am Himmel ein Sonnenstrahl von einem Stück Metall oder Glas reflektiert. Es kam auf sie zu, niedrig auf schwankenden Schwingen; das Rattern des Motors schwoll an; sein Schatten eilte ihm auf dem weißen Strand voraus. Die eingeborenen Fährtensucher liefen in panischer Angst auseinander, Sebastian fiel kopfüber in den Sand, nur Rosa rührte sich nicht von der Stelle, als das Ding wenige Fuß über ihrem Kopf hinwegdröhnte, wieder hochstieg und in einer steilen Kurve über das Meer hinausflog.

Sebastian erhob sich und wischte verstohlen den Sand von seiner Buschjacke, als das Flugzeug hereinschwenkte und auf der harten Sandfläche am Rande des Wassers aufsetzte. Das gleichmäßige Motorengeräusch wurde zu einem stotternden Gurgeln; es schlingerte langsam auf sie zu, und der Rückwind des Propellers wirbelte eine Sandwolke hinter ihm auf. Die Tragflächen sahen aus, als wollten sie jeden Augenblick abfallen.

»Na los!« schrie Flynn seine Männer an, die in sicherer Entfernung unter den Palmen standen. »Schafft die Fässer da runter!«

Der Pilot stellte den Motor ab, und lähmende Stille trat ein. Er kletterte steifbeinig aus dem Cockpit auf die tieferliegende Tragfläche; rundlich und unbeholfen in seiner dicken Lederjacke, mit Helm und Schutzbrille. Er sprang hinab auf den Strand, warf die Jacke ab, nahm den Helm herunter, und zum Vorschein kam der junge portugiesische Leutnant.

»Da Silva«, stellte er sich vor und streckte die rechte Hand aus, als Sebastian vorwärtsstürzte, um ihn zu begrüßen. »Hernandez da Silva.«

Während Flynn und Sebastian das Auftanken des Flugzeugs übernahmen, saß Rosa bei da Silva unter den Palmen. Er nahm sein Frühstück aus Knoblauchwurst und einer Flasche Weißwein ein, die er mitgebracht hatte – eine angemessene Nahrung für einen schneidigen Ritter der Lüfte.

Sein Mund war zwar beschäftigt, aber seine Augen waren frei, und er gebrauchte sie, um Rosa eingehend zu betrachten. Selbst aus einer Entfernung von fünfzig Metern wurde Sebastian mit steigender Unruhe klar, daß Rosa auf einmal wieder eine Frau war. Hatte sie bislang das Kinn energisch vorgereckt und freimütig wie ein Mann dreingeschaut, so hielt sie jetzt die Augen niedergeschlagen. Nur gelegentlich warf sie einen flüchtigen Blick zur Seite und lächelte scheu, während ihr unter der Sonnenbräune die Röte sanft ins Gesicht stieg. Sie berührte ihr Haar mit einem Finger und schob eine Strähne hinter das Ohr. Sie strich ihre Buschjacke glatt und zog ihre langen khakibekleideten Beine seitlich unter sich. Die Augen des Piloten folgten jeder ihrer Bewegungen. Er wischte die Öffnung der Weinflasche an seinem Ärmel ab und bot sie mit einer eleganten Geste Rosa an. Rosa flüsterte ihr Dankeschön, als sie die Flasche entgegennahm und leicht daran nippte. Sebastian kam es in den Sinn, daß sie mit ihren Sommersprossen auf den Wangen und der sich abschälenden Haut auf der Nase so frisch und unschuldig wie ein kleines Mädchen aussah.

Der portugiesische Fliegerleutnant hingegen sah weder frisch noch unschuldig aus. »Gut sieht er aus«, könnte derjenige sagen, der für den öligen kontinentalen Typus mit jenem leicht verschlafenen Katerblick etwas übrig hat. Sebastian kam zu dem Schluß, daß der kleine schwarze Schnurrbart, der die Oberlippe bedeckte und die Kirschröte der Lippen unterstrich, etwas unanständig Erotisches an sich hatte.

Als er sah, wie er die Flasche von Rosa zurücknahm und ihr formvollendet zutrank, wurde Sebastian von zwei starken Begierden übermannt. Zum einen wollte er die Weinflasche ergreifen und sie dem Leutnant in die Kehle rammen, zum andern wollte er ihn so schnell wie möglich in das Flugzeug und fort von Rosa kriegen.

»Paci, Paci«, knurrte er Mohammeds Leuten zu, die Treibstoff in den Trichter auf der oberen Tragfläche schütteten. »Beeilt euch schon, verdammt noch mal.«

»Pack deinen Plunder in das Ding rein, Bassie, und hör auf, rumzukommandieren – du weißt, das bringt nur alle durcheinander.«

»Ich weiß nicht, wo ich's hintun soll. Sag dem Lackaffen, er soll herkommen und mir Bescheid geben. Ich kann nicht mit ihm reden.«

»Leg es in den Vordersitz – in den Beobachtersitz.«

»Sag dem verdammten Portugiesen, er soll herkommen!« wiederholte Sebastian störrisch. »Sag ihm, er soll Rosa in Frieden lassen und machen, daß er herkommt.«

Rosa folgte dem Piloten zum Flugzeug, und der bewundernde Gesichtsausdruck, mit dem sie seinen portugiesischen Anweisungen lauschte, brachte Sebastian zur Weißglut. Als der Motor angeworfen war, stand das Flugzeug klappernd und bebend auf dem Strand, und der Pilot bedeutete Sebastian aus seinem Cockpit mit einem herrischen Winken, an Bord zu kommen.

Statt dessen ging Sebastian zu Rosa und nahm sie mit Besitzerstolz in die Arme.

»Liebst du mich?« fragte er sie.

»Was sagst du?« rief sie, um den Motorenlärm zu übertönen.

»Liebst du mich?« brüllte er.

»Natürlich liebe ich dich, du Dummkopf«, rief sie zurück und lächelte ihm ins Gesicht, ehe sie sich auf die Zehenspitzen stellte, um ihn zu küssen, während der Luftstrom des Propellers sie umwehte. Ihre Umarmung war von einer Leidenschaft, die er seit Monaten nicht gespürt hatte, und Sebastian fragte sich unbehaglich, wieviel davon auf einen fremden Einfluß zurückzuführen war.

»Das könnt ihr machen, wenn du wieder zurück bist.« Flynn riß ihn aus Rosas Umarmung und schob ihn hinauf ins Cockpit. Das Flugzeug machte einen Satz nach vorn, und Sebastian klammerte sich verzweifelt fest, um sein Gleichgewicht wiederzuerlangen, dann warf er einen Blick zurück. Rosa winkte und lächelte, und er war sich nicht sicher, ob das Lächeln ihm oder dem Piloten hinter ihm galt, aber seine Eifersucht ging unter in dem Urinstinkt, zu überleben.

Sebastian hielt sich mit beiden Händen an den Seiten des Cockpits fest, und selbst seine Zehen krümmten sich in den Stiefeln nach unten, als suchten sie Halt in den Bodenbrettern, während er starr geradeaus sah.

Der Strand verschwamm unter dem Flugzeugrumpf allmählich zu einem weißen Flirren; die Palmen flogen auf der einen Seite vorüber, das Meer auf der anderen; der Wind zerrte an seinem Gesicht, und Tränen flossen ihm über die Wangen; das Flugzeug holperte, bockte und hüpfte, dann sprang es unter ihm hoch, fiel noch einmal zurück, und endlich waren sie in der Luft. Die Erde blieb allmählich unter ihnen zurück, als sie höher stiegen, und Sebastians Stimmungsbarometer stieg gleichermaßen. Seine Vorbehalte schmolzen dahin.

Sebastian dachte schließlich daran, die Schutzbrille über die Augen zu ziehen, um sie vor dem schneidenden Wind zu schützen, und wie ein Gott blickte er hinab auf eine Welt, die klein und friedlich dalag.

Als er sich endlich über seine Schulter nach dem Piloten umschaute, hatte ihn dieses eigenartige und wunderbare gemeinsame Unsterblichkeitsgefühl über die nichtigen Leidenschaften normaler Sterblicher erhoben. Die beiden lächelten sich an.

Der Pilot zeigte über die Spitze der rechten Tragfläche, und Sebastian schaute in die angegebene Richtung.

Weit, weit draußen auf der glatten blauen Meeresoberfläche, winzig unter dicken, flauschigen Gewitterwolken, sah er die graue Silhouette des britischen Kreuzers *Renounce* mit der weißen Kielwasserspur, die sich hinter ihm auf dem Ozean ausbreitete.

Er nickte. Wieder lächelte er seinem Gefährten zu. Und wieder gab ihm der Pilot ein Zeichen, diesmal deutete er nach vorn. Verschleiert im fernen blauen Dunst, durcheinandergewürfelt wie die verstreuten Teile eines Puzzlespiels, lagen die Inseln des Rufiji-Deltas zwischen dem Ozean und dem Festland.

In dem gebrechlichen kleinen Cockpit beugte Sebastian sich über sein Bündel und nahm Fernglas, Bleistift und eine Kartentasche heraus.

60

Es war unerträglich heiß und unerträglich feucht. Selbst im Schatten der aufgespannten Tarnnetze lag das Deck der *Blücher* unter einer widerlichen Glocke modriger Luft. Die schweißtriefenden Körper halbnackter Männer, die auf dem Vorderdeck schufteten, fanden keine Erleichterung, denn die Luft war zu feucht, als daß die ausgeschiedene Flüssigkeit hätte verdunsten können. So bewegten sie sich wie Schlafwandler in träger und mechanischer Gleichmäßigkeit. Mit größter Anstrengung befestigten sie die mächtige Stahlplatte an den Schlingen, die vom Kran herunterhingen.

Selbst Lochtkamper, dem Chefingenieur, waren die Flüche auf den Lippen eingetrocknet wie eine Quelle zur Dürrezeit. Er arbeitete an der Seite seiner Männer, genau wie sie mit bloßem Oberkörper, und die Tätowierungen von Oberarmen und Brust hoben und wölbten sich auf dem wogenden Muskelmeer.

»Pause«, ächzte er. Die Männer richteten sich auf, sogen mit aufgerissenem Mund die dicke Luft ein, massierten ihre schmerzenden Rücken und warfen der Stahlplatte haßerfüllte Blicke zu.

»Herr Kapitän.« Lochtkamper sah den Kapitän erst jetzt. Er stand neben den vorderen Geschütztürmen in seiner ganzen Größe und in blendendem Weiß; der blonde Bart verbarg zur Hälfte das schwarzsilberne Kreuz an seinem Hals. Lochtkamper trat auf ihn zu.

»Kommen Sie gut voran?« wollte von Kleine wissen, und der Ingenieur schüttelte seinen Kopf.

»Nicht so gut, wie ich gehofft hatte.« Er strich sich mit einer seiner großen Hände über die Stirn und beschmierte sein Gesicht mit Öl und Ruß.

»Es geht langsam«, sagte er. »Zu langsam.«

»Haben Sie Schwierigkeiten?«

»Überall«, murrte der Ingenieur, und er warf einen Blick auf den Hitzedunst und die Mangroven, auf das trübe, dunkle Wasser und die Schlammbänke. »Hier funktioniert nichts – die Schweißgeräte, die Winden, nicht einmal die Leute – alles geht kaputt in dieser verdammten Hitze.«

»Wie lange wird es noch dauern?«

»Ich weiß es nicht, Herr Kapitän. Ich weiß es wirklich nicht.«

Von Kleine wollte ihn nicht unter Druck setzen. Wenn einer die *Blücher* wieder seetüchtig machen konnte, dann war es dieser Mann. Wenn Lochtkamper überhaupt schlief, dann hier auf dem Vorderdeck, zusammengerollt wie ein Hund auf einer Matratze, die er auf den Planken ausgebreitet hatte. Erschöpft schlief er wenige Stunden mitten im Stöhnen und Ächzen der Winden, dem bläulich zischenden, grellen Leuchten der Schweißbrenner und dem ohrenbetäubenden Lärm der Niethämmer. Dann war er wieder auf den Beinen, tyrannisierte und beschämte die Mannschaft durch sein Beispiel; er redete den Leuten gut zu oder drohte.

»Noch drei Wochen.« Zögernd gab Lochtkamper eine Schätzung ab. »Höchstens einen Monat – wenn alles gutgeht.«

Schweigend standen die beiden nebeneinander – zwei Menschen aus unterschiedlichen Welten, verbunden durch ein gemeinsames Ziel, vereint durch die Achtung vor den Fähigkeiten des andern.

Ihre Aufmerksamkeit wurde durch eine Bewegung eine Meile stromaufwärts abgelenkt. Eine Barkasse kam zurück zum Kreuzer; mit ihrer sperrigen Ladung sah sie aus wie ein Heuwagen. Langsam kämpfte sie gegen die träge Strömung an; sie lag so tief im Wasser, daß die Bordwand nur noch wenige Zentimeter aus dem Wasser herausragte. Ihre Ladung bestand aus einem großen, klobigen Scheiterhaufen, auf dem ein Dutzend Schwarze saßen.

»Ich kann mich mit diesem komischen Holz nicht anfreunden, Herr Kapitän.« Lochtkamper schüttelte seinen zottigen Kopf. »Es ist zu weich und hinterläßt zuviel Asche, es wird uns noch den Kessel verstopfen.«

»Wir haben keine andere Möglichkeit«, sagte von Kleine.

Als die *Blücher* in den Rufiji hineingefahren war, waren ihre Kohlebunker so gut wie leer. Sie hatten vielleicht noch Brennstoff für viertausend Meilen, kaum genug, um sie auf geradem Kurs zum 45. südlichen Breitengrad zu bringen, wo ihr Mutterschiff, die *Esther*, darauf wartete, sie mit neuem Brennstoff zu versorgen und ihre Magazine mit Munition zu füllen.

Es bestand nicht die geringste Aussicht, Kohlen aufzutreiben. Statt dessen hatte von Kleine Kommissar Fleischer und seine tausend eingeborenen Träger beauftragt, in den Wäldern am Rande des Deltas Klafterholz zu schlagen. Dies war ein Befehl, dem Kommissar Fleischer sich mit jeder verfügbaren Begründung und Entschuldigung widersetzt hatte. Er war der Meinung, daß er mit der heilen Ablieferung der Stahlplatten aus Daressalam an Kapitän von Kleine alle Verpflichtungen erfüllt hatte, die er der *Blücher* gegenüber auf sich genommen hatte. Seine Beredsamkeit nützte ihm gar nichts – Lochtkamper hatte aus dem Stahl zweihundert primitive Äxte angefertigt, und von Kleine hatte Leutnant Kyller mit Fleischer stromaufwärts geschickt, damit dessen Begeisterung für das Holzschlagen ja nicht erlahmte.

Seit drei Wochen hatten die Barkassen der *Blücher* einen ständigen Pendelverkehr aufrechterhalten. Bis zum gegenwärtigen Zeitpunkt waren an die fünfhundert Tonnen Holz abgeliefert. Die Schwierigkeit bestand nun darin, einen Lagerraum für die unhandliche Fracht zu finden, wenn die Kohlenbunker voll waren.

»Wir werden bald anfangen müssen, das Klafterholz an Deck zu stapeln«, murmelte von Kleine, und Lochtkamper öffnete gerade den Mund zu einer Erwiderung, als die Alarmglocken aufgeregt zu läuten anfingen und der Lautsprecher dröhnte.

»Kapitän zur Brücke. Kapitän zur Brücke.«

Kapitän von Kleine machte kehrt und lief los.

Auf der Kajütentreppe stieß er mit einem Offizier zusammen. Sie hielten sich aneinander fest, um das Gleichgewicht zu bewahren, und der Leutnant schrie von Kleine ins Gesicht.

»Herr Kapitän – ein Flugzeug ... auf uns zu ... da ... Portugiesische Kennzeichen!«

»Verdammt noch mal!« Von Kleine drängte sich an ihm vorbei und eilte die Stufen hinauf. Keuchend betrat er die Brücke.

»Wo ist es?« rief er.

Der wachhabende Offizier nahm sein Fernglas herunter und wandte sich erleichtert an den Kapitän. »Da, Herr Kapitän!« Er zeigte durch ein Loch in dem Gewirr von Tarnnetzen, die wie das Dach einer Veranda über der Brücke hingen.

Von Kleine entriß ihm das Fernglas und erteilte bereits seine Befehle, während er das Glas auf den winzigen flügeltragenden Schatten über dem Dunst des Mangrovendickichts richtete.

»Warnen Sie die Leute am Ufer. Sie sollen in Deckung gehen«, stieß er hervor. »Alle Geschütze in höchstmögliche Feuerstellung. Schnellfeuerkanonen laden. MG's in Stellung – aber keinen Schuß ohne meinen Befehl!«

Er hatte das Flugzeug im Gesichtsfeld seines Fernglases.

»Wirklich ein portugiesisches«, knurrte er. Das grün-rote Kennzeichen war deutlich am braunen Rumpf des Flugzeugs zu sehen.

»Es sucht uns ...« Das Flugzeug flog hin und her, ging in eine Kurve und wendete am Ende seiner Suchstrecke, wie ein Bauer, der sein Feld pflügt. Von Kleine konnte den Kopf und die Schultern eines Mannes erkennen, der geduckt im vorderen Cockpit des Flugzeugs saß. »... jetzt werden wir gleich wissen, wie wirksam unsere Tarnung ist.«

»Da ist uns der Feind doch auf die Spur gekommen. Jemand muß ihnen die Karawane mit den Stahlplatten gemeldet haben – oder vielleicht hat die Holzhackerei sie aufgestöbert«, überlegte er, während er das Flugzeug näherkommen sah. »Wir konnten nicht hoffen, ewig unentdeckt zu bleiben – aber ich habe nicht damit gerechnet, daß sie ein Flugzeug schicken.«

Dann fiel ihm plötzlich etwas ein, und die soeben erkannte Gefahr beschleunigte seinen Atem. Er schaute angestrengt durch das Tarnnetz.

Mitten im Kanal, noch eine halbe Meile entfernt, ein breites, gekräuseltes Kielwasser in der Strömung hinterlassend, tuckerte die Barkasse langsam und unbeholfen wie ein schwangeres Flußpferd mit ihrer Ladung Klafterholz direkt auf die *Blücher* zu. Aus der Luft mußte sie auffallen wie eine dicke Zecke auf einem weißen Laken.

»Die Barkasse ...« rief von Kleine. »Gebt ihr ein Zeichen. Sie muß das Ufer anlaufen. Bringt sie in Deckung!«

Aber er wußte, daß es sinnlos war. Bis sie in Rufweite kam, war es schon zu spät. Er dachte daran, seinen Vordertürmen einen Feuerbefehl zu erteilen und die Barkasse zu versenken, aber er ließ diesen Gedanken sofort wieder fallen; die Einschläge würden im selben Moment den Gegner aufmerksam machen.

Ungeduldig umklammerte er das Brückengeländer und verfluchte in ohnmächtiger Wut die herannahende Barkasse.

61

Sebastian lehnte sich über den Rand des Cockpits. Der Wind packte ihn, ließ seine Jacke wild um den Körper flattern und zerzauste sein schwarzes Haar. Mit seiner üblichen Geschicklichkeit hatte er das Fernglas über Bord fallen lassen. Es gehörte Flynn Patrick O'Flynn, und Sebastian wußte, daß er es bezahlen mußte. Dieser Gedanke verdarb ihm in gewisser Hinsicht die Freude am Fliegen, denn er schuldete Flynn bereits einiges über dreihundert Pfund. Rosa würde ihm ebenfalls ihre Meinung sagen. Auf alle Fälle bedeutete der Verlust des Glases kein Handikap: Das Flugzeug flog so niedrig und so unruhig, daß er mit bloßem Auge viel besser beobachten konnte.

Aus einer Höhe von fünfhundert Metern sah der Mangrovenwald wie eine bauschige, übermäßig vollgestopfte Matratze in fadem Grün aus, während die Kanäle und Wasserstraßen, die ihn durchflossen, dunklen, metallfarbenen Adern glichen, die das Sonnenlicht wie ein Parabolspiegel reflektierten. Die Schwärme von weißen Silberreihern, die bei der Annäherung des Flugzeugs erschreckt aufflogen, sahen von oben wie flatternde Papierschnitzel aus. Ein Fischadler trieb bewegungslos vor ihnen dahin; seine weitgespannten Flügel waren an den Spitzen wie die Finger einer Hand gespreizt. Er stieß hinab und glitt so dicht an der Tragfläche vorbei, daß Sebastian deutlich die bösartigen gelben Augen unter der weißen Kopfhaube erkennen konnte.

Sebastian lachte hellauf, und dann mußte er sich wieder an der Seite des Cockpits festhalten, weil das Flugzeug heftig wackelte. Auf diese Art pflegte der Pilot ihn auf etwas aufmerksam zu machen, und Sebastian wünschte, er würde sich eine andere Methode ausdenken.

»Laß das nun endlich sein, alberner Südländer!«

Da Silva fuchtelte wild mit den Armen, sein Mund war unter dem schwarzen Schnurrbart in ständiger Bewegung, seine Augen funkelten hinter der Schutzbrille, und seine rechte Hand zeigte aufgeregt über den Steuerbordflügel nach unten.

Sebastian sah sie sofort auf der breiten Wasserstraße; die Barkasse war so auffällig, daß er sich fragte, warum er sie nicht schon früher entdeckt hatte, und dann fiel ihm ein, daß er seine Aufmerksamkeit auf das Gelände unmittelbar unter dem Flugzeug konzentriert hatte – und er fühlte sich entschuldigt.

Trotzdem rechtfertigte dies kaum da Silvas Getue, dachte er bei sich. Das war doch kein Schlachtkreuzer, das war nur ein kleines, vielleicht fünfundzwanzig Fuß langes Fahrzeug.

Seine Augen überflogen schnell den Kanal und folgten ihm bis zum offenen Meer in blauer Ferne. Er war leer.

Er schaute sich nach dem Piloten um und schüttelte den Kopf. Aber da Silvas Aufregung hatte eher noch zugenommen. Er gab mit seiner Hand ein weiteres Zeichen, dessen Bedeutung Sebastian nicht verstehen konnte. Um sich eine Auseinandersetzung zu ersparen, nickte Sebastian zustimmend, und im selben Moment verlor die Maschine an Höhe, so daß Sebastians Magen einen Satz machte und er sich wiederum verzweifelt an den Seiten des Cockpits festklammerte.

In einer flachen Kurve zog da Silva die Maschine so weit nach unten, daß er mit dem Fahrgestell beinahe die Mangrovenwipfel berührte. Sie flogen auf den Kanal zu, und als die letzten Mangroven unter ihnen vorbeihuschten, drückte da Silva die Nase noch weiter nach unten, bis sie nur noch wenige Fuß über der Wasseroberfläche flogen. Diese Demonstration fliegerischen Könnens war Sebastian gegenüber reine Verschwendung. Im stillen verfluchte er da Silva, während ihm die Augen aus den Höhlen traten.

Eine Meile vor ihnen schaukelte die schwerbeladene Barkasse auf dem Wasser. Sie lag nur wenige Fuß unter ihrer eigenen Höhe, und als sie sich ihr näherten, wirbelte der Propeller die Wasseroberfläche hinter ihnen auf.

»Mein Gott!« Diese Blasphemie rang Sebastian sich in äußerster Verzweiflung ab. »Er wird direkt in das Ding hineinfliegen!« Diese Ansicht wurde anscheinend von der Besatzung der Barkasse geteilt. Als die Maschine ihnen entgegendröhnte, ließen sie ihr Schiff im Stich. Sebastian sah zwei Männer von den Holzstapeln ins Wasser springen.

In allerletzter Sekunde hob da Silva das Flugzeug an, und sie sprangen über die Barkasse hinweg. Einen flüchtigen Augenblick starrte Sebastian auf eine Entfernung von fünfzehn Fuß in das Gesicht des deutschen Marineoffiziers, der sich am Heck über der Ruderpinne zusammenkauerte. Dann waren sie drüber hinweg, stiegen steil hoch, wendeten und flogen zurück.

Sebastian sah, daß die Barkasse beigedreht hatte und daß die Besatzungsmitglieder an Bord kletterten oder im Wasser plätscherten. Wiederum stieß das Flugzeug auf den Kanal hinab, aber da Silva hatte den Motor gedrosselt, der jetzt nur noch mit halber Kraft tuckerte. Er hielt sich fünfzig Fuß über der Wasseroberfläche und flog gemächlich in gebührender Entfernung von der Barkasse, dicht am Nordufer des Kanals, dahin.

»Was haben Sie vor?« fragte Sebastian da Silva. Als Antwort machte der Pilot eine weit ausholende Handbewegung, die dem Mangrovendickicht galt.

Verständnislos starrte Sebastian auf die Mangroven. Was führte der Narr im Schilde, er meinte doch nicht etwa, daß ...

Er sah eine Erhebung am Ufer – eine Erhebung, die vielleicht hundertfünfzig Fuß über die Wasseroberfläche anstieg. Sie flogen darauf zu.

Wie ein Jäger, der einen verwundeten Büffel verfolgt und sich sorglos durch spärliches Buschwerk bewegt, weil sich ein großes Tier doch unmöglich dahinter verstecken kann, und ihm dann plötzlich Auge in Auge gegenübersteht – so nahe, daß er jede Einzelheit der schartigen Hornwülste, das aus feuchten schwarzen Nüstern tropfende Blut und den finsteren, schwelenden Glanz der kleinen Schweinsaugen erkennen kann – kurzum, auf solche Art fand Sebastian die *Blücher*.

Sie war so nahe, daß er das Muster der Nieten in ihrer Panzerung erkennen konnte, die Fugen zwischen den Planken auf dem Vorderdeck und die einzelnen Maschen des über sie gebreiteten Tarnnetzes. Er sah die Männer auf der Brücke, die Bedienung der Schnellfeuerkanonen und der Maschinengewehre auf den Galerien der Aufbauten. In den geduckten Türmen sperrten die großen Geschütze ihre hungrigen Mäuler auf und folgten dem Flug der Maschine.

Wie ein graues böses Ungeheuer lag sie in ihrem Nest zwischen den Mangroven. Sebastian stieß einen überraschten und ängstlichen Schrei aus. Es war ein verzerrter, sinnloser Schrei, und in diesem Augenblick dröhnte der Flugzeugmotor mit ganzer Kraft, denn da Silva gab Vollgas.

Als das Flugzeug wie eine Rakete nach oben schoß, brach das Deck der *Blücher* in einen donnernden und flammenden Vulkan aus. Mündungsfeuer zischte in geballten Stößen aus den Öffnungen der Geschütze, Schnellfeuerkanonen und Maschinengewehre spuckten kleine Flämmchen.

Rings um das kleine Flugzeug qualmte und brodelte es. Im Hagel der Geschosse wurde die Luft beinahe zum Orkan.

Irgend etwas traf das Flugzeug, und es wurde hochgewirbelt wie das brennende Blatt bei einem Buschbrand. Es rollte über die Tragflächen, der Motor heulte wild auf, und die Verspannungen stöhnten und ächzten unter dem Druck.

Sebastian wurde vorwärtsgeschleudert; sein Nasenrücken krachte gegen die Kante des Cockpits, und alsbald schoß ihm das Blut aus beiden Nasenlöchern.

Die Maschine tanzte auf ihrem Schwanz, der Propeller krallte sich vergebens in die Luft und der überanstrengte Motor jaulte. Dann kippte die eine Tragfläche und neigte sich seitlich nach unten.

Da Silva kämpfte einen verzweifelten Kampf mit seiner Maschine. Er mußte sie unbedingt wieder in die Gewalt bekommen. Ganz langsam gehorchte ihm die Steuerung wieder, ja, es gelang ihm sogar, die Geschwindigkeit dergestalt zu vergrößern, daß sich die Mangrovenspitzen in rasender Fahrt näherten. Pilot da Silva vollbrachte alle möglichen Kunststücke, um die Widerspenstige zu zähmen. Ihr Widerstand schien so heftig, daß sich die Tragflächenbespannung zu sträuben begann. Er glaubte fast, ihr Entsetzen zu spüren bei Berührung der Baumkronen. Ganz deutlich konnte man das Rauschen der Blätter, die an ihrer Unterseite entlangstrichen, vernehmen. Dann aber auf einmal hob sie sich – wie durch ein Wunder. Sie flog geradeaus und behielt die Höhe. Langsam höhersteigend entglitt sie schließlich dem Rachen des Sumpfgebiets.

Zunächst flog sie unbeholfen und schwerfällig. An der Unterseite mußte sich etwas gelöst haben. Es knallte, hämmerte und klatschte im Luftsog, es schüttelte den ganzen Rumpf durch. Da Silva wagte keinerlei Steuermanöver. Er hielt die Maschine auf dem Kurs, den sie selber gewählt hatte, lediglich ihre Nase zog er ein ganz klein wenig nach oben, damit sie an kostbarer Höhe gewann ...

Bei tausend Fuß Höhe beschrieb er eine große gemächliche Südkurve, so daß die Maschine knatternd, holprig und wie trunken am Himmel entlangtorkelte, das heißt, sie flog haargenau auf Flynn O'Flynn zu.

62

Flynn entfernte sich langsam und gemessen von der Palme, an deren Stamm er lehnte.

»Wo gehst du hin?« Rosa öffnete die Augen und sah ihn an.

»Etwas erledigen, was du nicht für mich tun kannst.«

»Das ist das drittemal in einer Stunde!« Rosa war plötzlich mißtrauisch geworden.

»Darum heißt es auch der ostafrikanische Quickstep«, erwiderte Flynn. Er kroch schwerfällig ins Unterholz. Beim Lantanastrauch schaute er sich vorsichtig um, denn es konnte ja sein, daß Rosa ihm nachkam. Als er sich sicher fühlte, ließ er sich auf die Knie nieder und grub mit den Händen im losen Sand.

Wie ein altgedienter Pirat, der eine Kiste Golddukaten birgt, nahm er die Flasche aus ihrem Versteck und entkorkte sie.

Er hatte den Flaschenhals im Mund, als er das gedämpfte Brummen des zurückkehrenden Flugzeugs hörte. Die Flasche blieb trotzdem noch eine Weile an ihrem Platz, und Flynns Adamsapfel hob und senkte sich in schöner Gleichmäßigkeit. Nur seine Augen glitten nach oben, und das Gesicht legte sich in Falten.

Mit einem zufriedenen Seufzen korkte er die Flasche zu, legte sie wieder in das Versteck und bedeckte sie mit Sand. Dann nahm er Kurs zum Strand.

»Kannst du sie sehen?« rief er Rosa zu, als er bei den Palmen erschien. Sie stand im Freien. Ihr Kopf war zurückgeworfen, und ihr langer schwarzer Zopf hing ihr über den Rücken hinab. Sie gab ihm keine Antwort. Ihr Gesichtsausdruck war hart und aufs äußerste angespannt. Die Männer ringsum verharrten ebenfalls in banger, stummer Erwartung.

Flynn schaute nach oben und sah die Maschine wie einen verwundeten Vogel herankommen. Der Motor stotterte und arbeitete unregelmäßig. Aus dem Auspuff quoll eine öligbläuliche Rauchfahne. Die Tragflächen wackelten bedenklich, und an der Unterseite baumelte und schaukelte ein loses Wrackstück, das deutlich an ein Fahrgestell erinnerte.

Die Maschine senkte sich müde auf den Strand hinab. Das unregelmäßige Motorengeräusch erstarb, und sie konnten das Rauschen des Windes in den Verspannungen hören.

Die Überreste des Fahrgestells setzten endlich auf dem harten Sandboden auf. Ungefähr fünfzig Meter rollte die Maschine geradeaus, dann kippte sie mit einem Ruck zur Seite. Die linke Tragfläche bohrte sich in den Sand und drehte sich dem Meere zu. Der Schwanz richtete sich steil auf und das ganze fiel einfach vornüber. Man hörte es krachen, brechen, bersten. Und dann verschwand das übrige in einer Staubwolke.

Der Propeller bohrte sich in den Sand und löste sich in tausend Splitter auf. Aus dem Vordersitz flog ein menschlicher Körper und wirbelte mit rotierenden Gliedmaßen, den Speichen eines Rades gleich, durch die Lüfte und fiel, klatsch, ins Wasser, während das Flugzeug noch ein wenig weiterrutschte, ehe es sich vollends in seine Bestandteile auflöste. Eine Tragfläche brach. Die Spanndrähte rissen mit dem Knall einer Gewehrsalve. So kam der Rumpf nur noch langsam vorwärts, zumal er ins Wasser geriet. Schließlich blieb er liegen, und die Brandung umspülte auch ihn. Da Silva hing reglos im Cockpit – den Kopf nach unten. Er wurde von den Sicherheitsgurten gehalten. Seine Arme baumelten lässig im Freien.

In den nächsten Sekunden herrschte betretenes Schweigen. »Helft dem Piloten! Ich kümmere mich um Sebastian.« Rosa fand als erste ihre Sprache wieder. Mohammed und zwei weitere Männer liefen mit ihr zu der Stelle, wo Sebastian wie verlorenes Treibgut am Ufer lag.

»Kommt mit!« rief Flynn seinen Männern zu und stapfte durch den weichen Sand auf das Flugzeugwrack zu. Sie kamen zu spät.

Die Erde bebte und zürnte wie ein feuerspeiender Berg, als der Treibstoff explodierte. Flugzeug und See waren im Nu in ein brüllendes, verzehrendes Flammenmeer gehüllt.

Sie wichen zurück vor der Hitze. Die dunkelroten Flammen waren von höllischem Rauch gesäumt; sie fraßen die Leinwandbespannung vom Flugzeugrumpf und legten das hölzerne Skelett darunter frei.

Von den Flammen eingekreist, hing da Silva im Cockpit. Mit seiner brennenden Kleidung sah er aus wie ein Märtyrer. Schon berührte das Feuer die Sicherheitsgurte, und auf einmal fiel er wie ein Stein ins Wasser. Es zischte und brodelte, als die Flammen erstickten. Das Feuer war noch am Glimmen, als Sebastian sein Bewußtsein wiedererlangte und sich auf einen Ellbogen stützte. Verständnislos starrte er auf das rauchende Wrack. Die Schatten der Palmen lagen wie die Streifen eines Tigers auf dem Sand, der im Schein der Abendsonne mattgolden schimmerte.

»Da Silva?« Sebastians Stimme klang belegt und verzerrt. Sein Nasenbein war gebrochen und sein Gesicht eine einzige Geschwulst.

Rosa hatte ihn bereits vom Blut gesäubert, doch in seinen Nasenlöchern und in den Mundwinkeln saßen immer noch kleine schwarze Schorfkrusten. Beide Augen blinzelten durch jene Schlitze, die die Schwellung gerade noch freiließ

»Nein!« Flynn schüttelte den Kopf. »Er hat es nicht geschafft.«

»Tot?« flüsterte Sebastian.

»Wir haben ihn hinten im Busch begraben.«

»Was ist passiert?« wollte Rosa wissen. »Was um alles in der Welt ist da passiert?« Sie saß dicht bei ihm, ganz wie eine Mutter, die ihr Kind beschützt. Langsam drehte Sebastian seinen Kopf und sah sie an.

»Aber wir haben die *Blücher* gefunden«, sagte er.

63

Captain Arthur Joyce von der Royal Navy war ein glücklicher Mensch. Er stand über seinen Schreibtisch gebeugt, die Handflächen zu beiden Seiten der ausgebreiteten Admiralitätskarte aufgestützt. Er strahlte Zufriedenheit aus, während er den mit Blaustift gezogenen Kreis bewunderte, als wäre er die Unterschrift des Präsidenten der Bank von England auf einem Scheck über eine Million Pfund Sterling.

»Gut«, sagte er. »Wirklich sehr gut.« Er spitzte die Lippen, als wolle er »Tipperary« pfeifen. Statt dessen gab er einen tüchtigen Schnalzer von sich und lächelte Sebastian zu. Mit eingedrückter Nase und blauumränderten Augen erwiderte Sebastian dieses Lächeln.

»Das haben Sie ausgezeichnet gemacht, Oldsmith!« Der Gesichtsausdruck des Captains veränderte sich, kleine Lichter der Erinnerung leuchteten plötzlich in seinen Augen auf. »Oldsmith?« wiederholte er. »Hören Sie mal, haben Sie das Kricketteam von Sussex in der Elfer-Saison angeführt?«

»So ist es, Sir.«

»Großer Gott!« Joyce strahlte ihn an. »Ich werde nie Ihren Sieg über Yorkshire im ersten Spiel dieser Saison vergessen. Sie haben Graham und Penridge glattweg aussteigen lassen – zwei zu zwei, wie?«

»Zwei zu zwei. So war es.« Sebastian fand diesen Mann großartig.

»Aufregendes Spiel! Und dann haben Sie fünfundfünfzig Attacken geschafft?«

»Fünfundsechzig«, verbesserte Sebastian ihn. »Ein Rekord über neun Tore mit Clifford Dumont als Partner – hundertsechsundachtzig Punkte!«

»Ja, ja! Ich kann mich noch genau erinnern. Aufregendes Spiel! Sie hatten Pech, daß Sie nicht für England kämpfen konnten.«

»Ach, das will ich nicht sagen«, erwiderte Sebastian bescheiden.

»Doch, das hatten Sie.« Joyce spitzte die Lippen. »Großes Pech.«

Flynn O'Flynn verstand von alledem kein Wort. Er wälzte sich in seinem Sessel herum wie ein alter Büffel in der Falle; er langweilte sich zu Tode. Rosa Oldsmith begriff zwar auch nicht mehr als er, aber sie war fasziniert. Ganz offensichtlich hatte Captain Joyce einige hervorragende Leistungen von Sebastian erlebt, und wenn ein Mann wie Joyce sie kannte – dann war Sebastian eine Berühmtheit. Stolz hob sich ihre Brust, und sie warf Sebastian ein Lächeln zu.

»Davon habe ich ja gar nichts gewußt, Sebastian. Warum hast du mir nie davon erzählt?« Sie sah ihn stolz an.

»Ein andermal«, unterbrach Joyce sie eilig. »Jetzt müssen wir uns um diese andere Geschichte kümmern.« Er wandte seine Aufmerksamkeit wieder der Karte auf dem Schreibtisch zu.

»Jetzt möchte ich, daß Sie sich zurückversetzen. Machen Sie bitte die Augen zu und rufen Sie sich noch einmal alles ins Gedächtnis. Jede Einzelheit, an die Sie sich erinnern können. Jede Kleinigkeit kann von größter Wichtigkeit sein. Haben Sie irgendwelche Schäden bemerkt?«

Gehorsam schloß Sebastian die Augen und war überrascht, wie deutlich die Angst das Bild der *Blücher* in sein Gedächtnis eingraviert hatte.

»Ja«, sagte er. »Sie war voller Löcher. Hunderte von kleinen schwarzen Löchern. Und am vorderen Ende – am Bug – hingen Trapeze an Seilen – dicht überm Wasser. Sie kennen die Dinger, die man gebraucht, wenn man ein hohes Gebäude anstreicht . . .«

Joyce bedeutete seinem Sekretär mit einem Nicken, jedes Wort aufzuschreiben.

64

Der Ventilator, der über dem Tisch der Offiziersmesse hing, summte leise; seine Blätter bewegten die Luft, die so feucht und warm war wie das Bettzeug eines Malariakranken.

Außer dem Klappern von Besteck und Geschirr war nur das Geräusch zu hören, das Kommissar Fleischer beim Essen seiner Suppe verursachte. Es war eine dicke Erbsensuppe und siedendheiß, so daß Fleischer es für nötig hielt, lautstark auf jeden Löffel zu blasen, bevor er dessen Inhalt mit einem Schlürfen zu sich nahm, das, wenn auch nicht in der Lautstärke, so aber in der feinen Klangabstufung dem Geräusch einer Wasserspülung gleichkam. Als er eine Pause machte und eine Scheibe Schwarzbrot in seine Suppe bröckelte, sah er Leutnant Kyller an.

»Dann haben Sie das feindliche Flugzeug also nicht gefunden?«

»Nein.« Kyller beschäftigte sich mit seinem Weinglas. Achtundvierzig Stunden lang hatte er mit seiner Patrouille die Sümpfe, Kanäle und Mangrovenwälder nach dem Flugzeugwrack abgesucht. Er war erschöpft und voller Insektenstiche.

»Ja.« Fleischer nickte bedächtig. »Es fiel nur ein kurzes Stück, aber es schlug nicht auf die Bäume auf. Das habe ich mir gedacht. Ich habe gesehen, wie Sandhühner manchmal das gleiche tun, wenn man mit einer Schrotflinte auf sie schießt. Peng! Sie torkeln so herunter ...« Er ließ seine Hand in der Luft flattern und in die Richtung seines Suppentellers fallen. »Und plötzlich machen sie so.« Die Hand flog wieder hoch, diesmal in Richtung von Chefingenieur Lochtkampers zerklüftetem Neandertalergesicht. Alles lauschte gespannt.

»Der kleine Vogel fliegt nach Hause. Das war schlecht geschossen aus so kurzer Entfernung«, erklärte Fleischer, und er beendete seine Darstellung, indem er seinen Suppenlöffel wieder aufnahm, und die feuchtwarme Stille senkte sich wieder über die Offiziersmesse.

Chefingenieur Lochtkamper stopfte seinen Mund voll, als bediene er einen seiner Heizkessel. Die Knöchel seiner Hände waren durch die ständige Berührung mit Stahlplatten und Drahtseilen aufgerauht. Selbst als Fleischers Hand auf sein Gesicht zugeflogen kam, hatte er sich nicht von seinen Überlegungen ablenken lassen. Seine Gedanken waren vollauf mit Stahl und Maschinen, mit Belastung und Gleichgewichtsproblemen beschäftigt. Er wollte der *Blücher* eine Schlagseite von zwanzig Grad nach Steuerbord geben, damit seine Schweißer an einer größeren Fläche des Schiffsbodens arbeiten konnten. Das bedeutete eine Gewichtsverlagerung von tausend Tonnen. Es schien unmöglich zu sein ... Es sei denn, wir fluten die Backbordmagazine, dachte er bei sich, und nehmen die Geschütze zeitweilig aus ihren Türmen heraus. Dann könnte man sie von unten abstützen ...

»Das war nicht schlecht geschossen«, widersprach der Artillerieoffizier. »Er war zu dicht dran, die Geschoßbahn lag ...« Er unterbrach sich, rieb mit dem Zeigefinger seine lange spitze Nase und betrachtete trübsinnig den abgeriebenen Schweiß. Dieser dicke Kerl konnte das doch nicht verstehen. Er würde keine Energien mit der Erklärung von technischen Einzelheiten verschwenden. Er beschränkte sich darauf zu wiederholen: »Das war nicht schlecht geschossen.«

»Ich glaube, wir müssen uns damit abfinden, daß die feindliche Maschine heil an ihren Ausgangspunkt zurückgekehrt ist«, stellte Leutnant Kyller fest. »Darum können wir damit rechnen, daß der Feind in allernächster Zeit in irgendeiner Form die Offensive gegen uns ergreift.« Kyller genoß eine bevorzugte Stellung in der Offiziersmesse. Keiner der jüngeren Offiziere wagte es, seine Meinung so offen zu sagen. Aber auch keiner außer Kyller gab so überlegte Äußerungen von sich. Wenn er sprach, hörten seine Vorgesetzten nicht selten respektvoll und stets aufmerksam zu. Kyller hatte seine Kadettenausbildung an der Marineakademie zu Bremerhaven 1910 mit Auszeichnung bestanden. Sein Vater war Adeliger, ein persönlicher Freund des Kaisers und Admiral der Kaiserlichen Flotte. Kyller war der Liebling der Offiziersmesse – nicht nur wegen seines guten Aussehens und seiner feinen Manieren, sondern auch wegen seiner Bereitschaft zu harter Arbeit, wegen seiner sorgfältigen Berücksichtigung aller Einzelheiten und seines wachen Verstandes. Es war gut, ihn als Offizier an Bord zu haben – ein Pluspunkt für das Schiff.

»Was kann der Feind schon machen?« fragte Fleischer verächtlich. Er teilte Ernst Kyllers Meinung nicht. »Wir sind hier sicher – was kann er schon machen?«

»Ein flüchtiges Studium der Marinegeschichte schon macht deutlich, verehrter Herr, daß man bei den Engländern immer damit rechnen muß, daß sie genau das tun, was man am wenigsten von ihnen erwartet. Und wenn sie's tun, dann tun sie es schnell, wirksam und mit eiserner Entschlossenheit.« Kyller kratzte sich an den roten Beulen der Insektenstiche hinter dem linken Ohr.

»Ach was!« entgegnete Fleischer und verschüttete im Eifer des Widerspruchs etwas Erbsensuppe. »Die Engländer sind Dummköpfe und Feiglinge – schlimmstenfalls lauern sie vor der Flußmündung. Sie werden es nicht wagen, uns hier auf den Leib zu rücken.«

»Ich zweifle nicht daran, daß die Zeit Ihnen recht geben wird, mein Herr.« Diese Redewendung gebrauchte Kyller immer dann, wenn er mit einem Vorgesetzten überhaupt nicht einer Meinung war. Kapitän von Kleine und seine Herren Offiziere kannten sie aus Erfahrung. Sie lächelten nur.

»Diese Suppe schmeckt bitter«, beschwerte sich Fleischer, zufrieden damit, daß er sich mit seiner Meinung durchgesetzt hatte. »Der Smutje hat mit Seewasser gekocht.«

Die Anschuldigung war so ungeheuerlich, daß sogar von Kleine von seinem Teller aufschaute.

»Bitte, lassen Sie sich nicht durch unsere bescheidene Gastfreundschaft abhalten, Herr Kommissar. Sie müssen darauf brennen, zu Ihrer Holzfällerarbeit oben am Strom zurückzukehren.«

Fleischer gab sofort nach und beugte sich über seinen Teller. Von Kleine wandte sich an Kyller.

»Kyller, Sie werden nicht mit dem Herrn Kommissar zurückfahren. Diesmal gebe ich ihm Fähnrich Praust mit. Sie werden das Kommando der ersten Verteidigungslinie übernehmen, die ich am Deltaeingang einrichten werde, um auf einen englischen Angriff vorbereitet zu sein. Kommen Sie bitte nach dem Essen zur Befehlsausgabe in meine Kabine.«

»Danke, Herr Kapitän.« Seine Stimme klang heiser vor Dankbarkeit für die Ehrung, die der Kapitän ihm zuteil werden ließ. Dann sprach von Kleine seinen Artillerieoffizier an.

»Sie bitte auch. Ich möchte Sie von Ihren geliebten Schnellfeuerkanonen auf dem Oberdeck befreien.«

»Sie meinen, wir sollen sie ausbauen, Herr Kapitän?« fragte der Artillerieoffizier.

»Ich bedaure, aber es ist notwendig«, antwortete von Kleine verständnisvoll.

65

»Also, Henry – wir haben recht gehabt. Die *Blücher* ist dort.«

»Unglücklicherweise, Sir.«

»Zwei schwere Kreuzer auf unbestimmte Zeit aus dem Verkehr gezogen, um eine Blockade aufrechtzuerhalten.« Sir Percy stülpte seine Unterlippe bedauernd vor, als er die Scheiben *Renounce* und *Pegasus* auf der Plantafel des Indischen Ozeans betrachtete. »Anderswo werden sie gebraucht.«

»Da haben Sie recht«, stimmte Henry Green ihm zu.

»Diese Anforderung von Joyce nach zwei Torpedobooten ...«

»Ja, Sir?«

»Wir dürfen wohl annehmen, daß er beabsichtigt, einen Torpedoangriff im Delta durchzuführen.«

»Es sieht so aus, Sir.«

»Er könnte Erfolg haben – wenigstens lohnt sich der Versuch. Was können wir für ihn zusammenkratzen?«

»Ein ganzes Geschwader liegt in Bombay, und ein weiteres in Aden, Sir.«

In diesem Augenblick dachte Sir Percy Howe nur an die unzulänglichen Streitkräfte, mit denen er zwei Ozeane überwachen sollte. Angesichts dieser neuen Unterseebootgefahr konnte er kein einziges Schiff von den Zufahrtsstraßen zum Suezkanal abziehen – also mußte es Bombay sein. »Schicken Sie ihm ein Torpedoboot aus dem Geschwader in Bombay.«

»Er hat zwei angefordert, Sir.«

»Joyce weiß sehr gut, daß er von mir immer nur die Hälfte von dem bekommt, was er anfordert. Er verlangt immer das Doppelte.«

»Was ist mit dieser Empfehlung für eine Auszeichnung, Sir?«

»Der Bursche, der die *Blücher* entdeckte?«

»Ja, Sir.«

»Ein bißchen verzwickt – ein illegaler Portugiese und alle diese Sachen.«

»Er ist britischer Untertan, Sir.«

»Dann sollte er sich nicht mit den Südländern einlassen«, erklärte Sir Percy. »Warten wir damit, bis die Operation beendet ist. Wir werden darüber nachdenken, sobald wir die *Blücher* versenkt haben.«

66

Der Sonnenuntergang war wie Blut und Rosen, genauer – ein reines Rosa und ein Altgold, als sich das britische Blockadegeschwader in Richtung aufs Festland in Marsch setzte.

An der Spitze dampfte die *Renounce* mit dem Wimpel des Kommandeurs am Mast. In der breiten Gasse ihres Kielwassers glitt die *Pegasus* über die Wellen. Ihre Silhouetten zeichneten sich scharf und schwarz gegen die leuchtenden Farben des Sonnenuntergangs ab. Die Konturen eines schweren Kreuzers haben etwas Steifes und Altjüngferliches an sich – nichts von der gediegenen Würde eines Schlachtschiffs und auch nichts von der übermütigen, verwegenen Haltung eines Zerstörers.

Im Kurs der *Pegasus,* von ihrem Rumpf gegen das Land abgeschirmt wie eine Ente neben einem Schwan, folgte das Torpedoboot.

Schon bei diesem leichten Wellengang lag es tief im Wasser. Die Wellen schlugen hinweg über seinen Bug und überfluteten grünlich, mit weißem Gischt obenhin, das Deck. Spritzer schlugen gegen das dünne Segeltuch, mit dem die Brücke verkleidet war. Flynn O'Flynn duckte sich hinter diese Verkleidung und verfluchte seinen großsprecherischen Ehrgeiz, der ihn dazu gebracht hatte, sich als Lotse für diese Expedition anzubieten. Er warf Sebastian einen Blick zu, der auf dem offenen Teil der Brücke hinter den unter Segeltuch verborgenen MG-Batterien stand. Sebastian grinste, als die warmen Spritzer sein Gesicht trafen und über seine Wangen tropften.

Joyce hatte Sebastian für einen Verdienstorden vorgeschlagen. Das war beinahe zuviel für Flynn. Er wollte auch einen haben. Einzig aus diesem Grund hatte er sich entschlossen, mitzufahren. Darum trug Sebastian die alleinige Schuld an Flynns gegenwärtigem Unbehagen, und Flynn verspürte eine warme Woge der Genugtuung, als er die stumpfen, beinahe negroiden Umrisse von Sebastians lädierter Nase betrachtete. Der junge Taugenichts verdiente es nicht besser, und er stellte fest, daß er seinem Schwiegersohn noch weitere Bestrafungen wünschte.

»Verdienstorden und all den Quatsch ...« brummte er vor sich hin. »Ein halbdressierter Schimpanse hätte das genausogut gekonnt. Aber wer war es, der zuerst einmal die Räder gefunden hat? Nein, Flynn Patrick, es gibt einfach keine Gerechtigkeit auf dieser Welt, aber diesmal werden wir es den Hundesöhnen schon zeigen ...«

Sein Gedankenflug wurde durch die aufkommende Betriebsamkeit auf der Brücke rings um ihn her unterbrochen. Eine Signallampe blitzte drüben auf der *Renounce* auf.

Der Lieutenant, der das Torpedoboot kommandierte, buchstabierte die Nachricht:

»Flaggschiff an YN 2. S ... P – Startpunkt. Viel Glück.« Es war eine untersetzte, formlose Gestalt im Dufflecoat mit hochgeschlagenem Kragen. »Vielen Dank, alter Junge – und mach's weiterhin gut. Nein ... geben Sie das nicht durch.« Er fuhr schnell fort. »YN 2 an Flaggschiff. Verstanden!« – Dann rief er ins Sprachrohr: »Beide Maschinen stop!«

Das Maschinengeräusch erstarb, und das Boot dümpelte im nächsten Wellental. *Renounce* und *Pegasus* fuhren langsam weiter, und das kleine Fahrzeug schlingerte im Gischt ihres Kielwassers. Ein einsamer Fleck, fünf Meilen vor der Mündung des Rufiji-Deltas, zu weit entfernt, als daß die Wachtposten am Ufer ihn im schwindenden Abendlicht hätten sehen können.

67

Leutnant Ernst Kyller beobachtete durch sein Fernglas, wie die beiden britischen Kreuzer nacheinander vom Land abdrehten und in der Dunkelheit, die schnell hereinbrach, verschwanden.

»Jeden Tag dasselbe.« Kyller ließ das Fernglas auf seine Brust sinken und zog eine Uhr aus der Jackentasche. »Fünfzehn Minuten vor Sonnenuntergang, und dann wieder fünfzehn Minuten vor Sonnenaufgang fahren sie vorbei, um uns zu zeigen, daß sie immer noch auf uns warten.«

»Jawohl, Herr Leutnant«, stimmte der Matrose zu, der sich zu Kyller in den Ausguck zwängte.

»Ich steige jetzt runter. Der Mond geht heute abend um elf Uhr vierundvierzig auf – halten Sie sich wach.«

»Jawohl, Herr Leutnant.«

Kyller suchte mit den Füßen nach den Sprossen der Strickleiter. Dann kletterte er die fünfzig Fuß von der Palme auf den Strand hinab. Als er unten ankam, war es dunkel, und der Strand war ein verschwommener weißer Schimmer bis zu den grünen Phosphorlichtern in der Brandung.

Der Sand knirschte wie Zucker unter seinen Stiefeln, als er zum Landeplatz der Barkasse ging. Auf dem Weg waren seine Gedanken voll und ganz mit den Einzelheiten des Verteidigungssystems beschäftigt.

Es gab nur zwei unter den vielen Mündungen des Rufiji, wo die Engländer angreifen konnten. Zwischen ihnen lag eine niedrige keilförmige Insel aus Sand, Schlamm und Mangroven. Auf der dem Meer zugewandten Seite dieser Insel hatte Kyller die vierpfündigen Schnellfeuerkanonen aufgestellt, die vom Oberdeck der *Blücher* stammten.

Er hatte ein Floß aus Baumstämmen in den weichen Schlammboden eingelassen, um ihnen ein festes Fundament zu geben, und zugleich hatte er so viel Mangroven abgeholzt, daß sie freies Schußfeld über beide Kanäle hatten. Mit gleicher Sorgfalt hatte er seine Scheinwerfer aufgestellt, damit sie nach links und rechts schwenken konnten, ohne die Kanoniere zu blenden.

Von Ingenieur Lochtkamper hatte er sich eine zehn Zentimeter starke Stahltrosse besorgt. Das war beinahe so, als wenn sich ein zahlungsunfähiger fauler Kunde ohne Sicherheiten ein Darlehen von einem Geldverleiher besorgte, denn Ingenieur Lochtkamper trennte sich nicht gern von seinen Beständen. Oben am

Fluß hatte Fähnrich Praust einige seiner Holzfäller abgezweigt, um fünfzig gewaltige Mahagonibäume zu schlagen; sie hatten die Stämme mit der Ebbe hinabgeflößt; Stämme so groß wie die Säulen eines griechischen Tempels. Mit ihnen und der Trosse hatte Kyller einen Sperriegel hergestellt, der über beide Kanäle reichte und ein derart stabiles Hindernis darstellte, daß dieses sogar den Rumpf eines schweren Kreuzers aufreißen konnte, wenn er mit voller Fahrt auffuhr.

Und damit noch nicht genug. Kyller nämlich besaß die teutonische Tugend, sich unendlich viel Mühe zu machen, und er hatte diese Tugend noch dazu zu höchster Blüte entwickelt. So hob er denn die Minen, welche die *Blücher* bei ihrer Fahrt stromaufwärts wahllos hinter sich ausgestreut hatte. Jetzt ordnete er sie in strammen geometrischen Reihen hinter der Baumsperre an; eine Arbeit, die seine Männer nahezu umwarf vor Erschöpfung.

Diese Arbeiten hatten zehn Tage in Anspruch genommen. Danach hatte Kyller unverzüglich damit begonnen, Beobachtungsstände zu bauen. Er errichtete diese auf jeder Erhebung, die einen Blick hinaus auf den Ozean gewährleistete; er baute sie in den Palmenspitzen und auf den kleineren Inseln, die ins Meer hinausragten. Er entwickelte mit seinen Beobachtern ein Signalsystem mit Hilfe von Flaggen und Parabolspiegeln für den Tag, mit Leuchtkugeln für die Nacht.

In den Stunden der Dunkelheit ruderten zwei Beiboote ständig längs der Baumsperre hin und her, bemannt mit Matrosen, welche unausgesetzt und wütend auf die Moskitowolke losschlugen, die ihre Köpfe umschwirrte, wobei sie gelegentlich kurze aber gehässige Bemerkungen über Leutnant Kyllers Herkunft, über seinen derzeitigen Wert und seine Zukunftsaussichten machten.

Um 22.00 Uhr des mondlosen 16. Juni 1915 kroch das britische Torpedoboot YN 2 mitten in Leutnant Kyllers sorgfältig ausgearbeitete Sperren hinein.

68

Nach der reinen, kühlen Luft auf offener See herrschte hier ein Gestank wie beim Betreten des Affenhauses im Londoner Zoo. Das Land hielt die Brise ab, und die Brandung blieb weit hinter ihnen zurück. Als das Torpedoboot sich seinen Weg ins Delta ertastete, breitete der Gifthauch der Sumpflandschaft seine Arme zum Empfang aus.

»Mein Gott, dieser Gestank.« Sebastian rümpfte seine eingedrückte Nase. »Der erweckt angenehme Erinnerungen.«

»Lieblich, nicht wahr?« pflichtete Flynn ihm bei.

»Wir müssen schon fast im Kanal sein.« Sebastian spähte hinaus in die Nacht. Das Mangrovendickicht ringsum war bestenfalls zu ahnen.

»Ich habe keine Ahnung, was, zum Teufel, ich auf diesem Kahn zu schaffen habe«, murrte Flynn. »Das ist doch der reinste Wahnsinn. Eher holen wir uns einen Tripper, als daß wir den Ankerplatz der *Blücher* finden.«

»Kopf hoch, Major O'Flynn! Schämen Sie sich!« rief der Kommandant des Torpedobootes im schönsten Varietéstil aus. »Wir setzen unsere ganze Zuversicht auf Sie und unsern Herrn.« Mit etwas sachlicherem Tonfall gab er dem Rudergänger einen knappen Befehl. »Ein Strich Steuerbord.«

Die lange Bootsspitze, auf deren Vorderdeck die Torpedorohre wie riesige Champagnerflaschen in einem Regal lagen, veränderte ihre Richtung um ein Bruchteil. Der Kommandant neigte den Kopf, um die geflüsterten Lotungen zu verstehen, die vom Lotsen am Bug gemeldet wurden.

»Zwölf Faden«, wiederholte er nachdenklich. »So weit ganz gut.« Dann wandte er sich wieder an Flynn.

»Nun, Major, ich habe den Schmus gehört, als Sie Kapitän Joyce erzählten, wie gut Sie diesen Fluß kennen. Ich glaube, Ihre genauen Worte waren: ... so gut wie den Weg in die Stammkneipe ... Jetzt scheinen Sie nicht mehr so sicher zu sein. Wie kommt das?«

»Es ist dunkel«, erwiderte Flynn gekränkt.

»O ja, da haben Sie recht. Aber das sollte so einen alten Flußlotsen wie Sie doch nicht aus der Fassung bringen.«

»Das tut es aber.«

»Wenn wir gleich in den Kanal hineinfahren und dann liegenbleiben, bis der Mond aufgeht – würde Ihnen das helfen?«

»Es könnte nicht schaden.«

Mit diesem Wortwechsel schien das Thema erschöpft zu sein, und in den nächsten fünfzehn Minuten wurde das angespannte Schweigen auf der Brücke nur durch die ruhigen Anweisungen des Kommandanten an den Rudergänger unterbrochen.

Jetzt meldete Sebastian sich zu Wort.

»Sehen Sie mal, da ist irgend etwas. Genau vor uns.«

Ein Fleck, noch dunkler als die Nacht; ein niedriger, verschwommener Schatten, der im schwachen Licht der auf dem Wasser reflektierten Sterne sichtbar wurde. Vielleicht ein Riff? Nein, jetzt war das Plätschern eines Ruders zu hören.

»Ein Wachboot!« sagte der Kommandant und beugte sich hinunter zum Sprachrohr. »Beide Maschinen volle Kraft voraus.«

Das Deck legte sich schräg, als der Bug sich aus dem Wasser erhob. Das Flüstern der Maschinen stieg zu einem dumpfen Dröhnen an, und das Torpedoboot schoß vorwärts wie ein Stier auf die *Capa*.

»Haltet euch fest! Ich will es rammen.« Die Stimme des Kommandanten erhob sich zu normaler Lautstärke. Draußen hörte man Stimmengewirr. Ruder wurden hektisch durchs Wasser gezogen, als das Wachboot versuchte, sich aus der Angriffszone zu retten.

»Halten Sie auf das Boot zu«, befahl der Kommandant mit ruhiger Stimme, und der Rudergänger zog das Boot ein wenig herum. Blitz und Knall, Blitz und Knall – jemand im Wachboot schoß sein Gewehr im selben Moment ab, als es von dem Torpedoboot getroffen wurde. Es war wie ein heftiger Schlag gegen die Schulter, der das kleine Beiboot zur Seite schob und die herausragenden Ruder mit einem knirschenden Krachen abbrach.

Das kleine Boot schrammte am Dollbord des Torpedobootes entlang und dann blieb es, verzweifelt schaukelnd und schwankend zurück, während das größere Fahrzeug seine Fahrt fortsetzte. Und dann war es auf einmal nicht mehr dunkel. Von allen Seiten schoß Leuchtspurmunition durch die Nacht; es zerplatzten bläuliche Leuchtkugeln, welche die ganze Szenerie mit einem gespenstisch-flackernden Licht erhellten.

»Leuchtkugeln, heiliger Strohsack. Wie am Krönungstag«, bemerkte der Kommandant.

Sie konnten zu beiden Seiten das Ufer mit dem Mangrovendickicht und vor ihnen die Einfahrt in die beiden Kanäle erkennen.

»Nehmen Sie Kurs auf den südlichen Kanal.« Diesmal hob der Kommandant seine Stimme ein wenig, und das Schiff schoß vorwärts. Es warf weißen Schaum unter dem Bug empor, es bockte und lehnte sich auf, während es über die leichte Dünung sprang, die ihm mit der Ebbe entgegenfloß. Die Männer auf der Brücke hielten sich am Geländer fest, um ihr Gleichgewicht zu bewahren.

Ihre Augen zogen sich schmerzhaft zusammen, als ein blendendweißer Lichtstrahl sie traf. Er kam von der Landzunge, die zwischen den beiden Kanälen lag, und fast im selben Moment beteiligten sich noch zwei weitere Scheinwerfer an der Jagd. Ihre Lichtbündel krallten sich um das Schiff wie die Fangarme eines Tintenfisches um den Kadaver seines Opfers.

»Feuer auf die Scheinwerfer!« Diesmal galt der Befehl des Kommandanten den Männern am MG. Die Leuchtspurgeschosse, die sich in einem leichten Bogen auf die Scheinwerfer senkten, waren mit dem gleißenden Licht, das sie löschen sollten, nicht zu vergleichen.

Das Torpedoboot fuhr mit dröhnenden Maschinen in den Kanal hinein.

Dann hörte man ein anderes Geräusch. Ein regelmäßiges Bumm, Bumm, Bumm, wie eine ferne Wasserpumpe. Leutnant Kyller hatte das Feuer mit seinen Schnellfeuerkanonen eröffnet, und die ersten Geschosse schlugen hinter dem Boot ein.

»Herr Jesus!« sagte Flynn, und es schien ihm ernst zu sein. Er setzte sich schnell auf das Deck nieder und begann seine Stiefel aufzuschnüren.

Im gleißenden Licht der Scheinwerfer glitt das Torpedoboot dahin. Wild pfiffen die Geschosse um seine Aufbauten. Wasserfontänen stiegen hoch, und die Perlenschnüre des MG-Feuers beschrieben immer noch ihre Bahn auf den Strand zu. Endlich hatten sie ihr Ziel gefunden.

Der Lichtstrahl des einen Scheinwerfers erlosch, als ein Geschoß das Glas zerschmetterte; nur für Sekunden noch glühten die Kohlefäden mit mattem rötlichem Leuchten.

Erlöst von dem grellen Schein, konnte Sebastian wieder ungehindert Ausschau halten. Er erblickte eine Seeschlange. Sie lag quer über dem Kanal, hob sich mit der Dünung und wölbte sich von Ufer zu Ufer in der Strömung der Ebbe. Sie zeigte ihren Rücken und tauchte alsbald wieder in ein Wellental hinab: es war Leutnant Kyllers Baumsperre, auf die sie zufuhren.

»Mein Gott, was ist denn das?«

»Ruder hart Backbord!« rief der Kommandant. »Beide Maschinen volle Kraft zurück!«

Doch bevor das Schiff dem Ruder oder der Kraft seiner Schrauben gehorchen konnte, rammte es einen vier Fuß starken und hundert Fuß langen Baumstamm – das war ein Stamm, genauso unnachgiebig wie ein Riff aus festem Granit. Er stoppte das Boot und fraß sich knirschend in den Bug. Die Männer auf der Brücke wurden auf Deck geschleudert – aus dem Wust von Armen und Beinen löste sich die massige Gestalt von Flynn Patrick O'Flynn. Auf Strümpfen strebte er der Reling des Schiffes zu.

»Flynn, wo willst du hin?« rief Sebastian ihm nach.

»Nach Hause«, erwiderte Flynn.

»Wart auf mich!« Sebastian richtete sich auf.

Die Maschinen zogen das Torpedoboot im Rückwärtsgang von der Baumsperre weg, sein Sperrholzrumpf krachte und quietschte, aber es war tödlich verwundet. Es sank mit einer Schnelligkeit, die Sebastian verblüffte. Der Steuerraum war bereits überflutet.

»Alle Mann von Bord!« rief der Kommandant.

»Das brauchst du nicht zweimal zu sagen«, erwiderte Flynn und sprang ins Wasser.

Das Torpedoboot rollte sich wie ein verspielter Seehund auf die Seite, und Sebastian sprang. Noch in der Luft, zog er den Atem ein und bereitete sich auf das kalte Wasser vor.

Er war überrascht, wie warm es war.

69

Von der Brücke der *Renounce* aus betrachtet, sahen die Überlebenden wie ein Schwarm zerzauster Wasserratten aus. In der Morgendämmerung schwammen und plätscherten sie am Rande der schmutzigen Wasserblasen, mit denen der Rufiji sie hinausgespült hatte. Die *Renounce* fand sie, ehe die Haifische kamen. Es gab ein gebrochenes Bein, ein gebrochenes Schlüsselbein und ein paar angeknackste Rippen – aber wie durch ein Wunder war kein Blut geflossen. So konnte die *Renounce* alle vierzehn Mann der Besatzung retten – einschließlich der beiden Lotsen.

Sie kamen an Bord mit verfilzten Haaren, verschmutzten Gesichtern und verschwollenen, vom Maschinenöl entzündeten Augen.

An jeder Hand von einem Mann geführt, eine Spur übelriechenden Rufijiwassers auf Deck hinterlassend, schlurften sie nach unten in die Krankenstation; ein durchnäßtes, traurig anmutendes Häufchen Elend.

»Also«, bemerkte Flynn O'Flynn, »wenn wir dafür keinen Orden kriegen, gehe ich in meinen alten Beruf zurück – und die da sollen sich allesamt zum Teufel scheren.«

»Das war kein überwältigender Erfolg«, stellte Captain Arthur Joyce fest. Er saß hinter seinem Schreibtisch und zeigte keinerlei Neigung, »Tipperary« zu pfeifen.

»Das war nicht mal ein guter Versuch, Sir«, ergänzte der Kommandant des Torpedobootes. »Die Deutschen hatten schon alles vorbereitet, um uns entsprechend zu empfangen.«

»Eine Baumsperre ...« Joyce schüttelte den Kopf, »... großer Gott, die sind doch seit dem Napoleonischen Krieg nicht mehr in Betrieb!« Er sagte es in einem Tonfall, der andeutete, daß er sich als Opfer unfairer Machenschaften fühlte.

»Aber sie war außerordentlich wirksam, Sir.«

»Ja ... wohl wahr.« Joyce stieß einen Seufzer aus. »Na schön, aber zumindest haben wir herausgefunden, daß ein Angriff über den Kanal nicht durchführbar ist.«

»In den paar Minuten, ehe die Ebbe uns von der Baumsperre wegspülte, habe ich einen Blick riskiert, und ich sah etwas, das ich für eine Mine hielt. Ich halte es für sicher, daß die Deutschen hinter der Sperre ein Minenfeld angelegt haben, Sir.«

»Vielen Dank, Kommandant«, nickte Joyce. »Ich werde dafür sorgen, daß Ihre Lordschaft einen ausführlichen Bericht über Ihr Verhalten bekommt. In meinen Augen war es ausgezeichnet.« Dann fuhr er fort: »Ich hätte gern Ihre Ansicht über Major O'Flynn und seinen Sohn gehört – meinen Sie, daß die beiden zuverlässig sind?«

»Tja ...« der Kommandant zögerte. Er wollte nicht unfair sein. »Sie können beide schwimmen, und der Junge scheint gute Augen zu haben. Ansonsten fühle ich mich nicht in der Lage, ein Urteil abzugeben.«

»Nein, das können Sie, glaube ich, nicht. Trotzdem wär's mir lieb, ich wüßte mehr über sie. Bei der nächsten Phase dieses Unternehmens muß ich mich weitgehend auf sie verlassen.« Er erhob sich. »Ich glaube, ich sollte mich mal mit ihnen unterhalten.«

»Sie meinen, Sie wollen tatsächlich jemand an Bord der *Blücher* schicken?« Flynn war entsetzt.

»Ich habe Ihnen erklärt, Major, wie wichtig es für mich ist, genau zu wissen, in welchem Zustand sie sich befindet. Ich muß abschätzen können, wann sie wahrscheinlich wieder aus dem Delta auftauchen wird. Ich muß wissen, wieviel Zeit ich noch habe.«

»Wahnsinn«, flüsterte Flynn. »Das ist reiner Wahnsinn.« Er starrte Joyce ungläubig an.

»Sie haben mir erzählt, wie gut Ihr Nachrichtensystem im Lande organisiert ist und wie zuverlässig die Leute sind, die für Sie arbeiten. In der Tat haben wir durch Sie erfahren, daß die Deutschen Holz schlagen und an Bord schaffen. Wir wissen, daß sie eine große Zahl von eingeborenen Arbeitskräften in ihre Dienste gestellt haben und sie nicht nur zum Holzschlagen, sondern auch für schwere Arbeiten auf der *Blücher* einsetzen.«

»Und?« In dieses eine Wort legte Flynn eine ganze Welt an vorsichtiger Zurückhaltung.

»Einer Ihrer Leute könnte sich unter die Arbeitskolonne mischen und an Bord der *Blücher* gelangen.«

Flynn trumpfte sofort wieder auf. Er hatte befürchtet, daß Joyce nun mit dem Vorschlag kam, Flynn Patrick O'Flynn solle sich persönlich einen Überblick über die Schadenssituation auf der *Blücher* verschaffen.

»Das wäre zu machen.« Es trat eine längere Pause ein, während Flynn jede Seite der Angelegenheit in Betracht zog. »Natürlich sind meine Leute keine glühenden Patrioten wie Sie und ich, Captain. Sie arbeiten für Geld. Sie sind ...« Flynn suchte nach dem passenden Wort. »Sie sind ...«

»Söldner?«

»Ja«, erwiderte Flynn. »Genau das sind sie.«

»Hmm«, sagte Joyce. »Sie meinen, diese Leute erwarten eine Entlohnung?«

»Sie könnten ein schönes Stück aus dem Kuchen haben wollen – und das werden Sie ihnen doch nicht verdenken, oder?«

»Der Mann, den Sie losschicken, muß erstklassig sein.«

»Wird er auch sein«, versicherte Flynn.

»Im Namen der Regierung Seiner Majestät könnte ich mir erlauben, einen vollständigen und sachkundigen Bericht über den Zustand des deutschen Kreuzers *Blücher* für den Betrag von ...« er überlegte einen Augenblick, »von eintausend Pfund anzukaufen«

»In Gold?«

»In Gold«, bestätigte Joyce.

»Das würde ausreichen.« Flynn nickte. Dann ließ er seine Augen dorthin schweifen, wo Sebastian und Rosa nebeneinander auf dem Sofa saßen. Sie hielten sich bei den Händen und zeigten mehr Interesse füreinander als für die Geschäftsverhandlungen von Flynn und Captain Joyce.

Es war gut, stellte Flynn fest, daß die Männer vom Wakambastamm, aus dem Kommissar Fleischer die Mehrzahl seiner Arbeitskräfte angeworben hatte, ihre Schädel kahl zu rasieren pflegten. Es wäre für einen Menschen europäischer Abstammung unmöglich, sein glattes Haar so zu frisieren, daß es der wolligen Kappe eines Afrikaners gleichkam.

Es war außerdem gut, daß es den M'sengabaum gab. Aus der Rinde des M'sengabaumes stellten die Fischer von Zentralafrika ein Gebräu her, in das sie ihre Netze tauchten. Es stärkte die Fasern des Netzgewebes, und außerdem färbte es die Haut. Flynn hatte einmal den Finger in eine Schüssel mit jener Flüssigkeit gesteckt, und obwohl er ihn ständig scheuerte, dauerte es fünfzehn Tage, bis die schwarze Farbe wieder abging. Schließlich war es auch von Vorteil, daß die Konturen von Sebastians neuer Nase ausgesprochen negroid waren.

70

»Tausend Pfund!« verkündete Flynn O'Flynn, als segne er seine Gemeinde, und er schöpfte noch einen Becher aus der schwarzen Brühe und begoß damit Sebastian Oldsmiths kahlgeschorenen Schädel. »Denk daran, Bassie, mein Junge, tausend Pfund! Dein halber Anteil davon sind fünfhundert. Denk doch nur – dann bist du in der Lage, mir jeden Penny zurückzuzahlen, den du mir schuldest. Endlich wirst du deine Geldsorgen los.«

Sie hatten ihr Lager am Abati aufgeschlagen, einem der Zuflüsse des Rufiji. Sechs Meilen stromabwärts befand sich Kommissar Fleischers Holzfällerlager.

»Das ist geschenktes Geld«, meinte Flynn. Er saß bequem auf einem Korbstuhl neben der galvanisierten Eisenwanne, in der Sebastian mit angezogenen Beinen hockte. Sebastian hatte den niedergeschlagenen Blick eines Spaniels, der in Flohshampoo gebadet wird. Die Flüssigkeit, in der er saß, war so schwarz und klebrig wie starker türkischer Mokka; Gesicht und Körper hatten bereits einen tiefen Schokoladeton angenommen.

»Sebastian ist nicht an dem Geld interessiert«, erklärte Rosa Oldsmith. Sie kniete neben der Wanne und löffelte, behutsam wie eine Mutter, die ihr Kind badet, die M'sengabrühe über Sebastians Schultern und Rücken.

»Ich weiß, ich weiß!« sagte Flynn beschwichtigend. »Wir tun alle unsere Pflicht. Wir denken alle an die kleine Maria – möge der Herr ihre winzige Seele segnen und bewahren. Aber das Geld wird uns auch nicht weh tun.«

Sebastian schloß seine Augen, als ein weiterer Becher sich über seinen Kopf ergoß.

»Reib es in die Falten um deine Augen ... und unter dein Kinn«, sagte Flynn, und Sebastian gehorchte. »Und jetzt wollen wir alles noch einmal durchsprechen, Bassie, damit du nicht alles durcheinanderbringst. Einer von Mohammeds Vettern ist Boß-Boy der Männer, die das Holz auf die Barkassen verladen. Sie haben ihr Lager am Rufiji. Mohammed wird dich heute abend hineinschmuggeln, und sein Vetter wird dafür sorgen, daß du morgen auf eine Barkasse kommst, wenn sie mit ihrer Ladung zur *Blücher* fährt. Du brauchst nichts weiter zu tun, als deine Augen offenzuhalten. Joyce will nur wissen, welche Reparaturarbeiten sie verrichten, ob die Kessel unter Dampf stehen oder nicht – solche Sachen. Hast du mich verstanden?«

Sebastian nickte mürrisch.

»Morgen abend kommst du wieder den Strom herauf, du schleichst dich aus dem Lager, sobald es dunkel ist, und du triffst uns hier. Einfacher geht's doch nicht, oder?«

»Kaum«, murmelte Sebastian.

»Also gut. Jetzt steig raus und laß dich trocknen.«

Als der trockene Wind aus dem Hochland über seinen nackten Körper strich, wurde aus der leuchtenden Purpurfarbe ein mattes Schokoladebraun. Rosa hatte sich verschämt in den Marulahain hinter dem Lager zurückgezogen. Alle paar Minuten trat Flynn zu Sebastian und faßte seine Haut an.

»Das wird gut«, sagte er. »Mann, du siehst besser aus als ein echter.« Und schließlich in Suaheli: »Gut, Mohammed, mal ihm jetzt das Gesicht an.«

Mohammed hockte sich vor Sebastian hin, vor sich einen Kürbis, der Kosmetika enthielt, oder besser, eine Mixtur aus Tierfett, Asche und Ocker. Er bemalte Sebastians Wangen, Nase und Stirn mit dem Stammesmuster, wobei er den Kopf nach Künstlerart ein bißchen schief hielt und mit der Zunge schnalzte. Endlich war er mit seinem Werk zufrieden.

»Er ist fertig.«

»Hol die Kleider«, befahl Flynn. Das war eine Übertreibung. Sebastians Gewandung konnte man kaum als »Kleider« bezeichnen. Eine Schnur aus Baumrinde um den Hals, an der ein verkorktes Duikerhorn mit Schnupftabak hing; ein Umhang aus Tierfell, der nach Holzrauch und Schweiß roch – das war alles.

»Das stinkt!« Sebastian schüttelte sich, als er mit dem Zeug in Berührung kam. »Und wahrscheinlich sind auch noch Läuse drin.«

»Aber es ist echt«, stellte Flynn entzückt fest. »Weiter, Mohammed. Zeig ihm, wie er den Istopo aufsetzen muß – den Hut.«

»Das muß ich doch nicht auch noch tragen«, protestierte Sebastian, als Mohammed grinsend auf ihn zu kam.

»Natürlich mußt du das tragen«, sagte Flynn, und er duldete keinen Widerspruch.

Der »Hut« war ein ausgehöhltes, fünfzehn Zentimeter langes Stück aus dem Hals eines Flaschenkürbis'. Ein Anthropologe würde es Penisfutteral nennen. Es diente zweierlei Zwecken; zum einen sollte es den Träger vor kratzenden Dornen und Insekten schützen, zum anderen sollte es seiner Männlichkeit schmeicheln.

Als dieses Futteral angebracht war, sah es sehr eindrucksvoll aus; es vergrößerte Sebastians ohnehin beträchtliches männliches Attribut.

Rosa sagte nichts, als sie zurückkam. Sie warf einen entsetzten Blick auf diesen »Hut«, dann wandte sie schnell ihren Blick ab, aber ihre Wangen und ihr Hals wurden scharlachrot.

»Um Himmels willen, Bassie. Tu, als wärest du stolz darauf. Stell dich gerade hin und nimm deine Hände weg.« Flynn sagte seinem Schwiegersohn, wie er sich zu verhalten hatte.

Mohammed kniete nieder, um die Rohledersandalen an Sebastians Füße zu binden, dann gab er ihm die kleine zusammengerollte Decke, um die eine Rindenschnur geschlungen war. Sebastian warf sie über die Schulter, dann nahm er den langschäftigen Wurfspeer auf.

Automatisch stellte er ihn auf den Boden und lehnte sich an den Schaft; er hob das linke Bein, stützte die Fußsohle auf die Wade des rechten Beins und stand da wie ein Storch in großer Pose.

Bis in die letzte Einzelheit war er ein Mann vom Stamme der Wakamba.

»Du machst das schon«, prophezeite Flynn.

71

In der Morgendämmerung umhüllten kleine Nebelschwaden Kommissar Fleischers Beine, als er hinab zu dem aus Baumstämmen improvisierten Landesteg schritt. Er musterte die beiden Barkassen und kontrollierte die Seile, mit denen die Holzladung gesichert war. Die Barkassen lagen tief im Wasser, ihre Auspuffrohre tuckerten und stießen blaßblaue Rauchwolken aus, die auf dem glatten Wasserspiegel dahintrieben.

»Seid ihr soweit?« fragte er seinen Askarifeldwebel.

»Die Männer sind beim Essen, Bwana Mkuba.«

»Sag ihnen, sie sollen sich beeilen«, knurrte Fleischer. Es war ein müßiger Befehl. Er trat an den Rand des Stegs und knöpfte sich die Hosen auf. Er urinierte geräuschvoll in den Fluß, und die Männer, die im Kreis um den dreibeinigen Topf auf dem Steg hockten, beobachteten ihn interessiert, ohne jedoch ihr Frühstück zu unterbrechen.

Sie hatten Fellumhänge über ihre Schultern gelegt, um sich vor der kühlen Luft zu schützen, die vom Wasser herüberwehte;

sie griffen abwechselnd in den Topf, nahmen eine Handvoll dicken weißen Maisbrei heraus, formten ihn zu einer mundgerechten Kugel, höhlten die Kugel mit dem Daumen aus, tauchten sie dann in die kleine Emailleschüssel und füllten den Hohlraum mit einer sämigen gelben Soße – einer abscheulichen Mixtur aus gekochtem Katfisch und Baumraupen.

Es war das erstemal, daß Sebastian diesen Leckerbissen kostete. Er saß neben den anderen und ahmte ihre Eßgewohnheiten nach; er zwang sich, ein Stück von dem gewürzten Maisgericht in seinen Mund zu stecken. Ihm wurde übel, und er drohte zu ersticken. Es schmeckte wie Fischtran und frischgemähtes Gras, eigentlich gar nicht so widerlich – es war lediglich der Gedanke an die dicken gelben Raupen. Doch selbst wenn er ein Schinkenbrot gegessen hätte, wäre sein Appetit nicht gerade herzhaft gewesen.

Sein Magen krampfte sich zusammen. Er war nun ein Spion. Ein Wort von einem seiner Gefährten, und Kommissar Fleischer würde nach der Schlinge rufen. Sebastian erinnerte sich an die Männer, die er im Affenbrotbaum am Ufer dieses Flusses gesehen hatte; er erinnerte sich an die Fliegen, die in dicken Trauben auf ihren geschwollenen Zungen saßen. Ein solches Bild vor dem geistigen Auge war dem Genuß des Frühstücks nicht gerade förderlich.

Während er vorgab, zu essen, beobachtete er Kommissar Fleischer. Es war das erstemal, daß er das in Ruhe tun konnte. Die bullige Gestalt in der grauen Korduniform, das rosige Gesicht mit den blonden Wimpern, die vollen mürrischen Lippen, die großen sommersprossigen Hände – all das stieß ihn ab. Seine Unruhe wurde vom Wiederaufleben jener Gefühle verdrängt, die ihn übermannt hatten, als er neben dem frischen Grab seines Töchterchens auf der Anhöhe von Lalapanzi stand.

»Ihr schwarzen Schweine!« rief Hermann Fleischer in Suaheli, während er seine Hosen zuknöpfte. »Jetzt ist es genug mit der Faulenzerei. Los, an die Arbeit!« Er watschelte über den Bootssteg und stellte sich mittenhinein in den kleinen Kreis der Träger. Sein erster Fußtritt galt dem dreibeinigen Topf, der zweite traf Sebastian so, daß er vornüberfiel.

»Los!« Fleischer wollte noch einem Mann einen Tritt versetzen, doch dieser wich ihm aus, und die Träger eilten zu den Barkassen.

Sebastian richtete sich auf. In seinem ganzen Leben war er erst einmal getreten worden, und Flynn O'Flynn hatte gelernt, das nie wieder zu tun. Für Sebastian gab es nichts Demütigenderes als einen Fußtritt. Außerdem tat es weh.

Hermann Fleischer hatte sich abgewandt, um die übrigen anzutreiben, darum konnte er weder das haßerfüllte Gesicht Sebastians sehen, noch sein böses Knurren hören, während dieser wie ein Leopard am Boden kauerte. Er hätte Fleischer töten können, ehe die Askaris ihn niederschossen – aber er verscheuchte diesen Gedanken.

Eine Hand lag auf seinem Arm. Mohammeds Vetter hockte neben ihm; seine Stimme war sehr leise.

»Komm! Laß es gut sein. Sie bringen uns sonst nur um.«

Als Fleischer sich umdrehte, waren die beiden zur Barkasse gegangen.

Auf der Fahrt flußabwärts blieb Sebastian bei den andern. Genau wie sie zog auch er sich seinen Umhang über den Kopf, um die Sonne abzuhalten, aber zum Unterschied zu ihnen schlief er nicht. Durch halbgeschlossene Augen beobachtete er immer noch Hermann Fleischer, und seine Gedanken waren haßerfüllt.

Selbst mit der Strömung dauerte die Fahrt in den schwerbeladenen Barkassen fast vier Stunden, und es war bereits Mittag, als sie um die letzte Biegung des Kanals tuckerten und das Mangrovendickicht erreichten.

Sebastian sah, wie Hermann Fleischer den letzten Bissen Wurst hinunterschluckte und die Reste in seinem Rucksack verstaute. Er stand auf und sprach mit dem Mann am Ruder, und beide blickten nach vorn.

»Wir sind da«, sagte Mohammeds Vetter und legte den Umhang ab. Die Träger wachten auf, und Sebastian erhob sich mit ihnen.

Diesmal wußte er, wonach er zu suchen hatte. Er sah die klobige Silhouette der *Blücher* unter den Tarnnetzen. Vom Wasserspiegel aus erschien sie wie ein Gebirge, und Sebastian lief ein

Schauder über den Rücken, als er sich an ihren drohenden Anblick erinnerte. Wie ein Ungeheuer war sie damals herangekommen, um die Dhau mit ihrem messerscharfen Bug zu rammen. Jetzt lag sie schräg, mit schwerer Schlagseite, da.

»Das Schiff hat Übergewicht – nach einer Seite.«

»Ja«, sagte Mohammeds Vetter. »Die Allemands wollten es so. Sie haben große Lasten in sein Inneres getragen, sie haben alles verlagert, damit das Schiff sich auf die Seite legt.«

»Warum?«

Der Mann zuckte die Achseln und reckte sein Kinn vor. »Sie haben seinen Bauch aus dem Wasser gehoben; schau, wie sie mit Feuer an den Löchern in seiner Haut arbeiten.«

Fleißig wie die Bienen schwärmten Männer auf dem freigelegten Rumpf, und selbst im hellen Glanz der Mittagssonne loderten und funkelten die Schweißbrenner mit bläulich-weißen Flammen. Die neue Panzerung hob sich deutlich gegen das Grau des übrigen Rumpfes ab.

Als die Barkasse sich der *Blücher* näherte, konnte Sebastian sehen, daß die Reparaturarbeiten bald abgeschlossen waren, daß die Schweißer soeben dabei waren, die letzten Nähte der neuen Panzerung zu schließen. An einigen Stellen hatten die Maler schon angefangen, die Mennige mit der endgültigen mattgrauen Farbe zu streichen.

Die Löcher in den Aufbauten waren geschlossen, doch auch hier hingen immer noch Männer auf den gefährlichen Trapezen aus Seilen und Planken, und ihre Arme hoben und senkten sich bei der eifrigen Handhabung der Pinsel. Große Hast und intensive Geschäftigkeit herrschten auf der *Blücher*. Ein jeder schien mehreren Tätigkeiten gleichzeitig nachzugehen, und die Uniformen der Offiziere tauchten wie rastlose weiße Flecken einmal da, einmal dort an Deck auf.

»Sie haben schon alle Löcher im Bauch zugemacht?« fragte Sebastian.

»Alle«, bestätigte Mohammeds Vetter. »Schau, wie sein Bauch Wasser ausspuckt.« Er schob wieder sein Kinn vor. Aus den Spundlöchern kam in dickem, braunem Strahl Wasser herausgeschossen.

»Da kommt Rauch aus den Schornsteinen«, rief Sebastian, als er zum erstenmal das leichte Hitzeflimmern über den Öffnungen der Essen bemerkte.

»Ja. Sie haben das Feuer dort tief in seinem Innern angezündet. Mein Bruder Walaka arbeitet jetzt da. Er hilft das Feuer schüren. Zuerst war es klein, aber jeden Tag machen sie es größer.«

Sebastian nickte nachdenklich. Er wußte, daß man sich viel Zeit lassen mußte, wenn man einen kalten Kessel anheizte.

Die Barkasse drehte bei und stieß gegen die hohe Wand des Kreuzers.

»Komm«, sagte Mohammeds Vetter. »Wir wollen raufklettern und mit den Kolonnen arbeiten, die das Holz hinuntertragen. Da kannst du noch mehr sehen.«

Eine neue Angstwelle überflutete Sebastian. Er wollte nicht dort hinauf mitten unter die Feinde. Aber Mohammeds Vetter kletterte bereits die Strickleiter empor, die an der Seite der *Blücher* hinabhing.

Sebastian rückte sein Penisfutteral zurecht, zog seinen Umhang hoch, holte tief Luft und folgte ihm.

72

»Manchmal geht das so. Am Anfang ist alles ein scheußliches Durcheinander; nichts als Schwierigkeiten, Zwischenfälle und Verzögerungen. Dann auf einmal paßt alles zusammen, und die Arbeit ist getan.« Chefingenieur Lochtkamper stand unter dem Sonnensegel auf dem Vorderdeck und war mit sich zufrieden, als er das Ergebnis betrachtete. »Vor zwei Wochen sah es noch so aus, als müßten wir bis zum Kriegsende an diesem Wrack herummurksen.«

»Sie haben gute Arbeit geleistet«, sagte von Kleine trocken. Er geizte mit seinem Lob. »Sie haben wieder einmal mein Vertrauen gerechtfertigt. Aber nun habe ich noch einen weiteren Auftrag für Sie.«

»Worum geht es, Herr Kapitän?« Lochtkampers Stimme klang unverbindlich, aber er blieb auf der Hut.

»Ich möchte das Profil des Schiffes verändern – damit es wie ein schwerer britischer Kreuzer aussieht.«

»Wie?«

»Ein falscher Schornstein hinter der Funkkabine. Segeltuch auf einem Holzrahmen. Dann verkleiden Sie Turm X und füllen die Neigung mittschiffs aus. Wenn wir bei Nacht einem britischen Blockadegeschwader in die Arme laufen, können wir dadurch vielleicht gerade die Minuten gewinnen, die entscheidend sind für Erfolg oder Mißerfolg.« Von Kleine drehte sich um und sprach weiter. »Kommen Sie, ich will Ihnen zeigen, was ich meine.«

Lochtkamper folgte seinem Vorgesetzten nach achtern – der Ingenieur im schmutzigen Overall und lässiger Haltung, neben ihm der Kapitän, steif wie eine Puppe. Von Kleine überragte seinen Begleiter allein schon durch sein Auftreten und durch seine weiße, makellose Tropenuniform. Er hatte die Hände hinterm Rücken verschränkt, und als er sich jetzt ein wenig vorbeugte, berührte sein blonder Bart die Brust. »Wann kann ich Anker lichten, Herr Lochtkamper?« fragte er. »Ich muß es genau wissen. Sind die Arbeiten nun so weit fortgeschritten, daß Sie einen zuverlässigen Termin bestimmen können?«

Lochtkamper schwieg. Er überlegte sich seine Antwort genau, während sie sich, Seite an Seite, ihren Weg durch das betriebsame Gedränge der Matrosen und eingeborenen Träger bahnten.

»Morgen abend werde ich vollen Druck auf meinen Kesseln haben, dann noch ein Tag, um die Arbeiten am Rumpf fertigzustellen, zwei weitere Tage, um das Schiff wieder auszutrimmen und die Änderungen an den Aufbauten auszuführen«, sagte er vor sich hin. Dann blickte er auf. Von Kleine sah ihn an. »Vier Tage«, sagte er. »In vier Tagen bin ich fertig.«

»Vier Tage. Sind Sie sicher?«

»Ja.«

»Vier Tage«, wiederholte von Kleine und unterbrach seinen Gang, um nachzudenken. Heute morgen hatte er eine Nachricht von Gouverneur Schnee aus Daressalam erhalten – eine Nachricht, die von der Admiralität in Berlin weitergeleitet worden war. Der Geheimdienst meldete, daß vor drei Tagen ein Geleitzug von zwölf Truppentransportern mit indischer und südafrikanischer Infanterie den Hafen von Durban verlassen hatte. Ihr Ziel war unbekannt, aber es ging ein Gerücht um, daß die Briten im Begriff waren, einen neuen Kriegsschauplatz zu eröffnen. Der Feldzug in Deutsch-Südwestafrika war durch die Südafrikaner zu einem schnellen und entscheidenden Ende geführt worden. Botha und Smuts hatten eine Doppeloffensive durchgeführt und waren die Bahnstrecke entlang bis zur deutschen Hauptstadt Windhuk vorgestoßen. Die Kapitulation der deutschen Armee von Südwestafrika hatte die südafrikanischen Streitkräfte für einen Einsatz an anderer Stelle freigestellt. Es galt als ziemlich sicher, daß jene Truppentransporte in diesem Augenblick an der Ostküste hinaufdampften und in einem der kleinen Häfen anlegen wollten, von denen die ostafrikanische Küste nur so wimmelte. Tanga vielleicht, oder Kilwa Kvinje – möglicherweise sogar Daressalam. Er mußte sein Schiff seetüchtig und einsatzbereit haben, um das Blockadegeschwader zu durchbrechen und den Geleitzug zu zerstören.

»Die meiste Arbeit wird das Austrimmen des Schiffes machen. Da ist noch viel zu tun. Die Vorräte müssen verlagert werden, die Munition muß aus den Magazinen, die Geschütze wieder in Stellung ...« Lochtkamper unterbrach seinen Gedankengang. »Wir brauchen noch mehr Arbeitskräfte.«

»Ich werde Fleischer befehlen, alle seine Arbeiter einzusetzen; sie sollen helfen«, sagte von Kleine. »Aber wir müssen in vier Tagen ablegen. In der Nacht zum dreißigsten haben wir Neumond, dann müssen wir durchbrechen.« Sein vornehmes Gesicht legte sich in nachdenkliche Falten, und er ging langsam auf und ab. »Kyller hat Bojen im Kanal ausgelegt. Er muß anfangen, das Minenfeld an der Einfahrt zu räumen. Die Baumsperre kommt im letzten Moment dran. Sie ist am einfachsten zu entfernen.«

Sie hatten das Mittschiff erreicht. Von Kleine war derart in seine Gedanken vertieft, daß Lochtkamper ihn am Arm packen mußte, um ihn in die Wirklichkeit zurückzurufen.

»Vorsicht, Herr Kapitän.«

Von Kleine fuhr zusammen und blickte auf. Sie waren in eine Gruppe afrikanischer Träger hineingelaufen. Wilde Stammesangehörige, nackt unter ihren schmuddligen Fellumhängen, die Gesichter mit Ocker gefärbt. Sie waren mit der Übernahme der Brennholzbündel beschäftigt, die von der längsseits zur *Blücher* liegenden Barkasse an Bord gehievt wurden. Eines der schweren Bündel schwankte am Galgen des Ladebaums sechs Meter über Deck, und von Kleine wäre beinahe darunter gelaufen. Lochtkampers Warnung hielt ihn zurück.

Während er darauf wartete, daß sie das Bündel wegschafften, betrachtete von Kleine die eingeborenen Arbeiter. Einer der Träger hatte seine Aufmerksamkeit erweckt. Er war größer als seine Gefährten, sein Körper geschmeidiger, und man vermißte die knotigen Muskelbündel. Seine Beine waren stämmiger und besser geformt als die eines Eingeborenen. Der Mann hob seinen Kopf, und von Kleine schaute ihm ins Gesicht. Das Gesicht war gutgeschnitten, die Lippen nicht so voll und die Stirn breiter und tiefer als die eines typischen Afrikaners.

Vor allem aber waren es die Augen, die von Kleines Gedanken beschäftigten. Sie waren braun, dunkelbraun und unstet. Von Kleine hatte gelernt, ein schlechtes Gewissen im Gesicht seiner Untergebenen zu erkennen; es zeigte sich in den Augen. Dieser Mann hatte ein schlechtes Gewissen. Von Kleine sah ihn nur einen flüchtigen Augenblick, dann senkte der Träger seinen Blick und bückte sich, um anzupacken. Der Mann beunruhigte ihn, er verschaffte ihm ein unbehagliches Gefühl, er wollte mit ihm reden – ihn ausfragen. Er ging auf ihn zu.

»Herr Kapitän! Herr Kapitän!« Kommissar Fleischer war schnaufend die Strickleiter von der Barkasse heraufgeklettert; vertraulich packte er von Kleine am Arm.

»Ich muß mit Ihnen sprechen, Herr Kapitän.«

»Ach, Sie sind es, Kommissar.« Von Kleine grüßte ihn kühl und versuchte, der feuchten Pranke zu entgehen. »Einen Augenblick bitte, ich möchte ...«

»Es ist eine Angelegenheit von äußerster Wichtigkeit. Fähnrich Praust ...«

»Einen Augenblick, Kommissar.« Von Kleine riß sich los, aber Fleischer ließ sich nicht beirren. Er hielt den Kapitän fest.

»Fähnrich Praust, dieser feige kleine Besserwisser . . .« Von Kleine sah sich in einen langatmigen Bericht über Fähnrich Prausts mangelnden Respekt vor der Position eines Kommissars verwickelt. Er war unbotmäßig gewesen, er hatte sich mit Fleischer gestritten, und obendrein hatte Praust es gewagt, ihn fett zu nennen – ihn, den Kommissar!

»Ich werde mit Praust reden«, sagte von Kleine. Das war eine Bagatelle, und er wollte nichts damit zu tun haben. Dann kam Chefingenieur Lochtkamper zurück. Ob der Kapitän wohl mit dem Herrn Kommissar über die Arbeitskräfte für die Verlagerung des Ballasts sprechen könnte? Sie verfielen in eine lange Diskussion, und während sie miteinander sprachen, schleppten die Träger die Holzbündel nach achtern und wurden von der Menge der übrigen Arbeiter verschluckt.

Sebastian schwitzte vor Angst und zitterte. Ihm war schwindlig. Er hatte deutlich den Verdacht des deutschen Offiziers gespürt. Diese kalten blauen Augen hatten gebrannt wie Trockeneis. Jetzt beugte er sich unter seiner Last und bemühte sich, zu einem Nichts zusammenzuschrumpfen; er bemühte sich, die Furcht zu überwinden, die ihn zu erdrücken drohte.

»Er hat dich gesehen«, keuchte Mohammeds Vetter, der neben Sebastian dahinschlurfte.

»Ja.« Sebastian beugte sich noch tiefer. »Schaut er immer noch her?«

Der alte Mann warf einen Blick über die Schulter.

»Nein. Er spricht mit Mafuta, dem Dicken.«

»Gut.« Sebastian war erleichtert. »Wir müssen zurück auf die Barkasse.«

»Mit dem Ausladen sind sie beinahe fertig, aber wir müssen erst mit meinem Bruder reden. Er wartet auf uns.«

Sie verschwanden hinter den Achtertürmen. Auf Deck lag ein Berg Klafterholz, säuberlich aufgestapelt und mit Seilen vertäut. Schwarze Männer kletterten darauf herum und breiteten eine grüne Persenning über den Stapel.

Sie kamen zu dem Haufen und legten ihre Bündel dazu.

Dann machten sie, wie es in Afrika üblich ist, eine Pause, um sich auszuruhen und zu schwatzen. Ein Mann kletterte vom Stapel herunter und kam zu ihnen; ein munterer alter Herr mit wolligem grauem Haar, in makellosem Umhang und mit Penisfutteral. Mohammeds Vetter begrüßte ihn höflich, und sie schnupften gemeinsam.

»Dieser Mann ist mein Bruder«, erklärte Mohammeds Vetter. »Sein Name ist Walaka. Als er ein junger Mann war, hat er einen Löwen mit dem Speer getötet. Es war ein großer Löwe mit einer schwarzen Mähne.« Sebastian erschien diese Information reichlich belanglos; seine Furcht vor einer Entdeckung erfüllte ihn mit nervöser Ungeduld. Überall waren Deutsche, große blonde Deutsche, die schreiend Befehle erteilten, während sie die Arbeiterkolonnen antrieben. Deutsche schauten von den hohen Aufbauten auf sie herab; Deutsche stießen sie zur Seite, wenn sie vorbeigingen. Sebastian fiel es schwer, sich zu konzentrieren.

Seine zwei Komplizen waren in ein Familiengespräch verwickelt. Angeblich hatte Walakas jüngste Tochter einen prächtigen Sohn zur Welt gebracht, aber während seiner Abwesenheit hatte ein Leopard Walakas Dorf überfallen und drei von seinen Ziegen getötet. Der neue Enkelsohn schien den Verlust seiner Ziegen in den Augen Walakas nicht wettzumachen. Er war betrübt.

»Leoparden sind Exkremente von gestorbenen Leprakranken«, erklärte er, und er hätte sich sicher lang und breit über das Thema ausgelassen, wenn Sebastian ihn nicht unterbrochen hätte.

»Erzähl mir von den Sachen, die du auf diesem Kanu gesehen hast. Sag es schnell, ich habe wenig Zeit. Ich muß fort, ehe der Allemand uns alle mit seinen Stricken holt.«

Die Erwähnung der Stricke sorgte für Ruhe, und Walaka begann mit seinem Bericht.

In den eisernen Kästen und im Bauch des Kanus brannte Feuer. Feuer von einer solchen Hitze, daß dir die Augen schmerzten, wenn die Tür eines Kastens geöffnet wurde; Feuer mit dem Hauch von hundert Buschfeuern, verzehrende Feuer, die ...

»Ja, ja.« Sebastian schnitt die bilderreiche Beschreibung ab. »Was noch?«

Man hatte große Lasten getragen, hatte sie auf eine Seite des Kanus geschleppt, damit es sich im Wasser auf die Seite legte. Sie hatten Kisten und Ballen getragen, abgeschraubte Maschinenteile und Kanonen. Schau nur, wie man sie getragen hatte. Aus den Räumen unter dem Dach hatten sie eine Menge Kugeln und weiße Säcke mit Pulver für die Kanonen in andere Räume auf der gegenüberliegenden Seite geschleppt.

»Was noch?«

Es gab noch mehr, viel mehr zu erzählen. Walaka berichtete begeistert von Fleisch, das aus kleinen Dosen kam; von Laternen, die ohne Docht brannten; von großen Rädern, die sich drehten, und von Stahlkisten, die kreischten und summten; von klarem, frischem Wasser, das aus dem Maul langer Gummischlangen strömte, manchmal kalt und dann wieder warm, als wäre es über einem Feuer gekocht worden. Es gab so wundersame Dinge, daß sie einen Menschen ganz verwirren konnten.

»Diese Sachen kenne ich. Gibt es sonst nichts, was du gesehen hast?«

Es gab tatsächlich etwas. Die Allemands hatten drei eingeborene Träger erschossen, hatten sie aufgestellt und ihnen die Augen mit weißen Tuchstreifen verbunden. Die Männer hatten gehüpft und gezappelt und waren auf komische Art zu Boden gefallen, und nachher hatten die Deutschen das Blut mit Wasser aus den langen Schlangen vom Deck gewaschen. Seitdem hatte sich keiner der übrigen Träger mehr an Decken und Eimern und anderen kleinen tragbaren Objekten vergriffen – der Preis war zu hoch.

Walakas Beschreibung der Exekution hatte Sebastian merklich abgekühlt. Er hatte erledigt, was er erledigen sollte, und jetzt wurde sein Drang, die *Blücher* zu verlassen, übermächtig. Er wurde durch einen Bootsmann verstärkt, der sich uneingeladen zu ihnen gesellte.

»Ihr faulen schwarzen Paviane«, brüllte er. »Dies ist kein Sonntagsausflug – bewegt euch, ihr Schweine, bewegt euch!« Und seine Stiefel flogen. Angeführt von Mohammeds Vetter, verließen sie Walaka, ohne sich zu verabschieden, und sie trabten zurück über das Deck. Kurz bevor sie die Einstiegsluke erreichten, blieb Sebastian stehen. Die beiden deutschen Offiziere standen immer noch dort, wo er sie verlassen hatte, aber jetzt blickten sie hinauf zu den hohen Schornsteinen. Der hochgewachsene Offizier mit dem blonden Bart machte erklärende Bewegungen mit seiner ausgestreckten Hand und redete auf den Untersetzten ein, der ihm aufmerksam zuhörte.

Mohammeds Vetter huschte an ihnen vorbei und verschwand in der Barkasse, während Sebastian zögernd zurückblieb und sich der Gefahr eines Spießrutenlaufs vor jenen blaßblauen Augen aussetzte.

»Manali, komm schnell. Das Boot schwimmt, du kommst nicht mehr mit«, rief Mohammeds Vetter ihm von unten zu. Seine schwache Stimme erhob sich eindringlich über das Tuckern des Barkassenmotors.

Sebastian setzte sich wieder in Bewegung; sein Magen krampfte sich zusammen wie ein kalter Klumpen. Noch ein Dutzend Schritte, und er war an der Luke.

Der deutsche Offizier drehte sich um und sah ihn. Er forderte ihn mit erhobener Stimme auf, stehenzubleiben, dann ging er mit ausgestrecktem Arm auf ihn zu, als wolle er ihn festhalten.

Sebastian warf sich herum und kletterte die Strickleiter hinunter. Unter ihm legte die Barkasse ihre Leinen los, und die Schraube wirbelte Wasser auf.

Sebastian erreichte die unterste Sprosse der Strickleiter. Doch nun klaffte zwischen ihm und der Barkasse ein Raum von ungefähr drei Metern. Er ließ sich fallen und hatte Glück, denn er landete im Wasser gleich bei der Barkasse, an deren Bordwand er sofort Halt fand.

Mohammeds Vetter packte ihn an der Schulter und zerrte ihn an Bord. Sie fielen beide buchstäblich auf das Deck der Barkasse.

»Verdammter Kaffer!« rief Fleischer und bückte sich, um ihnen ein paar kräftige Ohrfeigen zu versetzen. Dann ging er zurück zu seinem Sitz im Achterschiff, und Sebastian lächelte ihn beinahe zärtlich an. Nach jenen tödlichen blauen Augen kam ihm Hermann Fleischer so gefährlich wie ein Teddybär vor.

Dann blickte er zurück zur *Blücher*. Der deutsche Offizier stand am oberen Ende der Strickleiter und schaute ihnen nach, als sie davonfuhren und Kurs stromaufwärts nahmen. Schließlich wandte er sich von der Reling ab und verschwand.

73

Sebastian saß in der Kapitänskajüte der *Renounce*; er lehnte sich an die Armstütze und führte einen verzweifelten Kampf gegen die grauen Wellen der Erschöpfung, die ihn zu übermannen drohten.

Er hatte seit dreißig Stunden nicht geschlafen. Auf seine Flucht von der *Blücher* folgte die lange Fahrt mit der Barkasse, die er, überreizt von den Nachwirkungen der durchstandenen Aufregungen, in hellwachem Zustand mitmachen mußte.

Als sie ausgestiegen waren, hatte er sich, unbemerkt von den wachsamen Askaris, aus Fleischers Lager geschlichen, und war im Mondenschein zu Flynn und Rosa getrabt.

Nach einem eiligen Mahl hatten sie sich sofort auf die Fahrräder geschwungen, die ihnen die Royal Navy zur Verfügung stellte. Die ganze Nacht waren sie unterwegs, bis sie endlich zu jener Stelle gelangten, wo sie ihr Kanu im Uferschilf versteckt hatten.

In der Morgendämmerung waren sie aus einem unbewachten Kanal des Deltas zum verabredeten Treffpunkt mit dem Beiboot der *Renounce* gepaddelt.

Zwei lange, rastlose Tage hatten Sebastian zu Tode erschöpft. Rosa saß neben ihm auf dem Sofa. Sie berührte besorgt seinen Arm. Keiner von beiden nahm auch nur den geringsten Anteil an der Besprechung, in welche die übrigen Anwesenden vertieft waren.

Joyce führte den Vorsitz; neben ihm saß ein älterer kräftiger Mann mit buschigen Augenbrauen und einem resoluten Kinn. In einem vergeblichen Versuch, die Glatze zu verbergen, hatte er sein Haar in feinen Strähnen über den Schädel gebürstet. Das war Armstrong, der Kapitän des Kreuzers *Pegasus*.

»Ja, es hat also den Anschein, als hätte die *Blücher* ihre Schäden ausgebessert. Wenn sie ihre Kessel schon unter Feuer hat, können wir jeden Tag damit rechnen, daß sie einen Durchbruch versuchen wird. Von Kleine ist nicht der Mann, der wertvollen Brennstoff vergeudet, nur um seinen Heizern eine angenehme Temperatur zu bieten.« Er sprach voller Begeisterung, wie eine Kämpfernatur, die sich auf einen guten mannhaften Kampf freut.

»Ich möchte ihr gern eine Botschaft der *Bloodhound* und *Orion* ausrichten – da ist noch eine alte Rechnung zu begleichen.«

Aber Joyce hatte auch einen Befehl, und er kam vom Schreibtisch des Admirals Sir Percy Howe, dem Oberkommandierenden für den Südatlantik und den Indischen Ozean. Auszugsweise lautete dieser Befehl:

»Sicherheit Ihres Geschwaders zweitrangig gegenüber der Aufgabe, *Blücher* auszuschalten. Risiko, mit Angriff zu warten, bis *Blücher* das Delta verläßt, zu groß. Unbedingt erforderlich, sie an ihrem gegenwärtigen Standort zu zerstören oder zu blockieren. Konsequenzen eines Blockadebruchs der *Blücher* und Angriffs auf die Truppentransporter, die Streitkräfte zur Invasion von Tanga befördern, wären katastrophal. Versuchen, Ihnen zwei Küstenfahrzeuge als Blockadeschiffe zu schicken. Sollten sie jedoch nicht rechtzeitig eintreffen oder sollten wirksame Angriffsmaßnahmen vor 30. Juli 1915 unmöglich sein, erteile ich Ihnen hiermit Befehl, *Renounce* und *Pegasus* im Rufiji-Kanal zu versenken, um Ausfahrt der *Blücher* zu blockieren.«

Das war ein Befehl, der Captain Arthur Joyce vor Sorgen krank machte. Seine wunderschönen Schiffe zu versenken – ein genauso abstoßender und verabscheuungswürdiger Gedanke wie der Gedanke an Blutschande, Vatermord oder Menschenopfer. Heute war der 26. Juli – er hatte noch vier Tage, um eine Alternative zu finden, bevor der Befehl wirksam wurde.

»Sie wird natürlich nachts herauskommen; muß sie schon!« Armstrongs Stimme verriet Kampfgeist. »Diesmal hat sie es nicht mit einer alten Jungfer und einem Baby wie *Orion* und

Bloodhound zu tun.« Sein Tonfall änderte sich ein wenig. »Wir müssen ihr tüchtig einheizen. In drei Tagen ist Neumond, und die *Blücher* hat dunkle Nächte vor sich. Das Wetter kann sich ändern ...«, Armstrong schaute jetzt ein wenig besorgt drein, »... wir müssen auf der Hut sein ...«

»Lesen Sie das hier«, sagte Joyce und reichte Armstrong das Blatt Papier. Er begann zu lesen.

»Mein Gott!« keuchte Armstrong. »Versenken. O mein Gott!«

»Es gibt zwei Kanäle, welche die *Blücher* benutzen könnte.« Joyce sprach leise. »Wir müßten sie beide blockieren – *Renounce* und *Pegasus*!«

»Verdammter Mist!« fluchte Armstrong. »Es muß doch einen anderen Weg geben.«

»Ich glaube, den gibt es«, erwiderte Joyce und schaute Sebastian an. »Mr. Oldsmith«, sagte er verbindlich, »wäre es Ihnen möglich, noch einmal an Bord des deutschen Kreuzers zu gehen?«

In Sebastians blutunterlaufenen Augenwinkeln saßen kleine gelbe Krusten, aber die dunkle Farbe auf seiner Haut verbarg die Ringe der Erschöpfung.

»Lieber nicht.« Sebastian fuhr sich nachdenklich mit der Hand über seinen kahlgeschorenen Schädel, und die Stoppeln der nachwachsenden Haare kratzten unter seinen Fingern. »Das waren so ziemlich die unangenehmsten Stunden meines Lebens.«

»Schon recht«, pflichtete Captain Joyce ihm bei. »Schon recht! Ich hätte Sie auch nicht gefragt, wenn ich es nicht für äußerst wichtig hielte.« Joyce machte eine Pause und spitzte die Lippen, um leise die ersten Takte von Chopins Trauermarsch zu pfeifen; dann seufzte er und schüttelte den Kopf. »Wenn ich Ihnen sage, daß Sie allein es in Ihrer Macht haben, die beiden Kreuzer dieses Geschwaders vor der Vernichtung zu bewahren und das Leben von fünfzehntausend britischen Soldaten und Matrosen zu retten – welche Antwort geben Sie mir dann?«

Sebastian ließ sich verdrießlich in das Sofa zurückfallen und schloß die Augen.

»Kann ich erst ein paar Stunden schlafen?«

eine Geheimtasche in den schmutzigen Fellumhang, der in ihrem Schoß lag. Die Tasche sollte die Zigarrenkiste aufnehmen. Sebastian schaute ihr liebevoll zu. Sie zog den letzten Stich fest, verknotete den Faden und beugte sich vor, um ihn abzubeißen.

»Da!« verkündete sie. »Es ist fertig.« Dann schaute sie ihm in die Augen.

»Danke«, sagte Sebastian. Sie saßen still nebeneinander, und Rosa berührte ihn an der Schulter. Die Muskeln unter der schwarzgefärbten Haut waren fest und warm.

»Komm«, sagte sie und zog seinen Kopf zu sich herab, bis ihre Wangen sich berührten, und sie hielten sich in den Armen, bis das letzte Licht erloschen war. Die afrikanische Dämmerung verstärkte die Schatten im Ebenholzhain, und unten in der Schlucht jaulte klagend ein Schakal.

»Bist du bereit?« Flynn stand bei ihnen – eine dunkle bullige Gestalt, Mohammed an seiner Seite.

»Ja.«

»Küß mich«, flüsterte Rosa, »und komm heil zurück.«

Sebastian löste sich behutsam aus ihrer Umarmung. Er stand kerzengerade vor ihr und legte den Umhang über seinen nackten Körper. Die Zigarrenkiste hing schwer zwischen seinen Schulterblättern.

»Wart auf mich«, bat er sie und marschierte los.

Flynn Patrick O'Flynn wälzte sich ruhelos unter seiner dünnen Decke und rülpste. Er hatte Sodbrennen, und er fror. Die Erde, auf der er lag, hatte schon lange die Wärme verloren, die sie aus dem Sonnenschein des vergangenen Tages aufgesogen hatte. Die schmale Sichel des abnehmenden Mondes warf ein schwaches silbernes Licht in die Nacht.

Er konnte nicht schlafen und hörte die gleichmäßigen Atemzüge der neben ihm schlafenden Rosa. Das Geräusch machte ihn nervös; er suchte nach einer Entschuldigung, um sie aufzuwecken und mit ihr zu reden. Statt dessen griff er in den Rucksack, der ihm als Kopfkissen diente, und seine Finger schlossen sich um das kühle glatte Glas der Flasche.

Ein Nachtvogel schrie leise unten in der Schlucht. Flynn ließ die Flasche fahren und richtete sich schnell auf. Er steckte zwei Finger zwischen seine Lippen und wiederholte den Vogelschrei.

Wenige Minuten später glitt Mohammed wie ein kleiner schwarzer Geist ins Lager und hockte sich neben Flynns Ruhestätte.

»Ich sehe Sie, Fini.«

»Ich sehe dich auch, Mohammed. Ist alles gutgegangen?«

»Es ist alles gutgegangen.«

»Manali hat das Lager der Allemands betreten?«

»Er schläft jetzt neben dem Mann, der mein Vetter ist, und bei Tagesanbruch werden sie wieder auf dem Rufiji zu dem großen Boot der Allemands fahren.«

»Gut!« grunzte Flynn. »Das hast du gut gemacht.«

Mohammed hüstelte verhalten, um anzudeuten, daß es noch mehr zu erzählen gab.

»Was gibt es?« verlangte Flynn zu wissen.

»Als ich Manali sicher in der Obhut meines Vetters abgeliefert hatte, kam ich durch das Tal zurück und ...« Er zögerte. »Vielleicht ist es nicht angebracht, in einem Augenblick von solchen Dingen zu sprechen, wenn unser Herr Manali unbewaffnet und ganz allein ins Lager der Allemands geht.«

»Sprich«, sagte Flynn energisch.

»Als ich, ohne ein Geräusch zu machen, so dahinging, kam ich an eine Stelle, wo dieses Tal sich zu dem kleinen Fluß Abati hinabsenkt. Kennen Sie die Stelle?«

»Ja, ungefähr eine Meile von hier durch die Schlucht.«

»Genau da ist es.« Mohammed nickte. »Und da habe ich eine Bewegung in der Nacht gesehen. Es sah aus wie ein wandernder Berg.«

Ein Eisklumpen rutschte Flynns Wirbelsäule hinab, und der Atem blieb ihm schmerzhaft in der Kehle stecken.

»Ja?« hauchte er.

»Der Berg war mit Zähnen aus Elfenbein bewaffnet, die ihm beim Laufen vom Gesicht bis auf den Erdboden reichten.«

»Erdpflug.« Flynn sprach den Namen flüsternd aus, und seine Hand fiel auf das Gewehr, das geladen neben ihm lag.

die den knorrigen alten Kopf stützten, und sein Rüssel hing zwischen ihnen herab, grau, schlaff und schwer.

Flynn sah ihn und ging zwischen den Stämmen der Fieberbäume auf ihn zu. Es war ein unwirkliches Bild, denn das Licht der Sonne schimmerte in tausend goldenen Strahlen durch das grüne Laubwerk. Der Hain war erfüllt vom Zirpen der Zikaden.

Flynn schlug einen Kreis, bis er dem Kopf des schlafenden Elefanten gegenüberstand, dann wagte er noch einen Schritt und blieb stehen. Er stand da mit gespreizten Beinen, das Gewehr in Bereitschaft, den Kopf zurückgeworfen, während er die unglaubliche Masse des alten Bullen nicht aus den Augen ließ.

Bis zu diesem Moment glaubte Flynn immer noch, daß er nicht schießen würde. Er war nur gekommen, um »Erdpflug« noch einmal aus der Nähe zu sehen, doch dieser Vorsatz war genauso fruchtlos wie der eines Alkoholikers, der gelobt hatte, nur einen einzigen und allerletzten Schluck zu nehmen. Flynn spürte, wie der Wahn von ihm Besitz ergriff. Heiß und hart stieg die Jagdleidenschaft in seinem Körper hoch und verwandelte ihn mit einem Schlag in einen Besessenen. So stand er unter einem unwiderstehlichen Zwang. Das Gewehr hob sich bereits, der Kolben lag an seiner Schulter ... da plötzlich vernahm er eine Stimme, eine klare, deutliche Stimme, die das Zirpen der Zikaden unverzüglich zum Schweigen brachte. Und dies war seine eigene Stimme – ein einziger Schrei, der sich seinem tiefsten Innern entrang.

»Nun komm schon«, rief er. Und der alte Elefant brach los. Er stürmte auf ihn zu wie ein gesprengter Felsbrocken. Flynn sah ihn über das Visier seines Gewehrs, sah ihn über das winzige Korn, das ohne zu schwanken auf die Stirnmitte des Bullen zielte – genau zwischen die Augen, wo die Hautfalte am Rüsselansatz einen tiefen Querstrich bildete.

Der Schuß klang wie gewaltiges Donnern, das sich in tausend Echos an den Stämmen der Fieberbäume brach. Der Elefant starb mitten im Lauf. Seine Beine gaben nach, und er taumelte, von seinem eigenen Schwung in Bewegung gehalten, vorwärts, gleich einer Lawine aus Fleisch, Knochen und Elfenbein.

Flynn drehte sich zur Seite wie ein Matador vor dem Ansturm des Stieres, machte drei schnelle Tanzschritte, doch dann traf ihn einer der Stoßzähne an der Hüfte mit voller Wucht. Flynn flog durch die Luft. Das Gewehr wurde ihm aus den Händen geschleudert. Er fiel zu Boden und blieb auf dem weichen Bett aus losen Zweigen und modernden Blättern liegen. Seine spröden alten Knochen zersplitterten wie Porzellan; das Hüftgelenk sprang aus seiner Kapsel, und sein Becken brach mittendurch.

Flynn lag mit dem Gesicht nach unten und war gelinde überrascht, daß er keinen Schmerz fühlte. Er konnte die gebrochenen Knochen spüren, wie sie sich bei der leisesten Bewegung tief ins Fleisch bohrten, doch er fühlte keinen Schmerz.

Langsam kroch er auf den Kadaver des alten Bullen zu; er schleppte sich mit den Ellbogen vorwärts, die Beine hinter sich herziehend.

So erreichte er den Elefanten, um mit einer Hand jenen vergilbten Elfenbeinschaft zu streicheln, der ihn zum Krüppel gemacht hatte.

»Jetzt«, flüsterte er, während er liebevoll über den glattpolierten Stoßzahn strich, so wie ein Mann seinen erstgeborenen Sohn berühren mochte. »Jetzt gehörst du endlich mir.«

Und dann kamen die Schmerzen. Er schloß die Augen und krümmte sich. Er lehnte sich an den Berg aus totem Fleisch; dies war bis vor kurzem »Erdpflug« gewesen. Der Schmerz summte in seinen Ohren wie die Zikaden, und dann kam Mohammeds Stimme dazu.

»Fini. Das war nicht klug.«

Flynn schlug die Augen auf und sah Mohammeds besorgtes Gesicht.

»Hol Rosa«, wimmerte er. »Hol *Little Long Hair.* Sag ihr, sie soll kommen.«

Dann schloß er seine Augen. Die Schmerzen wuchsen, und ihre Heftigkeit änderte sich fortwährend. Zuerst glichen sie einem stetigen Tam-Tam, das in ihm hämmerte und schlug. Dann wieder kamen die Schmerzen in gewaltigen Wogen. Oder es war Nacht – kalte schwarze Nacht, die ihn frösteln ließ, so daß er

ihm zu Hilfe geeilt? Sollte sie hier warten, oder sollte sie ihnen durch die Schlucht folgen?

Mit sorgenvollem Blick, die Lippen zusammengepreßt, saß sie da und wickelte sich mit ruheloser Hand den Zopf um den Finger.

Dann kam Mohammed. Plötzlich tauchte er aus dem Dickicht auf. Rosa sprang mit einem leisen Erleichterungsschrei auf. Der Schrei erstarb in ihrer Kehle, als sie sein Gesicht sah.

»Fini«, sagte er. »Er ist verletzt. Der große Elefant hat ihm die Knochen gebrochen, und er hat große Schmerzen. Er hat nach dir verlangt.«

Rosa starrte ihn verständnislos an.

»Ein Elefant?«

»Er hat ›Erdpflug‹, den großen Elefanten, verfolgt und ihn getötet. Aber im Sterben zerbrach der Elefant ihm alle Knochen.«

»Dieser Narr. Oh, dieser Narr!« jammerte Rosa. »Ausgerechnet jetzt. Sebastian ist in Gefahr, und da muß er ...« Sie fand alsbald ihre Fassung wieder.

»Wo ist er, Mohammed? Bring mich zu ihm.«

Mohammed führte sie über einen Wildpfad, und Rosa lief hinter ihm her. Sie hatten keine Zeit, vorsichtig zu sein; sie dachten auch nicht an Vorsicht, als sie zu Flynn eilten. Sie kamen zum Abati, verließen den Pfad und hielten sich dicht am Ufer. Sie stapften durch ein Zuckerrohrfeld, machten einen Bogen um einen kleinen Sumpf und gelangten so in den Busch. Auf einmal blieb Mohammed wie angewurzelt stehen. Er blickte empor zum Himmel.

Die Geier kreisten im strahlenden Blau. Die Stelle, über der sie kreisten, lag ungefähr eine halbe Meile vor ihnen.

»Daddy!« Rosa blieb das Wort im Halse stecken. In einem Augenblick verschwand alle Härte, die sich seit jener Nacht in Lalapanzi angesammelt hatte, aus ihrem Gesicht.

»Daddy!« sagte sie noch einmal, und dann rannte sie los. Sie überholte Mohammed, warf ihr Gewehr zu Boden und stürzte aus dem Gebüsch ins Freie.

»Warte, *Little Long Hair.* Sei vorsichtig.« Mohammed lief

ihr nach. In der Aufregung trat er voll in einen Zweig Büffelgras. Seine Sandale war an einer Stelle durchgelaufen, und ein langer Dorn drang tief in seinen Fuß.

Ein Dutzend Schritte versuchte er noch, Rosa zu folgen. Er hüpfte auf einem Bein, ruderte mit den Armen, um das Gleichgewicht zu behalten, und rief immerzu hinter ihr her. »Warte! Sei vorsichtig, *Little Long Hair*!«

Aber sie achtete nicht im geringsten auf ihn und entfernte sich immer mehr von ihm, bis er schließlich zu Boden sank und sich seinen verletzten Fuß hielt.

Sie überquerte das freie Gelände vor dem Fieberbaumhain total erschöpft und mit mühevollen, stolpernden Schritten. Sie lief und lief und wagte kaum zu atmen, so sehr bangte sie um das Leben ihres Vaters. Sie lief in den Hain hinein; ein Schweißtropfen fiel ihr ins Auge und verschleierte ihren Blick, so daß sie gegen einen Baumstamm taumelte. Sie gewann ihr Gleichgewicht zurück und rannte weiter.

Sie erkannte Hermann Fleischer sogleich. Sie wäre ihm fast in die Arme gelaufen, und sein mächtiger Körper erhob sich drohend vor ihr. Sie schrie. Sie wollte den bärenstarken Armen, die sich nach ihr ausstreckten, ausweichen.

Zwei eingeborene Askaris, die sich an der grob gezimmerten Trage, auf der Flynn O'Flynn lag, zu schaffen machten, sprangen auf. Als Rosa davonlaufen wollte, nahmen die Männer sie wie zwei abgerichtete Windhunde in die Zange. Sie faßten zu und schleppten sie, die sich verzweifelt wehrte und schrie, zu Hermann Fleischer.

»Ach so!« Fleischer nickte ihr freundlich zu. »Sie kommen gerade recht, um den Spaß mitzuerleben.« Dann wandte er sich an seinen Feldwebel. »Lassen Sie die Frau fesseln.«

Rosas Schreie durchdrangen die leichten Nebel der Gefühllosigkeit, die Flynns Verstand einhüllten. Er bewegte sich auf der Trage, brabbelte etwas Unverständliches, wälzte seinen Kopf von einer Seite auf die andere, bis er schließlich seine Augen aufschlug und mit Mühe etwas zu erkennen versuchte. Er sah,

er plötzlich ein Krächzen aus und erhob sich lautstark in die Luft, denn er hatte den Mann kommen sehen.

Der kleine alte Mann humpelte langsam heran. Er blieb neben dem toten Elefanten stehen und blickte hinauf zu dem Mann, der sein Herr und sein Freund gewesen war.

»Geh in Frieden, Fini!« sagte Mohammed.

78

Der Durchgang war ein Korridor mit niedriger Decke; die Schotten waren in einem matten Grau gestrichen und glänzten im harten Licht der elektrischen Glühbirnen, die in regelmäßigen Abständen an der Decke angebracht waren.

Am Ende des Korridors stand ein Wachtposten vor der schweren, wasserdichten Tür, die in den Versorgungsraum des Vordermagazins führte. Der Wachtposten trug nur ein dünnes weißes Unterhemd und weiße Flanellhosen, aber er hatte Koppel und Seitengewehr umgeschnallt, und über seiner Schulter hing ein Gewehr.

Er war so postiert, daß er den Versorgungsraum und den Durchgang in seiner vollen Länge überwachen konnte.

Eine Doppelreihe von Wakambas stand im Durchgang; zwei lebende Ketten, von denen eine die Sprengsätze und die andere die 21-cm-Geschosse weiterreichte.

Die Afrikaner arbeiteten mit dem stoischen Gleichmut dressierter Tiere. Die Munition wanderte rasch und reibungslos von Mann zu Mann, von Hand zu Hand.

Die Sprengsätze, einzeln in dickes Papier eingewickelt, glitten schnell die Kette entlang. Jedes Glied dieser Kette gehorchte dem allgemeinen Rhythmus, wenn es seine Last weitergab, und es hatte den Anschein, als wären die beiden Reihen Bestandteile einer phantastischen Choreographie.

Aus dem Getümmel stiegen Wolken warmen Körpergeruchs auf, und auch die Ventilatoren brachten keine Kühlung.

Sebastian lief der Schweiß unterm Fellumhang über Brust und Rücken. Er spürte jedesmal einen Ruck in den Falten seines Umhangs, wenn er sich umdrehte, um eine neue Sprengladung von seinem Nebenmann entgegenzunehmen.

Er stand direkt vor der Tür des Versorgungsraums, und immer, wenn er eine Ladung weiterreichte, warf er einen Blick ins Innere des Magazins, wo eine andere Kolonne an der Arbeit war und die Sprengladungen auf die Regale schichtete. Auch hier stand ein bewaffneter Wachtposten.

Die Arbeiten waren seit dem frühen Morgen im Gange, mit einer halbstündigen Pause zur Mittagszeit, und die deutschen Posten hatten in ihrer Wachsamkeit nachgelassen. Sie warteten ungeduldig auf ihre Ablösung. Der Posten im Magazin war ein dicker Mann in mittleren Jahren, der im Laufe des Tages in gewissen Abständen die Eintönigkeit durch plötzliche Auslösung ohrenbetäubender Gasentladungen unterbrochen hatte. Bei jeder Salve hinten hinaus hatte er dem nächststehenden afrikanischen Träger auf den Rücken geklopft und fröhlich ausgerufen: »Probier den mal!« oder »Sei froh – der riecht nicht.«

Aber schließlich war auch ihm die Luft ausgegangen. Er schlurfte durch den Versorgungsraum und lehnte sich an den Türrahmen, um sich mit seinem Kameraden im Durchgang zu unterhalten.

»Es ist heiß hier wie in der Hölle, und es riecht wie im Zoo. Diese Wilden stinken!«

»Du hast auch deinen Anteil dazu beigetragen.«

»Ich bin froh, wenn alles fertig ist.«

»Im Magazin ist es kühler. Da gibt's Ventilatoren – du kannst dich doch nicht beklagen.«

»Lieber Gott, ich möchte mich ein paar Minuten hinsetzen.«

»Lieber nicht, Leutnant Kyller macht Kontrollgänge.«

Dieser Wortwechsel fand nur wenige Schritte von Sebastian entfernt statt. Er konnte der Unterhaltung in deutscher Sprache nunmehr mit größerer Leichtigkeit folgen, da er Gelegenheit gehabt hatte, seinen eingerosteten Sprachschatz etwas aufzufri-

»Es ist fünf Minuten nach sieben. Ihr habt noch fast eine halbe Stunde bis zum Feierabend.« Er steckte die Uhr wieder ein und überflog das Magazin mit einem Blick, dem nichts entging. Kyller war ein großer junger Mann in makelloser weißer Tropenuniform. Die beiden Wachtposten brachten hinter seinem Rücken ihre Uniformen eilends in Ordnung und bemühten sich, dienstbeflissen dreinzuschauen.

»Jawohl, Herr Leutnant«, erwiderten sie.

Kyllers Blick streifte Sebastian. Wenn der deutsche Offizier ihn ganz besonders musterte, so lag das wohl daran, daß er unter den eingeborenen Trägern der kräftigste war und außerdem Kyllers Größe besaß. Sebastian hatte jedoch das Gefühl, daß sein Interesse einen tieferliegenden Grund hatte. Er spürte, daß Kyller die Farbe seiner Haut zu durchdringen versuchte; und er kam sich völlig entblößt unter diesen Augen vor. Er war überzeugt, daß Kyller sich künftig an ihn erinnern würde, daß er ihn in sein Gedächtnis eingegraben hatte.

»Dieses Regal.« Kyller wandte sich ab. Er ging durch das Magazin auf das Regal zu, wo Sebastian seine Zeitbombe abgelegt hatte und beklopfte die Sprengstoffhülsen, die Sebastian eben noch in der Hand gehabt hatte. Sie lagen nicht ganz gerade. »Bringen Sie das sofort in Ordnung«, befahl Kyller.

»Jawohl, Herr Leutnant«, erwiderte der dicke Wachtposten.

Wieder ruhten Kyllers Augen auf Sebastian. Es hatte den Anschein, als wolle er etwas sagen, aber dann änderte er seine Meinung. Er ging gebückt durch die Türöffnung und verschwand.

Sebastian stand stocksteif, und bei dem Gedanken an den Befehl, den Kyller erteilt hatte, packte ihn das Entsetzen. Der dicke Wachtposten zog ein langes Gesicht.

»Menschenskinder, ist das eine Nervensäge. Ist doch alles in Ordnung.« Er warf den Regalen einen gelangweilten Blick zu und fragte den Posten an der Tür: »Ist die Luft rein? Kyller weg?«

»Ja. Er ist runter in die Krankenstation.«

»Das ist gut!« knurrte der Dicke. »Ich bin doch nicht verrückt, daß ich eine halbe Stunde verschwende, um den ganzen

Plunder umzupacken.« Er zog seine Schultern hoch und blickte gequält um sich. In diesem Augenblick ertönte ein Pfeifensignal, und der Wachtposten entspannte sich und grinste. »Soviel für Leutnant Kyller, Gott hab ihn selig.«

79

Die Dunkelheit senkte sich herab. Mit ihr fiel die Temperatur unter dreißig Grad und vermittelte die Illusion, daß die leichte Abendbrise Kühle brachte. Sebastian hüllte sich in seinen Umhang und ließ sich in der Kolonne der eingeborenen Arbeiter treiben, die sich über die Bordwand des deutschen Schlachtkreuzers in die wartenden Barkassen ergoß.

Er war sowohl körperlich als auch psychisch von dem anstrengenden Arbeitstag im Magazin erschöpft, und so kletterte er wie betäubt das Fallreep hinab und nahm seinen Platz im Boot ein. Als dieses ablegte und den Kanal aufwärts zum Arbeitslager auf der nächstgelegenen Insel tuckerte, blickte Sebastian genauso stur zur *Blücher* zurück, wie die Männer, die neben ihm auf den Bodenbrettern der Barkasse hockten. Mechanisch nahm er die Tatsache zur Kenntnis, daß Kommissar Fleischers Dampfbarkasse an der Seite des Kreuzers vertäut lag.

»Vielleicht ist das fette Schwein an Bord, wenn die ganze Geschichte zur Hölle fährt«, überlegte er müde. »Ich will's wenigstens hoffen.«

Er konnte nicht wissen, wen Hermann Fleischer sonst noch mit an Bord des Kreuzers gebracht hatte. Sebastian war unter Deck gewesen und hatte im Versorgungsraum des Magazins geschuftet, als die Barkasse angekommen war, und der Kommissar hatte Rosa Oldsmith persönlich das Fallreep hinaufgeleitet.

»Komm schon, Mädchen. Wir wollen dich dem tapferen Kapitän dieses schönen Schiffs vorstellen.« Fleischer schnaufte gutgelaunt, während er hinter ihr die Sprossen erkletterte. »Ich bin überzeugt, daß es viele interessante Dinge gibt, die du ihm erzählen kannst.«

Schmutzig und erschöpft, blaß vor Gram über den Tod ihres Vaters und voller Haß auf den Mann, der diesen Tod herbeigeführt hatte, stolperte Rosa buchstäblich vom Fallreep auf das Deck. Ihre Hände waren immer noch vor dem Leib gefesselt, und so konnte sie sich nicht festhalten. Sie fiel vornüber, doch da waren auch schon Hände, die sie auffingen und aufrichteten. Sie blickte auf zu dem Mann, der sie vor dem Sturz bewahrt hatte, und in ihrer Verwirrung meinte sie, Sebastian zu erkennen. Er war groß und dunkel, und seine Hände waren stark. Dann sah sie die Uniformmütze mit den goldenen Abzeichen und riß sich angewidert los.

»Ach, Leutnant Kyller.« Kommissar Fleischers Stimme ertönte hinter ihr. »Ich habe Ihnen Besuch mitgebracht – eine liebenswürdige Dame.«

»Wer ist das?« Kyller warf Rosa einen prüfenden Blick zu. Rosa konnte nicht ein Wort verstehen. Sie hatte sich in ihr Schicksal ergeben und stand gebeugt vor ihm.

»Dies«, gab Fleischer stolz zur Antwort, »ist die gefährlichste Dame in ganz Afrika. Sie gehört zu den Anführern der englischen Banditen, welche die Kolonne mit den Stahlplatten aus Daressalam überfallen haben. Sie war es, die Ihren Ingenieur erschossen hat. Ich habe sie und ihren Vater heute morgen gefangengenommen. Ihr Vater ist der berüchtigte O'Flynn.«

»Wo ist er?« fragte Kyller barsch.

»Ich habe ihn aufgehängt.«

»Sie haben ihn aufgehängt?« drängte Kyller. »Ohne Gerichtsverhandlung?«

»Eine Gerichtsverhandlung war nicht nötig.«

»Ohne ihn zu verhören?«

»Ich habe diese Frau da zum Verhör mitgebracht.«

Jetzt war Kyller wütend und seine Stimme wurde eisig.

»Ich werde es dem Kapitän überlassen, ein Urteil über die Weisheit Ihrer Aktionen zu fällen«, und damit wandte Kyller sich Rosa zu. Sein Blick fiel auf ihre Hände, und teilnahmsvoll ergriff er ihr Handgelenk.

»Kommissar Fleischer, seit wann ist diese Frau gefesselt?«

Fleischer zuckte die Achseln. »Ich konnte es nicht riskieren, sie entkommen zu lassen.«

»Geben Sie mir Ihr Messer«, fuhr Kyller den diensthabenden Bootsmann am Fallreep an, und der Mann holte ein Taschenmesser hervor. Er klappte es auf und reichte es dem Leutnant.

Vorsichtig führte Kyller die Klinge zwischen Rosas Handgelenke und schnitt das Seil durch. Als die Fesseln hinabfielen und frisches Blut in ihre Hände floß, stieß Rosa einen Schmerzensschrei aus.

»Sie können von Glück sagen, wenn Sie ihr keinen dauernden Schaden zugefügt haben«, sagte Kyller wütend, während er Rosas geschwollene Hände massierte.

»Sie ist eine Verbrecherin. Eine gefährliche Verbrecherin«, knurrte Fleischer.

»Sie ist eine Frau, und aus diesem Grunde verdient sie Nachsicht, nicht aber so eine barbarische Behandlung.«

»Sie verdient den Strick.«

»Für ihre Verbrechen wird sie sich zu gegebener Zeit zu verantworten haben – aber bis sie verurteilt ist, soll sie wie eine Dame behandelt werden.«

Rosa verstand nichts von der erregten Auseinandersetzung, die um sie vorging. Sie stand schweigend da und schaute auf das Messer in Leutnant Kyllers Hand. Der Griff berührte ihre Finger, als er sich darum bemühte, ihre Blutzirkulation wieder in Gang zu bringen. Die Klinge war lang und schimmerte silbern, und sie hatte gesehen, wie scharf die Schneide war, als er das Seil mit einem Schnitt durchgetrennt hatte. Während sie das Messer anstarrte, sah ihre Phantasie zwei Namen eingraviert in den Stahl ... die Namen der beiden Menschen, die sie zärtlich geliebt hatte ... den Namen ihres Vaters und den ihres Kindes.

Mit großer Mühe löste sie ihren Blick von dem Messer und schaute den Mann an, den sie haßte. Fleischer war dicht an sie herangetreten, als wolle er sie Leutnant Kyllers Aufmerksamkeit entziehen. Sein Gesicht war vor Ärger gerötet, und sein Doppelkinn wackelte, wenn er sprach.

Rosa knetete ihre Finger. Sie waren immer noch gefühllos

und steif, aber sie fühlte, wie die Kräfte langsam wieder zurückkehrten. Sie richtete ihren Blick auf Fleischers Bauch. Er ragte rund, voll und weich aus der Kordjacke hervor, und wieder gaukelte ihr die Vorstellungskraft ein Bild vor ... sie sah ... wie die Klinge in diesen Bauch eindrang. Geräuschlos, widerstandslos verschwand sie bis zum Griff, dann glitt sie nach oben und riß das Fleisch wie einen Beutel auf ... dieses Bild war so deutlich, daß Rosa in Wollust erbebte.

Kyller war ganz und gar mit Fleischer beschäftigt. Er spürte, wie die Finger des Mädchens sich in seine gewölbte Hand stahlen, und ehe er sie zurückziehen konnte, hatte sie ihm das Messer geschickt entwunden. Er griff nach ihr, aber sie war schneller. Die Hand, die das Messer hielt, senkte sich und stieß gegen Hermann Fleischers umfangreichen Bauch.

Rosa hatte sich getäuscht. In der Annahme, daß der dicke Fleischer auch träge sein mußte, glaubte sie, daß dieser bei einem unerwarteten Angriff nun wie gelähmt stehenblieb, so daß das Messer ohne weiteres in seine Weichteile eindringen konnte.

Hermann Fleischer aber war auf der Hut und reagierte schon, ehe sie überhaupt zustieß. Er war schnell wie eine zuschlagende Mamba und zudem unglaublich stark. Er machte nicht den Fehler, das Messer mit bloßen Händen abzufangen. Er schlug vielmehr mit geballter Faust gegen ihre rechte Schulter. Die Wucht des Schlages ließ sie zur Seite taumeln und lenkte die Klinge von ihrem Ziel ab. Rosas Arm war von der Schulter abwärts wie gelähmt. Das Messer flog ihr aus der Hand.

»Ja!« brüllte Fleischer triumphierend. »Ja, so ist es richtig! Jetzt sehen Sie, daß ich recht hatte, die Hexe zu fesseln. Sie ist bösartig und gefährlich.«

Und noch einmal hob er seine gewaltige Faust, um sie Rosa, die sich vornübergebeugt ihre verletzte Schulter hielt und vor Schmerzen und Enttäuschung schluchzte, ins Gesicht zu schmettern.

»Genug!« Kyller trat zwischen die beiden. »Lassen Sie sie in Frieden.«

»Sie muß gefesselt werden wie ein Tier – sie ist gefährlich«, schrie Fleischer.

Aber Kyller legte seinen Arm schützend um Rosas Schultern.

»Bootsmann!« befahl er, »bringen Sie diese Frau in die Krankenstation. Chefarzt Buchholz soll sich um sie kümmern. Passen Sie gut auf sie auf, aber behandeln Sie sie rücksichtsvoll. Haben Sie mich verstanden?« Rosa wurde unter Deck geführt.

»Ich muß Kapitän von Kleine sprechen«, verlangte Fleischer. »Ich muß ihm einen vollständigen Bericht erstatten.«

»Kommen Sie«, erwiderte Kyller, »ich werde Sie zu ihm bringen.«

80

Sebastian lag neben dem kleinen Feuer. Er hatte sich mit dem Umhang zugedeckt. Draußen hörte er die Nachtgeräusche der Sumpflandschaft – das entfernte Plätschern eines Fisches oder Krokodils im Kanal, das Quaken und Schreien der Frösche, das Summen der Insekten und das leise Plätschern der Wellen am Schlammufer unterhalb der Hütte.

Diese Hütte war eine von zwanzig Unterkünften, welche die eingeborenen Arbeiter beherbergten. Die Schlafenden lagen zusammengepfercht am Boden. Ihr Atmen war wie ein fortgesetztes Murmeln, nur dann und wann durch ein Husten oder eine unruhige Bewegung unterbrochen.

Trotz seiner Erschöpfung konnte Sebastian nicht schlafen; er vermochte sich nicht von der Anspannung frei zu machen, die ihn den ganzen Tag über beherrscht hatte. Er mußte daran denken, wie der kleine Reisewecker in seinem Sprengstoffnest tickte, wie er die Minuten und die Stunden zählte, und alsbald begannen seine Gedanken zu wandern. Sie landeten bei Rosa, und seine Muskeln spannten sich vor lauter Verlangen. Morgen, dachte er, morgen werde ich sie wiedersehen, und wir werden diesen stinkenden Fluß verlassen. Wir werden in die reine Luft hinauf ins Hochland gehen. Wieder machten seine Gedanken einen Sprung. Sieben Uhr; sieben Uhr morgen früh, und alles ist vorüber. Er erinnerte sich an Leutnant Kyllers Stimme, als er mit seiner goldenen Uhr in der Tür stand. »... es ist fünf Minuten nach sieben ...«, hatte er gesagt. Daher wußte Sebastian ziemlich genau, wann der Zeitzünder explodieren würde.

Er mußte verhindern, daß die Träger am Morgen an Bord der *Blücher* gingen. Er hatte dem alten Walaka eingeschärft, daß sie sich weigern mußten, zur nächsten Schicht anzutreten. Sie mußten ...

»Manali! Manali!« Sebastian hörte seinen Namen ganz in der Nähe flüstern. Er richtete sich auf. Im flackernden Feuerschein sah er eine schattenhafte Gestalt, die auf Händen und Füßen über den Erdboden kroch und die Gesichter der schlafenden Männer prüfend anschaute.

»Manali, wo sind Sie?«

»Wer ist da?« fragte Sebastian leise. Ein Mann kam herbeigehuscht.

»Ich bin es, Mohammed.«

»Mohammed?« Sebastian war beunruhigt. »Warum bist du hier? Du solltest doch bei Fini im Lager am Abati sein.«

»Fini ist tot.« Mohammed flüsterte so leise, daß Sebastian meinte, er habe nicht richtig verstanden.

»Was? Was hast du gesagt?«

»Fini ist tot. Die Allemands kamen mit den Stricken. Sie haben ihn an einem Fieberbaum beim Abati aufgehängt, und als er tot war, haben sie ihn den Vögeln überlassen.«

»Was redest du da?«

»Es ist wahr«, klagte Mohammed. »Ich habe es selbst gesehen, und als die Allemands verschwunden waren, habe ich den Strick durchgeschnitten und ihn runtergeholt. Ich habe ihn in meine Decke eingewickelt und ihn im Bau eines Ameisenbären begraben.«

»Tot? Flynn ist tot? Das kann nicht wahr sein!«

»Es ist wahr, Manali.« Im Schein des Lagerfeuers sah Mohammeds Gesicht alt, verbraucht und hager aus. Er befeuchtete seine Lippen. »Das ist noch nicht alles, Manali. Es gibt noch mehr zu erzählen.«

Aber Sebastian hörte ihm nicht zu. Er versuchte seinen Verstand zu zwingen, die Tatsache von Flynns Tod zur Kenntnis zu nehmen, aber er weigerte sich. Er wollte das Bild nicht wahrhaben, wie Flynn in der Schlinge hing; wie der Strick in seine Kehle geschnitten hatte ... das Gesicht geschwollen, purpurrot. Flynn, in eine schmutzige Decke gewickelt und im Bau eines Ameisenbären verscharrt ... Flynn tot? Nein! Flynn war zu groß, zu vital – sie konnten Flynn nicht umbringen.

»Manali, hören Sie mir zu.«

Sebastian schüttelte abwesend den Kopf; er wollte es nicht wahrhaben. Es konnte nicht wahr sein.

»Manali, die Allemands haben *Little Long Hair* mitgenommen. Sie haben sie mit Seilen gefesselt und mitgenommen.«

Sebastian fuhr hoch, als hätte er einen Schlag ins Gesicht bekommen.

»Nein!«

»Sie haben Rosa heute früh gefangengenommen, als sie zu Fini ging. Sie haben sie im kleinen Boot den Fluß hinabgefahren, und jetzt ist sie auf dem großen Schiff der Allemands.«

»*Blücher*? Rosa auf der *Blücher*?«

»Ja. Dort ist sie.«

»Nein. O Gott, nein!«

In fünf Stunden sollte die *Blücher* in die Luft fliegen. In fünf Stunden mußte Rosa also sterben. Sebastian starrte hinaus in die Nacht, sein Blick wanderte den Kanal hinunter, wo die *Blücher* kaum eine halbe Meile entfernt vor Anker lag. Die abgeschirmten Laternen auf dem Hauptdeck des Kreuzers warfen ein schwaches Licht aufs Wasser. Aber ihre Umrisse waren vor der dunklen Mangrovenwand nicht zu erkennen. Zwischen Schiff und Insel war der Kanal, eine samtglatte schwarze Fläche, auf der die Sterne sich wie einsame Edelsteine spiegelten.

»Ich muß zu ihr«, sagte Sebastian. »Ich kann sie dort nicht allein sterben lassen.« Seine Stimme gewann an Stärke und Entschlossenheit. »Ich kann sie nicht sterben lassen. Ich werde den Deutschen erzählen, wo sie die Sprengladung finden können – ich werde ihnen erzählen ...« Plötzlich war er unsicher geworden. »Ich kann es nicht. Nein, ich kann es nicht. Ich bin doch kein Verräter, aber, aber ...«

Er schälte sich aus seinem Umhang.

»Mohammed, wie bist du hierher gekommen? Mit dem Kanu? Wo ist dein Kanu, Mohammed?«

Mohammed schüttelte den Kopf. »Mein Vetter brachte mich mit dem Kanu hierher, aber nun ist er wieder weggefahren. Wir konnten das Kanu nicht hierlassen, sonst hätten die Askaris es gefunden. Sie hätten das Kanu gesehen.«

»Auf der Insel ist kein einziges Boot – gar nichts«, murmelte Sebastian. Die Deutschen sorgten dafür, daß keiner fliehen konnte. Jede Nacht wurden die Arbeitskräfte auf der Insel ausgesetzt, und die Askaris patrouillierten am schlammigen Ufer.

»Mohammed, hör jetzt genau zu.« Sebastian legte dem alten Mann seine Hand auf die Schulter. »Du bist mein Freund. Ich danke dir, daß du gekommen bist und mir alles erzählt hast.«

»Gehen Sie zu *Little Long Hair*?«

»Ja.«

»Gehen Sie in Frieden, Manali.«

»Nimm du meinen Platz hier ein, Mohammed. Wenn die Wachtposten morgen früh nachzählen, stellst du dich für mich hin.« Sebastian packte ihn fest an der knochigen Schulter. »Friede sei mit dir, Mohammed.«

Sebastian verschwand in der Dunkelheit. Er duckte sich unter die Zweige eines Pampastrauches, und der patrouillierende Askari stieß ihn im Vorübergehen beinahe an. Der Mann hatte das Gewehr mit dem Lauf nach oben übergehängt. Das ständige Patrouillieren hatte einen Pfad ausgetreten, und der Wachtposten schritt mechanisch auf ihm entlang. Er schlief halb im Gehen und nahm Sebastians Anwesenheit überhaupt nicht wahr. Ab und zu stolperte er im Finstern, fluchte und ging weiter.

Sebastian überquerte den Pfad auf Händen und Füßen, dann legte er sich auf den Bauch und glitt wie ein Reptil zum Ufer. Wenn er aufrecht gegangen wäre, hätte der Schlamm an seinen Füßen derartige Geräusche verursacht, daß jeder Wachtposten im Umkreis von hundert Metern ihn hören mußte.

Der Schlamm klebte ihm kalt, eklig und ölig an Brust, Bauch und Beinen, und ein übler Geruch stieg ihm so in die Nase, daß er würgen mußte. Doch schon war er im Wasser. Es hatte Körperwärme; er spürte den Sog der Strömung und verlor den Halt unter seinen Füßen. Er schwamm vorsichtig, und sorgsam darauf bedacht, daß man ihn nicht vorzeitig entdeckte. Nur sein Kopf ragte aus dem Wasser, und Sebastian spürte beim Schwimmen, wie der Schlamm von seinem Körper gewaschen wurde. Er ließ sich von den schwachen Lichtern der *Blücher* leiten. Er schwamm langsam und sparte seine Kräfte, denn er wußte, daß er sie bald brauchen würde.

Sein Denken durchforschte mehrere Bewußtseinsschichten. In der untersten Schicht fand er eine lauernde, unbestimmte Angst vor dem dunklen Wasser, in dem er schwamm; seine Beine waren den Krokodilen ausgesetzt, die den Rufiji bevölkerten. Die Strömung mußte seine Witterung zu ihnen tragen. Bald würden sie kommen und Jagd auf ihn machen. Aber er behielt den ruhigen Schlag seiner Arme und Beine bei. Das war ein Risiko – eines der vielen Risiken, die er auf sich nahm, und er versuchte, nicht daran zu denken und sich lieber mit der praktischen Seite seines Unterfangens zu beschäftigen. Wenn er die *Blücher* erreichte – wie sollte er an Bord kommen? Ihre Seitenwände waren fünfzig Fuß hoch, die Fallreeps boten den einzigen Zugang. Sie wurden schwer bewacht. Das war ein Problem, für das er keine Lösung wußte, und es beunruhigte ihn sehr.

Darüber lag eine dicke Schicht hoffnungsloser Trauer. Trauer um Flynn. Die oberste Schicht jedoch war die dickste und stärkste: Rosa, Rosa und immer wieder Rosa. Überrascht stellte er fest, daß er ihren Namen laut aussprach.

»Rosa!« bei jeder Schwimmbewegung.

»Rosa!« bei jedem Atemholen.

»Rosa!« beim Anblick der immer größer werdenden *Blücher*.

Er hatte keine Ahnung, was er tun sollte, wenn er sie tatsächlich erreichte. Vielleicht hatte er eine unbestimmte Vorstellung, wie er mit Rosa entkommen, wie er sich mit ihr davonmachen könnte, wenn das Schiff im Flammenmeer aufging. Er hatte keinerlei Ahnung, und dennoch schwamm er in aller Ruhe weiter. Und da war er plötzlich am Ziel. Die riesige Stahlmasse versperrte ihm den Blick auf den sternenklaren Nachthimmel. Er hörte auf zu schwimmen und ließ sich vom Wasser tragen, den Blick zum Deck emporgerichtet.

Er hörte einige Geräusche: das Summen der Maschinen im Schiffsinneren; das gedämpfte Aufschlagen von Metall auf Metall; das leise gutturale Stimmengewirr auf dem Umgang; das Aufsetzen eines Gewehrkolbens auf dem Deck; das verhaltene Klatschen des Wassers am Rumpf, dann ein ganz deutliches Geräusch – nämlich ein regelmäßiges Knarren und Klopfen.

Auf der Suche nach dem Ursprung dieses seltsamen Geräusches schwamm er auf den Rumpf zu. Es kam aus der Buggegend, dieses Knarren und Klopfen. Das Knarren von Seilen, das Klopfen von Holz, wenn es gegen den stählernen Rumpf schlug. Dann sah er es genau über seinem Kopf. Er stieß beinahe einen Freudenschrei aus.

Die Trapeze! Die Gerüste, auf welchen die Schweißer und die Maler gearbeitet hatten – sie waren noch da!

Er hielt sich an einer Holzkante fest und zog sich am ersten Gerüst hoch. Er ruhte einige Sekunden aus, dann kletterte er am Seil empor. Hand über Hand, das Seil zwischen den bloßen Füßen, kletterte er hinauf.

Sein Kopf war bereits in Höhe des Decks. Er blickte, am Seil hängend, vorsichtig um sich. Fünfzig Meter entfernt sah er zwei Matrosen am Umgang. Keiner schien ihn bemerkt zu haben.

In gewissen Abständen warfen die abgeschirmten Laternen Inseln aus gelbem Licht aufs Deck, aber zwischen ihnen lagen dunkle Schatten. Es war dunkel am Fuße der vorderen Geschütztürme, und auf dem Deck lag eine Menge Baumaterial. Schweißgeräte, Seile und Segeltuch waren vorhanden, so daß er sich mühelos verstecken konnte.

Er schaute noch einmal hinüber zu den beiden Wachtposten am Umgang. Sie hatten ihm den Rücken zugekehrt.

Sebastian atmete tief ein und bereitete sich auf den nächsten Schritt vor. Dann zog er sich mit einer fließenden Bewegung hoch und ließ sich über die Reling rollen. Er landete geräuschlos auf den Beinen und rannte über das freiliegende Deck in den Schatten.

Er kroch hinter die Leinwandballen und holte noch einmal Luft. Er fühlte, daß seine Beine heftig zitterten. Wasser lief ihm vom Schädel über Stirn und Augen. Er wischte es ab.

Was jetzt? Er war nun auf der *Blücher.* Aber was sollte er als nächstes tun?

Wo mochte Rosa untergebracht sein? Gab es irgendeinen Raum für Gefangene? Ob sie in einer Offizierskabine war? Oder in der Krankenstation? Diese befand sich irgendwo unter dem vorderen Magazin – o Gott! Wenn man sie dorthin geschafft hatte, war sie in unmittelbarer Nähe des Explosionsherdes.

Er kniete sich hin und spähte über den Segeltuchhaufen. Es war jetzt schon ziemlich hell. Durch den Schleier des Tarnnetzes konnte er sehen, daß der Nachthimmel im Osten bereits blasser wurde. Es dauerte nicht mehr lange bis zur Morgendämmerung. Die Nacht war so schnell vorübergegangen, der Morgen war im Kommen, und es blieben nur noch wenige Stunden, bis die Zeiger des Reiseweckers ihren Weg vollendet hatten und die elektrische Verbindung herstellten, die das Schicksal der *Blücher* besiegeln würde – und das Schicksal all dieser Menschen an Bord.

Er mußte sich beeilen. Er erhob sich langsam, und dann erstarrte er. Die Wachtposten auf dem Umgang hatten Haltung angenommen. Stramm standen sie da, und eine große weißgekleidete Gestalt trat hervor.

Er war leicht zu erkennen. Es war der Offizier, den Sebastian zuletzt im vorderen Magazin gesehen hatte. Kyller – so hatten sie ihn genannt. Ja, Leutnant Kyller.

Kyller erwiderte den Gruß der beiden Wachtposten und sprach eine Weile mit ihnen. Ihre Stimmen waren leise und unverständlich. Kyller grüßte, dann ging er weiter. Er stieg hinunter aufs Deck und ging nach vorn; er schritt schnell aus. Sein Gesicht war durch den Mützenschirm halb verdeckt.

Sebastian duckte sich wieder, nur seine Augen schweiften aufmerksam über den Segeltuchhaufen hinweg. Er beobachtete den Offizier, und er hatte Angst.

Kyller blieb plötzlich stehen. Er bückte sich, besah sich den Boden, richtete sich wieder auf und griff an die Pistolentasche.

»Wache!« rief er. »Hierher! Aber schnell!«

Auf den blankgescheuerten Planken glänzten die nassen Fußabdrücke, die Sebastian hinterlassen hatte. Kyllers Blick folgte der Richtung, in die sie liefen, und blieb direkt bei Sebastians Versteck haften.

Die beiden Wachtposten polterten schwerfällig daher. Sie hatten ihre Gewehre von den Schultern genommen und liefen auf Kyller zu.

»Irgend jemand ist hier an Bord gekommen. Schwärmen Sie aus und suchen Sie . . .« rief Kyller, während er sich Sebastians Versteck bedrohlich näherte.

Sebastian verlor die Nerven. Er sprang auf und lief los; er versuchte, die Ecke des Geschützturms zu erreichen.

»Da ist er!« schrie Kyller. »Stehenbleiben! Stehenbleiben – oder ich schieße.«

Sebastian lief weiter. Er stürmte voran, seine Ellbogen holten weit aus, sein Kopf war gesenkt, seine bloßen Füße klatschten auf die Planken bei der verzweifelten Suche nach einem zweiten Versteck.

»Stehenbleiben!« Kyller stand auf den Fußballen, die Beine gespreizt, die rechte Schulter vorgestreckt und den rechten Arm in der klassischen Haltung eines meisterhaften Pistolenschützen hochgestreckt. Der Arm senkte sich langsam, und dann flog er ruckartig in die Höhe, als sich der Schuß aus seiner Luger in einem gelben Feuerball entlud.

Die Kugel schlug gegen die Panzerung des Turms und wurde zu einem jaulenden Querschläger.

Sebastian spürte den Luftzug der Kugel am Kopf, und er sprang zur Seite. Er war jetzt ganz dicht beim Turm, genauer, es fehlte ihm nur noch ein einziger Satz.

Dann krachte Kyllers nächster Schuß durch die Nacht. Im selben Augenblick spürte Sebastian einen schweren Schlag unter dem linken Schulterblatt. Aus dem Gleichgewicht gebracht, taumelte er gegen den Turm; seine Hände griffen nach dem glatten Stahl, aber sie fanden keinen Halt. Sein Körper preßte sich an den Turm. Blut schoß aus der Wunde, welche die Kugel in seine Brust gerissen hatte.

Die Beine gaben unter ihm nach, und er sank langsam zu Boden. Aber immer noch suchten seine verkrampften Finger einen Halt, und als seine Knie das Deck berührten, verharrte er wie in inbrünstigem Gebet, die Stirn gegen den Turm gelehnt und die hoch erhobenen Arme ausgebreitet.

Dann fielen die Arme herab. Er glitt seitlich zu Boden und brach vollends zusammen.

Kyller trat heran und beugte sich über ihn. Die Pistole hing schlaff in seiner Hand.

»O mein Gott.« In Kyllers Stimme lag echtes Bedauern. »Das ist ja nur ein Träger. Warum mußte der Narr auch laufen! Ich hätte nicht geschossen, wenn er stehengeblieben wäre.«

Sebastian wollte ihn fragen, wo Rosa war. Er wollte erklären, daß Rosa seine Frau war, daß er sie liebte und daß er gekommen war, um sie zu retten.

Er konzentrierte seinen Blick auf Kyllers Gesicht, raffte sein Schuldeutsch zusammen und formte die Sätze in seinem Kopf.

Aber als er den Mund aufmachte, stieg ihm das Blut in die Kehle und drohte ihn zu ersticken. Er hustete, würgte, und das Blut sprudelte in rosigem Schaum über die Lippen.

»Lungenschuß!« stellte Kyller fest. Dann rief er den beiden Wachtposten zu: »Holt eine Trage! Beeilt euch! Wir müssen ihn in die Krankenstation schaffen.«

81

In der Krankenstation der *Blücher* gab es zwölf Kojen, sechs auf jeder Seite der engen Kabine. In acht von ihnen lagen deutsche Matrosen; fünf Malariafälle, und drei Leute, die sich bei den Reparaturarbeiten am Bug verletzt hatten.

Rosa Oldsmith lag in der letzten Koje bei der Tür. Sie lag hinter einem Wandschirm, und davor stand ein Wachtposten. Er trug eine Pistole und war in ein Magazin vom vorigen Jahr vertieft, auf dessen Umschlag eine vollbusige Blondine in schwarzem Korsett und hohen Stiefeln, die Reitgerte schwingend, abgebildet war.

Die Kabine war hell erleuchtet und roch nach Desinfektionsmitteln. Ein Malariafall lag im Delirium; er lachte und schrie. Der Sanitäter ging mit einem Metalltablett zwischen den Kojen einher und verabreichte die morgendliche Chininzuteilung. Es war fünf Uhr früh.

Rosa hatte während der Nacht nur zeitweilig geschlafen. Sie lag auf ihren Decken und trug einen gestreiften Frotteemorgenrock über dem blauen Flanellnachthemd. Der Morgenrock war ihr viel zu groß, und sie hatte die Ärmel hochgerollt. Ihr Haar lag lose auf dem Kissen; an den Schläfen war es schweißnaß. Ihr Gesicht war bleich und eingesunken; ihre Augen waren vor Erschöpfung blau umrändert, und in ihrer Schulter verspürte sie einen dumpfen Schmerz. Er kam von Fleischers Schlag.

Jetzt war Rosa wach. Sie starrte hinauf zur niedrigen Kabinendecke und rief sich die ereignisreichen Einzelheiten der letzten vierundzwanzig Stunden ins Gedächtnis zurück.

Sie erinnerte sich an das Gespräch mit Kapitän von Kleine. Er hatte ihr in seiner luxuriös eingerichteten Kabine gegenübergesessen; sein Benehmen war freundlich, seine sanfte Stimme sprach die englischen Wörter ein wenig verzerrt und ziemlich hart aus; im übrigen sprach er gutes Englisch.

»Wann haben Sie zum letztenmal gegessen?« fragte er.

»Ich habe keinen Hunger«, erwiderte sie und machte keinen Versuch, ihren Haß zu verbergen. Alle haßte sie, alle – auch diesen gutaussehenden freundlichen Herrn, den hochgewachsenen Leutnant, der neben ihm stand, und Hermann Fleischer, der ihr in der Kabine mit gespreizten Knien gegenübersaß, um Platz für seinen Hängebauch zu schaffen.

»Ich werde etwas zu essen kommen lassen.« Von Kleine setzte sich über ihre Einwände hinweg und klingelte dem Steward. Als das Essen kam, konnte sie ihren Hunger nicht verleugnen und aß, wobei sie sich bemühte, kein Anzeichen von Genuß zu zeigen. Wurst und Pökelfleisch waren in der Tat vorzüglich; schließlich hatte sie seit gestern mittag nichts gegessen.

Von Kleine war höflich genug, sich in eine Plauderei mit Kyller einzulassen, bis sie gegessen hatte, aber als der Steward das leere Tablett abgeräumt hatte, wandte er sich wieder Rosa zu.

»Herr Fleischer hat mir erzählt, daß Sie die Tochter von Major O'Flynn sind, dem Kommandeur der portugiesischen Partisanen, die auf deutschem Hoheitsgebiet ihr Unwesen treiben?«

»Ich war es, bis er erhängt, ja – bis er ermordet wurde! Er war verletzt und hilflos. Sie haben ihn auf einer Trage festgebunden . . .« Rosa hatte Tränen in den Augen, als sie ihm einen wütenden Blick zuwarf.

»Ja«, sagte von Kleine. »Ich weiß. Ich bin auch nicht glücklich darüber. Aber das ist eine Angelegenheit zwischen mir und Kommissar Fleischer. Ich kann nur sagen, daß es mir leid tut. Ich darf Ihnen mein Beileid aussprechen.« Er legte eine Pause ein und warf einen Blick auf Hermann Fleischer. Rosa konnte seinem zornigen Blick entnehmen, daß er seine Worte ernst meinte.

»Aber jetzt muß ich Ihnen doch ein paar Fragen stellen . . .«

Rosa hatte sich ihre Antworten zurechtgelegt, denn sie wußte, was er sie fragen würde. Sie antwortete offen und wahrheitsgemäß auf alles, das keine Gefahr für Sebastians Plan, eine Zeitbombe auf der *Blücher* anzubringen, beinhaltete.

»Was taten Sie und Flynn zum Zeitpunkt Ihrer Gefangennahme?« Sie überwachten die *Blücher*. Sie warteten darauf, ihre Abfahrt den Blockadekreuzern zu melden. Oder: »Woher wußten die Briten, daß die *Blücher* im Rufiji war?« Die Stahlplatten natürlich. Dann kam eine Bestätigung durch Lufterkundung. Oder: »Hatten Sie Angriffspläne gegen die *Blücher*?« – Nein, sie wollten die Abfahrt abwarten. Oder: »Wie stark ist das Blockadegeschwader?« – Zwei Kreuzer, die sie gesehen hatte; sie wußte nicht, ob noch weitere Kriegsschiffe irgendwo warteten . . .

Von Kleine formulierte seine Fragen sorgfältig und hörte ihren Antworten aufmerksam zu. Die Befragung dauerte eine Stunde, bis Rosa lauthals gähnte, und ihre Stimme vor Erschöpfung versagte. Von Kleine sah ein, daß nichts mehr aus ihr herauszuholen war; alles, was sie ihm erzählt hatte, wußte er bereits, oder er hatte es vermutet.

»Ich danke Ihnen«, sagte er zum Schluß. »Ich werde Sie auf meinem Schiff behalten. Es wird gefährlich sein, denn ich werde bald auslaufen und mich den britischen Kriegsschiffen stellen.

Aber ich glaube, daß es besser für Sie ist, als wenn ich Sie den deutschen Behörden an Land ausliefere.« Er zögerte einen Augenblick und warf einen Blick auf Kommissar Fleischer. »In jeder Nation gibt es böse Menschen, Narren und Barbaren. Beurteilen Sie uns bitte nicht alle nach einem Mann dieses Typs . . .«

Voller Abscheu über ihren eigenen Verrat, mußte Rosa feststellen, daß sie diesen Mann nicht hassen konnte. Ein müdes Lächeln verzog ihren Mund, als sie ihm antwortete.

»Sie sind sehr freundlich.«

»Leutnant Kyller wird Sie in die Krankenstation begleiten. Es tut mir leid, daß ich Ihnen keine bessere Unterkunft zu bieten habe, aber dieses Schiff ist voll belegt.«

Als sie weg war, zündete von Kleine eine Zigarre an, und während er ihren beruhigenden Duft einatmete, ruhten seine Augen auf dem Porträt der beiden blonden Frauen an der Wand. Dann richtete er sich in seinem Sessel auf, und seine Stimme hatte nichts mehr von der Zuvorkommenheit an sich, als er den Mann ansprach, der sich auf dem Sofa räkelte.

»Herr Fleischer, es fällt mir schwer, Ihnen gegenüber mein außerordentliches Mißfallen über Ihre Behandlung dieser Angelegenheit zum Ausdruck zu bringen . . .«

Nach einer unruhigen Nacht lag Rosa auf dem Krankenbett hinter dem Wandschirm und dachte an ihren Mann. Wenn alles gutgegangen war, mußte Sebastian jetzt die Zeitbombe angebracht haben und in Sicherheit sein. Vielleicht war er bereits auf dem Wege zum Treffpunkt am Abati. Wenn dem so war, dann würde sie ihn nie wiedersehen. Das war ihr einziger Kummer. Sie mußte an ihn in seiner komischen Verkleidung denken, und sie lächelte melancholisch. Mein liebster Sebastian . . . Ob er je erfahren würde, was ihr zugestoßen war? Ob er eines Tages wissen wird, daß sie mit denen gestorben war, die sie haßte? Sie hoffte, daß er es nie erfuhr – daß er sich nie mit dem Wissen quälen mußte, daß er es war, der eigenhändig ihren Tod herbeigeführt hatte.

Ich wünschte, ich könnte ihn wenigstens einmal noch sehen, um ihm zu sagen, daß mein Sterben unerheblich im Vergleich zum Sterben von Hermann Fleischer ist, abgesehen von der Zerstörung des deutschen Kriegsschiffes. Ich wünsche mir nur, daß ich alles sehen kann, wenn es soweit ist. Ich wünschte, es gäbe eine Möglichkeit, die genaue Zeit der Explosion zu wissen, damit ich Hermann Fleischer eine Minute vorher Bescheid sagen kann, wenn es zu spät für ihn ist, zu entkommen. Ich möchte sein Gesicht sehen. Vielleicht wird er heulen, vielleicht wird er vor Angst schreien? Ich hätte meine Freude dran – wahrhaftig ...

Ihr Haß war so stark, daß sie nicht länger stilliegen konnte. Sie richtete sich auf und verknotete den Gürtel ihres Morgenrocks um ihre Taille. Sie spürte eine große Erleichterung. Heute würde es sein – dessen war sie ganz sicher –, irgendwann heute, daß sie diesen verzehrenden Rachedurst stillen konnte, der sie so lange gequält hatte.

Sie schwang ihre Beine über die Koje und schob den Wandschirm zur Seite. Der Wachtposten ließ seine Lektüre fallen. Er erhob sich von seinem Stuhl; seine Hand griff zur Pistole.

»Ich tue Ihnen nichts ...« Rosa lächelte ihn an. »Noch nicht!«

Sie zeigte auf die Tür, die in den kleinen Waschraum und zur Toilette führte. Der Wachtposten beruhigte sich und gab nickend seine Zustimmung. Er folgte ihr.

Rosa ging langsam zwischen den Kojen hindurch und musterte die Gesichter der Kranken.

»Ihr alle!« dachte sie glücklich. »Ihr alle kommt dran.«

Sie legte den Riegel vor und war allein im Waschraum. Sie zog sich aus und schaute in den Spiegel. Sie betrachtete das Bild, das dieser Spiegel zeigte. Ein großer blauer Fleck zog sich vom Hals hinab bis zur weißen Wölbung ihrer rechten Brust. Sie berührte die Stelle zärtlich mit den Fingerspitzen.

»Hermann Fleischer.« Triumphierend sprach sie den Namen aus. »Heute – das verspreche ich dir. Heute wirst du sterben.«

Und dann auf einmal weinte sie.

»Ich möchte, daß du verbrennst, wie mein Baby verbrannt ist – ich möchte, daß du erstickst und am Strick hängst wie mein

Vater.« Dicke Tränen liefen ihr über die Wangen und tropften ins Waschbecken. Sie fing an zu schluchzen. Es war ein trockenes, krampfhaftes Wimmern vor Kummer und Haß. Blindlings trat sie unter die Dusche und drehte beide Hähne voll auf, damit das Wasserrauschen ihr Weinen übertönte. Sie wollte nicht, daß man es hörte.

Später, als sie Gesicht und Körper gewaschen, ihre Haare gekämmt und sich wieder angekleidet hatte, schloß sie die Tür auf und trat hinaus. Sie blieb auf der Schwelle stehen und bemühte sich, durch die geschwollenen Augen wahrzunehmen, was da in der Krankenstation vor sich ging.

Sie war voller Menschen. Der Chefarzt war da, außerdem zwei Sanitäter, vier deutsche Matrosen und der junge Leutnant. Sie alle umringten eine Trage, die soeben hereingebracht wurde. Auf der Trage lag ein Mann; sie konnte seine Umrisse unter der grauen Decke erkennen, aber Leutnant Kyllers Gestalt verdeckte sein Gesicht. Auf der Decke waren Blutflecken, auch der Ärmel von Kyllers weißer Uniformjacke war blutverschmiert.

Sie ging an der Kabinenwand entlang und drehte ihren Kopf so, daß sie Kyller nicht anzusehen brauchte. Aber im selben Moment beugte sich einer der Sanitäter vor, um den Mund des Mannes auf der Trage mit einem weißen Tuch abzuwischen. Das Tuch bedeckte das Gesicht des Verwundeten. Helles Blut drang durch den Stoff, und bei seinem Anblick wurde es Rosa schlecht. Sie wandte ihren Blick ab und schlich sich zu ihrer Koje am Ende der Kabine. Sie hatte den Wandschirm erreicht, als jemand hinter ihr stöhnte. Es war ein leises Stöhnen, und Rosa blieb lauschend stehen. Ihr war, als wüchse in ihrer Brust etwas, das sie zu ersticken drohte. Langsam und angstvoll wandte sie sich um.

Sie hoben den Mann von der Trage, um ihn in eine Koje zu legen. Sein Kopf rollte zur Seite, und unter der Farbe aus Rindensaft erkannte Rosa das heißgeliebte Antlitz.

»Sebastian!« schrie sie und lief zu ihm. Sie zwängte sich an Kyller vorbei, warf sich über den Körper unter der Decke und versuchte, ihn zu umarmen.

»Sebastian! Was haben sie dir angetan?«

82

»Sebastian! Sebastian!« Rosa beugte sich über ihn und legte ihren Mund an sein Ohr.

»Sebastian!« Sie rief seinen Namen leise, eindringlich. Dann berührte sie seine Stirn mit den Lippen. Die Haut war kalt und feucht. Er lag auf dem Rücken; die Bettücher waren bis zu den Hüften zurückgeschlagen. Seine Brust war dick verbunden, und sein Atem kam stoßweise und röchelnd.

»Sebastian. Rosa ist hier. Deine Rosa ist hier. Wach auf, Sebastian. Wach auf, deine Rosa ist hier.«

»Rosa?« Endlich schien er zu begreifen. Er flüsterte ihren Namen unter Schmerzen, und ein frischer Blutstrom ergoß sich über seine Lippen.

Rosa war am Rande der Verzweiflung. Eine Ewigkeit hatte sie bei ihm gesessen. Seit der Chefarzt mit dem Versorgen der Wunde fertig war, hatte sie bei ihm gesessen – hatte ihn gestreichelt, hatte seinen Namen gerufen. Dies war das erste Anzeichen, daß er sie erkannt hatte.

»Ja! Ja! Ich bin es, Rosa. Wach auf, Sebastian.« Erleichtert erhob sie ihre Stimme.

»Rosa?«

»Wach auf.« Sie kniff ihm in die kalte Wange, und er verzog das Gesicht. Seine Lider öffneten sich flatternd.

»Rosa?« Ein flacher, rasselnder Atemzug.

»Hier, Sebastian. Hier bin ich.« Seine Augen rollten in ihren Höhlen und suchten und bemühten sich verzweifelt, sie zu erkennen.

»Hier«, sagte sie, beugte sich über ihn und nahm sein Gesicht in ihre Hände. Sie schaute ihm in die Augen.

»Hier, mein Geliebter. Hier.«

»Rosa!« Seine Lippen verzogen sich zur Andeutung eines Lächelns.

»Sebastian, hast du die Bombe angebracht?«

Seine Atemzüge veränderten ihren Rhythmus, wurden rauher, und sein Mund verzog sich vor übergroßer Anstrengung.

»Sag es ihnen«, flüsterte er.

»Was soll ich ihnen sagen?«

»Sieben. Müssen sie abstellen.«

»Sieben Uhr?«

»Möchte nicht – daß du ...«

»Wird sie um sieben Uhr explodieren?«

»Du ...« Die Anstrengung war zu viel für ihn, und er mußte husten.

»Sieben Uhr? Stimmt das, Sebastian?«

»Du wirst ...« Er kniff seine Augen zu und legte seine ganze Kraft in die Anstrengung, zu sprechen. »Bitte. Du sollst nicht sterben. Stell sie ab.«

»Hast du sie auf sieben Uhr eingestellt?« Ungeduldig drehte sie seinen Kopf zu sich herum. »Sag es mir, um Gottes willen!«

»Sieben Uhr. Sag es ihnen – sag es ihnen.«

Sie hielt immer noch seinen Kopf, während sie auf die Uhr hoch oben an der Wand der Krankenstation schaute.

Auf dem weißen Zifferblatt zeigten die verschnörkelten schwarzen Zeiger auf fünfzehn Minuten vor sieben.

»Du darfst nicht sterben, bitte, du darfst nicht sterben«, murmelte Sebastian.

Sie hörte kaum sein schmerzersticktes Flehen. Ein leidenschaftlicher Triumph brandete in ihr empor – so wußte sie denn Zeit und Stunde. Genau auf die Minute. Jetzt konnte sie Hermann Fleischer kommen lassen und ihn bei sich haben.

Behutsam legte sie Sebastians Kopf zurück aufs Kissen. Auf dem Tisch unter der Uhr hatte sie Block und Bleistift zwischen den Flaschen, Krügen und Tabletts mit Instrumenten gesehen. Sie ging zu dem Tisch und schrieb unter den mißtrauischen Augen des Wachtpostens eine kurze Notiz.

Herr Kapitän,
mein Mann ist bei Bewußtsein. Er hat eine Nachricht von lebenswichtiger Bedeutung für Kommissar Fleischer. Er will mit niemand anderem als Kommissar Fleischer sprechen. Die Nachricht könnte Ihr Schiff retten.

Rosa Oldsmith

Sie faltete das Blatt Papier zusammen und schob es dem Wachtposten in die Hand.

»Für den Kapitän, verstehen Sie?«

»Kapitän«, wiederholte der Wachtposten. »Jawohl.« Er ging zur Tür der Krankenstation. Sie sah, wie er mit dem zweiten Wachtposten vor der Tür sprach und ihm den Zettel übergab.

Rosa sank auf die Kante von Sebastians Koje. Sie strich ihm zärtlich mit der Hand über den geschorenen Kopf. Unter ihren Fingern fühlte sie die Stoppeln starr und stachelig.

»Wart auf mich. Ich komme mit dir, mein Geliebter. Wart auf mich.«

Aber er hatte schon wieder das Bewußtsein verloren. Sie streichelte ihn zärtlich und summte leise vor sich hin. Glücklich lächelnd wartete sie darauf, daß der Minutenzeiger zum Zenit des Zifferblatts kroch.

83

Captain Arthur Joyce hatte persönlich das Anbringen der Sprengladungen für eine Versenkung überwacht. Vielleicht hatte vor langer Zeit ein anderer Mann das gleiche Gefühl wie er gehabt – als dieser seinen Auftrag aus dem brennenden Dornbusch hörte und wußte, daß er zu gehorchen hatte.

Die Ladungen waren klein, aber so, wie sie an zwanzig Stellen direkt unter der Außenwand lagen, würden sie die *Renounce* glatt in Stücke reißen. Das wasserdichte Schott war geöffnet worden, damit das Wasser ungehindert einströmen konnte. Alle Magazine waren geflutet worden, um die Gefahr einer Explosion zu vermindern. Die Feuer waren gedrosselt, und auf den Kesseln behielt er gerade so viel Dampf, daß die *Renounce* ihre letzte Reise in den Rufiji-Kanal antreten konnte.

Die Besatzung hatte den Kreuzer verlassen. Nur zwanzig Mann waren an Bord geblieben.

Joyce wollte versuchen, die Baumsperre zu durchbrechen, sein

Schiff durch das Minenfeld zu führen und es weiter oben zu versenken, wo sich die Doppelmündung zu einer einzigen Durchfahrt vereinigte.

Wenn er Glück hatte, dann konnte er die *Blücher* wirksam blockieren, und nur ein Schiff mußte geopfert werden.

Wenn er aber Pech hatte? Wenn die *Renounce* im Minenfeld sank, ehe sie den Zusammenfluß der beiden Kanäle erreichte, dann mußte Armstrong mit der *Pegasus* hereinfahren und sie ebenfalls versenken. Joyce saß vornübergebeugt auf einem Hocker mit Segeltuchbezug und blickte hinaus aufs Land; er sah die grüne Küste Afrikas, die von der Morgensonne mit goldenem Licht überflutet wurde.

Die *Renounce* fuhr parallel zur Küste, fünf Meilen vom Ufer entfernt. Hinter ihr folgte die *Pegasus* wie ein Trauergeleit.

»Sechs Uhr fünfundvierzig, Sir.« Der wachhabende Offizier grüßte.

»Also dann.« Joyce erhob sich. Bis zu diesem Augenblick hatte er noch Hoffnung gehabt. Jetzt war die Zeit gekommen, und die *Renounce* mußte sterben.

»Signalgast.« Er sprach mit ruhiger Stimme. »Geben Sie der *Pegasus* das Signal *Plan A läuft an.*« Dies war das verabredete Zeichen, daß die *Renounce* sich zur Fahrt in den Kanal fertig machte. »Halten Sie sich zur Bergung von Überlebenden bereit.«

»*Pegasus* bestätigt den Empfang, Sir.«

Joyce war froh, daß Armstrong keine alberne Botschaft – etwa »viel Glück« – übermittelt hatte. Eine knappe Empfangsbestätigung, mehr war nicht vonnöten.

»All right, Lotse«, befahl er. »Schleusen Sie uns bitte hinein.«

84

Es war ein schöner Morgen, und die See war glatt. Der Captain des Begleitzerstörers wünschte, es wäre nicht so; er hätte jetzt gern ein Dienstjahr für eine Woche mit Nebel und Regen geopfert.

Während sein Schiff an den Transportern vorbeifuhr, um dem Dampfer am Ende der Kolonne eine Rüge dafür zu verpassen, daß er seine Position nicht genau einhielt, schaute er auf den westlichen Horizont. Die Sicht war ausgezeichnet, ein deutscher Ausguck konnte diesen Geleitzug aus dicken und trägen Transportern auf eine Entfernung von dreißig Meilen ausmachen.

Zwölf Schiffe – fünfzehntausend Mann – und die *Blücher* konnte auf der Lauer liegen. Jeden Moment konnte sie mit aufflammenden 21-cm-Geschützen über dem Horizont auftauchen. Der Gedanke daran ließ ihn erschaudern. Er sprang auf und trat ans Backbordgeländer seiner Brücke, um den Geleitzug mit einem finsteren Blick zu beobachten.

Nahebei stampfte ein Transporter. Auf dem Achterdeck spielten sie Kricket. Er sah, wie ein sonnengebräunter südafrikanischer Hüne, nur mit kurzen Khakihosen bekleidet, den Schläger schwang. Er konnte genau hören, wie er den Ball traf. Der Ball stieg in die Höhe und fiel mit einem kleinen Aufklatschen ins Meer.

»Oh, ein guter Schlag, Sir!« applaudierte ein Lieutenant.

»Dies ist nicht die Ehrenloge in Lords, Mr. Parkinson«, herrschte der Zerstörer-Kommandant ihn an. »Wenn Sie nichts anderes zu tun haben, kann ich Ihnen Arbeit verschaffen.«

Der Lieutenant zog sich beleidigt zurück, und der Blick des Captains glitt über die Truppentransporter hinweg.

»O nein!« stöhnte er. Nummer drei stieß wieder dicke Rauchwolken aus. Seit sie aus dem Hafen von Durban ausgelaufen waren, hatte Nummer drei in periodischen Abständen Parodien des Vesuvs zum besten gegeben.

Das wäre ein gefundenes Fressen für den Ausguck auf dem Topp der *Blücher*.

Er nahm sein Megaphon, um Nummer drei die vernichtendste Zurechtweisung, deren er fähig war, zuzurufen, sobald man sie passierte.

»Das ist schlimmer, als ein Erzieher im Kindergarten zu sein. Die bringen mich noch um den Verstand.« Er hob das Megaphon an seine Lippen, als Nummer drei längsseits war.

Die Infanteristen, die an der Reling des Transporters standen, erwiderten seinen Wortschwall mit einem jubelnden Echo.

»Diese Dummköpfe. Sollen sie doch jubeln, wenn die *Blücher* kommt«, murrte der Captain und ging auf die andere Seite der Brücke, wo er angestrengt in westlicher Richtung Ausschau hielt, weil Afrika nun jeden Moment am Horizont auftauchen mußte.

»Kraft und Stärke für *Renounce* und *Pegasus.*« Er sprach diesen Wunsch mit ganzer Inbrunst aus. »Gebe Gott, daß sie die *Blücher* aufhalten. Wenn sie durchbricht . . .«

85

»Es hat keinen Zweck, Bwana. Sie rühren sich nicht von der Stelle«, meldete der Askari Fähnrich Praust.

»Was ist denn los?« wollte Praust wissen.

»Sie sagen, auf dem Schiff liegt ein böser Zauber. Sie wollen heute nicht hingehen.«

Praust warf einen Blick auf die schwarze Menschenmasse. Sie hockten mürrisch zwischen den Hütten und den Palmen, eine Reihe hinter der anderen, eingehüllt in ihre Umhänge, die Gesichter verschlossen und abweisend.

Die beiden Motorbarkassen lagen am Schlammufer der Insel und warteten darauf, die Träger stromabwärts zu ihrem Arbeitstag an Bord der *Blücher* zu transportieren. Die deutschen Besatzungen der Barkassen beobachteten interessiert dieses Schauspiel stummer Rebellion, und Fähnrich Praust war sich ihrer Aufmerksamkeit wohl bewußt.

Praust war in einem Alter, da der Mensch in der Regel einen felsenfesten Glauben an seine eigene Urteilsfähigkeit, die Würde eines Patriarchen und zumeist ein pickliges Gesicht besitzt.

Er war, mit anderen Worten, neunzehn Jahre alt.

Es war ihm klar, daß diese Eingeborenen ihren gegenwärtigen Beschluß nur aus dem Grund gefaßt hatten, Fähnrich Praust in Verlegenheit zu bringen. Es war ein direkter und persönlicher Angriff auf seine Position und Autorität.

Er hob seine rechte Hand zum Mund und begann nachdenklich an den Fingernägeln zu kauen. Sein beachtlicher Adamsapfel bewegte sich im Einklang mit den Kiefern. Plötzlich wurde ihm klar, was er da machte. Es war eine Gewohnheit, die er abzulegen versuchte, und er riß die Hand vom Mund und verschränkte sie mit der anderen hinter seinem Rücken, womit er Kapitän Otto von Kleine getreulich imitierte – jenen Mann, den er so glühend bewunderte. Es hatte ihn zutiefst verletzt, als Leutnant Kyller seine Bitte, ihm einen Bartwuchs, wie den von Kapitän von Kleine, zu erlauben, mit hämischem Gelächter beantwortete.

Jetzt ließ er sein Kinn auf die Brust fallen und schritt feierlich auf der kleinen Lichtung oberhalb des schlammigen Ufers auf und ab. Der Askarifeldwebel wartete respektvoll mit seinen Männern auf eine Entscheidung von Fähnrich Praust.

Er konnte eine Barkasse zurück zur *Blücher* schicken, um Kommissar Fleischer zu holen. Letzten Endes war dies wirklich die Shauri des Herrn Kommissars – Praust hatte sich angewöhnt, von Fall zu Fall Suaheliwörter zu gebrauchen wie ein altgedienter Afrikaner. Aber es war ihm klar, daß er, wenn er Fleischer zu Hilfe rief, seine eigene Unfähigkeit eingestand, mit der Situation fertigzuwerden. Kommissar Fleischer würde ihn blamieren. Kommissar Fleischer hatte eine zunehmende Neigung gezeigt, Fähnrich Praust lächerlich zu machen.

»Nein«, sagte er zu sich und wurde so rot, daß die Pickel auf seiner Haut kaum noch zu sehen waren, »ich werde diesen Fettsack nicht kommen lassen.« Er blieb stehen und sprach den Askari an.

»Sagen Sie ihnen . . .« fing er an, und seine Stimme piepste beängstigend. Er senkte sie zu einem tiefen, kehligen Grollen. »Sagen Sie ihnen, daß ich diese Angelegenheit sehr ernst nehme.«

Der Feldwebel salutierte, vollzog eine spektakuläre Kehrtwendung mit einem großen Aufwand an Fußstampfen und gab Fähnrich Prausts Nachricht in lautem Suaheli weiter. In den dunklen Reihen der Träger zeigte sich nicht die geringste Reaktion, nicht einmal eine erhobene Augenbraue. Die Besatzungen der Barkassen gingen eher darauf ein. Einer lachte.

Fähnrich Prausts Adamsapfel schoß in die Höhe, und seine Ohren nahmen die Farbe eines Burgunders an.

»Sagen Sie ihnen, daß dies Meuterei ist!« Beim letzten Wort piepste er wieder, und der Feldwebel suchte zögernd nach einem geeigneten Ausdruck in Suaheli. Endlich entschloß er sich für »Bwana Reiher ist sehr wütend.« Praust hatte diesen Spitznamen wegen seiner langen spitzen Nase und seiner dünnen Beine erhalten. Die Eingeborenen hielten sich tapfer angesichts dieses Intelligenzausbruchs.

»Sagen Sie ihnen, daß ich drastische Maßnahmen ergreifen werde.«

Jetzt, dachte der Feldwebel, spricht er endlich mit Sinn und Verstand. Er gestattete sich bei der Übersetzung einige literarische Freiheiten.

»Bwana Reiher sagt, daß es auf der Insel genügend Bäume für euch alle gibt – und daß er genügend Stricke hat.«

Ein Seufzer fuhr durch ihre Reihen, sanft und ruhelos wie ein leiser Wind in einem Weizenfeld. Die Köpfe drehten sich langsam herum, bis alle Walaka einmütig anschauten.

Widerstrebend stand Walaka auf, um sich zu rechtfertigen. Sicher war es tollkühn, die Aufmerksamkeit auf sich zu lenken, wenn von Stricken die Rede war, aber der Schaden war nun einmal angerichtet. Hunderte von Augen hatten ihn vor dem Allemand auserwählt. Bwana Intambu erhängt stets den Mann, auf den alle blicken.

Walaka fing an zu reden. Seine Stimme hatte den beruhigenden Klang eines verrosteten Tores, das im Wind knarrte. Er redete und redete, denn er übte die Kunst eines Dauerredners.

»Wovon spricht er?« wollte Fähnrich Praust wissen.

»Er spricht von Leoparden«, erklärte der Feldwebel.

»Was sagt er über sie?«

»Er sagt unter anderem, daß sie Exkremente von gestorbenen Leprakranken sind.«

Praust schaute verständnislos drein. Er hatte erwartet, daß

Walakas Rede wenigstens etwas mit der zur Debatte stehenden Angelegenheit zu tun hatte. Er machte einen schwachen Versuch, energisch zu sein.

»Sagen Sie ihm, daß er ein weiser alter Mann ist. Ich erwarte von ihm, daß er die anderen an ihre Pflichten erinnert.«

Der Feldwebel blickte Walaka streng an.

»Bwana Reiher sagt, daß du, Walaka, der Sohn eines verstorbenen Stachelschweins seist und daß du mit den Geiern von Innereien leben kannst. Er sagt außerdem, daß er dich ausgewählt hat, um die übrigen beim Seiltanz anzuführen.«

Walaka hörte auf zu reden. Er seufzte resigniert und machte sich auf den Weg zur Barkasse. Fünfhundert Männer standen auf und folgten ihm.

Die beiden Fahrzeuge tuckerten gemächlich zum Liegeplatz der *Blücher*. Fähnrich Praust stand im Bug der ersten Barkasse, die Hände in die Hüften gestemmt wie ein stolzer Wikinger, der von einem erfolgreichen Raubzug heimkehrt.

»Ich verstehe diese Leute«, wollte er Leutnant Kyller erklären. »Man muß sich ihren Anführer aussuchen und an sein Pflichtgefühl appellieren.«

Er zog seine Uhr aus der Brusttasche.

»Viertel vor sieben«, murmelte er. »Ich werde sie pünktlich an Bord haben.« Er drehte sich um und lächelte Walaka, der trübsinnig neben dem Steuerhaus hockte, freundlich zu.

»Ein guter Mann! Ich muß Leutnant Kyller das vorbildliche Benehmen dieses Mannes unbedingt melden.«

86

Leutnant Ernst Kyller warf seine Uniformjacke ab und setzte sich auf seine Koje. Er hielt die Jacke im Schoß und griff nach dem Ärmel. Das Blut war eingetrocknet, und als er den Stoff zwischen Daumen und Zeigefinger rieb, zerkrümelte das Blut und blätterte ab.

»Er hätte nicht laufen sollen. Ich mußte schießen.«

Er stand auf und hängte die Jacke in den Spind am Kopfende seiner Koje. Dann zog er die Uhr aus der Tasche und setzte sich wieder, um sie aufzuziehen.

»Viertel vor sieben.« Er stellte die Uhrzeit mechanisch fest und legte die goldene Taschenuhr auf den Klapptisch. Dann legte er sich hin und schob das Kissen unter seinem Kopf zurecht; er schlug die Füße übereinander.

»Er kam an Bord, um seine Frau zu retten. Das war ganz natürlich. Aber diese Verkleidung – der kahlgeschorene Schädel, die gefärbte Haut –, das müssen sie sich sorgfältig ausgedacht haben. Es muß seine Zeit gedauert haben, solche Vorbereitungen zu treffen.«

Kyller schloß die Augen. Er war müde. Das war eine lange und ereignisreiche Wache gewesen. Und doch quälte ihn etwas; er hatte das Gefühl, eine wichtige Einzelheit übersehen zu haben, eine Einzelheit von lebenswichtiger, nein, von tödlicher Bedeutung.

Nachdem das Mädchen den Verwundeten erkannt hatte, war es Kyller und dem Chefarzt klargeworden, daß dies kein Eingeborener, sondern ein Weißer in der Maske eines Schwarzen war.

Kyllers Englischkenntnisse waren dürftig, aber er hatte alle Liebe, alle Anteilnahme und auch die Vorwürfe aus den Schreien des Mädchens herausgehört.

»Nun haben Sie ihn auch umgebracht. Sie haben sie alle umgebracht. Mein Baby, meinen Vater – und jetzt meinen Mann. Ihr Mörder. Ihr dreckigen, mörderischen Schweine!«

Kyller verzog sein Gesicht und preßte seine Knöchel gegen die schmerzenden Augen. Ja, er hatte sie verstanden.

Als er Kapitän von Kleine Meldung machte, maß der Kapitän dem Vorfall nur geringe Bedeutung bei.

»Ist der Mann bei Bewußtsein?«

»Nein, Herr Kapitän«

»Was meint der Arzt, wie es um ihn steht?«

»Er wird sterben. Wahrscheinlich noch vor Mittag.«

»Sie haben sich richtig verhalten, Kyller.« Von Kleine legte ihm verständnisvoll die Hand auf die Schulter. »Machen Sie sich keine Vorwürfe. Es war Ihre Pflicht.«

»Danke, Herr Kapitän.«

»Sie haben jetzt wachfrei. Gehen Sie in Ihre Kabine und ruhen Sie sich aus – das ist ein Befehl. Ich möchte, daß Sie bei Einbruch der Nacht frisch und einsatzbereit sind.«

»Soll es heute nacht losgehen, Herr Kapitän?«

»Ja. Heute nacht fahren wir los. Das Minenfeld ist geräumt, und ich habe angeordnet, daß die Baumsperre zerstört wird. Um 23.47 Uhr haben wir Neumond. Um Mitternacht legen wir ab.«

Aber Kyller fand keine Ruhe. Das Gesicht des Mädchens, blaß, tränenüberströmt, verfolgte ihn. Das würgende Atmen des Sterbenden hallte in seinen Ohren wider, und der nagende Zweifel zerrte an seinen Nerven.

An irgend etwas mußte er sich erinnern. Er zermarterte sein müdes Gehirn, aber es verweigerte die Mitarbeit.

Warum hatte sich der Mann verkleidet? Wenn er sogleich gekommen war, als er von der Gefangennahme seiner Frau erfuhr, hatte er kaum Zeit, um die Verkleidung anzulegen.

Wo war der Mann, als Fleischer seine Frau gefangennahm? Er war nicht bei ihr, um sie zu beschützen. Wo war er? Er muß irgendwo in der Nähe gewesen sein.

Kyller legte sich auf den Bauch und preßte sein Gesicht ins Kissen. Er mußte ruhen. Er mußte jetzt schlafen, denn heute nacht wollten sie die Blockade der englischen Kriegsschiffe durchbrechen.

Ein einzelnes Schiff gegen ein ganzes Geschwader. Ihre Aussichten, unbehelligt hindurchzuschlüpfen, waren gering. Es wird eine Schlacht bei Nacht geben ... Seine Vorstellungskraft wurde durch die Erschöpfung verstärkt, und hinter geschlossenen Lidern sah er die englischen Kreuzer, hell erleuchtet von den Mündungsfeuern ihrer Breitseiten, wenn sie auf die *Blücher* schossen. Ein rachedurstiger Feind. Ein Feind in überwältigender Stärke. Ein Feind mit frischen Vorräten und vollen Kohlebunkern, die Magazine übervoll mit Geschossen, ihre Besatzungen noch nicht vom Dschungelfieber des Rufiji angesteckt.

Dagegen ein einzelnes Schiff mit flüchtig ausgebesserten Kampfschäden, die halbe Besatzung malariakrank, frisches Klafterholz als Brennstoff für die Kessel, ihre Feuerkraft beeinträchtigt durch einen hoffnungslosen Mangel an Munition.

Er mußte an die Reihen leerer Munitionsgestelle denken, an die halbleeren Pulverregale im vorderen Magazin.

Das Magazin? Das war es! Das Magazin! Es hatte irgendwie mit dem Magazin zu tun, woran er sich erinnern mußte. Das war es, was ihn die ganze Zeit beunruhigt hatte. Das Magazin? »O mein Gott!« schrie er entsetzt. Mit einer ruckartigen Bewegung sprang er aus der Koje und stand mitten in der Kabine.

Auf seinen bloßen Oberarmen erschien die Gänsehaut.

Dort hatte er den Engländer zuvor gesehen. Er war in der Arbeitskolonne gewesen – im Magazin.

Er konnte nur aus einem Grunde dort gewesen sein – Sabotage!

Kyller stürmte aus seiner Kabine und rannte, nur halb angezogen, in den Gang hinaus.

»Ich muß Chefingenieur Lochtkamper erreichen. Wir brauchen ein Dutzend Männer – starke Männer – Heizer. Wir müssen tonnenweise Sprengstoff verlagern, müssen alles umpacken, bis wir das gefunden haben, was der Engländer dort angebracht hat. Bitte, lieber Gott, gib uns Zeit. Gib uns Zeit!«

87

Kapitän Otto von Kleine biß die Spitze von seinem Stumpen ab und nahm mit Daumen und Zeigefinger einen schwarzen Tabakskrümel von seiner Zunge. Sein Steward hielt ihm ein Streichholz hin, und von Kleine zündete den Stumpen an. Am Tisch in der Offiziersmesse waren die Stühle von Lochtkamper, Kyller, Praust und ein weiterer Stuhl unbesetzt.

»Vielen Dank, Schmidt«, sagte er durch eine Rauchwolke. Er schob seinen Stuhl zurück, streckte seine Beine aus und rieb seine

Schultern an der gepolsterten Rückenlehne. Das Frühstück konnte dem Geschmack eines Feinschmeckers nichts bieten; Brot ohne Butter, Flußfisch mit einem starken Schlammgeschmack, und hinterher eine Tasse schwarzen ungesüßten Kaffee. Nichtsdestoweniger schien Herr Fleischer seine Mahlzeit zu genießen. Er machte sich über den dritten Teller her.

Von Kleine fand sein genießerisches Schmatzen abstoßend. Dies war die letzte Ruhepause, die von Kleine für viele Tage zu erwarten hatte. Er wollte sie mit seinem Stumpen auskosten, aber die Offiziersmesse war nicht der geeignete Platz dafür. Abgesehen von der Gier, mit der Kommissar Fleischer seinem Frühstück zu Leibe rückte, und abgesehen von dem Fischgeruch herrschte unter seinen Offizieren eine gedrückte Stimmung, die fast greifbar war. Dies war der letzte Tag, und er war auch noch überschattet von dem Gedanken daran, was die Nacht wohl mit sich bringen würde. Sie waren alle gereizt. Sie aßen schweigend, nur mit ihrem Teller beschäftigt, und es war offenkundig, daß die meisten von ihnen schlecht geschlafen hatten. Von Kleine entschloß sich, seinen Stumpen in der Einsamkeit seiner Kabine zu Ende zu rauchen. Er stand auf.

»Entschuldigen Sie mich bitte, meine Herren.«

Ein höfliches Gemurmel, und von Kleine wandte sich zum Gehen.

»Ja, Schmidt. Was gibt's?« Sein Steward stand stramm vor ihm.

»Für Herrn Kapitän.«

Von Kleine klemmte den Stumpen zwischen die Zähne und nahm den Notizzettel in beide Hände, während er seine Augenbrauen vor der blauen Spirale aus Zigarrenrauch hochzog. Er runzelte die Stirn.

Diese Frau und der Mann, den sie als ihren Ehegatten ausgab, machten ihm Sorgen. Sie lenkten ihn immer wieder von dem Problem ab, dem er jetzt seine ganze Aufmerksamkeit zuwenden wollte – die *Blücher* startbereit für heute nacht zu machen. Und nun diese Nachricht – was meinte sie wohl mit den Worten: *Könnte Ihr Schiff retten*? Er spürte ein leichtes Unbehagen.

Er drehte sich um.

»Herr Fleischer, einen Augenblick bitte.«

Fleischer blickte mit einem Fettfleck am Kinn von seinem Teller auf.

»Ja?«

»Kommen Sie bitte mit.«

»Ich möchte nur eben . . .«

»Sofort, bitte.« Um eine Auseinandersetzung zu vermeiden, verließ von Kleine die Offiziersmesse und ließ Fleischer in schrecklicher Ungewißheit zurück. Aber er zeigte sich dann doch der Situation gewachsen, nahm das restliche Stück Fisch von seinem Teller und stopfte es in den Mund. Er fand sogar noch Platz für eine halbe Tasse Kaffee. Dann griff er sich eine Scheibe Brot und wischte damit eilends seinen Teller ab. Mit dem Brot in der Hand schob er hinter von Kleine her.

Er kaute immer noch, als er die Krankenstation betrat. Überrascht blieb er stehen.

Die Frau saß auf einer Koje. Sie hatte ein Tuch in der Hand, mit dem sie den Mund eines schwarzen Mannes abwischte, der in der Koje lag. Das Tuch war voller Blut. Sie schaute auf zu Fleischer. Ihre Gesichtszüge waren weich vor Mitgefühl und Sorge, aber sie veränderten sich in dem Moment, da sie Fleischer sah. Sie stand schnell auf.

»Oh, Gott sei Dank, daß Sie gekommen sind«, rief sie erfreut, als ob sie einen guten Freund begrüßte. Dann blickte sie unvermittelt hinauf zur Uhr.

Fleischer achtete darauf, ihr nicht zu nahe zu kommen, und drängte sich auf die andere Seite der Koje, wo Rosa stand. Er beugte sich vor und betrachtete aufmerksam das Gesicht des Sterbenden. Es kam ihm sehr bekannt vor. Er kaute bedächtig, während er darüber nachdachte. Es war die Verbindung mit der Frau, die seinem Gedächtnis auf die Sprünge half.

Er gab ein würgendes Geräusch von sich, und Brotbrocken flogen aus seinem Mund.

»Herr Kapitän!« rief er. »Das ist einer von ihnen – einer von den englischen Banditen.«

»Ich weiß«, erwiderte von Kleine.

»Warum hat man mir das nicht gesagt? Dieser Mann muß unverzüglich hingerichtet werden. Es kann sogar jetzt schon zu spät sein. Die Gerechtigkeit wird betrogen.«

»Bitte, Herr Kommissar. Die Frau hat eine wichtige Nachricht für Sie!«

»Das ist ungeheuerlich. Man hätte es mir sagen müssen.«

»Halten Sie den Mund!« herrschte von Kleine ihn an. Dann wandte er sich an Rosa: »Sie haben mich rufen lassen? Was haben Sie uns zu sagen?«

Mit einer Hand streichelte Rosa Sebastians Kopf, aber sie blickte hinauf zur Uhr.

»Sie müssen Herrn Fleischer sagen, daß es eine Minute vor sieben ist.«

»Verzeihung?«

»Wiederholen Sie genau, was ich Ihnen gesagt habe.«

»Soll das ein Scherz sein?«

»Sagen Sie es ihm, schnell. Es ist nur noch sehr wenig Zeit.«

»Sie sagt, daß es eine Minute vor sieben ist«, rasselte von Kleine die Übersetzung herunter. Dann auf englisch: »Ich habe es ihm gesagt.«

»Sagen Sie ihm, daß er um sieben sterben wird.«

»Was soll das bedeuten?«

»Sagen Sie es ihm erst. Sagen Sie es ihm!«

»Sie sagt, Sie werden um sieben sterben.« Fleischer unterbrach sein Kauen sofort. Er starrte die Frau an, dann kicherte er unsicher.

»Sagen Sie ihr, daß ich mich wohl fühle«, sagte er und lachte wieder, »besser als dieser hier.« Er stieß Sebastian an. »Ja, viel besser.« Und jetzt lachte er lauthals und stark; es war ein dröhnendes Lachen in der kleinen Krankenstation.

»Sagen Sie ihm, daß mein Mann eine Bombe auf diesem Schiff angebracht hat und daß sie um sieben explodieren wird.«

»Wo?«

»Sagen Sie es ihm erst.«

»Wenn das wahr ist, sind Sie auch in Gefahr – wo ist sie?«

»Sagen Sie Fleischer, was ich Ihnen gesagt habe.«

»Auf dem Schiff ist eine Bombe.« Und Fleischer hörte auf zu lachen.

»Sie lügt«, beeilte er sich zu sagen. »Alle Engländer lügen.«

»Wo ist die Bombe?« Von Kleine hatte Rosa am Arm gepackt.

»Es ist zu spät.« Rosa lächelte selbstzufrieden. »Schauen Sie auf die Uhr.«

»Wo ist sie?« Von Kleine schüttelte Rosa heftig.

»Im Magazin.«

»Im Magazin! Heiliger Strohsack!« fluchte von Kleine und wandte sich zur Tür.

»Im Magazin?« schrie Fleischer und lief hinter ihm her. »Das ist unmöglich – das kann nicht sein.« Aber er rannte, wild und verzweifelt, und hinter sich hörte er Rosas triumphierendes Gelächter.

»Du bist tot. Wie mein Baby. Tot, wie mein Vater. Es ist zu spät zum Laufen. Viel zu spät!«

88

Von Kleine nahm drei Stufen auf einmal, als er die Mannschaftstreppe hinauflief. Er kam in den Durchgang, der zum Magazin führte und blieb plötzlich stehen.

Der Durchgang war von einem Munitionsberg blockiert. Eine Gruppe krampfhaft arbeitender Heizer begann, das Magazin planlos zu räumen.

»Was machen Sie da?« schrie er.

»Leutnant Kyller sucht eine Bombe.«

»Hat er sie schon gefunden?« wollte von Kleine wissen, als er sich an ihnen vorbeidrängte.

»Noch nicht, Herr Kapitän.«

Von Kleine blieb im Eingang zum Magazin stehen. Er sah ein großes Durcheinander. Angeführt von Kyller, stellten die Männer das ganze Magazin auf den Kopf.

Von Kleine sprang vor, um zu helfen.

»Warum haben Sie mich nicht rufen lassen?« fragte er, während er in die Regale griff.

»Keine Zeit, Herr Kapitän«, brummte Kyller.

»Woher wußten Sie von der Bombe?«

»Es ist nur eine Vermutung – ich kann mich auch irren, Herr Kapitän.«

»Sie haben recht! Die Frau hat es uns erzählt. Sie ist auf sieben Uhr eingestellt.«

»Gnade uns Gott! Helfen Sie uns!« bat Kyller und stürzte sich auf das nächste Regal.

»Sie kann überall sein – überall!«

»Wir sollten das Schiff räumen. Die Männer herunterschaffen.« Kyller packte das nächste Regal an.

»Keine Zeit. Wir müssen sie finden.«

Und dann hörte man in dem Aufruhr ein schwaches Geräusch, ein gedämpftes blechernes Schnarren. Die Glocke eines Reiseweckers.

»Da!« schrie Kyller. »Das ist sie!« Gemeinsam mit von Kleine sprang er hoch. Sie prallten aufeinander und fielen zu Boden, aber Kyller war sofort wieder auf den Beinen. Er zog sich empor, die Hände verkrallt im Munitionsstapel.

Das Läuten der Glocke dröhnte ihm in den Ohren. Er griff zu, und seine Hand fiel wie zufällig auf das säuberlich eingewickelte Todespaket. In diesem Augenblick kamen die beiden Kupferenden in dem Lederetui der Uhr, die seit zwölf Stunden unendlich langsam aufeinander zugekrochen waren, in Kontakt.

Die in der Trockenzellenbatterie aufgestaute Elektrizität strömte durch den geschlossenen Kreis, erreichte den haardünnen Glühfaden in der Sprengkapsel und erhitzte ihn bis zur Weißglut. Die Sprengkapsel detonierte und übertrug ihre Energie auf die Dynamitstangen, die in der Zigarrenkiste verpackt waren. Die Explosionswelle sprang mit Lichtgeschwindigkeit von Molekül zu Molekül, so daß der gesamte Inhalt des Vordermagazins der *Blücher* in einer Hundertstelsekunde vernichtet wurde. Mit ihm wurden Leutnant Kyller, Kapitän von Kleine und die Männer, die bei ihnen waren, in die Luft gesprengt.

Im Zentrum des Feuersturms lösten sie sich einfach auf.

Die Explosionswelle rauschte fort und fort – abwärts durch zwei Decks, und zwar mit einer Gewalt, die den Boden so mühelos zerriß, als wenn eine Papiertüte zerplatzte; weiter hinab, durch zehn Faden Wasser, bis sie auf den Flußboden traf, und die Schockwelle im Rückprall fünfzehn Fuß hohe Wogen auf der Wasseroberfläche aufwühlte.

Sie rauschte seitlich durch die wasserdichten Schotten und zerriß sie wie ein Stück Silberpapier.

Sie riß Rosa Oldsmith mit, die über Sebastians Brust lag und ihn umarmte. Sie hörte das Chaos nicht einmal kommen.

Sie packte Hermann Fleischer in dem Moment, da er das Deck erreichte, und zerfetzte ihn.

Sie rauschte durch den Maschinenraum, ließ die großen Kessel bersten und setzte Millionen von Kubikmetern kochenden Dampfes frei.

Sie rauschte aufwärts durch das Deck, riß die vorderen Geschütztürme aus ihren Verankerungen und schleuderte Hunderte von Tonnen Stahl hoch in einer Wolke aus Dampf, Rauch und Trümmern.

Sie tötete alle Menschen an Bord. Sie tötete nicht nur, sie löste jedes Lebewesen in winzige Teilchen aus Fleisch und Knochen auf. Damit immer noch nicht zufrieden und mit ungebrochener Wut drang sie durch den zerschmetterten Rumpf der *Blücher* nach außen in Gestalt eines mächtigen Sturmwindes, der die Zweige der Mangroven brach und ihnen die Blätter abriß. Sie ließ eine wogende und wabernde Säule aus Rauch und Flammen in den strahlenden Morgenhimmel über dem Rufiji-Delta aufsteigen, und die Wellen überfluteten den Fluß, als kämen sie aus dem Zentrum eines Wirbelsturms.

Sie überfluteten die beiden Barkassen, die sich der *Blücher* näherten, schlugen über ihnen zusammen und brachten sie zum Kentern. Sie wuschen darüber hinweg und warfen ihre menschliche Fracht in das wild brodelnde Wasser.

Und die Schockwellen rollten über das Delta und brachen sich donnernd an den fernen Hügeln, oder sie verliefen sich in der Weite des Indischen Ozeans.

Sie brandeten dem britischen Kreuzer *Renounce* entgegen, als er in den Kanal einfuhr.

Captain Arthur Joyce sprang ans Geländer seiner Brücke. Er sah die Rauchwolke aus den Sümpfen aufsteigen. Ein groteskes Wesen von unglaublicher Größe: schwarz und silbern in einem Flammenmeer.

»Sie haben es geschafft!« schrie Arthur Joyce. »Bei Zeus, sie haben es geschafft!«

Er zitterte und bebte am ganzen Leib; sein Gesicht war kreideweiß, seine Augen, die er nicht von der Rauchwolke abwenden konnte, füllten sich langsam mit Tränen, und er schämte sich ihrer nicht.

89

Zwei alte Männer gingen in den Hain der Fieberbäume, welcher sich am Südufer des Abati erhob. Sie blieben bei einem Haufen riesenhafter Knochen stehen, von denen die Aasgeier das Fleisch abgenagt hatten.

»Die Stoßzähne sind verschwunden«, stellte Walaka fest.

»Ja«, sagte Mohammed, »die Askaris sind zurückgekommen und haben sie gestohlen.«

Gemeinsam gingen sie weiter. Dann plötzlich blieben sie wieder stehen. Am Rande des Hains erhob sich ein niedriger Erdhügel. Er hatte sich bereits gesetzt, und frisches Gras sproß daraus hervor.

»Das war ein Mann«, bemerkte Walaka.

»Laß mich allein, mein Vetter. Ich möchte noch ein Weilchen bleiben.«

»Dann bleib in Frieden«, sagte Walaka und rückte sich die Last auf den Schultern bequemer zurecht, ehe er weiterging.

Mohammed hockte sich am Grab nieder. Unbeweglich saß er den ganzen Tag dort. Als es Abend wurde, stand er auf und ging in südlicher Richtung davon.

JOEY

Mord war mein Geschäft

Autobiographie eines professionellen Killers. Aufgezeichnet von Dave Fisher. Deutsche Bearbeitung von Angelika Deutsch und Rolf Palm.
320 Seiten, DM 25,–
ISBN 3-7770-0137-6

»Joey« ist Geschäftsmann – seine Branche ist die Kriminalität. Zwei Arten von Dienstleistungen, auf die er sich spezialisiert hat, sind Tod und Zerstörung. Aber auch Schmuggel mit Rauschgift, illegale Glücksspiele und Wettgeschäfte, die Produktion von Pornofilmen, der Vertrieb »heißer« Ware, das alles sind seine Geschäfte – aber seine Spezialität ist Mord. Mord auf Bestellung.
Dieses Buch ist die Autobiographie eines Killers ohne Gewissen. Joeys Story, von ihm selbst erzählt.

GWEN DAVIS

Begierden

Übersetzung aus dem Amerikanischen von Brigitte Straub
Roman, 592 Seiten, DM 29,80
ISBN 3-7770-0141-4

»Begierden« ist die dramatische Geschichte vom Aufstieg zweier Brüder zu Reichtum und Macht im Amerika unserer Zeit.
Es ist gleichzeitig die Geschichte der schönen, ehrgeizigen Evelyn, der Tochter eines einfachen Gemüsehändlers aus Pittsburgh, die den Weg nach oben auf ihre Weise findet.